大疫
駱以軍

目次

CONTENTS

駱以軍

病毒史萊姆說

461

第一章

那條溪流如靜止之玻璃，可能因那玻璃之厚度，使溪底布滿青苔的岩盤，呈現出一種「在另一個銀色光輝世界」的不真實感，似乎蟄伏在底部的它們隱隱有一種雄性動物肩背肌肉，壓抑屏息的動勢。導演和裸體攝影藝術家歡呼說，這裡夏天時太棒了，可以下水在那岩盤上漫游。確實因為這冬日寒流，包圍這狹窄溪谷四周，如夢似幻，像有個女神扯曳著薄紗的霧嵐，在青翠林木間忽而降下，忽又翔滾飄昇。但那股冷氣，似乎聚湊在這讓大家產生幻覺「已凍結」的絕美之溪。連稍上游五十公尺處，主人花了心血找工人，壘堆了一道截住溪流的矮壩，那些每一枚都可以作一張石桌桌面、表面瑩潤且以灰色為主色調漸變淺紫、薄青、淡紅、暗橘，斑斕但又收斂的扁圓大卵石，壘排成恰好讓溪流貯蓄淹浸、清淺灑下的潔白水鍊。若非你聽見那迴蕩在溪谷間的嘩嘩沙沙水聲，會以為那也是靜止的。

這是最近網路上極流行的一句話：「整個世界被按下了暫停鍵。」

小溪主人非常自得自己在這一段攔溪卵石小壩花下的心血，那一枚一枚像巨人的圍棋子的美麗卵石，他們是從溪那一側（山區道路只有到那邊），架上滑輪，一顆近一噸重，讓工人這樣用纜繩運來這端，要在枯水期，然後在上游十公尺處先阻斷溪流，用大水管引到一旁，繞路過這一段，水從管子過，十幾個工人，照預先的設計圖，壘那些大卵石，砌上水泥，看上去自然天成，逸興遄飛，其實是非常嚴格的計量和工序。等要放水的那一刻，所有人屏住呼吸，看著那水位漸高，然後照他設計的，那麼優雅，像美人的長髮輕輕甩過衣領，那水不疾不徐，一種只是原地晃動的錯覺，淺淺漫過那堵卵石疊纍之梯，美不可言，當時眾人的歡呼，響徹這溪谷啊。

當然還有一些溪畔的工程，找怪手挖一個個坑，埋下一棵棵高大的日本黑松，他且將那帶著羽鱗般針葉序的粗幹，用繩縛綁，用木樁架撐，拉扯彎曲其造型。較內側則已植好一排筆直的落羽松。像魔法師降服且用鐵鍊鎖住十幾隻仍在掙扎、嘶吼的魔獸。事實上他已將這一切大尺寸的動態生物，造景進一幅巨大的宋人山水畫裡。

溪主人帶他們穿過一段「綠竹隧道」。這乍聽很老梗，但真的走進去，那是一種莖杆較細（可能是鳳尾竹），竹葉也纖巧婀娜的竹，那「隧道」極窄，僅容一人鑽行，但超出預想的長，走進去後約穿行幾分才復鑽出，於是形成一種夢境的切換，當足夠長的時間，將外面的現實感截斷，在這青竹搖曳，竹葉垂灑撩亂形成的錯幻層次的「綠光」裡，奇特的《去年在馬倫巴》的電影夢幻感便將你淹浸。

走出「綠竹隧道」，是一個莫內式的蓮花小湖，以及延伸到山壁仞石處一整片濕潤、嫩綠，但又像秀拉點描畫法，那細碎光斑、無數翠綠、淺綠、暗橙、黃土赭，甚至有點點如小火焰閃燃的橙紅，那如上萬筆尖蘸著就那十種綠色系顏料，耐煩點捺、皴染成那麼大一幅，你不忍心踩踏上去的草原。

他從後伸手搭上那溪主人的後肩，說：「老哥，你實話說吧，這裡的每一莖草，是你花多長時間，從電氣窯中燒出來的？」

那溪主人咧嘴笑了。這可是最大的恭維。

主要是，他們一行人稍早前，在這「溪谷祕境」上方的入口處，參觀了溪主人（他是一位國際知名的陶藝家）陳列擺放在一間獨立展示屋裡，多年前獲得大獎的大型作品。就是一段約二十五公尺的廢棄鐵橋枕木。那其實就是如侯孝賢電影《戀戀風景》片頭，在十分、菁桐、猴硐這一帶山區舊昔煤礦的小火車行駛的窄鐵道，煤礦廢置了，可能某一段年久失修，靜置於無人知曉的幽谷中，濕雨浸蝕，荒煙蔓草，小粉蝶飛舞，而一塊一塊的枕木，原本那方形框角，被刨平的櫸木紋，如孔雀尾翼那斑斕圈紋的樹瘤，損朽腐壞、蟲蛀凹窟、裂口，或形成風頁狀纖維，或甚至一整截路基塌毀、或被燒黑成炭……，這一切瀰散著時間的哀感，人類工程棄置於大自然，那造化的雨淋風吹，說不出是寧靜或殘酷的崩壞。

但造成他們視覺、觸覺，以及大腦記憶區中資訊處理，產生了奇異的錯置、弔詭、迷惑，乃在於這一間展室中的這段，荒置於人煙稀少的山區，某一段壞棄的小鐵橋，或幽谷祕境中的某一段早已不通車的半世紀前的煤礦小火車軌道，那樣百感交集，枕木自身的木頭力勁，和大自然侵蝕的看不見的濕氣、熱脹冷縮、日曬、風颾，這種變形的扭力，枕木的韌皮部被削蝕、腐爛，但木質部如恐龍骨骼仍殘餘撐住那最後的形態。

所有這一切，卻是這位陶藝大師，用窯爐燒出來的，枕木的鳳羽紋、厚實感、不同角度的凹塌、顏色差異的變化，乃至那些彎曲拗折的枕木釘、崩碎的石基……全部是窯爐中，「火的魔術」。

這真的不得不讓參觀者驚嘆不已，完全被那創造的魔性給震懾，那除了一種和造物者偷換概念，偷渡時間、風、自然與人工的狂妄，最可怕的還是在捏塑那些陶胚、濕泥，經過不知多少次試燒，以及雕刻時完全擬態木頭和陶的悖反，鬼斧神工於每處細節的腐朽木材的差參凹錯，但又要哄騙不可知的出爐後予人觀看之眼睛：這是整個在一生態中，大自然長時間的「編沙為繩」、「鑄風成形」。讓人驚嘆的是這創作者變態的耐性。他的手指、臉龐長時間挨近著窯爐的火，送進去一塊塊明明是陶塑卻要燒成栩栩如生的枕木，在更長時光中辯證生死的，另一種東西。N次方的失敗。這種意志太恐怖了。

之後他們在另一間展室，看到另一批更變態的作品：一整間我們那個年代國小或國中教室的木製課桌椅。一樣也是怪異、顛倒夢幻的木頭材質——而且是作為課室桌椅的橡木或櫸木這種硬木——一樣是整批木造物被置放於不知被人遺忘了多久，幾十年？上百年？的某處空間，召喚起經歷過民國五、六〇年代的這一輩人的集體少年記憶。每一張桌子的桌面，皆不同的磨蝕，細微凹槽，有鉛筆、原子筆油在上面亂刻、畫五子棋譜、寫哪個男生愛哪個女生不要臉、畫烏龜、畫小人，或有那個年代不知多少學生的外套袖口反覆摩擦形成的油亮感、包漿感，但也有桌面木材本身禁不起時間沙沙塌陷，破了一個何其自然的窟窿。也有木頭課椅崩解塌垮。這一切細微的重力，在這些排列成陣，昔日是島國反共、恐懼、物資貧乏年代，一個教室中集體「規訓與未來」的縮影。但人去樓空，只留這些時光徘徊的木頭課桌、木頭課椅。

而這幾十張木頭課桌椅，也是陶藝家一件一件從窯爐中，魔幻穿渡進現實的「火的魔術」。如此可知，調戲地說這片溪谷，這片草原的每一莖夢幻不真的秀拉式點描綠光，那些小草其實是溪主人同時是這陶藝家用窯爐燒出的，其實並未逸出他狂想的可能性之外。

溪主人帶他們去他燒窯、製泥胚的工作室，有一張長桌上，排放著各式各樣的木炭，有一大盆的備長炭，非常潔淨的純黑，發出高貴的光暈，他充滿愛意拿那像神獸前肢的美麗長炭互相輕敲著，說出這種木炭啊，是櫸木啊、櫟木啊、橡木這種硬木製成，你們一般人點不起來，我把它點燃，這樣一根可以燒三、四個小時喔。還有紅木燒成的炭，也是結理漂亮。另有幾大盆竹炭、龍眼木炭，甚至有核桃炭、橄欖核炭，他還教他們在煮茶爐中排堆那木炭的學問。這些時候顯出他是個對這些古人引火、煮茶、器具，甚至泉水汲引的細節一絲不苟，且樂在其中的人。

之後一行人坐在一間整面牆是落地窗後的茶席，恰可以一覽剛剛他們穿行過的，這溪谷中異常奢侈的整片草原，雨光中翠綠如一盞這天荒地老、放大比例，冒著熱煙的「神靈的茶」，既瑩潤清晰又時或薄紗輕攏。他們圍坐在那窗景旁的長桌，一旁有火爐嗶剝燒炭，溪主人坐桌中心之位，用他自己燒的壺、茶爐、茶杯，之前他略帶炫耀的一手「攏炭」絕技，煮著不同的極品好茶招呼他們捧杯而飲。第一泡是據說岩茶中的萬中選一，「蜜蘭香」，座中那長鬈髮導演亦是懂茶之人，兩人像高手牛刀小試，散散說著「鳳凰單叢」、「石古坪老樹」、「隔年陳高雅沉穩」、「舌底鳴泉，比鴨屎香更高一等」……這些如敲擊古磬的叮叮話語。第二泡是一種叫「碎銀子小青柑」名字非常美的陳皮普洱；然後煮泡了一份席間眾人驚嘆的台灣五十年老茶，說了一些「這茶啊是等待我們這次讓它死而後生啊」調笑的話，那種老茶號老屋倉庫要改建時，才又被挖出來的，那連他這樣外行人都啜喝著滾燙茶湯雅致的木材香。他們咂舌讚嘆，大驚小怪，感恩不迭。

「如此美景，如此好茶，真是佛菩薩垂愛，才讓我有幸與諸位坐在這裡啊。」老和尚喟嘆著。

座中最年輕的那個男孩，他們喊他「猿飛」，一身素白麻布唐裝，長髮過肩、濃眉如劍。但臉非常秀氣。後來他才從這群人裡哪個輾轉又聽哪個告訴他的，男孩是「國際級」的裸體模特兒，之前幫知名大牌的鑽石拍過一系列形象廣告，也做過幾個攝影展。他不記得在某人轉來手機連結，看到男孩裸身和另外的女模（有裸體、肚子非常大的孕婦，有美麗的裸體少女）、或是另一個一樣裸身的年輕男模，在一座徽派老建築的堂屋，像夢中海芋花那樣不同姿勢，真的像一玻璃花皿中的一束不同細莖的盛水之花，黑白照那燦亮及「光之乍現」，強烈地似乎一個活物從湖底朝上掙游，然後迸出水面的力勁。當時他看著那些照片中，男孩瘦骨嶙峋的側胸、胳膊、大腿連接臀部的黑白光影效果，心中想：我是個異性戀直男，但這潔白、說不出如絲繩繫住哪的脆弱之感的身體，真美啊。

但在這樣一群年紀皆大其一倍的長輩之間，男孩則表現得就像一個二十七、八歲年輕人的天真，容易一臉驚嚇，偶爾孩子氣的接梗捧梗，並不會生澀或尖銳。只有在稍早前，他們站在溪谷裡其中一段溪主人還未整治，所以仍保持野溪畔雜樹藤蔓之景，這猿飛突然跟他說起，一年前到北國P城，一位超大咖攝影師邀約的工作（是經紀人幫他談的case），一樣也是像這樣隆冬酷寒的天氣，幾十個工作人員、打光、服裝師，在那攝影師私人宅院的雪景，大約續著之前五、六個小時太嗨的狀況，看見大衣肩頭繡兩排紅星，很不爽，將它們扯下，扔進近處一盆火中。不知是否那時他進入了狂蕩邪獰表情，觸動了那北方漢子的攝影師，吼著那些助手全給我回來，這才是老子想要的。他們簇擁著裸體且半醉半狂狀態的他進屋，那閣樓上是攝影師的工作室，木檯上放著幾十瓶各種烈酒。當時這攝影師非常狂地拿兩大杯，斟滿了Vodka，然後用打火機點燃，那杯面上像螢蟲流動著薄薄一片淡藍色的火焰，但這傻青年不知在這樣顛狂、意興遄飛的連續動作下，是要先將那藍焰吹熄，再一仰而飲。他直接舉杯乾了，沒想到那著焰的烈酒將他的臉、長髮全罩入一團火焰，他特別感到上唇和耳垂被灼燒的劇痛。

在山腳的時候，有七、八個戴口罩的年輕人，拿著鋤頭、電鑽、大鎚，濕雨湮霧的雜樹林邊，似乎在卸鋸一截非常粗大的橫倒樹幹。在那樣的冷空氣中，他們的身影帶著說不出的憂鬱。但他們的氣質並不像工人（事實上，在這個大滅絕後的辰光，看見這樣一群「工人」也是超現實的），和猿飛同樣的長髮或光頭，雖然臉上、衣褲沾著泥漿，但他瞥去掃過一眼，腦中層層遞換的記憶，這些年輕人的臉，其實是網路年代上，浮花浪蕊無數自拍照、人臉照片中，非常俊美，應該是去當模特兒、什麼街舞或打擊樂團之類的，演化中說不出混了阿美族、日本、沖繩或流亡藏人的新人種，脖子或手臂或捲起褲管的小腿肚，都有藤蔓捲曲，暗藍色的整片刺青：飛鳥、天使、魔王、楔形文字、聖堂武士團徽……他們的二頭肌、胸肌都鼓突結實，但其優美流線明顯不是做工的人，而是在健身房精雕細琢各局部練出來的。

而猿飛確實也和他們相識，像落單的一員跳下他們這些「老頭」的小巴，下去在那細雨迷濛中和他們打菸、嘻笑了一番。但在這樣的「事件視界消失」的時刻，車上其餘人都各有所思、驚魂未定，因此也沒人想探問這群年輕人為何出現在這將進入之溪谷祕境的入口處？他們在做什麼？或他們現在的身分？當那「最後方舟」之門關上時，他們是算在「我們」裡面，或是被摒除放棄的？

猿飛上車後，雖然一車靜默只聽聞車引擎攀爬雨中陡坡的低沉嘶吼，但仍能感覺他那像年輕小獸見了同伴，然後分開，一種蒸騰的，剛剛外頭濕冷的空氣或他興奮而不自覺從頭髮、外套，一種看不見的白煙。然後猿飛自顧自對他們說起，剛剛那裡頭一個叫「大雄」的，算是那群人的頭，是個非常厲害的傢伙，不，在「出那件事之前」，可以說是他們一整輩年輕人心目中，阿波羅般的神級人物。

「他的氣場超強的，很怪，才二十五歲，但一些非常厲害的、不同領域的藝術家，都願意追隨他。有行動藝術家、有舞者、有說書人、有太鼓的真正第幾代傳人，有音樂家、有劇場整團投靠……，他辦了幾場非常震撼人心，難以說出是怎麼分類的大活動，譬如類似這些非常厲害的年輕人，一群人遶境，或在一個荒棄海邊紮營，喊出的口號類似是：不以推翻社會框架為目標，而是讓某些在邊緣的群眾，液態的、與這巨岩化的大城市，找到對話的突破口……之類的……」

「那他是出了什麼事？」

「你們不知道嗎？那次新聞鬧非常大啊。他去和市政府談了，將一整片廢棄鐵道邊的草地，還有一些廢棄倉庫，讓他們辦一個有各種人進駐，不，自由來去的，邊界模糊的『祭』。當然那進去的人就愈來愈雜，因為區塊太大且分散而且超出他能控制，當然有各種武場的、最底層的邊緣人、還有一些嗑藥的、雜交的趴，大家心照不宣地各自在那個烏托邦裡，沒有人知道各玩各的夢中怪境。這或許也是他本來就希望的……但這種年輕人的祕教，或搞不清楚愈玩愈大，想拚壓過對方的，又像野火四處各燒各的，自然會往社會無法接受的極端尖觸去冒長……」

「然後就是出了那件事啊，有一個射箭教練約了一個想學射箭的女孩，在其中一間廢棄倉庫，想強暴人家，一反抗，把人殺了，還分屍，好像胸部還切下來收藏……這事後來警方查出來，整個作案現場，恐怖之夜，殺人的時刻他們一旁還有別的趴在嗑藥、狂嘯、淫亂趴……這事後來鬧超大……」

「我知道！我記得這個新聞！」

「原來就是你這朋友？」

「大雄不算是我朋友，其實我根本算哪個咖，他因為是這整個『祭』，整個群魔亂舞、百鬼夜遊，這概念的負責人，所以他得出來扛嘍。那時報紙上頭版，他也出庭，後來也判刑，那個殺人犯當然伏法被抓了。但大雄只能說是倒楣。那之後他就閹了，很奇怪，樹倒猢猻散。後來看到他，眼神都渙散了，好像原本像臣民的這其他人，誰都可以去巴他頭一下，笑謔他，我可是見過他出事前，那種一出場，大家全屏息、眼淚在眶裡打轉，那個王者氣勢……」

「但他和另外那些人為什麼跑來這在幹什麼？」

猿飛的臉色黯淡下來：「我也不知道哇，他剛剛還問我：我怎麼能跟你們上去啊？好羨慕的樣子。」

第二章

有一次，老和尚、溪谷主人、導演和他，順著野溪上溯而行。老和尚突然和溪谷主人聊起他倆都很喜歡的一個畫家。老和尚說：「王翬那麼喜歡在崇山之間，一條小溪上，藏一座小小的橋。〈夏五吟梅圖〉、〈秋樹昏鴉圖〉、〈虞山楓林圖〉、〈喬松茅堂〉、〈竹吹松風圖〉、〈夏山欲雨圖〉、〈江山漁隱〉⋯⋯。

「天地那麼寬闊，山中的飛瀑、流泉、野溪，映照著節氣變化時，冥斂如秋光奏鳴曲、粉嫩妍影如春之聲、或是強曝光下那環景的綠、妖幻像仲夏夜之夢了，像是所有大音樂廳的管弦演奏的前身，所有悲歡離合、生老病死的戲劇還未啟動前，若有所感，預感、惘然、悵惘，但其實就是千萬年前造山運動，從海中隆起的褶皺、堆疊，然後百年、百年地覆蓋上草籽、灌木、然後形成雜樹林，形成我們眼前這一片難以言喻之景。

「我們待在山中，就是無所定位的這小小的一角，這確定不了的某一個時刻，但那個變幻類似激情的發生著：湧動的山嵐，從這邊的崖壁或蒼松陣，往那端溪谷側，那麼短的時間，它就在眼前發生了。比野牛群的遷徙或軍隊的移動，還快速、場面大。或是一片落葉，或是落英繽紛，或是一條小蛇，撲喇鑽進腳邊清澈的溪流。

「我們的感覺，是否被這些『境』，帶動著、像風爐吹著小炭爐，忽而擴大透明、忽而蜷縮？小一點的雀鳥，簡直像翻跌，從這一側的大櫟樹，剪翼迅閃到另一側的樹影中，或大一點的、尾羽斑斕的雉，從另一個時鐘刻度方位，讓眼前整個光影撩亂、有空氣振盪擊拍感地，從山徑間飛過。」

一切都是命名，這裡原是巴賽族暖暖社（Perranouan），意思是「間隔處」。

這一帶的河床，有一大片的「壺穴」，就是湍急水流沖激漩渦，挾帶著堅硬小石，在原本河床岩盤形成渦蝕，其實就是渦盤狀的鑿打，從小坑洞慢慢變成大坑洞，也就是壺穴。

月光下的那一片壺穴，有點像在想像中的月球表面，非常美。像遠古巨人的腳印。

有一段時間，天變得非常冷。溪谷主人也不像他們初來時，像展演某種靈光神氣的難以企及，煮茶的刁鑽、奧義。他們工具間、倉庫、貯藏的好木炭（那些備長炭、松木炭、檜木炭、甚至拿出來燒的那天，大家都淚流滿面，太奢侈幸福的同時，也宣告了終於這些人是在「世界末日」的零星煙縷，大滅亡之後的，「就只剩眼前這幾個活人了」，那油脂香到不可思議的檀木），整簍搬出在這大屋角落豪邁堆著燒。他們想到這應該就是從前會有「低溫特報」的寒流來襲。確實一起火燒炭，屋內的濕冷空氣全熱烘烘，比任何電器的什麼陶瓷暖氣、什麼熱風扇啊，都要袪寒。所有人的形容臉貌也比初來到時鬆垮了，灰撲撲模糊，似乎每日走到這間建築，喝溪谷老人煮的茶，就是活著的全部內容。茶也沒一開始那麼炫耀、目不暇給，有一整個月，溪谷主人似乎找到一箱什麼「高泉發茶行」的安溪大坪「茶王鐵觀音」（還多註解是「虎溪岩茶」），那好像是許多年前他一位馬來西亞的老友，整箱寄來的。他們那一陣就全在泡這個茶。怎麼說呢，一種水質被這鐵觀音變硬，不像普洱老樹那樣深邃如空谷，群山萬壑。這種岩茶就是粗礪的在你肩頸和口腔間，氤氳一團類似硬木或鐵棍的力勁。第一泡會讓他們眼睛一亮，確實茶氣盪入肺腑。但非常怪，第二泡即淡弱，彷彿精華全在第一泡便傾全力耗盡。但那段時光，溪谷主人就是無精打采地拿了煮泡，眾人喝一巡便倒掉，換新的再泡。大家也靜靜飲著，似乎僅為取暖，反正那箱意外挖出的（不貴重的）老岩茶，量非常多。

他們也會品一些高粱泡櫻花，或高粱泡山裡抓來的青竹絲或一些野藥材。故事也換人又換人說了第四輪、第五輪了。每天的午餐、晚餐，沒有垮掉過，這不得不佩服女主人，當然冷凍肉品是隔一段時日，年輕些的開貨卡下山，從那些無人的賣場運上來。他們有辦法讓幾家快速道路連接的Costco或比較冷門的高級肉舖的冰櫃，包括發電機電力，都持續一兩個月運轉。當然這溪谷裡也自己放養了雞。真的都吃光了，至少還有兩年內都無虞的罐頭牛肉，魚蝦蟹貝最不成問題，但女主人讓人感激讚佩的是，她真的有心，在溪谷主人空靈不著邊的這片巨彩造景裡，持續種著山野蕨菜，另開了菜圃、搭了瓜棚，那都是眾人狼狽逃進這溪谷莊園之前就當樂趣弄的。說實話，在這種「是否我們是鬼不是活人」，心智極容易崩潰的，但又持續尋常的每一天，晚餐長桌上出現熱騰騰的金瓜米粉、紅蟳米糕、筍絲蹄膀、菜脯蛋、三杯豆腐、腐乳空心菜、炒過貓、蝦米炒高麗菜，然後一大鍋山藥土雞湯，每個人都扒著眼前碗裡的飯，不敢看別人，因為有時眼淚就滴答掉進碗裡。

支撐著所有人「不願意瘋掉」的，當然還有那每日，或隔幾日，休息、休息再換人的「說故事」。「不要愈講愈怪，愈講愈玄，走火入魔，都聽不懂了。」有時溪谷主人會在晚餐時用筷子敲碗，像在發牢騷。

有一天下午，茶席間出現了一個非常老的老人，溪谷主人夫婦喊他「阿公」，似乎之前和他就因為買茶情誼，非常親。但不知為何在眾人進溪谷避禍的最初時光，這阿公（九十七歲了）沒有被接來？而此刻他又是如何突然這樣一個老人，不知從哪裡、用什麼交通方式、或是他如何知道此處還藏著一些「活著的人」？他怎麼穿行過那些噴散著病毒的屍體森林、屍塊山丘？但好像也沒有人對憑空出現這樣一個「老神仙」感到困惑。

溪谷女主人像個小姑娘，拉著阿公的手，問他餓不餓？要不要她煮碗粥（她說「糜」）給他吃？然後跟眾人說，這阿公才是她認識的故事大神，他的故事噢，十天十夜都聽不完。她說阿公阿公，汝跟這些少年講講「茶」的故事，她眄了眄溪谷主人，「不要大家都聽他在那假仙假怪。」

阿公嘴裡的牙全沒了，笑得超開心，但一說話又中氣十足。「茶喔？要我講茶喔？」

阿公說他的叔公（那也是一百多年，日本佔台較早時候啊），因為「痔呴」，ㄏㄧㄟㄧㄎㄧㄨ，我們說是「蹺痀」ㄎㄧㄠ咕，駝背嗎？他說不是，是He-Ku，氣喘，沒法跟著兄弟一起種茶，那時都用走的，他很妙，從貓空這邊山上，走到淡水，那時候沒人會治這個ㄏㄧㄟㄧㄎㄧㄨ，結果竟然是在馬偕給治好了。然後馬偕就讓他進去讀書，當神父的助手，那時候哇，台灣還沒有國民學校，我叔公竟然就跟著學１２３４阿拉伯數字和羅馬文。然後呢，他又從淡水，用走的，一路到新竹、彰化、台南、到屏東，再去窮人家、或像他生病沒法醫的，再找十個少年學生，再去馬偕讀書學習。那走下去，都是一年的時間噢。後來他在屏東，可能在貨船港邊，欸這個年輕人會阿拉伯數字，可以計算貨物，他就當了工頭。後來可能是太平洋戰爭爆發，有人就拉他去走私。他那時年輕吧，想去另一邊的世界看看，就跟著走私去了廈門。結果那時福建已經被日本兵打下來了。他在那邊，吃了許多苦，遇到一個女強人，非常厲害，等於是招聘了他。

（阿公說到這一段，背景模糊跳躍，但故事是真的，他們要細想才恍然大悟那合理性。其實就是在日軍剛佔領的廈門，很難管理那些華人，而阿公的叔公和那個女強人孀母，因為是從台灣去的，會講日語，所以就變成中間翻譯和執行長官命令的「殖民地買辦」。）

阿公說，日本人要蓋鐵路、開公路，許多土地，是要遷人家祖墳，唉福建人最重這個，當然激起許多仇恨、叛亂，我叔公和那個女強人，就變成疏通、開導的角色。當然他們也巧，也用關係，作一些物資的買賣，算是發了財。

太平洋戰爭日本慘敗，我叔公和嬸母，所有土地、房屋、錢財，全部扔下，連夜逃到馬來西亞（阿公說馬來西亞的發音是媽賴西呀），什麼都沒帶，只帶了一台咖麥啦（照相機），還有一箱柯達的底片。他就是從日本人那學新式、現代，算很趕在潮流前端學這個攝影啊。

結果在媽賴西呀，舉箸無米啊，欸，就幫當地人，那些土著，幫他們咖麥啦攝相啦。

阿公說起最早，英國人來跟台灣人買茶，那個紅茶沒什麼技術性，就是完全發酵。但那時候種茶的人沒有人家一次來要那麼大的量，很多就茶裡摻紅土，或是石灰，過磅就偷那個重量。一些爛的茶也放進去。貨到了香港，人家一打開，怎麼都是這樣的。台灣那時候的茶業就崩盤了。

那是一百多年前的事喔。

然後是日本仔來，人家是用科學、機械的，很多人說我亂講，日本仔一百多年前就傳給我阿公那輩人冷凍的技術，真的！茶炒好了，立刻冷凍，那個香味就被封在那狀態了。

說來，茶真的很「清」，阿公喟嘆著，茶這個東西，你沒有「靈命」，是不配來做茶人。

茶啊，自己鋪在那發酵，人走過去，你根本不要加什麼花，它自己的茶香，就一直變化，茉莉、含笑、桂花、肉桂、蘭花……它都是茶菁自然冒出的香。你要這個階段的，就這時把它炒，然後冷凍，它就停止在那個含笑，或蘭花，就停在那個階段。

老和尚忽而唱道：

「一飲滌昏寐，情來朗爽滿天地。

再飲清我神，忽如飛雨灑清塵。
三飲便得道，何須苦心破煩惱。
此物清高世莫知，世人飲酒多自欺。」
又唱：
「丹丘羽人輕玉食，採茶飲之生羽翼。」

他腦海於是浮現，老和尚帶著他穿街走巷，那些眼珠如金魚混濁突出，像枯木雕的達摩，穿著寬鬆如老兵內褲的紅格子短褲搭吊嘎仔，茶盤裡拼裝民國不同年代不同任市長敬祝重陽節快樂，化工顏料的青花小瓷杯，一旁不嫌噁心玻璃啤酒杯盛水泡著鐵絲一道，孤掛帶著一排晶亮瓷白的假牙……那些老者，語重心長，甚至帶著柔慈的哭腔，小壺懸在半空注下那些碎梗枯葉泡出的，說綠又黃的熱茶湯。

譬如這阿公說起，就在這山附近有個「十人體」，就是最早一批福建來的種茶人，無知無覺十個人就被「番仔」砍去頭。後來他們才又有一處叫「番仔公館」，那最初就是漢人害怕被砍頭啊，大家輪值休息換班的前哨站啊……。

這些老人在說故事時，總是淚光閃閃，像孩子癟嘴、偷笑、眼神偷瞄你一下，比壯年人說自己的遭遇更多了許多微細的迂迴變化。他們意外的獨活於人世，同輩、同時代的人都死了，他們像站在一僅可站立的小礁岩上，環繞的全是陌生、新世界的海洋，過去的歷史幾乎可以是他說了就算。所以故事從他們口中說出，就像傳說中那泡在比糞池還臭的鹵水酸酵槽中，爬滿蛆的梅乾菜，或火腿。故事總像那用細麻繩吊在簷下的臘肉，布滿炎綠色的黴，長出細細的白毛，原本瑩白的脂肪部滴下褐黃色的油、黑色的斑，從那些纖維疙瘩處擴大，光這樣吊在風中的一塊屍肉，就展演了少女逐形變成老婦細細索索「失去的」、「變成髒糊黏膩的」、「發出恐怖惡臭的」……，但懂得其中三昧者，薄切幾片下來，和新鮮筍笋、新鮮三層豬肉燉湯，燉成濃稠白灼色，浮著一層奶酪油，「噢那個鮮！」

故事也是這樣的，真正故事的饕家，懂得在老人這種癟嘴，眼神似笑非笑、靦腆怕祕藏的一團霧狀往昔追憶，讓年輕人無教養離座而去，或敷衍嗯嗯但手機響起輕率打斷，真正那個故事的「電擊腦額葉的鮮美」，就在老人癟皺的眼袋、深凹的人中、無牙且漫出臭味的嘴洞，這小小方寸之間的迂迴、遲疑。

那些燎焦塌爆的濾泡，不依賴高溫，而是在被擱置、負棄的長時光中，和挨擠著的、其他的愛戀故事、被背叛的故事、被拆散的故事、害了人而深埋心中數十年的故事、一個好女人被一個爛男人毀了一生的故事、糊里糊塗被徵兵到遠方目睹殺人殘酷劇場的故事、逃匿那獵狗般追捕者的故事……這些故事的泡膜，互相分泌出一種弱酸，說來噁心，其實像鑑證科的法醫在手術檯，剖開剛遇害死者的胃囊，那些融解一半的御飯糰、拿鐵咖啡、嚼碎的茶葉蛋、膠囊半破的維他命B，或前一天已消化成膠狀的糖醋魚屑、發黑的菜渣、難辨其形的蘿蔔牛肉、柳丁的纖維，噢真噁還有芝麻湯圓的爛皮……這種敗臭味，可惜了還沒在這樣再重複一萬天、兩萬天後，成為枯腸索盡的老人那癟嘴噴出的，「靠近死亡，卻如此輕盈、甚至清澈如露水，不再有臟器腐敗之惡臭」，近乎茶的酸酵、焙乾，老人那羞怯帶著笑意的眼珠……。

「我們還是那一句這樣的老話：我和這個時光走廊的人們有何關係？我知道它多少？我的理解是對的嗎？我是否站在刪除別人故事的那一方？」

「然後我擔心著自己的故事被刪去，其實我真正擔心是肉體的被消滅。在我們現在這個綠光盈滿、美麗不真實的溪谷外面，大批的人們死亡了。他們像被一個比一座城市還巨大的玻璃罩罩住了，然後施放瓦斯。他們的死狀究竟是清潔、穿戴整齊、面容和活著時無差？還是痛苦蜷縮、咬牙切齒、眼球爆出、手爪糾纏的身體群塊下方全是失禁的屎尿？」

「我們這種第三世界，經過上世紀七〇年代、八〇年代、九〇年代，出口加工區、某一條橋在黃昏整個擠滿後檔掛著中森明菜頭像，噗噗噴煙的戰狼125摩托車，南陽街拼貼在一起的舊樓，裡頭一格一格上下左右的蜂巢，每一格都塞了二百個重考生，我們好像一直在練習這種和許多陌生人身體挨擠在一起的感覺，然後這又離開我們，像傳酒令或是扔一顆也許下一秒就爆炸的手榴彈給下家，我們練習了像在審訊室單面玻璃另一邊的安全房間，觀察著那一頭重演那挨擠在一起，失去人類型態的惶然男女。那另一個名字的城市，深圳、東莞、珠海，那些流水動線的蟻族。我們就練習著從上家傳來的，孤獨的一個人，無菌室裡的一個人，默片般的一個人。」

「就像我們現在在這溪谷，知道外面的人，全部，死去了。這在發生之前的兩年、三年、五年、十年，我好像就預知過這種感覺了。」

「就像烘乾的茶葉，壓成一片餅子的那許多獨自個體卻硬結成一個群體。這個茫然、卒然臨之所有的背景、附生的城市、曲折的老巷弄、等著被拆除的騎樓、隔板牆的呻吟聲、夜燈下踢倒的深褐色啤酒瓶、隔鄰坐一個老gay、除此之外空無觀眾的老電影院……這些都被剝除掉，那時再掰下一塊，用滾水沸煮，讓它們舒展綻放。所以這麼沒有意義的『這幾個人多出來的活著』，似乎又有了很多意義的什麼……。」

那天下午的茶席，他們難得的不再是這山谷中人鬆弛歪塌，表情渙散舉著茶盞啜飲，而是眉眼鼻尖到嘴唇，都有一種各自專注的微光，像某一段溪裡和水流對抗的小銀魚。原來不知是誰開的頭，聊起伍迪．艾倫的電影。很意外的，席間各人竟都似乎自認是伍迪．艾倫的專家或鐵粉，於是像街道邊原本吹起垃圾袋的小股氣旋，但各處皆那麼颳起一陣小氣旋，慢慢就碰撞、糾纏、混成一個類似奏鳴的局面。

恍如隔世。人們說著那些似乎不很久以前，其實距離他們這個小島如此遙遠的大城，那個把所有人捲進去的繁華夢，虛矯的上層精英的勢利，聰明、疲憊、美色作為禮物或騙局，來自鄉村的小妞如何在這慢慢向上爬梯的過程，失去她最珍貴可人的東西，那只有伍迪．艾倫才兜轉得輕快、滑稽、小小的溫情。每個人寄居於這個資本主義大峽谷都會輕微嘆息的「啊，確實是那樣，確實是那樣……」

「噢我實在太喜歡那個《愛情決勝點》，那個網球掛網卻沒掉到另一邊的草地，和他殺了人把那戒指一扔卻沒丟進河裡。那個靠男色往上流社會爬的網球帥哥，那個瞞著全世界，把他妻舅前情人（喔史嘉蕾．喬韓森實在太美，就是個男人一定會甘犯天條也想去上的尤物啊）肚子弄大了，然後布置整個槍殺的局，我完全能百分之百感受那個胃囊發冷、頭像被緊箍咒鎖住的恐懼，局都佈好了，只能等著那獵犬般的老警探，嗅聞他褲管、全身，他必須一臉鎮定、無辜，那個破綻像絲襪上小小的裂縫，他只能被動等著警探在那裂縫近距離，鼻子晃過來、晃過去。真的，這情節超老梗的，超芭樂的！但真的就是恰恰好，我記得我看完後，想我一定也有過類似的撒謊、類似的巧作佈陣，其實脆弱到輕輕抽去其中一根支撐的牙籤，就整個垮掉。而我後來能不身敗名裂，就和這網球小夥子一樣，其心可誅，但純粹是神眨了眼，讓你僥倖逃了。」

「他有另一部也是，也是主角掉入永劫回歸的恐怖：有一個作家，他的小說總是失敗，似乎他的每天行程，就是無休止的拜訪不同出版社的主編，然後被看完原稿的對方拒絕，男的主編或是女的主編，委婉地勸說他放棄這一本吧，再向下一本出發；或是不留情面地狠批他其實缺乏走這條路的才華（但他所以是個還能和各出版社打交道的『作家』，乃在於他更年輕時的第一本小說莫名其妙的大賣。）他的妻子是個美人兒，養家完全扛在她身上，除了在畫廊上班，每天回家要面對那個『書一直被世界拒絕，被各家出版社退件』，坐困愁城的陰鬱丈夫。當然這還摻入一個討人厭的丈母娘，小倆口時不時要向這嘮叨、勢利的老太太借錢，否則會斷炊。這時妻子和畫廊的英俊老闆有一番曖昧，當然伍迪・艾倫的喜劇跳躍節奏，結果是老闆和她的畫家好友搞在一起。」

這時，眾人不約而同說，「噢，我知道這部。」「對對，想起來了」，「這個妻子還有一個老爸很有錢，是演《沉默的羔羊》那個變態殺人魔，但莫名其妙肉體大回春，愛上一個年輕妓女，後來被榨乾，帳戶裡的錢全掏空了」……。

「是的、是的，這又是伍迪・艾倫的又一次《仲夏夜之夢》，所有人都想朝那虛妄、其實只是幻影的另一個世界，去撈抓青春之泉、愛的激情、充滿創作力的魔力湯、美的最初的感動，結果其實都是盲人伸直雙臂，然後從自己宅居高樓的窗口摔下，死得淒慘無比。」

「但是，和剛剛草泥馬說的，那部《愛情決勝點》的網球教練一樣。這個小說家，他做了一件事，一個必須用餘生全部的恐懼、說謊的天賦，將變化如溪流的人生，A硬變成B，每一個A都要更多細節翻轉顛倒成每一個B，那個無法承受的沉重。他的一個好友，是個業餘的，沒沒無名的小說愛好者，曾私下拿了自己寫的一部小說（也是第一部）給這男主角看，請求他的意見，這小說家讀了，為那初生之犢自己不知，每一行皆噴散的才氣、原始力量、一種說故事的光所拜倒、嫉妒。當然這傢伙除了把這部『拙作』給了他唯一認識的這個有些名氣的小說家，出於自卑，以及缺乏管道，只有自己靜靜的知道有這部作品。

「有一天，小說家接到電話，這個好友和另一人出了嚴重車禍，但傳話人弄錯了，說這個寫了一個無人知曉的偉大小說的傢伙死了，另一人昏迷不醒。於是，對一個生命陷入各種困境，但唯一能解開這些困境的鑰匙，就是一本能不再被全世界、所有出版社拒絕的小說。而現在有這麼一部小說，它的作者已經死了，全世界根本不知道有這麼一本書。於是他趁夜摸去那好友的屋內，偷了他擺在書桌上，那部小說唯一的列印稿（另一本在他手上），把好友電腦中這部作品的檔案殺掉。用自己的名字把這部小說出版。這部本就難掩自身光華的書，出版後大賣。而且他因此得到對街窗口，那個他在坐困愁城，自己的書一直被退稿的時光，偷窺的一個迷人年輕女郎的父親（那是個重量級的評論家）深深賞識（但他賞識的是這小子從他好友那偷來的作品啊）。他也因此和妻子離婚，搬到對街跟這年輕美女同居。

「直到有天他又接到電話，傳話人興奮地說，他那個好友（那部帶給他一切美麗翻轉的小說真正的作者），昏迷了半年，奇蹟地醒來了。『什麼？你不是說他死了。』弄錯了，山姆和湯米，死的是湯米，昏迷的是山姆，當時可能噩耗突傳來，電話中一時口急弄錯了。」

「這很重要！很重要啊。主要是那個想要把那個『一旦爆開會毀滅自己』的祕密消滅的，人心作為一個突竄的火炬，讓我們看見那個『如果換成我，要怎麼辦』的恐懼，那多麼孤獨，多麼壓到你喘不過氣的沉重啊。包括，我不知道各位有沒有看過，那個科幻影集《黑鏡》，大概是第四季吧，有一部叫〈鱷魚〉……」

座中幾個人驚呼：「對，那一集超恐怖的。」

「那個年輕時和男友，在一風景如畫的雪山群丘公路駕車，撞死一位自行車騎士，他們將屍骸扔下懸崖下冰湖的女主人公。那麼空曠無人之境，神不知鬼不覺，就像你在生命快轉某一瞬，只是眨著眼或拍死一隻蚊子。然後十幾年後，這女孩已成為一知名建築師，和上流社會的丈夫、兒子，住在一豪宅。但當年那一同肇事的男友，找上門，他成為一個落魄酒鬼，始終走不出那個無人雪境犯下的殺人之罪。他決定去自首，女人禁不起我前面說的『一旦爆開，所有搭建、精密連結的一切，全部崩塌』，於是她在一旅館殺死那前男友，冷靜布置一切不可能被發現的滅跡、棄屍。凶殺時間推算而人在另處且旁有他人可證……。但該死的是在《黑鏡》裡那個時代的科技，可以用軟體如監視攝影機，進入任何一個事件的所有在場無關人等的記憶區，像倒帶、停格，重建凶殺案現場一切可能的推理細節……。

「於是就有個討厭的保險公司鑑定員，一個像獵狗鍥而不捨的女孩，只是從一起交通事故理賠糾紛，對當時周邊在場者調出他們一晃而逝的視覺殘影，總之最後一路追到這『為了消滅當年意外撞死人之汙跡，殺了當時唯一在場證人（共犯）』的，也許只是想扮演好現在這個局裡的母親、妻子，於是竟不可思議，像一根懸絲往上扯，每一個會造成破綻的無辜目擊者，全要殺掉……」

「對。這部真的很恐怖。」

「不知在場諸位，有人讀過葛雷姆．葛林的《布萊登棒棒糖》嗎？那個冷血、殘酷，但其實只是個青少年的小黑幫老大品基，一樣是被一個意志頑強的女偵探（一個胖女人）追著，毫不鬆口，他最後絕望大喊：『難道要我把全部人都殺光嗎？』」

老和尚說：「竟然有人在此刻提到這本小說。我記得啊。沒想到我們現在談論的任何一部電影、小說，都是無法再去翻查了，真是懷念啊。」

「是啊，真像融化在整片海洋裡的一粒冰霰啊。」

他和猿飛到屋外石階抽菸時，突然想到：「上次那個阿公，後來怎麼就沒看見過了？」猿飛看著他，兩眼濕潤像某種樹蛙，那神情像是：你是真糊塗還是在演戲啊？噴著菸：「這沒什麼奇怪的吧，有一天，我或你，或任何一個人，在其中某一天沒出現，其實也不意外吧？」

他不確定這年輕人說這些話，是逞一個超齡的「覺悟」姿態？或是他知道的關於這溪谷之祕密，真的比自己多？

他腦中突然浮起這一切超現實「滅絕演劇」猝然降臨之前，他曾自問自答思索的一個問題：「青年」是個什麼樣的概念？這當時頗在他內心夾纏、迷亂。他似乎夾在「老人佔據著當初交到他們手中的那個世界」，明明他（她）們的時光之屋裡已經布滿回憶和遺憾的飄浮塵埃與蛛網，他（她）卻總要假裝自己是燦爛的青年。但是，後來那發生在他身上的事，他又真切感到年輕人對於老人消滅的無情和冷酷。譬如他和這猿飛此刻蹲在這屋外抽菸，那一列布滿青苔的巨石不遠處，有一個沒注意便視覺跳過的小石窟，他也是幾天前才聽溪谷主人講，在他們來開墾這荒溪之前，那就是一直在那，當地人也並不認真奉祠的「萬應公」小祠。他們在一、兩百年前，就是堆堆沒人收埋的屍體，我根本陌生的這山中隘道，兩掛人持著刀械鐵棍互砍，完全沒有浮浪輕佻，而是極嚴肅的殺死對方，並擠在這樣數百人濺血厲喊的敵我混雜身體中，被殺死。他們為了自己背後那個團，為了水源、墾地、或各自不同流派的戲曲、神明傀偶，非常認真地撲向死亡的亂竄火焰。然後一堆屍體荒曝於野，當時的人們根本分不清這些屍骸誰是誰，所以一堆全埋了，立一個小石碑叫「萬應公」。他年輕時，自己孤獨亂走，在山野遇見這些無人照顧的小破祠，一定合掌拜拜。但那後面的陰靈，更多不是祂們根本搞不清楚後來的世界變化，而是一種無明漩渦的怨念或殺氣嗎？祂們眾聲喧嘩，可能後來的人還必須與之顛倒聆聽和傾訴的位置。我們怎麼能求這樣無法調音的、野地裡亂擊之鼓、百琴嗚嗚的「保佑」？

他這些年時光，一直在避開掠奪了那些年輕人的年輕——不，那已不是所謂「故事」，如果他們，如果年輕時的他，能提早些看清楚，這只是這地球上，無數個第三世界的小島，無人理會的貧乏小鎮、漁港，或山村，他們只是一種單薄影像斷續傳輸的鴉片中毒者。他們應該跟他們的同齡人一起去當飆仔、去搖頭趴裡扭動，不該成為「被借走」的青年，那個伍迪・艾倫的「紐約」根本是個騙局。而此刻他看著猿飛那純淨的臉，心裡悲傷極了。

更早些年，他在一所頗偏僻的大學，糊里糊塗開了一學期小說課，因為沒有學分，所以教室裡的學生從第一次三、四十人呈等比級數減少。雖然他（那時還算年輕）用盡心機，想出各種類似說故事的遊戲，炒熱氣氛，到了學期中他終於稍微講「難」一點的《百年孤寂》或《生命中不能承受之輕》

時，那個班只剩一個小T和一個和他自己年輕時形貌頗像的高瘦男生。這個男生每次下課，會陪他走穿過那像誰的畫中，恐慌症般的巨大圓形樹冠，和整片綠色草坪的荒蕪校園，送他到學校後門搭車。似乎上天降下安撫他的羞辱或失落。這男生會兩眼執著發光，問著他，杜斯妥也夫斯基、巴加斯・略薩、奈波爾、魯西迪、波赫士……像一個充滿熾烈憧憬的年輕拳手，追著問一個當年曾去現場看過傳說中絕頂天才拳王的毀滅與極限之戰的老拳師，當時現場空氣是怎樣？天啊，當時那個神級拳王走向場中時作了怎樣的自我儀式動作？他倒下的那一刻，您一定哭了……種種種種，他內心飽含著感激，但愛惜這年輕人，保守地開著那些（是啊，年輕時對他，就是神一般的名字）小說家的書單，但不要急，這半年，你如果能把一本《百年孤寂》默記在胸，就超爽了。這些長篇，你至少要花十年，才可能讀完第一遍。

不要急啊，不要急。

但男孩在這個冷清小說課的尾聲，某一次和他走這段「超現實校園」之路，說起自己家世，他的父親（如這個島國許多人父親的故事）在他和他弟小學時吧，生意失敗，原本在新竹還有一幢市區的透天厝，以及一筆不大不小數百萬元的存款，後來的這十幾年，他們家的生計便是靠他父親進出股票買賣，維持他們的生活和教育。但去年吧，他父親（如這個島國許多人的父親）某次聽了朋友的內線消息，把全部的老本，以及透天厝抵押給銀行，一大筆錢殺進股市，結果碰上美國次貸風暴，可說是近乎被通殺。他們搬去租住的小公寓，他老爸要他和弟弟自己去想辦法工作養自己了。

作為小說的導師（雖然只是這莫名其妙的無人小說課，後來那小T也不來了），他憂心忡忡，但他自己正是因為堅持寫小說，弄得半生貧困、顛沛流離，他連想資助他都沒能力啊。但那年輕小說使徒仍兩眼灼燒，和他說起自己正開始讀波拉尼奧的《2666》。

「太屌了！真的像您說的，太屌了。」

後來他就離開了那怪異、寂寞的小說課時光，也許是一年後或兩年後，從臉書後台收到男生的訊息，他休學了，因為得了一種怪病，只能臥床。因為回憶中那訊息混在其中更大量這樣斷碎、朦朧畫派般其他短短緣分的訊息中（他稱之為「哭泣與耳語」、「聲音與憤怒」），如大雨將至，田野漫飛的野蜻蜓，只有一種眼球無法盯住的翳影，一種比全景空洞多一點點的透明、晃動的什麼。好像是免疫系統或是僵直性脊椎炎？似乎還換了人工肛門。病榻上還寫了篇「非常大江健三郎風格」的短篇……。

又過了幾年，在一次他的簽書會後，那男孩混在人群中出現了，臉更瘦削，但似乎懂得打扮了，非常小的細節（於是和他回憶中那個二十歲不修邊幅的自己分道揚鑣了），眼鏡後的兩眼仍是像切玻璃刀，晶亮銳利，似乎後來身體痊癒了（這他內心一閃慚愧，這麼多年了，他從未給過這還未胚胎成形便夭折的門徒，任何問候或哪怕一點點支援），說起這半年在學義大利文。義大利文？是的，他的夢想是去義大利朝聖，他目前考上一所哲學研究所，但他的指導教授是個義大利老先生，他必須學會原典，然後才能深入那深奧的哲學之海。

好像在和一個義大利女孩的交換生學日常會話。因為找專門的義大利文家教太貴了。

當然他心裡也迷惘著，這孩子的願夢（西遊記？）似乎太遼闊龐大了，那超出他這個沒離開這小島三個月以上的土製手槍，不，土法煉鋼卻滿口可以大談艾可、卡爾維諾的阿北，能夠理解的，要準備的金錢、語言能力、去和那些外國人一起生活？他突然被一個比較年輕的自己嗎，張開另一個到遠方、現場的想像，弄得啞口無言（似乎他在這島國，如果和同樣叼著菸、同樣廢、同樣連從國中就強迫學習並考試的英文都那麼爛的哥們、說起「義大利」，那貧乏的只能冒出披薩或黑手黨？無法更多的話題了）。

當然後來這個末日病毒，大滅絕的頭幾個場面，就是義大利。

更別講那些（並不多）不同時光，鑽進他旅店或宿舍房間，那些年輕女孩甜香的，半童半成人的嬌小身體，那像獻祭一樣，犯規的、大膽瞞過她們的同儕，貼近他最近距離、充滿菸味、空蕩蕩的懷裡。那似乎只是她們，抽象越級，可以和知識或智慧的權威（其實只要她們離開那小小投影房，就知道在現實世界，這種老伯什麼都不是，比較類似宮廷小丑、逗貴婦笑的魔術師、甚至更悲慘些，沿街乞討的僧人）平起平坐、讓他也用她們的白痴話語哄著她們、寵縱她們，喃喃說一些冗牙贅舌、意義晦澀的讚美詩句。她們不知道他像捧著清晨露珠，那麼珍貴寶愛的，其實是她們幾年後，會用另一種貨幣兌換的，但可能保值期也就五到十年的，月暈嗎？或是溪流中的花瓣？這樣的嘆息感悟。

這有一個極私密，只能自證自答的計算：到底是老人偷了年輕人不知自己最珍貴的東西？還是那些（某些）年輕人，以其超齡聰慧本能，硬把自己的磁碟片，插入他這台老電腦的記憶體，強迫他讀取、貯存、在往後繼續攜帶？

這一天將近結束的時候，眾人帶著聆聽那過於飽和、繁複、人心暗黑的摺曲梁柱建築之故事，一種說不出的疲憊，以及似乎遺忘了、認命了，但猛地哆嗦意識到「這個世界只剩我們這幾個人活著」，那種空幻、渺茫之感，走出溪谷主人的茶席之屋。有人拿著手電筒，有人學溪谷主人舉著火把，在其實就是他們投在四周，搖動、巨大影綽，口中噴著這一天下來喝下的各種煎茶的茶氣，互道晚安。像煙花的流焰那樣散開，往各自寢居的小屋移動。

分不清是灌木叢或蘭或芒草叢的黑影中，有一灰白人形，他將火把朝前突舉，原來是一尊等人高的觀音菩薩立像，火光映照，竟像中學美術教室，講桌上的維納斯半身石膏座。他為自己那一瞬像兔子被網勒住的心驚劇跳，有點尷尬失笑。但尷尬什麼呢？再也沒有任何「圍觀」的旁人啦，連想像中若有台監視攝影機，另一端的螢幕監控室也沒半個人啦。人究竟還是社會化的動物啊。也不確定白日裡曾否一閃瞥過這尊觀音塑像（應是那種上世紀末，大量仿成從中國北方壁崖洞窟砍回的漢白玉雕品），溪谷主人的領地，太多不知從哪搬回、任意棄置的半毀佛像、石臼、豬槽、大陶缸、拴馬樁、雲石桌、根雕……，是否像收容這些「最後的人們」，有一顆收藏毀棄物的心。

他舉著火把，默立在那，對著那尊暗夜中像一縷幽光的塑像禱告。菩薩，請保佑我和我的妻兒，平平安安。心念一起又是慘然。即使是在神明前裝作最謙卑、無欲，只劃下最小的、損失不起的粉圈，結果其實他們都不在了。而且沒有任何單一個體的悲劇性，像海嘯嘩轟一下，把沙灘上全部的小貝殼、小寄居蟹、小海蟑螂，全吞沒了。但那似乎是他從小養成的習慣，在任何地方，見到神像，便合掌膜拜。當然心智的複雜化，他會學那些網路上把佛法和量子力學混音的「自證」、「他證」菩薩就是你自己的心，你在對著那尊佛像祈求保佑，其實就是你自己內心對那個你造出的宇宙，重新作一番整理。

但真是沒想過是這樣的處境：我真正摯愛、恐懼失去的，全和其他所有一切，都消滅了。等於沒有人質，不怕一個心念不純，觸怒神明，遭到懲罰。等於是和這菩薩，赤條條，無有別種用心的素面相見啊。

這樣在什麼都沒有的境地，還有什麼話想對這菩薩說呢？這不正是多年來，在不同場合，不同人教他的，這位「菩提薩婆訶」說的，那繞口令般的《心經》嗎？無無明，無老死盡，無這個，也沒有「無那個」……。

曾經如此近似的景緻，前些年他患了心肌梗塞，又加上糖尿病。於是每日裡有一段時光，像重播電影畫面（或更像行車紀錄器？），他繞著那座市中心的「森林公園」外圈走路。他回憶：似乎人類建構出來的「自然」——將其凶險、不可測拔除——皆如此相像，整片草莖如數萬劍戟，互相砍架著，卻如此渺小無威脅性的草地，人類的孩子踩在其上踢足球、追逐也被他們馴化的溫和大狗、或互相對擲飛盤。那些樹木像被咒印鎮住的枯瘦巨人，手指向天，似乎在質問索要它們被收走的，「流動的時間」。衰老的、或逐漸衰老中的人們，和他一樣，靜默繞著那一片綠光如圓舞曲唱盤，安全、靜好、球鞋底膠軋地沙沙聲，上臂曲折則像慢跑，整隻手臂垂放則是快走。

森林公園的角落也有一尊兩層樓高的觀音像，應是水泥刷白漆，面容慈祥莊嚴、衣褶栩栩，周邊有幾畦竹林。總是有七、八個不等，看去削瘦黝黑，似乎承受人世極大痛苦的老人、或婦女，站在那祈禱，他經過時也會站在他們之中，向那觀音膜拜。如同此刻在這黑暗中，火把火光搖曳映現的，「被丟棄的觀音」，像是對自己心中一個祕境的揚聲器：請祢保佑我，我非常恐懼眼前一切的毀滅、分崩離析，請不要讓我陷入魔境、墜入恐怖顛倒……。

或因森林公園，加上那尊高矗觀音像的加持，這一片區塊，有大批的鴿子，像半空而降，完全不懼人，肥鼓鼓的前胸，搖擺著在小磨石人行步道啄食，人們任意灑下的穀粒、麵包屑。另有一種長喙，細頸、長腳如鶴的夜鷺，藏躲於較大樹枝上，偶爾飛掠穿過這些慢跑的人類面前。當然也有在不同樹之間翻跳，然後也終於降到地面，向孩子或孩子的父母乞食的松鼠……。

那一切於他，只是「影片重播」的背景環境，沒有事件，沒有能引起情緒波動的諸如獵殺、攻擊、大自然原本嚴酷生存的暴力施加與哀嚎的兩造。但有一天，他站在那高矗潔白的觀音像下，合掌膜拜，突然意識，這四周翩翩降落、飛起的鴿群，數量太大了；甚至那些長喙褐羽的夜鷺，數量上好像比之前，兩年前嗎？三年前嗎？那時剛來這公園走路時，多出許多。因為缺乏天敵，顛峰適應這個人造的、無害的自由場。牠們大量地繁殖，那已經從風景的點綴、變成像漫天都是柳絮、有一種光搖影奪，眼前空間都被這些鳥佔滿的密集感。

他心中想著：應該有公園管理處的人，來處理一下這些鳥了。

突然意識到，起這一瞬殺心的自己，是正站在大慈大悲救苦救難的觀音腳下啊。

如果這觀音——譬如自己「今夕是何夕」，舉著火把站在這尊，人類已經整批整批，從這顆星球消失、死滅，這個謎一般的溪谷中，遇見這尊像含苞少女、神祕微笑的觀音——是「自己的意念」的投射，如果神佛菩薩，也只是某種極高維度的文明，低頭看這顆星球的低等物種的繁殖、擴張、自作死，祂們某一段時光的怔忡不忍心，再回過神，這些業畜竟已失控繁殖到數十億，還發明了在有限空間搭樓造出褶藏、複式建築，以藏納更多數量的「密度的疊羅漢」，祂們是否要拉回管理這空間場的理性思維，按下所謂的「路西法之槍」、「末世錄攻擊」？電光雷閃、隕石如火鴉、海嘯地震、宇宙等級的毀滅？

其實這都只是如波漣、如微粒光塵、在浩瀚宇宙間穿越飛行的微弱妄念。譬如說，那大滅絕降臨前，第一波的這新冠肺炎全球蔓延，在那年初夏似乎平緩下來，他如之前熟悉的，上了淘寶網，經過半年折騰，聽說中國的經濟像捂在大鍋裡的焦爛之燴，百業蕭條、市場交易凍結，此刻尋至他標籤淘寶「我的購物車」頁面的福州幾個網上壽山石商家，其中一枚美絕的夾板紅黃結晶芙蓉，原價二萬人民幣，店家已自動打對折，他又在私密連絡中，砍成五千人民幣，對方哀怨抗議無效，還是改價成交，真的這瘟疫期間，咱們石頭交易太冷了。他很開心地和對方約，等解封後一定去福州，到您店裡喝茶，再尋幾方美芙蓉（淘寶架上，這店家有幾方從千萬虛擬店鋪展列之石中，仙逸浮出的潔淨、凝膩的將軍洞白芙蓉，或是充滿靈性的結晶芙蓉獸紐小章）……云云。

不料那天夜裡，收到對方連著幾個短訊（應是個處女座之人吧）：

「發貨之後，好像有些問題。現在大陸寄東西到台灣只有順豐可以，但要公安審批，順豐說下午幫我審批申請，看能否通過？」

「您好，已經為您發了順豐，但是不一定能過海關，現在很嚴，順豐說有可能會過不了，等消息吧。還有稅錢我這邊支付不了的，要您收到短信後您支付。」

「您好，剛收到通知，說一切有價值的東西都不准寄台灣。無語。東西寄不了了，您那邊申請退款，我這邊給您操作。」

這都是過去不曾有的事啊。

他們當然學會了非常多的軍武名詞：西南航空識別區、殲-11、殲-16、蘇愷-33、殲-20、轟-20、武直直昇機、洞五五、野牛氣墊船、雄三、天弓、愛國者三、F-16V的拱背莢艙和AIM熱輻射與紅外線空對空飛彈、經國號戰機載的萬劍彈，各種攻台的戰術想定，可能會發生的步驟，那最可怕的「彈如雨下」：東風-11、東風-15，這些年又冒出了東風-16、東風-17高超音速彈道飛彈、東風-21中程彈道、還有長劍-10。第一波可能就是炸爛我們的樂山雷達，那傳說是美軍在駐守的撲爪雷達、各空軍基地、港口，然後兩艘航母卡在東海岸，有一說是解放軍先拿下澎湖，在林口登陸——這又有大量的假想，老共對美軍的「反介入」與「區域拒止」——當然我們瞠目結舌地想像那樣「摩訶婆羅多」的天神大戰的場景，漫天焰火、黑雲朵朵、中彈的直昇機，脫離它們的同伴，像火鴉翻滾墜海，海面鐵灰色浪潮中、巨艦幢立、密密麻麻如螞蟻的兩棲突擊車、氣墊船、火網交織、火箭彈，自動快炮簡直像橫向飛行的銀光暴雨，時不時有我方陸地飛拐的F-16V，朝海面較遠處的大型運兵艦射去兩道烈焰，拖曳著細長煙尾、爆炸，轟響像一整巨幅油畫採散焦多焦的構圖。海面看不見那端冒起像靜止的幾大股濃煙，可能就有我方早一波被擊沉的海軍主力艦。如果轉身看岸上，那更是慘不忍睹，整片濃煙。中彈著火的一列M-48H戰車，像金爐燒紙錢一坨一坨悶燃著。這時觀看者或才發現，海面上空那數百架的鐵殼直昇機，原來全在對岸上灘頭堡、炮陣地、隧道、火箭拖車、整排戰車，拚命發射飛彈。更不祥的是，更高空有大型運輸機緩緩飛過，應該是他們已炸瞎機場的防空雷達，第二波的空降師開始要搶佔機場。那海面上，簡直像蝗蟲來襲，深山幽谷裡上百萬隻蝴蝶的遷徙，爆池的養殖場裡瘋狂塞滿的大肚魚魚苗……你如果是岸上守軍的速炮射手、戰車炮射手、火箭、重機關炮射手，也會打到眼歪嘴斜、全身顫慄、手指不聽使喚抖嗦吧？那簡直像巨靈神的精蟲大軍嘛！數十萬款款搖曳，歡唱著：「精蟲灌腦」，那麼廣闊且密密麻麻的一片，每一個細微小點都躍動著，硬就要游上岸，他們還不是七十年前我父親那些老兵們恐懼回憶的「人海戰術」，現在這龐大數量的每個單元，都外掛了鐵甲。

但是等一下，這不就是異化嗎？這不正是一、兩百年前，歐洲人進入工業文明、機械狂歡、造超級大炮、虎型坦克、日本人造大和艦、零式戰鬥機、蘇俄人造喀秋莎火箭，最重要是一次猶豫、恐懼、越過瀆神之線，曼哈頓計畫的原子彈。這種人類變態成嗡嗡嗡甲殼蟲的過程，才一百多年啊。曾經那麼冷酷、大批軍隊紀律嚴明，押解上百萬人類同類，安靜送上長長列車，運往那些之後將他們整批毒死、燒掉的工廠？焚化爐？屠宰場？這二百年後，沒有人再大喊「人類」這個悲傷、美麗、柔弱的詞。軍武專家像分析一場精密充滿細節、戰術、超人跑鋒的超級盃美式足球。F-35會帶上百隻無人機，它們用AI計算，像蜂群飽和戰術；東風-11A的二次變軌能力、與美國「潘興II」、俄羅斯「白楊」飛彈一樣的回大氣層後變軌，主要是東風-5C的射程，攜帶的彈頭上百枚，這都是毀城滅國的末日噩夢發明；俄羅斯的「貝爾哥德羅號」，那超大巨人尺寸的「海神」核魚雷（像一輛公車）從深海打出，可以一瞬毀掉一座紐約。到底是哪些人在決定這些東西？不言而喻，半導體、晶片、光刻機成為分隔出文明力量的高低階梯的差異，所以全部的人狂歡、朝聖的傾國家之力全是弄半導體。過去是石油，所以敘利亞、伊拉克這種文明古國，全變成滿目瘡痍，人間地獄。然後是緬甸軍人用實彈屠殺學生、工人、僧侶，沒有國家覺得該去阻止，專家說因為中國需要它的輸油管和稀土。同樣你也不知道是哪些人？為什麼是這些人？決定了，下一輪的高端人都要駕馭自動駕駛車？進入5G的世界？每一件「讓人類走向滅亡」的事，那麼精密、傾力動員、科技腦袋挨擠在無人知曉的實驗室研發著。沒有人有機會跟這些像在嗡嗡巨鐘或巨大音義裡，失去靈魂的窮兵黷武者、科學怪人、權力密室裡的失智老人或低智商屁孩說道理：你們他媽在幹什麼？貨幣戰爭、科技技術封鎖戰、國力之戰，然後像真的那麼回事、狂造航母、第四代戰機、下餃子的新型艦艇。沒有像易家蘭那樣的大嬷嬷，衝進軍事指揮中心，對那些自以為要把貨架上所有玩具戰機、坦克、飛彈、航母，我全要，我全要的小胖子呼巴掌？沒有人能痛斥他們，這是你們這些心智低下者，把全部「人類」的未來、小小的美好的夢想，全帶進毀滅、恐怖？於是，不很久以前，ISIS屠殺他們攻下的城鎮，女人成為性奴；大批難民在無人理會的營地，嚴冬太冷，沒辦法燃燒塑膠袋的邪惡藍綠火焰取暖吧，毒死總比凍死舒服。然後是手無寸鐵的緬甸美麗青年被軍隊用實彈爆頭。當然還有香港。但這一切對我們這小島上的人，就像電吉他伴奏的饒舌歌一樣。叭啦叭啦噗嚕嘰哩咕嚕喲喲，一種音節的顫跳、狂歡激爽。之前是川普，極盡羞辱與低俗的演劇。種族仇恨不再是讓人恐懼、不祥、哀慟，不到一百年前才發生過的數百萬人的集中營屠殺，另外上千萬人被硬生生送去西伯利亞，種族滅絕。沒有人覺得這很可恥。

為什麼我們變得那麼自戀？變得那麼刻薄？虛無？大腦中的感覺朝生暮死、短促、想不起不很久以前才如電擊打中的憤怒、哀慟、恐怖？因為我們早就被移形換位，成為網路上的，到處存在的，卻又稀薄到無任何存在意義的小閃光。我們早就不是人類了。只是一些無限打開窗口的幻影，沒有東西不能被羞辱、傳輸、修改、說謊、冒用。這是真的發生了。「我們只是一個很爛的劇作家寫的，面孔模糊，滴哆走著就融化的角色」。不，連「角色」都不是，是一種「人類」已不在了，但在空氣中無所不在，如煙飄散的「戲」。這時我們很久沒有稍停一瞬，愣想一下：什麼是戲？「我好痛苦。」「請不要這樣了。」「你們怎麼可能這樣做？」「你們不怕受到報應嗎？」「天啊他們在羞辱人類作為人類的形態！」

但這一切是戲。是電波幻影。是流量。是實境秀。是點閱小鈴鐺。縹縹緲緲。飄飄忽忽。如果你不知何時，被質能大移換，早已不是「人類」、只能是那千迴百轉、怪異變形，極光一般的「戲」其中的微塵、蜉蝣、細小的漣漪，你怎麼可能不被塞滿了遠超過你的眼球跳動總額、大腦電波，時間像被巨大冰櫃冰封住的數十萬隻粉紅色的烏賊，全部靜止了。全部死亡了。但那麼美豔。你當然一下流淚、一下大笑、一下急怒、一下性慾充滿、一下為自己忍不住窺祕而羞愧，一下仇富、一下憎惡中國人，一下又感覺自己像菩薩知道所有事情的前因後果。你怎麼能不自戀？能不癱瘓？

第三章

深夜三點（雖然現在時間基本上是無意義的事了），費太太坐在那整間陶燒的，但看去是四十年前她少年時期國小課室木頭桌椅其中的一張，有點像她那並不愉快的塵封記憶，她總是坐在第一排，但回頭望那其他空盪盪的桌位（所有人都死了？）她的安眠藥史蒂諾斯（她總暱稱「小史」）非常精準，一定在把她放倒沉睡四小時整，像腦中一個開關啪扭開，整個內部彷彿有一小房間，突然燈火通明，她會無比清晰地醒來。

夜涼如水。白天那些一起進到這……失樂園嗎？諾亞方舟嗎？總之是最幸運地躲避那可怕瘟疫的「潔淨之地」，這個溪谷，其他人都難免風塵僕僕但都保持親切教養。她記得那輛廂型車停在她家公寓樓下揿喇叭時，莉亞——那個印尼黑女孩，幫她提著收拾好的行李箱，送她到門外。她說：「嗯，莉亞，妳自己要保重，絕對不要出門去見妳那些朋友了。」莉亞說：「好的，太太。」其實保重個鬼！她們這公寓，公寓旁邊左右延伸的這些最早的七樓電梯公寓，所有的人都死光了吧？她根本就是逃離鬼城，丟下她一個孤獨活在那死亡的時間裡。

她想不太起來，最初，最早的時光，「舞照跳，馬照跑」，大家雖然神經質跑去藥局、超商搶口罩，但根本還是像小學生玩鬼抓人、捉迷藏，一種嘻嘻哈哈大驚小怪的氣氛，電視新聞播著武漢封城，那些大樓群在某個晚上，全部人開燈、開窗，對外發出鬼哭神嚎的慘叫，「好恐怖！」費太太當時還跟電話那頭的大女兒說，好像是坐著那種底部是整片玻璃的小船，划過下面浸泡於一片銀光的海底世界，但所有的珊瑚枝杈森林，全部發白死去了，原先該在其中穿梭巡游的小丑魚、珊瑚礁魚、天使魚，也都變成一些枯白的魚屍、甚至腐蝕一半露出骨架的刺脊。潮流讓那些屍骸劇場還有某些類似水草、海帶的還在款款擺動，但其實就是隔著那層厚玻璃，心有餘悸看著「另一邊的大滅絕」。

然後是日本、「鑽石公主號」、南韓（那個什麼「新天地」的邪教也太搞笑了）、伊朗、義大利，然後，竟然是美國！她還打了長途電話去叮囑一家在舊金山的兒子、媳婦、兩個可愛孫子，要小心哪，要不要我寄一箱口罩給你們哪？

然後，後來有人形容是什麼「破窗效應」，就是第三十幾例，那個非法外籍看護啊。那幾天新聞或那些浮誇風格的論壇節目，好像全變成憂心忡忡，讓人覺得這次不妙了。那個和莉亞一樣，只是運氣比較不好一點的印尼女孩，先是在一間醫院臨時看護了一位已感染這可怕傳染病毒的老人，然後在那幾天失去監控的空窗期，到處趴趴走，好像搭捷運、搭公車，和人群摩肩擦踵，所有人也都戴著口罩，「但戰爭在遠方哪」，挨擠著滑手機，她還去龍山寺，去逛街，最可怕的，是有段時間，她去了台北車站，一樓或地下街，那些和這個費太太這樣的「台灣人」，脫離、另成其流動路徑、數量龐大，有自己的社群聚集、那些外籍移工大量擠坐在一起的「另一個空間」。因為許多是非法、受虐從雇主家逃出的女孩，她們生病也不願進入醫院系統，怕被遣返，所以成了所謂疾病監管的「黑數」。

好像是那之後，急轉直下，神就把那小舟底的厚玻璃抽掉了。

院內爆發感染，可怕的是，不只一間醫院，這位例三十幾啊之後又接了另一間醫院某個病人的臨時看護，這期間還有一位她的姐妹淘從高雄上來找她，兩人去逛街（其間又去了台北車站），一起在西門町一間小旅館住了一夜，第二天這姐妹在完全不知情下，搭著高鐵（想想那一個半小時，所有人在那高速中的膠囊夢境中，安靜睡著）回高雄，過兩天因發燒、咳嗽入院確診。這之後，好像真實世界進入一個「全面啟動」，由遠而近，不同的人，被突然一個任意門打開，衝出穿著生化防護衣、頭盔、面罩的白袍人逮走。第一百六十例、第三百四十七例、第七百、一千、三千四百例……，而全世界似乎各國都像各自停路邊的不同車子、警報器全壞了，各自尖銳狂嘯著那顧不上別人的數字每天向上狂飆了。費太太是個自認活在「上一個時代」的人了，懵懵懂懂，擔心自己被新人類討厭鄙棄，但連她都第一次覺得，台灣和世界那麼不隔絕地同步在一起啊。

莉亞回來的那天，她不知道是否心理作用，覺得她兩頰瘦削、眼睛晶亮。費太太非常困苦於基本的教養、親愛、或信任，但與這整個社會翻過來了，那原始生存的本能，她應該嚴峻告訴她：「妳別進來了。」但莉亞直接說：「太太，我沒有病，他們把我抓去作檢測了。我是陰性，才被放出來了。」她的眼神銳利而充滿自尊，其實費太太從很早之前就意識到，在她們印尼人的眼中，我們華人才是不潔、不愛乾淨的啊，她們可是一天洗兩次澡啊。

我們是從什麼時候，變成羞辱別人的那種不美的民族了？後來那段時光，莉亞更像她忠心耿耿守護她的女兒，她自己的兒子媳婦、女兒們，沒有人來接她、救她、保護她。

她記得許多事情，也不記得許多事情，這場瘟疫，只是像一座橫陳在她窗前，那逐日腐朽、令她厭惡，卻又無能對之如何的一個大棚架，轟然一聲突然砸垮了。她對莉亞的了解，其實就像從電視上，對那些倉倉皇皇（人家其實也都戴著口罩），不知道自己何時變成帶病毒四處傳播的「毒囊」，那些黑女孩的了解，她哪知道她和那些姐妹淘，在森林公園對面那座清真寺，那些她分不清的阿拉伯人嗎？伊朗人嗎？黎巴嫩人嗎？當然最多還是她們這種個頭非常小，簡直像童女的印尼女孩，嫩黃粉紅黑色藍綠的絲綢頭巾一戴，她不知道她們在大傳染大滅絕剛開始的那段時日，進去伏趴在地禱告些什麼經文？

有腳步聲，這間教室，哦不，偽裝成一間時光久遠之前的教室，竟然在這時有另一個失眠的人走了進來。

「雯麗，我就知道是妳。」

「喔，原來是你。」是那個溪谷主人，其實也就是現在她置身其中，這一套用陶燒的，彷彿時光侵蝕的木頭桌椅的主人。不，現在她還能活著在這裡，這似乎將病毒隔絕於外面的整個溪谷，全是他的作品。

「白天聽大家喊妳費太太，我心裡想：那不是成了費雯麗嗎？」他哈哈兩聲，但她看得出他頗緊張。

「認真地說，我要謝謝你。」她的教養讓她在唇舌間停頓斟酌了一下，不知該否喊出當年他的綽號：「滷蛋。」

「沒什麼。」他像在自言自語：「當然我不能這麼想。但確實是，若沒有這場瘟疫，妳怎麼可能這樣坐在我面前和我說話呢？但其實什麼都毀了，妳看，我原本只是躲進這一條荒溪的神經病，我花了二十年整出這一切，應該是想『遺世獨立』，應該是我厭煩、想躲開那個世界遠遠的，結果那個世界整個沒了……」

「你有其他家人嗎？」

「我啊，一共結過三次婚，有六個女人共幫我生了十個孩子，這有點像生物繁衍的策略，像開花植物就是比堅果植物傳播更遠，分散風險，將自己的遺傳放到不同的環境。結果，那六個女人，還有她們後來的男人、情夫或丈夫吧，當然那三個男孩、七個女孩，全死了。」

她知道這是現在能遇到任何倖存者共同的話題：「我孩子和孫兒也都不在了。」

「真是，連我在這山邊小屋，發現一整窩紅蟻、或一整窩白蟻，那不全殲滅會非常危險，還有過兩天天氣好，我帶你們溯溪往上爬，有時是撞見一整個虎頭蜂窩，那我可是帶著專業農藥去，完全不能留活口，鋪天蓋地朝死裡噴，有時還用汽油點火，像二戰美軍用噴焰槍殺那些山洞地穴裡躲著的日本兵。但即使我那麼發了狠，也沒有這麼完全、完全將那個族類，全部全部滅絕啊。這如果是某個神的傑作，祂怎麼狠得下心殺得這麼徹底啊。」

他在隔著她四、五張課桌的斜後方，笨重地拉出那（確實很重）陶燒仿木椅，坐了下來。

「我可以抽菸嗎？」

她笑了：「這是你的地方啊。」

「妳要喝杯什麼酒嗎？威士忌或紅酒我這都有，我怕妳會冷。」

「不用，不用，白天真的喝太多茶了，你真的很會過日子，那麼多好茶，我根本都不懂。」

他的臉在暗影，或窗外映進的月光薄薄染襯，像小男孩一樣地自吹自擂神氣：「不蓋妳，我收藏的茶啊，就算我們這一票人被困在這十五年吧，都喝不完哪。」

她盯著自己的腳，確實似乎此刻她有一種又回到少女時光，後來的這一生，這最後是怎樣的噩夢都夢不出來的怪異結局，都還沒發生。她在十四、五歲時，什麼都還不懂，就知道自己在一個班上，是「好看」的。有某幾個呆男生，跟她說話，就是會大舌頭、面紅耳赤。

她輕輕搖著腳：「你倒是很神祕。你這半輩子都在作什麼啊？」摀住嘴：「對不起對不起！你是個大藝術家，我們白天還看了你那個『鐵道』的作品，我心裡想：這太嚇人了，這是我當年認識的那個『滷蛋』嗎？但我真的什麼都不懂。」

她是真的發自內心，懺悔自己庸碌，只為趨吉避凶，過了這一生。

他真誠地說：「不，不，我確實迷糊懵懂混了大半輩子。真的，若不是因為這個處境……我，我根本很羞愧這年紀這樣的自己，出現在妳面前。」

她又像少女斂了斂自己的裙襬：「哪裡……該臉紅的是我……」

「真的。我在這個野溪裡，像夢遊痴漢，種樹、挖坑、砌水泥橋再雕成像木柴纍堆的模樣、砌那個疊石小壩、燒陶……其實心裡知道那是一種根本沒地方再躲的，怎麼說，裝神弄鬼、沽名釣譽嗎？」

她噗地笑了起來：「你躲在這裡，我聽他們說，當時連 Wi-Fi 都接不上，沒人找得到你，你還沽什麼名釣譽啦。」

他說：「是這個大瘟疫把什麼都全弄沒了。真的沒了，我才發現，我之前躲在這裡，其實心中多渴慕那個繁華人間。妳不知道，我躲這兒，他們愈找不到，反而那些開賓利、開超跑的有錢人，自己捧著大把鈔票，繞這山區的彎路，來求我燒那些陶壺。我內心賤蔑他們，但等到一切都沉沒了、消失了，我才發現，我根本是他們的寄生菌。」

她想說：「你還是那樣，愛說一些偏激的話。」但她現在只是覺得，他說的都沒錯，她也不會覺得他話多，其實他們這些僥倖進入這溪谷的餘生之人，恐怕都有一種「能跟剩下的這麼少人說說話，就超幸福了」的哆嗦，原來真正的「寂靜之聲」是這樣的。

他說：「明天我給大家喝一種普洱茶行家極珍貴的『金花』，非常美，將那茶磚掰開，像金箔那樣金黃色的，像金子打造的茉莉花那樣的，它其實是一種冠突散囊菌。聽起來是不是有點和這個冠狀病毒像，說不出的害怕？不，它是非常好的東西，是老茶放在較濕的倉庫，人工還弄不出來，它會長出一種極珍貴的有益菌，它混在老茶裡，那滾水沖下去的香氣、口感，可以優化茶湯，讓那氣味複雜豐富。」

她以為他是要結束兩人這像躲開眾人的深夜談話了。說來她很懂男人，雖然那都是很久以前的記憶了，他們會在某個時刻，突然力氣放盡，「好了，也別太晚睡了，晚安。」她很習慣（或說教養）會順從的，在他們說關燈、離線、或離開，那些時候，不吭一聲。

但沒想到他又從兜裡掏出一根菸、點火，囫圇含糊地說：

「很多年前，妳老公也開車來這買過我的一把壺。」

「啊。」她說：「那是不是帶著某個年輕漂亮，其實就是模特兒那樣的女人。」

他陰鬱地說：「嗯。希望我說這個沒冒犯到妳。」

「不會的。天寶年前的事嘍。我這陣子還想：他命真好，他走的時候，醫院、然後家族、律師、公司的人，然後那個葬禮，好像是，他在圖書館看一本書，然後說，我累了，把書闔上。但圖書館各層樓所有人都還井然有序地運作著……」

「不像我們後來遇見的，圖書館都消失了。」

她說：「是的，我就是那個意思。」

他說：「他來的時候，我一眼就認出他了。當然他不可能知道。我心裡想：你這個混帳，我可以把他和那個可以當他女兒的小馬子，騙到溪谷更下面一點，用鐵鍬出其不意攻擊他的後腦，也把那女孩結果了。不會有任何人知道……」

她詫笑起來：「我真的……真的不知道你……」

他突然從那一片桌椅、窗外夜景、不知今夕何夕的暗影中起身，笨拙的，但像舞台劇演員走位，從他那張桌位走到她跟前，他突然矮下身，讓她以為他要單膝跪下，但其實他是坐在她一旁的那張課桌椅（陶燒的），目光灼灼看著她。近距離看，他真的是個臉皺在一起的糟老頭了，當然她內心如閃電之光，立即想到自己現今的模樣在他眼中的投影。但這算是哪齣呢？她居然想「欲拒還迎」說，別這樣，我們這個年紀了，別讓人笑話了。好像隔著牆還有那許多人蹲著偷聽他們會說出什麼狗男女的淫蕩話語。根本沒有人了！沒有人在隔壁了！所有姑嫂、八卦的人際、狗仔、弄你的敵人、你害怕醜聞爆開會大地震的所有親戚……全部的人都死了。難道她還要掩嘴說：「世鈞，我們回不去了？」

他說：「雯麗，妳有沒有覺得這像是作夢？」

她快樂地咯咯笑著。

「是的，我覺得像作夢一樣。」

她想：我是瘋了嗎？我是個老太太了，但我怎麼那麼騷？那麼浪？她想搧他一個耳光。或者淚流滿面。但她記得自己非常年輕時，在當時費先生的老爸（也就是她後來的公公）留給他的那個她這代人小時候就聽過其名號的大公司當特祕，那時的費太太，是個高䠷的過氣民歌手，也許基於雌性動物的直覺，在各種如熱帶雨林植被繁複的變化、遮藏的言行中，不斷羞辱她、虐待她、霸凌她，有某一次她被欺負到自己躲在公司女廁哭到不行，覺得這太超過了，這已經「人神共憤」了吧（她腦中不知怎麼冒出這個詞），當時二十多歲的她，內心如青葉瀑布，那麼清澈，一段一段水流落下，出現一句獨白：「我詛咒妳。」

第二天，那座工廠鍋爐發生了簡直像電影特效的氣爆，鄰近一整排鐵皮屋塌倒、汽車被炸飛，可怕的是滾滾騰升天際的濃煙，是一種各家新聞轉播、看去皆妖幻不祥的怪異紫色混著橘色、綠色，那是化學毒物，消防隊必須噴灑特殊的粉劑滅火。

這個大公司陷入龐大的各路求償訴訟，很快下市倒閉，第二年，那個討厭的前費太太，某一天被發現安眠藥過量導致心肌梗塞過世。

那時她內心恐懼不已：我是有按下核彈按鈕天賦力量的那個人嗎？

在這溪谷另一處，黑夜暗影中，也許是靠近「竹叢隧道」那一側，有兩個黑影也在這「劫後餘生」、「夢外之悲」、心緒紛亂卻又不知彼此為何在此境相遇，他們像廢棄公寓裡，缸壁布滿青苔的水族箱中的過濾馬達，仍在微弱打出小氣泡，但終是被那超出規模之外又之外的浩劫場景，壓扁了原本的自恃、倨傲，黑暗中抽著菸，說話都帶有一種戚然、卑怯。

「哈囉。」

「哈囉。」

月光下相遇的兩人，似乎都看見對方在二十幾米外，口吐白煙，激凌凌打個冷顫。確實在這濕冷但奇異如一層銀紗拂蓋的山之夜裡，竟然靠月光在那黑影擺動的樹林陣中，可以清晰辨識出對方。主要是，今夕何夕，我和老兄竟是這「被不知什麼人所挑選之僥存者」裡的一員。相較於這過去一年，那所目睹經歷幾十億同類，那麼悲慘、恐怖，不，到後來只有一種像退化回小孩，而久遠久遠以前聽過老人講述他們遭遇過的大轟炸，屋子塌毀，構成「生活」的一切：窗戶、餐桌、沙發、瓷器、櫥櫃、酒、魚缸、所有的金屬材質、木頭材質、塑料材質、陶瓷材質、絨布材質、框格結構，全部被砸毀、破碎、扭曲、然後所有認識的不認識的大人、小孩，全死了，一種即使你穿出這個窄仄的巷子，沿著街道，走過大橋、走到本來的市中心、廣場、繁華商店街，全是安靜到讓你發瘋，各種位置、形態、角落，堆疊的屍體。

於是這樣的餘悸猶存、瞳孔如滴入水缸中的碘酒，半散不散，旋轉著下沉，那樣兩個老男人，本來在這樣撞見時，內心閃過不露痕跡的鄙視、想調音準那樣確定對方此刻是對自己打開百分之幾的真誠度，或一些彼此並無意但必然在人際關係踩過對方的暗影……這些心思的計量，這時都像停電超過三個月，必然完全清空所有亂七八糟，原本貯放食物的冰箱內，那真是不知從何說起的荒涼、徒然、嘆息啊。

他想：若非我們兩都是那麼鐵的直男，若對方是個女的，即使之前多令自己憎惡、有多深的仇恨，此刻在這樣的月光溪谷，不管它有多冷，真的是先互相撲倒、緊纏，先打一炮再說吧？

沒注意到那像淋浴蓬頭灑了一整白天晚上的濕雨，是何時停的。

來人叫史萊姆，是個以創作之夢來說比他不得志的小說家，但以現實際遇來說又比他好命，玩資源玩得不亦樂乎的「社會人」。兩人湊近時各自點了根菸，那傢伙可還是抽那種自己預先捲好十根，放在小金屬菸盒，那看起來如菸葉蜷縮包裹同樣是菸葉（只是絞碎成菸絲），看起來娘炮極了的捲菸。

史萊姆說：「我那天才想到：非常不可思議，你知道我的手機，在這整個通訊全消失之前，最後一通電話，竟然是打給你的。」

他說：「那算起來也是三個月前左右吧？」

「然後，我在這裡，看到你和其他那些人一起出現，我心想：靠夭！這他媽的那容許我可以活下來的『有力人士』不會竟是你吧？」

他笑了起來：「我見到你的那一瞬，倒完全沒這麼抬舉你老兄。」

說來，那真的是像佛經上說的，「無數劫之前」、史前發生的屁事了。但那時的他，當然和這顆星球上幾十億仍然醉生夢死、汲汲營營的同類一樣，並不知道之後會是一個「大掃帚掃空的空蕩蕩教堂」，還鑽在自己那小小腔腸的糾葛、煩惱、計中計、諜中諜，那個肚臍打結的迴圈啊。

那時他覺得發生在自己身上的故事，簡直像格林寫的《愛情的盡頭》的亞洲版、歪眼塌鼻版。

當時，有個和他祕密幽會了好多年的小情人，其時他們已結束這「藏匿於所有人之外的時光」，那樣的地下戀情，將近三年了。他無縫接軌回到他的家庭角色，女孩好像換了幾個不順利的戀情，總之，在私訊中，威脅他要將他們這些年的祕密偷情公諸於世。一開始他沒反應過來，因這女孩是個性格內核其實極容易心軟、怕別人難堪的傻姑娘（這是當時他迷戀、或安心於和她每週一次、像玩間諜遊戲，躲進小旅館約會的主要原因）。

總之，那樣在「一切都結束了」的幾年後，女孩突然在夜晚私訊出現，某種夢囈般的仇恨連句，讓他懷疑她是否嗑了藥？很奇怪，那是那些年無數個密室纏綿斷片時光，她那「還活在年輕人那一端」的時不時的煩躁、對未來的惘惘、容易跟著時下年輕人集體嘲謔或非常好笑的話題，或像一千零一夜說出那些比她還年輕的廢青，他們之間混亂的男女三角、四角、五角關係，非常像村上龍小說裡的短訊息量，在大城市那些燒烤店、按摩店、兒童才藝教室打工的，潮汐上漂流藻類那樣的新貧窮階級人群的故事。有段時光她煩惱地跟他說自己有酗酒的問題，但後來似乎她振作起來將它戒掉。事實上他始終沒讓她進入他「真實的時光裡」，這在他們戀情之初，他就以一種大叔的狡猾，以抒情詩對她說「我們要躲在時間之外」。她像那些無人生資本的年輕人，傻呼呼地加入這共謀的遊戲。但像所有老男人和美麗小馬子，各懷鬼胎，但又時不時手鬆任深海底的抒情詩箱子浮起，她根本知道他打的算盤，而也審時度勢（這是女孩們的智慧？）知道長杓子無法從他的鴉片罐挖出更多的了。

他什麼都沒能給她。

所以她對他是真愛了？

那是一種長時間的變遷、浸透、演化，如同實驗室的研究員冷酷地在上方的顯微鏡，觀測著培養菌落的變化。因為妳不知道從三十歲，到四十歲，那個青春慢慢流失，允諾、貢獻、或不那麼戲劇性，一種遊戲同伴的關係確認再確認。「在這個房間裡我所說的話，走出這房間後，無人會聽見我這麼私密的看法。」他在邀她進去這「蘿莉塔暗室」之初，就決定一切了：就像後來我們因為武漢病毒，所有人都那麼懂的「負壓隔離病房」，沒有任何一隻病毒能從其中跑出來的P4實驗室。

他要把她，不，和她的美麗年輕裸體擁抱在一起的這衰老的自己，這一段畫面，封印、隔絕、藏匿在他的「在一切之外的房間」。所以在她的故事，這就是一個病毒逃離那負壓隔離艙的故事？

她對他提出分手時（那時她突然又說要嫁人、想生個孩子），發誓一定保護他，此生絕不把他們的事說出。好吧，好吧，他像個老父親，能說什麼呢？擺擺手，去吧，去吧，好好飛翔在妳該有的天空。

總之，當她在他們已分手幾年後，突然「阿修羅上身」，在夜晚私訊，對他狂吐那之前無一徵兆的怨恨、復仇之心，他想：是否她交上了不好的人？有人在背後指使她這些步驟？

那在他的大腦進行了巨量的「追憶逝水年華」比對、分析，不可能是那個她（即使他預先設定過多種突變的路徑）會說出的話。他們曾在每一次激狂性愛後，盤腿對坐在那旅館小房間、床畔的地上，各自拿一只旅館制式白瓷咖啡杯當菸灰缸，像老大哥和一個年輕、雙眼仍充滿對未知世界熱切好奇的小弟，那樣自在、輕鬆地亂聊著。那簡直魏晉之人倚榻坦腹閑散對酌，也不過如此。大部分是她說（那些稀奇古怪的、刺青男孩、玩 3P 女孩、一群夜遊摔車然後狼狽從急診室打電話向她調錢的貧窮青年、裝神弄鬼的塔羅牌師、昔日友人的婚外情），他聽，但他和她如此廢，所以對塵世裡這些顛倒眾生，在他倆的吞雲吐霧，哈啦如桌遊選手對練，那麼柔慈、好玩、不較真、ㄎㄧ扣ㄎㄧ扣、小白球光影來回，如此輕鬆暢意。

所以這突然從深夜、電腦螢幕那一端傳來的殺意，讓他警惕起來。像劍術宗師，原本不以為意，某個陪他練劍多年的小女孩，不，應是他完全斂去劍意，當玩耍拿樹枝逗玩的小姑娘，突然從劍尖傳來的綿勁不絕、邪門纏縛的絕頂高手之狙襲，讓他毛骨聳然、渾身汗濕。

於是，像他們發現某一座城市，原本超高科技、層層密封的 P4 實驗室，竟失控、狂暴洩露、湧出那每日以千倍增生的超級病毒，且現今地球毫無任何遏制之醫藥手段，於是最後由沒有任何最高領導簽署證據的暗黑祕令，一架 B-1 轟炸機載著一顆核彈，在那被病毒不斷提高恐怖濃度的末日之城上方，投擲下去。

當時，他找上了史萊姆，可能恰好就是那種有交情但又並不真的很熟、且各自在江湖的位置，心知肚明一定會幫這個忙，且完全守口如瓶，又處理得乾淨俐落。他們約在他常去的一間咖啡屋，他簡單交待了前情概要，需求有三：一、找駭客侵入那女孩的電子郵件信箱、臉書後台，找出過去幾年她和其他不同人「偷情」的證據（史萊姆說：這非常容易）。二、找人，類似私家偵探，非常有耐性地查訪一些人：那些她曾在小旅館吞雲吐霧間說的幾個人名（其實都是綽號，但這不難對照找出真實之人），她的姐妹淘、不同時期的摯友、平時生活圈混同一家咖啡屋的那些怪咖，一次一次訪查，拼湊出這些時光中，她（在他不在場且完全無知的狀況）有哪些情人，或許複雜點，她無意識安心說的那些，跟他一點屁關係都沒有的小動物，不，小人物，他們小圈子間的是非、恩怨、甚至小小的觸犯法律的事蹟。三、找人尋到她曾經整型的美容診所，調出所有手術資料、照片。史萊姆說，這後兩個，有點髒（對不起純粹是以處理難度的標準化來說，不是說你要我做這樣的事），但因為是老哥你，沒問題，都可以搞定。

另外還又加了一項贈送服務，他的駭客可以反向侵入那女孩的電腦，將那電腦裡的資料全癱瘓、炸掉、廢掉。這比那兩項要找私家偵探和真人周旋，容易許多，且可以保證女孩想「截圖」或使用當年他寫給她的情書，當作攻擊核武，但預先將她的彈藥庫給炸了。

他當時想，史萊姆沒想到你是這樣的狠角色，這倒像女孩和他之間所謂的「爆料毀滅」只是情人一時發酒瘋碎杯子的兒戲，人家這才是Pro的！還好因此事意外和這原來如此不簡單（B咖作家只是他的幌子！）的傢伙，某種意義結了盟嗎。

不過後來發生的那一切、一切之上一切的一切，那時委託史萊姆的那些「網路駭客＋徵信社＋人際關係滲透」的精密冷酷，如今顯得多麼可笑。女孩，以及那些周邊的人物，應都逃不過這大滅絕的瘟疫，都犧牲了吧？

史萊姆抽著菸，眼睛瞇起來享受那籠罩著他們倆的寒氣，而可以從肺葉噴吐出那樣如生命魔術的枯香熱氣，他想提醒這個封閉溪谷裡恐怕沒有什麼菸草的貯存吧？但旋即想到，自己抽的這包一單位的紙菸，不也一樣？抽完也就沒了。他少年時，學校規定午餐後，全部學生得趴在桌上午睡（就是白天所見那整室用陶燒出，如夢如幻的木頭課桌椅），他總睡不著，胡亂想著若此時抬起頭，全地球的人類都被外星人消滅了（且沒有屍體，是像被真空抽引機那樣全部吸光，一片空場景），於是小小年紀的他，在無人的街道（他童年能想像的那個小鎮）走著，太爽太自由了，可以任意走進那高級蛋糕店免費狂吃那美麗的鮮奶油加顆櫻桃的蛋糕，噢對了外星人漏掉的名單，除了他，還要有他們小學那位仙女般的音樂老師。她像英國牧羊犬那邊沿帶淡金光暈的長鬈髮，那白色絲綢薄衫下，他陌生好奇地似乎想像中比女體更堅韌或更柔軟的貝殼形胸罩，還有那對少年來說亦如此陌生的漂亮臉龐上的薄蜜粉、如此精緻、像蝴蝶翅翼輕搧掉落的細鱗。他要像睡美人故事那樣把她吻醒……。

那不正是我們此刻掉入其中的噩夢？無人的機場長長走道，那取之不盡的各種牌子的洋菸哪，不，隨意開車下山，任何一間便利超商，櫃牆上一條一條的，現在誰管它幾毫克尼古丁或焦油，塞滿那幾輛小巴載回來啊……。

史萊姆說：「我年輕時，有個碩士指導教授，那個大腦容量是我這種普通人的四、五倍吧，問題是他又超用功、變態地鑽在各種理論深海、海溝、地層下複雜的板塊擠壓。真的，我年輕時，乃至於離開學生生涯十幾二十年後，始終相信，我這老師啊，有一天一定像霍金那樣，整合出整個宇宙奧祕的許多理論集互相的傾軋和吞併。但幾年前，他中風了，我們去探望他時，還彷彿能聽見癱在床上萎縮的他的身體支撐的那顆腦袋，裡頭數兆位元唰唰唰在進行運算，那像整個山谷無數隻蒼蠅的腳集體在抖動的細微，然後巨大的合唱。但他再一次，又一次，數不清第幾次，習慣性的腦血管爆裂，隔兩年再去見他時，已經不行了。」

「後來我想，他就像是『啊，就差那一點點』，最後一百米的衝刺，那個巨大奧義的袋兜要收口，最後那一捻指，突然生命就像一陣煙消散了。我發現我認識這樣的絕頂天才，不只他一個，也許他的老師輩，老師的老師……。但都是那人類億萬分之一挑選出的頂級大腦，也毫不浪費地介入那巨大景觀的運算、析辨、複雜模型的建立與拆解。但好像都是差那麼一丁點，就破了個洞、漏風，跌回我們這樣的凡人。」

這始終有一種「我是人渣，我的一生完了」的昏暗、黏附於張眼所見每一物件的油膩味。它不是孤獨的，而像是「偷渡客營地」：廢棄小漁港、重考生宿舍、待拆違建貧民窟……身邊的老少同伴，身上都有一股濃郁的酸腐汗味，身影都像熱煎油鍋上流動的空氣，沒有人特別關心你。

「她很聰慧。」

「她都去聽你的小說課。其實，她每晚都盯著你臉書那些廢文，有時像瘋狂一樣大笑。」

「唉那都是一些胡謅的……」

「是，我有次好奇想知道是什麼內容可以讓我妻子那麼開心，就上去你臉書看看，結果你寫了一篇什麼你在小旅館寫作，用那房間廁所，把人家馬桶堵住了，你獨自一人在那旅館房間裡急得團團轉，用垃圾桶接熱水去灌，最後都無法，甚至用手伸進去通，結果手還卡在馬桶的咽喉……」

「唉，唉，我很抱歉……」

「不，這讓我明白，原來我妻子可以被這種卓別林式鬧劇逗樂。其實我年輕時在朋友間還算幽默的，但好像面對她，就變成一個沒話可說的人。」

「其實我在我家裡，一開口，我妻子小孩都非常不耐煩，他們原本坐飯桌開心聊天，我一加入，才說兩句，他們就各自回房。」

他說：「我知道你們有段時間每週會去……約會。」

「她跟你說的？」

「沒有，她沒跟我說，她從頭到尾以為我什麼都不知道。女人真的是天生的演員，你們那時，應該有三年吧？她和你約會完，回家，那些晚上，你完全不會有一絲感覺，那個下午她才和一個男人在旅館裡纏綿、一絲疲憊或恍神都沒有，甚至有幾個晚上，我們還作愛。」

「我不知該說什麼……我們……」

「我知道你們後來分了，有那一、兩個月吧，我想是她所謂的戒斷期，她簡直像是不怕被我發現，甚至我們和孩子一起吃飯到一半，她眼淚就簌簌掉下來，掩著臉跑離桌。我只有那時，心裡有一種說不出的寂寞，啊她是真愛那個男人……」

「不，她曾對我說，她非常愛你。」

「躺在情夫的懷裡，說她其實是愛自己的老公？我們這在幹什麼？她已經和那許多許多人一起死了。她只是個這些死去的人裡，最平凡不過的一個女人罷了。」

「不，她一點都不平凡。」

我昨天夢見她，奇怪是熟悉的、她眉眼或嘴角的、像細微水波的嘲訕或公主病女孩的故意慵懶、憤世，都不見了。但是是她，沒錯，是她。其實她本來就是個美人兒，可能從少女時期就懂得操弄人們對她的愛，不，是恨得牙癢癢，又如在迷宮找不到路徑，那種不同智力的人闖進她的機關，就會帶著不同程度的創傷、疲憊、自我認知崩壞，莫名其妙的離場。她像是一顆沾滿指紋汙漬的鑽石，是布滿凹窪稜角的發光體。當然她這樣的女人——得天獨厚，卻又受到詛咒——在文學作品中並不罕見，她們的腦額葉似乎就是進化為了權力和鬥爭，而且必須被擺放進最錯綜複雜的其他美麗、殘忍、鬥雞眼的衣鬢飄香的女人陣局中，她那個天賦才如動人心魄的戲劇一齣齣展現。

但我夢中在街邊遇見的她，像人類的發電、供電全消失停止，原本放在冷凍貯間裡的結凍鹿屍、野雁屍骸，那透明堅硬的冰之細支架全融化了，某種沉甸柔軟垮下來，反而有一種活著，剛死之瞬，不可測的野性與暴烈都被抽走，但腴軟美豔惹人憐愛的「玉山將崩」。

我們在車聲人影中說著話，我想這好像「傾城之戀」，好像「亂世浮生」，曾經那麼不可一世，那麼不作死不成活，折磨別人的求不得之苦像折斷蟋蟀的足肢一樣取樂的她，褪去了那慧黠閃過趣味的眼神，眸子漆黑單純，似乎被遠超過我倆所有玩過的劇本檔案都恐怖、巨大的經驗嚇怕了。我們沒有任何調情、討價還價、爾虞我詐，在這荒漠人世就是想和對方相聚相偎。真的，能這樣又遇見已經太僥倖了，什麼「山無稜，江水為竭，冬雷震震夏雨雪」，全都發生了，這不是遊樂園的過山車、電影院聲光特效的世界末日電影，這竟就是我們這一代人遇到的浩劫。

最初始的，尋求保護的馴順本能。但我們匆亂低聲討論著，是她去賴我的住處，或我去賴她的住處？我現在和一堆流浪漢湊和在一廢棄宅院，白日各自外出覓食的收穫，回去都要充公分享，自然不好帶她這樣一個迷人雌性鑽進那截肢的、膿蛆的、黑影並陳的赤膊男體，某夜其中一個衰老的無聲死去，其他黑影也無有驚怪、如甲蟲群挪開佔位的同類屍骸。

於是像又回到十六、七歲重考班時光，無有資源、力量決定自己柔弱戀情的私密小巢穴，約好當晚溜，不，攀爬進她現在和母親、外婆，還有一個老阿姨棲住的某一沒被飛彈炸毀的老區舊公寓四樓。他拿了地址，但如今那城市地貌已全然改變、一大格一大格瓦礫、扭曲鋼梁、厚玻璃碎粒、木材的小丘，原本是倖殘遊民們挖掘食物的處所，後經歷颱風、暴雨、水災、塌癱的土方磚石和垃圾淹覆了本來是大馬路的通道，他們這一代人在文明瞬黑前的十多年，早已習慣Google地圖、衛星定位這些靠發射台的指示，早已失去先人依靠星空或風判定方向的本能。

但她又是如何跟著零散的人，蹣跚跋涉到我們相遇的這裡？

（但你說了這不是夢嗎？夢裡不知身是客。）

是夜，星光燦爛，人間如百年前礦區，燭光點點散布樓群黑影，竟如螢蟲磷火。我攀爬鑽進她房間，遞上之前跟著一群餓鬼挖坑搶來的一罐珍貴沙丁魚罐頭、一罐煉乳。非常冷，我鑽進她用毛毯及多件薄被鋪成的小帳。她還是保持著閱讀的習慣，她的小帳篷裡，有手電筒、用水銀電池的LED小檯燈，她撿來許多手機，但只是輪流以它們的餘電來使用手電筒功能。在這個蠻荒末日，她擁有的光源，可以算是小富婆了。我翻看她堆在小帳篷裡的書：全是小說，孟若的、艾莉絲．梅鐸的《大海，大海》、愛特伍的有幾本、竟然有安潔拉．卡特的《焚舟紀》，說來都是一些老太太的書啊。

我們有沒有纏綿、性交？當然有，但屋內實在太冷了，她在房中央用鍋燒了盆火，用大根折斷的木梁，但過一會她就要爬出去給那火盆添些拆毀的椅子腿或木櫃門板。我們抱在一起，更多是瑟瑟發抖、緊抱著取暖，她的背脊、肩頭、腰骨的突起，比我想像要稜突尖銳，很像是抱著一個才十二、三歲發育不全的小女孩，我心中充滿柔情，和一種生物個體意識到死滅如一張薄紙貼在背後，那種雄性本能完全流失的卑微與哀傷。

睡著前，她詭異地笑了一下，在我懷裡低聲說：「二十天以內，我們兩個其中一個，一定會死掉。」

第二天，她的母親闖進這房間，她讓我仍躲在小帳篷內，自己鑽出去應付，她母親竟然說著廣東話（所以搞半天她們是香港移民？），一疊聲的問話，充滿焦慮、恐懼、嚴厲，她則小聲回答著，我意識到自己正被這個小女人保護著（或隱藏著），心裡說不出的溫柔。但後來她外婆也進來了，然後好像她曾說過那個老阿姨也進來加入那像幾隻禿鷹咕咕啊啊地騷亂、威脅、質問。

我看這不是個勢頭，只好爬出那帳篷，我怕驚嚇到這些老太太，只好像俘虜垂頭蹲著，這造成了房間裡一陣靜默，我偷瞧了她一眼，發覺她的眼神又出現從前，我記得的那個，為了複雜的鬥爭，眼睛有點鬥雞眼（但說不出的美豔），「誰敢搶走老娘珍愛的東西」，那種智力高於在場其他人的輕蔑冷笑。

怎麼會這麼嚴峻？難道在短短一年（或更長些的時間），因為城市高樓群塌倒造成的空間隔阻，某些封閉的小區，演化出人類原始小部落的秩序？譬如母系社會？我會成為她們的食物嗎？聽說某些較難挖出糧食的小區，發生過把一所倒塌後意外存活了幾十個學童的小學封鎖（其實是圈禁），稱那些孩子為「小豬」。最早的傳聞，是有一夥人，飢餓難忍，就衝進一所醫院，無人能證實，但似乎言之鑿鑿，他們把某一層樓裡育嬰箱裡十來個嬰孩吃了。據說這一批最早放棄文明臉貌的人，不知道後來要遭到更恐怖、艱難的生存殘酷劇，那時他們就都瘋了。

「容我打斷一下。」

「嗯?」

「你說的這個她,我覺得並不是我們之前正在回憶的那個女人,我的妻子,你的某一段時光的祕密情人啊?我覺得你描述的是另一個,完全和她不一樣的女人啊。事實上,你在講著的時候,我腦海裡浮現、套上的是另一個我認識的女子。她的性格、氣息、神情,完全和你說的是一個模樣。但你不可能也恰好認識她啊。而且我聽著聽著,竟然產生了一種暈眩、混亂,似乎我們坐在這裡,像在一幅畫裡,好像外頭那個已經大滅絕、所有人都死去的城市、街道、大樓群,就是像你描述的一樣,是在莫名其妙上萬枚飛彈如著火的箭矢、如暴雨臨襲,然後炸得如地獄火海、遍地瘡痍。但定神一想,不是啊,那是你的夢啊。真實的『那個無人在場的空景』,是病毒、是瘟疫殺光全部的人啊。建築物和街道都靜悄悄但像櫥窗裡的模型,好好地在那兒啊。按飛彈按鈕的軍人,或是戰鬥機停機坪原該戴上頭盔攀上駕駛艙的飛行員,原本行駛在我們花蓮外海的航母艦隊群,或是潛伏在巴士海峽海底的核潛艦,所有的人都死去啦。但為何你的夢(你描述著的你的夢),會對我造成這種代入感,或切換焊接,我就真的將發生在我身上這不可思議的災難,和你夢中的情景,連上了?」

也許你們會覺得讀到目前為止,這個小說中的人物,像破碎的漂流物,或不同人之間的夢境之絮,竟可以穿透框架,跑到別人的回憶裡。也許你們會有一種感覺:是否……那像是……一個培養皿中,液態包裹、燦爛搖晃的銀光,一些類似病毒的 mRNA 斷裂訊息段,它們曾遭到某種爆炸攻擊,如今只是一些殘骸,不,訊號的幻影,上下四方飄散。啊那就是我希望達到的效果,我想請各位稍安勿躁,這只是這群「人類最後倖存者」，進入這溪谷的最初幾天。他們還沒找到一個說故事的方式，還請耐性看下去。

說真話，他們目前和在這溪谷遇見的任何另一人，說話都有點「作」。那是因為他們才剛被一個完全消滅的文明群體甩離了，他們可能還帶有某種，譬如柏格曼、譬如塔可夫斯基電影中，那些人物的臉部輪廓陰影，對話時某種「昔日的負欠或懷念」，某種「演員意識」。但很快他們就會發現這一些都沒有意義了。他們不知道說同樣一句話，那個摩擦感、心靈如點燃火石無比精準表達，某種依附於藝術教養的虛實。進退、欲拒還迎，對那已全然消滅、闃寂、黑暗的人類群體，乃至於不會有未來的後代，他們講出的每句話，都像在一沒有空氣介質傳導聲波的枯荒星球，每一瞬都只有那一瞬的動靜，沒有所謂意義的傳遞。他們慢慢會在這溪谷中，理解這個。但很奇妙的是，他們還是會找到說故事的方式。所以我請各位耐下性子、看看這些mRNA，噢不，被大滅絕撕碎了心智、「人類感」、可能被同情憐憫的悲呼……這些都被沒收，這些「時間之外」的遺民，他們將如何拼湊、重組——我不知該如何稱呼之——姑且稱之為「什麼都沒了的小說」。

那天晚上，溪谷主人的妻子，煮了大鍋雞湯，這間大屋子裡，穿著奇裝異服的男孩女孩們，或坐在靠內這條長工作桌兩側，或徘徊走動；第一天進溪谷那些老一輩的，都盤坐在整面落地窗牆邊的茶几茶席，黑影幢幢、人人舉著冒煙的敞口碗啜飲著，難以言喻的鮮甜，土雞剁成塊、蛤蜊、老香菇、金針……這真是太奢侈了。

這些年輕人應是後來這兩天陸續進來這溪谷的，有幾個女孩真是千挑萬選的麗人兒，一個臉廓深邃、明眸皓齒，簡直像是大覆滅前那可以在數億票房電影挑綱女主角的華麗容貌，幾乎這屋內老的年輕的男性，初見她不自覺便臉紅。她穿著一身印度公主紅薄紗袖，而胸兜處綴著碎鑽、腹腰處金線錯娜粉紅嫩綠薄紗，光搖珠晃、亂人眼花繚亂，「她是台灣數一數二的印度肚皮舞孃。」老和尚那時氣定神閒地舉杯飲那時溪谷主人正泡一種「全世界最貴」古樹滇紅茶，然後像安撫最早進溪谷的這些人，被那驟然降臨，如觀音菩薩曼妙絕美姿容搞得騷動不安的心。

另一個臉亦絕美、但眼珠子較古靈精怪的，比較讓人連結到現代感，如果用陶土來形容，那是經歷過這一百年來那些什麼費雯・麗、奧黛麗・赫本、葛麗泰・嘉寶、瑪麗蓮・夢露乃至後來什麼茱莉亞・羅勃茲、凱特・布蘭琪、麗芙・泰勒、安・海瑟薇、凱特・溫絲蕾、安潔莉娜・裘莉……這些臉孔如泣如訴、痴迷巧笑、幻影疊加的波紋給揉搓過了，他們叫她「小什麼……」，但因她穿著一身白天鵝裝，後來大家便習慣喊她「白天鵝」了。

老和尚說：「白天鵝是我的乾女兒，她三個月大時，我就抱過她啊。」

還有一個身形嬌小的女孩，穿著一身（明顯是劇場演出效果的）女高中白衣黑裙制服，相較前兩個女主那一進屋便照亮眾人的明豔、盛大，這個戴著黑框眼鏡的小丫頭顯得纖細弱楚楚，或不小心會走到無性別的精靈或孩童的角色。但細看她的五官，精巧細緻，在這一屋人後來習慣於「電影特寫會將人臉放大」的視覺，脫離眼見印象的世故，再多盯兩眼，有人便發出喟嘆：「這是桂綸鎂那樣的小臉哪。」她的歌喉和外型完全不搭軋，那一開啟宛如天籟、星空爆炸（當時這是後來這一天發生的，如快轉馬戲團其中一場，她才像音波炮讓眾人絕倒）。於是便內心喊這天才少女「黑天鵝」了。

其他的年輕男女，比較像一個拍電影或拍廣告的小組團隊，有扛攝影機虎背熊腰的、有舉收音器材或放空拍機的，也有四、五個功能身分在副導、場記，或小T模樣可能是那個印度肚皮舞孃的經紀人、或某個攝影師的助理……。

但這些來人，造成這空間裡，如同水池裡放入品類不同、金黃紅黑、各自蕾絲裙裾般鰭翼的錦鯉，弄得暗影中又「墨分五色」、層次擾動，人臉的好奇、疲憊、哀傷（別忘了這裡所有人都從一死屍漫野或疊樓而上的恐怖瘟疫逃生至此）、詫異、對其他人的觀測、或和較近距離或年齡較接近者建立初始的同伴關係；或是以落地窗茶席那為殘餘社會地位的記憶，盤坐在那泡茶、年紀較大的（也是第一天進入這溪谷的）為中心，他們舉杯飲茶、談笑自若，但下了那茶席榻座（溪谷主人設計了各兩顆上漆大黃臘石，作為踩腳下茶席的高度過渡），這整座如倉庫般長屋內的其他空間，三五散聚的這些（像拍片劇組的）年輕人，他們壓低嗓音、甚至不自覺掩口說話、竊竊私語，但那形成一座昆蟲巢穴裡千百翅翼嗡嗡掀拍、由局部累聚的共振。

那天夜裡，他被一個像玻璃風鈴，又像是潛水夫在深水下聽見自己咕突咕突吐出的銀燦氣泡湧動聲，從睡夢中吵醒。過了許久，他才領會到那持續在這靜夜的妖麗之聲，是隔牆某個女子正在性交的叫床。他糊里糊塗在自己被褥裡勃起了。此刻突然覺得在這末日遺世之溪谷，竟能聽見這從前覺得淫浪、風月、情色的聲音，真是幸福又懷念。

會是誰呢？他腦中依次浮現那印度肚皮舞孃、那白天鵝女歌手、或是那個嬌小的女高中生制服美少女黑天鵝？至於那正在酣飲這女體醇釀的男子，那可能者太多了，主人、賓客、僕人、老的、年輕的。雖然那嬌聲時或（將臉埋至被褥）低弱，但時又抑忍不住顫慄哀鳴，那可不止他這隔壁獨自孤枕之人被弄得內心騷亂，可能整個靜謐的夜之溪谷，都能聽見這比什麼帕格尼尼的小提琴、馬友友的大提琴、阿姆斯壯的薩克斯風，都要哀絕、直戳靈魂，如乾冰入水杯之沸跳，那樣的美聲。應該所有人都會在自己的臥室中動容，甚至流淚吧？也許只有此刻，這樣的奏鳴，才讓人真正內心如雪崩，真正意識到我們曾經活在其中的那個比歌劇院、比比薩斜塔、比金字塔、比什麼亞特蘭提斯、所有的遺址廢墟加起來還巨大一千萬倍的文明，完全毀滅了。

難道連這靜夜，如此清澈幻美的女子淫浪求饒之聲，也是那溪主人有心招待的一環？

但約莫在一個小時後，他因難以再入睡，起身披衣走出他的那間小屋，走在木頭搭的一段高台之廊，踩下木梯，有一片碎石鋪的小空地。這時天還未亮，在頭頂神祕的鋼藍加上一點石板灰的穹幕，不真實的還掛著幾顆殘星。這樣的景緻，似乎溪谷主人把包括他的睡房小屋和其他不知多少人的客屋，這一區弄得很像古代客棧的馬廄或有個水井那種情調。

這時他看見白天那個演白天鵝的女孩，站在他剛剛走下的木廊邊抽菸。她披著駝色大衣，但他卻有種彷彿她是全裸的幻覺，一時臉紅而強作自然。總不好說：剛剛那曼妙的叫床聲，是妳吧？

他對女孩說：「也睡不著？」

「嗯，我會認床。」

他對自己差點失態作鬼臉或是笑出聲而羞愧，其實為什麼在這時間之外，這空谷聽見讓人心醉的女聲嗚咽，腦中浮現的就只是白日裡最美麗的那三個女孩？也許是暗影忙碌中，其中哪個工作人員，或茶席上年紀比較大些的女士也可能啊。

「對了，對不起。」女孩舉起夾著菸的那手，她應該知道自己在所有男性眼中的魅力。

「嗯？為什麼？」

「我跟他們一起踢你的時候，一定其中不小心下手太重了。」

他笑了起來：「沒事的。妳什麼星座的啊？還掛心這樣雞毛蒜皮的事？」他想：巨蟹。不然就是金牛或雙魚吧。

「雙子。」

「啊？」他說：「對了，你們，我是說今天和妳一起來的這些人，會就住下來嗎？」

「是啊。」她看了他一眼、聲音黯淡下來，似乎這是個輕侮、甚至威脅的提問：「要不然我們能去哪？」

所以昨天他想的那些，他們是像外賣送來、之後會撤離的假猜，真的粗魯又殘忍了。但其實所有人彼此都不知道對方和這溪谷主人有怎樣的情緣或交情。

但腦海中還是如飛蛾撲火，一陣爆焰焦臭、瞬即消滅的不祥預想：如果這是「歸零」後重啟的最後存活之谷，也就是現在不同撥進入這溪谷中的人們，目前是同命浪裡翻舟落水者，但也正預示著一個文明初啟，不知日後這麼少的人們，要如何形成最孤單的互存莊園？他們要如何分配權力與資源？產生親屬或友誼或近乎團體的倫理？乃至男女交配繁衍後代？如果只是第一天進入溪谷的這些，除了猿飛，大致是五十歲以上的中老年人，那似乎較單純些。現在加入了這群青春身體的男孩女孩（其中這三個女孩甚至是若在大滅絕之前的千萬級數人種挑選，都是可以當明星的美麗尤物），他不自覺想到威廉．高汀的《蒼蠅王》。也許在這次這末日病毒降臨之前的一年、兩年，整個社會最變動不安的局面，就是世代戰爭：貧窮青年向人口基數極大但已進入老年期的所謂「戰後嬰兒潮世代」，進行一種資源討價姿態的衝撞，從政治、薪資、房屋、醫療保險、退休金……那確實是一個數十億人口，在一百年的擴張、全球資本主義、工業化生產的飽和狀態，類似氣象衛星觀測海流潮汐的巨觀、大數據，才能分析出的動態。但現在？十個老人和十個年輕人？設想他們在這溪谷中生活一年後，或三年後吧？誰決定這所有人的尊卑？勞動和食物的分配？不可能延續著，現在眾人還殘存在身上的，不久之前那個文明裡的身分地位的慣性吧？真的，他突然想：溪谷主人讓這些男孩女孩進來，真的是讓他們也一同安憩住下嗎？真的不是只當作玩物或隨叫隨到用過即丟的，像他那些不可思議的昂貴茶葉、陶藝品、那些古董傢俱？連他竟都覺得似乎只有第一天那幾個「老的」，事情好像比較單純？

眼前這個像安．海瑟薇一樣美的女孩，若非（他認定）屋內躺著的那個男人，這樣獨處時完全沒戒備，甚至像某種邀請，他跟她進了房，應該也就粗暴將她推倒，互相剝去對方那沾了露水的衣袍，乃至那讓人落淚的、都會印象的，材質柔細但堅韌的乳罩、蕾絲內褲，她一定會低語著：「不，你不會真的愛我。」那狂譫中搖著一頭鬈髮，更激起他的性慾，更激狂地想佔有她。

「不，你不可能愛我的，你現在只是一時精蟲灌腦……」

但這是哪冒出來的台詞呢？他想到那不是符傲思的《法國中尉的女人》，那個身分不對等的女人莎拉，引誘男主角查爾斯姦汙她之前，夢囈般低聲喊的。

確實用後來的結局看，女人在被剝光，下面已濕得一塌糊塗，將被這男人勃起的硬傢伙插入，甚至快快射精在體內，她們那時像預言又像談判的哀鳴，竟完全正確。但為何是男尊女卑？因為在那個故事裡，查爾斯的社會地位遠高於莎拉。

這在此刻，這一切皆如夢幻泡影，除了這充滿溪流潺潺水聲的夜闇之谷，我們突然像失語症的小孩，不知該怎麼說話？

「你好」，「我想」，「我們」，「請問一下」……。

但其實，像他還沒摸清的，這夜晚隱約環景發出啼叫的鷹鴞，沒有攝像頭，只有淒清幾聲斷續，但提醒著，在這「多出來的活著的時光」，最不需要的就是激情。狂情蕩慾。老男人哄誘小美人的繁複詩句或挑逗的笑話。然後，祕密，瞞著眾人，和群體分離開來。

他向女孩探問這溪谷主人是怎麼樣的人，或現在這一切是怎麼回事。

女孩瞇著眼，壞笑著看他。似乎他大她二十多歲這個年紀差全消失了。「你以為我和另兩個妹，都是後宮寵妃嗎？」

像在嘲笑他是個閹人，或習慣依附著一個商隊的底層車伕、挑伕那樣的角色。「確實妳們三個那麼美，今天突然出現在這裡，太超現實了。」如果在從前、在這一切皆如夢幻倒影、海市蜃樓，那他們可像是攤牌的，什麼商戰啊、政治權鬥啊、國際特工啊、總裁的情婦和他的副手啊……。

他其實認識的人不夠多。很遺憾現在那個泅泳進無限人群，然後開啟你的辨識、解析機器就行了的大數據全部消失了。他年輕些時曾和一些年紀較他大一截的前輩喝酒、他們吵吵嚷嚷、炫耀男子漢荷爾蒙，其中一個真的在數次不同場合，帶他認識了那年紀也都比他略大的小三、小四、小五，那都是一些美麗風趣，但可惜臉部細節已沒有那些年輕女孩光滑緊緻的女人。他不太理解這些真槍實彈，或說夜夜笙歌，在外買醉、像詐騙犯但又像最深情情人，然後團夥裡的老兄弟總還是那幾人。他們都不算俊美，但總像坐在吧檯，可以開不同牌子、不同口感的烈酒或調酒，飲之不盡，或許輪迴著不同夜晚的下半部，狼狽骯髒趴在廁所的馬桶邊沿嘔吐。

那像走馬燈一樣的人生，他們可都是博學之人哪，一桌鬥嘴起來那可是莎翁的典故、哪首六〇年代經典譬如貓王的英文歌詞，或是伍迪．艾倫哪部電影的傻逼在哪一段迷死人的橋段，像甩火的魔術師任意舞得光焰四竄。但他們為何把自己弄得像響馬一樣？他曾想過，也許自己年紀再大個十歲，在一較高的社會位階上，或也會變得和他們一樣？但如今看來，他將永遠失去那如毛毛蟲蛻變成超乎自己想像力之外的形態，那個他們這一代人或出生就寄生其中的都市生態，終於就停止在這個階段的定調或安全。

那即使一切懵懵懂懂、霧裡看花，他好像也可以作為旁觀者而理解（其實是猜想）。美麗的女人知道的總是比他多，或是核心。但女人的弱點是，她們一定，即使心地最善良、教養抑斂最得宜，但也禁不起專業大盜解保險庫電腦鎖的反覆測試，「沒有不破的牆」，一定會對另外的美女起殺心。這也是白日他混在一屋人之中，驟見這白天鵝、印度舞女郎、高中美少女，如同三個天女翩翩降臨，心中浮起的悲劇預感。

女孩果然說起那（可能在一揣測鏡像中浮現的，比她更美豔的）肚皮舞女郎的八卦：

「說她從小不知自己的爸爸和媽媽，她的五官那麼深，因為是泰雅族的……」

「認真地說，今天妳們三個人，妳最美。」

她感激地看了他一眼，似乎收到他阻止她往那小小的、黑暗螺旋栽進去的失足。但或也只是年輕女孩，爛漫天真，純粹碎嘴，從這顆溪石縱跳至另顆溪石。

「不曉得明天那個神經病導演還會要我們做什麼？」

她打了個哈欠，這是在下逐客令（其實他就住她隔壁），他熄了菸，和她互道晚安，帶著一種美好的心情回房就寢。

他心裡的疑問：這些孩子，是從溪谷外那個已被病毒攻佔的世界，分批運送來的嗎？他們是，也像他和第一天進來的這些（慢慢彼此認識了），是溪谷主人好心收客、避瘟疫，會住定下來，在接下來不知要困多久的時光，「同是天涯淪落人」？還是，像大滅絕之前的那些富豪的作派、像點餐外送，隨叫隨到的這些年輕、美麗、不知道自己有多珍貴的孩子，叫進來供賓客狎玩取樂，然後一天計價，收費離開？但他們離開這溪谷，能去哪裡呢？當所有街道商家、高樓住宅、地鐵、公車、計程車……全空盪盪成鬼域，也沒有網路可上，他們怎麼還有心思接這種 case ？貨幣也沒有意義了不是？

他這一天（或許是這些年輕而鮮衣怒冠的漂亮女孩、男孩，引動了他某些微弱感官的、撓癢般的追憶？）突然好想喝一杯拿鐵咖啡，好想吃塊提拉米蘇，他好像成了那個已消逝、毀滅，在溪谷主人、老和尚口中，本就違反天地自然的，「都會裡那些劇毒溶蝕的手機電路板、那毀滅森林、海洋的玻璃帷幕大樓、那些一百萬年也無法被細菌分解的名牌球鞋、全球化砍掉整片雨林、種植的咖啡豆、養殖場裡的基改又打生長激素的速食餐廳專用的上百萬挨擠在一起的雞、豬、牛……」，他羞恥地成為這個說來短暫、也才一百多年，然後被一種變異病毒給滅絕的文明的，遺民。

他前一夜，竟夢見那個他國三時的暴君導師，那造成他後來長達幾十年的心理陰影與創傷，但如今在這奇幻幽谷裡、那比從前更從前一些年代（包括那些理著小平頭的男生和西瓜皮髮型的女生，全壓抑成一整教室深藍色外套，青春期的爛漫或荷爾蒙、全被捂著、馴制著，所有人低頭聽那拿著長如一成人身高的藤條，在講台來回踱步、氣勢洶洶說著集體榮耀，或近似二戰納粹那樣種族演化論的，羞辱像他這樣廢物的講演），那一切像卓別林電影裡，動作轉速較快、黑白影像、默片的、窄光圈幻燈機的不真實感。但夢裡似乎這國中導師成了他在一所大學裡的指導教授。他和其他倉倉皇皇的二十歲左右青年，在這像被圍起來的莊園，不，修道院，或所謂一百年前的「鐵路學堂」裡，那磚造的三排各自五層樓高的連棟長條建築，入夜後各間教室仍燈火通明，其他同學們各自散坐在座位上，似乎一個關乎各班榮耀的大檢測，將在子夜零時封關、停止收件，所有人頭髮零亂、臉容憔悴，各自拿著他們仍在趕最後關頭的報告。但奇怪沒有筆記電腦或人們手機的印象，所以夢中記憶的跳接，真的是他身體深處，那還沒進入三十歲之後的世界，文件、紙張成疊亂飛。

但他是他們這一班，所有人再努力也終徒然的那個破綻、缺口。因為屬於他該做的這一份，他什麼都還沒動啊。事實上他像是請了很長的病假回來，頭一次聽說有這個事關重大的班際大檢測。他完全在狀況外。這時他似乎又意識到，夢中那籠罩著整個修道院或寄宿學校，那神經質又歡快的末日騷動、他們進行的「報告」，其實是符合大瘟疫爆發時期的，各自的病毒篩檢。所以才會有那種「防疫」、「如果哪一種教室淪陷了，就會被滅燈，那整班以及班導師就此人間失格」的巨大壓力。

所以其實夢中的害怕被逮到的罪惡感，其實是，他可能是帶原者，只是一直拖延著不去接受篩檢。他會在最終局，上面匯整各班繳上的資料時，被發現他就是那個黑數，他們在那窮忙活全是白工！

而他也從另一個同學那得知，他們的導師這兩天瘋狂地在找他，而口耳相傳卻沒有人知道他躲去哪了。且他們的導師，在這一次表面看去只是班際間競賽的ＰＫ，實則暗潮洶湧，結果會決定他在董事會和另一位死對頭之間的傾軋。可以說生死在此一役。

於是他裝作若無其事地走出教室，在那入夜建築各處顯得影影幢幢的各樓層那懸空走廊疾走、和各班逸出教室之外零亂的人影錯身而過、保持一種禽鳥在林間隱蔽、躲藏追捕者的機警、想像著這樣在不同樓層、樓梯間、廁所、實驗室、音樂教室……移動著，可以避開那狂躁導師的搜尋。

在某一棟樓的五樓天井，還看見一群五、六個類似修女或護士、校方管理階層裡的祕書角色，憂心忡忡在交談著，好像因為某一個班、某一個缺口破了，所以現在局勢非常危急。之前的組織架構和SOP設計，全部散架、失當了，現在最高層裡的老頭子們，掀桌互懟，亂成一團。

他想：我就是那個零號源頭啊，現在正幽靈般從你們身旁經過，你們卻無人發覺啊。

終於在一走廊轉角，由露天轉進簷廊的暗影，被那導師一手抓進一間研究室。他聞到那老男人髮油融化、全身汗濕但又帶著消毒酒精，一種疲憊、經歷過慘烈鬥爭的氣味。

他像個戲子在那夢中密室哀切哭嚎，甚至單膝下跪：

「老師，我對不起你啊！」

這一切夢中運轉的懸念、驚恐，竟然真的見到「大魔王」，他卻有如此求生的機智，他抱著那濕淋淋、怪味的西裝褲大腿（所以他應發現這獨裁者，其實也經歷一場如同殺雞、拔光羽毛的攪肉機鬥爭大戲）、懺悔著。

那個在他靈魂裡烙下暴力、恐懼、屈辱的男人，卻溫煦地將他扶起：「沒事了，現在的局勢，根本和你有沒有怎樣，一點關係都沒有了。我倆都只是小人物。」還問候他這一陣子的病情。

在這個日光將眼前一切：劍戟鋒刃般反光的薄竹葉、違反此地生態整團如神仙畫中雲霞的深綠松針簇（那是溪谷主人之前用吊車，非常昂貴，一株一株吊放進大坑洞裡種的）、細碎如玻璃風鈴的小葉欖仁、還有強光中孤兀立著的一株枝幹歪扭的苦楝樹，混在一片，所以葉片大小、形狀錯幻調焦著眼瞳對細節的變化：櫻樹、石榴、樟（數量最大）、玉蘭、老榕、榆……必須過了許久，才意識到這像原爆般天堂強光輝煌的綠、如整個大劇院裡交響樂合奏不同感覺的、靈動游曳的綠，到底有哪個微細之處不對勁？即眼前這個全景、無花無鳥，只有這些不同粗細軀幹撐傘般，布滿整幅油畫的濃綠淡綠亮綠暗綠，包括溪谷主人花了大心思，那一片像燒玻璃一葉一葉燒出的，短短草莖的（此刻竟讓他想起足球場，這已經被那個滅絕世紀封印帶走的、人類曾經的發明）整片綠色之鏡。

他突然無比懷念，那曾經坐在城市小巷弄，戶外咖啡座，身隔半公尺鄰桌、對坐說話的男女，手肘像樂團指揮的晃影；從捷運站搭著電扶梯上昇，隔鄰是向下端一個個木偶般的無表情之人，但一瞥某個女子，那大眼說不出的吸引光源（他一直百思不解，為何一張臉，有了一雙超出正常比例的大眼，就說不出的豔麗、性感、讓觀者不自禁想偷看兩眼：如果表情緊繃、那就帶著女神的冷傲；如果自顧微笑，那就讓人內心柔和下來；如果恰好眄你一眼，那真是神魂顛倒），人類為何發展出這樣的，同類間不同的一秒間的錯身而過，漣漪一盪，又完全不改整體運行？

或他不記得為何他會在那個場景裡，繞著一個回字形的舊建築——那是幾十年前將某一區的髒亂、貼巷道死角的菜販、肉販、果販、全集中到一棟建築裡的「傳統市場」，當然到後來這空間裡的討生活者，又在他們各自貼了白瓷磚的案檯上，剖開豬隻的胸骨、劃破筋膜、撈出深紅色或膩白色甚至墨綠色的心、肝、肺、腸、睪丸，或那怵目驚心像人腿的整條豬腿；那些排列的雞屍，竟也有黑、白、黃、紅的膚色差異（和人類一樣）；殺魚的案檯則燦亮一些，多了些金色、粉紅色、銀帶黑斑、甚至紫藍色，刮鱗刀刨下的彩色屑片和碎冰塊混在一起，於是構成另一種層次的死亡感覺；攤著牛肉、牛腱、牛雜的檯桌，顏色則黯了幾度……被他們和他們日復一日貼身打交道的這些屍塊、血汙，弄得臭烘烘的——他突然無比懷念，那像電影運鏡，走過那些無表情、臉孔說不出顴骨下方凹塌、或眉毛剃掉、或女人不知為何身軀都如水桶，但各自環繞的小山谷，那一罐罐堆疊的豆腐乳、辣瓣醬、芝麻醬、嫩薑、豆豉、蘿蔔乾、破布子、辣椒小魚……，一袋一袋的紅棗、白木耳、帶皮花生、辣椒、黃豆、紅豆、冬菇、有一些島國人極陌生的乾貨羊肚菌或牛樟芝；或隔了一攤，衣架掛著醜不啦嘰，醬色調洋裝（不論紅、橘、藍、綠、黃、黑，都帶著那種穿上它們馬上變土氣大媽的邋遢布料和版型）的攤位，那些頭顱、眼神都像廣島原子彈後，倖存者，頭髮掉光、兩頰突出、肩骨與手臂無比奇特的尖聳、纖細的老人們，拿著蒲扇圍坐著，靜靜享受「活著的時光」，那些他日常根本不會用到的，譬如像倒過來的雨傘，其實是一種罩住剩菜不被蒼蠅叮的紗罩，或是長長的竹製抓癢耙子，或是大小尺寸黑色紅色的雨鞋，養樂多阿姨戴的帽子，對了還有一包包祭拜鬼神的香，和潦草沾上銀箔的粗草紙……。

他好懷念，好懷念這一切。

第四章

我一直在偷他的故事，好多年了。

請別以為我是像宮崎駿卡通裡，那個什麼都吃，「最後暴漲喪屍化」的「無臉男」，我非常挑，對於故事，我簡直就像那些嘴刁的熊，只吃剛獵殺來的海豹熱騰騰、最鮮美的部位，或像水族箱養的紅龍魚，只吃活的小金魚，絕不吃冷凍蟲屍甚至乾燥蝦飼料。

他給我的指令曖昧不清：有點像是要潛進那女孩的住處，或是潛進她的電腦，把所有他曾經留在她手中的「證物」銷毀。但好像又並不那麼簡單，他似乎是要我潛伏在幾個（以國際諜報片來說，就是那些人已被作了「標記」卻不自知）她的親密友人的身邊，從側面挖攫一些她不可告人的隱私。這一點我覺得說不出的怪？這幾個人（之後我會提及）不要說我平時的生活階層不會遇到，連他也不認識他們。完全是那他不願多提的，他和她在那一段「地下情人」的時光，他們可能那樣祕密約會了五年？六年？八年？我很難判定。約在城郊偏僻處的小旅館，每週一個下午，除了銷魂的性，應該還有許多「多出來的時間」，她會告訴他，她那段時間交往的朋友。他說：「都是一些雞鳴狗盜之徒。」確實是年紀比我和他都小二十歲，但又是一些弱勢家庭的孩子，工作類似按摩師、刺青師、在一個瀕臨倒閉的小舞團裡的舞者、有一年去參與姐妹們罷工靜坐，但之後被停飛，然後失業的空服員，或是燒肉店裡的廚師……他說她說像活在一篇又一篇波拉尼奧小說裡的其中一個角色，她對他說的那些臉孔模糊的人物，都是最棒的小說素材。他們的小世界充滿了年輕人的偷拐搶騙，譬如她的某一個美麗的姐妹淘，交了一個爛中之爛的渣男，好像原先是兩個女孩答應去一群七、八個男人的ＫＴＶ趴，當然那灌酒甚至吸了些白粉後，這女孩幾次下來也不記得自己被這群說不出來的藝術家還是玩團的男子中誰或誰上過，但她後來跟一個光頭且全身密麻刺青的傢伙好上了。她那時找不到工作，隨波逐流，有憂鬱症，變成她死纏著那個連他最好哥們都勸嫂子妳快離開這傢伙，他很邪，他腦子有病。或是她的一位大學好友，後來在補習班教那些高中升大學的考生。但這姐妹淘不知怎麼，被其中一個非常美的少女迷住了（就像村上春樹在《挪威的森林》寫過，那個美麗的姐姐玲子，曾被一個家教學生，一個天使臉孔但有著常人不能理解的魔性美少女給引誘了。原本妳並不是拉子，但那像蕾絲像天鵝絨的絕美少女的魔性，會徹底把妳內在的積木全打翻）。總之後來變成一個悲慘的，看她愈成熟懂得使用自己魅力在大學捕獲不同男友。她竟被深深傷害，掉進嫉妒的修羅道……。

諸如此類。他要我去接近這些人。因為她可能有說謊症，他希望我能收集這些人真實的，和我發生談話，能否從她們口中套出，另一個她的拼圖，「那就是你的本事了。」

我跟蹤那女孩應該有兩個月之久，現代的手機拍照功能，其實很容易讓一個門外漢，快速進入頂尖偵探的工作狀態。我當然在她常去的咖啡屋，拍了不少張很有推理Fu的照片。她獨自坐在一張桌位對著筆電寫稿的照片。她和不同人相約——當然有男的、有女的——喝咖啡聊天的照片。怎麼說呢？她的交往群，感覺如果是早三十年，其實很像不是在台灣，而是在倫敦的龐克族。每個似乎都有混健身房，然後全身不同部位一定都有刺青，不同人的差別，只在於那刺青是像小小一戳印章，或是整幅畢卡索的畫布，或就是一面人體移動車庫鐵門的噴漆塗鴉。事實上她和她不同朋友的那桌，通常是那間咖啡屋最吵的角落。有幾次我就坐他們隔壁桌，直接用手機按下錄音。

怎麼說呢？我不太覺得那女孩有背著男人偷情——被捉姦的張力。我沒有歧視的意思。但那很像熱帶雨林中，羽毛鮮豔的大隻鸚鵡，那些年輕人的生命力太勃發了。我也很迷惑他（這樣說應該算我的雇主了）為何會對這女孩產生這樣陰鬱的、監控的抒情性？我試著嚴謹分析我的那種感覺，就像是，我一直跟蹤這女孩，然後鑽進某條小後巷，真被我拍攝下，她約了另一個女孩來，然後用鐵棒痛擊對方後腦……或是反過來的情節，我也不會有「啊被我拍到超重要的畫面」的心情……。

主要是，我的年紀，已經厭棄了這種人類關係的糾葛。可能在我們年輕時，會非常著迷於「窺控那不可知的後面」的深度，錯換之感。所以當時讀川端康成的《千羽鶴》，那個男子，先後上了亡父的情婦，還有這亂倫後媽的女兒，那個同父異母妹妹，在撩光幻影中搖晃的美感，我真是著迷。或是三島《金閣寺》裡，那個口吃的年輕僧侶，對他師父那沉默、藏於一切儀軌中的不對等權力的猜疑、體會，他跟蹤道貌岸然的師父，竟到了妓院後街。那樣的人類在特殊的關係中，錯綜，而且像蠕蟲此起彼落纏繞、墜落，然後計算其恩義之負欠、或冤恨之不得報，它形成一種大腦中對於「人類生存空間」的運算。人們迷惑於《紅樓夢》這種大型「鬼工牙雕套球」——內中小宇宙再層層，幾十層依次包覆另個小宇宙的庭台樓閣、衣香鬢影、夢中之夢、繁華與背後人心暗影的詫嘆、耽美、虛無。或是著迷於那些凶殺、不可告人之祕密、如同搓牌洗牌的陰謀、以不可能的想像力把假的佈置成真的，那些大城市為背景的推理劇、或金粉王朝裡的上層世界在金錢、美色、繼承人鬥爭，環環相扣影集……那是否只是人腦在演化中，必然要創造、傳導、代謝的什麼在興奮突觸間傳導的麩胺酸、肽、多巴胺、腎上腺素、血清素這些化學物質的室內樂團演奏？也就是說，它是立體發光，不，比這還難以言喻，似乎他們都是你幾十年人生，經歷過的、認識的，回憶的地窖深井螺旋梯，一定可以召喚出來的，這個賤女人、那個背叛過你的兄弟、無比懷念的一個親人、某個被你遺棄的女孩，甚至一群人裡最不被注意的那個角色。那都是真的嗎？還是是某隻手持雕刻刀，往一個象牙球分層，極薄的鏤空雕、這個界面跳到另個界面的連續性幻覺？

但後來我家中發生了點事，這個像徵信社把自己隱藏在這女孩身邊，窺探她生活「祕密」的工作，便中斷了幾個月。簡而言之，我的妻子，完全沒有徵兆的，得了癌症末期，某天她突然覺得肚子劇痛，到醫院急診，經過一些檢驗，送進手術房，醫生把她腹腔打開，那腫瘤已像雨後森林某棵樹幹上的潔白蕈菇，密密麻麻長滿了、擴散了。我被叫進手術室，在一台監視器的螢幕前，和那口罩遮了下半張臉的年輕醫生，討論了不到三分鐘，就決定把那劃開的創口，原封不動再縫合起來。

從送進醫院到她死去，竟然才一個多月。這事我不想多說，我們沒有小孩，娘家那邊也很人丁單薄，沒有兄弟姐妹，她母親在她高二那年就過世，如今世上唯一的親人就是在安養中心的老父親，我岳父很多年前就患了阿茲海默症，而且他們父女的關係非常疏離。我自然沒把他女兒過世的消息告訴他。所以一切喪葬後事非常簡單就處理掉了，沒有公開儀式，她這幾年沒有專職工作，接一些翻譯，都是電郵和出版社交付進度，所以也沒有所謂同事。可以說是我一人，從醫院太平間、火葬場，送進靈骨塔，到戶政事務所辦一些手續，在一種或只能用「唇乾舌燥」能描述的，厭棄感，好像全身被人痛揍過的疼痛感，有一瞬覺得似乎對這無情人世的憤怒感。但後來的幾個禮拜，我發覺自己待在我和妻子賃租的小公寓裡，竟有一種「終於鬆了一口氣」，什麼都不想做的自由、懶怠。我不想多說這個，但我妻子這幾年被憂鬱症所困，情形時好時壞，有段時間，我心底最大的空洞，或預感，就是我結束外頭一天疲憊的工作，回到那個屋子，打開門鎖，會看見她吊在玄關。

但沒想到……事情是這樣的方式……然後什麼都卸去了（被拿走了）。

我沒有告訴他，家裡發生的事。但他似乎對我中斷了幾個月的跟蹤工作，也並沒有來詢問進度。

對了那段日子，有一天夜裡，我在電腦看了一部叫《機械姬》的舊片，大意是一位高智商的程式工程師，被他工作的高科技公司的老闆，叫去曠野山林中一幢建築（後來知道那是一座高科技控制的實驗基地），對一個女ＡＩ機器人進行測試，這有點像ＡＩ機器人版的《咆哮山莊》或《魔山》。總之這個女機器人是這個天才瘋子老闆對於創造、被人工設計的智能，能否跨越那模糊了「人類不可被模仿」的幽微隱蔽之境，那樣極致的藝術作品。她用優雅、高明的技巧挑逗、勾引那個測試她的程式工程師。甚至某些時刻讓整個堡壘般的實驗基地斷電，在短暫地躲開天才老闆的全部監視器的幾分鐘、在那造物者眼皮下，以自由意志，戀人絮語、愛的渴求和瘋狂，讓那個程式工程師想要救這可憐的、被囚禁的美人兒，逃出她控制狂父親的魔掌……。

我在某一夜看了這部《機械姬》，腦中像孵豆苗冒出一莖微妙的想法：我其實是不是他，在某種意識，對那個女孩的「測試員」？

不過那也只是，我因為從年輕時就是他小說的讀者——我想許多他的讀者，也會習慣性把發生在他身上的事，混淆了他小說中那些怪異變態的思想模型，替他「多打開一個超乎正常邏輯之外的抽屜」——很像內心與他的，無人知曉的靜默排戲。事實上我像電影裡的任何路人甲，偽裝成完全不引人注意的某個背影、側影、角落的糊光，出現在那女孩每日現身的咖啡屋，其實我已在他之前不同本小說，讀到他那逞川端、納博科夫、徐四金的特寫技藝，描述在那密室裡，那女孩讓人瘋狂、耽美、像清晨露珠百合花那樣的少女身體。那些讓一個枯萎灰死老人腦額葉像整座大教堂所有的薔薇彩繪玻璃窗，強光從四面八方湧進、那樣滿漲神性的乳房、腰肢、頸肩的優雅弧線、貝殼般的耳朵、天鵝絨般絲滑但又充滿力量的大腿、還有那似乎把世間最纖巧、融化、細細吞噬、不可思議的疊套感覺全佔去的，美麗陰部。那樣靈動的、長髮披垂、輕聲嗚咽、畢卡索概念的不同切面、動態的色情局部……。說真話，你可以說，這女孩在那些神祕時刻，絕對具有可能讓他淚流滿面的美感的雷電或颶風的魔性。因為那些章節，竟完全不需如前引的川端、納博科夫、徐四金，或更多大小說家，是以變態或暴力，刀刃割開眼瞳，才釋放出那不可能的美之顫慄，他僅是以一種單純的抒情性，就直接穿透了那個光之膜、光之瀑布、光之換日線、光之高空走廊。

所以這個女孩，或許是百年一遇的美人——也許是她自己都不知道的、純粹身體上、神贈與了各種色情設計圖的超跑，像長頸鹿、獵豹、鯨、天鵝那種不該是庸俗存在，而僅應存在於美感意義上的造物？古人不知如何描述、承接這種一萬倍意義的美人，所以就模糊地稱之為「妖女」、「魔女」、「紅顏禍水」？——看看她在現實生活中，她的交友，那些打扮、服裝、動感給人的符號性或印象派的光影，啊啊該怎麼說呢，我會又不自覺疊用一堆諸如「錯置」、「弔詭」、「離異」、「違和」、「反差」的修辭術語。

但是就在間隔了幾個月，我又若無其事的，像個陌生男子走進那間咖啡屋，像之前一樣，我坐在廁所出來貼著牆壁那張單人小桌，這距離她總是據坐那靠門進來的四人桌位，是這空間裡最遠的距離，如此可以將讓她起疑的可能降至最低。但兩天後我就移到她身旁的桌位，這次我覺得有某些說不上的觀感改變了，如果用《火影忍者》那種描述方式，就是某個上忍創造的「結界」，在他離開又回來時，極細微的感覺這個祕境被人闖入過了，被動過手腳了。如果是以《CSI：犯罪現場》這種超顯微證物重建凶殺現場的慣性語言，則是：犯罪現場被破壞過了，有人逆推你極專業的，跳脫人們習以為常的聯想誤區，那種「截切出某個時間刻度，將之無限微分」的拼出彈道、指紋、血濺方式、門鎖破壞方式、馬桶或水槽的殘餘毛髮、手機裡的通訊紀錄、人際關係網……有絕頂高人熟悉你這套標準程序，重新佈置了抵達真相的迷宮地圖。

我先是注意這咖啡館牆上的幾幅掛畫，是否被換過了？但其實這無法提供任何訊息（事實上四面牆上的七、八幅不同大小的畫，完全沒有動過），因為以他之前提醒我的細節，這女孩同時是個狂噴才氣的畫家，以她和這間咖啡屋的交情，牆上所有的畫可能都是她的作品。但那些畫（對不起我不懂畫）即使只是作為匆匆瞥過的背景印象，你一定會在無意識的內在某一層階梯，受到某種暗示：那些畫框都是通往另一個次元世界的舷窗。怎麼說呢？那對我這世代的人，會有一種似曾相識的感覺，就是二十世紀初的某些後來瘋了、死了、下場很慘的歐洲天才的，經過這一百年的明信片、電影、廣告、馬克杯或地鐵車廂、輸出印刷或網路被不同人們設定為大頭貼，那些沒有眼瞳的瘦臉、捂著臉的粗獷肩架的農夫和他的一對兒女、像香爐上方裊裊扭曲熱空氣的鳶尾花、極胖的裸女、穿著華服西裝的鳥頭人、悲哀地坐在朝海碼頭的男人和他的貓的背景、或是兒童蠟筆畫般的一個比貧民窟人類還能表達出那神情的，馬的臉……。

那形成一種「我這個年代之人」的懷念。那些畫比較不會讓人想起繪畫，卻讓人想起某些電影或小說，這後頭還有一種，我年輕時在大學宿舍，總會遇到幾個兩眼焚燒夢的幻光焰、要為藝術獻身的美術系怪人，但他們起步，在白色畫布上摔出你幾乎能聽見聲響，他們「靈魂」連同油畫顏料的創作，幾乎都——後來回想，有一種昏暗煤屑之路的感嘆——我們這些第三世界的靈魂易顫動著，全被二十世紀騙了！譬如北野武的那部《阿基里斯與烏龜》。

所以我不會在這「本來就被擾動的空間」，找尋那，我不在場的時光，可能會讓我曝露危險中的，什麼細微的螺旋儀被調轉過了的證據。

那麼，你們會問，是什麼讓我覺得「結界被動過手腳了」？

我先講一段，我曾聽他說過，某一次在一個年輕一輩的文學活動，中間安排一個他認為是「當代最好的小說家」，出人意表的和另一位專業舞者，跳了一段說不出是默劇或碧娜．鮑許風格的現代舞。主要是背景聲音是預錄的，小說家自己朗讀一個短篇的段落，（對不起我是聽他轉述，所以有一種那旁白像《去年在馬倫巴》或《慾望之翼》的詩意絮語的印象），大約是寫一個中年男子，在自家倉庫將皮帶掛上屋梁，踩上椅子決定自殺的過程。他的狗從頭到尾在一旁忠心陪伴，不知所措。但後來那皮帶竟承受不了他的重量，整個人摔落地面，等於短暫在處決、瀕死的空中，踢蹬雙腿，體驗那痛苦不到幾秒，便摔成比悲哀還狼狽的滑稽（因為他的長褲沒了皮帶，還滑落下來）。恰在這時，他的老母親進來了，但她一生經歷的苦難、壓垮自己在人世溫順活著的過往殘酷命運，使她即使第一時間便知怎麼回事，也（害羞或柔和的個性）裝作若無其事……。

然後他說，當現場那年輕天才小說家、詩人、評論家，所有人在目睹那小說家高大笨拙的身軀和那個超專業的舞者，作出單身舉起對方、爬上椅子、眼神空茫，然後貓步由另一人扶著但演出上吊者摔落，所有人被那說不出的怪異、不協調、驚詫，全發出大笑。

他說，不知為何，他那時卻像淚腺失禁（說起來很難聽，很像A片裡那些高潮女人的「潮吹」），眼淚停不下的狂湧。他覺得很丟臉（還好所有人的視線都朝著跳舞的兩人那邊），但找不出方法讓自己停下那說不出是摁到了哪處開關，「悲不能抑」，那傷心的哭泣。

他對我說這件事，當然是混在許多其它不同的事裡說，但我也想不起他當時為何會跟我說起這段？我記得他還跟我說了另一件事，而這事是那女孩告訴他的。似乎是當時一個突然爆紅的樂團（但其實在年輕那一代而言，這種本土樂團像雨後森林樹根的蕈菇叢，每年都冒出新的怪團名和一時網路傳閱的歌曲MV，但很快又消失了，並不會像上世紀最後幾年的玩音樂者，改進主流媒體，成為巨星），她的一個女朋友曾和這個團的主唱有短暫幾週的戀人（或性伴侶）關係。據說這年輕人告訴這馬子，人類只分作兩種：有殺過人的，跟沒有殺過人的。於是呢，這位總是宅在自己淡水破爛宿舍的傢伙，某一天決定要跨過那條換日線，他去買了一柄小水果刀，搭夜裡最後一班捷運到台北車站，他說每天夜裡的台北車站地下街，那像防空洞迷宮的數不清有多少輻射狀的甬道，隔幾十步就躺著一個睡在自己拼湊的壓扁紙箱、破衣服、塑膠袋的「臥鋪」，那種頭髮如枯草、皮膚發黑、眼珠渾濁、全身發臭的老流浪漢。總之，沒有任何意義的、這個沒想到自己的樂團有一天會爆紅的主唱，這個也許是透過日本漫畫或GAME的光爆畫面，理解世界，想像出訓練自己成為「超人」的，從地底鐵道另一端來的年輕人，選中了一個在轉角延伸百公尺都沒有另一個同類流浪漢，也沒有監視器的落單、渾身酒臭、熟睡中的「老破絮」，蹲下身，非常俐落地把刀刺進他心臟的部位。然後快步跑開。

他說，女孩當時告訴他，她的閨蜜告訴她，她的短期男友性伴侶樂團主唱告訴她（對不起，輾轉了太多次），那事後一整禮拜，他注意著各種網路新聞，但完全沒有任何人、任何平台提到「台北車站地下街有個老流浪漢被謀殺」的一絲消息。真的像一隻老狗被殺了一樣的不起波瀾，這些問題常常是：為什麼你會這樣對我？譬如，在威斯康辛州，那四、五個白人胖警察，對著一位坐進汽車駕駛座的黑人（後來知道他也是警察，那天剛好在休假，當時是開車經過，看見兩個婦女在爭吵，他下車調停，後來趕到的白人警察們完全不問緣由，便在攝影機拍攝下進行了那驚悚的一切），掏槍對他腰部以下連開七槍。而這黑人的三個分別八歲、五歲和三歲的小孩還坐在後座。

譬如，那些香港警察，近距離實彈射擊，或是對頭把眼睛打爆、或是對心臟，非常不可思議、怵目驚心。

他們坐在旅館小房間裡討論這些事，前一個小時他們正在激情的性交，翻雲覆雨。然後這時他們對坐抽菸，像躲在洞窟裡的直立猿人——某個演化史謎一般的數萬或數十萬年間，某一支現代智人的真正祖先，在那以其他猛獸、動物為背景、威脅、或食物的曠野移動，但同時殺滅了應該和他們同樣直立行走的其他人屬（尼安德塔人、丹尼索瓦人、爪哇人、穴居人）——被更高次元的智力方式捕獵，吃光了。他們發著抖，內心覺得恐懼。然後他們交換著一些想法，「末日將至，唇乾舌燥」。這些話語的討論，通常是與交配這樣最脆弱、無法防禦、緊緊依偎（甚至互相進入對方的裡面），一樣柔和的光在大腦或所謂「靈魂」中，像小舟搖槳那樣一次一次確定著，像鋼琴調音，啊我們是共有過那喁喁交換故事，並且對那互相說出的事件，那樣羽毛一起顫抖，一起覺得「如果災難來襲，我一定會保護妳」、「你一定不能拋下我」……這樣地像兩把琴的奏鳴。

但後來，不過幾年後，你怎麼會這樣對我？像是要殺光曾經殘留在你裡面的，有關於我的濃郁氣味的精液或陰道的瑩潤愛液？殺光那些著床的或尚未著床的、影影幢幢的，「只屬於我的記憶貯物」？通常人類在處決，或是「殺掉程式」，是一種「那個本來是我的部分，發生變異、被駭了、被病毒侵入了」，將已經遭詛咒而長出恐怖觸根的手臂斬斷，將整個遭瘟疫攻佔的村落封圍起來，放火把裡頭哀號的人們燒光。但「斬殺因為有對方嵌在裡面的那一部分的自己」，那個殘忍絕決，是多深的仇恨和恐懼？

這是當初他交待我，去對那女孩執行那些跟監、取證、情搜「她的世界」和她交往的那些小動物、對世界沒有威脅性的、可能是社會這大機器運轉被甩到最邊緣的、但若是真的將他們的行徑以一種剪接方式、公諸於眾，可能就是「有問題的」、「不道德的」、「怪異的」……那似乎是他想透過我，取得的，對於她的「核威懾」。那是怎樣的恐懼？他們不是曾在那最孤獨的小房間，激情交歡，並且經歷過那樣一次又一次的「故事交換之靈魂調音」？但我絕對會聽從他的指令，只是我成為一個那女孩沒有察覺的、像狙擊槍的目視鏡，蟄伏在她身旁，心裡始終有這個疑問。

我說的那個細微變化，「結界中被動過手腳」，乃在於，那個女孩坐在那兒，給我的感覺，多出了一層之前完全沒有的，「追憶逝水年華」的哀感。不誇張地說，我甚至有一種想哭的衝動。這是怎麼回事？之前（在我妻子過世而中斷幾個月這跟蹤工作之前）她給我的印象，不論貼近或隔遠些距離，都有一種年輕飆騎機車將消音器拔掉，或是電鑽鑽牆磚的，這是他以前常和我說的，「第三世界的人，你無論在做什麼自己覺得獨特的事，那無奈的背景聲」。但很奇怪，這次我自認為神不知鬼不覺，再走進那咖啡屋，就定我的觀測位置，似乎有一個看不見的音控，把原本那些「你觀看她的畫面」時的噪音取消了，換上譬如說（請不要笑我芭樂），上世紀那愛情電影《似曾相識》的配樂。

有一次我聽見她跟她的朋友說：「我很擔心他，他好像掉進一個很糟的暗室裡。」

她的朋友（沒錯，就是最早之前，他派給我的任務，曾讓我大腦掃描其中一張相片我一眼就認出，那個「自殺癖的T」）非常擔心地說：「但妳沒有辦法連繫上他嗎？」

她的聲音顯得憂愁，一種極有教養的女人經歷過人世間諸多風浪，特有的溫暖或磁性：「他躲著我。」然後她對她朋友說了一段話，很怪，或是之前，我應該將她這段話錄音紀錄，當作監控採集的一部分，回交給他。她那段話，或是之前，應該是很刺耳的訕笑（年輕馬子對曾上過她的老教授的老派、笨拙的，灑出整片玻璃碎屑的咯咯笑聲），但這時我竟有種她正對著隔坐在一公尺距離的我（她發現我了？）緩緩交心的感覺。

「他曾經是我的神。事實上我們在那密室約會，像戀人間的情趣，我都喊他『神』。但他其實是玻璃心。他其實很當真（我把他當作我某種心靈上的絕對崇敬，或是只是調戲），我後來發現，他其實可以變成我，像藏地信徒，有一種像『木雕膠囊』，可以隨身攜帶，在任何帳地，將那對摺如一顆大蠶豆的木盒打開，內裡藏著小小精雕的『隨身佛』。對我而言，他離開我的人生，但我可以像收藏可愛公仔、小傀偶那樣狎玩他。但他似乎不理解有這種可能。他根本就是個膽怯的小孩子，好吧也許他是個有巨大毀滅力量的『三眼神童』，說實話，我沒有見過一個比他更懂得疼女人，寬厚，靈魂那麼美、頭腦那麼漂亮，在那些時刻還能弄得妳欲仙欲死，但又痛恨低級的，唉，神一樣的男子。但他卻是一個超級玻璃心。」

我心裡想：不對啊。這是和之前完全不同高度的心智。這除非是在一個科幻小說裡，短短幾個月，這女孩發生了「演化之飛躍」？

有一天，我在YouTube看到一個科普視頻，講到一九五〇年代，人類頂尖科學家在一片混沌、茫然、無知的曠野，如雷電閃光地發現DNA結構的一段公案：華生、克里克、威爾金斯三人因共同解開DNA雙螺旋結構的奧祕，在一九六二年同獲諾貝爾生理醫學獎，但許多年後，人們發現當年的實驗室如霧鎖重樓，有一位女性的貢獻，被遮蓋了，甚至有些尖銳的評論說「被偷走了」。這位名叫富蘭克林的女科學家，其實是在全世界實驗室皆對DNA的結構，丈二金剛摸不著頭腦時，第一個對DNA結晶體做了X射線繞射圖，那其實可以說是後來攻破DNA分子模型的華生和克里克，能夠靈光一閃，找出DNA為雙股螺旋結構的基石（因為當時已有查加夫定律，關於腺嘌呤、鳥糞嘌呤、胞嘧啶、胸腺嘧啶，A＝T與G＝C的確定），但這個原本鎖在富蘭克林女士抽屜中，「那支真正的解謎鑰匙」，她攝製的一張極為清晰的DNA的X射線繞射圖，卻是那位因為實驗室人際關係鬥爭，對富蘭克林非常嫉恨的威爾金斯，瞞著她偷取出來給華生觀看。

之後這三個「犯規進球」、搶進二十世紀人類三大科技破謎的男人：華生、克里克，和實驗室仇家（她的上級、嫉恨者、小偷）威爾金斯，如放煙火在《自然》期刊發表的〈核酸的分子結構：DNA的結構〉論文，也因之使他三人後來得到諾貝爾生理醫學獎。這文章對富蘭克林的重要貢獻隻字未提。富蘭克林一九五八年因卵巢癌過世，死時三十八歲，她至死不知道自己當初鎖在抽屜的那張X射線繞射圖曾被竊取。人們確信她的早逝是因長期在實驗室過度曝露於X射線照射下。

事實上她後來離開那對她充滿敵意與歧視女性的實驗室，轉到另一個實驗室後，她以X射線繞射技術的頂尖專長，繪出TMV菸草鑲嵌病毒史上最清晰的結構，兩年後又繪攝出小兒麻痺症病毒的巨型模型。事實上她在那隱祕之境的探索才華，真的是像蕭邦、雷諾瓦一樣，光輝耀人，但那幾個得到「雙螺旋結構」皇冠的男子，之後還恬不知恥回憶她，「是個沒女人味、難相處、衣著品味特差」的怪女人。

這個纏繞著DNA雙螺旋結構，兩個男人和一個女人，人類躡足進神的創造密室，卻又如此熟悉與辦公室鬥爭、陰謀、八卦，混在一起的「往事」，讓我心中對他和女孩的「相殺愛」，或是我莫名其妙接了這個「觀測介質」的任務，多了一層說不出的恍惚與不安。

我沒想到在我與他，與女孩這麼簡單（或許深刻）的三人關係，竟然就進入了十九世紀，達爾文、赫胥黎、牛津大主教、孟德爾這些關於「演化」如此從數十億年乃至數億年，孤寂空曠又炫麗殘酷之劇場，爭辯「有沒有更高等神靈介入創造」？否則如何可能憑空冒出譬如「眼睛」這樣高度設計性、細部微件專業搭配的飛躍性造物？我為何會在這女孩的身上想到用「演化」這個詞？

這件事非常怪，事實上我此刻回想以下要說的，像是幻燈機投影在牆上的慘白光霧，那播放的人物動作，又像卓別林的默片，又像皮影戲布幕上扁薄的剪影，又像是某片沼澤上方漂浮的熱氣。就是呢，有個男人某天回家，家裡來了個不速之客，他那靜美的妻介紹說這男子是她哥哥。但他從未見過或聽過她娘家有這麼一位哥哥啊，那個男子頗陰柔，皮膚白皙，眉眼和妻確實有幾分相似，而且他從未感覺妻子在這屋內，那麼開心過，當晚他們簡單準備了涮火鍋招待這妻舅，他還和對方喝了至少兩打的冰啤酒。席間他們也討論了美中大戰與全球瘟疫擴散的局面，他有一種感覺，這位（對了長得很像「大蛇丸」）妻的哥哥頗瞧不起自己，確實他將話題帶到任何層面，那個迂迴飛繞的高度，都顯得見識遠不如對方。但總之後來哼哼哈哈半醉的，留這位「哥哥」睡在客房。深夜如所有的預感，他驚醒時發現妻不在身邊，他躡足進到一片漆黑的客廳，隔門聽見客房裡應當是男女私密苟合的細微聲音。第二天他不動聲色，但這個「妻舅」似乎沒有離開的意思。第三天、第四天，發生的情節持續重複。

他交待了他一個換帖的兄弟阿雄，第五天的白天，假意這兄弟「帶大哥你去附近的紅樹林看一種非常珍貴的候鳥」——這說來話長，這個不知從哪段孽帳跑出來的大蛇丸，不，客兄，自稱是位「賞鳥攝影師」，帶來的講究鉛灰藍帆布背包裡，確實也有一台非常專業的「大炮照相機」和好幾個可卸換之鏡頭。他們編了一種叫「彩鷸」的候鳥，把那氣定神閒的渣男騙得兩眼發光。然後他換帖兄弟阿雄載他妻舅到一處荒涼的河堤邊，用尼龍繩把這「他媽的敢給我大哥戴綠帽」的雄性侵入者，勒死並棄屍於泥灘樹叢中。

但後來發生了很糟的事：就是妻的父親、母親和娘家人，在接下來的一週，陸續來訪，好像確實他們家中真有這麼位大哥，而且是家族裡最重要的少爺。這傢伙突然在興高采烈造訪妹妹後，失去了音訊（手機也連屍體被埋進那爬滿招潮蟹的河灘軟泥中啊）。問起他換帖兄弟阿雄，只說當天大嫂的哥哥拿攝影大砲對紅樹林的各式飛鳥拍了許多照片，心滿意足地要他載到捷運站，似乎想去找另一個老友之類的，但等到接連來家裡問案的警察，層級之高、動員之眾（他的妻自然是泣不成聲），他才知道這舅兄不是他這種小癟三能動的，他媽的他是美國仔啊，也就是CIA在亞洲區的第一把手。搞屁啊阿雄我只是要你「警告」他一下，你怎麼把人弄死了，這時他也才知道，他的妻子根本不是什麼「鶴妻」，那麼美的女子當初怎麼會嫁給他這個老粗？她是要掩護美國仔的第二把手啊。

事情眼看紙包不住火，他只好把阿雄再騙到紅樹林那空荒曠地，「哥對不起你」，弄出手槍吞嘴裡自爆、畏罪自殺的場景（這時我們知道這男子過去是個黑幫小角頭）。當然這麼差、業餘的布置，他自己都兩腿發虛。但沒想到那像八家將這種層級去惹到西天諸佛層級的絕望處境，對方竟突然「撤」、不追究，就此結案，關閉檔案，所有神祕的高層探員都消失了，他的妻也恢復從前的靜美、溫婉。

他媽的這是怎麼回事？

但那之後他染上魘症。恍恍惚惚，三魂七魄走了一竅，分不清楚自己是否只是「楚門的世界」裡的一個傀偶？

有一天（這是這個故事最古怪駭人的一刻），他帶著一把土製鋼彈鳥槍，又到那一切煙消雲散的紅樹林潮間帶，曠野無人、天地昏暗，在長堤下的矮樹叢裡，一隻臉上像長著綠色胎記的小水鴨，孤伶伶抖著深淺褐斑的翅翼在凫水、抓泥沼裡的彈塗魚，那種說不出的舒暢自由讓他羨妒，較遠處還有一些類似白鷺的修長鳥影掠起又消失，給這片昏沌的畫面像刀片割厚油彩，瞬現一絲銀光。就在那時，像異次元的波漣，突然一隻野豬極近距離，人立而起撲向他，那綠豆般的小黑眼珠，發黃的獠牙近在咫尺，他惶亂朝著那醜陋還噴著熱氣的大豬鼻轟了一槍。那一瞬間，那血肉炸裂的穹窿，突然變成人形，啊，竟然是阿雄痛苦掩面朝後躺。他轉身就跑，跑到停機車處，才發現自己一只球鞋掉了，竟只穿另一隻鞋，然後一腳襪子吮滿髒水跑了這一路。

「他媽的見鬼了！」

回家以後，他就病了。高燒昏睡不知幾天，他那靜美的妻子卻不見了。比較清醒的某個時刻，他聽見公寓樓下人聲雜沓，心裡有數或是妻娘家人，不，那些他媽我們這種殖民地無背景之人惹不起的，根本搞不清楚那個組織水有多深的情報單位，來替冤死的「美國仔」報仇了。求生的本能讓他遽然爬起，把濕透的枕頭塞在被褥下，弄出熟睡的人形，然後他只著內褲（真狼狽啊）躲到客廳厚窗簾後。

幾乎同時有人破門而入，空氣中他們衣物靜電窸窣的細微聲響，或膠靴盡量放輕踩在地板的連續疊沓，他可以想像四、五個或更多的人，用手語比著行動暗號，然後他們進臥室，一陣消音器過濾後的咻咻射擊聲。他這時在窗簾後嚇尿了，控制不住兩個光腳板瑟瑟發抖。該死的他可以想像那些人掀開被褥、黑暗中黑白分明的眼瞳骨碌亂轉交換著「分頭搜」的行動指令，如果時間可以喊停，像一二三木頭人，那該多好？他可以想像其中一個人持槍朝著窗簾走來，那簾下露出的一雙人類光裸，蒼白的脛骨連著腳踝到腳掌，格格顫抖的可憐東西。

這是什麼故事？

這整個故事裡，一種不潔的，讓人心頭起疙瘩的無厘頭，是觸犯了什麼最隱密的倫理性？

女孩說：「就是斷尾。」

「什麼意思？」

女孩說：「就是害怕自己被暴露出來，不惜背叛，殺了那不該殺的阿雄開始，那一刻，歌隊就出來唱歌了：『他將遭到天譴，他將遭到不義的代價。』」

我突然一驚：「妳在對我說話？妳感覺得到我？」

女孩說，我之於她，就像從這咖啡屋牆上，那不同幅畫作的鉛灰色、亮黃色、紫色、螢光粉紅，那些無瞳仁的父親和子女、鳥頭人、胖裸女、鳶尾花、背海的人……像高速攝影一隻青蛙晶瑩透亮，弄破了水銀，不，其實就是水本身的表面張力、從一個二維世界掙脫冒出。那一瞬間我可能是一團和那幅畫同樣顏色的亮橙或鉛灰或電紫的煙霧，然後又竄進另一幅畫。

女孩說，你不覺得，你就是他派來射殺我，旋在手槍頭的消音器嗎？你不覺得你就是阿雄嗎？你不覺得你正近距離微觀一張被炸裂的豬臉，像無數小水珠迸裂成一個不斷進入的光纖粉紅豬、銀豬、蔚藍豬、魚子凍豬、星空燦爛豬、鷓鴣斑豬、油滴豬、浪滾桃花豬、暈紅豬、雞骨白豬……？你掉進一個「斷尾」的漩渦裡。他要取消貯存在我這裡的一切訊息，但你也有那預感，作為斷尾執行人的你，之後又會被他斷尾？

我很難講清這種，許多笑瞇瞇的古裝之人的臉，挨擠在一塊玻璃凍地裡的纍疊印象。包括他們的丹鳳眼、櫻桃唇、古怪的髮髻、騎著老虎、金豹、鳳鳥、麒麟、白大象、梅花鹿，被壓在飛翹簷拱下的七彩傀偶人，不，他們又像戲台上面抹濃妝的武將、美人、禿頂大腹或美髯文官，互相對著戲，眼角餘光卻偷瞄一旁眼花繚亂的我可有專注看其中之一的某個。那或是交趾陶形成的幻彩迷離？但某個移動瞬間，像蛋殼裂開流淌下的金光混著銀白液態、某個正在「三英戰呂布」、或「周瑜騙蔣幹」、或「美猴王大戰二郎神」中忙活著，為戲困住的靈動電影，神明之臉，會突然透明，流動，眼珠不正經左右亂竄，然後你發覺他們是在害怕、發抖，也許下一瞬都石化成青灰色的鑿雕、鏤空雕，硬生生被縛在石頭的型態，走勢中的凝固死物。

就在這種空間像溶金一樣流淌，但又在滴漏處破開說不出的年代一層一層燒松脂之熏煙包漿上的黑，我盡力看才發現那是某種失勢太久的神明，想攪動弄出龍在盤桓穿繞、忽遠忽近，時可看見鱗片格裂的效果。

咔噠咔噠咔噠咔噠……。

一種籤筒亂搖的顫裂響聲。我眼前，像攔住去路的拒馬，近距離，階梯狀，坐了十幾個一模一樣的神明，他們頭戴金冠，身披霞袍，滿臉焦黑，說不出是喫了許多苦，或是神威不可測的空茫表情。

但有一個一眼望去說不出怪的不協調感，定睛一瞧，發現這黑臉神明的鼻子不在了。

據說這鼻子的掉落，會像調皮的飛天掃帚或靈雀，比騎它的神尊早幾天飛回寺廟所在地，有時在橋頭之石上，有時藏在劇場某株老榕樹下，像捉迷藏非常難找。

而且這個「落鼻祖師」每掉落鼻子，皆是預示重大災疫，讓整村人逃離一場屋房全倒塌的大地震，瘟疫、蟲害或是火災、甚至曾在法國人攻打這小港口時，半空顯靈兜去艦射炮彈……這樣的傳奇在幾百年間鑿鑿歷歷，屢現不鮮。或也有覺得信眾迎神的鼓樂祭祀不夠隆重，爆竹炮陣炸得不夠爽，鼻子就像小孩耍任性那樣掉下來。

這個故事的線索充滿歧異：首先這個神明的本尊（頭祖）與分身（二祖、三祖……）已在早遠年代被掉過包，但之後又不斷增殖；再者關於祂的「被庇佑權／或擁有權」，也介於兩座幾百年前同樣這些和死亡肉搏遷移者之港，各自有一座夢中宮殿般，超越凡人想像力豪奢的神廟，祂必須輪班兩頭跑以敷衍。而仲裁祂神威的帝國或統治者，跨越滿人、日本人、國民政府……。

似乎不以此奇技淫巧、凹凸稜尖的多維，拗擠、螺旋、鑲嵌，不足以鎮壓住那曠無邊際的無意義。

那之後我家裡又出了事，就是我的親姐姐過世了，雖然我與她很多年沒有聯絡，但在這個世上她只剩我這個親人，警方還是通知了我。她是在自己的出租公寓死亡了兩天左右，才被房東開鎖進入發現，當時屍體已經發黑、發臭、甚至蒼蠅盤旋在臉部，說來像是社會的邊緣「孤獨婦」（張愛玲？）

我當然頗受打擊，畢竟距離妻子離世的時間很近，且處理喪葬事宜比起之前那合乎我性格的安靜、不引人注意，這次還承受了警員、社會局、區公所手續人員的，說不出他們譴責我，但讓人心煩的公式化詢問。其實我和姐姐有一段非常美好、值得懷念的童年，但自從我們父母先後過世，且她發現遺產（其實不過就是我現在住的一間老公寓）只繼承給我，而她什麼都沒有，我們姐弟就形同陌路（當時也都四十多歲了）。我們是性格非常不同的人，但以後來在這人世的孤獨處境，也許我和她有超出我自己理解的、頗大相似性。

連續處理兩個至親之人的喪事，使我心力交瘁，所以我又停止了一個多月，對那女孩的跟蹤行動。這期間我曾想打電話跟他報告我遇上的狀況，但不知為何我好像怕造成一種聯想：「我就是因為幫你做這樣不好的事，所以遭到報應」，或許是我和他之間，一種奇怪不知怎麼形成的，冷硬偵探風、不過問對方私事、一種俐落、專業的男性教養？我也有點納悶他那頭隔這麼長時間，也不好奇不過問我的進度，但每月初那筆酬勞一定準時匯入我的戶頭，冷淡但表示此項任務仍繼續，並未終止。

這時還發生著，讓我有些狐疑，但還不到驚覺的怪事。似乎許多我在不同層面認識的人——像清晨的街燈，由遠而近，但規則不順序，岔開不同街道延伸，一盞一盞在很自然浸滿周遭的天色發白下熄滅了——我陸續接到他們過世的消息。大學時最好的哥們、巷口的雜貨店老闆、以前短暫工作過的出版社老闆、我常去領錢的巷口 ATM 一位胖墩墩穿淺藍色襯衫深色西裝褲保全制服的警衛、或是我曾經短暫偷情的一個女人的先生……我從不同的方式（簡訊、他人告知、隨口問起：怎麼許久沒見到他？喔他上禮拜走了。啊？如此隨意，如一陣輕風。或甚至有從網路新聞看到），和我似乎有關，又不很熟悉的某人死訊。這時那可怕的大瘟疫還沒發生，和後來我們習慣每天從新聞看到，大批、數以萬計，一整個街區，乃至一整個城市的人們，像養殖魚塭裡整片漂浮魚屍那樣超大規模的死去，並不相同。也就是說，我還是在一個穩定的社會脈絡，穩定地活在其中，探測自身處境的這種理解，接到這些點狀的，並不能說整片來襲，但也明滅閃爍的死亡信號，給困擾著。

第五章

溪谷主人對他說：

「我後來想了想那天你說的那個『寫作倫理』的紛爭。確實是個難題：譬如我們讀《紅樓夢》裡，寫哪個丫頭背地裡使詐，或耳語講別人的是非；甚至不是丫頭、連襲人、甚至寶釵、鳳姐，有綿裡針的，有真的陰毒狠厲的；甚至你說秦可卿淫喪天香樓……這些都形容如在眼前，筆如剔刀完全不留情。但為何我們讀的時候，不會討論曹雪芹的『寫作倫理』，不會討論《金瓶梅》作者寫那些婦人淫態、攛掇，那書僮被主人雞姦時，他不可能是憑空虛構，那他們之於那些像果凍被結縛在那個時代的悲慘階級、那些不會知道自己可能只是因生存、夾混在那偷拐搶騙、吹奏彈唱的形貌、嘴臉，被一旁一個觀測者記錄下來。我們為什麼不會去聲討那作者對這些『活在文字之外』的，但他們是他們自己故事的主人，那個倫理？」

「因為那個作者早已死去幾百年了。」

「不，因為他們全都死了。在閱讀小說時，我們有一個默契，那是一個『風月寶鑑』，鏡中倒影，也就是他們全在死去的狀態。像戲台上的戲袍、頭罩、化妝、反寫實的聲腔，對台下的我們而言，他們都只是『戲』、『故事』搖晃擺弄的傀儡。現代小說的出版，被書店、出版社、購買者、學院交叉確認那是『一本小說』，而非社會版新聞或狗仔偷拍。這件事至少一百多年了，你這樣的人進入『寫小說』（同時是『說故事的人』）其實已是這個行業的末期，甚至其實已經死亡的時光，很像說死滅之際，吐出各路散逸的那麼大量故事的野生態，只有你這個還搞不清楚你的王國已經覆滅的武士，以為自己還全身甲冑，列陣騎兵出巡。」

「謝謝你安慰我。」

「我不是安慰你，是由那天聊起這件事，想到『死去的世界是一銀光熠熠的無窮盡投影，另一個宇宙』，那我們只隔著這條小徑走上坡，到那上頭的大門，那外面就是一個完全死去的世界了。也就是說，我們在這裡面的這些人，完全不用被追討，我們要如何講那個『昨日』的所有故事，沒有任何曖昧，因為那就像四百年後的人在讀《紅樓夢》，沒有人不認為那是一個已死去的世界。」

「所以之後，我們在這裡，每個人所說的任何故事，不論多荒誕、又不論多淫蕩，沒有不是死者們的故事？」

「你說的好像我們這十幾二十個人，演化成禿鷹，變成與過去的族類無關，轉而揮翅下降去啄食他們堆在天葬台上，被開胸腹，露出的肝臟、心臟、腸肚、腎臟？」

「不，我比較是想像我倆此際在一顆飛行在地球大氣軌道外的小小人造衛星，然後目擊一顆小行星撞擊上那本來發射我們出來的藍色星球，我們看著它出現無數紅橘加黑色的大漩渦團，然後我們知道我們在那一切的『之外』。只有外於你的種族共同體的全部時間總和，才可能出現那樣的視角。」

「嗯。」

「那你有這樣視角的故事嗎？」

「有的。」

那個女孩，我們暫時稱她為「安」。

那一年他去香港一所大學，參加一個為期一個月的「國際作家交流工作坊」。安是那個營隊的助理及翻譯，當然她是個美人兒，但因年輕或國語不太靈光，而他的英文太差，他和她一直保持一種友誼、師生的情誼。但她似乎比一般二十多歲的香港女孩，更靈動、感性（或懂得表現自己的感性）。他和另兩個華人女作家（一位年紀輩位較大，同樣不諳英語而惴惴不安的大陸小說家，和一位年紀較輕的馬來西亞小說家）湊成一個相依為命的小團體，他們時或去荷里活道完全洋人風的咖啡屋喝下午茶，或那小說家大姐拿到一筆電影改編費用豪邁請他們吃一頓非常貴的雲南菜餐館，安都像小丫頭跟著，很明顯她（因為在香港這垂直之城長大）的人生閱歷無法和這三個前輩相比，但有些話題，她也能嘰哩咕嚕用不標準的中文，講香港大學女生宿舍裡玩的一些鬼故事接龍，那些故事沒頭沒尾，卻陰慘怪異，如同非常短的基因鏈，卻埋伏，必須耗頗大心神推理的變態殺手心理學，或人世不可能遇見的慘劇。

譬如說：

「有母女三人，母親死了，姐妹倆去參加葬禮，妹妹在葬禮上遇見一個很帥的男子，並對他一見傾心。但是葬禮過後那個男子就不見了，妹妹怎麼找也找不到他。一個月後，妹妹把姐姐殺了，為什麼？」

「有個男的很花心，後來女朋友太傷心，跳樓了。男的夜晚睡不好，去找一位通靈大師，大師說：『你女友的冤魂七天後會來找你。』男的很害怕，求問解法，大師說：『到時你要找個絕對隱密之處躲起來，只要不被她發現，就平安了。』到了第七天夜裡，男的躲在床底下，午夜十二點，聽到樓梯一陣接一陣咄咄咄的聲音，他很害怕，緊閉著眼。但只聽到女友的聲音：我找到你了找到你了⋯⋯。於是第二天，人們發現那男的死了。為什麼？」

「一個七歲小男孩目睹一個碎屍狂在肢解一位女性的屍體，男孩突然驚恐大喊。碎屍狂轉頭發現那男孩，在想把男孩殺掉前，男孩說了一句話，碎屍狂立刻就自殺了。為什麼？」

諸如此類。前輩女作家驚嘆：「妳們香港年輕女孩怎麼會喜歡這麼黑暗恐怖的遊戲。」安說：「不知道耶，大家宿舍裡全在瘋這個。」

其實不知道後來的人生，可能比這些胡鬧亂掰的恐怖推理故事，還要更恐怖。

倒是那個活動要結束的前一晚，他旅館的電鈴響了，開了門，是安這個小正妹鑽進來，他猝不及防腦海中想著「難道這就是傳說中的豔遇？」——那時他實在太不解人事了，也許是和他妻子及兩個非常小的孩子，縛綁在一種非常窮困，類似養了一家老小的貧民區牧師，非常像炭筆畫的生活——但那年輕從門外闖進來的年輕女孩身體，真讓人怦然心動。但原來安只是央求他拍一張手機自拍照，兩個大頭離鏡頭很近的可愛照片（那時他還在用九十九元一支最基本款的「諾基亞」按鍵式瘦小手機呢）。安道謝出去後，他的鼻內似乎還留著她髮梢或身體的女孩甜香氣味。

然後他回台灣，之後那幾年日子似乎緩緩沉沒的鐵達尼號，他的父親癱在病床四年終於過世，家裡的狗也先後死去（老狗們在死之前有一非常耗損養主的過程，也許是罹癌，分不同次的往獸醫院送，手術、化療、也許截肢，總之那屋裡原本充滿力量的五隻狗，在最後時光，變成故障停擱在廠房的廢棄火車頭，那個景觀讓本就愁苦於老主人和死神的拖延之家，更意氣消沉）。他的妻子得了嚴重憂鬱症，主要是他沒有固定工作與收入，而某些掛搭於長輩半救濟但不清楚職權的零工方式，讓他在那年紀，痛苦地捲進不屬於他的「文藝圈的過濾渦輪」的攪拌，佛家說「顛倒恐怖」，說「如夢幻泡影」，經過了確實是，但那過程的戳刺割裂，真的一言難盡（他也不太記得了）。

倒是後來他得了一個文學大獎，所以幾年後又到了香港、領獎，並似乎以「升官圖」拉高了看不見的一個位階，在那間大學作為駐校作家。這時又和安相遇，她介紹新婚的夫婿給他認識，一個長得很像日本男團偶像歌手的長髮、下巴蓄小山羊鬍的帥哥。那是個靦腆內向的香港年輕人（他的普通話能力近乎零），他們請他到天星碼頭旁一酒吧喝啤酒，那年輕帥哥和他一道抽菸，兩人比著亂七八糟手語，其實是非常空洞、最簡單的搭話。

安這時像盛開的玫瑰，完全浸浴在愛情裡，這時她的普通話已非常好了，原來她是一個促狹愛說笑話的女孩，在她的同事群裡是開心果，這時她在那大學院長辦公室裡的位階已算師姐級的，他有一種感覺，這些受過訓練、高度工作壓力下能階梯爬上來的香港女生，完全能駕馭所謂的「卡夫卡城堡系統」，比他認識的同齡台灣女生都要能幹、精準。不會浪費多餘的感性、像另一種更先進水族箱裡的魚。當然薪資也比習慣的台灣規格要高出許多。但安好像就是比那些其他香港女孩，更多一層靈動表情的膜之類的。他送了她一個（在尖沙咀「周生生」買的）金墜子蝴蝶，那時他自己已活進一個不幸的時光：他的妻子離開他了。那混亂而無從問別人經驗的自棄、痛苦，讓他頗晚熟學習成了一個「有內心很深的階梯走進很深的地下」的人，但不會和別人說了。

那段時光，他自己會走去那些破敗髒汙樓層上的「芬蘭浴」莫名其妙地在非常像馬廄的小隔間，和那些其貌不揚的內地過來的妓女，寂寞的性交。

那是香港回歸十年左右了吧，感覺滿街全擠滿了大陸人。和他十年前和年輕妻子，那樣小情侶興奮到香港四天三夜，陪她逛商城，似乎無法解讀的街景，搖晃的流動的構件，被大幅換過了。

有一次安和另一個女孩（她的同事）、這女孩的弟弟，和他，四人一起搭船到澳門，嘻嘻哈哈大觀園地到威尼斯人賭場去賭，他放了一張千元大鈔吸進那大機檯，依次下注：有一種理論，這種電腦擲骰子機，你不要去押點數，但就是死心塌地的押「大」，第一次押一注（十元港幣），好，它開出小，你就再押二注（一定要押「大」），如果還是開出小，好，你就再押大，四注，如此等比級數，再不成，八注，再不行，十六注、三十二注、六十四注、一百二十八注……不可能那機檯一直開出「小」，最後你一定會在你下的最後一次贏兩倍，但扣去前面下的，就是贏一塊錢（其實是十元港幣）。安站在他身後看，但沒想到那骰子機真的連開出七次小的，他的一千大鈔全沒了。剩一些零頭，他自暴自棄亂押了「小」，結果這一次開出「大」。

安像耳語那樣，輕聲喟嘆：「大哥，你……你真的好倒楣喔。」

安知不知道她之於他，有那種性的張力？應該知道，但這就是微妙的「情之所在」：若隱若現、溫和守禮。他們去老街逛那些澳門傳統小食鋪，她總是像個快樂新娘，嘰嘰咕咕講著她男人的滑稽、蠢事，彷彿他也和其他兩人，都是她的閨蜜。

又過了兩年，有一次，安帶著那沉默、瘦削、長髮小鬍子的先生，到台灣玩，到他家坐了一會，安調皮地逗他那時還小的孩子玩。他們第二天要搭普悠瑪到花蓮，然後租車開海岸公路到台東（他推薦的）。他們留下非常貴的Wii送給小孩，說來是非常有教養的一對儷人哪。

但又過了兩年，有天他收到安的信：「大哥，阿達死了。我不知道怎麼活下去。」

總之，那些快轉的細節，夾纏在生活裡那麼艱難，他還是到處廉價打工的，像湍溪小魚一個停下可能就被激流打上岩石撞石，或擱淺在枯竭沙坑，他不記得許多事了。來回通信，像宗教祭師那樣撐起河豚鼓脹的雪白肚腹，說出震懾死亡之殘酷的神性話語（其實就是安慰一個至愛之人被死亡漩渦捲走的破碎之心）。原來這個小鬍子帥哥，就是那一年初，莫名其妙染了憂鬱症，不，他們是非常乖、又不諱疾忌醫的那種年輕一代，她陪他認真的掛診看精神科醫師，也乖乖吃藥，其實也沒有什麼重大的變故，假日他們倆是全套專業裝備去騎自行車，朋友群裡也是人緣極佳（這我相信），雙方的父母家人都非常好。後來她先生也把電視台的工作辭了。如果真有什麼她探勘不到的月球背面，就是他真的是個沉默、話非常少的人。

然後有一天，她還在學校，和她上司開會，收到他的簡訊：「對不起，我真的沒辦法了。」她和上司告了假，匆匆跑出來叫車，那時她先生已不接電話了。她同時還打電話報了警，但她的的士就是怎麼一直塞在路上，她一直哭求司機看能否超車，幫她趕，等到終於下車，在他們那幢「ＸＸ新邨」大樓區下，剛好消防隊的人也同時到。她亂七八糟跟著他們搭電梯，終於打開那個門，她先生用皮帶把自己吊在浴室的門框上，他們把他解下來，（其實他那時已經腦死了），但她似乎以為他被用擔架抬走前，還握了她的手一下。

她想：怎麼會就這二十分鐘呢？他是懸吊著一直在等著她朝他趕過來嗎？這又是他在逗她嚇她的吧？

有一個女警來和她作筆錄，她異常冷靜，她恨死自己那想討人喜歡的個性。

這時這個故事變成一個奧祕、脆弱、遙遠外太空一艘宇宙飛船爆炸了，在那一片上下四方左右全黯黑的真空範域，飄浮、充滿著碎片殘骸、曾經是機械、管路、隔離艙門、電腦儀板的部位……那變成一種像透明、不斷變異的觸手的溫柔打撈。愛可能最不道德又可能最蝕骨灼心的，無法抗拒的吸引力：她成了未亡人。無辜地被命運痛毆著：那對於他的大腦，變成一種奇異的氣泡凹向內裡的腔體。他們坐在台北的街邊咖啡屋，她哭得梨花帶雨，那個猝然臨襲的哀慟，竟讓她像高溫窯裡千萬分之一的魔鬼窯變，奇異地讓釉熱燒出最後的、像藍紫星空、像油滴、像鷓鴣斑的最燦亮與最黑的流變互相吞沒。他不是禽獸，他像個溫暖的大哥對她說著佛經裡的愛別離、求不得、怨憎會、貪嗔痴。但超出他與她這渺小人類個體之上，在他們也無法理解的物種演化的神祕機制：一隻母獅、母猩猩、或母長頸鹿，原本的那隻固定配偶的公獅、公猩猩、公長頸鹿被狙殺了，非常奇妙，她的身體會立刻如熔斷機制，向空氣中散放出荷爾蒙的氣味。那是物種在面臨最親密同伴死亡，同時落單自己生存處境劇變艱險，純然本能的開啟。即使喪禮上那個年輕寡婦一身黑衣、黑紗罩面，但超出她自己相信的某種看不見的波紋，那一刻她比那些含苞蓓蕾的少女，還要暗香迷離，充滿難以言說的讓人憐愛、心頭被嚙咬的吸引力。

那不是登徒子的獵豔、情色筆記，而是一種非常深邃、奇妙的自持、謹守禮法，但同時被那「黑暗太空飄浮的爆炸後零件、殘骸、甚至可能某一支對講機還不斷孤寂傳說：休士頓……休士頓……」的意象，痛苦而甜蜜的迷惑著。

她像個乖巧、自愛的小妻子，那麼晶瑩、如青葉瀑布一樣靜美的愛，但上天，祢何忍將盛裝這豐盛之愛的瓷盆摔碎？

她一直對他說著她不理解，其實比悲慟更巨大的是不理解。那是什麼？怎麼沒辦法整合，將那積木堆疊的形態翻譯成一個認知？他發現她一直喊喊促促對他說著，如果是別人，在同樣情境，那會讓旁人感到歇斯底里、或某一層面「一小部分已經瘋了」，但她邊流淚、有時甚至滑稽地說句笑話，這樣促膝而談，好像他和她是在高中宿舍，討論那些篇幅極短、戛然而止的恐怖怪異腦筋急轉彎。那不是性慾（好吧，他承認那是某種讓他羞愧臉紅的陌生性慾），而是想我們別坐這兒了，到妳的旅館房間，我把妳抱在懷裡，讓妳把眼淚、鼻涕、全身的顫慄痙攣，全抹在我身上。

如果認真的回想，那就是：他想愛她。

他帶她到一處叫「大龍峒」的台北老區，他在很小很小的時候，全家擠住在那小巷近乎貧民窟外婆家的老屋，那有一間「保安宮」，他童年即使全家已搬去永和，他母親每年過年仍會帶著他和兄姐，非常虔誠準備水果貢品，搭公車來給廟裡每一位神明上香。他直覺此地有一種說不出的寧靜，散走在廟埕青石地板上的，都是一些老人。他帶著她，拿著一大把香，在葫蘆形瓦斯嘴點火，一團白煙裊裊騰空，他們先到主殿祭拜保生大帝，這香港女孩什麼都不懂，而他僅因童年跟著母親，那記憶留下的依樣畫葫蘆，便成了柵欄內一室金光燦爛、五彩霞雲，那大黑臉醫神和祂座下一列較小的同樣黑臉但戴金冠的古人容貌神偶，那整個氣場、儀式的掌控者。他告訴她要先拜天公再拜保生大帝，跟神明默禱阿達無痛苦、無恐懼，去到一個明亮歡喜的處所……。他是真心在她身旁持香引導著她對那掌控天界疫病與醫救之神，一句一句禱告著。然後帶著她經過那些「鍾馗迎妹回娘家」、「八仙鬧海」、「三英戰呂布」、「木蘭從軍」的迴廊壁畫，那觀音石泛青的石雕八角蟠龍柱，依次在後殿祭拜文昌帝君、水仙尊王、三十六官將，當然還有後殿主神的神農大帝、關公，當然兩側的媽祖和註生娘娘（這他比較找不到說詞）也都拜了，每一殿前香爐皆插三柱香。因為她是向神明哀懇極大的願。

繞回前庭，他發現她淚流滿面。她謝謝他，說她從阿達走後，第一次，在這奇妙的地方，感受到內心的平靜。

他說到這裡，像臉貼在一面蒸氣水霧布滿的玻璃牆，兩眼變成透明珠子，無比恐懼目擊著那另一面發生的事。他說，很抱歉，接下來這一小段，是這個故事之所以成為故事，最關鍵的部分，但我真的完全想不起，我和她搭電梯，上樓走進她旅店房間，發生了什麼？那像是被人用剪刀剪去一截記憶段，或用小銅杓挖冰淇淋挖走我大腦中一小球灰白質，這之後我不斷努力追想，我們這時代的人們看過無數那樣的電影：分不清是安慰者還是強暴者，分不清未亡人彌散的是無盡的哀慼還是荷爾蒙？漫臉的眼淚、低聲的輕語、高空旅店氣密窗這邊小小的房間、洗浴間隔板、沾了灰塵的短毛地毯，他說，不可能，並沒有發生那樣的事，這只是我們這時代的影集裡城市孤寂男女的情節，侵滲到我這一段不知為何被清空的記憶小區塊裡。我每次用力想這一段發生了什麼事，頭便像被人用球棒或熨斗狠狠砸過的凹裂，超乎所有痛感極限還要疼。我覺得很像是，保生大帝近距離，不，像是我和此刻聽故事的你們，都只是金魚缸裡晃游的金魚，保生大帝是在魚缸外，若有所思觀看著一切的兩隻超大的眼，那眼珠中間的瞳仁是三團旋轉著的火球。事實上，我在這個我之外的神思，有個聲音告訴我說，這一切都是被保生大帝改變過的「狀態」。什麼是狀態？為何不說「世界」或「虛擬實境」？但那聲音說，因為保生大帝是除去瘟疫的神啊，你體會看看吧，你能在這裡，之外的之外，說這個故事，依託的是什麼？不能附著的是什麼？你自己想想看吧。他媽的，到底在那人類的溫暖，然後，那個旅館房間發生過什麼？怎麼像保生大帝的眼球裡的液體，被一頂端的出水口注水，水位一直上升，咕突咕突，咕突咕突，因為大玻璃球的水位上升太慢，所以映照出來的「小小人類，發生了什麼」，那一段始終沒有存檔……。

那次她沒再和他聯絡，自己一人去了墾丁（那是她和亡夫之前同遊的回憶之地），等回香港後，有天他收到她寄來的一個小包裹，是一個非常昂貴的名牌男用皮夾。那像是她曾經作為小妻子，在這資本主義物神大峽谷的環圍下，對她死去丈夫表達愛意的方式。

下一次她再來台灣，和他聯絡，兩人再約咖啡屋碰面時（當然他很小心，約了和上回那家不同地點的咖啡屋），她已獨自去花東騎自行車一趟了（當然就是幾年前和阿達一起去騎車的那段濱海公路），她變得開朗（又像他初識的那個快樂少女），在台東民宿認識了一些非常好的人，那些大叔、阿婆，都超疼她這個莫名其妙隻身出現在那的香港女生。在台東啊她還遇上颱風，有一段上坡路，她騎著那租來的腳踏車，逆風簡直騎不上去，幾次都被吹翻摔車，但她還是堅持往上騎，後來有一個自行車隊，都是一些老伯，但都是肌肉男喔，他們經過她，對她加油打氣、比大姆指，後來還騎在她旁邊、一直鼓舞她……。

兩人之間，似乎上回的事如夢中幻影，並沒有發生過。

她對他說了一些當時香港發生的雨傘運動，她其實是一個和政府非常疏離的人（因那一輩的香港中學、乃至大學的教育體系），但她用非常近距觀看、非常政府激情的方式，跟他描述那些年輕人多可愛，馬路被工事阻斷了、或是警方灑水車全噴淹泥濘不堪，他們會鋪上紙箱木板，手牽手協助像她這樣要去搭地鐵回家的上班族，「還說，阿姐你小心行呀。」超可愛……。

她告訴他，她想把工作辭了，用之前的存款到西班牙去念藝術，她還是住在他們原本那棟大樓公寓裡。想想她之前太好命了，香港像她這年紀的，誰能那樣有自己的房？貸款也繳清了。她爸爸媽媽和阿達的爸爸媽媽都非常疼他倆，原本還說生了小孫子，兩家搶著要帶呢。或許是太好命了，神必須敲擊她（她吐吐舌頭，說但真的出手太重了），要她思考此生她到底給這個世界什麼？她內心非常清澈，知道阿達去了一個非常好的地方，而且會在那等著她，然後，也許再十年、或二十年、或三十年，她會和他相見，雖然她變成老太太的形貌，而他還是三十出頭那年輕時的模樣。她會牽他的手，告訴他，這些他不在的時光，她經過了哪些事、遇到了哪些人、看了哪些風景，人世間的事是這樣這樣啊⋯⋯。

關於那個香港女孩，她是這溪谷中「故事之夜」中，意外成了所有故事的女王，之後的好幾天，茶席上的這些大哥大姐，都意猶未盡地談論著這個人物。就像是深海中無數艘沉沒的船隻，她就是那艘讓人唏噓、慨嘆的鐵達尼號。她似乎裹脅了大多人世本來的美好夢想、一只一只冒出銀光大氣泡下沉的鐵箱、一層又一層的失落之物（或是他們代替了說故事的他，對她湧現的愧疚、抱歉之情）：首先是，簡直像村上春樹《挪威的森林》裡那一對青梅竹馬戀人，他們是那麼純淨、相偎的小動物，死神的鐮刀抵到這對美麗男女併頭熟睡的鼻前，應該都被那麼可愛的模樣打動，嘆口氣轉身離開。但竟然那男孩選擇了上吊自縊！而後留給說故事的他，那麼大的內心獨白劇場。寡婦，剛死去丈夫的小美人兒，你要怎麼辦呢？這是千古人類最不得冒犯的神聖至哀之境。沒有可能打撈，沒有可能贖償。像所有宗教畫，聖母瑪麗亞那兩頰凹陷、絕望空洞的雙眼。譬如《遠離非洲》、譬如《夢裡花落知多少》、譬如林黛玉那誦至吐血的〈葬花詞〉，那可是「將之後所有時間都封印了」，心如槁木死灰，流動的微羽螢光，只剩下對死者曾經在那幅畫面中，照亮一瞬的追憶。

這是一個古老人類對故事禁忌的深刻體悟：「你不可能第二次踩進同一條河流。」你不能撬開一個哀慟欲絕、被她至愛之人死去而拖進絕對黑洞的這個哀傷者的內心。

然後是，這個瀆神者，真的摔破了那薄如蛋殼、暗花款款搖動的影青瓷，那個小美人兒，卻有著古老母系文明的寬厚和仁慈，她自己帶著那個「到冥王管轄之境找尋亡夫」的夢幻氣質，跑到西班牙。

原本他可能把這女孩的故事，講成他的時代的《傾城之戀》、新世紀的白流蘇，但很遺憾，這次這座城市的淪陷，玩得太大了。那幾乎是《亂世浮生錄》、《布拉格的春天》、《烽火赤焰萬里情》的規模啊。整座玻璃鏡城全淅瀝嘩啦地碎裂著，毒氣彈、防毒面具、鼠穴般的迷宮追逐，一種搏感情講義理，懇請對方聽聽我的時光裡有哪些故事、詫異地全被打爆了，但女孩其實流浪到了西班牙。畢卡索、佛朗哥長槍黨、唐吉訶德的地表、美洲美麗夢境的終結者。喔喔還有阿莫多瓦，還有那美到不可思議的古典吉他，優雅而殘忍的屠牛士，喔喔還有那首〈鴿子〉。咕咕咕咕咕咕，但這都好像是上世紀要往前推說兩、三百年前故事的起手式，繁文縟節、衰敗的帝國、白銀、克拉克瓷，他們應該是人類擴散史最惡名昭彰的一族（滅絕那麼靜美的印加王國、阿茲特克帝國、不可思議的屠戮數字），可能堪與之相比的，是滅絕、吃掉包括尼安德塔人、直立人諸多古人種的現代智人；還有造成歐洲黑死病的蒙古騎兵。但他們卻又有維拉斯奎茲（畫〈宮娥〉的那位）這樣的畫家，他們有哥雅這樣的畫家。這個香港女孩跑到西班牙，那對他像是夢外之悲，他想像不出她住在怎樣的房子裡？走在怎樣的街道？和怎樣的人咕咕咕咕地講話？他想像不出來她在怎樣的一個世界裡？羽毛蕾絲扇子？純銀高腳燭檯、那種摩爾人風格的瓜稜執壺、那種繁瑣、線條優美、人體骨架與動物肌肉、羽翼奇妙媾和、流淌、錯金錯銀卻又百花團簇的瓷偶，完全另一個次元的色彩，對了對了，達利的那些液化的鐘面、倒影變成大象的天鵝、燃燒的長頸鹿，他想像她只能在那樣的怪誕地表，才能躑躅漫遊，尋找亡夫吧？

這之間通過兩三次信吧。一次女孩說起，她在西班牙，前幾天意外救了一個男孩的命，（他不記得她信中的細節了），好像是她租住的那棟公寓，有個中國留學生，躺倒在大門口，她立刻叫救護車，並替他作 CPR（在場竟然只有她會），送去醫院搶救回來，說若非她處置得當，這孩子已腦死了，非常奇怪的一種「主動脈剝離」。信中她非常激動說，大哥，我忍不住想和你分享，我竟然救了另一個人的生命，當時我拚命趕回家，但還是沒救回阿達，這次這個年輕男生，醫生說是因我搶救、冷靜處理，才把他從死神手中要回來，我聽了一直哭……。

另一封信，則是說到她住的那個社區，假日會有一些人家把車庫當古董舊物的小拍場，她說大哥，看我的，我知道你最近迷上粉彩瓷，我一定幫你拍件真的古董，當年中國流到西班牙的海外瓷……。

很顯然她就是把他當這孤獨人世最親愛的大哥。她繼續在世界彼端流浪，久久像航海家一號傳回地球那無法描述的孤寂風景。

這到底該怎麼說呢？如果在外太空有一生命感測器，全地球數十億人的生命都熄滅了，然而現在這溪谷裡的這些，全內心懸掛、憂心著，他的故事裡，在西班牙某處那一顆小小的光點。

對了，還有一次的信，她寫著，她夢見阿達了，在一片綠光盈滿的山谷裡，和一些仙人般飄逸、靈氣的人，所有人笑著舉杯喝茶。那就像是……對，那回我到台北故宮，看到的〈谿山行旅圖〉，真的，那個夢境是個默片，他和身邊那些高人都看不見我，但我像近距離瞪著一張泡在盛水便當盒裡的郵票，那麼清晰地看著他們所有的動作，我想阿達果真去了極樂世界？這時心中一個念頭，不行，我要記下如此去到他所在的這個緲兮幻兮的所在，像在迷宮裡沿途留下紅絨線。但這念頭一起，似乎有個後台的程式管理員，將我的視覺拉高，沿著那可能從我大腦連結到阿達此時所在之境的光纖纜線嗎？那可真是千山萬谷，快轉著凹壑、稜壁、地下礦谷、進入藻礁之陣，然後陡降至一深海海溝，不，我絕望地發現，那根本不是我們這顆星球，是的，那個穿梭過程，出現了半導體的意象，我在那高速飛行穿繞迴旋，搞半天是在一顆指甲蓋大小的半導體裡折騰，然後這個也許是神也許是程式管理員的自由意志，將我拉高，那一片曠野延伸到，金色的地平線，上億顆像我剛剛穿出如藤壺如岩穴燕窩產地的一模一樣的半導體啊，她信中寫道，大哥，我醒來一直哭一直哭，我知道這個夢是真的，阿達果然是如您所說，只是在另一趟他自己也許忘了前世記憶的旅途中，並沒有死滅。但那個所往之境，真的太遙遠太一言難盡了。我的腦容量根本記不住那路線圖啊。

但他這時想起，那是兩年前、三年前，她或許在西班牙的哪座城市（巴塞隆納？馬德里？格拉納達？瓦倫西亞？）的清晨傳信給他。當然後來這些城市，那成千上萬的西班牙人，此際一如她，都不在了。但當時她記下的那個夢境還是新鮮的，像剛出爐還冒煙的軟麵包，像生魚片刀切下去還會蜷曲抽搐的章魚觸腳。但夢中「阿達所在之境」，不正是後來，現在，無法描述的人類發生了那麼可怕的災難，而那時哪會想到，那就是他劫後餘生、渾渾噩噩躲進來的這個溪谷？

他突然無比心痛，想像著她，剃了光頭，穿著顯不出胸部、女性身材的直綴淡綠色病袍，她是癌症重症病患，她那麼解人、聽話、善良，那些異國醫師叫她照著一切療程，電療、化療，她一定帶著燦爛的笑，照作且逗大家開心。但突然有一天，那醫院湧進大批被恐懼包裹的咳嗽病患，太多太多人了，有的就倒下死去，一開始那些醫師、護士全拚了命掛點滴、作喉切、上呼吸器，面色凝重用手機和另一端討論可能的療法，那些湧進的病人把診間的門全擠爆了，醫生們忘了她的存在，又像她並非喜劇演員，但那種荒謬之境真的很好笑，只有她一個病人是癌末病患，但身旁所有人都像溺水掙扎、旋即沉沒的死灰受難者，只有她平靜、困惑地躺在一艘小救生氣閥上，慢慢地那些之前救治她的醫生、護士們又一一死去……。

他說，我知道你們一定有出現這些怪怪的揣測：我們之所以能在此有緣相聚，或是，我能如墜五里霧、螺旋錐下跌，進入這「餘生」，全是她那良善的念頭，一瞬之光幻造出來的這綠光盈滿之溪谷？這之間確實斧鑿痕跡，不，某種內向迴圈，太明顯了？

白天鵝說，關於那個「薛丁格的貓」，在西班牙的香港女孩，我覺得，我覺得噢（你不要生氣），你好像是弄混的「情」和「愛情」。所以這整個故事才會有一種「硬插入感」，這是我這個世代非常敏感的商品、廣告、網戀的邏輯。無厘頭時空錯移跑到北韓的南韓正妹、穿越介入清宮嬪妃鬥爭的二十一世紀少女，這和你買一輛特斯拉電動車好像就和馬斯克的火箭發射往火星，緊密連結在一起了。過去五十年人類根本無能力碰的這個太空大戲，怎麼突然砰一下，好像所有人都有份，像買票擠在高鐵站月台一樣那種身體真實觸感，這其實就是一整個世代的自戀工業：每一個人同時是被纏縛其中，吸取生命價值的蚜蟲，但同時又共享著那種「大爺爽」。

我並不是說你這整個「香港女孩的故事」是一個假故事，說實話，這兩天我感到所有的這些倖存者，都被這個故事迷惑了。比之前其他故事都讓人動容、低迴反覆。我就聽到溪谷主人夫人和導演夫人，她們充滿懷念，或孺慕地聊著西班牙，但你知道她們在說誰？納達爾。那個「唯一能穿起費德勒網球拍神話」這個世代其實就是知道是傳奇名字，但她倆像戀愛中的高中女生，好像光講那名字，就要暈眩昏倒的激情。

你的故事讓人心生悵然，其實與己無關，但說不出的淡淡愧疚感、輾轉反側，我一直在想為什麼？是我們如此弱小，但在 D-DAY 來臨，全部人類的大寫時間全終結之時，香港曾發生過的那一切，並來不及給一個公義、人類之光、救贖、甚或神之判決的什麼，那個女孩確實是末日版的《傾城之戀》，她就是香港，還來不及償還那一切發生在她身上的痛苦、哭泣，然後整座人類電影院就斷電、拉下鐵門。她死在所有人的死亡之中。重點是，沒有辦法去打撈她，比什麼去搶救獨自留在火星基地的麥特戴蒙，還要不可能。這是我們這個時代的「影劇式自戀」的打擊。那像深海沉船，不，遙遠外太空漂浮的故障太空艙，持續發出的電波，她對亡夫的思念，矢志不渝，天人永隔的愛情。但她再一次的死亡，並沒有讓她和自殺死去的丈夫，終於在同一個人世界相見。那似乎是完全不同的兩顆死亡星球，相距數萬光年，她怎麼會像豆豆先生、膽小狗英雄，最後一個人死在一大堆扼住喉嚨、狂咳發燒，然後仆跌在彼此屍體上的西班牙人崩潰的醫院裡？

然後，你的角色是什麼呢？這不是你的愛情故事啊，你作為這個香港女孩故事的敘述者，你之能造成我們全部動容，說不出的難受，是因為你能給予的，也就是世間所有聽他人故事者，唯一能贈予的：「情」。人類同類若給不起的，就交由那些保生大帝、媽祖、炎帝、水仙尊王、文昌帝君、註生娘娘……祂們莊嚴服冠，嘿然寂寞的臉，由祂們兜轉，你在那個時刻，給了那女孩一個綿綿、像雨季、濕潤山林霧氣的、撲朔迷離、上萬只音叉共振的「情」：「女孩別怕，我們都在這裡。」這是所有聽故事者，給那些因生命的凹洞、悲劇、不能承受的遭遇，而隱約將形成「故事」者，最大的安慰。

他驚嘆地對白天鵝說：妳這麼年輕，怎麼可能知道這些呢？

第六章

丹紅笑說：「二先生不來，所有人全不敢動，一直保持著您離開時的模樣。」

他詫異道：「一直沒動？這樣多少年了？」

「十五年了。」丹紅說：「老嬤嬤說二先生心真狠。明知道人不來，我們小姐那個木性子，完全不會疼惜我們。一桌一几、一茶盞一香爐，全部不准動。最開始呢，想您最絕一年後準回來，小姐像帶著我們，一起受虐。您回來看到那個委屈，那個像昨才翻身走的痴心，肯定有氣也卸勁了。沒想到，這樣一年後一年，我們全像故事裡被美猴王用定字訣釘在那兒不動的蟠桃園仙女，心裡都罵娘了，真的身子都石化成雕像啦。我跟小姐說，好姑娘您饒了我們吧？二先生肯定不回來了，求您解封這個咒吧？您知道小姐怎麼說？」

「她怎麼說？」

「小姐說：『妳二先生這個人缺記性，有一天他想起來，自然會回來。』」

這一切像在說笑話一樣，他卻覺得心臟像是被手使勁攢一樣，疼到不行。

他用小托盤舉起蓋碗茶，巡了巡那茶香，啜了口滾燙茶湯，不知該好氣還好笑。這丹紅，看上去就像你是代課老師，走進女子高中教室，坐在最前兩排，臉特標緻，人緣最好，古靈精怪，富正義感，但就是愛當班上第一美女的小跟班。他這時已如黃粱夢，經歷過外邊那一齣又一齣，女人、或說人世，那不經歷你真無法深切感受的，無情，或恰恰好的交易，或所謂「近廟欺神」，你只要和另一個人親近了，有了故事，啟動了時間，沒有不清晨玫瑰最後發出腐敗味的。於是這小丹紅，還像記憶裡許多年前，跟在小姐前小姐後的瓷娃娃。那比起外頭的庸脂俗粉（他竟也會說這麼冬烘的形容詞了），何其珍貴？

當年他是如何忍心，丟下這漂亮小妞口中的小姐？

他此刻其實已是初老心境，很妙，若更年輕些時，其實不懂和這樣伶俐丫頭的調戲樂趣，沒有一絲荷爾蒙的（或非常稀薄），純粹體會那造物之靈動。而這些聰慧小美人，也完全知道，慈悲混著知情趣，反過來逗他這樣老人如枯木吐單蕊的，很小很小，卻晶瑩如露珠的快樂。

他說：「那不是感情勒索嗎？」

丹紅說：「小姐說，二先生在外頭，一定見識過各種新世界的新發明，一定有很多新名詞來編排我。但小姐告訴我一句口訣：『我自不動，管他千變萬化。』」

他說：「妳們不是都靜止不動嗎？感覺好像可以一直聊天？」

丹紅紅了臉：「勿怪人說二先生沒有心，那麼多年了，就是兩盞放在佛前的供燈，積了灰塵，也都能心意交通了吧？」

也許這俏黠姑娘口中的「小姐」，就是一只什麼晚青粉彩搖鈴尊啦、花觚啦、淺降彩天球瓶啦、粉彩葫蘆瓶、那上頭被玻璃白籠罩住的美人圖。那倚在山石竹林邊、或淵畔觀魚，什麼壚邊人似月、皓腕凝霜雪，扶旋猗那，弱如秋藥；「靚妝走馬，嫈姗勃窣，穿柳過之」。紅彩變粉紅、綠彩變淡綠、黃彩變淺黃，真美。

丹紅說他們「沒人敢動」、「保持他離去時的樣態」，那是什麼意思，這十五年來他每一瞬刻都在「動」，感覺似乎進入了時間，放置在桌上的豬肉就會發臭、長綠黴、黑凹陷處爬出蒼蠅孵藏的蛆；人就會在和不同人之交接中，愈變愈濁，失去本真。但他要怎麼去跟「停止在十五年前」的這麼美婢口中的「小姐」，描述他在那個「動」的時光，經歷的那些事，遇到的那些人？他在不同的咖啡屋，聽那些美麗的頭腦，談著公民運動、為弱勢發聲、福島核災、多元成家，他們慷慨激昂，在有時燠熱如火爐的夏天晚上，有時如極地雪原的寒流天的戶外座，喝著冰釀咖啡、大杯熱拿鐵，有時喝些其中某人帶來銀酒壺裡的威士忌。但後來裡頭有些人成立公司去標政府的文創案子，有的成為網紅成天弄直播（當然這也都是這十五年中，新發明出來的個人媒體），他們愈少談那些「屌到不行」的電影，更多是受創的神情講著，哪個圈子，哪些人的低級、貪婪、霸凌別人，說著漂亮的話幹著骯髒的事……。

人這動物，很難不自我戲劇化，自己投身一年、兩年、五年的某種機構，「我們報社……」、「我們公司……」、「像我們所裡……」他們對於自己成為某個支薪單位的一員功能性角色，不覺得有何不對勁。一些八年前覺得冰雪聰明的人兒，竟變得在臉書毫不避諱，跟著某些主流風向，激切表態。奇怪原先的自嘲或因教養而對這樣「傻逼」的單一化該有的羞慚，全不見了。某個幾年前大家唾罵的人渣，玩弄不同女孩的爛人，因為政治立場選邊，成了「自己人」。他覺得不可思議。

「如果我並不是你想的那個人呢？」

「但這樣的話語，是在從前萬倍、十萬倍、百萬倍數量的人群裡，才會有它產生的效力啊。」

「那是懵懂無知的年輕人，你是說，像我們這樣、經歷過大半輩子那樣繁華夢的，老先生、老太太，也沒有對『這樣的話』的感受了嗎？」

「不，不，我覺得那一切真讓人懷念。」

「你別說了，我都快哭了。你都不知道這段日子，我心裡是怎麼熬過來的。」

「這又是一句『從那樣的時光，帶到現在這個時光』的話啊。」

「什麼意思？」她擦著眼淚。

「我們可能是人類歷史上，唯一經歷過、感覺塞滿、過剩到不可思議的地步，然後突然間什麼都沒有了，唯一有這樣經歷的幾個人吧？」

「胡說。譬如廣島那時某個站在廢墟之中的倖存者；集中營在某個時刻被美軍闖入，告訴他們戰爭結束了的某幾個猶太人；蒙古人屠城，俄羅斯人整片種族滅絕，日軍的七三一部隊那些人體實驗，西班牙人滅絕上千萬的阿茲特克人……如果就『感覺』而言，人類在每個時代，都不斷發明那之後沒能再傳遞的『感覺』啊。」

「妳說得對。我這幾天夜裡，很奇妙的，一直在回想一些句子，曾有某個女人看著我，這樣對我說：『沒想到你是這樣的人。』或者是我很小的時候，不知是犯了什麼錯，我父親非常沉痛地說：『你這孩子，將來一定是我們家的恥辱。』現在我覺得這些話真是奇妙。它一定是建立在許多人，非常大數量的人群，才能出現的想像。而那時的我，聽到那樣的話，竟然也從靈魂的最內層，深深地顫慄了。要知道，現在如果有人對我說這樣的話，我一定笑得都喘不過氣了啊。」

她仔細思考他的話，嫣然一笑：「我們來作個遊戲，來對對方說一些這樣的話，在以前是不能承受的話，現在卻一點意義都沒有。」

他咕噥著：「什麼莫名其妙的遊戲？」

她拉扯他的手臂：「快嘛，你對我說，『妳這個婊子。』快，我想看看會有什麼感覺？」

他說：「我不要。」

她說：「快嘛，你說說看，我突然覺得好刺激。」

她知道自己愛嬌起來的模樣有多迷人、一直糾纏著他，如此多回，他才艱難地、痛苦地說：

「妳這個婊子。」

「啊。」

她眉頭輕蹙、兩頰緋紅、嘴唇發白、緊閉上眼。他忍不住上前抱住她。

「對不起，對不起。」

「不，不，我只是沒想到，即使這樣的時刻，那樣的話，還是讓人那麼痛。」

但約莫一小時後，他倆像小孩子玩遊戲，興致盎然地想著那些「如同多孔插座」的句子，他拿著一本筆記本，把他們想出的，如今看來荒謬到不行的句子記下。

「警方破獲偽鈔集團。」

「NASA太空中心。」

「受巨額賄賂的遺囑監管律師。」

「哈哈。」

「每年飛到香港幽會一週的祕密情人。」

「人心不古。」

「哈哈。」

「紅顏薄命。」

「哈哈。」

「我來一個：張愛玲的跳蚤。」

她皺了眉：「這……不好，我不喜歡……」

他說：「對不起，當我沒說……」

她說：「不是，為什麼會冒出這個？其實我們全部經歷的……那個瘟疫，都是幻影？我們這幾個人的精神官能症？」

「不是的，當我沒說，我只是突然想到一些人名：瑪麗蓮夢露、黛安娜王妃、麥可傑克遜、阿姆斯壯、甘迺迪……我就是想起一些和真人惟妙惟肖的蠟像館，那個『不純真博物館』……」

丹紅把臉埋進枕頭和被褥的空隙，小聲說：「啊，原來是這種感覺。」

他好像隱約想起這小美人口中的那個「小姐」，奇怪像一截手指大小的外接隨身碟，有個插孔插進他的大腦，「翩若驚鴻，婉若游龍」、「延頸秀項，皓質呈露」，但若隱若現，那說不出懷念的光弧如女人的綢絲襯裙，輕輕滑過就消失在黑暗裡。

「小姐是怎麼說的？」

「小姐說，二先生說，一百多年前，歐洲的科學家，已經可以用顯微鏡觀察到軟木塞的細胞、跳蚤的腳毛、葉脈最細緻的組織、頭髮、蒼蠅的翅膀。但很奇怪，他們用同樣的儀器觀察男人的精液，信誓旦旦說每顆精子裡疊坐著一個非常小非常小的小人兒，就像是一個超小的小太空人摺腿縮身擠在一台超小的登月小艇裡一樣。然後男人每一次射精，就有好幾億這樣的『精子小人兒』，衝進女人的那裡面。小姐說，二先生說，那就像是一次星球集體大逃亡的人數啊……」

丹紅小聲但激亢地說：「啊，我一定會死……我竟然把小姐告訴我的說了出來……我會死……」

他忍不住笑出聲，哪裡去找這樣一對單純、像黃鶯一般絕美又療癒的小美人哪。「我不告訴她。妳說，小姐還說過我什麼？」

丹紅說：「小姐說，二先生說，其實男人在和心愛的女人交合，最後那個射精，是一次死亡。那不是上億和他一模一樣的超小人兒，而是像刮刀把自己的構造圖割了一半，在那個時刻，男人是把整串的程式編碼，射進女孩子的胯下。小姐說，二先生說，那就像一台超高功率的鐳射光炮，把一束激光射向無垠、黑暗的天穹。他是把他的記憶、生命的意志、頭腦最高燒時的創作靈感，瘋狂的愛，全在那種編碼光纖的稜角高速穿過他的性器，高爆劇烈地射出，那上億個小人兒，全駕駛自己那台孤寂的登月小艇，只有數億分之一著陸生還的機會，朝著我們女孩兒裡面的那顆月球，拚了命把引擎功率燃燒到每一台裡的警示鈴都大響啊……」

「所以這是一種數碼寶貝的概念囉？」他簡直要笑到摔落床下了。

「小姐說，二先生說，但男人腦中關於『慾念』、『耽美』的感覺，『心為之蕩』、『神魂顛倒』，那是造物造出的『月暈』，透過幾萬年的演化，讓那幻境的永遠不企及，像代工廠流水線的奴隸，愈往艱難、鬼斧神工、繁花之境去編寫靈動神妙、普通程序語言無法繪出的『菩薩之境』，但然後在千萬劫中的某一個男子，他以為自己是獨一無二的那個，但充盈塞滿在他腦中光刻機那幻美絕倫的哀愁、迷戀、痴醉……他卻要再透過那個『數億精子小人兒星球大逃亡』的發射計畫，將之射進，演化中億萬美麗女體其中之一，因為她裡面藏著那枚為演化設計成輪迴的『精子小人兒數億登月小艇』拚死奔去的月球啊……」

「小姐說，二先生說，終於遇到了千萬劫，演化中大腦告訴你這就是終點了，這就是最裡面那道門打開後的答案了。但你還是得將自己微分成億萬分之一的，那麼小那麼小的小人兒，才能進入那至愛的裡面。這是最悲哀的事啊。」

他想：這是一個「缸中之腦」的設置吧？只是此刻浸泡在那整缸營養液，且連接密麻線路回饋這大腦的超級電腦運算，是他的裸置之腦？還是那個丹紅口中的「小姐」之腦？或許更簡單的技術，這「丹紅」不過就像那些耽溺於ＶＲ實境美少女色情遊戲的宅男的終極軟體？

他感覺到一種懷念之情、追憶似水年華、雙手捧著流失的美好昔日的哀愁。他不確定這像他們說「黃梅天」、「梅干菜醃缸裡的真菌」、「落葉紛飛如黃金雨」、「冷霧中的一種氣味」、「無人在場的小學校園」、「荒圮的遊樂場」……這種無法清晰說出，但確實瀰散在周圍的感覺，是他被丹紅的描述若隱若現喚起的呢？還是現在這一切只是在「小姐」浸泡在缸中的大腦，一種迴路的低效或頹弱的電觸，所以丹紅的話，或他的回憶，都有些忽遠忽近，像呼了大麻後的鬆弛、光影不飽和……？

他想：若她說的是真的，那我，這個俏女孩口中的二先生，還真是個爛人啊。但把她們，這麼可人的美人兒辜負、遺棄在「等待的奇點」——沒有過去、未來、沒有四面八方、沒有新的人際關係、新世界的知識，只有最純粹的等待——這個我，這些年在做些什麼呢？他頭痛欲裂，似乎只有想起「在另一邊流動的那個自己」在忙活些什麼，才可能證明他並不是只作為這女子「缸中大腦」，其中一串作為刺激的電波。

喔，他想起來了，他不久前，曾答應一個致力於「廢死聯盟」的女孩，在她們預算捉襟見肘的紀錄片裡，扮演男主角，就是一個活生生因司法粗暴而被濫判了死刑的男人。

這個男人是個倒楣鬼。他努力回想，啊那麼清晰，那「廢死聯盟」女孩當初寫給他的信，介紹這男主的身世：

「王信福十八歲時，還沒有任何前科，就被提報流氓送去管訓，在各個外島之間流離，也進出監獄幾次。他三十八歲時，終於等到了這一天：他女朋友懷孕了，他提前假釋而『欠』國家的日子，也即將期滿。

他和一夥朋友相聚慶祝，從晚上喝酒到凌晨，其中一個剛滿十八歲的小鬼陳榮傑，開槍砰砰打死兩個警察。大家當然鳥獸散，王信福也躲起來。陳榮傑是在場另一角頭李慶臨的小弟，但是李慶臨與陳榮傑先到案，他們兩個都說是王信福命令陳榮傑開槍的。王信福慘了，加上自己那一長串前科，他百口莫辯，決定逃亡中國。

槍擊案是一九九〇年。王信福離鄉背井十幾年，陳榮傑早已被判死刑槍決，李慶臨只輕判兩年半。二〇〇六年，王信福冒險回台灣就醫被識破，自此沒再呼吸過台灣自由空氣，二〇一一年被判死刑定讞，現在關在台南看守所，隨時可能被執行死刑。他垂垂老矣，六十八歲了，膝蓋不好，走路有點瘸，左眼瞎了幾十年。當年的女朋友另外結婚了，當年的小孩他再也沒有見過。」

是了！是了！當年她們會找上他演這個死刑冤判者，是因他的外形和王信福太像了！唯一遺憾的是他不會講較長而完整的台語，但沒問題，他的一位老友答應特訓他最標準的嘉義腔台語。他想當作趣聞告訴眼前這個丹紅，但記憶似乎又模糊、透明，我並沒有正在演這個倒楣的死刑犯，而身旁有劇組人員、攝影師的記憶啊？事實上後來看了這部紀錄片，演男主角的是另一個人，並不是他啊？

似乎是，就在開拍前一週，他的身體極度不適，非常羞愧地寫了一封信給那位「廢死聯盟」的女孩，等於給人家放了鴿子。

對了，大約是同一段時日，他也答應了另一位女性前輩，她是一個劇團、演出柯慈的小說《屈辱》，他只負責讀劇，讀小說中關於那個牽涉到性侵女學生的浪漫主義文學教授的小說段落，而舞台上會有其他男女演員配合演出。他也是爽快地答應了，他太喜歡這部小說了，年輕時讀到那書中教授對學生講述渥斯華茲的詩，說到「就像一根火柴將熄滅前，最後一瞬的光照，那既不是雲端上的抽象哲理、也非真實紀錄的身體感官，那只有在時光的腐葉爛泥、帶著遺憾、眷念，不斷召喚的不再的昔日。」，他感覺像一根鋼梁插進心臟。那是真實的、寂靜的、像落單的獵人迷醉於月色下一頭絕美的雌鹿。但那文明累堆到十九世紀的「向神借來的光」，其實禁不起後來的層層機構，對關係的秩序的理性控管。那當然是一個封密學院裡的醜聞、風暴。但如何能切開這個犯了川端康成《睡美人》或納博科夫《蘿莉塔》，絕美之罪的老男人的大腦，印證那個讓人眼睛目盲，芬芳欲死的光輝？

但事實上，後來這齣改編柯慈小說的舞台劇，男主角也並不是他啊。好像也是在前一週，他犯了小中風，急忙寫訊息跟劇組那邊取消。

這是怎麼回事？「臨水照花人」，但關於自己的臉，出現在一部紀錄片，或一齣戲的舞台，這些幻影之術，到頭來其實都並不是他？而這電影或劇，講的卻又是兜了幾個圈的，人類被成為絕對孤獨，被無法辯駁的「我並不是那樣的」給驅趕到暴風雨的孤島？

他對丹紅說：「妳等我一下，我出去抽根菸。」

幾分鐘後，他從那冷泉湧出，巨石覆蓋的窄小坑洞裡，半游半爬鑽出來。眼前當然是一片燦亮曝光，將之前瞳孔適應之微弱黯黑刷一下，光像小魚在眼角游動，重點是耳膜也承受像數百只大鼓轟擊聲。砰轟砰轟。他反應過來，這是一個礁岩海邊，眼前逐漸清晰起來，是銅綠、湛藍、玻璃珠的折光，還有像鴿子頸腹那種微紫微青鑲著斑爛灰色的漂亮旋圈，混淌著整片到天邊的大海。湧動的一稜一稜突丘，濺起潔白的浪沫。那個大海撞擊岸礁、或撞擊海自己的巨大力量，讓他一瞬感到自己猿猴骨架，可以一啪喇就拆碎的脆弱。

幾個穿著緊身潛水衣的男子向他圍攏過來。

「怎麼樣？」

「好冰。」確實他整個人還在顫抖。那冷泉湧出石槽處，很明顯感覺海水簡直是溫熱的。那麼冰徹心肺（真的整個人潛泅進洞中之泉，覺得心跳好像被凍結停止了），手掌有一種蛙蹼或章魚觸鬚吸盤的幻覺，其實是每一指節、手掌，皆在那泉水介於冰和果凍的低溫、摸抓著那鋪滿下方的瑩潤小卵石。

「我進去多久？」

「不才剛爬進去就鑽出來了。」幾個男人笑了起來。其中一個拿了大浴巾給他，他抹了頭髮和臉，整個人還是瑟瑟發抖。接過一根點著的菸、吞吐著那一離鼻唇就被海風打散的白煙。

其中一人說：「很妙，完全的淡水，這可以是最貴的礦泉水了，但直接就這樣混進海裡。」

其中一個叫峰哥的，和他站在海浪沖激起白泡沫的礁岩，憂愁地說起自己老弟，在這大滅絕前發生的事，從他二十歲北上念一所破私立大學，畢業，當兵退伍，從此就留在台北，在一間頗有名氣的電腦廠當個主管，至今單身。但他弟從中學就和一些𠍿迌仔混在一起，獅子座的，愛兄弟勝過家人，一直沒幹正經事，結了婚、生了一個女孩、又離婚，前妻跑去台中開美容院，後來做不好又收了。總之小夫妻倆各自養活自己都不成，把小女孩丟給他爸媽帶。這都是十幾年前的事了。這老弟呢，你看這樣漂啊漂，也都五十了。有一次還和一個同居小女友，大概是吸毒吧？說是早晨起來，發現那女的已經冰冷、死透了。他老爸還去警察局保他出來。這些年數不清了，常常是和一群兄弟去酒店喝酒，人家看他醉，前攤不認識的人的酒錢全掛到他身上，醒來睡在馬路邊，或是警察局，錢匣都沒了。兩個老人寵那小女孩寵到不像話，但其實也就是老爸一份的退休金。這小女孩也長心眼，完全不認爸媽（他們實在也太廢了）。這一切原本沒他這大伯的事，但這一年，感覺到不對勁了。過年回嘉義時，發覺他爸媽老化得厲害，完全就是隔代教養，阿公阿嬤氣血已衰，也跟不上社會的變動，事實上是經濟力量也抓肘見絀了。小女孩眼看考高中，英文數學爛到不行。整天在臉書跟一些廢女孩交換彩妝妖姬照。他想想不行，這個一直像孤魂在台北的大伯決定介入。他每週末搭高鐵回嘉義，扮演鐵面嚴師，從頭盯那女孩的功課，真的不可思議地一塌糊塗，從國一開始補起，這樣半年。後來還是沒考上公立高中，他又力排眾議（二老想就讓女孩念個商職什麼美容科），拿出一筆定額的錢，讓女孩念嘉義一所頗嚴的私立女中（三年的學費都先固定下來）。其實他自己在台北打滾了二十多年，也沒買房、沒有成家，每天騎著一台機車通勤，除了買書、買GAME的設備、登山設備，沒有花錢嗜好，距離退休的倒數時光，將存下的錢，一旦退休，他想去花東買一小塊地，度過剩下的二十年，這一切都精準計算（他是處女座的）。沒想過養小孩，所以也不敢談感情（那是多大的寂寞）。結果卻在這逐漸進入末章的時光，跑進來一個必須教養的「女兒」。但沒想到後來發生了這個大滅絕，那天他說的那香港女孩的故事，給他很大的觸動。甚至會想，也許他這個可憐的侄女，此刻也意外倖存活著，在嘉義的哪個山上吧？

他記得當時他舉起那保溫壺杯蓋，裡頭剩半杯苦釃的茶，敬那峰哥：「這是個美好的故事啊。若非我們人類的全部死滅，原本，說不定你老來，是這女孩和你相依為命呢。」

他回想之前，和丹紅說著話呢，然後回到這樣壯闊的大海之前，那中間的過渡，是的，除了極冰冷地在一窄岩坑下的靜謐泉水，還有什麼？非常短的腦中靈光一閃，就像是很多年前，跟著低嗎的排隊日本老人，在藤田美術館那短短限時的一分鐘，頭額抵著玻璃櫃，不可思議盯著那只「曜變天目」，在漆黑的背景，像星辰或極光的，紫、孔雀綠、灑金、碎銀、無數的氣泡小圈。夢境最深沉的海底，在你這個凡人的眼、耳、鼻、舌、身、意的周遭，鼓突突冒著。那是一種微生物的透明囊孢與環境，如此愜意且空曠，無重力的時空領會。

眼前這些人，還是在拍那部莫名其妙的「電影」。他看到導演、老和尚、扛機器的攝影師們（包括那個之前對他訴苦的峰哥），或遠或近各站在這海邊的岩礁上。距離較遠一些的一顆塊頭極大的岩礁上，白天鵝穿著很像犍陀羅佛像那種薄衣貼體、濕衣貼身的白綿薄腰衣，頭髮和薄衣都濕透，顯示娉婷且美麗的身軀若隱若現。左側較近一些的另一顆帆船形的岩礁，黑天鵝和那肚皮舞女郎也是穿著這樣像希臘歌隊少女的白薄紗罩袍，半跪半坐著。再左邊另一顆人頭顱形的岩礁，猿飛赤裸上身，下身也是那薄衣效果的紗籠褲，拿著木笛吹著。這說起來有點像貧窮版的莎翁的《暴風雨》其中一景，一定又是那導演志大才疏的偏執。天啊他想起來，之前導演就是讓他腰繫救水服，在那岩陣間的浪潮激流中漂浮，他且誇張搞笑作出溺水者載浮載沉的模樣。說是演出，其實真的身體被那海潮像陀螺亂轉，撞上白天鵝站立的那方大岩礁（她在上頭手臂如藤蔓，腰肢流動著，獨舞著），其實岩稜層層鋒利且覆滿藤壺。導演大喊叫他攀岩，他照作，但海浪的力勁，很快他兩腿都被劃出口子。然後導演又大喊，要他墜入水中，他又照作。如此繼續在那充滿鹹味、海草、但浪花濺起白沫時或漩渦將他扯進潮水。導演叫他朝另二美少女的礁岩游去。然後重覆作出攀岩，再墜入浪潮中的動作。

這他媽是哪一齣？他是一艘沉船的倖存者，然後漂到一個女兒國嗎？

他看到天空上竟然還有無人機！連空拍都出來了，這什麼白痴場面？

遠遠的，導演又喊他，朝猿飛的那顆礁岩游去！他內心咒罵著，但身體像一隻老海獅在那激流中拍鰭甩尾，水裡翻滾地照著指示蹬泳過去。

「作出已經脫力、昏迷漂浮，不，就是浮屍的樣子！」

他閉上眼（最後還看了天上那像機械黃蜂的小無人機一眼），確實像放棄活著的力氣，任那波浪漂送著。猿飛（當然也在演戲）傾下身，將他的頭頸撈出水面（割到那岩鋒，好痛！），像耶穌慈愛地撫摸他的臉。

「卡！」

「Perfect！」

這是後來他漂游，不，應該是半泅半塞進那海邊某一角，他們發現那巨巖下汩汩流出的「冷泉」。所以那個「丹紅」和她的「小姐」，是洞穴裡另一種微生物？或是「波妞」？「美人魚」？

他們這些大滅絕後的倖存者，如何又從那像《去年在馬倫巴》一樣反覆、靜謐，但單調的翠色溪谷中，還是進行著——他以為那些攝影師或年輕演員都消失了——這個怪異電影的拍攝？他們弄了幾輛皮卡，也很容易順山路而下，無任何人類的加油站、弄到汽油、然後一隊人馬殺到這就近的海邊。比起「人類已經滅絕了」、「地球上可能只剩我們這幾個人」的恐懼、空洞感，這個導演猶堅持拍他腦海中的電影，這個意志，讓他困惑。但似乎，至少眼前海岸不同岩礁上，這些人都聽他的。

但是，這很像回到少年時，偷偷喜歡某個女孩，但怕被同伴們知道的幽微心機。他很怕那幾個扛攝影機的、較他年輕且雄性荷爾蒙明顯較他勃發噴散的，哪一個起鬨說也想鑽進去那冷泉之隙洞探勘。他雖然仍百思不解，和「丹紅」的那些對話、歷歷在目的場景，是怎樣的一種神祕形式？但若哪個傢伙游進去，然後拿著魚叉鑽出來，插著一尾掙跳的小丑魚或藍雀鯛，他會不會心臟像要爆掉一樣哭出來？

要怎麼在群體中，不惹人懷疑，用哥們的腔調，說我還想再鑽進去一次？啊說我的一只戒指掉在裡面，那是對我很重要的一件紀念品。但這些年輕雄性，會不會自告奮勇說讓我讓我替你下去找？或是靜靜的，沒有表情地說，我還想再進去一下？

他這麼做了。

當然他和海邊的這些同類，都無法假裝他們是活在「事情還沒發生過」的那樣的人了。最開始的時候，然後是怎樣一層一層，發生了那讓所有人都在噩夢中顛倒恐怖，脫去一件一件所謂「文明的衣裳」？

這都是老話，他在那綠光盈滿的山谷想過無數次了。是病毒讓你終於看見那條蛛絲透明的邊線，沒有模糊的仁慈與同情，頭一伸出那條由遠而近布滿你生存區之外的微細一線，立刻被拖捲進「死滅的那一邊」。誰這時說一些什麼「惻隱之心」、「山川異域、風月同天」、「豈約無衣，與子同裳」的慷慨屁話，馬上被大家譙翻：你他媽的引清兵（病毒）入關啊！把你空投去武漢啦！幹拎娘的日本就悾悾一開始亂捐，之後自己疫情爆發，口罩搶都搶不到啦！這個病毒如上帝的飛刀，削去你人類妄圖長出在這猿猴身形之上，那流麗爛漫的天使羽翼，那即使只是一小莖那麼微小的「神性」。病毒讓你打回原形，重新知道遠古先祖所謂生存的嚴酷、戰略物資的「我佔有了，你滅掉了，這是不可能有第三選擇」我只有將恰好出現在眼前的物資，全吞食下肚，才可能支撐那可能未來三週全是死滅荒原的流浪跋涉。是「自私」而非「同情」才是物種滅儲之戰能生存下去的美德。

人類在這次完全不對稱的戰爭中，思考「病毒為何可以如此輾壓人類？」、「病毒倫理學」、「病毒兵法」、「病毒能，我們為什麼不能」、「病毒瑜珈論」、「後病毒主義」、「病毒繁花」、「病毒聖母」、「其實你可以更病毒」、「病毒身心靈」……。

他泅泳過那個「曜變天目」的穿越帶，純然的寂黑，星辰般慢慢灑開的金、銀、藍、綠、紫……，耳膜無比清晰似乎聽見自己心跳聲，但那其實是水中自己鼻腔鼓突冒出的氣泡……。

「二先生，你在發呆想什麼嘻？」丹紅那張妙麗古典美人臉、少女靈透黑眼珠可以映照出小小的、他自己的「小人兒」倒影，那麼貼近在他面前。

他似乎在那丹紅或小姐，或就是屬於他的那處書房，那挨擠的書櫃間「剩餘」的一個空間，放了一張舊沙發，他躺在那午憩，望見不遠的地面，那碎磨石地板上，有一隻小蟲發出濛濛微羽淡金光暈爬過，他順手拿一玻璃杯將之罩住。但在那一小塊區域，像光屏投影出現了二維的佛經繪畫，那臉孔流動著光的菩薩，還有同樣在一種幻燈機光束投影的倩麗古裝美人。他想：這個蟲子要嘛是某個神明的變形偽裝（正在微服出巡），只是恰好被他逮住；要嘛牠有一種危急中釋放出類似海洛因的致幻氣體，可以讓補獵者腦中產生幻覺。

捏死它（祂？她？）嗎？某些蠕動瞬刻的身形，是那如電藍色小蜈蚣啊。但這時他有一種對這整個空間，包括丹紅和她口中的「小姐」，或聽起來還有其他娘姨或僕傭之類的人，一種說不出的愧疚感。似乎她們之所謂不人不鬼，不在時間之境，只是一種幻影或投影，是因他身為人類的內在暴力所造成。他只是人類其中無足輕重的一個，但這整族類確實因為自身的暴力，終於啟動複雜的末日機鈕，以宇宙實驗室的尺度看，也合於他設計的缺陷，確實走向的滅絕。這隻「佛經繪畫般投影菩薩之臉的小蟲」，是否是對他這倖餘者的「多出來的測試」？

「姐姐，就跟妳說，這種所謂『智人』的腦額葉裡，就有毀滅他自己本來可以繼續生存之生態的暴力……」

他是不是曾經在自己不記得的，那似乎永劫回歸、時間凍結的某個「過去」，對那「小姐」施暴了？他的妻子、孩子、不同時期的情人，似乎曾經都有一種，看透他在他人面前，好脾氣、耍寶、心軟、容易害羞的那個老實人形象，「其實你是個暴力傾向的人」？但現在他們都死了！全部的人都死了！他多想嚎叫。每一個人最澹泊的那抹極輕微害怕、觀察他，「那個深埋在裡面的怒目金剛何時會撕裂柔慈的臉跑出來」？但他都可以解釋啊。

譬如說，他們曾養的一隻美麗的小狗小端，牠從小被他從類似集中營毒氣室的動物收容所領養出來，牠深愛他。那像阿拉伯美人的綠眼球常常深情地盯著他。深夜他在書房掛網，牠偎在他腳邊，柔軟的金黃鬃毛、絕對信任的腰腿一定要貼著主人的腳踝，那麼安心地熟睡。但有幾次牠（因為女性的嫉妒）狂咬另一隻一同從收容所抱回來的「妹妹」、一隻叫小牡的其實較不得他寵的小狗。咬到像極深的冤仇。

他把這隻他最疼愛的女孩，不，小狗，扯後頸的毛拖進小小的浴室，在裡頭用拖鞋狂打牠。那小狗恐懼的哀鳴，那美麗的眼神簡直是心碎了。主人，你要殺了我嗎？事實上那些時刻，他裡頭竄出的暴力之態，或如藏密金剛數十隻手皆持金剛杵、銅鎚、鐵鐧、狼牙棒，似乎整個魔化猙獰的臉，漲大的身形，即使那狗也元神出竅成為一頭金毛斑斕大虎，也是被他超出人間懲處的規格，那樣純粹暴力的炸裂。

另一次是那狗老了，去醫院動了個大手術，把牠救回來，但獸醫交待，因為牠的腎衰竭，每天一定要喝一千C.C.的水。他的妻兒像哄因病起心思的女孩，百般哄勸她喝牛奶，一次喝四百C.C.一碗。但他們都出門時，換他單獨餵牠時，牠像寵壞的女孩，百般刁鑽，鑽來鑽去，就是不敢喝。他去藥局買了一支頗大尺寸的注射筒，裡頭注滿水，撬開牠緊閉的牙關，對著喉嚨深處注射進去，如此注射四、五次，那小狗被灌得鼻頭噴白沫、嘴角淌著水，眼神迷離哀愁。似乎是他熟悉的，無言地看著他：

「主人，你又對我施暴了。」

但他都可以解釋啊。

丹紅又出現在他身邊，「小姐說，二先生是最仁慈心軟的人。」

他回到家時，妻子、孩子在昏暗燈光裡，低聲（加上激動的比劃著）告訴他這規模大到這個小屋無法承受的慘劇：他們的四隻狗全部被毒死了。古嘎、多多、小黑、哈利，全死了，屍體都還排放在前院的花圃，他們不敢去處理。他們烏黑的眼珠、鼻翼乃至嘴唇像夜間河流的波紋，似乎恐懼比悲傷更徹底擊潰了這婦人和兩孩子對待在人類圈裡的判斷。是發生了什麼樣的爭執，不，他們是那麼無害、靦腆的一家，那是捲入了怎樣的鬥爭？感覺這屋外，夜色中影影幢幢的村屋，那些鄰人以戰爭規模的殺戮，來對付他們了？

他到角落找出那柄長木棍鐮刀，從身形腳步，都保持著讓妻兒覺得終於一家之主可依靠的沉著。其實他的內心非常恐懼。遠一點的房子像篝火，像任意隨樣的人。

但他還是提著那長柄鐮刀，呀地推開門、躡足走到屋前。那畦原本的櫻桃、茉莉、杜鵑、桂花早被推到焚焦、又被大雨淋過的黑堆肥般的花圃上，排躺著他家的那四條狗的屍體，路燈的青光薄薄灑下，古嘎（那是一隻黑嘴黃）、多多（那是一隻說白狗但又灑著小黑碎花，腿長身肥的混種）、小黑（一隻長毛中型黑狗）、哈利（一隻狐狸犬），牠們全四肢蹬直、嘴齒咧張、眼珠圓睜，全是死不瞑目的模樣。一旁另排著三隻吧，也是這附近竄跑的別家養的狗。說來恐怖，那殺狗者還費心把這一隻隻硬梆梆的狗屍，扛布袋般收集，排放在他家門前，那恐嚇的意味如此直白。

這是怎麼回事呢？那四隻狗，其實已步入老年期，他年前還告誡孩子，以他從小一路養過近二十隻狗的經驗，牠們的老年期，反而是我們最累，但也在享受了另一個生命（或靈魂）對你十年左右的愛，必須要學習體會一種「宇宙負粒子」的回收，所謂不離不棄，狗的衰老，比起人類的衰老，更像一台設計差勁的發動機，內部各器官的崩壞、衰竭非常容易「兵敗如山倒」。結果現在是這樣暴凶斃命！死亡、或屍骸，似乎完全將那動物活著的時光，極細微創造的被愛的光氛、柔軟的毛、深情的眼神、伸前爪或舔人類手的「愛的觸感」……，瞬滅成猙獰、恐怖、鉛灰泛青、冷硬的「核廢料」。但我們遷居於此，不就像用玻璃盞護住小小、跳動、隨時被風撲滅的微弱燭火，就是為了呵護住那柔細的「活著的時光」？他和妻兒，然後環繞這老屋進進出出的這些老狗，與周邊的鄰人形成無害的存有。

發生了什麼事？他蹲在那黑土花圃前，耳邊聽見蒼蠅像絞非常細金屬紋的嚶嚶聲，感到頭痛欲裂。主要是完全對於自己和妻兒在這什麼都保護不了的薄壁小屋，這充滿威脅的夜晚，推想不出一個前因後果，像頂級棋手在一盤黑白子布滿、形成大包圍絞殺的局，突然發生了記憶迷失、空間迷失，想不起這一堆密密纏布的棋子，為何是這樣無意義布滿眼前。

應該是、許久以前，一直沒有解決的一筆極大的冤恨吧？

丹紅說：「二先生，你停下來，我會怕。」

他說：「怎麼了？」

丹紅說：「小姐說，二先生有時候，會像癲癇、臉色鐵青、咬著嘴唇、然後會變愈來愈可怕，殺氣騰騰，但她推你卻又像石人鐵柱完全不動、一聲不吭。小姐說，這是二先生的病，心思完全跑到另一個世界去。」

丹紅說：「小姐說，二先生相信他在另一個地方，有他的妻兒，正遭遇了什麼危難，他必須趕去救他們。但小姐說這全是胡說，是二先生的臆想。孀娘說，二先生是打燈籠找也找不到的好人，但就是腦中有那麼小小一截瘋症，像日晷走著走著，一天就那麼一小刻度走到那格裂縫。但小姐說二先生是個小說家，他會搞混自己腦子裡編出來的，以為是那一邊有另一個真的自己。」

但他確實，在第二個夜晚，再次低聲交待妻兒鎖緊門窗，有任何動靜都別開門，自己悄聲推門踏入那遠方火光燒紅夜空的前院。花圃裡那幾條狗屍仍硬梆梆橫陳著。他蹲下身，想趁這夜似乎沒動靜，挖坑將牠們埋了。但黑暗中先是古嘎抽顫前腿，然後鼻吻轉動，費力站了起來。不，不是復活！那像淋滿瀝青的黑色犬形，像剪紙在這個時光流動的「活著的世界」，硬生生剪出一個相反的、空洞的，另一維度的東西。他想：「這是魔化了。」另外三隻狗，多多、小黑、哈利，也陸續像從瀝青油鍋中爬出，滴滴哆哆，抖甩鬃毛站起。那餘下幾隻鄰人的死狗，也這樣寂靜、哀愁地起身。

他想：因為愛，因為我不能將你們遺棄，那怎麼辦呢？所以我也得跨進那幽黑的，你們魔化之後的時光嗎？

田都元帥、音樂之神、戲劇之神，有說是唐玄宗之伶官，安祿山陷洛陽城時剛烈不降，以琵琶擲祿山，被斬首、陰靈旌旗軍馬騰雲天上、被封為元帥。有說是不同滅國戰役，以稻草人之影，或以美女傀儡立城頭騙過強敵，所以為變幻、真假、人世迷夢操控技藝的守護神。

西秦王爺，有說是後唐莊宗李存勗，驍勇能戰，但非常怪，晚年沉迷戲曲，最後甚且亡於伶官謀反。他是沙陀人，故稱西秦王爺。或有說「上台小，落台大」，當年田都元帥雷海青以演戲騙退番兵，回朝後唐玄宗以戲犒之，唯無人可演丑角，唐玄宗自願擔綱演了丑角。所以「台上是丑，台下是皇帝」。是以喜愛戲曲，亦曾避秦蜀之地，故被後代戲班供為守護神。

但火光中，歪歪跌跌的踩高蹺人影，下方黑乎乎扛著繡旗、彩牌、鼓亭、鼓架、宮燈、燈架，但都垂頭喪氣、陣形淩亂、較近些發現鼻青臉腫、渾身血汙，敲大鑼的，吹嗩吶的，說不出的哀怨悲慘⋯⋯。後來發現主要是這些人影之中，有一嗚咽如冤魂的泣啼般的尖聲胡琴，那就是所謂的「吊鬼仔」，琴師挾在腿腰肚腹間的那把琴，是桂竹筒包上蟒蛇皮作的。這就叫「西皮」。這些人嗡嗡罵著：

「金蠅捻翅變豆豉！」

對街屋簷下，另一群人，同樣的氣息闌珊，黑影蠕動，同樣有幾人用最後氣力敲大鑼，一、兩人吹嗩吶。但他們罵聲隔著較遠，他必須極認真傾聽，才辨出他們罵的是：

「海浪拗腳變豆腐⋯⋯」

對方的背景弦聲，是唯一的差異，音階較低沉，就是所謂的「殼子弦」，是把椰子殼剖半做的胡琴。

這邊的人群中，一老者哀嚎著：「他們的西秦元帥還在啊。」確實那端的那個陣仗，還扛著一架巍然的大傀偶；這邊則是光桿的一群，上方空蕩蕩的戲班。可能在上個街亭的混戰中，扛田都元帥的傢伙，被對方的矛槍戳死了？亂陣中守護神被弄丟了。

「裝神成神，裝鬼成鬼！」

「幹，籠透底，頭盔金脫脫，戲服新補，鞋沒講，小旦三個十八歲！」

他們交頭接耳不知在說什麼。然後就發現站在一旁的他。一群人過來折臂扭頭，甚至亂攫亂打，然後將他舉在頭上。「放下我！」他恐懼地大喊，下方有不同人用扁擔或槍槊桿擊打他的臉頰或後腦。「乖乖聽話！」他們數十人的汗臭、血腥味、眼淚、口水，混亂的蒸氣將他包裹其中。他成為他們之中的一部分。不，黑影中他平視對面那群人扛著的神偶，他被當作田都元帥來壓陣。鑼聲超有勁地哐哐響起，哨吶簡直像胸膛的風爐加了煤炭，靈氣滿漲地迴旋向天際。那像吊死鬼的尖叫，那個蛇皮音箱的妖術胡琴，悽厲割開了昏沉沉這景緻的某一縫隙的光瞳。他被他們抬著，顛盪著，朝著那群福祿戲班的陣頭衝去。

他心裡喊：但我是泉州的啊，從小我住阿嬤家的陋屋，就在大龍峒保安宮後的乞丐寮窄巷啊。我是拜保生大帝的啊。我不是你們漳州拜開漳聖王的啊。甚至我是外省人啊。我不是你們漢人啊，多年前我還寫過一本關於「如煙消逝的西夏王朝」啊，或許因為我的臉，確實和沙陀人相似，你們才把我當成戲神李存勗啊，不對不對，我是田都元帥，他們不理他哇哇嗚嗚地大喊，扛著他如潮水的前進後退，銅鑼、嗩吶、還有那聞之讓人想落淚的，哀絕纏綿的北管西皮，還有鼓棒擊點如落雨的小鼓、還有，老人像發條猴子玩具雙手喳喳喳地打著鐃鈸……。然後兩群人像黑忽忽夜色中兩群螃蟹接戰，且棍棒槍槊互相換插入對方的身體，不，那就是黑影中的吼叫和哀嚎。不斷有人在兩陣接觸端倒下，但又從四面八面的小巷裡，奔跑出也持著棍棒砍刀的人加入。

在他對面那群人（波濤湧浪）上方抬著的那個「西秦王爺」，粉面，有五部黑鬚、頭戴四角金冠，身穿金燦燦刺繡龍袍，腰繫玉帶，外披黃色龍襖，眉眼鼻唇皆說不出的豐美，丹鳳眼在火光映照的夜色中，似乎黑眼珠朝著他看。那不是一架神明傀儡嗎？他們兩個在同樣的高度顛異著。

「仁慈……守護……犧牲……」似乎讀唇術對著他這頭，用一種過來人的密語交待什麼。下一瞬那尊戲曲之神的頭、就被他這邊不知哪個傢伙弄來的火銃，轟一下炸飛了，剩下一個原本肩頸處著火，但仍瘋狂搖晃的火炬。他腳下的這些戲班子弟、混混、佃農、苦力興奮大喊：

「金蠅捻翅變豆豉喔！」

「熟熟戲跋落戲棚腳嘍！」

這邊的興奮大吼、大笑，對方的陣確實如塞子拔去的池水，往他們後方的暗巷潰散。他腳下的這群人也鬆動如散了箍的木桶，但是是哐哐哐擊鑼乘勝追擊。他並沒有被摔下，始終還是四個壯漢扛著他，跟著那些哀鳴逃跑者的方向追逐。他發現人們腳下全是臥躺血泊中的屍體，或重傷者。他想大喊：「你們全是病毒！喔，全得了瘟疫。因為你們這樣，才終會讓這山巖層疊之中，曲澗深溪，高窪不一，片段畸零，苦難和疫病的可憐流放者，互相攻擊，直到滅絕為止！」他哭了起來，但人們瘋狂歡快奔跑著，用矛槍插入前面曲巷穿梭逃跑者的後背。沒人聽懂，不，沒人聽見，他們扛著的這尊，我方的戲劇之神，幻術之神，抽抽噎噎在火光與夜色，他們的背上亂喊亂叫什麼：「你們這些白痴！最後你們都會死！兩邊的屍體塞住了溪水，臭氣熏天，然後人們會把我們分不出誰是誰，一大堆屍體挖坑填在一起，然後我們誰也不是福祿或西皮，我們都叫大眾公。」

然後他們會分不清誰殺了誰？甚至後來這片山，整個海邊的鬼，他們全認了。連當初遠洋來攻打三貂嶺和滬尾的法國人和荷蘭人的鬼魂，他們也中元普渡，準備了披薩、凱旋門的冥紙紮燈，西班牙大帆船的放水燈啊。「尪公沒頭殼，聖公沒手骨」啊。

主要還有大地震、海嘯、山崩埋死人、出海漁船沉沒淹溺、似乎天際有一片灰雲降下的大瘟疫。保儀大夫、開漳聖王、大媽、觀音娘娘、諸神都被那漫淹如浪、如山丘的野鬼們混淆在一起啦。譬如二疊紀到三疊紀那次大滅絕，舌羊齒植物群、三葉蟲、菊石、腕足類全都消失，海洋生物大約百分之九十六的種，陸地生物百分之七十的物種，都滅絕了。大滅絕之前的生靈，或人類，缺乏大滅絕的想像力。當山丘環繞、溪谷盤錯，全是數不清的厲鬼，無法推算當時，應該是不同的地質考古，但卻在某一短暫的時間點，肉體全部毀滅，剩下氤氳濃霧般的漫山遍谷的鬼。連鍾馗也變瀝青泡過的黑色啦！連觀音也變黑乎乎倒影世界的剪影啊，連土地公也變黑土地公……所有的凌霄雲霞、金鳳彩、燦爛仙袍都沒顏色啦。都是勺子從髒水溝撈起的汙渣啊。那時我們該怎麼辦呢？那是我們最後的圖景啊。

他對丹紅說：「我有時會突然非常想妳小姐。不是懷念，是突然臨襲，整個像鴉片癮那樣難受的想。但我又想，我是失敗的，有太多我以為我腦中想的，其實是有幾年的時間，我整晚掛在網路上，那些YouTube小框裡各式各樣的人說的，有一個傢伙每一集都說一個真實發生在這世界上，某個人神祕失蹤的案例。一九八〇年的倫敦、一九九幾年的東京、一九八幾年的加拿大，通常是當時媒體注意到，而警方迫於壓力加大搜尋人力，但仍無法破案的。我想這是人類社會演化到極複雜、細微關連的都市生存，你依存於那數百萬高低峽谷的大城市極小的一格蜂巢般的小單位房，在一所高中上學，或到一間小餐館打工，網路上認識的朋友……我想是這樣才會發生那些『像一滴水消失於大海』，偵查系統根本無從搜尋你這無足輕重的人。這種感覺是非常新的，應該是近一百年或甚至打對折五十年，人類才會無力，但感到其不舒服的，作為一隻孑孓消失的，大群體的反應。我也看了許多簡化版的推理電影，新福爾摩斯、阿嘉莎．克莉絲蒂、半澤直樹……人類的殺人，必須隱藏進各種精巧的『時間、證人、甚至屍體』的移形換位，當它們通常必須隱身、嵌入這個日常運行如鐘錶內膛的火車時刻，作為製造不在場證明的某間咖啡屋其他的客人、城市鬧區某棟舊建築的地下室、沒人注意的城市流浪漢。切下的指頭（消滅指紋）、拔光牙齒、鼻腔裡的細微毛球、胃裡殘餘的食物、或陰道可否採集有

DNA證據的精液……我也看了許多類似『十億年後地球毀滅的模樣』、『五次大滅絕』、『小行星撞擊、太陽閃爆、地鞘停止活動』這一類人類即使面對世界末日，也束手無策，因為目前的太空載具無法解決空間上的無比遼闊。有生之年或未來一千年，人類的科技，實在並無法如科幻電影，有能力造出逃脫『如果毀滅的這顆地球』。

「我看了許多，每晚像被餵食數百碗泡麵，那樣噁心的吞食著『我們這個時刻的人類，該被塞進大腦的各種訊息』：中國的經濟就要崩潰了、各城市超高的爛尾摩天大樓；就要破壩的三峽大壩；共軍攻台可能採取的登陸戰術、各種軍武分析；或是美國西岸的森林大火；川普對拜登的各種『老年痴呆症』的攻擊；希臘最大的難民營發生大火……。

「但然後『我』所是的這個群體，整個滅了，沒有了。我大腦中貯存的這些密密麻麻、交織錯綜的『人類存在的樣貌，不，即使只是一閃的錯愕、怪誕』，都沒有『抽離取樣』的意義了。」

這樣的我，之於妳們小姐，我前面說的，「是否我只是一個缸中大腦？」為什麼我的記憶深處，那麼哀婉難受，有妳們小姐這一截，這是什麼？原始啟動碼嗎？去年在馬倫巴嗎？

但我想不起更多的事了？妳們小姐之於我，是「另一個介面」，她對於我是模糊、哀愁的預感，一種像鴉片煙鬼整個身體的渴欲。我像帶著一截盲腸，進到這個「我的族類全體滅絕」的，「後人類」、「沒有時間這件事了」。我想要從妳們這邊撈抓、感覺，那原本對於我是無限、四面八方、網路之海的數十億人類同伴，曾經活生生撥弄時間、訊號、欲望、資產、權力關係、惡造成的痛苦、善美的發明、偽裝成善美話語的假的情感動員……。

「你說的是真的嗎？」

「請你不要再開啟，不要再問我了。那會是一連串的人名，恰好他們浮沉於這急速漩渦中。」

第七章

他疑惑著那些年輕人到哪去了？連續幾天，不見那像《愛麗絲夢遊仙境》、或是莎士比亞《仲夏夜之夢》、《暴風雨》劇情中裝扮的仙子或妖怪，但這些茶席上的老一輩人，似乎無人感到不安，沒有人提及。大家仍在那山谷包環、綠光如夢之草坪、樹蔭作為整幅窗景的茶几，順著溪谷主人，用他創作的陶壺，以及那如博物館展列的不同炭木，煮水，然後反復那看去悠閒的程序，用竹箴取出那些極珍罕的茶，注水、沖泡、聞香、分杯，靜謐的啜飲。也許他們都有一種說不出的惘惘，對「只剩我們這幾人在這溪谷中活著」，想像力已被逼迫到恰和這天地、山水，以前覺得空靈或迂闊的境界，如此允恰。

在這一切（大滅絕）之前，老和尚一直告訴他：你要慢下來。要慢下來。但如今，很像一切之上的總電源被切斷了，五十億人密密痲痲、錯綜複雜的那個巨大世界和他完全無關了。但他的大腦像被過度電訊衝擊、過多影像塞擠，那些殘影的暴力仍在他感覺到的空間搏跳著。他難免想到《蒼蠅王》的情節、《大逃殺》的情節，所有好萊塢戰爭片、Netflix 荒野殘酷生存遊戲、《黑鏡》的殘酷科幻、或韓國喪屍片的情節。

主要是，那些年輕人，他們太會使用系統了。不，那些所謂的「系統」，很像是又拉高視距，鳥瞰下方，每個個體成為一個或亮一些、或黯淡一些的光點，然後這些光粉灑在丘陵起伏的地表，於是連結這些光點的不規則星狀、突觸狀、四散溢流狀的「網絡」，像他們只是一個小單元的細胞，這一整片成了神經元錯綜複雜盤據的「腦」。他們隔一段很短的時光，就會淘汰、換掉那聯結網的「隨機系統」，像舉族遷移換去另一套新發明出來的網絡，於是若仍在上方鳥瞰，你會感覺那丘陵地表變成另一個擬人（其實是百萬倍）的大腦，光塵或白霧狀的明黯小點，密集或疏鬆處改變了。但這很怪，第一，這些「年輕人自主運動」的液態群體移動，他們可以形成全新的大故事。但同時似乎任自己只是其中一個小光點，單一個體的神經突觸能連結到更大數量的小光點，你這個光點就亮度愈大，好像沒人能說清最初那發明這，杓子般將這一大批人從「過去」的種族中撈出的發明者是誰？但新網絡、新故事具有極大的排他性。

這是在這個大滅絕之前，他最後對「人類的年輕人」（但永遠會冒出新的年輕人）的印象。但他始終懷疑這一些，很像他年輕時玩過的古典電動機台「蜘蛛美人」的網路發明，是一種缺陷、甚至是演化上的疾病。事實上他恍然不覺就變老人，那經過的三、四十年，人類的某些極少數菁英的發明，前仆後繼在嘗試著這種「將單一個體質子化，能佈建出巨大網路的玩家，就能榨取極大的這些單子化的人們的能力」。而更多的敘事，就似乎只能側描出那種「全部單子化但又聚集成一大群」的恐懼：喪屍片、外星的異形、或眼前一切愛欲、靜靜的生活、依戀的親人，都只是一個高科技公司的遊戲軟體。

某一個時間點，他還在對抗這個，但後來發現那全是徒勞，或是「個人的全景感覺」在歷史的長河，本就是件謬誤認知。卡夫卡，他這一代的悲劇英雄，無法，無法將個體的臉孔、長時間的記憶、懷念、小小的尊嚴，無法維護住那個輪廓，就是之前的超力量者，用那時間的聯結與動員，形成恐怖的敘事，然後對其它敘事能力較薄弱者，進行滅絕。

「打怪」。描述他者的不義、掠奪資源、醜陋的行徑、恐怖的威脅。他後來也被吞噬進這個神經叢連續電擊不止的激情。於是讓他流淚的、憧憬的、喊停那一切恐怖殺戮、冷酷異境的，就是犧牲。

納伍絲嘉。基督。約翰藍儂。聖女貞德。然後應該要有人類竟然作出用一列列火車將數百萬人送去焚化爐，這已發生過的顫慄之惡，應該要有即將找不到方式的，慰靈、救贖、超渡。這個巨大創痛的人類對自己之葬禮，那安眠曲的莊重和哀切，應該停止了一切戲劇活動。但人類終是一種時間玻璃皿無法罩住的動物。或說人會一直在即將用大教堂鎮住的善美，還是渴望瘋狂、發明出假的模仿詞語、對於利他無法長時間規訓的躁鬱症者。人類不知為何，就是會羞辱、霸凌、以他人痛苦為享樂⋯⋯。

老和尚有一次說他：「你為什麼總會去碰，『人類』這個詞呢？」

「如果現在這個溪谷裡，就只剩這十來個人，你還會用『人類』稱之嗎？」

事實的確如此，那個導演，後來再不提拍片之事，但那些年輕演員，白天鵝、黑天鵝、山鬼、精靈、甚至那些扛攝影機的、收音的、場記的，這一群人都到哪去了？為何當初在這些人倉皇進入溪谷避疫癘的情境，會沒頭沒腦的，「彷彿在拍一部電影」？也沒有人追問。

於是他可以推想：那群年輕人，包括猿飛，包括入山那天在山隘口遇到那幾個鋸粗樹幹的「劇場掛」、「行動藝術掛」、包括後來這些幻美不真實的女孩們，他們可能聚集在這山谷的另一個某處（一定要靠近水源），紮營、捕獵野雉或山羌，夜裡升火，像游擊隊分成不同任務小組，以那位「氣場超強」，但在大滅絕之前為怪異的事所纏困的傢伙為首領。他們在這片灰綠色、風不斷吹湧如浪的山林中求生。

他們各自靜默喝下面前那一小杯茶，老和尚嘆說：

「這就是『千紅一窟』啊。」

確實是，確實是，那一注熱泉入口、流入咽喉，那個黯然銷魂、「往昔所造諸罪業」、人世榮枯、記憶中曾辜負過、掩面啼泣、春花般的臉容崩毀、或如紗帳影戲被燒光的女子們，那一瞬如那滾水穿過茶莖茶苞葉，一帶一兜，閃現眼前立即隱退，只留下一種咂咂回味的感嘆。

「真他媽的難以言喻的真香！」

「是不是？有沒有在舌下，如同萬壑松濤、雲煙漫散？」

「真香！」

「我玩茶收茶搞了三十多年，真的第一次收到這明明是老樹茶喔，泡了用聞香杯，卻有一種比玫瑰還藏得深、像林中夜鶯那樣啾啾不確定的芬芳。」

座中至少三、四人竟臉龐掛淚，似乎這看去「又鮮又黯」的深紅茶湯，讓他們各自想起自己的懷念往事。

「這可都是我在雲南的老茶民，他們冒著禁令趁夜上山摘的，封省、封市、封村、封小區，乃至封各家各戶，他們那可是封山啊。上山那可是冒死啊。這兩年老班章、冰島，那可是貴翻了，我後來恐怕也買不起啦，這都是五年前，一次下訂談的五年一個約，當時已貴不可言，後來根本是買不起了。但你看一生能有福報收到這也就一小袋半斤，這說不出，之前沒人喝過，這樣的極品、孤品，是不是也值了。」

「對了，有一句老茶客常說的：『普洱滿地，台地為下，拼配為次，古茶上佳，古純顛峰，銀霜可見，金花難覓。』你們有沒有喝過那個『金花』？」

有的喝過，有的沒喝過。

「我十多年前，去雲南那些山上茶農處收茶，他們全在忙活，沒人理我，那有一個鐵皮屋，裡面整片竹架上說至少四、五年的茶菁，他們好像也沒很在意，那種感覺啊，姆指剝開那些焦黑、雜樹枝或土屑的老茶葉，外殼是焦枯的，裡面卻像要讓它自己酸酵，有一種熱感。我的經驗有時會湧入鼻中一種『臭殕味』，普洱茶很妙，一樣是千年老樹摘下，但茶菁酸酵的過程，有少年的潔淨，有青年的氣血方剛，然後有中年的滋味開始有時光複雜性了，有百感交集了，但有時失敗的酸酵會出現一種跟人類中年人很像，『天人五衰』，香氣不再，一種膩汗味，靈氣全無、很濁的氣味，『這茶的靈魂墮落了。』」

大家都笑他講得太過，「真的！但到了風乾夠久，茶到老年了，那個骨骼清癯、入鼻神清氣爽。我當時就是心想著跟茶農殺價，看能否揀漏，大拇指剝開那整片表層的黑枯擠壓葉片，然後整片掀開，嘩！你不知道怎樣形容？香風細細、天女散花、金風玉露一相逢，真的整片的金花，像金箔那樣從那些枯黑葉渣出刷刷整片，什麼『金風細細，葉葉梧桐墜』，什麼『睡起楊花滿繡床』、什麼『小雨濕黃昏』，什麼『流螢飛復息』，都不足以形容我眼見那整片連茶農都意外它們怎麼長出的，整片的『金花』，那就是一種冠突散囊菌，通常在極幸運能得極少一些，但這一整大片，我真怕自己福報都用完啦，那個美啊，就像清代瓷器那個『霽藍』，窯工用細管吹噴上去，噴灑的青空、碧空、夜空，那樣讓人迷醉的深藍中灑一膜薄薄的金啊。對了，很像目睹獅子座流星雨，或深海漂滿上百萬發光水母，那種讓你嘆息、覺得死而無憾的美。」

「所以我們有幸在您這喝到『金花』嗎？」

「不要急，不要急，我們還沒聽到最好的故事呢。」

女主人突然對草泥馬說：「我昨夜回想你說的那個『安』的故事，哭了一整晚。」

其他老的、年輕的女性也紛紛說：「是啊，是真的你發生的故事？還是編的？」

「其實原來你可以寫愛情故事，《鐵達尼號》、《麥迪遜之橋》、《英倫情人》、或是格林的《愛情的盡頭》。你真是被變態小說耽誤的愛情小說家啊。」

「不，不，我們說好的，這裡所說的故事，不能追究真假，不能有道德批判。」

「妳們這些女士，真像活在白朗特姐妹那個年代，禁慾、被困在保守布爾喬亞道德網絡裡的小說讀者，說想要聽這種《理性與感性》、《咆哮山莊》的本格小說，聽到一些為狂愛犯禁忌的、被愛折磨的情節，像是就要暈厥了。」

「不，不，昨天那個『安』的故事，讓我想起自己身上也發生過相似的情境，讓我感慨且追憶某個忘掉的人。」

故事可能沒你的故事那麼深刻。可能你的故事，都帶著天蠍座的特質，死欲、渴死，或你之前在臉書說什麼有個小神婆，幫你算西洋大星盤，說你是八宮人，天生的變態小說家，不瘋魔不成活。性、暴力、人性最黑暗的深谷。我年輕時就懵懵懂懂，曾經和一群老外去跑船，花了三個月幫一個網路上認識的韓國有錢人，從澳洲把他買的一艘破船開回釜山。然後我也曾加入一些劇場的工作營。我交過各式各樣的朋友，基本上我喜歡人們像熱帶雨林中的禽鳥，各有形態、各自冒險或遊戲、求生同時學習，我其實滿怕你故事中那種、感覺上一代的父權暴力還在體內幽靈般打轉，怎麼說呢？直男癌？（對不起沒有罵人的意思）。那種陰鬱、愁苦，其實我出身的家庭、我父親那一輩（本省男人）非常喜歡的，「心事誰人知」、「漂泊」、「迌迌人」、維士比加米酒醚味的男性荷爾蒙。

故事其實很像貓踮著腳走，好像一定是無人知曉的祕密窄道。

那年輕人一臉髒汙，兩眼珠意外黑白分明，沒有了之前的戾氣與陰鬱，顯得純真無助。

「我看見他們殺人……殺了好多好多人……」

「誰？誰殺了誰？」我以為我去搖晃他的雙肩，但或許那個誰說過我其實有直男、恐同的「戒嚴時代身體規訓之殘餘」，我不太習慣這樣去碰觸另一個男人的身體，我從口袋掏出菸點上，像父輩那樣安慰他：你別急、慢慢說，你遇到了些什麼？其他那些人呢？你那其他幾個朋友呢？

「整個溪谷都是被槍射擊過的屍體、眼睛被打爆的、腸肚外流的、斷肢殘骸的、背後整個大窟窿的……，應該是用軍隊步槍那種長子彈射擊的。他媽的，那些人可能是知道有人拿槍瞄著，恐懼地往一個方向跑，從背後被射殺的。」

我說：「你洗洗臉，然後你看要不抽根菸。然後再慢慢說，你看到了些什麼？」

他把臉埋在合起的手掌啜泣起來，那姿勢竟像他在飲自己的淚水。我腦袋很亂，不知道發生了什麼事？「他們」是誰？難道溪谷主人和每天一起悠閒喝茶的這些老人，有本事武裝起來，在這山谷中獵殺那些（我一直疑惑怎麼好多天不見了的）年輕人？但我不敢說，其實這些天，我還惘惘恐懼著，就是他當首領，組織那些一部分像野戰成員，一部分是當初拍電影的那些年輕人，像游擊隊在山裡出沒，不知哪一夜會摸過來，殺了我們這些老的，搶掠溪谷主人這莊園的糧食和物資啊。但他接著斷續破碎描述的場面，怎麼很像黑澤明電影的畫面，一種說不出的奇幻不真實。他說，那些身體全被步槍子彈打出窟窿，或形態殘缺的屍體，手掌全被鐵絲穿過，他們是活著的就像粽子被綁成一串，然後才被射殺的。他說的數量，是上百甚至數百，似乎並不是我曾見過的，他那些年輕的同伴。但在這溪谷之外，不是所有人都因為這瘟疫而死滅了嗎？他說的場面，怎麼很像比我出生之前都更古早之前，那個二二八，就在距這溪谷不遠的基隆港，登陸的第二十一師和憲兵第四團，那機槍亂掃射的港邊恐怖之景，後幾天的「綏靖清鄉」？

我內心產生了一些戒懼，這小子是說真的還假的？還是這是像影集《黑鏡》裡演的一樣，這是一個模擬實境的遊戲劇本？因為變成類恐怖片、類喪屍片的逃殺遊戲，所以沒法有更多的感覺和解釋，只能是腎上腺素噴湧的恐懼、眼球快速轉動，在整片充滿不同樹種葉片、垂藤、姑婆芋、竹叢、山石……各種細節的背景，巡梭可有一閃即逝，那可能獵殺你的敵人，寂靜的山谷，甚至真的時而傳來啪、啪、啪，零散的，在極遠處的，槍隻點放的悶響回音。

溪流在這一段被築矮壩攔住的區段，形成一片墨玉段深湛的，類似投影螢幕的靈動莫內式畫面，玻璃般摺皺成一條條瞬逝又起的水波（其實仍是湍湍的溪水，只是被一道溪谷主人用上千顆卵石壘起的平台擋住了），很奇妙地在連動的波側，被日光照成白銀燦亮，但同時這一片玻璃介質，又倒映了溪畔那些鳳尾樹蕨巨大的葉片綽影，現出真的像莫內油彩畫造出的，暈染的柳葉，或嫩綠色線條像粉彩瓷的著色效果，或某種煙花尾焰、大雨滂沱、一種不是綠光，而是從搖曳晃動中體驗的綠影，從不存在之境探手遞出的一陣，古人會說「無可奈何」、會說「朝飛暮卷」、會說「柳醉春烟」、「沾衣欲濕杏花雨」，一種纏綿柔膩，將所有結構都融化的光暈，但一束白光如鋼刀，直直從上方斜插，那種鬆緊、亮黯、動靜、空繁的感覺錯置、併置造成之嘆息。然後你會從這一大塊厚玻璃般的介質，清晰看見下方靜蟄的一顆顆人頭般的溪石。那些石頭的體量，被溪水侵蝕的圓潤形體，皆讓人有一種，不，不是人類的頭顱，而是許多遠古機器人被斬下的頭，擱淺於此的一處墳塚。但又有靈動的小魚，應都是黑色的「溪哥」，在那水中巨石之間、點點閃閃，一晃，又出現在另一端。只能說在這靜寂之境，不斷有新的小宇宙被創生，然後關閉。屬於某一瞬溪流的小宇宙、屬於那一幅印象畫派綠光倒影的靜止宇宙、屬於跌落在水面紅葉的小宇宙、水下方的溪石陣的小宇宙、那款款搖尾的黑色小「溪哥」的小宇宙、極亮的光粉灑在樹蕨複羽葉上的二維宇宙……。

宇宙被打開了，宇宙晃蕩擴散了，宇宙被空置著，宇宙衰老著，宇宙因你這唯一一個觀察者而變成有意義的博弈，宇宙也許只是一種光的幻覺，然後宇宙像那一尾，那麼小，就像一滴無心墜落之墨的小溪魚，靈動地擺動全身，一瞬天機、讓你猛然抬頭，上方是否有一來不及躲開的造物主？被你看見了祂不可言喻的，巨大的觀測者的眼睛？

有一次老和尚在溪畔，對他說起「邱比特與賽琪」。老和尚可能以為他必然熟知這一段希臘神話中的故事，所以其實是當作一種原型，在對他講述某種永恆的命運，男人與女人的不同根性，他們各自創造局勢的天賦。這樣的談話，在他們避禍進入這幽谷中，似乎有無數次了。他非常享受這種「醍醐灌頂」，彷彿師父在對徒弟講解經文的抽象或靈悟時光。事實上他們談論的那個「人世」，基本上已覆滅不存在了，但舉例多年前認識的某某，和他與不同階段幾個妻子的「愛相殺」孽緣，還是那麼讓人心醉神馳。男人一定會去騙女人，因為美麗的女人實在是太難讓男人不起賊心，不搞個夢中幻境，不造個大觀園把她們拘起來，佔為己有，那是不可能的。人類文明屬於男人這部分的創造性、慾力、衝動，因這衝動帶來的悲劇，或那懾人的光，皆是這種「邱比特之愚」。女人則精明許多，女人就是比男人有理解事物真實的靈性，就像賽琪的遭遇，你覺得一開始她在雲裡霧裡，任人變魔術耍花樣，但後來的下半場，則是她知道要酬換那天上雲端的權位、或資產，她可以一步一腳印、向女上司低頭、吃苦耐勞，接受刁鑽的任務。你看很多年輕女孩，似乎青春懵懂的時期，她們美不可方物，有時我們感嘆「紅顏薄命」、或「那麼好的一個女孩兒被糟蹋了」，但隨著時光的流動，女人一定會抓到那麼「真實」的竅門和階梯。那是實的。而男人的戰場永遠不在這。我們會感嘆、感傷、或是作為一種觀測、品評，比較著《紅樓夢》裡的黛玉、寶釵、襲人、晴雯、湘雲、妙玉、鳳姐或是秦可卿，但若是那「錦屏人忒看得這韶光賤」，那將這些女孩兒刺繡上去、縛困住、剪去羽翼的「錦屏」散了架，她們不是置放在那麼精巧、鐘錶齒輪傀儡小人兒的審美迴路，更自然、荒野、更希臘神話一點、她們可以上天遁地施展本性一些，你會發覺「邱比特與賽琪」的戲，真是好看到不行！男人就永遠有個母親，他筋斗雲十萬八千個把戲耍下來，最後就還是個「兒子」。這就要看年輕貌美的賽琪，如何從老美人愛芙洛黛蒂的勢力範圍，奪走她的兒子，成為新的母親。

男人呢，背叛他的母親，要擁有（最後其實渾不知是被擁有）他的情人、妻子，只能偷著來，偷偷幫情人一把。男人自以為聰明，其實老王后和新女王之間，像是刁難的出題，其實都是一種妳知我知的戲啊。這一幕一幕戲一定要做足，因為我的「兒子」一定會被妳這「皮相美貌」給奪走，這個階梯就是老娘能讓妳受多少屈辱，妳就得乖乖吃下。沒有一個年輕賽琪會掀翻棋盤，拂袖而去。

但他心中像對不準的鏡頭，以自己記憶中調度的畫面，過往時光那些女孩們……但是，但是從前翻花撥霧，那送醉私密的時光，感覺都像是《白蛇傳》啊，被雲裡霧裡神魂顛倒的凡人是男子，那法力無遺赦乎即飛天而去的蛇靈，才是白娘娘啊。因為有了懷疑細縫，而對肌膚之親的戀人動了手腳，讓她現出醜怪恐怖原型，不都是薄倖的男人嗎？

他並不是要與老和尚抬槓，而是朦朧的、對前塵往事的懷想：女人多麼美好，女人又多麼可愛啊。女人就像蝴蝶、或貓科動物那小小精緻的頭顱，她們動著小心眼，或說其他女人的壞話，或話中帶刺對你刻薄、怨懟，都像這明亮溪水剝刺躍出的小溪魚，灑開的漣漪……但他知道老和尚並不是要摁死住一個框架，而在這一切之前的時光，老和尚閱歷的各種女人，老和尚的「追憶逝水年華」，比他豐富太多了。譬如老和尚會這樣跟他說茶：各種地方不同的茶，人們發現茶一定附生在山窪石隙間、雲遮霧罩，總之是天地間靈氣最難以摸尋之地。「上者生爛石，中者生櫟壤，下者生黃土」。或跟他說起張岱飲茶，能評鑑茶氣是為何地產？是春茶秋茶？煮茶之泉水是何處之泉？是遠運貯存之泉，或是就近鮮爽不損之泉？講究沖泡之茶「色如新竹，香如素蘭，湯無雲濤」，也許老和尚跟他說女人，並不是在說女人，而是一種如煮茶、呵護茶氣、品鑑茶在不同時間延長中的變化，怎樣是情情？怎樣是情不情？怎樣是淫？怎樣是哀？怎樣是濃烈？怎樣是雅淡？怎樣控制動靜坐臥？怎樣不會被魔境所噬？

他知道那要在「之後」的無數次閒聊，老和尚會跟他說起「性」、「靈」、「耽美」、「渴死之欲」……但他倆腦中各自舉證的女子，完全是不同的人兒啊，這個念頭讓他浮躁。譬如茶樹，千年老樹只摘芽苞；或生於崖壁石縫之茶；有高海拔的什麼雲霧茶；有什麼君山銀針、毛蟹、猴魁、青頂、螺旋形、青蒂綠腹蜻蜓頭、渥堆之茶，緊壓之茶、倉庫或甕缸放了四、五十年的枯老之茶……但那不是萬物生滅在大自然中和蟲魚鳥樹一樣本然存在，但人類卻要將出攫取、沖泡、講究、然後飲入腔體、口舌生津的痴妄嗎？

一旦講究，那個靈動之瞬、或美感的光焰，才得以描述出刻度，感覺的顫抖與發明才得以被珍藏。他問老和尚，賽琪之美，如何得被邱比特收藏、捕獲、如暗夜擦燃之光？

老和尚沉思了一會，說「戲劇之也」。

「但是是一個賽琪？或是五個賽琪？或五十個賽琪？或一千個賽琪？」沖泡。湯如雪濤。銀針般在瓷盞中立起。芬芳像滿臉酡紅的少女，寬衣解帶那樣緩緩溢出。然後你的鼻尖停在那冉冉白煙前，閉目思索。

他記得曾有個女孩哭著對他說：「我不能做得更好了。」另一個那樣的祕密時刻，另一個女孩是說：「我不敢了。」或是分不出是激情還是哀切，滿眼迷亂說：「不行，這樣下去我會瘋掉。」

那是什麼意思？當一切變得沉滯、僵固、泥濘、窒息，我們一定會想出一些「破」的招式，那就是邱比特啊，那就是這溪谷那如銀似雪的小小湍溪啊。不，不，大雨傾盆，雷電閃閃，驟然日食，天地無光，這就是所謂「意外之王」，故事分娩而出，人們因為恐懼，侷限於自己的感傷。

他想、他覺得，應該是，白天鵝與黑天鵝，她們是這滾水沖下，茶湯如碧竹般，旋轉著，翩然起舞的銀針或是什麼東方美人嗎？你一定會用階級來想，或這兩個、三個美人兒，像是不論她們待在「茶席老人」（其實他們也並不那麼老啊）這邊；或是跟著那幾個「荒野小隊」的年輕人在山林間原始求生；她們都像戰利品、藝術品、會引起戰爭的「非糧食之類的珍貴資源」。可以想見，因為那群有勞動力，可以在這群山間以野人狩獵方式，繼續攀山越嶺擴張生存空間的年輕人，和這溪谷主人囤積不知還能消耗多久的資源，這群「泡茶說故事」老男人老女人的分道揚鑣，這在大瘟疫後近乎真空的「未來人類文明之芻議」，便裂分為二。白天鵝、黑天鵝、或肚皮舞孃，她們留在溪谷，便是莎翁《暴風雨》般，《仲夏夜之夢》般，老人們虛構故事又確實濃縮隱喻著那個消逝的世界，一齣一齣戲裡的演員。但混入「荒野小隊」，你可以預知，她們未來十年、二十年的身分，就是母親。她們會和小隊裡並不具姿色的矮胖女孩（那些收音或助理），各自生十來個小孩，幹體力活，笨拙的編漁網捕魚、挖掘山芋或徒手抓蛇、抓蜥蜴、設陷阱捕獵色彩斑斕的野雉。當然追獵山羌、狒狒、野豬是男隊員的事。那就是這顆星球上，「新人類」的創世紀了。那些她們生出的孩子們，會讀書識字嗎（可以想見他們的語文程度極差）？有人會被傳遞醫藥的知識，以最簡保障這個脆弱小群，可能的創傷、感染，各種疾病。也許沒有下一代會彈電吉他了（即便那父親群其中一個可是玩音樂高手啊）。他們對自己要扛起「祖先」的想像力太匱乏了，他們沒有收集、保存種子的習慣，沒有節氣的知識。入冬時禦寒的大衣，還是依賴從那個滅絕的文明，運氣好攜帶過來。他們也沒有喪葬儀式的教養，最初幾年死去的人，他們都只是在溪邊挖個坑草草埋了。畢竟他們的「人類最後時光」，曾經目睹城市裡、商家、街道、地鐵站，全堆著瘟疫大爆發後，數以萬計的死屍。

正說著，那年輕人的臉突然燃燒起來，那介於一種物質在高溫中扭曲、焦枯、碳化、發出臭味的快速變化，以及一種精神性的痛苦，不，到後來，他近距離感覺那光焰熊熊的炙熱，以及一種「讓你持續感知他的痛苦」的魔法。這張臉，像一根「惡作劇火柴棒」擦燃後，一直違反經驗法則，不斷燃燒而不熄滅。但火光罩著的五官，那麼的痛苦。

他驚恐地喊道：「這是什麼？是傳說中的『面燃鬼王』嗎？」

他很詫異自己在那瞬刻會想到「面燃鬼王」這個名詞。似乎也是在很久以前，曾經在（那個「活著的世界」）電腦維基百科上讀過：好像是釋迦牟尼佛的弟子阿難尊者，在一個就和他現在置身的場景一模一樣的謐靜山谷，清澈的溪畔，遇見一個滿臉火焰燒著，非常痛苦的鬼王。這就是「面燃鬼王」啊。他對阿難說：三天後你會和我一樣，墮入餓鬼道。阿難非常害怕，跑去問佛陀他該怎麼辦？佛陀於是講示了「陀羅尼施食法」，也就是後來中元鬼節，人們所謂的「施餓鬼」、「放焰口」，後來佛教密宗又極複雜，有煙供、火供、水供、藥供，甚至「水陸法會」、「盂蘭盆祭」，總之，就是用清淨水杯，裝好食物（後來當然演化成超市賣的咔哩咔哩、鱈魚香絲、孔雀餅乾、黑松沙士、乖乖），在黃昏陰涼之處，灑杯水於地（不能灑在桃樹、柳樹下），內心要唸咒觀想，似乎你用無名指朝虛空彈灑，然後所有成千上萬的孤魂野鬼——他們受到的惡報是咽喉鎖住，吃不下任何食物——讓他們咽喉通息，臉上的猛火熄滅，不會持續變化成那痛苦的膿血，與黑暗的恐怖……。

他這時才想起這段彷彿騙村夫愚婦的故事，滿臉是淚，內心震動。這個奇怪的故事、發願，以及後世一直傳下的節目（放焰日），是多麼大的一種柔慈啊。那是目睹了怎樣巨大數量的死亡，屍骸堆疊如山丘，人類的死亡的形態，各種恐怖的五官變形、無頭之軀，或只有纍起的頭顱塚，多大排場的死亡之實感，才會想出這種安慰亡靈的儀軌？

這個山區，從港口隆起，像魚從嘴唇剝開的腦室，裡頭迂迴隱密的透明骨刺形成之迷宮、淙淙的溪澗、某一區深挖入地下的礦洞、小小的鐵道，他們的眼神比那些平地人、大城裡人黯淡，你以為是長年光照不足，像他們不論男女都訥於言，但其實那是一種山區櫛次鱗比隨陡坡疊建，這樣對較窄但垂直朝上之空間、對無數階梯習以為常的人們，他們習慣口耳相傳，對外來者戒懼的數百年演化。這裡的人是地球上最認真，從靈魂深處最虔誠、在七月開鬼門關，「施食焰口」，不論是那些豬腳、全雞、全魚、那些水酒、誇耀手藝的雕刻瓜果鳳梨、所有神仙形貌的捏麵人、那漫天銀紙、冥屋幢冥花園冥僕傭女侍、那些沿著山路蜿蜒的各式燈籠、五光十色……他們耗竭一切創意和虛榮，在招待、宴請、安慰那些與他們並無親戚關係的厲鬼、孤魂野魄、好兄弟、疫病死去的、更久遠之前故事說起來沒頭沒腦的大型械鬥的、死於礦災的……，那似乎是一種把死亡當作最繁華迷麗，最讓這沉默的山區人神魂顛倒，打開壓抑的平庸尋常，如黑色鑲金，不同代人以他們能搆著的「活人的能力極限」、鑼鼓笙簫、神佛演劇、貨車電瓶供電投影在山間空曠地的露天電影（和你經歷的時光一樣，有徐楓的《俠女》、有《空山雷雨》、但也有奧黛麗．赫本的《羅馬假期》，也有《荒野大鏢客》……）。似乎怕族人們迷失在這種「媚鬼」的幻麗，說不出的巨大空洞恐懼，但同時又那麼歡樂、燦爛，他們會在這個「死亡祭」擦燃火柴的第一瞬，豎起一種竹竿上的「燈篙」，請來神明「建醮」，或就是擔心後生們太耽美於這對於死亡的集體激狂。

但重點是，為什麼？

為什麼會在某個時間切面，出現這樣的鐵殼船艦，還沒靠港，黑影那邊就火光蹦閃，一種新奇的霰形空間，港口的苦力和碼頭工人，像風琴一樣嗚嗚、然後不可思議地，那大範圍視距的許多人，頭掉了、腿斷了、腸肚破流，「那是重機槍掃射啊！」店家、騎樓的牆磚被崩出窟窿、十字街延伸進較窄的巷弄，也被這四散的電光和尖銳破空響聲亂灑著。尖叫、哭喊、運兵軍卡呼嘯而過引擎聲，然後是、那讓人心碎的、成為永恆版畫的，那些軍人將十人一列，用鐵絲串過手掌，像賣玉蘭花、賣茉莉花的「省時省費勁」，一串人扔進海中，一串一串的，都是青年，有的已中彈死亡，有的仍活跳跳啊。

落單的、比較費事的，用麻布袋裝著，一併扔進波濤。

這些我都知道的，但為什麼？是啊，為什麼？有那麼深的仇恨嗎？是什麼樣的內心房間，像棋盤上用手指拿起「車」，去吃掉過河後那些擋路的「卒」或是「相」？那麼不對等效率的「清場」？

咚咚咚咚咚咚咚。

屋子外的走廊角落，有一架像機場自動販賣冷飲機那樣的機台，但玻璃櫥殼內只剩一格一格的空架子。那曾經是一種現代科技的自動化噱頭，你隔著玻璃，看上了哪一種罐裝飲料，只要在機台旁的數字鍵輸入那罐的號碼，投幣，就會哐噹一聲，那支撐飲料的爪子會鬆開，掉下機台底的抽屜。那些夾娃娃機其實也是類似的概念。

但那個機台非常老舊了，側壁鐵皮的部分布滿鏽斑。溪谷主人在這青翠山谷之屋，擺上一台這機器，多少有種懷舊、復古的Fu。像他年輕時好像曾去過一有錢人家，在房間就擺了一台七〇年代那種打彈子的機台，兩側圓鈕可控制斜面最下方兩隻像手指的球棒嗎？彈上去那鋼珠撞到不同區的電路，機台便會聲光大作，發出雷射咻咻或爆炸聲，然後前方螢幕的分數像辛巴威鈔票的幣價，幾百萬幾百萬地翻跳。

他只覺得把一台這種應當在街頭擺放的公共機具，收藏到自己家的人，除了任性，還有一種不忘自己街頭出身，一種直男癌的壞品味。他以為溪谷主人（當初應該也花了滿大的勁，才找人運來這台自動販賣機）應該任這機台荒棄，沒有插電。事實上他們這些避疫者，在這溪谷裡的照明用電、或冰庫裡的冷凍貯肉，都是靠一台柴油發電機提供的珍貴「夢外之電」啊。但那天下午，他站在那玄關處吸菸。發覺那機台玻璃殼內，B-8的位置，放著一疊厚厚的信封，上頭收件人寫著他的名字，還亂七八糟蓋了一些中文或英文的郵戳。他想：這老頭也太搞笑了吧？終於也玩起《恐怖旅店》或《閃靈殺手》那套把戲了？當然褲子口袋裡還有幾枚從進這溪谷便沒再使用過的十元硬幣。他投了二十元進去，按下B-8，哐噹一聲，那疊信件掉了下來。

（原來有插電。）

所以這是這個溪谷裡，對著那個已經滅絕的世界，還虛擬、儀式性保持一種，彷彿對「郵政流通」的懷念與假裝嗎？

他撕開那肥鼓鼓的信封，發覺裡頭其實是十數封被退件的信，每一封裡也都塞著五、六張紙然後對摺又對摺。收件人是他的老友W，那每一封寫上那收件人名字、地址、寄件人地址的字跡，都是他的，包括那些已被蓋上圓郵戳、規矩貼上的郵票。他不用撕開其實約略能記起那些信件的內容。（其實有一瞬，他的眼角發燙，眼淚差點落下）。這些信應當跨度十年以上，也就是他從好多年前，持續的寫信給這位老友，當然音訊全無。那上頭的原子筆油墨應當力透紙背、密密麻麻，到後來比較言簡意賅，也是他這十多年心境的變化。年輕時他們曾共同喜歡一個女孩，當然發生一些近乎暗室裡不光明磊落的事，他一直拿夏目漱石的小說《心境》來類比，自己和W間發生的那「一陣黑光侵入了兩個青年對站的房間」。但其實幾年後，他自己的人世經歷，他覺得年輕的那種動輒祭上神聖語言，或詛咒天地的行徑很搞笑，有一天他決定寫信給這位老友。

「我已經原諒你了。」

事實是他從沒收到W的回信，不過多年來，他還是持續給這個老友寫信，像他們年輕時那麼意興高漲的談論杜斯妥也夫斯基，柏格曼的電影，小津安二郎，《紅樓夢》裡的女子，太宰治的自死與三島的自死，他們覺得自己要像梵谷曾經到礦區和那些全身赤裸鑽進地下坑道的不幸的人，生活個幾年，才可能寫出偉大的作品。然後他們約好，要在三十七歲時，像梵谷那樣拿槍轟擊自己的太陽穴。

當然他後來過了三十七，四十二，四十七，五十，繼續活著。這是怎麼回事呢？然後有一天人類全部被這瘟疫滅絕了。但在完全沒有意料的狀態，這樣十幾年來的信，原封不動的退回……那個信封，還沾上那老機台可能之前無數次落下的飲料，其中某幾罐破漏的糖汁，而有種黏黏的觸感。

「我記得那時、已經是深夜了，所以我非常睏，但走進那個房間，怎麼說呢？像一艘星際戰艦的會議室，中間一張長條桌，兩側各有八個像神龕的座位——我想他們是故意要弄成那個效果——流動的黃色、紫色、藍色、粉紅色燈光，那座位又像臥榻又像豪華飯店地下精品街的櫥窗，那些女人披著銀色金屬材質的大氅，頭上梳著油光水滑的鳳鳥髻，有的甚至戴著黃金錘打的魚形盔，她們都戴了極長的睫毛，小指翹著像把小匕首的尖指套，即將那樣坐著、身體仍跟著背景迷幻音樂輕輕擺動。於是我意識到她們是一些明星、歌手。那個空間是一個綜藝節目的拍攝現場。我整個和圍著這長條桌而坐，其他那些打扮成神龕裡、外星人或神祇的男不男、女不女的豪華諸人，非常不協調。那桌上各人面前堆放著文件、咖啡杯、筆電或是耳機。如果說這是一部科幻電影中的情節，她們的衣妝、現場的布置，都太破綻百出了，只能說這是一個綜藝節目（我不知道是找這些藝人來品評美食，或是分享各自的愛情創傷，或是玩一場狼人殺那樣的遊戲？）除了我和這些盛裝而自在彷若在自己的夢遊中，隨音樂那空靈女聲而搖擺的人們（他媽的他們是埃及法老王嗎？還是大唐武則天？還是臉上彩繪了阿根廷國旗的足球迷？還是天狼星人？還是穿著旗袍婀娜倩影，僵屍版的阮玲玉？），這樣的距離，我怵然心驚其中幾個，真的是萬中選一的超級美人兒！她們的五官真是比從電腦視窗看，要精緻，讓人倒抽口冷氣的美不可方物啊。

「那時妳坐在我身旁的『神龕』，那使我安定下來，我也知道我之所以坐在那兒，是妳的關係。妳和其他盛裝豔麗的明星熟悉的話家常，可以看出妳的地位有一定的震懾力，黑影中那些身形矮小（也許這才是正常人類的尺寸）的工作人員有的幫明星們別上麥，有的注意她們的鏡位，這樣一陣混亂後，攝影機那頭的男人次第喊著，『走！』

「然後是那個我孩童時，在永和老屋客廳，一家人圍著木拉簾黑白電視，就看著她的綜藝主持人，如今應該七十好久了，但仍一頭染半邊銀紅半邊雪白的大鳥巢，蹦蹦跳跳充滿爆發力的帶起話題。包括我、包括妳、那神龕裡驕矜美豔的不同藝人，這時全被切換進另一種小框格裡的視覺，那些攝影機在一架上下左右移動的懸空吊台上，像神經質的鷹隼，隨時變換著頭喙和眼睛的不同角度，這些絕世美人、奇裝異服妖姬的臉，突然像非常近距離，切換著她們嘮嗑八卦時，手掩著嘴笑，假裝勒脖自殺、翻白眼、吐舌頭，或是極細微一閃對另個藝人的刻薄睥視表情……都投影在我們前方的大螢幕上。

「奇怪的是，鏡頭，或那個老女人主持人的距焦，帶到身上時，我竟然毫不怯場，表現得非常好。我掌握住一個三十秒吧，給每個人有限的時間段，極巧妙說了個笑話。那些女神，不，鮮衣怒冠的女藝人們，都笑得東倒西歪。我完全符合這次將我安插進這『星際戰艦會議艙』，那種凡人既可笑但又睿智機鋒的效果。女主持人也非常漂亮地接了我的話，然後那像鷹隼的攝影機，又移向對面一個金色大翻領戴著王后冠冕的九頭身傻逼名模。

「我感覺到妳在我身旁，那像潺潺溪水的無盡柔情。我幾乎可感覺到，妳從妳的神龕，桌上伸手過來，像愛撫著妳的大黃金獵犬那樣，『Good Job！』安撫砰砰的心跳。讓我知道我是最珍貴的，眼前這些人都只是劣質贗品。我覺得那麼疲倦、安心，竟就在那影影綽綽，時而強光如刀刃切片橫劃，那些女人像雞啼顫笑的空間裡，睡著了。

「沒想到話題輪了一輪，不知過了多久，強光和所有神龕那些天女菩薩的臉，又全集中到我這。

「『啊，他竟然睡著了？』

「女主持人嬌嗔著說：『我作節目五十年，第一次有人在我的現場睡著！』

「她們笑得花枝亂顫，那簡直像傳說中的喜劇天王才如此收放自如作出的效果。那些埃及豔后、武則天、天狼星人、僵屍阮玲玉，全大笑對著妳說：『會紅！這傢伙會紅！』『我們家小姐是去哪尋來這樣一個寶貝？』『這是當年星爺演那個濟公活佛的下凡再世吧？』」

他說，很奇妙的，有一天他發現陽光無比燦亮，像之前灰濛濛的那一切冬日印象、大滅絕時光惶恐在全是人類死屍的城市，孤獨駕車大街小巷亂繞，或後來和這些狼狽的倖存者進入這溪谷，似乎那一切都沒發生過。他脫衣潛入溪水被矮壩攔住的那段，水涼徹心脾，但照在頭臉上的日光，那麼暖，這真是幸福。水底的流光之圖案，像光蜘蛛吐出比他們還炙亮的銀輝之網，或像陽光玳瑁的龜殼之紋，又像玉髓內裡如絲如霧的靜態閃電。他被這水底的天堂之景，照亮得內心滿漲宗教性的感動。

他說：「那其實很像那天那個錄影，妳就在我身旁，我聞到女性從腰腹發出麝香的芬芳，我有一種從年輕就忘了的，整個人在那一刻從骨子裡好累、好疲倦的感覺。就是我從沒被人真正愛過。但那時我心裡想：我竟然被女神愛上了。原來被愛是這種感覺。」

她動情地說：「你從來沒告訴我這個……但為什麼？那次錄影之後，你就跑掉了、消失了？我以為你非常憎惡我拉你進到那個場子，我以為要那樣徹底、絕對的消失，一定是極大的鄙視和厭惡……」

「不，不，我對那一切看得很淡泊，但我那時有一種感覺：我會成為妳的男人。那些活在電光幻影中的明星、她們會耳語說『那是她的小男人、凡間的樵夫、一時喪失心智迷上的玩具』，但我知道，我會從那次錄影之後，在那個世界發光發熱，那沒什麼，也許我是個天生的卓別林。原本的這個幻影森林生態中能感受的事物，缺乏足夠的教養和文化，但她們慢慢感到匱乏和單一。人生是一場戲。我的滑稽、無辜、倒楣，會是那個虛無擴大器、投影器，真正要的……但管他娘去的！那次錄影之後，妳臉上還敷著銀色鱗粉的蜜妝，妳對我眨眼，像是無聲的歡呼，成了，成了；但又像心疼我在一莫名愚昧的狀況，受到那些濃妝妖姬們的調笑戲弄。我想對妳說，我就是一隻藏獒，她們就是一群紅杜賓吉娃娃西施啊，別掛心，我到我們熟悉的那家咖啡屋等妳。妳安心。

「然後我就走出那個攝影棚，啊，不，我走出那建築，才發現外面是一階段廣場，中央豎著好大一面電視牆，原來剛剛在那『外星戰艦的會議艙』進行的一切是現場轉播。舞台上還有之前神龕那個天狼星人、拿著麥克風用海豚音『喔啊哈哈哈哈』的飆音。那裡至少站著一萬個人，我的感覺就像剛剛說在溪底潛水，那投影在青苔大石、石之渠槽上的『光之玳瑁紋』，我和人潮摩肩接踵，那都是一些年輕男女的身體，然後我走到外圈靠近馬路的地方。這時我發現我的手機掉了。」

「啊。」

「是的，那就是我的宿命。我總是在生命最重要的時刻，會出現最倒楣的狀況。事實上，我能和妳聯絡的方式，只在那手機上。我根本不記得妳的電話號碼，於是我只好又鑽進那水潮般的人群裡，我有一種感覺：童話故事裡，那個幸福捕撈到美人魚的漁夫，或抓到女神變化成鶴的樵夫，他們為何一定會恍神，在某個不該犯錯的小地方犯錯，而永遠失去和神祕之境相通的關鍵？」

「這時我才意識到，之前待在那『星際戰艦會議艙』，那一個個神龕，那些虛偽、高傲、勢利的超現實妝扮的女人們，那個空間其實很像一枚什麼上億積體電路的芯片，它像一具宇宙擴大器，可以把（我也曾置身其中）這些人形、發生或表演的一切，投影成極光那樣巨大、旋轉如裙裾的光幕。當我跑到外面這個世界，我就和身邊那上萬個抬頭、挨擠的人群一樣，是螻蟻那麼小的存在。

「但我要怎麼再回到，妳還在裡面的那個，『星際戰艦會議艙』，或是攝影棚呢？」

她泫然欲泣：「你別說了。我現在才知道原來是這麼回事。我當時心都碎了。我想我真不該把你帶進那個一屋子全是虛偽傢伙的那棚裡……」

他說：「我在那建築物外，遇到一個戴棒球帽的小T，她是之前幫我別麥克風、簽車馬費領據的工作人員之一，我告訴她我的手機掉在攝影棚，她非常好，讓我站那等一下，她跑上去幫我找。但二十分鐘後，她回來，妳知道什麼狀況嗎？她拿了五支色彩奇炫，螢光紫、粉紅、造型怪異的手機，那都是那些來錄影的明星遺落的，但沒有一支是我的手機啊。」

她笑了起來：「你就那樣消失了。我後來和我一個姐妹淘說：這個男人是從哪冒出來的啊。不會是像非常久遠的一部老電影《似曾相識》，那樣一個『穿越時空者』吧？」

他說：「真的，回想起來，那好像還是諾基亞手機的年代啊。」

「天啊那是多久以前的事了。」

第八章

溪流出現一大批死魚，一種非常陌生的銀色，像很久以前看過哪部影片，中國哪個考古隊開挖哪個貪官的地庫，整罈窖藏的白銀，鑄成銀鋌、銀餅、銀板、銀魚，晃亮照眼，沒有任何「它們是死物、是屍體」的不安。也許這一個月來天空出現的極光，像溪谷主人判斷，可能大陸沿海城市的幾座核電廠，都因停電，冷卻系統停止，發生核爆了。偶爾夜晚我們抬頭看著如夢似幻的星空，一道一道的流星，他們也笑著說：「那都是大氣層那些失去指令，墜下的人造衛星啊。」

一千年後，一萬年後，人類的這次滅絕，是否反而重新誕生了一個綠意盎然、動物充滿生機的美麗地球？

這個溪谷翻過兩座山，一百年前就是「亞洲第一」的金礦礦山，當然後來變成銅礦。據說太平洋戰爭爆發，日本在這一帶銅礦取得大批製黃銅子彈、船艦炮彈、炮管的原料。但上百萬噸的黃金，究竟由國民黨接收，運至上海，之後內戰變局，又以金條模式軍艦運來台北，這都是撲朔迷離的傳聞。侵略、佔領、動用當地土著挖坑進地底，鑿空藏埋這地方的貴金屬，用遠遠領先的航行船舶將之運走，這好像是任何「殖民」最甜美的夢之蜜果。譬如西班牙人之於阿茲特克人；或那些外星遠古神人控說的阿努那基人降臨地球，通過基因工程創造我們人類，就是為了幫祂們大量開掘地球的貴金屬啊（很可惜，現在我無法上網，搜尋那些神經病，關於金字塔、阿努那基人和祂們的尼不龍行星（因為濫採過度，這顆行星的質量過輕，造成大氣散逸，所以阿努那基人找到了地球，用基因設計圖造出人類，幫祂們挖金礦，讓祂們帶回尼不龍星當「壓艙石」）。）

（我記得從前我可被這些網路上的、信誓旦旦、胡言亂語的奇文，逗得笑死了。現在卻非常懷念。）

我記得這些怪文，最愛下的一個標題就是「細思極恐」。你看到這四個字，就忍不住點進去讀它。有一篇我印象極深的，叫〈二十五號宇宙〉：好像是一個神經病，做了一個「老鼠的天堂」，用系統供應永不竭的食物和水，有穩定的空調，沒有掠食者，放入八隻老鼠（雌鼠雄鼠各半），這完全是老鼠的烏托邦，美麗新世界。但當老鼠繁殖的數量，增大到六、七百隻時，年輕的老鼠與老一代鼠之間的「社會行為」發生怪異改變。活得太爽的年輕鼠變得自戀，對求愛不感興趣，被稱為「美麗的小鼠們」。牠們不再繁殖，變成夢遊者或躁鬱病，遠離同類。這個實驗不到五年，這些原本該活得無比爽的老鼠，卻因不再繁殖交配，終於滅絕。

網路貼這個〈二十五號宇宙〉的人，一定會來個「細思極恐」，「人類命運的預言」。

我眼前的溪流無比清澈，那藍銀色的死魚，像溪谷主人刻意挑選形狀（像巨硯的黑石，每顆石上又有金暈、金花、魚腦凍、天青、火捺、甚至鷓鴣眼這些美麗的「石品」）、大小，堆成的小攔水壩。那些魚像一片鋪在那的銀箔。好像空氣中沒有細菌去造成這些屍體的腐敗。我抽著菸，內心卻對昨日小說家說的那個故事，「丹紅和她的小姐」，像湍溪潮動不已。

對我而言，這個故事，「細思極恐」的就是，那個失去時間重力，那個你搞不清楚是狐仙花鬼，還是另個次元的數碼？那個「小姐」，最後說的一句話：「我已經不喜歡你了。你是早就不喜歡我了。」

我想說的是，人類穿行過空曠大地，我族單薄、忐忑警覺，漫長（而其實不值這宇宙，乃至這星系的一個夢中呵欠）的演化史，到我所經歷的這個階段——沒想到我會是目睹人類滅絕，像那「二十五號宇宙」最後死去的幾隻老鼠，我無能力去拉高視角，言說這一切是怎麼回事——如果有一個標題叫：「愛在瘟疫蔓延時」，那真是難以言喻、分光錯霧，必須將左腦和右腦分裂，才能說說我的感覺：恐怖與哀憫。一如古希臘人看完《伊底帕斯王》、《米蒂亞》、《被縛的普羅米修斯》，那種遠超過個人精神承受力的，不知從哪個環節能攔阻最後的天崩地裂？人類當然和病毒，打了上萬年的交道，不，在之前更有細菌、真菌。但終於還是在這個發明了網路、AI、甚至量子電腦、基因工程的「最後二十年」，眼看他樓塌了，死滅於那個連生命都不算是的，微形序列。但其實在「瘟疫蔓延」這個時間副詞作為這個「最後整星空的觀眾席空無一人」的，人類這種宇宙小丑、星球惡棍、巨量毒氣排放者，其它物種感受時光的滅絕者，終於，終於自作死的替自己拉下舞台之幕。你可以想像：鯨、鯊魚、北極熊、老虎、鷹隼、丹頂鶴、天鵝、眼鏡猴、蠑螈、捻角山羊、海牛、恆河鱷、椰子蟹、犀牛、大象……這麼多物種全鼓掌狂歡！蒼天有眼！

但我不是要說這個。我想說的是「愛」。（是的，「愛在瘟疫蔓延時」裡的那個，像人子耶穌凌波走在水上，在一切空洞、死滅、下沉的全景上，奇蹟似走動的那個字，「愛」。）在病毒弄花了螢幕、關掉了電源，摁下了停止鍵之前，其實人類這個物種——你不知道他是恰好就在這次滅絕，或僥倖跨過，又於地球存在一千年、五千年、一萬年？——但確實「愛」這個字，恰正在一個「詞的碎裂」，像高速攝影機拍攝一顆狙擊槍子彈，射進一方水晶球，那個無以倫比，銀色蛛網四面八方瞬刻布滿，每個發光體離開彼此，一種濺灑同時形成氣泡膜的豐富感覺。「愛」這個字正比「人類」被病毒擴散滅絕，更早一些些的時間差，其實「愛」也被屬於它的抽象維度之病毒感染。

舉例來說吧，我年輕的那年代，有一個瑞典導演，柏格曼。他有一部電影《第七封印》，其中有一個畫面：一個武士和死神下西洋棋，他用盡一切心智，拖住死神的鐮刀和沙漏。但其實他們棋桌旁的小村鎮，正因瘟疫，所有的人猙獰悲慘地死去。但這幅海報——武士和死神對弈以窮盡最後渺小，能救贖人類的一絲可能——深深震撼了我那一代人。

但我其實想描述的，不是一張棋盤，而是一枚骰子。但這枚骰子所代表我對於「人類之愛」的慨嘆。它已不是六個面，各鑿一個凹點、兩個凹點、三個、四個、五個、乃至六個凹點。它被隨機甩下，旋轉、停下的那個面，譬如四吧，那就是一個四維的、凹陷蛀蝕的洞中之洞。每一種數字及其展示的蝕骨潰爛、眼洞、鼻洞、割舌的痛苦之臉，正就是人類對於「愛」這個字的魔化、放射性、泡於酸液。你可以想像是一個鏽毀的四方體結構框，每一面布滿蜂巢般的窟窿，從一潭黑稠毒漿中打撈，像溶解的起司。其實那些擴大的圓洞，正就是我置身這人類最後二十人從遠古擠在這艘諾亞方舟上，怎麼會不知道這麼絕望的真相？誠實思考這「在之外」的人，不是瘋了、就是自殺了。五，五隻手指頭，仁義禮智信、金木水火土、幹你娘雞巴，人類後來病毒化、數位化，但最核心就是用五根心念一動，伸出去，長短不一的醜陋節肢在丈量他之外的宇宙萬物，古代暴君要某個哲人說出他愛聽的話，就先用鐵鎚砸碎，或用老虎鉗夾斷這人五隻手指的其中之一，那個哲人必然發生思辨的混亂、錯焦，再不說話，再拔去一根手指，這比斷舌或切去男性生殖器還要險惡的「摧毀記憶體」啊。六，魔鬼的數字，六個小矮人，不，不是七個小矮人嗎？但人類的罪，就是不知發生了什麼事？曠野上站著六個小矮人，沒有白雪公主，然後也少一個小矮人。他們姦殺，然後吃了他們倆？或者是後來的子孫祭祀的祖宗畫像，只有白雪公主嬤和那唯一一個小矮人公。其他六個，早在遠古，就裝在六具孩童尺寸的棺材，埋在森林裡了⋯⋯。

我要講的，其實就是憂鬱症啊。但其實這個憂鬱症，又不是所謂專業精神科醫生定義的憂鬱症。它比較像是，我這樣的人、從十三、四歲，經歷二十多歲，然後三十多歲、四十多歲，回首我們這代人曾經「逝水年華」、「黃金昔時」，曾經殞落的閃閃發光的，譬如張國榮、梅豔芳，譬如麥克・傑克遜、最後那一年摔機的柯比・布萊恩，譬如中森明菜……很悲傷的是，我這麼想的時候，腦海中竟然沒有浮現「我們這個時代」，任一個譬如三島在電視直播切腹；或海明威用獵槍轟爆自己的頭；或川端吸煤氣自殺。似乎我的時代，就連悲劇性，都是由浮花浪蕊，金粉幻影的人造成的搖晃感。很多時候，我想是地球上的人類，從不曾在歷史的任何時期，他們的大腦在空氣中那麼密集的電磁波的包圍與穿透；他們的眼球，也比任何一個時期的人類，長時間盯著一個發光螢幕，快速地翻跳。那像放進微波爐裡的一顆生羊頭，十五分鐘後它就熟透了。人甚至不是分崩離析，而是纖如蛛絲、細如風中粉塵，非常細的四面八方耗散著，像一匙奶粉灑進泳池，那樣稀釋。

但這都是這二、三十年來的陳腔濫調。我朋友的孩子、我朋友、乃至我自己後來，所有人的眼瞳都像那些「喪屍片」（這也是二十年前無法想像的票房必贏類型），眼白不見了，眼睛魔化成黑色，不，應是一種凹陷的負能量場，所以所有的折光都無法反射，都被那兩個眼洞吸進去了。這可能是所有物種，演化中「眼球」這種東西以來，最迷戀光、幻影、光爆、流光四射，貪婪地注視著那各種裝扮成光的低俗趣味，定焦輕微的跳動，手指以為跟得上眼球所映照的那些殺戮、大胸脯鎧甲女神拿著中世紀神話的寶劍，槍枝上膛咔咔響然後轟爆某個光影構成的形貌可憎之敵人，聽見他的慘呼和血肉橫飛的特寫。

我曾經深愛一個女人。

曾經發生過的事，就跟沒發生過一樣。

這兩句話併在一起，就是我此刻想說的，我這一代人，站在一種（在滅絕來臨之前就已如此了）流沙河，遠大於我們腦殼裡框住的那對左大腦右大腦，很努力想想起什麼，如此手足無措，如此孤寂，也無人在乎你「曾經」怎麼了，因為，那像是一個原始抬頭看著整片星空，銀河穿過畫幕的中央，然後突然像有個管理員把電源關了，那整片突然無限的黑。也許在這「關機」之前，曾經歷了一段短時光，天空上所有的星子全發瘋地亂竄、狂舞、沸跳，像巨型風扇吹起粉塵……我就是這種感覺。人類集體的意識，全混在一起了，要知道那不是一間地下室的一千個人集體吃了搖頭丸，在轟咚轟咚的電音雷擊下，互相蒸騰汗臭和胯下氣味，手中拿著細柱狀玻璃瓶，頭髮亂甩，碰撞著彼此。那是幾十億人的意識，全吃了搖頭丸，咚茲咚茲的無數蛇狀閃電，交纏、上升、螺旋、共伴，混成一個巨大的蕈狀雲、極光，不，地球表面的雷電光膜。然後突然就，保險絲燒斷了嗎，全部的光粒與聲響，消失了。萬籟俱寂。

然後我回想著我和這個女人的愛情故事。我記得最後的時光，我走回我們共同的那公寓，打開燈，她總是坐在客廳那張沙發哭泣。我不知她在那黑暗中哭泣幾個小時了。她已變成眼洞深深凹陷的老婦。她曾是美如春花的女人。

就像那首歌詞：

「她們都老了吧？她們在哪裡呀？

她還在開嗎？

她們已經被風吹走，散落在天涯。」

我有沒有對不起她？容我明澈如水，沒有一絲情緒地回答：沒有。

那是怎麼回事？這正是我要說的，關於憂鬱症的故事。

我無法點上一爐香，然後開始說故事。因為這不是城市傳奇，你們也不是在一昏黃街景的書店，從陳列許多本其他書的平台，拿起一本小說，結帳，回去讀這個故事。我們此刻，就是在這顆星球的萬籟俱寂，在這個溪谷，最後這幾個人在互相說故事。

很奇怪想到我和她的最後時光，我好像踮著腳尖，輕聲說話（其實完全不必如此），告訴她我今天帶了虱目魚肚湯和雞肉飯。我好像在自說自話，但我想起的是那段時刻，她會起身、走回臥室把自己關在裡面。似乎我對她說這些話，舉起那垂甸的裝了湯水飯菜的塑膠袋，就是一種可憎的事。甚至我開門回來這件事。然後我會在內心作一個（其實並沒有）好像我點了根菸，吞吐煙圈，讓自己的焦慮平復的動作。然後我坐在那她之前不知坐了多久的沙發，打開電視，打開Netflix，看一個美國影集：關於一九七〇年代，美國FBI，一個年輕帥哥探員，和他的一個壯漢老大哥搭檔，他們在當時全世界還未建立所謂的「變態連續殺人狂」的精神分析檔案或理論的年代，搭著國內小飛機，或是兩人開著那種老時光的雪佛蘭（車體極長，極方）在公路跑，到不同州的州立監獄，用那種最早的錄音機，去記錄那些變態殺人魔——連續殺了十八個落單女性，最後把他母親的頭砍掉，然後用那顆頭顱替自己口交；或是把老太太重擊至死，把她的小狗割喉；或是連續將不同落單的女生，殺死後割下乳房、割開性器到肛門，割下連著頭皮的金髮——這些變態殺人狂，都是白人，從小被父親拋棄，母親非常強勢粗暴，他們面對偵訊，多疑、狡猾、表演出禮貌且受害者的模樣。取得信任後，有的侃侃而談，像是一個藝術家談他創作的神祕時光，「為何人們喝完可樂，會順手將那罐子捏扁。」那種脆弱而充滿致命引力的瞬間。他們都是社交障礙症患者，少年時其實都是柔弱而被霸凌的男孩，尤其是被那些女孩們瞧不起⋯⋯。

但為什麼我會想起這個「背景微波」？事實上那和我妻子的憂鬱症並沒有任何關連，其實這個世界的粉塵、電訊、那些極細鱗片般的閃光，像某些藍色的油漆潑灑在我或我妻子這樣的人的臉上、身上、手背、頭髮上，黏附著。我不太知道「能量守恆」在這件事上，可以作怎樣的數學公式換算？但確實我想說我們的愛情故事，恰正就是我們（那麼平凡、善良，愛討人喜歡的一對年輕情侶），走過我們的時代，然後能量愈來愈弱的一個過程。

我的妻子在更晚一些的時候，會像沒事走出房間，乖乖吃完我帶回來的那些外食，然後我會陪她坐在那沙發，繼續用那台大螢幕電視，看一些默片般的個人影片：某一個人在山野中，非常專注的鋸樹，然後用各種尺寸的鋸子，就是一個非常耐煩的木工活，將那些大小木材，分成木板、接榫、長木棍、短木棍⋯⋯，這樣那樣，最後他會作成一張桌子。或是剖一排竹子的皮，非常多，然後耐煩地將那些薄薄的竹皮，編織成一個竹簍。或是用泥巴壘一個土墩，最後你發覺他弄了一個柴窯，然後再用挖出的土，碾成粉，和成泥漿，手拉胚成一些泥碗，放進那個窯去燒，變成一些（憑良心說滿醜的）碗或盆子⋯⋯。

這一切都像默片。但完全不會像卓別林那些影像，有任何讓你意外的搞笑。就是那麼寂靜的，作一件正經事。

我們這公寓所謂的「客廳」（其實這個空間就像一個貨櫃的內部）盡頭，有一個水族箱。之前養了一隻「黑魔鬼」（那是一種電鰻。據說原本是南美巴拉圭河裡，一種當地土著相信死去之人靈魂會寄棲其內，游動起來那黑色蕾絲裙般的鰭，確實有一種說不出之鬼魅、神祕的幽浮之感），牠本來有一隻兄弟，但養的第二年就死了，剩下那隻，竟孤獨在那缸中活了十五、六年。因為是電鰻，所以整個水族箱裡，不能養其他的小魚、蝦類或垃圾魚，除了潔白的底沙和幾株小白菜葉形的水草，過濾器打水的馬達聲，那真是個孤寂的透明囚室。牠的食物是一種必須放在冷凍庫的，壓成一片片薄方塊的數百隻「紅蟲」屍塊，我必須跪在地上，用鋤頭將之擊成每片指甲蓋大小的碎冰，每天丟一塊到那魚缸裡。感覺只有在那時——那浮在水面的冰塊融化，細細的紅蟲如雪片緩緩下沉——牠才從缸底一個人造洞穴中游出，款款擺動，追逐啄食那些鮮紅色的，其實蠻噁的蛆屍。

不過牠後來死了。那個水族缸一直空在那，也沒有每週換水，也沒有打氣過濾器的低顫音，水其實某一次也被我抽出，只剩底沙積著一些水。再就是玻璃箱內側附著整片綠色的藻或青苔。其實它也還是一個靜靜的生態系，而我也失去了替這方寸之境，重建一個生機盎然、游著不同孔雀魚、極火蝦、琵琶鼠、燈管魚的人造天堂。

有天夜裡，我從我的書房（就是這長方形公寓最靠外的一個，像門房警衛屋的小房間），穿過客廳，到屋子最底部的廁所，經過那水族箱時，我發現那頂罩的日光燈開著，是否從那隻黑魔鬼死了之後，它就一直開著？我竟然沒印象了，但此刻那成為這屋中黑夜唯一的照明光源。我一時心念閃動，低頭朝那缸底瞧。但只見那積水的白沙，在這樣影翳昏暈的視覺，竟有點像什麼 Discovery 上拍攝的火星表面的沙丘、礫石、隕石坑、運河、峽谷。我注意到沿著那底沙中央積水像一條蜿蜒溪流和周邊的壅塞湖，非常微小的，十來個淡褐色的小東西，似乎在晃動著。怎麼說呢，那像是梅雨季會整批出現在路燈光暈下，瘋狂飛舞的水蟻，那種像老女人的肉色絲襪的笨重翅翼，牠們像喝醉一樣拍打那感覺陳舊、積灰塵的贅物，之後那翅翼就真的剝落，牠們變成濕地上亂爬的醬色環節蟲子。就是那種對於「生命」，極難得的噁心感，但縮小一萬倍，就在我眼下的乾涸魚缸底部。當然可能是我吃了史蒂諾斯（我每晚必須吃到三顆才能入睡）後的幻覺。但不知為何，我確定那是妻子的傑作。她在這最後的躲藏之屋的，「孵養計畫」。

那是一些超級小人兒嗎？我不知道，其實理性地說，我不可能肉眼看見，但確實很像在電子顯微鏡的光屏，看見的那些病毒。你以為那就是一叢精靈菇啊，或是在月球那重力，降落又輕輕彈起的登月小艙。

「你們相信的這個宇宙，其實是你意識出來的，你發明、想像出來的。它有太多不合理的設計，我們無法窮究找到源頭。」

我的妻子，在她徹底被憂鬱症擊毀，退回這個「家屋」之前，其實她的工作，是屬於國家機密管制，也就是說，她在她的工作領域，做些什麼，和什麼計畫有關，發生了些什麼事，全部是高度機密，即使最親近的人都不能知道。當然，後來我知道，她是在一個叫「P4實驗室」的神祕單位，其實就是最核心的（「裡面的裡面」），最少數的那不到十個人之一。她當然有她的專業，「基因改造病毒」（CRISPR/Cas9），我模模糊糊知道他們是未來對付癌症、遺傳性疾病、甚至超級細菌的「繞路攻堅」。

我記得妻和我剛在一起時，我常帶她去北投一個老街區，小巷裡一間中藥鋪，和一對被過去的不幸困住的老夫妻聊天。那位太太是我母親中學時的摯交，而這位先生，在那個年代的本省人，就憑己力念了師範大學，可以說是菁英中的菁英。但在我母親口中，此人恃才傲物、憤世嫉俗，乃至後半生像圓規給那個家投下陰影，他原本在當時數一數二的台灣壽產公司，非常受到董事長的器重，手下甚至管一個非常國際水準的交響樂團，而他那時才三十多歲！但後來這種大家族企業，到了權力核心，你個外姓人根本只是各房鬥爭的棋子。幾番佈局精巧的董事會巷戰、幾番被當作棄卒，慢慢理解後面的奧妙，他憤而辭職，但沒想到從此就再也找不到工作（因為他的履歷已是嚇人的重量級企業主管）。他去學中醫，但因為人落落寡合，不擅攀緣，甚至仗著自己讀醫典的天賦悟性，和中醫老師抬槓，總之沒能闖出個名堂，反倒是那太太為了先生去學抓藥，也為了他盤了個店面開了間小中藥鋪。

這位先生，和自己大稻埕老家的兄弟姐妹，近乎仇讎，不相來往。但他們那個家族似乎是極會念書的一支，姪兒外甥多有唸醫科的。先生也執著於這個封閉系統內的比較，對他們一雙兒女的成績，有一種病態的嚴苛（競爭意識）。

但他們的大女兒，聯考時失常了，「只」考上東吳外文系，這在那父親抑鬱不得志，家裡從原本算布爾喬亞的空間，驟換成市場阿婆人進人出的衰頹中藥鋪，女兒聯考的結果，被無限放大成「父親仇恨以對」，連年輕女孩最簡單的買些時髦衣服，和同學出去玩，都被痛斥「墮落」、「丟家裡的臉」。女兒可能性格和父親一樣倔強，於是父女陷入一年的冷戰，並沒有因果關係，純粹只是噩運，這女孩大二時突然得了猛爆性肝炎，送進那間帝國建築的醫院（那父親很多年前就一直要兩個子女，「長大後要考進去」的，像命運離心器，可以蛻脫平庸階級，而成為神性之人的神祕金字塔），三個月就過世了。

這對那夫妻的打擊，像懸吊鐵球把積木搭的小城堡，徹底擊垮。據說女兒彌留時，全身腫脹胖大完全成另個模樣，他們買了女兒之前盼想但被嚴斥的日本名牌皮鞋，還有一些昂貴的洋裝，「妳看，好了以後，這都是妳的，要什麼都買給妳。」但女兒在還和父親冷戰對峙的某個沒機會和解的凍結時刻，這麼激烈，無法抵抗其後威力的死去，讓這先生內心開啟了一個極陰鬱、自我譴責的精神官能症隧道。

他表現在身體的怪異病痛，一次簡單的痔瘡手術，後遺症不斷，長達十多年不同醫院的看診、精密儀器檢查，每次排便如同上一次刀山的痛苦，於是狂投擲軟便劑、抗焦慮症藥、止痛藥、強力安眠藥……。總之，我與年輕的妻，造訪這對「中藥鋪的母親之故人」，他們就像梵谷畫中憂愁的人，那先生已徹底被命運摧毀。

但這裡，我便想起「物質的替代」，或是病毒在宿主細胞內，可能和宿主的染色體形成互相的改造。先生和太太，不知從哪一些特點，認定妻和他們那死去的女兒，無比相似。而年輕時的妻，確實也有一種對先生這樣父輩，卻承受那麼多不幸，一種哀憫、心疼，所以不自覺在說話時顯露出「女兒」的嬌憨、懂事、貼心。譬如每次造訪，她會帶上一盅什麼「居仁堂」的川貝枇杷膏，或木耳燉紅棗，或一些少女喜歡的精緻包裝的古早年代蜜餞。每次我們走進那陰暗的藥鋪後廂，先生和太太的臉，啊，那麼明顯，就像深海的鮟鱇魚，突然捻亮了頭前懸的小燈，整個明亮起來。

我們變成一個禮拜必須去探望他們一次。這在當時自然有一些困擾，你感覺他們在「等待」著妻，而他們是那麼無害、悲傷的人。但那似乎移形換位，像是他們在等著，那個魂飛魄散的女兒，那麼單薄、螢光一般的一部分，寄生在這個原本不認識的女孩身上，一週來給他們聚一次那缺憾的想念。年輕的妻自然也收到他們贈與的一些過於貴重的，金手鍊、蜜蠟手珠、珊瑚……近乎信物的禮物。

我記得當時我母親有點不太開心，似乎她的這位準媳婦，和她一生最好的朋友，怎麼母女情超出和她的義理關係？而同時，我們似乎也感覺到一種困擾（每週必須去一次），一種看不見的，不對等的，感情像大樹的根鬚，在地底愈扎愈深，有點呼吸不過氣的窒悶。

但主要是人世的時間，太長了啊。如果我們是病毒，是否那個翻跳時刻，就像蝕版畫鏤刻下最美的靜態？但後來我們結婚了，各自越過三十歲，在各自職場經歷霸凌、低位者被榨乾勞力和尊嚴，自我對羞辱的內在調整種種，其實就是「我們自己的人生」，當然無法一週去先生和太太家一次了，後來甚至變成一年去探望一次。我們不是故意的，但終也演出了「無情的後生」的戲碼。妻當然不是他們真正的女兒，那很像一種破敗戲台的小劇場，終於無力支撐而解散，然後我們過了四十歲，如許多人一樣，我們婚姻發生了很多問題，然後各自在工作上也層層累聚了一言難盡的翳影、沉鈍的傷害。好像中間隔很多年沒去探望先生、太太。有一次過年帶禮去他們家，那時先生已得了很嚴重的帕金森氏症——我是從我母親那聽來，不止癱臥床上，甚至腦袋不清楚了。總說屋內有一些「他們」在盯著他，甚至要派戰機以非常精準的衛星定位，轟炸他們家，他不良於行，還要太太攙扶他逃出那屋子——那次先生在屋內聽到妻（那個遺棄他們二老的女兒）到來探望，厲聲大喊：叫她走！緊走！別讓她看見我這難看的模樣。

另一件事，跟這對老夫妻沒關連，但我這時突然想起，或也和她的憂鬱症，有一種唰唰連續投放的幻燈片效果。

有一次，妻開著車，打了方向燈，從路邊停車格將車頭開出，一個瞬間，一輛超速的機車撞上她的車前側，隨著機車燈罩碎裂的聲響，那個騎士摔飛出去，落地在前方幾公尺處。還好他戴了全罩頭盔。我的妻子受了很大驚嚇，完全沒理什麼找交警作現場事故責任歸屬（如何看也是那小孩騎太快了，才沒看到要轉出的車頭方向燈），先扶起那孩子查問他還好嗎？孩子非常驚慌，說沒事，就是膝蓋磨破了，我妻子開車載他去一旁的醫院（她就是在這所醫院的附屬醫學大學教書）急診室檢查。對方的阿公也趕來，拚命鞠躬道歉，妻想用一個對人與人溫柔信任的方式處理，她說你們不用擔心。看醫藥費還有修機車一共多少錢，我來出，小孩沒事就好，我也是恍神了（她不該說這句的），但因為她是個膽小謹慎的人，光是從路邊停車格把車頭探出，我深信她必然仔細看了照後鏡，那個打方向盤催油門的動作，絕對是這地球上最慢最慢移動的一輛車。

但一個禮拜後，她收到那年輕人的要求賠償清單：十萬元。我們笑說那可以買一輛非常好的拉風的新機車了吧？修理費報了七萬多，然後「無法上班導致工資損失」也報了三萬。妻生氣了，決定上交通法庭。問題是第一時間現場沒有交警去作拍照、筆錄。她和那男孩在警局，她對著警員娓娓道來說了經過，那年輕人始終低著頭踢椅子的腳，然後她發現那警察和男孩似乎是舊識，他們輕浮地開著玩笑，走進來的警察還去巴那小子的頭，警察根本像之前那一十分鐘她說的全是空氣，只是跟她說，我勸妳就八萬塊和解好了。這送去地檢署恐怕對方會告妳傷害罪。那流程跑下來妳會累死。然後眨眨眼，小聲說，這些傢伙，是一群的，每個月都至少進來兩、三次。她想：難道你也是跟他一夥的？那之前那個眼神清澈、悲苦的阿公，難道也是這整個「假車禍詐領賠償金」集團中，配置的一個演員。

她從心底靜靜地被激怒了，堅持上訴，交通仲裁委員會、法庭調解人、最後是檢察官，寄來的掛號信因白天公寓沒人，退回郵局，再被退回地檢署，然後寄來更嚴肅的公文。一路遇到的，坐在審判席上的，全都是恐龍法官，沒有人聽她那文藝腔的「事件」描述，沒有當時的交警紀錄和攝影，所以他們全認定是她從路邊衝出，撞翻那駛過的機車騎士。也沒有行車紀錄器能調出那機車當時速度。

這是一件非常細微渺小的事。

後來她選擇退讓，付了八萬元「和解」（那對我們家也是一筆不小的錢），她對那恐龍法官說：「謝謝妳摧毀了我對人類之間，最微小的信任和愛惜。我原本相信，人和人之間，該柔慈相對，但是妳讓我知道不是這麼回事。」

有一些 YouTuber 唬爛一些堆砌起來確實費解深奧的謎：「費米悖論」、「宇宙大爆炸之前那是什麼」、「為何光速不變」、「人類在地球才一萬多年，竟能達到現今完全和其他動物不同高度之文明」；或是「熵之鐵律，宇宙未來一定崩解消失，所有星系燃燒殆盡，一片黑暗」……於是轉彎成「其實這個宇宙是意識構成」，人，所有和宇宙大小相比，如此微不足道的小小地球上，幾十億人類，其中之一的你我，所有的知覺、意識、回憶、如夢似幻的這一生，其實都不過是最初那奇異點，那一整團超巨意識中，小小的一星灰燼。大爆炸發生了，這兆兆兆兆兆級的意識分崩灰散，四面八面比雷電還快的噴射。我們的人形軀殼，或那左右大腦，只是截獲、收集了其中兆兆兆兆兆兆兆兆兆分之一的意識。所以為何我們思想去探索宇宙？為何我們能說出「神愛世人」這麼悲傷又掩面為自己無法不辜負祂的話？為何我們不同古文明，都有巨神「造人」的神話？為何演化論出現那麼多可疑地完全像電腦後製剪接的證據？

我們死後，都會像那億萬小光點、光粉漩渦中的一粒，被吸入那個宇宙意識的整體。我不太確定是妻受到這些 YouTuber 的影響？還是我受到這些 YouTuber 的影響？這種幻想，非常不嚴謹、空洞、恍惚迷離。

但我若回想關於她的憂鬱症，「她為何變成後來那個模樣」？這套「所有人的意識，是漂浮這時空所有其他人的意識海洋」，乃至她在無數次輪迴的意識，像電子射屏，像用烤漆噴槍灑向一幅壁畫，一次一次不同的噴灑如霧的紅漆，或金黃色漆、藍漆、綠漆、紫漆、橘漆、乃至黑漆。她的意識，像高速飛行的一枚子彈，被穿越的遼闊時空的各種粉塵沾上。也許運氣不好，雷射蝕刻的意識沙塵景，恰好都是陰鬱、扭紋、變形的意識。

譬如說，她的學校，不，那個祕密實驗室，裡頭的人際關係、權力遊戲、職場霸凌，其實和任何一部美劇，不論說的是大醫院、或ＦＢＩ、或大企業、或政治圈、藝術掛……所有菁英密室會玩的把戲一樣。因為我對於她的工作究竟在幹什麼，始終如霧中風景，但很長一段時間，她回家會約略訴委屈，被一位男性上司「凌虐」。當然那是個無才能、心胸狹窄的弄權者，非常會拍「上面」的馬屁（我始終不知道他們這個神祕機構的「上面」，層級究竟有多高）。妻和我，都不擅長描述那些精巧在權力心機中飛行，如蜜蠟黏製的蜂鳥翅膀，那樣穿梭、判讀、作局，所以她回到家講給我聽的「受害記」；或我現在回想她曾憤怒描述給我聽那上司的惡行惡狀，似乎都訥訥講不出個所以然。總之，「就像《後宮甄嬛傳》那麼詭譎變態、瞠目結舌」，有被犧牲的小助理，或當眾怒叱的羞辱，或把妻這個小組的實驗成果佔為己有，向「上面」諂媚。或是私下約妻的助理喝咖啡，用未來願景誘惑其出現可取代之的野心。或是造謠挑撥妻說過什麼讓他們的大 Boss 起殺心的不馴言論。我當時若是多一份心思，將她回家後如夢境囈語，憤怒沮喪的案例記下，如果那時捉到自己可能要作一份「人類滅絕記事」，也許用日記的形式，記下我們每次談話的細節，那就好了。

對不起我這樣說話，好像弄亂了各位的時序。回到那個深夜的水族箱——已經荒棄抽乾的缸，已經支離破碎的人——我不知道妻那時已跨過那道邊界，在進行「夢中造人」這件事。我要怎麼推測「在另一個次元造出完全不同的智慧生物」，那背後的心境？是完全已經不愛人類這個物種了嗎？或是已經預知大滅絕的降臨，預先以現有科技限制，作出微尺度概念的「諾亞方舟」？她當時知道她在那實驗室中創造的新物種，後來會滅絕包括她自己在內的「人類」這個物種嗎？

也許，妻在「創造」這些「病毒」，使用的靈感，正來自那偉大的瞎眼老人，上世紀的小說教皇，他那個夢中造人的短篇，其中關於這造物主最初失敗的創造策略：

「……那些夢境起初是一片混亂；不久後，有點辯證的味道了。外鄉人夢見自己在一個環形階梯劇場中央，劇場和焚毀的廟宇有相似之處：階梯上黑壓壓地坐滿了不聲不響的學生；學生們的臉離現在有幾個世紀，高高掛在雲端，但仍清晰可辨。他給他們講授解剖學、宇宙結構學、魔法。一張張的臉專心致志地聽課，努力作出得體的回答，似乎都知道考試的重要性，考試及格就能讓他們擺脫虛有其表的狀況，躋身真實的世界……」

「……過了九夜或者十夜之後，他有點傷心地發現……一天下午，他讓那幻想的龐大學院永久停課，只留一名學生。那孩子沉默、憂鬱，有時不聽話，瘦削的臉龐同他的老師相似。同學們的突然解散並沒有使他長久的倉皇失措；經過幾次單獨授課後，他的進步使老師大為驚奇。然而，災難來了。一天，那人彷彿從黏糊糊的沙漠裡醒來，發現朦朧的暮色突然和晨曦沒有什麼區別，他明白自己不再作夢。那天晚上和第二天白天，難以忍受的清醒把他搞得走投無路。他想到叢林裡去踏勘一下，讓自己疲憊不堪；可是在毒芹叢中，他只作了幾個短暫而模糊的夢，得到一些稍縱即逝、支離破碎的印象，毫無用處。他想重新召集學生，剛說了幾句規勸的話，學院就變了形，消失了。在那幾乎無休無止的清醒中，他氣得老淚縱橫。」

很抱歉，我這樣整段的引述，因為這段文字，幾乎是我猜想妻和她後面的實驗室團隊，他們造出這麼可怕的新物種，那後面所有可能的「無中生有乃至驟至高智慧文明」模型。

小說裡的夢中造人術士失敗了，他後來使用了另一種類似 3D 列印、高精度掃描各局部細節（包括每一根頭髮、每一條微血管、神經、每一顆器官的複雜構造，包括眼球、睪丸、心臟、大腦）。但是妻和她的實驗室團隊，用那小說家「環形廢墟」——一群人各自掌握文明、藝術、哲學、宇宙論的內載，他們像一支支盛裝了鮮豔閃光顏料的試管，互相混淌、搖晃、冒煙、施加雷電、沸騰——然後他們成功了。

我想起我和妻，也曾經是那美如春花的年輕人。（這篇偉大的短篇小說，我就是在追她的時候，以一種類情詩或雄孔雀的求偶之舞，背誦給她聽。）

那時有一條小街（其實更像一條長巷），非常奇妙地開了十幾家的咖啡屋。每一家咖啡屋都有他們私家廚房的三、四種套餐，都帶有女主人廚藝的鍋氣，或時光裡可能各自從她們母親祕傳的微妙情感。譬如紅燒獅子頭、乾煎黃魚、蘿蔔牛肉、酢醬麵、無錫排骨……對，一份餐一盅那樣的一道主餐，再佐以簡單的白飯、蔬菜、湯。各家不同。他們的店開得如此之近，一種想像的歐洲，不，也許更精確些，北歐，或英國鄉間的小木屋田園咖啡屋，縮影在那小巷原本舊巷兩層樓民居的小空間裡。店裡一定有個北歐風的木櫃，上面堆著一些好像是歐洲童話的絨布熊。不知道最開始起心動念這樣比鄰而挨湊的那幾間，是怎樣的機緣？完全和現在那些連鎖咖啡屋的輕食，或是噴氣火車頭般的專業磨豆咖啡機完全不同。但它們不是「台灣」，而是一種較早期的，「想像的外國」。

後來這一條街的咖啡屋，在同一時間全部都倒了。不確定是被大舉侵入，蔓延各街道轉角的星巴克，這樣的全球性連鎖店滅絕，或是社區老屋重建，或是某次金融海嘯？（他們的客人，都是那一帶區邊的上班族。）

有一次，其中一家這樣的咖啡屋的老闆（我和年輕的妻常去的那家）打電話給我，我很意外他會打給我。他說，他們的店要收了，真的撐不下去了，但他們夫妻想在最後一個晚上，邀請一些他們的老顧客，招待大家吃一餐，喝杯咖啡，聽點音樂，作為一個對這間小店美好的ending。我當然對我和妻被他們視為老友，選為關門前最後一晚的宴客，感到受寵若驚（我們那麼年輕、貧困、一無所有）。那晚我們像參加正式宴會去了，妻穿著小禮服，我們還買了一盆銀杏小盆栽當禮物，但其實我不記得那麼感傷又帶著舊時光人情味的那一晚，店裡各桌坐著哪些客人。好像沒有什麼儀式性的事發生，大家安靜地坐在自己的座位，老闆和老闆娘一如往常地上餐。也許我們太害羞了，沒有加入大家隨興的，不同桌間的聊天。問題是這屋裡的人們，不像pub裡拿海尼根聽重搖滾的老外；也不像快炒店或啤酒屋那種酒精瀰散的大聲吆喝；也不像後來東區流行一陣的Lounge Bar，一些穿著這城市最昂貴細緻的仕女，斜籤瘦長的身軀。也不知怎樣學習的風情、疏雜、電影濾鏡，一種「後來的」你必須有幸是那一圈裡的人才心領神會的性；也不像那些二〇〇八金融海嘯後出現在永康街、青田街、金華街巷弄裡的潮店，靜謐如禽鳥地滑手機，肩頸手臂有著絕美刺青畫的男孩女孩……他們都是一些平凡到不行的人。但年輕的妻和我，被這樣陌生人的友愛包圍著。其實我們還帶著一架嬰兒車，是的，裡頭熟睡著我們那時才一歲不到的孩子。

她說：「我找了許多可以轉譯成基因序的人類語言，譬如披頭四的歌，譬如〈春江花月夜〉，譬如《牡丹亭》裡的〈遊園〉那段，或是只有音樂，沒有文字，譬如〈茉莉花〉、〈綠島小夜曲〉，但那些單股DNA，在寄主細胞內的反轉錄、嵌上，即使控制了宿主細胞，但那個突變的周期太短了。幾乎可以說兩、三天就成為亂碼。」

「後來，我找到了這段文字，非常意外，『我的孩子們』（她稱那些缸中微小人兒為她的孩子們），用基因段，像是理解、背誦、甚至以它們的維度，就是合唱（當然在那無聲的電子顯微鏡下，你可以看成是卓別林式的疊羅漢，或太空人在無重力太空艙裡漂浮，擠出飲料球泡，在較上方將之吞入口中）。你知道那最後成功的曲子是什麼嗎？」

「什麼？」

她用粵語鄺美雲版的柔美唱腔，輕輕唱著：

「觀自在菩薩，行深般若波羅蜜多時。照見五蘊皆空。度一切苦厄。」

我的眼淚突然一直流一直流。

「舍利子！色不異空，空不異色；色即是空，空即是色，受想行識亦復如是。舍利子！是諸法空相，不生不滅，不垢不淨，不增不減。」

我想對各位說什麼呢？我的故事是什麼呢？我們這幾個劫後餘生之人，也許並沒有我們想像的，漫長的無聊、空寂，溪谷時光在等著我們。我們是人類的餘生，而不是我們這幾個人自己的餘生。我想到那個苦真是太苦太苦了，如果你像《慾望之翼》，有一拉高、鳥瞰、抽離於人類時間的視角，你會眼瞳眦裂，怎麼可能這個同類的身體，被砲火炸得斷肢殘骸、腸肚外流、肝腦塗地。那些恐怖而張大的嘴，然後沾滿灰的瘦腿，在瓦礫屍骸走著，找發臭長蛆的乾粥，蓬頭垢面。女人被強姦，砍掉頭取樂。然後這群人跑到這個森林、高巖、海浪沖拍，或溪流暴漲的島上，暴力卻還在繼續。噤聲的暴力。密室裡玩變態折磨人的暴力。追捕與逃匿的恐懼。然後我以為這所有的，在恐懼中稍稍憩止那個瘋狂暴力的暫停時刻，老去的人、死去的人、搭火車北上的人、挨擠著浪費了一生的人，沒有進入你的時光地看著別人家黑白電視，史豔文或歌仔戲的人。這整個是一台時光接受器，然後所有人的苦難，都成為揍別人的鐵棍。這是怎麼回事呢？有人掠奪了別人一萬輩子也得不到的資產，他們是怎麼發展出將那麼大數量愚騃的人，像鋪鐵軌的小碎石，被他的豪華高速運行，壓得嗝吱嗝吱嘆息哀鳴？他怎麼發明出那麼大的看似繁亂的賭局，讓這些小單細胞將自己全部的身家、時光、資源，全傻呼呼被騙進去兜走？是在多早之前的哪個時光，這些人未來的文明夢和幸福就先被預支盜領一空？

她繼續唱著：「無眼界，乃至無意識界，無無明，亦無無明盡，乃至無老死，亦無老死盡；無苦集滅道；無智亦無得。以無所得故，菩提薩埵。依般若波羅蜜多故，心無罣礙；無罣礙故，無有恐怖，遠離顛倒夢想，究竟涅槃。」

我的眼淚一直流一直流。

太苦了，真的太苦了，怎麼能輕盈靈性，願意原諒，好聲好氣地說「照見五蘊皆空，度一切苦厄」呢？怎麼能在那樣一百年的創傷，金屬綻裂的破口、廢電纜燒焦的臭味，什麼都被剝奪之後的愣怔，甚至，原本無辜的我，後來竟也變成一顆憤怒魔性的頭，嘴巴噴出那些化工劇毒、地溝油、被變態日光燈照射擠在一起的小雞、基因公司滅掉他人種子的怪異黃豆、得病了就上千隻挖坑活填的豬隻，然後那麼上萬的少女，全部同樣的形態，關禁在那流水線上，無價值地吐出她們的大腦、手指、脊椎、眼球的光蕊……如何還願意坐下來，那麼柔慈地說：「揭諦揭諦，波羅揭諦，波羅僧揭諦，菩提薩婆訶」？

我腦袋裡又浮現這句話：

「這世界是你意識出來的。你想像出來的。你發明出來的。」

她說：「即使你變成豬頭、獅子頭，不管你被惡之蛆鑽滿眼耳鼻口，或是你終於失去時空感，面露惶悚，你失去了看見自己左半部世界的視覺，或是你無法將眼前所見的碎片、細節、不同顏色的線條、閃光，投影想像成一個完整立體的『活著的時光』，你只剩下充耳嘈嘈切切昔時怨恨之人、害你之人、辜負之人，你曾不忍其不幸卻轉頭任其滅頂之人……這無數的哭泣與耳語，觀自在菩薩，祂都會手持寶幢，大放光明，指引你走出這火燒、水淹、颶風、刀砍、雷擊的恐怖噩夢啊……」

故事暫停時間（像大劇院裡的中場休息），女人們排隊等那無敵美景山谷綠光建築中唯一一間廁所；男人們則走下那青苔石階，各在松樹草叢、溪畔、工寮旁的雜草叢、矮坡的巨石堆邊，背對彼此站著放尿。

然後他們散聚在一起抽菸，其中一人低語著：

「我不明白，這傢伙的意思是，這場滅絕全人類的大瘟疫，所以那病毒是他妻子和那個實驗室人工造出來的嘍？」

大家都露出古怪的笑容，搖頭，噴菸：「這本來就是說故事聽故事打發漫漫長日，認真什麼？」

「但他媽太怪了，你們聽得懂他的邏輯嗎？

「第一，憂鬱症是遠古一種病毒，曾經攻擊我們的遠祖。但後來某種原因被我們遠祖吞食在我們的裡面，包括遺傳基因。它能上萬年演化的留存著，表示對人類的存活、競爭有一定的意義。

「第二，我們大腦中各種神經突觸間傳遞訊息的物質，也是遠古曾攻擊我們遠祖的一種病毒，只是也是被我們這種高等動物也吞併、馴化，成為身體工廠裡的奴工。我們的意識，現在我們這樣胡說八道，我們的回憶，我們為何這幾個人在這溪谷中……這一切複雜龐大的運算，都是我們腦殼中那皺褶巨物裡，數千兆個神經突觸，這之間的電位信號傳導，就是他媽的上兆兆的遠古病毒！

「第三，他的夫人被嚴重憂鬱症所困，然後「像在一個夢境中造人」（如他所說那個什麼鬼的小說家寫過的一篇小說），但這時，我聽不懂的部分發生了。我們的大腦（或是他夫人的大腦），似乎不是由蒼蠅的腦、蛞蝓的腦、爬蟲類的腦、鳥類的腦、實驗室小白鼠的腦，慢慢在演化長時空中，堆疊往上加，加深皺褶，形成腦溝和腦迴，什麼白質與灰質……不是這樣像大樓層層堆蓋的結構，而是一些無限解離，就跟我們宇宙一樣無垠的小光點一樣……。

「第四，然後呢？所以他夫人在她的夢境中？或她與所有人隔離的憂鬱症裡？或一個我聽不懂是隱喻還是真的Ｐ４實驗室裡，創造了一些病毒？而這病毒聽起來就像《舊約》聖經裡的天譴，最後把貪婪的人類滅絕的，但他媽的我們就經歷過的那場全球大瘟疫？」

一旁捲菸然後咬在嘴邊點火的老人，笑著說：

「我覺得這個故事挺不賴的。」

那個有一陣子消失，今天又出現的美麗女孩也說：「對啊，其實我聽得很感動。」

第一個發牢騷的男子說：「喔，我是有點受不了，你們聽不出來嗎？水族箱那段，好像說的就是我們這幾個人，就是他夫人創造出來的病毒耶。我們是在一個《黑鏡》那些套路的劇本裡嗎？我是聽不下去了。我先閃人了。」

另一個男子說：「欸欸，我們也該進去了，聽聽後面怎麼說。不要好像我們幾個在外面說小話。」

那女孩說：「其實兒子那段我很感動。很像《ＡＩ人工智慧》，結尾那機器人小男孩，僅用他人類母親的一根頭髮，和外星人交換可以創造出像晨露那樣的『一天』，活生生的一天，卻在人類全部歷史皆消滅，時間沒任何意義，像孤島漂浮的，那上下四方皆無連接的『一天』。那天過去了，就像露珠被太陽蒸發了。」

「好啦好啦，進去了。」

「但是，他的故事裡，從頭到尾沒有一個所謂的『兒子』啊？」

第九章

瘦女孩在吹風機的熱風中，幫他抓頭髮，有時用一種（他看不見）電燒的類似小鑷鉗或剪子的東西，燒灼他翹起的鬢角。她的手非常柔巧，幫他臉部撲粉、修眉、畫唇膏。他閉著眼，這一切香風習習，昏昏欲睡，不，他根本數度陷入極深的夢境，然後被自己的鼾聲驚醒。女孩的褲管毛紡質料觸感頗高級，時不時在移動中輕觸他的手肘，像靜電。也許他有一雙直立時非常勻直的細腿，只要是那樣窸窸窣窣、若有若無的親密嗎？他和她之間是沉默的。

不過之後一個長得像芙烈達・卡蘿的胖一些的女孩，拿了一套黑西裝和長褲，讓他到這化妝間的浴廁換，他卻出了醜。那已是最大的尺寸，但他褲子的腰扣根本扣不上，臀胯是硬塞進去，拉鏈也拉不起來。胖女孩低聲像咒罵：「完蛋，這是最大的尺寸。」也許她一臉嚴肅，或是一身黑衣（這整棟工廠般的攝影棚，每一個人的穿著都極時尚）。這時他瞥了一眼瘦女孩，確實是個正妹。

如果以《紅樓夢》的角度看，她們只是像正廳後間忙活雜務的小丫頭，所以對外邊輾轉傳進的指令，慌張騷亂。那他是寶二爺嗎？不，他是個等著上台的淨角，直男，像路邊任撿來的流浪漢。外邊又層層傳遞指令：「那讓他穿著自己的長褲就好。」似乎有個最高層，透過數字考量、指示（她們慌亂用皮尺量他的腰圍、臀圍、褲長、胸圍、肩寬）。他應該是像鍾馗、魯智深、或佛斯塔夫那種「哇哈哈哈」，逗趣但又讓構圖燦爛帶有力勁的角吧？他說著阿北屁笑話逗這幾個女孩，她們敷衍著他，手腳沒停下把他像件禮物包裝打蝴蝶結，（其實這種被幾個女孩伺候，七手八腳弄你的頭髮、粉妝、勻整外套和褲管的些微褶痕，那真是心蕩神怡），就退出外面的攝影棚。

導演是大眼、清秀的矮個年輕男孩（頗像《魔戒》的男主角），身邊虎背熊腰五、六個拿大小機器的攝影師、燈光師、收音的，這一行的男生他之前遇過多次，都有點跳八家將迌迌仔跑來扛機器的

「氣味」、移陣、變陣、老師你對著我的方向，然後臉稍轉向鏡頭那邊，下巴低一點、身體再鬆一點，太好了太好了，就這個眼神，非常殺，唉太好，好，嘴巴笑一下，好，看左邊，對，再來一次，慢一點，自帶慢動作，唉啊太好了……。

很像動物棋，大象吃老虎，老虎吃豹，豹吃豺狼，豺狼吃狗，狗吃貓，貓吃老鼠。但反過來老鼠又剋大象。

大眼靈秀男孩不知是無數戰役，讓這群八家將攝影團隊把他當老大。但跑江湖的經驗，男孩似乎被他的氣場震懾，第一趴暫停，他們到外頭抽菸，男孩過來幫他點火，說自己很喜歡他的哪一篇小說。另一個長得非常帥，剛剛一直被叫去先虛擬他站位時該擺什麼pose，他以為是男模，但也只是這群團隊裡的實習生的小子，也湊來噴菸，說自己的阿祖是楊守愚，他說哇靠，立正行軍禮，你有文字貴族的血統。你阿祖是了不起的人。男孩臉紅了紅，沒有啦，其實我也沒讀過阿祖的作品，是聽我爸媽說的，總之，再回到攝影棚，他已經和這群八家將像重考班的好兄弟了。他太會這個了。

回到化妝間，瘦女孩仍像微風拂柳，在身旁幫他補妝，但芙烈達．卡蘿的氣氛，超明顯地轉變。柔和，女性化。

「我當年在墨西哥待了六年，天啊他們真的很誇張。那時候是我男朋友的爸爸在墨西哥開廠。我人那時待在美國，根本不會講西班牙文，他們就叫我空降過去幫忙。我在機場通關，不是要填那個入境小紙單，上頭全是西文，我根本看不懂。海關臨櫃他把我護照和那張空白入境單推出來，我又推回去，他的意思是妳要填啊，又推出來，我又推回去，大眼瞪小眼，我根本在那一刻是啞巴加文盲啊。

「然後，才去第幾天，我到他們超商，一個老人眾目睽睽就來搶我的包，那裡頭是公司的一萬美金耶，我不放手，還罵他，結果一回頭，他的兩個手下，用槍頂著我的額頭……」

「天啊，妳真的被用槍頂過？」

「真的啊，超扯的，墨西哥人是當著警察面還會搶你咧。」

「我沒在怕的，我小時候，我家就住在土城看守所的旁邊，我家在五樓，可以清清楚楚看見下面的，看守所裡那些正在放風的犯人們。真的很扯，那個年代，怎麼防範保密啊，做得那麼差，然後我爸怎麼會買房子買在那？那時候，好像執行槍決還沒有消音器這種東西，有時候，大概就是清晨三、四點，我爸會把我拍醒，妹妹，妹妹，快起來，他們又要槍斃了。外面天都是黑的，我和我爸我媽我妹，一家縮在客廳，也不敢開燈，然後遠遠的，會傳來啪、啪，兩聲，像摔破玻璃瓶。然後我爸媽會用那種教育小孩的眼神，和很小聲的警告，說：『看看，這就是人，如果做壞事，就會這個下場。』」

「太扯了吧？這比在墨西哥被用槍抵著頭還恐怖吧！」

「這會童年創傷吧？」

「對啊，我那時也覺得我爸媽怎麼那麼扯，你機會教育也不需要讓你小孩住在刑場旁邊，常常聽槍決的槍聲吧？最慘的是，那條馬路非常偏僻，最後一班公車到十點就停開，然後那公車站牌要走到我家，一定會經過那土城看守所的高牆。但對面的馬路非常黑、其實就在田地旁邊，所以我必須走靠看守所這道牆這邊，因為他們有燈光。那段路是我覺得世間最長的一段路，它還不是整個是水泥牆遮著，有一大段，就是那種鐵絲網，我是個女高中生，單獨一個自己低頭走過去，裡頭那些犯人，怎麼好像那個時間也在夜間放風？他們就像你經過獒犬的狗籠，掙擠著，手抓著那鐵柵欄，對我說一些下流的話、猥褻的話。我那時也很大膽，就站定在外面（穿著制服揹著書包），對裡頭那些妖魔鬼怪，挑釁說：『怎麼樣啊？你們也出不來啊。你們能拿我怎麼樣？』他們就像野獸嚎叫，在裡頭對我狂罵髒話。那時候我在補習班晚自習，每天一定得搭那班公車，在那下車，然後走那段路，上演一樣的劇情。有一天，我媽告訴我，裡頭有一個重刑犯逃獄了。我們附近山區、田裡，都是軍警在搜捕。我媽竟然還恐嚇我：『妳看不要是人家跑出來，來找妳算帳了。』」

這個長得像芙烈達．卡蘿的女孩子，確實用故事把這個工廠風的建築，外邊是一堆攝影師和機器們，這個小梳化間裡的人，全收服成她的聽眾。

幾個女孩全是旅行咖，或是這個帶著他來到此地（像是襲人）的女孩，說起自己曾在紐約治安最差的區住過幾年，那個小美人化妝師也去英國念書（學彩妝）一年，然後各自又去過荷蘭（大麻的故事）、義大利（全部都有遇到扒手的經驗）、印度（和敲詐的三輪車夫老頭吵架的故事）、埃及、俄羅斯（深夜坐計程車到很差的青年旅館，但房鎖怎麼樣都打不開，後來才知道是那裡頭的暖氣一直開著，然後什麼水管破了漏水，那個水積得很高，但暖氣後來又壞了，所以門底部的裡面全積著一層厚冰，所以門怎麼樣都推不開）、澳洲（被當成中國大陸的假觀光賣淫女郎而受到羞辱的故事）、法國（在機場突然月經來了，但衛生棉全部在托運行李箱裡，那個窘）……他說，妳們這些好命的女孩，可能之前三十年，人類可以在他一生，你也不必是頂級富豪，搭著機票相對便宜的飛機在世界各地飛來飛去的時光，可能就此不再了。人類如果沒滅亡，以後的人們，可能頂多也就像我們的祖先，能探勘、冒險的領域，就是自己腳下的那個國度，或那個島嶼。

然後外面的人又輾轉傳話，要他們可以出去了。這麼短暫的相聚時光，似乎這小屋裡的女孩們，就成了「他的人」，就是說他變成她們這一小集團的頭，她們成了他的「內侍」（如果他是古代的王的話），這可見空間可以在極短時間，形塑一群人的團體認同感，其實若他是一隻黑鮪魚的話，這小房間的梳妝師、服裝師和那位帶他來的女孩，應只是廚房最內間，或許是把黑鮪從冰櫃取出來的人，把他沖洗乾淨、解凍、刮鱗。其實送出真正用刀術之技藝將他剖切成最高級生魚片的，是外頭那個大眼矮個導演，以及那些扛機器的攝影師們。但此刻像他和她們是綁在一起的。

朝外走的時候，小美女梳化師還咬耳朵跟那芙烈達．卡蘿說起，十年前她曾在類似這樣的化妝間，幫當時還在《超級星光大道》剛只是新人的蕭敬騰化過妝，每個禮拜都要見一、兩次啊。他客氣得不得了，也是和她們這種小梳化師講笑話打成一片。甚至也互留了電話，後來他不是在中國爆紅了嗎？有一次她到北京，意外在機場出關時，那蕭敬騰被粉絲圍著像搶包山，當然他四周有幾個虎背熊腰的保安和助理，隔開那些瘋狂的人浪。但他們不知怎麼就湧到了她身邊，非常奇怪的人擠人，她距離蕭只有兩公尺啊，他也正抬頭若有所思看著她。於是一種奇妙的舊昔交情，她對著他大喊：「你還記得我嗎？我是那時《超級星光大道》那個化妝師啊！」

「結果？」

「結果就被推開，他的眼神空洞，我像掉進人工海浪、激流漩渦，那樣又被那一大堆人沖出那群搶包山的人群外。」

她們嘰嘰咕咕掩嘴笑著。

這次那工廠般的攝影棚，人似乎變更多了。除了之前那批人，又來了另一批人。核心的三人，衣著、氣質、氣場明顯壓著這空間裡所有其他人。不，他們就像某一部盧貝松電影裡跑出來的角色：一個侏儒是攝影師，怎麼說呢？他長得不像那些大頭且猥瑣的侏儒，而非常像一隻浣熊玩偶，眉眼非常可愛。一個高挑的美女（簡直就是明星的等級），短齊瀏海、白臉妝（藝妓妝？吸血鬼妝？僵屍妝？），穿著銀灰風衣和垂墜七分褲，像是女殺手（她也刻意擺出那個Fu），但她好像是場記；另一個和他一樣胖的男子，穿著吊帶褲、黑襯衫、戴著哈利波特的眼鏡，憨笑地盯著架好的攝影機的顯示幕，（他懷疑這人是Gay，因為某些捂嘴思考，或精微的打光構圖對了時的開心，甚至拍手，像個純真的小男孩），而顯然他是後來這一大群人的頭。工作人員的配額比剛剛大眼睛矮個導演（比起那小浣熊攝影師，其實他一點都不矮）多許多，但所有人都奉這滿頭亂髮像阿瑪迪斯的胖傢伙唯命是從。如果這是一部武俠電影，那這三人必是武功極高的絕頂高手。確實上一趴的那組人，整個邊緣化，自已挨在角落，像是土製戲班遇上了巡演的太陽馬戲團，那種自動萎縮、消失的認慫。

感覺這由大片大片木板釘槍釘住地面的攝影棚，各種角度架高的水銀燈，所有人在一種不真實的「強光日照」同時自身輪廓又在變深濃的暗影裡。並不是幻覺，他看見新來的這組人，十來個甚至近二十個人，頭頂在那強光下，都冒著輕繚的白煙。

胖阿瑪迪斯站上一架A字鋁梯上，他對那些打燈光的、搬道具的，任意（像自言自語）發出的指令，那些工作人員全認真地照辦，移過來一點，不行，影子要在牆板上大一點，喔，那個燈的蜂巢燈罩可不可換再密一點的，唉啊不行……。

但同時，小浣熊這邊亦有三、四個簇擁著他的，也是坐在一高海灘椅，一台大機器，好像還罩著布，對他說，您任意做幾個表情，篷嚓篷嚓，那個攝影機的鎂光像照明彈，像昇空煙花那麼昂貴地炸開。

「傳輸過去看可不可以？」

這時他才意識到，遠距有另一個地位更高，不，最高的人，通過視訊在遙控他們這全部人，一個道地的北京腔、捲舌音、大爺調調。「臉的表情非常好，但你們那個燈打得太亂了。」這邊胖阿瑪迪斯、風衣女殺手、小浣熊都把手指壓著耳麥，超認真聽那端斷續不清晰的訊號。那個楊守愚的曾孫，像八家將中一員的帥哥，照他們要求假站位在他身旁，低聲說：「對方聽說是超大咖國際知名的攝影師。」

他也低聲說「什麼玩意？」其實只是像窮人對出巡的大官人華麗車隊的嘴賤噴沫一下。

這時突然心理作用，覺得剛剛超有Fu的阿瑪迪斯、平瀏海女殺手、侏儒，這都顯得卑躬屈膝、滿頭大汗。

「是，是，OK嗎？要再傳一張大圖過去嗎？真的嗎？」像是火星探險家號，和地球休士頓的通話。

咔嚓。咔嚓。砰。砰。強光連續地炸開。小浣熊侏儒很明顯比上一組，那大眼矮個台灣青年導演，更會一些，哄勸被攝的你，在這麼小範圍內，頸椎轉動，略抬下巴，左邊或右邊下頸肌肉的小規模轉動，眼球小肌肉、控制嘴唇的小肌肉，偶爾手抬起手指摸一下鼻頭。咔嚓。咔嚓。砰咚。電光彈那樣豪奢地使用。整屋裡的人一瞬陷入全然的黑裡，然後又都像各自站在自己墓碑前的鬼，一臉傻笑不知前景全望著他，那樣像搖晃薄光浮現。

然後他們這一小組人又回到那小梳化間，這時幾個女孩對他更親愛了，完全是自己人。她們不斷稱讚他：「帥。」他苦笑著說，我是白雲啊，我是吳孟達啊。不不，你真的是一對著鏡頭，那個神就上身了。芙烈達．卡蘿說，我們手中也化個多少明星、名模、演員，你真是有那種「電力」。其實你看一屋子的人壓力都非常大，對方那邊超大咖，超專業、超難搞的。你沒有發現因為你，我們這一邊這一大堆人，全順利到不行？一般不是這樣的。

他想問：那接下來呢？再出去，是否會有第三組攝影團隊呢？他還要做什麼？

但芙烈達．卡蘿和另兩個女孩又說起她的「旅途驚異」。「有一次到北京，然後呢，我拖著行李箱，從住的飯店 check out，但到那個地鐵站大約兩公里吧？我就自作聰明，想不要叫車了，照著他們那 WeChat 的衛星定位，用走的。但中間被一大片像軍營或是大廠區倉庫很長很長的圍牆擋住了。我就自己判斷繞路，結果，天啊，我迷失方位了，整個東西南北分不清楚該往哪走。那個手機衛星定位好像也一直跳掉，要重上，結果又上不了網。真的，我愈走愈怪，走到一大片像農村的地裡，怎麼可能？之前我還在城市裡啊？然後那些農家土牆屋，站出一些就像電影裡那種戴解放軍帽、穿著破襖、破西裝褲的大爺。有的悠悠抽著菸，他們的臉色都不很善意盯著我。我那次內心的恐慌，比在墨西哥被搶匪用槍抵著額頭，還要害怕。」

「超恐怖的。」另兩個女孩嘆息著。

第十章

△返校日。

△要跟永和老屋的父親說我要出門了。

△父親從外頭回來，就著老缸的水龍頭洗臉。

（說來我整個童年、少年、青少年和我全家人，永和老家都沒有一個洗臉台，我們都是用老浴缸的那個水龍頭，彎腰洗臉，或是洗手。說來很像遊牧民族的營區裡，唯一一口湧泉水源。）

（描述一下永和老家的老浴缸。）

△我站在神明廳，盡量把事情說得平淡、理所當然、「這是學校的規定」，下午必須去學校的返校日。

很妙的是永和老家這屋子，是由一個一個小方塊的房間，連接起來的，但這些「小房間」很多時候的功能，同時是譬如「神明廳同時是飯廳」、「父親的書櫃圍起的一張母親的床」、「廚房」、「客廳」，但同時又是通往另一個小方塊房間的過道，所以此刻我就是「站在一個小方塊房間，對著另一個小方塊裡的父親說話」。

△那個辦返校日手續的辦公室，是借用市場裡一家麵店，將那平時客人坐著低頭吃麵和滷味切盤的桌椅都收了，變成一ㄇ字型靠著牆排列的鋁辦公長條桌，形成一個動線，不同的辦公阿姨（她們的氣質都不是學校老師），隔一段距離坐成六、七個手續點：可能是繳交註冊學費單據、繳交蒸便當的費用、辦理公車月票，有一站比較怪是量身高體重（秤重磅不是現在這種小型電子秤，是非常大，像一台拖車、一隻大陸龜那麼笨重的機台），最後在學生證上蓋新戳印，並且領新的課本。

其中一個辦手續阿姨，是我未來的小說忠實讀者（我不知道這是怎麼回事），她非常興奮等了一天，終於等到我，拿了一包小熊餅乾給我。

這讓我那些穿著灰白訂作卡其制服的混混哥們，拿這事一直虧我。

△還有一個活動，我們要進入一個非常大的園區，裡頭有山丘、竹叢、不同屋舍區、湖泊，要爬極高樓梯的大棟主建築（有點像國父紀念館，那種主樓）……後來我回想，可能那就是我不曾去過的「林家花園」，有一個劇團，好像那個演出活動，類似神明出巡的多人陣仗，節目單有註明幾點幾分時，他們的表演隊會分別走到這大園區裡的某個點，所以不同的遊客（他們都是開車進來的），會聚在某個點，等候那劇團的隊伍，等會就會出現嘍。

我的妻子（她那麼美），後面跟著兩個她的手下（一個是弄臣、逗樂的小 gay；另一個是非常能幹，但頗難搞的眼鏡妹。他們都非常護主），急沖沖趕過來。

「好險，趕上了，再十分鐘他們就要過來了。」

我訕訕地跟著他們，站在那待會可以從上往下觀看遊行隊伍，形成戲台效果的這幢大樓的穿堂。對了，這之間的過程（是啊你們總會問，從前面那個中學生，到後面這個有妻子的「我」，那之間的時間跑哪去了），時日遷移，我身邊一直跟著一個小男孩，怎麼說呢，他是個良善馴順的孩子，我甚至想，並沒有放置這個角色的必要啊。是否是我曾經養過一隻小黑狗（但後來得癌症死了），牠進入到這個小男孩的虛像成影？所以我一直有種說不出的愧疚感。但後來我確定他不是一隻小黑狗來投胎，而是我一位最好的哥們的孩子，這哥們是我婚禮的伴郎，我生命中最廢、最低鬱、最憤世嫉俗時，都是和他混在陽明山山中那些違建爛學生宿舍的時光，譬如《黑鏡》第五季那一集，兩個好哥們在超級 VR 的「快打旋風」裡，因為一個選了個辣妹、一個還是選男子，結果他倆的遊戲替身在那虛擬世界裡尷尬了，互相激情擁吻、純然的情慾高熾……但退出遊戲，現實生活中，他們各有妻小或情侶，是不折不扣的直男。老實說，我生命中可能有像這集莫名其妙「人類狂愛」的那兩男人，就是我這哥們。但他，說來話長，他娶了一位大陸新娘，總之那一切他沒告訴我的人世顛沛，那場瘟疫，那一年的美中大戰、台海戰爭，他的妻子被遣送回大陸。兵荒馬亂中我哥們把這孩子託我照顧，「叫乾爹。」「乾爹。」孩子的眼睛真的像那隻因我吊兒啷噹而死去的小黑狗，漆黑的眼珠可以原諒世界全部的傷害。但我牽著那孩子，在摩肩接踵的人群中鑽著，我好像一直把頭伸在人群的頭的上方，但更遠處仍是無數鑽動的頭，還有隔著一段距離直直上升的炊煙，想是那些賣煎餅攤個雞蛋的小攤、或是一根扁擔扛著兩鐵桶茶葉蛋的老頭、或是腳踏車後座一個大蒸籠棉被蓋著裡頭白胖胖熱騰騰的饅頭、或是章魚燒、車輪餅……。

那孩子一直機伶跟著我，我知道他爸，我那個哥們，可能此生不會再見了。但我這樣伸直脖子，一直在他的身高無法想像的，人頭的上方，東張西望，遠眺然後尋思，是因為我自己在這亂世中要找尋我自己的親人哪。但我和男孩的身體愈來愈臭，我們身邊不斷湧動碰撞的人群也愈來愈臭。我們倆會不會像兩顆砂糖，最後就融化在這幅原超出我想像的，熱鍋裡的濃湯了。我記得，或說我身體中由無數細微盼想，精緻組裝的一個類似音樂鐘的「想像自己若有一個小孩」，應該是給他更多文明的風景：書籍、美術館的長廊，也許朗讀一首詩，或那些床頭故事、美妙的弦樂四重奏或排笛，諸如此類。但沒想到是這樣一直迎身擠撞的其他人類臭烘烘的腿，這些身體散放的都是惶然、無措、奮力人擠人的汗臭。

後來我們走到了一個小鎮火車站前的圓環廣場，當然火車早已停駛，鐵軌往兩端延伸一樣是那像拼綴百納被，看不見盡頭的人群。但終於有一個較大的，原本應是商城的「空間」（而不是距離十公分，永遠那些人體），那些粗水泥梁柱下湊聚著好幾個點火的汽油桶，周邊則是一些臉孔跟我們一樣骯髒的人，朝裡頭扔書本、拆散的傢俱、木窗框。居然還有個長髮傢伙，用了七、八條電線，接了不同牌子的手機、平板電腦，人們可以跟他「買半小時玩game」，這真是匪夷所思，我不知他從哪接的電？這觸動了我，我用一個金戒指（這是孩子的爸爸臨分散前交給我的），跟那迌迧仔買了一張塑膠椅的時間，「喔，這可以打一個月喔，ＶＩＰ喔。」其實每個人口袋裡都有一支手機，但找不到地方充電，也沒有曾經那個飄浮上空無所不在的「網」。它們成了一些死去的金屬帶玻璃扁方塊。於是那段時間，我讓孩子坐在那張「ＶＩＰ」塑膠椅打game，我則在那一帶附近轉悠，探聽些新的消息。大家交換著各種相互衝突的資訊，或者我設法弄一些吃的或水，夜晚我們就和這許多人一樣倚牆或花圃而睡。孩子在電玩的世界似乎非常快樂，每回我去拎他時，他都兩眼閃閃發光。我內心多少有種對老友的托孤的安慰，至少這孩子在繼續連接著那個全面壞毀之前的，世界之前的某些浮花浪蕊。

然後有一天，我就搞丟了那孩子。那天我擠開人群，找回那廢墟商城，發覺那個青年和他的塑膠椅、充電線、手機，全部不在那兒了。孩子當然也不在那了。我不知道我不在場時這裡發生了什麼事？周圍這些蒸騰出臭味、臉孔像綠鬣蜥沒有表情的逃難者，很明顯是後來才來的人。沒有人記得有那樣一個孩子。

這時我蹲下嚎哭起來。

所有的人衝他跑來，首先是芙烈達・卡蘿；然後自然是香風習習的正妹化妝師；還有帶他來這攝影大樓的那女孩。「沒事的，沒事的。」她們拿著濕紙巾拭他的額頭、鼻梁，只差沒擁抱住他。所有人都衝過來了。莫札特、風衣女殺手、侏儒，還有大眼睛矮個導演和他的八家將兄弟們，兩邊不同掛、人數懸殊的扛攝影器材的人……。

「是他媽誰弄的這什麼白爛劇本!?」大眼睛矮個子導演說。

他抽泣地說（啊真丟人）：「不，不，劇本很好，是我的問題，是我。」然後他又把臉埋在手掌，泣不成聲。

又回到那間小梳化間，他進到這小房間最裡面（所以裡面還有裡面）只屬於他專用的廁所（其實更像在牆上釘上鐵架堆雜物的貯藏室），他坐在馬桶上（那馬桶外邊腹部或內裡咽喉，都積了一層前人的黃色尿垢），不管他了，點起根菸來抽，同時試著平撫情緒。他的眼淚鼻涕還是不自控地流著，他突然理解到許久以前，老和尚告訴他：我們剩下的這麼少人，然後拍一部「電影」，也許不是為了打發無窮盡的時間，事實上也不是為了給有什麼觀眾看。而是一種滅絕後殘餘技能的本能，操作然後回放，然後證明我們或許還是從那光霧裡擬造的追憶逝水年華走出來的，並不是野蠻人。這樣我們這些人也許不會一個瞞著一個去自殺。

就像是啊，他回到梳化間，她們讓他坐在鏡子前的「理髮店椅」上，讓他閉目小憩，瘦美女化妝師仍在他髮際耳稍，手指輕柔地撥弄著，熱風機吹著，她的褲子的垂墜感仍若有若無輕觸他的手肘。那就像他懵懂未明的小孩年紀，在永和那迷宮般的巷弄裡的某一家「家庭理髮店」，塑膠袍罩著頭部以下全身，髮推或剪子把他頭髮一撮撮剪落在地板、或胸腹前那罩袍上。廉價洗髮精的香味。和他母親年紀相仿的女人，沉默、但貼近著在他這個人的「親密空間」游動著。那對少年的他，真就是「被膠膜包起來的慾望」，女人不知道坐在那的小鬼已面紅耳赤，如醉如痴。此刻，或有關這電影的一切，似乎和這件事如此相似。

那些不存在的人（比死去更沒證據、超過了哀慟的極限），很像隔著一層波浪狀、靜電輕輕拂動的膠膜，在另一邊的虛影如極光裙襬搖曳的殘視、或回憶、或夢境，誘惑著你去捕撈。即使你是最黑暗的深海，最後一隻螢光烏賊。

芙烈達．卡蘿不再講她那些「格列佛遊記的驚異遭遇」了，她們怎麼像聖母的侍女們，在幫死去耶穌的屍身擦洗長釘留下的創傷。外面又層層傳遞，詢問他的狀況，接下來的戲是接回，他和妻子在一類似林家花園的園區，等待一個劇團，類似黑澤明《夢》裡頭的〈狐狸娶親〉、或是〈桃花女〉，那樣的遊行兼舞蹈場面。

他閉眼坐那，都可以知道女孩們無聲地用表情，擔憂地、比手指在唇邊，小心翼翼、眼神照面，「ＯＫ。」「ＯＫ嗎？」「應該ＯＫ！」

△我們一群人站在那「大花廳」戲台上，從上而下俯瞰下方的遊行戲班。這裡有幾幅構圖非常奇妙，原本互不搭軋，但這時卻並置在同一時空。

一、這個「大花廳」就不去說它了，極盡繁複，罩頂乃八角藻井，最中央彩繪木雕臻於神境的複瓣牡丹。所有大梁、橫楝、溜金斗栱、疊斗、瓜筒……金漆已黯褪，但和彩霞或海水礦彩、或粗木本來的深色質地，形成一種淡雅，說不出的蝶蛾翅翼，或蕾絲層層遮光濾影的昏夢之感。在戲台前沿，兩張官帽椅，坐著一胖一瘦兩老太太，一看就是這整個場子的最高權位者，身旁一些美少女和中年婦人簇擁著，兩人中間的酸枝雲石小几子上，放著兩盅熱茶，幾小疊瓜子蜜餞，還放了一盆水仙。她們從穿著到髮飾，根本就像古裝戲中人。譬如《紅樓夢》裡，賈母帶著王夫人、鳳姐、李紈、寶釵、黛玉、探春、湘雲、一干女眷並眾丫鬟，在那看戲。

二、但是在她們後方不到十公尺的我，和另一些觀光客模樣的閒雜人等，我們也站在這戲台上，但衣著現代、隨便、短褲球鞋、印了大猩猩或蠟筆小新的運動T恤，雙臂擱胸而立，一臉呆滯、困惑，如果切這場景，很像侯孝賢《風櫃來的人》電影中一幕：幾個𨑨迌少年被人騙至一高樓工地的最頂層，一片斷瓦頹垣，但又居高可眺望下方，那種衰小又要擺出不可一世屌樣子的畫面。

三、戲台（此時其實很像閱兵司令台？）下方，正在列隊經過的戲班（或是出巡的神明陣頭）是什麼景觀呢？容我細想，說出那最接近的，不可言說的感覺，真的，我誠實說出，你們可能會詫異大笑：胡說八道！怎麼可能？但真的，此刻在我們下方經過的，類似光霧、全息投影，但又像真人戰戰兢兢照著鼓擊節拍，窸窸窣窣前進的，就像是，不，就是，顧愷之的《女史箴圖》啊。連那種古老絹質的脆弱危碎感，那種像石板上打上的淺痕光粒，拂之則去的縹緲感，不知怎麼都是這演劇效果的一部分。「馮婕妤擋熊」、「班婕妤辭輦」、「物盛而衰」、「飾性重於飾容」……真的，真的，我不知道他們從哪找來這些像女鬼，眉眼和體態輕描淡寫到，風吹一下就散了，那樣的表演者。她們好像會連著身上的衣物，一起極薄、透光的魔術，病歪歪地走著。我和我身旁這幾個遊客，不，《風櫃來的人》裡的𨑨迌仔，詫異地下巴要掉下來，都從褲兜拿出菸，銜一根在嘴上點著。

四、背景音效，很清楚的軟體中了病毒，出現雜訊、斷裂、尖銳磨擦聲的，但錯不了，正是黑澤明《夢》裡，〈狐狸娶親〉（或是〈桃花女〉那段）的配樂，說不出是尺八、三味線、僧侶吟誦、或鬼怪吞食嬰兒胞衣或宇宙如一顆露珠被蒸發了、或被宇宙遺忘的我們像上萬根剛燒好玻璃管的魚刺嘩令嘩應互擊著……。

這時我意識到，左邊那張太師椅上坐著的，是我年輕時拉拔我的前輩女作家，她轉頭笑臉盈盈看到我，然後她身旁那俏丫鬟低下身，附耳聽她吩咐，之後這穿著櫻花緋紅棉紗小夾襖和同色襖褲的丫鬟，輕輕靈靈跑來對我說：老太太叫您過去呢。於是我挨蹭地坐到這整戲台最權力中央椅子腳，像一隻藏獒哈著舌頭，說：「老太太吉祥。」老太太笑又不可抑，簇擁著的一眾婦人、丫鬟也全笑著，老太太說：「你這魯智深，又去哪偷吃狗肉，一嘴油滑？」

然後她突然感傷起來，幫我的後腦勺拔白髮，應該是低語，但又像在戲台上用丹田唸著台詞：「看你居然也長這麼一根一根白髮，這些多年你也喫苦了。」

我說：「看著老太太健康，我不辛苦，不辛苦。」這有一種近乎母子的親近，我看一旁婦人、少女們或拭淚、或用眼色要我別說讓太太難過的話。但就是這時我瞥見，妻站在這一群古裝、《紅樓夢》裡一般的女眷，後幾步，她穿著現代的洋裝（她那麼美），身後跟著她那兩個手下。奇怪的是她一臉痛苦，好像我窩在這群畫中仙女般的女性中間，受到多少的寵愛，就是銀幣另一面，她受到多少深刻的折磨，交換來的。

第十二章

某一段中場休息，我和大眼矮個導演站在那攝影棚外的大樓天井抽菸。他告訴我這整片基地，全是這樣提供租借拍片、音效、後製的場子。譬如我們的一邊，貼牆舷梯從二樓（那是另一個攝影棚）爬下來一些穿著白雪公主裝、皮卡丘裝、弓箭手裝、神力女超人裝的年輕人（他們裝扮得非常精密細緻，並不潦草），導演用神色瞄一旁一個立板讓我看，原來是「第X屆網路甜點大賽頒獎典禮」。

我問他：「今天這個拍片到底是怎樣的一個計畫？那些情節是誰挑選設定的。」

導演說：「他們告訴我，那些腳本，都是你寫的啊。都是從你寫的小說摘錄的啊。」

「我沒寫過那樣的小說啊。」我說。

「不，不，我確定那都是你的小說，某一段落。」

然後他像告白，告訴我他是我的鐵粉，我的每一本小說他都烙印在腦中。然後他跟我講了一些混亂的（可能因緊張而找不到適恰的描述），對於我的小說對他造成的衝擊。

「我想跟你講一下這個吊帶絲襪的想法。」

「你認為在一個八爪魚星球演化出來的情色文明，替他們設計一件吊帶絲襪是個蠢念頭？」

「不是的，我深有同感。我們後來這些人的『小說』，全被吊帶絲襪這個彈力設計給限制了。每個人不論他的小說身體長出什麼肢體、突觸、贅疣，他一定要給這穿上一件吊帶絲襪，保持一種各部位和『整體』同時的延展與限制。」

「或是每一只絲襪脫下時的銷魂？」

「容我直言：你的小說，更像飛機空難後，收集迸裂四散屍塊的保鮮袋。那些大大小小，原本的個體被敲碎了亂堆在一起的新局部。一百盒打翻而混在一起的拼圖小碎片。然後完全沒有想挑撿、區別、重新排列組合的熱情。就用一個個小尺寸的塑膠袋，將那些屍塊按『災難後』的型態藏存。說實話，很不舒服。」

那時，永和的老屋突然來了那麼多撥客人——好像除了我父親過世那年，停棺在家，那些穿黑衣的佛教老師姐，每週會任意進出，幫忙唸經作七，之後這老屋就沒來過人了——我娘，八十幾歲的老太太，像木乃伊萎縮成一個小孩身高，中間且換過兩邊人工髖關節和膝關節，卻讓她挺過來，搖搖晃晃像踩獨輪車的人，讓旁人不解的平衡方式，歡快跑進跑出。

永和的老屋，像「光陰」這兩個字，空無和堅實的黑魚鱗瓦內部的木梁、下面磚牆抹上細砂碎石，這回憶的枯葉堆與後來持續的衰老崩塌，互相鑿穿，形成一種老母親整日誦唱「空不異色、色不異空」最好的「既不這也不那」最好的場所。但她和我那老哥哥、老姐姐，確實因為這二十多年的被社會邊緣化，變得沒有自信。他們淪落成和不友善的鄰居，為了那小巷弄裡不知哪來兩側停滿摩托車，貼警告紙條，並在我家範圍的圍牆外放上一盆盆棕櫚樹、芭蕉、杜鵑、桂花（都是我父親當年自況風雅親手種的愛樹）；或是那各處漏洞的天花板、牆腳裂隙、地板浮起的地穴，鑽出大小如有它們宗祠、祖孫的老鼠（我那個始終長不大的老哥，拿出他不知從民國幾年囤藏的老鼠炮，扔進那些其實我覺得更像異次元時空的出入口，炸得那些老鼠歡欣地吱吱叫）；之後又是屋頂野貓發情，鬼吼亂叫，生了一窩小貓崽，不久鼠患被蕩平，但換成野貓帶來的滿屋跳蚤；或是有一陣，每天傍晚，大批蝗蟲（後來知道那不是蝗蟲，是一種蜂）從天如黑雲罩下，布滿院子裡的杜鵑花叢，我媽我哥我姐都發誓他們聽得到，那上萬小小金屬怪物囓啃所有花朵、花苞、葉子的咔嚓咔嚓聲，入夜後又全部飛走，剩下滿園枯荒，後來連我那信菩薩、連老鼠囂張亂跑，都只是放一排黏鼠板，把中招哀嚎的大肥鼠小崽鼠拿畚箕兜去弄子裡放生的老娘，都讓我哥去買劇毒的殺蟑噴劑，灑在那院裡每一株植物上。

說起我那永和老屋和小院子，我承受的這個文化，真的是對每一個移動鏡頭，都有「塵滿面，鬢如霜，相顧無言，唯有淚千行」的哀愁。

但此時，客廳（多麼促擠）沙發坐著一位身影頗修長的麗人——她是我初中時暗戀的一個女孩，我在從前的小說，不止一次寫過關於她的故事。真實中她後來嫁入豪門，FB貼出的全家國外旅遊，高檔餐廳，一兒一女後來也各自考上台北的學校、非常傑出。但不知為何在這畫面中，她像是三十出頭，她的母親也不過六十開外。

我母親樂得跟什麼似的，像我是一個到了五十多歲，終於遇上好女孩願意委身的宅兒子，她對ㄌ的喜歡那真是「花枝亂顫」嗎？嗓門非常大地跟那對母女，叨咕些這兒子幹過的傻事。連我那老姐姐也超「蓬蓽生輝」嗎？彷彿裙裾唰唰有聲、忙進忙出，沏茶、備點心。但我似乎在另一個夢境的通道，已經經歷過另一番情節，和ㄌ有過一段冤孽情帳了。似乎她瞞著眾人，在我們這小弄子（都是老舊的小日式圍牆老屋）租下了三號（我老家是弄子底的七號），那是被兩邊有院落的屋子夾擠的窄門號，一進去還是老派日本仿歐浮雕藤蔓的門廳、兩級台階墊高的小廊，那種乳頭狀的不透明玻璃罩吸頂燈，上面有個小閣樓。進去其實非常小，有點像小照相館攝影棚的擺設，沙發、放著插花瓷瓶的小方桌、貼白瓷磚的瓦斯爐台和洗菜槽、牆上掛著複製風景畫，裡頭有一小間衛浴，樓上是臥室，一切具體而微，但非常小，像「箱裡的造景」。而ㄌ這個美人兒，在這個版本的故事書頁翻飛，似乎她的男人是個情報局的神祕人物，所以總不在場。而我和ㄌ，竟然多年以不倫戀的形式，就在這像夾層的小洋房裡，時光（或是兩個男女的身體）款款擺動。但為何就在我童年，從小長大的老屋的隔壁的隔壁？我印象中，還在那小屋客廳，與她們母女一道用著高雅的德國玫瑰蓓蕾百花不露白的瓷杯，喝沖泡咖啡。彷彿我是這同樣高䠷美麗的老女人的「地下女婿」。所以此刻我與她倆，分置在永和老屋不同的空間，但總有一種心不在焉，牽強微笑，祕密怕被戳破的哀愁。

但在那「夾縫小屋」的「夾縫情人關係」，時光太長了，乃至我們失去了偷情的刺激，像老夫妻或老朋友，那個簡素的小客廳，竟有些像某些偏鄉無人的小火車站候車室。似乎她的男人在某一年之後，再也沒有回來。（他作為潛伏敵境的地下工作人員，被逮捕了嗎？或他發現我和他妻子的事？）於是我也分擔了她們母女每月的家用費（但其實我手頭非常拮据）。

我想描述一下永和那老屋，如果有一空拍圖的屋子結構，它其實是在一口字形的圍牆裡，放了一棟「7」字形的日式屋房建築。「7」的長棍部分，假如大門在最底端，進門後是一間獨立的客廳，其實也很小，放了四張木架藤面單座沙發和一張矮几，稍後方有一架我姐小時候學彈了十幾年的鋼琴。此外是我父親的書櫃，嵌牆還凹進一處那年代的酒櫃，不過裡頭沒有放任何洋酒或洋酒的空瓶。放了一些積了灰塵，會舉起咖啡杯像在啜飲的發條熊貓玩具、馬車白色駿馬和金髮馬車夫的模型、另一堆我父親晚年收的紫砂壺，然後擺放著我們這一家人不同時期的全家合照。牆上當然掛了一些字，電視櫃旁的鞋櫃上則放著（也是積了灰的）我父親或母親早些年跟團去大陸旅行的紀念品，一些小沙彌的陶塑、鹽結晶的雕刻山子……整個空間非常壅塞。

裡頭一較大間，分隔成一間我父親的臥房（我父親中風臥床四年，離世後，那通風不良光線陰暗的小房間，有幾年是我外婆跑來我家住，睡那裡頭。我外婆活到一百歲過世後，變我母親搬進去睡）；

另一間較大間的，被我父親堆排著大書櫃，啊我父親的中文字古書真是多，其中兩組縱放的書櫃，隔成我姐的閨房和我娘的一張矮床。其實都有些像火車的臥鋪。像哆啦A夢有時睡進壁櫃裡。從我姐的閨房（一張床挨著一張小梳妝檯）的窗，可以望見外面一片綠光的小院。

那個「7」的橫一槓，是三間非常小的格子屋連在一起，中間那間是佛龕和一張小餐桌，一側是非常髒舊的浴室馬桶，另一側則是也非常老舊的廚房。事實上這廚房同時是這個「7」較短槓的部分，它開了個後紗門，可以通到小院。

從前我父親較年輕時，曾在這紗門出來，陽光較照不到的陰濕角落，搭了個篷架，養過一株非常美的紫藤。還種過鐵樹，養過一些品種珍貴的蘭花。當然這些後來都沒了。

所以這時，除了ㄌ那美人兒和她母親，端莊地坐在客廳，翻我母親一頭熱拿給她們一疊我們小時候的黑白相簿；後邊這，在老屋的中腰，也就是我姐的老閨房那，我遇見了另一個初中同班的女生。她也算是個美女，就是個子比例非常小，小到大家都喊她「小可愛」，三十年後我曾參加過幾次初中同學會，那些如今已是電子公司老闆、銀行老總的老男生，還充滿青春感傷的言之鑿鑿：當初班上的男生，有一半暗戀的是ㄌ，另一半偷偷喜歡的就是這「小可愛」。不過在這永和老屋裡，「小可愛」也老啦，但或是某種這時間之屋贈與的抒情迷霧，她和客廳的ㄌ，都不合邏輯的小我十來歲。我記得當時在那氣氛肅殺的初三升學班，ㄌ和「小可愛」是天天黏在一起的姐妹淘，會用即使在那物資匱乏年代，仍非常時髦昂貴的日本專賣文具店買的，什麼星星小孩、小熊的淡藍粉紅信箋信紙，互寫一些少女氣的信件，其實本就在同一間教室。但有一陣子兩女孩不知什麼事鬧翻了，冷戰了一個月。我和ㄌ因身高和成績總被排坐在教室後面的座位，事實上我比較像是「ㄌ的騎士」，聽她說起「這次小可愛竟敢也撐著和她冷戰」，很明顯她倆的地位，ㄌ是主，「小可愛」是從。

在永和的老屋裡，小可愛當然也年華老去，不，她的此刻年紀，似乎比客廳裡的ㄌ，又大上幾歲，眼角有了魚尾紋，身體又有過四十多歲女人的厚贅。但是，可能她經歷了比ㄌ，作為一個女人，較幸福的這二十年，我敢說她經歷了好幾場像電影演劇的戀情，因為她竟然像個拉丁女子對我調情，那是台灣女孩從二十歲到五十歲，全都不會的，舉手投足、眼神、嘴唇、其實胖胖的腰身，嘰嘰咕咕的笑，說話實帶有舞蹈感的頓足、甩頭，一種喜劇和時時帶著靜電的，「笑著說話」，讓你的耳朵，和她對話的嘴角臉頰，到身體表層對近距離的變化、判定，都非常愉悅。簡而言之，她一定談過許多場戀愛，而且享受並了悟那些真情假意、無可奈何，愛情或性，並不是一場天崩地裂的梭哈，或嚴防的被掠奪物。說實話，我在我的人生這二十年，在這個國度，遇見太多「白流蘇」了。也許我們這個文化，男人還是一百年不改，還是戀童癖，停留在一種「美少女夢工廠」的吮食。

我和小可愛愉悅的調著情，她卻告訴我，她早在這老屋裡住了幾個月啦。原來我母親和我老姐，承受不了經濟的窘促，把那被父親的書櫃隔成的一張大藤面床，和一張小梳妝檯（原本是姊姊的閨房），分租出去，恰好她沒家沒親人，就租下啦。她們把原本作為父親書房的那小間，打通成一道對外門，於是小可愛可以直接從她的「房間」，推門就是我家那小院子。

這真是出乎我意料的，原本以為是一座時間墳場，內縮朝困守它的我媽、我姐、我哥的衰老坍塌，結果卻意外可以收納進這許多「外邊的人」。

在亡父那一排排從磨石地板高矗到天花板的書櫃，那從小我們就像活在一個鐘乳岩山洞的，光從來的折射或再被高低堆積的舊物分割成隙光，那麼促擠近距離的空間，老去的小可愛身上仍像燥風一陣一陣吹蕩一種茉莉香氣，暗影中眉眼如小盆中的小魚苗，靈動無聲竄游著。手被她輕輕攥住。

「不行啦，喂，這麼多人在這屋裡，我媽我姐就從旁邊穿過，然後ㄌ和她母親在客廳啊。」我小聲說。

「你這呆子。我現在就住在你家啦。」她輕輕聲，但似乎笑得岔氣。「你要幹嘛啊？」把我的手撇開，鬼靈精怪的，好像是我想非禮她。

ㄌ不是妳最要好的姐妹嗎？我正想這麼說，但心中有一巨大疑惑：什麼時候我變成女人間爭鬥的搶手貨了？我不是個一無所有的倒楣鬼嗎？這好像是極久遠以前，從國文課本讀到〈范進中舉〉，那應是二維時光裡，潦倒的窮文人讀之最爽、滿紙辛酸淚的超級意淫ＶＲ吧？必定發生了什麼我不知道的事，否則這個永和老屋，自身就是沙漏一部分且最後的殘餘垃圾時光，怎麼突然朽壞的、處處破綻和灰塵的、連佛龕上的觀音雕像都剝漆掉彩，被白蟻蛀蝕，怎麼突然又有種說不出的生機盎然、春風盈門（像我那死去父親千篇一律寫的春聯）？

想到ㄌ，那像天鵝優雅的長頸，強顏歡笑和她母親，坐在我家那經歷了父親過世前四年的癱瘓，所以還就輪椅、攙抱高大傾頹老人身體的空間，然後他走了十多年，又像海綿球捏扁，緩緩彈回本來的形貌，不，一種長霉斑、或結構液化的，退回我母親和老哥老姐他們無力布置回的，童年時這屋子的模樣。ㄌ穿著米白針織毛線衫，她的手臂、肩膀、胸弧、到腰身，無一不比凡庸女孩更頎長、弧線更漂亮。卻得像隻被捕獵的雪貂，垂眼塌耳，乖順坐著。她的母親眼窩深邃、鼻梁高聳，像個家族官職深深長廊的貴婦，娓娓細說，像是請託、轉寰、或說情什麼……。

那真讓我心痛。

曾經，目睹一個美麗的女人正在「得體」，那是讓我最痛苦的事。我太清楚知道，這個在自己的沙漏中逐形崩解的永和老屋，從父親的死去，他留下的與這世界格格不入的那數萬本古書，那些剪報、分類收藏在不同抽屜的只對個人一生有重大紀念意義的公文、證書、獎狀、誰誰誰的書信、藏在五斗櫃一整抽屜的印篆印石、壞掉的鋼筆、相簿……，然後是像一株空蝕癟老玉米的我母親；然後是我老哥、我姐。這一切要在幾十年的時光，終於安撫那不甘的搏跳、那眼睛對生命熱愛的光焰，這之間要多少如同蜜裡調油的哄騙？像附耳在一隻重病垂死的狗頭邊，溫柔軟語，然後將牠脖子扭斷。但此時是發生了什麼事？這老屋子的不同框格空間，除了ㄌ和她母親，除了小可愛，還有不同的女眷進入，她們無一不是討著我老母親歡欣，真摯地讚美，哄小孩般寵著她。

這時大門口又傳來我姐喊著：徐某也來找你啦，這是什麼好日子啊？我急匆匆從廚房後推紗門，穿過那院子，走到大門口。徐某和另一陳某，都穿著短褲、運動T恤，好像是剛打完二十場非常激烈的桌球。他們是我國中時最好的朋友。兩人臉上都帶著少年時代，靦腆、又好奇觀察永和老宅的笑意。但這麼說來，他們和ㄌ、小可愛都是當年那坐滿高智商孩子（只有我是弄錯了，故障的機器人）教室裡的同班同學。我心中暗暗有個陷落、腳踩空一階樓梯的覺悟：太奇怪了，這些後來的人生差異頗大的國中同學，怎麼同時聚來我永和老家？除非是我的葬禮。

這個徐某，我曾在不同的小說中寫過他。他是個非常奇特的人。在我國三那一整年（因為是那教室裡唯一的一隻故障機器人，被我們那矮個子導師每日用藤條抽打、羞辱，甚至班上的同齡者們，也以看待集中營中將被消滅、劣等人種的歧視對待我），只有徐某整天和我在永和當年那指突狀的巷弄，伸進其實還是第三世界場景的大人世界：某個賭骰子的烤香腸或烤玉米小攤車、某間破爛小撞球店、某間唱片行，我們充作賓客混進國父紀念館裡的一場婚禮白吃白喝，他還領著我闖進不同的教堂，非常突兀對台上講道的牧師，質問真的有上帝存在嗎……事實上他就像福爾摩斯，我就像華生。後來他到了台積電，似乎變成很有錢的極高階工程師，我的世界完全沒有這樣的朋友。也就是我完全不理解這樣的人，大腦裡運算的，或是完全建構在另一種和所有現實物件都脫相干的什麼超導、微縮、振盪、發光、放大……的另一種宇宙設計。但在我窮困顛沛的生命裡，徐某不同階段會突然出現，丟下一大筆錢給我，像是我用那個故障機器人勉力支撐的人生，某些時候突然拉霸拉到特獎，困惑地狂從下方抽屜嘩啦啦掉下許多硬幣。

我們佇站在永和老屋的大門外聊著，有一株從院裡小花圃長出的高大龍眼樹，水泥磨細砂的邊沿都被那粗如龍爪的扭結之根撐裂爆了。葉序像佛經裡的垂墜玲瓏之傘，在我們頭頂更高處一層層盤旋向人類不需要那樣視距的高空。空氣中混雜著樹籽、貓尿、蜜蜂屍殼、臭水溝泥，難以言喻的氣味。徐某說著他母親，過年時全家還開心吃了年夜飯，約三月中，臉整個腫起，他們跑地區的小醫院，再轉送長庚醫院，總之各種誤診，其實同步也作了穿刺化驗，大約四月時癌症科主治醫生確定是肺腺癌，非常奇怪地在兩週之間，上一個診斷說一期下一次診斷又說四期。然後四月底某一晚他母親就走了。

這該從何說起呢？網路上他看來一個美女YouTuber說到「我們這條時間線之外的其他不同條時間線的存在可能」，那像是一整條美術館走廊，天花板上，垂墜著上千條極細，但長短不同的玻璃管（你們應發現我在許多地方，提到這個意象），有一位從二〇四五年回到二〇〇〇年「未來人」，曾在網路帖子貼了一段影片，據說是二〇一二年十二月二十二日（也就是馬雅曆法人類文明世界末日十二月二十一日的次日）所拍下，但很快就被各國網管封鎖消匿了。這個「未來人」，和其它許多自稱是「未來人」的網路神經症有些不同。乃他自稱是用未來的「歐洲核子研究組織」的時光機器回來的，而他也宣稱二〇〇一年之後幾年這個組織將通過「大強子對撞機」首次造出「人造微形黑洞」。有一段時間，媒體炒作了一陣對這深埋地下，莫名其妙的「可能造出黑洞」，將地球吞噬，甚至將我們這個宇宙吃下的怪異發明，當然所謂發現（或說證明其存在）希格斯粒子，是這超巨設施最珍貴的成就。當然這個 YouTuber 女孩又神神鬼鬼地指出這個研究組織的大樓廣場，放著一尊古印度神話的「濕婆神」雕塑。祂確實是掌管「一眨眼就將一個世界毀滅」的神祇。於是她說，可能（唉，當然是可能），二〇一二年那個馬雅人預言的世界末日，並不是像我們許多人當作笑談的「什麼嘛，丟你個老母世界末日」，而是在我們全部人無知的狀況，這個「歐洲核子研究組織」，已經用大強子對撞機，撞出一個一開始是微型黑洞，但後來把宇宙整個吞食的「濕婆神的眨眼」。所以我們產生了許多個在佛經時間尺度裡，劫滅又重生的多元宇宙，可以任意跳換的時間性（《瑞克和莫蒂》裡大玩特玩的，無數平行宇宙的你我）。

我安慰著徐某，伯母這樣猝不及防地過世，對你一定造成極大的創慟，但換一個角度說，這何嘗不是她少受些苦（我以我父親臥床四年才離世舉例），說來她應是有福報之人。一旁的陳某也恬淡地說，他的母親幾年前也是死於肺腺癌，而這半年，他的岳母也正為肺腺癌的化療受苦，說來這是一種很凶惡的癌啊。

他們兩個當年都是智商遠高過我的同班少年。但後來的人生際遇頗不相同，徐某一路從清大材料工程，到台大材料工程博士班，據說當年他們就是幫教授一起設計IDF的機身材料。後來進了台積電（但這之間二十年我們失去聯絡）。之後又從台積電離職，但以他的高智商，好像是發明了一個程式，連台積電都得跟他買專利。所以變成有相當積蓄。而陳君，則是在我們仨二十七、八歲時，某一次相聚，提到他迷上一部電影《O孃》，以及他接觸到克里辛那穆提，跟迷惘的其餘二人說了一些宇宙的空幻本質，於是把清大電子的課放棄了，和一些世界各地的教友（我完全不知那是什麼人？後來讀到韋勒貝克的小說《無愛繁殖》，我猜想陳某當初就是跑去參加那種野外呼麻多P的嬉皮靈修營吧？）跑去一些當時的我根本難以想像的異國、遠方。有幾年好像還去日本打工，去那種類似龍貓的老木屋地基下面噴殺蟲劑。後來再遇到時，他成了小學老師，以我們的年紀來說，娶了一個小他滿多的女孩，現在同樣五十多歲了，女兒才小學三年級。

我在永和老屋大門口跟他們聊天時，一直有種心不在焉的慌張，怕他們知道ㄌ，當年我們那個天才班的首席大美女，如今就坐在我家那破爛的客廳裡啊。

這時，我的眼前，是永和老家這條小弄，櫛次鱗比的日式老屋的簷瓦，矮牆漫出的杜鵑、棕櫚、曇花、竹子，以及隆起的柏油路面上像白漆那樣的乾狗屎漬。我的右眼看見崔（又是我們當年那天才班另一個同學）和他母親正走進來，左眼則看見我家隔壁三個廼迌少年走出。

永和的老屋隔壁，隔著一條充當舊昔時代防火巷的「死空間」——一條排水溝，長滿及藤高的樹蕨，布滿蜘絲比電線還粗的彩色蜘蛛的大網，那道五十年以上的苔綠之牆其實像蛋糕一樣鬆軟。野貓的孩子不慎從屋簷掉落，時日久遠成為標本骨骸——隔壁那一樣老舊的日式小屋，坪數只有一半，所以沒有院子，蓋了二樓。分租給兩組住客，樓下是一個陸配，單自帶著一雙兒女，都在像漿果迸裂荷爾蒙初竄的國中生年紀，另幫附近人家帶一些一、兩歲的小娃。二樓原來空著，後來搬來一群迌迌仔，也是輟學的少年，無父無母的狼孩，不，連狼都沒有，四、五個，標配摩托車、手機，工作是熊貓外送，各自接單，在車陣穿梭，無人的路口停下偷吃每一袋裡紙盒分裝的蛋炒蝦仁、小籠包、壽司、印度蔬菜咖哩、韓國海鮮鍋、說不出高級的義大利麵……那都是他們原先想都無法想像走進去的高級名店，然後面對刁難的訂戶，住在五樓公寓頂加蓋，根本門牌找不到。或那些像ＦＢＩ重案組的大廈管理員。

他們的身體應該還是少年的身體，當然和一樓那花痴國中胖妹，從嘲弄、嫌惡、到每個哥們好像都難言之隱，外人也難以想像重建，在那麼窄的上下樓空間，似乎都髒糊糊地搞過一腿。

後來一樓的那兒子、女兒也每晚上樓和他們玩在一塊——這世界有所謂的地獄，就是單身母親和一堆哭鬧拉屎的屁嬰孩——他們弄了一台卡拉ＯＫ，對著我老家這邊，狂開演唱會。哪些歌？我不知道耶，我只聽我老姐說，那就像地獄裡拴著鐵鍊的惡鬼，被扔進油鍋時的慘叫。哇嗚哇嗚哇嗚。有一次我姐受不住了，用手機連上日本和尚藥師寺寬邦的《世尊偈》，開到最大聲，嗡呀哞呀，稀哩稀哩，速嚕速嚕，最後還有一個數百和尚一齊咒唸「嗡啊哞！」「轟轟轟！」聲如震雷。隔牆那邊當然傳來三字經、譏笑，和轉到最大聲的卡拉ＯＫ衝擊波。

結了仇，受苦的是我老媽，她就睡在靠那隔牆最近的，我父親癱瘓四年臥床，然後我阿姨又在其內當臥室三年，先後離世的那房間。那時我老媽正受到那一陣新聞也有報的，出問題、死了幾個人的流感疫苗的後遺症，她注射之後，突然一、兩個月都睡不著，然後隔牆那些你說對社會憤怒、或自甘墮落，其實好像都不準確的一屋「被揑癟、任意在馬路上摔車、也無從逃脫其被社會輾壓」的破少年，作為聲波炮攻擊的假想敵，其實捱受的是這個喫了一生苦，慈悲待人的八十多歲老太太。我很想跟那些廸迌仔說，你們的敵人，不是這個養女出身，如今兩個髖關節、兩個膝蓋，都是人工的，除了收著死去老公留下一屋子她一本也看不懂的國學古籍，她每月的生活費，比你們其中任何一個都要低啊。那院子裡的白梅樹下、桂花樹下、曇花、巨大九重葛、巨大龍眼樹下，埋著一隻一隻三十年前、二十年前、十年前，不同的狗的骨骸。那些收容來的少了一隻腿的狐狸狗、缺了一隻眼珠的黑狗、全身潰爛的白狗，全把（較年輕時的）這個老太太，當作牠們對人類摯愛的對象。

那群屁孩，把機車一輛輛停滿這窄弄的兩側，巷口理髮店的阿肥夫妻，每天傍晚則牽著他們的紅貴賓，到弄子底拉屎。巷口另一側，則是荒廢了十幾年甚至二十年，同樣那般黑魚鱗瓦的日式老屋，牆塌窗破、雜樹叢生，野貓聚成寨，幾年前連著兩戶被建築商買去，蓋了一棟非常細瘦的九層高樓，建蓋時工人把水泥包、沙石、鋼筋廢材全扔我家老屋門前。小山貓轟轟開進來，工人們赤膊著黑亮的胸膛，抽菸、互罵髒話、吐檳榔汁、電鑽或磨石機……，那些年，我老姐還在外商公司上班，我母親仍帶著外傭莉亞，照顧我那癱在床上可能已三年，生命還剩一年的老父親。所以這些發生在老屋門外的浮躁、變動、人類在底層求生存的粗暴，都被那綠光盈滿的小院子擋著。但等大樓矗立，新住戶住進，這條本就像十二指腸迷宮的巷子迴路，胃納不了那麼多往上疊高的住戶數，我們弄子（以及這往下的幾條十二指腸裡再岔入更細腔囊的弄子）就都停滿各種，這世界後來每一輛設計成像太空艇那麼胖大豪華的摩托車。巷弄裡的戰爭其實在弄子口發生，或者說是巷弄老居民（都是一些老人）和新住戶的戰爭，他們找里長在巷弄兩側畫上紅線，幾次還真的出動大卡車來，把所有機車全拖吊走。這一切其實和蝸牛般縮在弄子最裡端，怕事唸佛的我那老母親無關。一直到那群屁孩像惡煞下凡，不知前年或再早一年，一群住進、賃租我老家隔壁。恰好我老姐也在那時被外商辭退，職場二十年傷痕累累，比她想像早了十多年進入退休時光。

屁孩們的四、五輛機車被拖吊了幾次，其實是誤闖原本就充滿張力，這弄子口的懸絲陷阱，老實說我也搞不清楚是弄口理髮店長得像黑道的阿肥，及他那像黑道大姐的夫人，或是巷口出去那些老公寓、開安親班的、再靠巷口些開美而美早餐的、或買得起那矗高新大樓（他們的 BMW、LEXUS 都有極窄的升降機停車塔可停）的年輕新住戶，到底諜影幢幢是誰對我家弄子裡，時不時如蕈菇竄長的亂停機車，報警拖吊。而完全不成比例的罰金感受，那是這些輟學青少年賣命跑了一整天熊貓外送，還湊不齊領車押金啊。更別說那些機車都是他們的謀生唯一之物。仇結得極深，但找不到告密者。某次，其中一輛太空飛艇就擋在我老姐打開的大門前，這個也同樣不知之前水深的「老屋的女兒」，在那機車坐墊貼了一張紙，上寫了請以後不要亂停擋住出入，否則報警云云。

於是這夥對現實世界缺乏真實感受的，被擠在鼠穴般裂縫之境的屁孩們，盯上了一牆之隔的那個老太太和她的老女兒。這給我一種不祥的預感：我在 YouTube 看過一些視頻，討論那過去許多懸案、連續殺手、女大學生失蹤案，發生在韓國首爾、日本東京、或美國中西部那種空曠的獨幢大房子社區，通常這些殺人犯，動手的內心機關被打開，常是「對方非常脆弱」，有一個連續殺人魔還對採訪他的FBI警探說：「為什麼我們喝完可樂，忍不住就想把那空罐捏扁，那誘惑著我們，因為那結構脆弱易碎，忍不住我們就想感受破壞它的快感。」

我想過幾種可能，找我高中時鬼混過的兄弟請他揪幾個黑道年輕人，我和他們拿著球棒、鐵棍，按電鈴進門後，一路狂砸亂打，打到二樓，把那幾個屁孩打到手腳骨折，然後離開。作為一種「這才是成人世界的暴力」。或是找我相熟的貓警官，上門作些盤查，一種不明自明的恫嚇。

但那會比較好嗎？其實這念頭一起，我就意識到我跟那些鬼混的兄弟，根本幾十年沒聯絡了，他們現也是五十幾歲的老人了。可能根本沒有什麼「黑道年輕人」了。

另一個幽靈般襲上的想法，就是我會想到可能動員、找人，找一些更兇更暴力的成人，進那屋內，傷害他們、毆擊他們，不也跟前面我擔心他們對我老母親、老姐起的「生物獵殺評估」一樣？他們是脆弱的，對他們施暴，成本較低。我打到他們手殘腳斷，他們可能根本不敢報警，也許都有一些小偷小盜的案底呢。

第十二章

△我和崔是這間教室最後一張製圖桌的隔壁，也就是許多專業的日常瑣碎的分組，我倆總是最小單位的隊友。但不知為何，我們好像彼此不喜歡對方。這說來複雜，崔一路都是好學生那一掛的，而我絕對是這個班級掛在車尾擋泥板，那最差、完全和所有科目累堆進度的知識、體系、話語全部都脫節、不知所云的那個。也就是說我在那個空間裡，其實很像一隻大猩猩落單身處在一群智人的洞窟裡，只是本能的感知所有人在空間裡的挪位、互相關係的善意或惡意、某個個體的情緒低落或快樂、分裂小團體之間的排他。但我完全是所有不知道為何會置放在這教室裡的一輛廢車。

於是你們就知道，崔總是和我像「兩人三腳」的運動會白痴競技，他總是疲憊地要多付出我那一份額的不論小組報告、期中評量、課堂上即興的討論、甚至只是值日生的打掃之類的活，他媽的他多想脫離我這個「拖油瓶」。但是這場戲的開始，崔是已請假一個月，回來上課的第一天。他不在的這段時日，我已在課室、樓梯間、走廊、廁所，聽班上那些人議論紛紛：好像是崔的母親帶他到機場（我不知道他們要出國的前提是什麼），但通關時被查出證件有問題，好像崔的老爸，一直是個在家中缺席，但匯錢給他們母子的神祕大亨，一個影子般的人物，但這時似乎海峽另一端爆出他老爸涉及上百億的洗錢案與銀行巨額借貸交不出，報紙頭條都出現了這人物遭逮入獄的新聞。崔和他母親原本是如電影情節的闖關，最終卻被濾腮瓣膜構件中，某些查驗證件、即時通報的密件或指令吧，給攔截下來。

所以再回到這間教室的崔，就像狼群中某隻弄瘸了腿，甚至傷口潰爛發出異味的狐狼，受到群體看不見的冷淡或抵制。

我很難描述這種落水狗處境下的崔，坐在我身旁，像冷月餅裡竟可看見的白色豬油凍細條，有一種少年之間，臟膩厭棄的無言結盟。下課後，我跟在崔的身後走，我發覺他對在這個世界生存下去的技藝嗎？世故嗎？分辨周遭動靜的狡猾嗎？都遠超我甚多。

那是沿著一條濃綠色水圳岸邊的青石磚鋪小徑，另一側侉次著一間間低矮瓦房，濕冷雨霧中沒有人影。崔帶我走到一類似小火車軌道下方土坡裡的一個涵洞，那裡寬度恰好停著一輛非常老舊的美國車，我們各自開車門都要擠著身體側塞進去，因為車門貼抵著布滿爬牆虎的石壁。崔插上鑰匙發動了引擎，並從那非常老舊、質料非常差的塑膠殼的抽屜式煙灰盒裡，拿出一包乾癟的 Marlboro 菸，遞了一根給我，然後我們各自點上。這讓我非常驚訝。沒想到崔是這路貨啊，他藏得可真深啊。

但我們一直坐在那小涵洞裡，像是一直在哮喘咳嗽顫抖的車裡，他也沒開動譬如載我去哪兜兜。像第一次邀請同伴蒞臨他的烏龜殼裡。他告訴我他之後這十年的人生，非常灰黯頹落。這裡時間的感覺像漏斗倒過來了，事實上我們應是念著國中的同學，但他講述起他未來十年將發生的際遇，像在追憶似水年華。他上了一所比我後來念的那野雞大學還要差，差許多的技職學校，然後，因為校園乏善可陳，所以他參加了橄欖球校隊，他在描述那些時，我像翻讀著一本極神經質於細節的作家的小說，其中幾頁，歷歷如繪：天空上飛過的嗡嗡無人機，操場中央的草莖，然後那些奔跑，撲摔的年輕男子的身體……。

所以他變成了（或是將會變成？我搞混了）肩膀寬闊、渾身機油，但憤世嫉俗的大人？不知為何那讓我心底深處，對他開啟了真正的友情。然後接下來要發生的情節，我好像很久很久以前就夢見過了。他把那輛涵洞裡的老汽車熄火，我們各自像章魚讓自己從那極窄的門隙滑出，然後繼續走了一段上坡，他帶我來到一處那種小山城一天來兩班公車站牌旁的籤仔店，牆上貼著一些價目表，寫著要去「南澳」、「東澳」、「頭城」、「和平」的車價，似乎非常老練地和賣票的老頭攀談著。我想這是什麼意思？我並沒有要和他「逃亡至遠方」啊，這個學期還沒有結束啊。但我感覺他為了預演一個「有一天必然要完美逃離這鳥地方」，其交涉的人群複雜性和高度，遠超出一個我們這樣年齡的中學生所需要的，他會跟我說起學校裡，那個教英文的老頭和教物理的胖子，他們是敵對的山頭。其他哪個哪個老師是這邊的，哪個哪個老師又是那邊的。教英文的老頭其實是現在總務主任的舅舅，另外他們常跑到那邊，靠近市街那裡一家快炒店啤酒屋唱卡拉ＯＫ，和那些流落他鄉的越南女孩做一些淫蕩的事……。

然後我看見崔的母親，一身鵝黃色洋裝，撐著傘，站在對街的一家老西藥行門口，看著我們。她的身材，我這麼說年輕一輩可能沒辦法理解，就是像《大力水手》裡的女主角奧莉維。手長、腿長、腰細、頭也小，於是即使年紀應上了四十幾了，穿這洋裝還是非常好看。她穿過那雨中黃色號誌光閃爍，但根本沒有一輛車通過的小馬路，走向我們。在我的眼中，她當然已是個老女人了，但卻有一種我要過了五十歲、六十歲，才能體會的，很像燒御瓷工人，花了上千年，才領會將瓷胎薄如蛋殼，而其上的高溫焰釉上彩，奇幻地靜止在不應該存在的虛空，那個無以名狀的優雅的風騷。似乎我們曾是舊識（那是不可能的），我說：「您像年輕時一樣美，甚至更美。」（這似乎是我從哪一部小說看來的開頭）。她整個眼角瞇起來，那麼女性化，開心地笑著。「你這孩子。」然後她恢復母親的角色，低聲對崔嘰咕交代什麼，同時一些幫他整理衣領、摸摸他臉頰的小動作，這時她的雙眼嚴厲如母豹，有一種美麗女人在某種角度微微鬥雞眼，但非常好看的憂心忡忡……。

我與崔，在真正的中學時光，曾在永和那迷宮、電路箱、十二指腸般的巷弄裡，從學校到我們的家（我們住很近）這一片覆蓋的地圖範圍，所有角落，沒關大門的公寓樓梯下方、小店門口，把那些沒上鎖的腳踏車，騎了就跑。那當然都是一些快散架、煞車線斷了，甚至胎內框鐵絲都生鏽斷折的老單車。我們偷了那車的下一時刻，就是瘋狂在那變幻、分岔的小巷弄網絡裡瘋狂踩著那「別人的東西」之踏板狂奔。然後第二天它可能又被某個小偷從我們停放處騎走。那對我們兩個少年來說，像是發著高燒的致命吸引力。很像後來才體會的，大人世界搞婚外情，或偷別人的妻子、那種只窄縮在著迷於那非常窄，只屬於自己的瘋狂快感裡。時過境遷，你會疑惑為何當事人要為那麼不成比例的戰利品，冒著那麼巨大的風險？某部分來說，和「性成癮症」一樣，我和崔當時就是在一種「偷竊成癮症」。犯罪、腦中出現對獵物周遭環境與脫逃路徑的判讀，那之後像自行車選手環法賽那腎上腺素狂飆，眼前景物全變移動的液態、肺部像要炸掉的換氣。當然你絕不會去思考，那輛破單車的主人，可能是另個貧苦家庭的少年，可能是靠這台車送報維生的老伯，可能是比我們不幸許多的人。

我和崔的父母，都是不准我們在那年紀騎自行車的。但崔的母親是預算了他該抵家的精準時刻。所以，我們在中途這些巷弄迷宮裡的任何漫遊、冒險（當然後來就是尋找獵物，專注於偷自行車），對於崔來說，那就像微積分，必須從其中切分出某一截「原本不存在的時間」，簡直像後來我才看到的好萊塢那些ＦＢＩ探員，面對恐怖份子在某個大量人群出入的場所安裝了超級定時炸彈，他們在那計時器到零這個數字之前，必須瘋狂運用所有最聰明者的大腦，交叉推理，破解暗語，查看數百個監視器的畫面，要在那喀的一聲或嗶的一聲響起前，剪斷那根電線。他母親沒算到兒子會有（偷腳踏車然後在巷弄裡奔竄）這一招，所以我們會偷出那一段時間，但通常少年玩瘋了，最後是我陪著他臉色煞白地狂奔，並且幫著他想出各種理由騙他母親。那對母子真的是頂級間諜的對決，我想出的理由，皆被崔嗤之以鼻，「想用這來騙我媽，真是弱智。」

有一天，我和家人在永和老屋的客廳，圍坐那矮長几吃晚餐，電話響了，那話機在父親書櫃，並隔成我姐床鋪小空間，同時成為過道的那個房間的一張高腳小藤几上。我走進去接起電話，竟然是崔的母親。她用一種母豹保護自己孩子的威嚇低聲說：「以後你離崔遠一點，不准你再和他來往了。」我說：「好。」掛上電話，我幾乎聽見自己心跳的砰砰聲。一定是崔在某次和他母親的諜對諜鬥智中，把我當藉口出賣了。但我當時走回客廳，我父親問：「誰的電話？」我說：「打錯了的。」但內心已如突然只有我知道的，超出我年紀、智力，某種啟示錄，或希臘悲劇式詛咒，事情已進入一難以單迴圈能解釋的，命運，或山稜河川之險，或燈光全暗的空洞無人舞台……，我無法找人商量，詢問，這奇怪轉輪裡蹦跳的雙骰子，那後面的後面是什麼意思？外殼的外殼是什麼意思？我的臉，變成像版畫裡的人臉，成為陰影；或許我記錯了，是圍坐客廳那矮長几的我爸我媽我哥我姊的臉，全變成銀箔紙那樣燦亮，像下一秒他們會冒出藍焰焚燒……。

我們又回到那個小梳妝室。

「你還好嗎？」芙烈達．卡蘿問我。

「還好。」

瘦美人梳化師繼續打開吹風機，在那熱風中手指輕柔幫我抓著頭髮。她們似乎都被外面那群人，不知「上面」又會遠端寄來什麼指令，同感於她們目睹我所承受的荒誕折磨。女人在這時會出現一種也許是基因設定，難以言喻的柔慈，就是會在火光幢幢的岩洞裡，圍著安慰那像從十字架卸下的受創男子。

「這樣無休無止拍下去，就算是基諾李維來拍，也會身心崩潰吧？」她們低聲說著。但這句話不知哪個梗有值得笑的？幾個女孩吃吃笑著，連坐在梳妝鏡前的我也忍不住笑了。

「連米基洛克都不行吧？」

「那些神經病劇情究竟是什麼人寫的啦？」

「對啊，搞不懂他想說什麼，像小青蛙，噗哇，一下跳這邊，前面扔可樂空杯、爆米花……」

她們又掩嘴吃吃笑著。

「那個演他同學的母親，那個女演員，是不是以前蔡明亮電影裡的那位……」

「不是不是，不過長相氣質都很像。但其實都沒有真的這個人，那都是全息投影，一段編寫的程式。」

「那是什麼意思？」

「富可敵國的，喔不，財富超過數國總和的生物科技企業，想要用大數據測試出獨門疫苗的——」

性愛？探戈舞步？阿發狗那樣的圍棋星通？截肢與幻肢症候群？我已經非常累非常累了，事實上我已經坐在鏡子裡的自己對面，睡著了。但我聽著女孩們小聲（她們怕吵醒我）的交談。

「過程。」她說。

夜晚的溪谷，蚊蟲、蛾、甚至某些甲殼蟲頻繁飛舞。他們在溪畔巨石上起了一堆炭火，燒枯葉和曬乾的橘皮。所以你感覺那浮在每個人臉孔，一層薄金，或影綽搖晃，飛灰起旋，似乎這空氣中摻入了較多感覺的微粒。當然那矮壩的水流聲成為一種山中並不絕對寂靜的背景聲。人的皮膚在這時特別敏感、脆弱，好像夜間的冷霧，或缺乏了包覆、保護人體的強大自信。皮膚下的「人」，應該是靠一股「氣」、或「靈」，像一小爐炭火保持著那在這深山之夜，仍能笑語閒談，喝杯熱咖啡、熱茶，黑暗中點根菸抽著。但你不能否定那黑色的群山，在這地球輪值月亮照看的時段，那山、樹、溪流、奇石，似乎也湧動著它們的「靈」，那讓渺小的人類感到壓迫，說不出的感到自己裡面力場，搖曳撲閃，被它吸去。或許人的設計是需要陽光吧？譬如褪黑激素那些「科學新知」。

很怪，這時他腦中想到〈谿山行旅圖〉，那就像他腦中，一個小老頭含著菸管噴著菸，往上纍堆、濃淡聚散，但又有種非光源照射的微明同時昏茫，那之上，山的枯巖荒曠，以及（他不記得了）畫軸下方，那就和他們眼前一般，山裡的溪流、細密叢挨的各種山石、松樹、野蘭、蕨草……。

他年輕時完全無感於這些畫，對於山，應該是井上靖的《冰壁》、或是河口慧海的《西藏旅行記》、湯瑪斯曼的《魔山》、或夏多布里昂的某些文字……過了五十歲，突然對〈谿山行旅圖〉、〈早春圖〉、〈富春山居圖〉這些畫，像松果體被打開了，恰好那幻燈片光束打進他的額內接受器。每每被這幾張畫迷得悲歡交集，靈魂裡的數十輛車撞擊在一起的鋼板扭曲、成薄薄光影，可以像涉一道水渠，就進到那畫中。但這時又恰好遇上島內「去中國化」。這些畫突然變「必須和你眼前的真實」切斷。一種說不出的，從其他的他不認識的許多人生產出來的，貶抑、敵視、偵巡「你有沒有對中國文化投降」。這真的很煩，他們對「西方」好像浸潤也沒他深，然後他之於那所謂「中國文化精神毒品」、鬼故事、或會侵入的病毒？現在好了，所有人都沒了，剩下這個和〈谿山行旅圖〉一點關係都沒的暖暖山溪谷，然後他腦袋「無智亦無得」、「空性」、「無苦集滅道」，卻那麼懷念，濡潤地想起那幅畫。

我們這些劫後餘生者，和那個曾經花了四、五百年，或是更長，上千年嗎？建立起來的大型城市、視覺幻影、飛行器繁密的天空網路、奢侈的商品、食用牛隻豬隻雞隻的集中營，然後是無遠弗屆的網際網路、雲端與ＡＩ，絕大多數人不知道在幹嘛的實驗室，基因工程、微型黑洞的製造、控制人類大腦的祕密計畫……，我們和這些突然都沒有關連了。事實上我們在那和〈谿山行旅圖〉就他媽一模一樣的巨碑山形下，這小小湍溪旁，除了每日吃飯、睡覺、拉屎、互相說說故事，這幾人之間的關連也不深。真的就像在那幅畫ＶＲ成的光膜裡，那小小的、瑟瑟機伶打冷顫的小黑影。

所以那其實是靈性隨風搖曳，紙帛那麼薄脆，然後不解其原理（那些濃墨、淡墨、暈染、皴法、筆意）的「理想之境」？所謂的「基因之鎖」？本來就在一幅悠然神往的畫幅中，只容放下不超過十個的小人兒？好像並沒有把密密麻麻的人群，擠在足球場看台、塞車的主幹道、大型演唱會、跨年晚會、閱兵場、尖峰時刻的地鐵站出口……，這些古代畫家好像在某種極高的審美與性愛的迴旋尋找中，就有一種對「人」的減量法則？

同一個時間，他似乎在一個荒蕪的礁岩海灘，目睹著大批的，他母親那個年代的老人，像甲殼逐漸蛻脫、衰老、斷肢殘骸，一個一個慢慢死去的「報廢時光」。一些藤壺的破洞，她們其實已經不在這片海灘了，但她們壞老的軀體仍在微弱延續著「痛苦」的演劇。

譬如那個曾經選過中國小姐，身材高䠷，輪廓像外國人高鼻大眼，母親高中同學中第一美人的「雙蘋」。嫁給一個油嘴滑舌（她父母都非常討厭）、搭著台灣八〇年代經濟起飛的上升氣旋，作進出口貿易而住天母豪宅開賓士的男人。但這個小時候印象就是穿著夏威夷衫、戴極粗金項鍊和勞力士的鄙俗長輩，一直到老都寵愛著這個美人兒妻子。後來他先得癌走了。兩個兒子，一個接手父親的貿易公司，一個帶妻小移民到澳洲。其實是從小時候參加母親這些同學聚會，就清楚預知被拉開不同世界的人。但十年前這個「雙蘋」中風了，傷害到大腦語言中樞，退回到一歲嬰孩，咿咿啊啊無法找到詞彙表達自己內心的洶湧感覺。但兩個兒子連半年，不，一個月都沒忍，就把這被父親寵愛一輩子的「故障母親」送進安養院。他的母親每個月會帶一些自己燒的素菜，轉搭兩趟公車，長途迢迢去探望她。這個昔日美人總是極用力擠眉弄眼，動員臉頰全部小肌肉，咿咿啊啊完全沒法說出一個完整句子。「啊啊噢噗——唉卡卡卡……啊歪、卡……」他母親在一旁猜：「什麼？阿姨？妳的看護？還是（講了她兩個兒子的名字）？」不是，不是，急性子的搖頭、口涎亂流，到最後氣得哭出來。老手帕交竟像回到少女時代，玩的「比手畫腳」遊戲。兩個字？三個字？一個吃的東西？不是……一個節慶？不是？第一個字……嘴巴？牙齒？不是？口？口，（點頭），第二個字？點頭？好？讚？頭？口頭，不是？是？口是？「口是心非！」歡樂地抱在一起狂跳。啊從虛空中猜中了那麼抽象的一個形容詞。如今兩人都那麼老了，連最簡單想聊聊回憶，發發牢騷，還要那麼艱難地猜謎啊……。

「結果你們知道她要說的是什麼？」他母親那次回家，唏噓感慨著。

「什麼？」

「她啊，要我幫她剪頭髮。都那個樣子了，還是一顆少女心，還是愛漂亮啊。」

另一位壞毀故事，是母親念高職的同學，好像是當年讀了太多「言情小說」，高二就休學嫁給一位跑船的水手，總之這一生就掉到社會的底層，吃了許多苦，生了許多小孩，然後在她們同樣八十歲之境，老丈夫同樣也走了二十年嗎？變成每天打電話來夾纏說自己哪裡的病，今天又去哪裡，受了哪些委屈……「寶，我好想念妳。」簡直像《花與愛麗絲》，美少女沒有發生中間這六十多年，那樣的痴迷純愛。

另一位叫「鏡子」的，則是某天打電話來，說妳先生是讀書人學問比較好，我想請教妳，有一句成語「臨老入花叢」，是什麼意思？然後說起她八十幾歲的老先生，中風癱瘓，請了一位印尼看護，每天扶抱進浴室洗澡，老頭竟然上下其手摸那黑女孩的胸部、屁股、大腿、背脊。然後八十歲老婦用一種枯竭如男人的嗓音，跟她的姐妹淘說著她們那輩女人不可能說和聽的細節（母親說：「超愛講的，那些變態的，五四三的。」），一講三、四個小時，母親中間把電話放在佛龕下小桌，跑去客廳看電視，那「鏡子」仍可自顧自說著。後來是他姐經過，發覺電話怎麼有一個粗嘎的聲音，像引擎運轉的低頻：「……汝講，啊？講氣質，我咁有比伊咔沒氣質？講外貌，我咁有比伊布美？啊？汝講，汝講……」

她們像一群核爆的倖餘者，從日本時代的貧困女童，經歷少女時期國府遷台的國民教育，破爛棚屋慢慢起公寓，馬路拓寬，之後一幢一幢大樓，夜間從暗黑變成燈光如星辰，恍然如夢有一天她們就在這電波的世界裡，微弱的打信號給另一個孤島的，自己已經無法形成全息影像的一片薄影。

有另外一位九十幾歲的「蔣小姐」，被子女扔棄在陽明山的一家安養中心，或因脾氣古怪苛刻，和院裡其他老人全不來往。但這老太太曾是母親二十幾歲剛進銀行當工友時認識，她一身旗袍，講話清晰優雅，可能是個上海人，在會計室當主任，對母親這出身貧寒的小姑娘特別照顧，不像其他行員對她吆來喝去。時不時還用手帕包著幾顆松果牛皮糖給怯生生的母親。半個多世紀後母親惦記這多年前的「一種人情溫暖的贈與」，每月搭公車上山，用她那換過髖骨和人工膝蓋的蹣跚，爬一大截階梯，那是一間非常舊的安養中心，但這個「蔣小姐」變成一個多疑，控制欲強的怪婆婆。她會耍一些小聰明，要母親接她回我們老屋一起住，「逃離那個鬼地方」，不斷地講我母親完全不認識的一些人名壞話，似乎以為人們還在謀算她的存款（其實早就給她兒子了），攛掇我母親叫車帶她去銀行，廢掉她兒子手上那份存摺的印章，奪回那筆（其實也就一百多萬）存款。

或是當年我母親的恩人小學老師，當初我母親小學第一名畢業，我阿嬤不讓她繼續念了，我阿公是一個一年賺中元普渡一個月錢的流浪總鋪師，家中窮極，自然是要這養女去打工賺錢貼補家用。這位張阿田老師，竟登門造訪，說她願意幫這女孩出學費，她不繼續念太可惜了。說來這個你完全不理解那個年代的一個師範出來的年輕老師，怎麼有這樣的仗義和仁慈。幾年前母親輾轉連絡上這位已經九十歲的老太太，她非常開心當年那個小女孩後來算平穩的人生。她們隔一兩個月通次電話，但終於和其它那些老姐妹的電話一樣，一定會塌縮、光源漸暗。不知從哪一陣開始，母親打電話去給這位恩人老師，她總是慌慌張張，小聲祕密說著，她前些天遇見了某某（可能是一位舊識），得了老年痴呆症，講話講著就記不得自己眼前這是誰？現在是民國幾年？母親嗯嗯哦哦地聽，搞不清楚她為何跟她說這個人？但第二天又打來，又再說一次前些天遇見了這人，什麼都不記得了，頭腦不清楚了，怎樣說話像在迷宮裡打轉，最後都回到「啊妳是哪位」的原點。母親說那就是阿茲海默症啦，我先生最後幾年就是這樣。但第三天、第四天，打電話來還是重覆這個話題……。

他想：他的小說創作，就是在那群「受害者演劇」的年輕人，和這些故障品老人之間，那些比較像強壯天鵝，展翅、交配、濺起水花攫抓小魚，或是和其他同類間的鬥爭，或不意識到自身形態的美感……，他很遺憾自己的觀測，那靜謐撩動他的感動，竟然有一時光括弧的限制，性、調情、有殺傷力的說謊，真正會造成恐懼的比較年輕一些時的死亡，身體的自由，演戲也充滿一種腦中錯綜運算與現實複雜性，像在河流上擲石子、打水漂，那充滿力勁的彈起、落下……。

這個「中間」，時間括弧其實已預先選擇、限制，「人類」存在的形態，那是什麼樣（如同妄圖觀察宇宙兆億星體，那天文望遠鏡的範距限制）的一層繃張其內的，看不見的膜？譬如說，重力場，暗物質，光速無法被超越，這些超過我們理解，但又決定著我們「所能看見的，最後也就那麼多了」，那是什麼呢？為何會讓哈姆雷特躁鬱難決、自捫其心？亡父，說謊的母親，籠罩的謊言？為何讓卡拉馬助夫三兄弟，那樣狂顛、激情、痛擊、黑暗的最深地獄，或明淨慈愛的神性？是哪些人類的演出，讓觀測者顫慄欲狂，被觀測本身吞沒？

淫蕩。耽美。遺棄。或是，死亡帶來至愛之人長時間無法修復的創傷。被群體的否決、排除，或是「我就是那個罪者」，隱匿於正常人群、正常時光，但其實多年前，無人知曉時刻曾犯下的一樁重罪，被暴力剝奪掉的（想像的，「原本」應該有的靜美、單純、良善、不翻幾翻榨取的信賴依存關係；或「像個人」那樣活著）。異鄉。第一代闖入別人夢境的遷移者。這些人的第二代。

他想：在他這個小島，他受到某些認識、不認識之人的啟發，半輩子在觀測「人」這造物的，最近距離的糾纏；稍遠一點距離，兩人、或三人在一密室內的對話、細微的動作；然後再放大一些空間，像溪谷主人那一屋的昔日時光課室桌椅；然後是在一條街道、巷子、咖啡屋、酒吧、一棟電梯大樓不同的住戶、這裡頭有各式不同的人：正在一場熱病中和自己女學生陷入性愛深淵的丈夫、很多年前的告密者、一個像盧梭那樣躲在自己公寓畫畫但終不會有人發現的公務員畫家、一個多年前老公出車禍死亡而當應召妓女養大女兒念高中的好女人、一個岳母是地產公司繼承人、老婆是心智停留在十三、四歲少女，而又生了三個女兒的無業熊形男、一個愛上同一條街復健科診所女復健師的銀行門口警衛，其實他是個剝人皮製標本的「將要犯案者」……。

這些變態、異化，或說小小的變態，當事人自己都不知道，有一個和他們一樣隱匿於繚亂人群中的觀測者，其實已盯上了他們。那都不是他腦中虛構，而是每日不引起猜疑、淡淡的錯身打招呼。他們會在他的小說裡，如那個女作家寫的：「滾燙冒煙的熱水沖進白瓷壺裡，那些枯萎乾燥的菊花又一朵朵重新綻放，第二次活過來。」

但那個，「介入其中，看不見的膜」，究竟是什麼呢？

說實話，此刻他能想到的，若有所悟，如吹玻璃工人攪拌那高溫燒融而濃稠且稍一拉在空中便凝固成死形的，他這半生打交道的，撩撥引逗，不不，是讓他極度專注如頂級劍客，或頂級棒球打擊者的，那個「翩若驚鴻，婉若遊龍」，一觀測就變成薛丁格的貓，要讓它死在活之中，活在死之中的，是什麼呢？

他想：就是「臉皮子」，人的臉皮子。

他遇過不止十個，真的各自都是上天眷顧，人群中發著光的美人兒，在某些獨處時刻，會說出《慾望街車》裡，白蘭琪那句不能更絕望的台詞：

「我總是依靠陌生人的慈悲活下去。」

但事實上，她們完全不是說這句話的白蘭琪那樣像跌落夜晚校園廁所蹲式馬桶裡的米色粉蛾（那麼淺的一窪水，僅因上方懸蓋一盞裸燈泡，就形成了金光粼粼的死亡壇城），她們也不是那摔碎的，如夢似幻透光的極薄玻璃燈罩。

但為什麼有那麼多台詞可以挑選，她們卻不約而同，一定挑選白蘭琪這句，絕對是破掉的，無法在人間活下去的哀鳴呢？

但這些美人兒，她們各自曾在權力高位時，兩眼像鬥雞眼，不，一種眼妝、細緻的蜜粉，一種獵豹盯住獵物，那些羚羊啊、小斑馬啊、牛羚啊立刻從靈魂最內裡空無、酥軟，理解這是一種大自然必須將自己獻祭的規律。她們的大腦，完全為在那操控紊亂懸絲傀儡繩線的制高位置而演化的，補充一點，她們未必全是絕色的美人，但在那些「主管時刻」，她們會散放出一種讓下面人圍繞著、爭寵、願意交出自己的，也許用費洛蒙來講是錯的。她們在權力的衣架上，才能怒張出那像孔雀開屏，鳳凰旋舞雲霞飛昇，讓人迷惑的，不，不，像燒金箔紙的石塔，那上旋飛昇，火苗和火星舔著半是纖維半成灰燼的金色極薄，卻又混在黑色濃煙裡的，你會聞到死亡預示的高溫。很多年後，那些曾經圍繞著，受過不為人知羞辱的，或是成為一生暗影，自己曾在爭寵時，竟像爛古裝戲裡那些閹人、佞臣，讓女主微笑著聽自己說另一些人的壞話。結果是那麼可憐那麼一點點的，鳥食罐裡的獎賞。

她們太會玩這些，踩那些下面人擠眉弄眼，或惶悚驚恐，或宣誓效忠的人臉，像踩水車的踏板。問題是，這樣的違反力學，違反質能不滅定律的，「大棋手」，那麼揮霍把賢愚不一的人物，原本屬於他們小小平凡人生的資源，像放煙火全施放在她短暫的權力之舞。他們卻會私下疼惜地看出，「她內在就是個壞脾氣的小女孩。」

然後有一天，權力像核燃棒運作完，驟然消失、離開。她們的聰慧會將這個也沒有人教她們的，黑夜星空下瑟縮恐慌的時刻，轉移成一種私人的交情。有許多典雅的詞被發明出來：供養。提攜之恩。時光中曾經叱罵、支使的創傷，變成眼淚糊著眼屎，老家臣老部屬擔心「這女孩怎麼獨自活」的低語。

之後他通常十年、或二十年不見她們，再見到的時候，孑然一身，像亂世重逢，她們像曾經火光刺目的瓷器，你不知道發生過什麼，埋入土中，有了裂，有了沖線，釉面的蛤蜊光消失不見。於是那句經典的白蘭琪的台詞會讓他毛骨悚然幽幽冒出：

「我總是依靠陌生人的慈悲活下去。」

△我和崔的母親走在那高起土丘的運煤小火車鐵軌上，腳下是邊沿如被火烤過凹缺的枕木，還有被青苔包裹的小卵石，幾百尺高度的下方，是那條濃綠色的溪流。潮濕的空氣中有一些黃粉蝶翩翩飛著，這一線過去的山丘、寂靜的綠光，都像在一湖底下潛水，你幾乎覺得是在飄著細雨，但其實是那冷霧的濕度，在一鼻腔、臉頰、手指、鞋襪處，都感覺到濕，但還在那臨界點，凍雨欲垂。

我看不到崔的母親的臉，但感覺身旁保持平衡走著，這個女人和她的優雅衣裝，那麼帶有女人味。但她是我同學的母親啊。我感到一種出門前忘了關瓦斯爐火的惦掛：似乎美人ㄌ的母親、徐某的母親、陳某的母親、甚至小可愛那基因逆推一定也曾是個小美人的母親。我好像成了「同學母親」的收藏者嗎？

主要是，以我的年齡，她們應該都是一些老婦了，但為何我好像某種神祕使命，總一窺她們在完全變形成那老甲殼蟲之前，只那麼一閃即逝的，女人讓人心醉神迷的什麼？

你當然可以像賈寶玉那種公子哥，亂嚷嚷什麼「女孩兒是水作的」，一旦變成老媽子，全部那麼可憎！或是純粹官能上的戀女童癖，如川端的《睡美人》、納博科夫的《蘿莉塔》。那樣連打嗝放屁都是香的，純然是光暈和荷爾蒙甜香的美麗造物，其中一定有善惡：殘忍的、聰慧的、能承受別人痛苦的，或是踩著別人痛苦取樂的。但無論怎樣，都是藝術品。然後成為母親，然後成為枯萎垂頹的隔夜曇花。便成一些報廢品般的老婦？

崔的母親對我說：「我原諒你了。」

但那是什麼意思？她是指哪件事？當年帶壞她兒子，欺騙她嗎？還是拉著她兒子，在永和的迷宮巷弄裡偷車？還是有我遺忘掉的，很重要的情節？或就是此刻，香風習習。在這幽谷中她如百合般迷亂的最後一次綻放，我卻視而不見，直接跳格到她變成不甘心的「那種老婦」？

「不要告訴崔。」

某種協商、威脅、共謀、或女人那麼不可理喻卻又令人著迷的脆弱。她們為何會從清晨露珠、青葉瀑布，對未來充滿促狹、好奇的少女心思，變成像這生鏽鐵軌、腐爛枕木、長苔卵石，然後被拆缺堆進廢棄倉庫？

因為《簡愛》？因為《包法利夫人》？因為《安娜．卡列尼娜》？因為張愛玲？就在這一兩百年，不，就是一百年間，她們跑進了這個「當代的旋轉舞會」，挨擠在「芭比娃娃」和《慾望城市》的「人類潛能榨取機」：謀略、馴服、魅力的學習與操作、貪婪、吃不下那口氣的好強、或老是上爛男人的當，一種高度易碎的抵抗自己哪怕以月為時間單位的鬆弛、贅肉、衰老。這是一個空氣中充滿致毒微粒的一百年。我就認識好幾個充滿野心的美人兒，也為那其實只是夢幻泡影的「那口氣吃不下」，提起漂亮的胸部和束腰、和想下毒弄死她的賤人（對手）姐妹相稱，對幾個不同的權力男人「以戰袍和電流」，煙視媚行，哀傷的側臉……。結果卻突然驗出乳癌末期，幾乎都不可思議三個禮拜就像最鮮美的乳鴿，在微波爐中燎焦冒泡，變形，然後我最後一次見到的，那眼神灰了，然後死去。

我像繞口令那樣說著：「人類像旅鼠，推擠著列隊，往死亡前進。男人這種生物，其實是沒有時間的領悟。但女人，完全是時間如森林裡的蕈菇暴長。」

「在最悲慘的時候，那時大批的人像在夢境的邊陲。每天百萬百萬數字的死去。有一個夜裡，我在電腦看了一部電影《花落花開》（是的現在我有時想到『電腦』這種東西，仍像戒毒所的重癮症者，想念海洛因，那樣全身抽搐、發高燒），講述法國素樸藝術家薩賀芬路易一生狂然創作，但悲慘、貧困潦倒、運氣不好，最後瘋癲死去的故事。我對藝術、繪畫懂得很少，當時我上網（啊真懷念）開圖片去看這位女畫家的畫。因為那網頁有點像虛擬博物館，所以又可以連去他們法國同時期其他畫家的作品。然後我就點進了亨利．盧梭的頁面，你們或會笑我，這很像譬如《文學概論》，不是通識美術課必知的嗎？是的，我的年紀，那十幾年也在網路上，眼睛看過的訊息，當然在許多其它地方看過盧梭的不同畫作。但那個夜裡，我在自己的書房，瀏覽了幾幅他不同的畫，然後停在那幅〈入睡的吉普賽女郎〉點開全螢幕，那隻遠古之夢跑出的獅子，俯嗅著那個穿著彩虹衣裙，一旁一把七弦琴的，在月光映照沙漠熟睡的黑女人。我一直流淚。很久以來，（那已經十幾年了）我都掛在網路上，快速翻跳朝生暮死的訊息，但那個停住的時刻，那麼靜謐、幸福、哀傷，純粹就是那幅畫的美。可能就是那一年，人類的悲慘，或那近乎一百年全白費的，如同回到一戰前的，對他人的大括弧之貶低、羞辱、仇恨，這應當深深傷了我這一代，曾經被『世界』的文明、藝術、思想啟發，追夢者的心。那是非常深的傷心。」

我遇見崔的母親的前兩年，崔曾約我在我很不熟悉那一區的，松江路長安東路那裡，一間長榮飯店的一樓咖啡座相見。事實上那也是我們三十多年後（自從初中畢業）第一次相遇。很奇妙的，多年前那一晚崔的母親打電話到我家，恫嚇我離她兒子遠點，那之後我和崔在班上竟形同陌路。我長大後模糊回想，才體會那是一種「上等人對下等人的羞辱」，崔竟不曾來對我這少年玩伴，解釋或道歉一下欸欸我就是諜對諜，編不出能呼嚨過我媽的藉口，才把你牽拖進去，讓你當墊背。完全沒有。竟像我倆真的發生過衝突，眼光互不聚焦，放學一路回家穿過的那迷宮巷弄小徑，也各自錯開走不同的路。當然我也從那次之後，像一場熱病突然痊癒，不再偷那些路邊沒加鎖的爛腳踏車了。

如我之前多次敘述，我是那個資優班像故障品的最後一名，崔其實一直維持在班上前十名左右。那個夏天的聯考，崔無意外上了建中，我也無意外落了榜，進了一間重考班。總之，我們的人生，確實在這三十多年間不曾相遇，是那麼合理的一件事啊。

總之，崔先告訴我他太太是我的粉絲（那時我在一本狗仔雜誌每週有寫一個專欄），「她每一期都只讀你的文章喔。」而崔簡要告訴我，其實他多年來住在美國，自己開了一間電子廠，不過今年收了，現在搬回到台灣。這一切說得輕鬆寫意，但我後來不同時遇見初中那個超級菁英班（那對我當然是像個自己的廢棄汽車墳場，不愉快的回憶）的幾位男同學，他們說起目前的身分，都有一種我聽不太懂（或我想任何一般人都不很懂）的「另一個世界」：首先他們都是上世紀九〇年代，從台清交電機研究所畢業後，到美國矽谷工作、或是飛日本、台北，他們都是某家我搞不清楚的譬如晶圓代工、面板、快閃記憶體、陶瓷、光電，哪一個分解項目的公司或工廠的老闆。他們似乎也不習慣向我這樣的普通人解釋：那是怎樣的一種人生？譬如他們住在什麼樣的房子？他們的小孩會說國語嗎？念什麼樣的學校？他們戶頭裡的資產是什麼概念，上億或是十億為單位？所以影影綽綽，我可能又要好多年後，才能體會，他們和我說「他們的真實生活」時的模糊不清，是否又是另一種「上等人對下等人」的防衛距離？

但那次崔像是急切地告訴我，他和母親的關係（事實那次的碰面，是他從我臉書後台找到我，但約定的時間，很像他排在不同客戶間緊湊的 meeting），而似乎匆匆交代完他母親的種種（也沒有細節，也不像老同學隨興漫聊）。總之，他大學畢業那年，他父親終於受不了他母親，兩人辦了離婚。（我沒多問什麼，就像三十多年前，兩個少年盯上一台沒鎖的腳踏車，眼神一個交會，就快速專業地動手。或是他對於他的母親「倒數計時」，我們一路在那迷宮巷弄奔跑。事實上他母親就是個強迫症、控制狂吧）。後來他父親得癌症過世了，對了，他父親離開時，什麼都不要，房子、存款，全留給他母親，非常奇怪的是像個流浪漢寧願自己去租一極破的小住房。然後幾年前，「我和我妻子，到法院登記，並且登報，和我母親脫離母子關係」。

如今我這樣順著時間軸回憶，我是在多年後，見到（且就那一次而已）「同學少年都不賤」的崔，聽到、或印證了某些我們單一的生命，無法憑空創造的，人的命運或與他有關係之人的變化、可能性。關於崔在這幾十年前，究竟發生哪些細節、暈染開的情感，我一無所知。只是像我少年時，那些腦袋空掉坐在課堂的時光，老師拿粉筆像啄木鳥嘴喙篤篤篤敲擊著黑板：sin、cos、sec、csc、tan……我完全不理解那些三角函數是什麼東西？它們存在於哪一種形態的宇宙，但教室裡其他的同齡少年，全安靜聆聽，好像他們全部理解。崔的母親，崔的父親，崔的妻子，崔。

然後過了兩年，我遇見了崔的母親。事實上我當時完全不知道她就是「崔的母親」。我不確定三十幾年前，我初中時是否真見過當時崔的母親。（我只記得那通電話中她的聲音）而且，多年後我見到的這個女人，看去年紀可能頂多大我兩、三歲，甚至小我兩、三歲。

那是一間在我家（後來的，我自己的家）附近的咖啡屋，事實上那一帶巷弄裡，簡直像森林大樹根旁、濕草叢裡的蕈菇，開了許多家不同風格的文青咖啡屋。但這間咖啡屋頗怪，它的空間比一般咖啡屋大個兩倍，桌位都是長條桌，且比平日店裡寥寥兩三客人，多出許多，顯得異常空曠。但它會在周末辦一些作家朗讀，或音樂家來演奏（是的，它在類講台的空間，放了一架大鋼琴），或吹奏薩克斯風。總之，那次我應邀去那讀了兩首我自己的詩，然後中間，感性地說些寫這兩首詩的心境。這比起我平時出去外頭演講，要輕鬆許多，時間也大約四十分鐘。當然下面坐滿的聽眾都有些愣。其實他們都正在用餐。但最後（我讀完詩，有點尷尬地要離開了）有個女人舉手發言，怎麼說呢，她當然不是那些年輕姑娘，也就是說她是我這個年代的人，但因長髮和精緻的五官，以及和文青少女不同的典雅淡妝（其實是我不懂，那可能是非常高級、專業，可能是名媛、模特兒、上流社交圈才會的化技），我想在場所有人大腦中的判讀都是：「啊，這個是美女。」她不是提問，是充滿感情的（而她的表述方式，其實也並非一般害羞閉俗的宅文青，似乎她也是能在台上演講的女作家）說我的文字：怎麼可能有人能把文字的魔性，玩到這樣的境界呢？常常我讀了您一個句子，根本忘了前面在說什麼，但就是那獨立的一個句子，完全打到我，啊那就是我最內心感覺到的，最深沉的，但我不可能想出這樣的文字來表達啊。我有時會想：我真想殺了這個作者。全場當然善意、會心地笑著。

然後那活動結束後，這個「大齡美女」和我一路沿著那條也是綠光盈滿、黑魚鱗瓦日式老屋的院落，冒出紫藤、高擊的椰子樹、大菩提樹、大麵包樹的巷子（對了，和我小時候永和老家那巷弄比，這裡比較是官邸或台大老一輩教授的住區，而永和那一片，當年則是方格框框小許多的中低階公教人員的聚落吧）走著，她穿著一種可能是泰式或雲南染布，小碎花黑紅紫白灑錯的軟綿布洋裝，我很難形容那感覺，因為那衣料的薄與輕軟，貼著她的肩、胸、腰、臂、大腿，一種款款搖晃、香風細細，但又細微動態顯出她身形的婀娜。但她不是年輕女孩啊。那段時間其實我剛從一場跨時兩年的大病中恢復，其實身體內部的「小火苗」幾乎要滅了。但那樣和這同齡（我後來回想：真的，她真的可能還小我好幾歲，以生理構造不可能是「我昔日同學的母親」）美女在這淡金陽光碎碎灑落，地上處處漿果漬滓的巷道間走著，我的褲檔竟然半軟半硬地勃起了。我內心非常羞愧，很怕被對方發現。這真的不曾發生過。而今這一切都只是我回憶中的蜃影，如投入大火焚燒的金漆精密畫那穿戴著繁複瓔珞、臂釧、打著蓮花手印的諸天神佛經繪。一切如火鴉如風中之煙。因為是這樣在虛空中回憶（唇乾舌燥），它不是一種肉體縱肆、慾望橫流的「淫僧懺情錄」，真的很像火中取那已被火舌吞噬、壓擠在一起的焦黑蜷曲紙頁，火光像橘子瓣的肉囊絞纏著某種網狀纖維，在那些焦燎塌縮的菩薩細眉細眼紙頁間，浮動著，同時消失著。

我追想這個「熱愛我文字的女人」，這個軟布料的垂墜感將她行走中的腰肢、臀部中間的凹縫，那麼含蓄地撩動著，但我們卻應答著一些，我曾寫過哪個小說的哪個段落（我的回答幾乎全是靦腆的：

「啊我真的不記得了」），那之於我其實是一種，啊，對那個文明那麼瑣碎、像藤蔓或牡丹複瓣的工筆畫，那麼迂迴、費勁、遮藏隱蔽，薄翼透光的效果，這種什麼都沒發生，但什麼都正在發生，眼耳鼻舌身意、性器官，這些實物之外的，另一個不存在的介面，像成千上萬的小乳突，被吸吮著，刺激著……。

女人說：「啊，我家到了。」

那其實距離我住處不到三百公尺，一間雜貨店樓上，類似畫室、美甲鋪、個人精油SPA工作室之類、舊公寓不起眼（如果不是在我們這個沒有美感的流亡者之島，也許應該是一幢獨立屋的閣樓）。回憶裡那時慌慌慘慘的我說，啊，原來我們住那麼近。

於是上樓，混亂地剝下彼此的衣服，像沒預料被扯進一暗房就手演奏一把昂貴的大提琴。因為是這一切都幻滅空無的努力追想，那像是蕭邦G小調大提琴奏鳴曲。力度、結構、跳躍、迴旋、嗚咽，過度、緩緩平靜、再起，空中閣樓的結構，提醒對方「此刻不可複製」，仰傾就會將對方托住，從裡面到外面……。

我對大眼導演（後來我都喊他大眼仔）說：此刻我略微知道，年輕時那麼著迷抄寫著波爾士寫到「『永劫回歸』有三種形式」，那不是高妙的數學方程式或邏輯悖論，而是你們（雖然我不知道背後的老大是誰？或他這樣規模的再現，是一種什麼樣的計畫？）這樣押著我，重演我曾經寫過的（雖然我大部分不記得了）小說段落。也許「第二次」才能體會「結構之所在」。否則我們可能只是那些VR程式引擎，或AI人工運算出來的幻影。我們只是一次性發生過的，朝花夕拾。更可悲的是某些

（還被視為幸運）一生簡化成「維基百科」的一頁概述。你內心祕密經歷過的那些顫慄時光、孤自咀嚼地從廢墟中爬起來的「支撐自己不散潰破碎的細微結構」，怎樣從自我譴責，如同琴弓和跳顫的手指，重臨一次那種感覺，摸索著建築中每一層的階梯、房間、走廊，也許變成一種悲傷或優美的，宇宙中的弦波？

它們並非你說的那些吊帶襪或裝著屍塊的保鮮袋。

許多了不起的作家，意識到這「第二次死亡」的大教堂全景灑光，但因為人類持續往前推動、活著（甚至倍數的增殖），你終成為人擠人排隊進戲院，那其中一個孤單靈魂。院線電影不斷上新、下片、黑暗座椅中吃著爆米花喝著可樂，然後新的人一直排隊再湧進來。也許一百多年前他們拆掉了教堂，改建電影院，這就為期百年，生產，然後禮拜「我們人類自己」。費雯·麗、伊莉莎白·泰勒、馬龍·白蘭度、奧黛麗·赫本、葛莉絲·凱莉、英格麗·褒曼、亨佛萊·鮑嘉、克拉克·蓋博、尤·伯連納、查理士·布朗遜、勞勃·迪尼諾……天啊，不斷繁殖神明的多神教。但是，當身邊這一切，這些人全部消失不見，你唯一可以持續播放的，是你自己大腦這間獨一無二的電影院。那該怎麼辦呢？我知道那絕對不是一個《魯賓遜漂流記》的孤島故事。所以，當這條和你童年永和巷弄迷宮，綠蔭光影如此相似，但又放大、變慢、解析度更精微的巷子走著，身旁是一個比你還熟讀你全部作品的美麗女人。首先，任何的下一步，你都能感到她在她的內部，搜尋原始版本的你的龐大記憶庫。那是一種無伴奏大提琴的嚴謹結構。它不是一種性冒險、或尤里西斯、或墜落到結構之外永遠的放逐與放縱……。

你必須謹小慎微搜索著，這「第二次」的，老屋，多出來的，死滅之外，不會再有一次機會的，看譜演奏。

她幫你擋掉了你不歡迎的讀者（事實上，在這場大瘟疫後，「讀者」可能是集體消滅的詞，其中一個）：心胸狹隘者，以為小說就是故事ＩＰ者、人類演化史曾經極短暫某些演化成病毒基因段的所謂「網路酸民」、詞彙過於貧乏者、意識型態產生器⋯⋯。

她的眼珠，在天將要黑——其實只是街道上另一處的散光不再飽和，一種極細微的翳影開始暈開的時刻——變成灰色玻璃球。「我兒子現在走出了他的學校，他會穿過哪些串連的巷道、小馬路，他應該在五點四十七分前到家。」於是你第一次意識到，和此生之前吸引你的那些女人的某些特質：脆弱的、柔軟、受傷的、心思飄忽的、缺乏結構的、感性易被騙的⋯⋯如此不同，一種近乎原子核的強力，一種不如此一定被時間瓦解，屬於結構的性感。我很後來才弄清那一切是怎麼回事。但當時那對我完全是超現實，不可能的情境：

這個女人，是崔的母親。

第十三章

那一片土坡非常陡，順著隨形石頭墊出的階梯往上爬，大約十五分鐘就感到心臟肺臟在胸腔裡劇烈擴張收縮，一旁竹子非常粗（砍一截可以當碗公，那樣的粗），因為是一整冬天難得日照充滿的乾爽天，那些土啊、乾泥啊、草葉上的灰啊，都有某種粉粉、淡銀、淡金的化妝效果。也許這是人類這種裸猿，幾百萬年演化下來，皮膚、眼球、耳後、鼻腔黏膜、陰囊或陰阜，感受到最舒服的某種時刻。恰好的溫度、濕度、陽光強度、空氣中的含氧量，不會感到植物樹葉的攻擊性和威脅。不同層高度的某一畦被之前主人翻整過的平台區，或種著整排的金棗、柚子、葡萄柚、火龍果；或就是一片菜園、荒草叢生，無數的大蘿蔔埋在土裡，上頭竄高的蘿蔔葉、或是已野生化的、化作春泥更護花不知輪迴幾代，新葉又被蛆蟲蛀成網眼的，高麗菜、茼蒿、空心菜、紅菜；也有整畦的櫻花樹、整畦的薰衣草（非常美）、也有垮掉散架的框架爛竹棚，荒煙蔓藤的絲瓜……所以這片陡坡，原本是某個主人照著他的意念、夢想、不知多少年的鋤墾，留下的遺跡。並不是原始的山林。

在這片陡坡下方，一條小產業道路邊的大水溝，挨擠著土丘雜林，有一棵非常粗的樹，樹幹圍了一塊大紅布，前頭小水泥平台、裂口瓷磚、一只香爐、三只小茶盞，當然都盛滿汙水、懸浮孑孓，但可知是之前這一帶老人祭拜的「大樹公」。他判別不出這是一株什麼樹？但樹皮皺礪，半腰分叉處皆嶙峋似一老仙人插腰駝立貌，確實有一種自然神靈的氣場，應該也是棵上百年的老樹啦。他倒是注意到那香爐，顏色、冰裂紋、釉水說不出的渾凝粉青，應該是所謂的「龍泉窯」。可惜這一切網路電訊皆不可再現，他是幾年前有一陣沉迷於 YouTube 上，一些大陸的鑑寶節目，之後連結了一些這龍泉窯的專題影片。似乎若是宋代，一只拍賣可是隨便上百萬啊。但似乎那燒窯技藝一直沒斷，在龍泉當地還是有一些手工藝大師在論件當藝術品（也是動輒數萬人民幣），茶壺、茶碗、花瓶。淘寶上都可以按價格自高而低瀏覽。但這只龍泉香爐，應是流水線生產，電氣窯大批量燒出的便宜貨吧？

萬沒想到人類是在這樣一個時間斷點，整個消滅了。否則確實像這顆星球上的癌細胞，他記得曾在另一支影片，看過北京近郊，某一整片原本是空曠田野的地面，堆疊著數十萬輛那種故障壞棄的電動單車。那機械屍骸堆成山丘的場面非常怵目驚心，他記得旁白的記者說，因為生產的成本太低了，有故障拿去修或還比直接換一輛貴呢，所以城市到底是這種拋棄的醜金屬「東西」（連廢棄機器人都遠不算是）。他記得自己三十出頭時，世界還沒有智慧型手機，他就寫過一篇文章，想像中必然有一個山谷，扔棄著數十萬支的 Nokia 手機之屍骸，或是數十萬上百萬的電腦螢幕和主機。這些意象其實非常古典，都是從更年輕時某一幅攝影作品，類似美國德州某個沙漠疊了十幾層樓高、無數的烤漆如癩癬，車窗碎裂，互相擠壓變形的數以萬計之汽車墳場。

似乎只是關於時間降臨的想像力，人類這種怪物，沒有滅絕，或自爆，似乎沒有天理不是？

不過白天鵝和他坐在那大樹公下方的大水溝旁，自在地將腳浸在那淺淺的湍急的山泉裡。他們抽著菸，簡直像一對老夫少妻嗎？之前爬那段陡坡，他感到自己的肺像老公車引擎隨時要炸缸，女孩卻像歡樂的山羊，敏捷地在他前方、上方幾階，游刃有餘蹦跳著，歡嘆著這片曾經被人用心經營的梯田。他無法不目視那年輕漂亮的腳踝（一種運動中的光影），以及她那包裹在麻布料褲子下，渾圓、充滿力量的臀部。一種奇妙的幽香（汗味）蒸騰在空氣中，她必然知道自己不止那「滅絕的影像世界」千萬選一的美人兒臉孔，而是整副年輕身軀，都散發出能讓身旁這老男人神魂顛倒的「矯若驚龍」。

直到此刻，他和她坐下這大樹公下的水溝，那種動態播放的電影感、或電音節拍的幻聽、或某種喝了烈酒的大腦軸心不確定，「飄一」，才靜定下來。他心想：「妳這姑娘此刻才收回那滿眼金星的法寶。」像乖覺的小動物和他並肩而坐，分享她年輕腦袋瓜裡，沒那麼大的時光貯量的感傷、喟嘆。

白天鵝說，她的這一代，是完整從童年就活在網路世界，直到少女、二十多歲、剛三十出頭，她對他口中那「後來的」，「朝生暮死」、「像汽車擋風玻璃飄下的點點雨絲，到一定量，那窗景開始滂沱、模糊，雨刷就會嘩唧一下，全抹去」，那萬頭鑽動的世界，如此熟悉、世故、自然無怪。

包括網路霸凌。一次只能貼上的有限訊息量，所以在他口中成了「降維」。如整片潮浪上的單細胞菌藻，嘩，單一的眾怒、群情嘩然、哀慟、看熱鬧、照片照片照片（網美照、蛇精照、大眼萌照、美食打卡照、情侶秀恩愛照、曬貝比照、曬愛犬愛貓照），那像磷火閃閃，存在於她這一整代人的皮膚。

她對自己的同代，也會有一種蔑視，在那麼標榜「宅」可是又比任何前代人更意識一種「我和其他的無數小螞蟻，都踩在這也許總共上百個軟木塞上，載浮載沉、隨時滅頂，茫茫大海波浪」的共存感。所以她們裡頭有人，綠茶婊了，某個僥倖爆紅了，所有的臉都不是她們原來的臉了，所有激起眾怒但都知道那被萬人用最髒的話語施暴的，其實躲在自己房間暗爽，因為網路流量大漲。這就是活生生地內部空洞的洋娃娃鬼電影。這樣「相濡以沫」著互相分泌，無傷大雅的「耍婊」、「相互傷害」，似乎極大化了冷灰、煙霧、尖刻自嘲，但其實又那麼感傷，那麼愛哀嚎「我沒人愛」的浮花浪蕊，比幾百年前那些低喃「假作真時真亦假」還要知道「真」的物理性稱重就是「假」，真假不分還要被罵妳特馬是傻逼還是裝可愛！

他年輕時，曾遇見上一輩的「公主病」，那很難描述，「當時只道是尋常」。確實超過撞見時刻的他，能理解的前朝遺士、他們倉倉皇皇，在一座小城，重新布置，各有各的「在這之前」的大故事，車馬疾遝、牽衣頓足，「塵埃不見咸陽橋」，某些軍團全部殲滅的大將軍，像羽翎被拔光的禿孔雀；某些帶著家底過來，但謹慎、影影綽綽不被外人探知的誰誰的管家；某些被那對父子（老子剛愎，兒子深沉）新弄出的高能特務，那冷血的清洗嚇破了膽，鑽進篆刻、書法、酗酒、庭院養蘭的小宇宙，鬱壘難殊的當年新青年、大文學家。總之，一種恐懼、等待，竟三、四十年過去，這臨安之島竟還沒被擊滅，於是自然演化出某種「南方小朝廷」、「隔江猶唱後庭花」。然後某家人的女兒，出落如梨花標緻，孤意在眉、深情在睫、煙視媚行。但確實她們並不是朱楚生、阮玲玉、張愛玲，而是這些「西北望長安，可憐無數山」、「醉裡挑燈看劍、夢迴吹角連營」的白髮老人們的小公主。他遇見時，她們已不復年輕，但那個背負了整個父輩痛苦夢境的執念，形成一種帝后氣場（因為那些老人都不在了），但其時那不屬於她們歌謠、故事、教養、宮樹、香爐、池中鯉魚的另一種身世者，開始像黑澤明電影的運鏡，拆毀她們父輩的夢境城寨。於是他又因緣際會，認識了另一種「公主病」。父輩必然是上面說的那一整批人還沒來，那次發生的混戰、殺戮、然後被搜捕抓去槍斃，或之後的白色恐怖的受害者。她們仇視（乃到了歧視的地步）那偌大土地來的，或趕他們來的，一個統合的人種。然後那電影運鏡如《新橋戀人》，在已經變現代感的城市街巷，被戴頭盔拿短棍和圓盾的鎮暴警察，如夜間狩獵、流竄穿梭。之後喘著氣躲進酒吧裡、一身酒味，面對國家暴力、剛剛被灑水車噴濕的這些男孩女孩，之後是幾段和這樣瘋癲、自大、權力慾與性慾一般強、這些全都有一件切·格瓦拉的T恤的不同男孩，不同的戀情。

然後是網路大神封天絕地的降臨。他以為她（白天鵝）是另一種她的時代的「公主病」，結果發覺她不是。當然她不樂意了，什麼是「公主病」呢？這不是你說你最討厭的「降維」嗎？這不是歧視語言、霸凌語言嗎？他道歉說自己總是遭到誤解，其實是描述能力的缺陷，似乎他總要交待一個「過場」，但其實他是在她們同一個夢境琥珀之中。「可憐身是眼中人」。人們會疲憊於他的「過場」，以為他的立場喜惡就如此了，不，那只是他的鋪墊哪，他要在足夠的鋪墊後，才開始展演他的《暴風雨》、《仲夏夜之夢》、或《李爾王》啊。所謂「公主」者也，他以為，就是深深困陷於一個最璀璨輝煌文明時期，人們給善美的最高定義與約束。從她們是小女孩時，就那麼懂（且在意）她是否合於那些像鋼琴內膛無數條弦陣的演奏曲式。她們太能感知別人（父王、母后和所有賓客們）的傷心、強顏歡笑、失望、或竟然是她贈與的，哪怕只是他們眼中一瞬之光，那個歡笑和讚許。但「公主病」者也，他認為就是「過了保鮮期限的鳳梨罐頭」。她們被那個夢境封印了，不願意同情那夢境之外，哪怕孑孓痛苦扭動的，小小陌生身世的其它真正活著的人的時光小紙條了。

但從一個夢到另一個夢，其實完全是另一件事了。怎麼說呢？那些年輕人擠在中和、永和、板橋、新店、景美的分租舊公寓，並沒有想當赤腳羅漢或拾荒老人，但仔細想每晚睡的那三坪大小的房間，那床墊之餘的空間塞滿雜物，完全就是「沉淪」、「貧窮」、「下流社會」這些詞。某一個挨擠街角夾娃娃機夾來的一瞬幸福、鮮豔染色的巨大絨毛玩具（熊抱哥？小海豹？哈士奇？史黛拉？可愛天竺鼠？旅行青蛙？），和那些穿在網購模特兒身上美不可言的夢幻裙子、襯衫、小外套，和大小塑料收納箱堆疊在一塊，說不出的「寶變為垃圾」，魔術的光消失，就是擠在垃圾堆洞穴裡。和其他室友的公共空間、生活公約、一週輪流打掃客廳、廚房、廁所的排班。月入兩萬八、房租一萬塊啊，男生則一台電腦足矣，網遊、挖礦、鳥瞰那些金屬甲殼蟲般的小小人體、亂七八糟的噴火、流焰、時不時一個地震山搖的光爆。隔幾天和哥們相約去吃吃到飽燒肉，但瞳孔像核爆後的灰燼，像早早便天人五衰，一種照出事物之美的光，被抽掉了。後來都靠著一台摩托車在車流間穿梭，那個 Uber Eats，似乎略有疾風削臉地稍靠近「自由」的感覺，否則也就是在燒肉店、便利超商、星巴克打工。關於「美」的恍然之悟，從來不會流過他們的腦袋。年輕身體和這個世界之間的學習、碰觸，手指滑螢幕、跳舞機、跨騎摩托車催油門、刺青、女孩的化妝品、咀嚼進齒舌和咽洞的「豪大雞排」的動物油脂、排在長長隊伍等料多皮厚的蘿蔔絲餅，可以選擇但長時間下來就是說不出油耗味、空乏感的炸帶魚、滷雞腿、炸排骨、碎爛的番茄蛋、油亮的炒高麗菜、牛肉絲炒青椒、芹菜炒豆干、荷包蛋、滷酸筍……那種說不出的廉價、變不出花樣、近距離平視的肥胖大嬸、疲憊、不知在笑什麼，但我終會和她們一樣，這樣共生共滅的蟲族啊。

他說：「我可以問妳一個問題嗎？」

「好緊張，是某種測試我靈魂有沒有過一神祕關卡的儀式嗎？」

啊，他太懷念這種曾經在酒吧，一群人裡某個知情識趣的小美人，這種無傷大雅、像輕輕碰杯的細微調情了。差點脫口而出，小白痴。

「不是的。我只是想問妳，妳和另外那幾個年輕人，是怎麼進到這溪谷的？和那溪谷主人之前有什麼因緣嗎？」

「原來是問這個。」她臉上玫瑰色的紅暈褪去了一些，像是鬆了口氣：「我喊他北杯啊。他是我媽的老朋友，真的，我從還是七、八歲那種小女孩的時候，就被我媽和她朋友帶來這溪谷玩幾趟了，當時還幾輛挖土機在溪挖很深的坑，感覺像盜採砂石的，很難想像後來變成這仙境的模樣。當時他也才蓋好他的窯爐，好像非常投入燒那組巨大的『廢棄鐵道』作品。」

「對不起我會這樣問妳，好像怪怪的？我自己是因為老和尚的關係，才好像拿到這『倖存者門票』，我有點搞不清楚這一切。進來後這段日子，我才意識到這有多幸運、艱難。但所以他以這樣一座山中野溪，想活存續命我們有限的這些人，那在概率上來說是非常嚴格地篩選才對啊。我於是不得不相信有所謂『關係』、『門路』，後頭有一個意志或類似牌陣、彩券搖號機的看不見的名單。」

「但其實我和那幾個年輕演員，是因為那導演的一部電影，進行到一半。其實當時大瘟疫已爆發了，但如你所見，那導演還是像狂人一樣盯著他腦海中要拍的荒謬場面。我們整個劇組之前還搭高鐵南下，就感覺到整列車，車廂裡，人變得非常少，且有一種說不出的醫院候診室的慘淡氣氛，說起來也滿超現實的……」

「但我怎麼感覺到，有一些年輕人持續地進入溪谷，但並沒有受到溪谷主人夫婦的邀請？至少沒有進那主屋和我們一起用餐、喝茶，也沒有分配到臥屋？這之間有我不知道的局勢變化之類的嗎？」

她噗哧笑了出來：「你覺得在這死滅時光，這溪谷擁有的物資，值得那些年輕人來突擊、攻佔、搶奪嗎？」

「是啊，但我又隱隱感覺每天喝茶這些老一輩的，一種說不出的，惘惘地威脅。我就是雲裡霧裡，搞不清楚這一切怎麼回事？也許是因為我月亮在天蠍？然後我又是八宮人？」

白天鵝笑不可遏，然後和他交換了自己的西洋星盤。但他隱隱覺得她把一扇祕密之門，在睫毛眨跳間決定了，對他關上。

她說：「換我問你一個問題好嗎？」

他說好。

「你有性幻想過我嗎？」

啊。他沒想到那不是一行詩的句子。在灑滿粉金色冬陽的山谷，充滿草籽、死去昆蟲、落花氣味的豐饒感官裡，呼出一口比玻璃還純淨的嘆息。當然有。他心中想著。但和我們之前討論的那一切，蜂巢裡無數的黃黑肚腹頭部毛茸茸的蜜蜂，集體但又孤獨地大批死去，這不是個男女交媾的好場景啊。因為早在妳說的那些年輕人，那樣貧乏又醜困地活在喘不過氣的小咖啡屋廢柴時光、老公寓木板分隔小租屋時光、困在網路成癮的時光，城市的靈魂已先死去了。然後現在是城市的身體死去了。我這一代人原本依託的那些櫥窗、烈酒醺醚、精緻奢侈品、斜簽著身優雅叼根菸的巴黎範女伶、那些性感的電光火石皆不在了。北杯我在這無限延長的球賽中場，將妳撲倒，把我的老頭陽具插進妳漂亮的小雌穴裡、那要支撐下去的能量，就是很長時間的一夫一妻制的，愛啊。老人在這個劇場，已經沒有房地產、存摺、世俗功名這些幻影籌碼了。可能日後對食物的取得，不要說能力不及一個年輕男子，連個年輕女孩都比不上啊。妳說我會奢想、起心動念，去引誘妳嗎？

但他說：「有的。醉眼朦朧啊。」

他問她：「我們這個情景好像之前發生過了？」

「有嗎？」

他想：是萼外之悲嗎？在這一切（這個溪谷）之前發生的，同樣的只有兩人之間的悄悄話？他和那個香港女孩，丈夫自殺而惶然不知天地何處容身的安？還是那個要「踢爆」他的、被他藏在小旅館房間幽會好幾年的小女友？或是並不是眼下這一切良辰美景的「玻璃缸外的真實、曾經發生過的」變形、隱喻，而是同樣就是他和白天鵝，就在這溪谷裡，另一天，另一個篇章，他們發生過完全相同的對話、曖昧、像探戈一樣前進一步後退一步的撩情、閃躲？那就是流閃光焰，最值得懷念，所謂「抵達之謎」的本身嗎？就是尋尋覓覓、林間亂走，說不出的濃愁耿耿，必然曾經負欠、丟失了什麼最珍貴的。其實，其實，他們以為他們在「重演」、「感情教育」、「當時是這樣這樣的」，微弱地，扶著太陽穴，閉目，頭殼內一陣一陣輕微電擊，好像是……川端是這樣的……莒哈絲是這樣的……昆德拉是這樣的……他們描述過的那種性感。烈焰焚風上升氣旋吹起的長髮、不可思議美麗的臉、裙裾如浪拍打、美月竟又配上眼淚、翻動的睫毛、鼻梁的陰影、痛苦的皺眉、朱眉皓齒、優美如星空那樣清澈的聲音：

「你怎麼能這樣對我？」

你怎麼逃脫得了這宇宙設計圖最核心的迷醉？如果這就是唐僧遇見的蜘蛛精的盤絲洞？你從其它造物之美：鯨、長頸鹿迎面走來、草原上斑馬的身軀在光影間流動著、獅子的鬃毛、藍鵲羽毛、大雁滑翔之姿、一整面深秋的銀杏森林、暴雨降臨前的風雲疾走、雷電竄閃、整片翻浪的金色麥田、蓮澤、大海中追逐藍、黃、彩虹珊瑚魚群的潛泳……沒有一種美，劈裂眉心的悚然、抖索、頓悟，能比上這將空間象限縮小在一小小範域內的，你說不出那是芬芳、迷醉、近距離那單薄的脖弧、嚶嚀的啜泣、女孩小小的骨架、顫慄、怯生生的小舌頭、被你吸吮著。

「你怎麼能這樣對我？」

他想：這是什麼意思？他總是害怕自己是強大、暴力、會碰碎對手的一方。但是不是弄錯了？其實他是柔弱的一方？老和尚有次和他說「空性」，然後說愚痴嗔忿與靈悟通澈，就像手掌和手背，人們總將其剖切兩面：這是手掌、這是手背。這是空，這是色境。其實它就是連在你身上的那隻自如翻轉的手。所謂「不二」。手掌翻上的一瞬，其實你惦記了那正在它同一體、暫時朝下的手背。

也就是說，在最美的一瞬，機歪的人類卻愛去用歌隊預言，那將延展下去的壞毀、分離、美麗的少女在時裝中變老變醜，清澈如青葉瀑布的愛之誓諾，一定變成背棄、厭煩、怨憎。但在那時光流放的刑罰，在那灰頭土臉、失去最美好一切的長時光漂流，你又體悟那個抓不到，撈不回，用各種悔恨、負疚、哀歌，皆無法再現的，刷，那靈光一閃。

像激靈靈打了個冷顫。

「這好像……發生過了……？」

「但是不是其實……一直還沒發生？」

「我認為你沒說出實情。」白天鵝說。

「妳是說我說謊？」他說。

「不，不見得是說謊，但你沒有說出一個事件完整的全貌。」

「妳是指？」

「譬如《包法利夫人》。她不是一個淫蕩、犯蠢、最後身敗名裂服毒自盡的女人而已。但你說的那個香港女孩，這整個說不出的怪。她和她先生簡直像《挪威的森林》裡那對兩小無猜，如果這世界是一巨大的餿水油，他倆就是經歷幾層又幾層過濾，最純淨清澈的水。然後那丈夫上吊自殺了。然後她陷入深深的迷霧深淵、被悲愴遮蔽雙目，像孤雁哀切盤桓鳴叫，來到台灣，想重走一趟當年和心愛之人騎腳踏車壯遊的花東海岸公路，這是一個受創的形態，其實和我們這些人所失去的那整個世界，有一種神祕的相似性。然後她來到台北找你，像一株清晨最孤單的野玫瑰，你是她大哥，也見證過他倆的童話、幸福時光。你必須開導她，人死後並非絕對的消亡，他的意識波束，仍在宇宙以我們目前的文明尚無法理解的形式，自由漂散，或是像跳水選手，從高台躍身而下，幾個鯉魚打挺，旋轉側翻，就鑽進另一個次元的境界。然後你帶她去大龍峒那間古老、靜謐的廟，帶著她持香，在一尊一尊神明前莊嚴地走過、祝禱。但那天晚上你在她的旅館上了她。然後她回去香港。你也沒有再進一步地對你和她到底有了肌膚之親，算什麼關係呢，多作些什麼。然後她像飄遠的風箏，跑到西班牙。這是一個羅曼史或俗爛的色情妄想故事吧？這個香港女孩，是最完美的充氣娃娃或飛機杯嗎？沒有比被資本主義規訓、滌清過的年輕美麗女孩，結果她竟成了新寡的帶淚梨花，沒有比這更銷魂的了？然後是這場大瘟疫，比希特勒當年的閃電行動還要快速，全境淪陷。她以一個亞洲女孩，困在那西班牙醫療體系崩潰每天擁擠大批喘不過氣的感染老人進來，然後大批屍體被載出去。這整個我覺得說不出的怪？說不出的甜美？所以這算是你的懺情錄？但女孩不是二十世紀上半葉張愛玲筆下的白流蘇啦、曼楨啦，你算不算趁人之危（母獅子在配偶公獅被殺死之瞬，非牠所願，但大自然法則牠的陰部立刻會噴散出吸引求偶的芳郁氣味），這算不算在一種波光搖晃中，嘴巴播放催眠話語（老大哥的安慰、宗教神祕的渡亡、人類同伴給予哀慟者的溫暖擁抱），但同時強暴了她？」

「或者說，一種你和她，和那自殺死去的丈夫，其實都在一種大於個體能攥住自己的離心力、一種解離、稀釋，對那個其實比喪偶之慟更大的恐懼，必然的，她年輕緊實的胯下，必然會將你的陰莖含吮而入？」

她說：「如同我現在，說不出的，那裡好想要你。」

他說等等，等等。他對白天鵝說，妳看我那裡，鼓脹勃起，我沒想到妳會說這樣一番話，天可憐見我那裡脹得要命。但確實不對勁，有東西遺漏了。妳快要提醒我想起那是什麼，微弱的飛蛾撲火，但又在灰濛濛的蚊帳之外，但若是我現在撲倒妳，那麼滑腴、暖暢地插進妳的小穴，是不是又像壞掉的唱盤，在這裡重複跳針？這一定有什麼迴路，不只是我，那個被幾十億人整批滅絕淹沒消失的其中一個香港女孩，還有妳。設計的缺口搞不好就在此，妳可否再說一遍？

她睫毛低覆，面色酡紅，似乎也被自己剛剛的失態，或他的這一番話，弄得不知如何是好。

「再說一遍什麼？」顫聲低語。

「那句『你怎麼可以這樣對我』？」

第十四章

在這溪谷中，他不只一次想到年輕時非常喜愛的一本小說，符傲思的《魔法師》。他記得全書就是一個英國年輕人，偶爾進入一個小島，掉進了一個富有、博學、高智力、神祕、有某種對人類精神性的高級追求（也可以說是自居神祇，無所不能操控的變態樂趣）的老人，將那與世隔絕的小島布置成一個半真半假、混雜了法國假面具、榮格精神分析學、以及催眠術，和一堆餐後酒談時旁徵博引的知識，你分不清是一些花錢請來的戲劇學院演員、還是精神病院跑出來的精神分裂症者，所有人在荒島像魂魄被控制的夢遊者。這個年輕人充滿戒心（他一看就是傳播妹的流氣女郎、狂打運彩的唬爛廣告；大陸則是在緬甸、雲南邊境，一些帶貨的翡翠個人工作室，在什麼玉石集散地，和一些皮膚黝黑的緬甸翡翠帶貨者砍價，幾百萬砍到幾千塊〔幣值不清〕，整個過程也極粗暴）；當然還有香港的四十七名民主派人士被逮捕收押的新聞；緬甸軍政府當街對抗議人群實彈開槍，死傷無數；然後評論觀察員分析因下一輪中美競賽的戰場在電動車，而中國因必須從緬甸進口大量高品質稀土作為電池原料，所以必須攏絡軍政府……。

在這些他記得的「最後時刻」，某一天從YouTube眾多畫框中跳出一支這位「林昭」的紀錄片。總之，那是在後來的苦難、暴力、瘋狂、然後喘息歲月靜好十年、二十年，又更系統化、更密不透風的清洗、逮捕、「誰誰誰是誰誰誰的大掌櫃」、「誰誰誰又是大清洗的那只手套」……在這一切最初的序曲，那個被捏碎的一個女孩。最早的時候，他們訪問當年她的北大同學、或同時被打成右派的，他們都是一些老人了，看不出表情。那時候啊，有姐妹淘在組織的恐嚇下，把她寫給她的信件、字條（以及自己的日記）全上交了，也有回憶起在食堂看到她，當時劃了右派，所有人不敢與之攀談，只見她獨自坐一桌吃飯。其實所有人在那最早的辰光，就被最高領導人翻臉，大人世界活生生、真實的暴力給震懾了。就這個林昭一直堅持不再「自我檢討」、「向群眾交待錯誤」、「糾舉自己的父母」，她只是說著最純淨、最初的那幾個願想：自由、民主、反暴力、慈愛、人權、獨立思考。但她被斃掉了。

那當然是其後的無數種可能被取消了。世界在一個切掉看去無足輕重的腳趾之後，繼續竄長、各局部的互相吞食：某些老區被推平了，整片高樓如白銀峽谷；某些釘子戶啊、上訪的人啊，被一些黑衣人抓去不知哪的屋子痛毆；某些貪官被斃掉了；但後來有幾年是惘惘惶惶、本就是個虛無、懷疑主義者，卻又被島上一個那老人安排的美麗女孩深深吸引。他記得那小說中有這一段，是那年輕人內心猜測，那老人「是一個精神病學小說家，但他創作小說用的是活人，不是辭彙」……。是的，進入這溪谷沒多少天，他就想起年輕時深深喜歡的這本厚厚長篇。他覺得自己和溪谷裡這些人的處境，怎麼有點像那本小說。但他記得那本小說，本身就像不斷翻湧出內部謎團的迷宮，老人過去生命的陰影、這年輕人過去生命的陰影、那個美麗女孩過去生命的陰影……它們互相疊映、攪在一起、形成小說本身讓人著迷其花間濃蔭疏影的吸引力。因為那老人太強大了，很多段落都是他長篇幅的侃侃而談，旁引群書、個人參加過一次歐戰的痛苦、恐怖經歷、一段刻骨銘心的愛之悔恨、一種老派英國人裡那種最菁英、聰明、刻薄、但又幽默的典型。他其實不太記得這本書「群溪匯聚」、「線索收束」，最後是為何那老人要在這孤島，為了這年輕人，整那麼大一齣？因為他的高智力、繁花簇放、全面啟動、歧路花園，搞的那年輕人（以及讀者）精疲力盡，一種活動中的推理鬥智。

「他到底想要什麼？」

這個問句，他同樣狐疑的，一瞬念頭出現過：現在的這一切，說不出哪裡不自然？是否是溪谷主人的設計、安排？但不可能，因為溪谷主人和《魔法師》那小說中的老頭，形象差距太遠了。直白的說，他不認為溪谷主人有符傲思筆下那活脫史恩康納萊飾演的，高級、變態、對莎翁那部《暴風雨》的復刻致意。他不願意這麼內心下判定。但很像多年來他的疑惑：「所謂現代小說，其實是否如影附體，其實只存在給英國人（或寬一點，一定局部的歐洲人）寫的東西？」包括亞洲、許多第三世界，就說台灣好了，這個世界真的有想像、期待他們寫出，你曾以為像「拉美文學」、「日本文學」、「英語書寫如魯西迪、奈波爾這樣的印度小說」，會想從這些「朝拜歐洲現代小說」的卡夫卡、杜斯妥也夫斯基、普魯斯特、喬伊斯等等之習作者，寫出他們的心靈迷宮嗎？

也就是說，他不認為溪谷主人會犯那麼大的勁，要變態，如符傲思筆下的《魔法師》，整那麼大一齣，「夢外之悲」、「人類動物園」、「一群活人沒發現他們站立、行走的花園，是兩個瘋狂老人對弈的西洋棋棋盤。他們都只是照著雙方善之推論或惡之推論，計算每一子移動的演員」……。

他對白天鵝說：

「我弄不明白，自己是在怎樣的一個狀態。是萬物初始、開天闢地的時刻？還是大劫難發生過了，一切都無法攔阻，我們只是最後那幾點餘焰，不久也會噗地熄滅，像單一的音符還是要隨著那狂風暴雨的交響樂章一起收進無邊黑暗？」

「這有什麼關係呢？」

「有的。一種是，最可怕的事將要發生，但某種原因它並還沒發生。或我們正和那個『發生』錯過了。」

白天鵝歪著她漂亮的小腦袋，說：「怎麼可能？你說的每一個字我都聽著，但組在一起我完全聽不懂你說的是什麼……」

「我的內心，承受了好大好深的痛苦啊。」

他說，有一個女孩叫林昭，她如果還活著，現在也應該九十歲嘍。我不太能清楚記憶、講述發生在她身上的細節，但總之她是在大陸那邊的「反右運動」中，被打成「反革命」、「攻擊無產階級專政」，被關押在監獄十年，到文革時被判決槍斃。他說，我會記得這個女孩，是大瘟疫之前，很奇妙的，在YouTube充滿脫口秀；三分鐘看完一部好電影；NBA評球、講外星人、平行宇宙、地底人或亞特蘭提斯；或劉寶傑的《關鍵時刻》，那些老面孔評論家，分析著共機弄不清第N次犯台，這次來的是運-8、殲-16、轟-6、或搭載的是什麼什麼款的新型飛彈；南海島礁美國派出了B-8、或是卡爾文森號航母群、或是俄亥俄級的核潛艦，然後這邊試射極音速飛彈、那邊展示「大殺器」無人機蜂群戰術，他們的船塢〇〇三（他們會說洞洞三）航母快要完工下水了；當然有許多莫名其妙的廣告，台灣這邊是一些非常粗鄙的廹迌仔和聽說一些老媒體人、記者、幾百名維權律師「被消失」了。人們傳說著原本那次政變，如果成功了，唱紅打黑的那個集團，會先殺二十萬知識分子，要回他老爸的黨，據說那位根本打心底沒把後來的這位瞧在眼裡。還好那暴力的癌被截肢切除了。但然後是這盤根錯節、貪腐如蛆附骨的那如淋巴叢的老傢伙。而這位竟然也靜默、毫不手軟，約花了不到十年，該拔的拔，整串抓的就一把攥起。看戲的嘖嘖稱奇，看不出來啊，是個賭桌上一臉無威脅、看不出內心變化，結果是個陰沉的主。慢慢的，所有人覺得不對勁了，猜不透他在想什麼，像是……像是……宇宙大爆炸學說提出時，有一預言，它最後會像影片倒帶，又塌縮回去。好像不太能自由呼吸了。好像藉以說些什麼「普世價值」、「五四精神」、「自由主義」、「公民意識」、「個人的小小隱私」，附著其上的那薄薄光膜都不見了？這是怎麼回事？像一個實驗室，把「林昭」這根腳趾切除，不，應說是這個幹細胞剔除後，用龐大繁複的技術、製程，讓「沒有林昭」的這個胚胎，以各種可能增長、分化，長出複雜的神經、肌肉、掛載無數輔助運算大腦、動力引擎、鋼骨結構……但最後，就是一個在暴力和狂想中，拆解自己局部扔進燃爐，然後不斷從眼、嘴、鼻、耳這些位置之窟窿，冒出黑油的掩面怪物。

白天鵝轉過頭來，眼睛黑白分明，看著他：

「你知道我剛剛在想什麼嗎？」

「剛剛？」

「是的，在你開始說林昭這個女孩，剛開始說的時候……」

「喔……，妳在想什麼？」

「我心中想：他想和我性交。其實他不知道我也心動。但我們如果在這雜樹林中、鳥鳴啁啾中性交了、纏綿了、親吻了。是我會放不下他還是他對我起了『我是他的女人』的領地感？我們再走回那喝茶之屋，在那些人之中時，我們要表現得清白、沒發生過親密關係嗎？我們會像共諜那樣，有默契的對其他人說謊嗎？然後當我跟其他的男人，或比較年輕的男孩說話時，會不會意識到他在盯著我？如果我其實只是和他一種……怎麼說……想更親密自由說著體己話……但也許我並不想成為他的妻子？或情婦？或某種亂倫的女兒？也許我很傳統、保守，即使在這個處境，也許我會在年輕男孩中找一個可靠、穩定的，一種長久的……是的，是的就是婚姻關係。他會覺得我很實際嗎？因為真實的，我們失去了『人類集體』，我們這些人全加起來還是如此單薄，可見的十年之內，他一定衰老、無法保護我或當一個合格的獵人……第一年我們可能還可以講著這些有趣、深奧的話題——說真話他比那些年輕人都有魅力太多了——第二年、第三年，但第七年、第八年後呢？每一對兩人組合，或落單的個人，都必須孤獨地、艱難地，為生存而付出極大的勞動……」

她突然停下不說，但和她說的這些話語完全相反的，她滿臉酡紅、像是意亂情迷、漂亮的眼睛濕潤閃亮、棉布衣衫下的年輕肩膀、胸形，似乎在一種輕微優雅的舞蹈或祝禱，散放著一種年輕女性的芬芳。她的聲音非常柔和悅耳，完全不是那種給人焦慮、尖銳、歇斯底里的（他從前認識太多這樣的女孩了），像牧民在木桶攪拌鮮奶乳酪，一種奇妙的、同時靈魂清澈，但同時又無比性感、有一些細微泡沫碎屑的迴旋性。她即使被自己要說的所困擾，還是在許多細微的小肢體語言，對他人溫柔。

她繼續說：「你知道我這幾天發現了一件事，覺得這整個很不對勁嗎？」

他笑了：「妳很愛說『你知道我怎麼怎麼想嗎』……，但好的，我不知道……」

「你沒有覺得，我們那麼幸運、像溺水被撈起之人，但每天還是可以吃到那麼豐盛的晚餐。我甚至偷偷有一種罪惡感，我好像反而在這樣恐怖的大災難後，過得比之前的生活還優渥啊。但怎麼每天都有取之不盡的牛排、豬肉、雞？」

「這我有跟他們車隊一起下山補貨，那幾家大賣場的冷凍櫃，溪谷主人和另兩個男生，把他們的柴油小發電機保持運轉，每週都去加油，就只讓那冰庫裡的動物屍塊保持結凍的狀態。第一個月，我們也有跑去台北市區（不過就不講那滿街的人類屍骸），某幾家貴婦百貨的超市，搬回了一些比較特殊的冷凍大豬腿、大肋排、一些冷凍雞鴨，都貯存在這裡的大冰窖裡。當時我也沒想那麼多，但溪谷主人似乎第一時間就深謀遠慮，對肉品冷凍作了很大的貯存。」

「是的，是的，但一年後呢？兩年後呢？這些肉品不可能冷保鮮兩年以上吧？在那之前我們應該也豪奢地把它們吃光。但我就是想到，之後呢？但這個溪谷，並沒有養牛、養豬的跡象或設計，然後應該也要養許多雞吧，這可能比較容易？但現今這樣的人力，在……好吧三年後，如果要繼續保持餐桌上這些蘿蔔燉牛肉、梅干扣肉、獅子頭、火腿和三層肉的濃湯，我們裡頭有人得是專業的屠夫吧？先不說飼養、清潔、獸醫，就是養大了，要殺來吃了，那樣大個頭的屠宰、肢解，那個場面，我怎麼看都不覺得現在這些人裡，餘生就要替大家幹這髒活。但我完全沒意識，難道我們在這一、兩年的大吃大喝後，就統統要變素食者嗎？」

他又一次感到自己和她在生物年歲上的差距，有一種父輩對年輕女孩的慈愛：「古人說：杞人憂天，真的就是為妳這樣的小心靈，發明的啊。」

「所以，剛剛你在說著那位，對不起，林……？」

「林昭。」他說。

「林昭的故事，我心裡想：啊，他不是想在這片風景中上我，這麼簡單，他要的更多，多許多。」白天鵝近距離看著他：「你為什麼要對我講這些呢？」

他說：「過去的一切對現在有影響。」其實這正是多年前他講的那本《魔法師》裡，那個仿莎翁《暴風雨》中擁有將全部人玩得神魂顛倒的超高智力老頭，對他操控或是女演員、或是精神病院的患者，說的一句話。

他說：

「也許我想說的，是我們註定沒辦法作更高級形態的躍遷了。很多年前，我就學會了聳聳肩，像低等人那樣說：沒辦法，我降生在一大團原始、心智不完整、粗野、其實最重要是這個，貧窮，的群體裡。我們終其所能，也就是東亞的一個第三世界啊。我年輕時讀波特萊爾、讀莒哈絲、讀昆德拉、《蘿莉塔》、符傲思……那些色情的、奇光幻影、移形換位、奇裝異服的詩人、文學、藝術，我於是也兩眼灼燒、想像我的大腦、靈魂，隨著吞食這些妖異、精緻、燦爛的句子、段落，它們所描述的那種精緻到變態的玻璃器皿、愛戀的繁複形式，那些異國城市裡美得讓人流淚的建築、雕像、街景、咖啡屋。那個移動的旅程。但後來，到我這年紀，有過的女體性經驗也數十次了吧，曾經神魂顛倒的戀情，也應有幾次吧，但——請相信我是在這餘生的迷惑、回憶、反省中，誠實的感覺——可能這些女子，和我一樣，以及她們可能各自其他的風流韻事的不同男子們，我們都像某種在貧窮低矮閣樓限制中的，不完整的孩子。心智或文化的訓練，都像比較沒經過精心設計的缺陷品。想想我經歷過的年代，我的父輩們或努力過了，但真實我們短暫的、小小煙花幻夢的『世界心靈』，上世紀九〇年代，其實我們這個島，就是靠數以十萬計的出口加工區，那些流水線上，聽著鳳飛飛的歌，那麼廉價的身體重複勞作，那麼大批和自己沒有差別的十七、十八歲女工，她們換來的。然後是打越戰的美軍，渡假的搭個飛機到台北中山北路，那個甜美、小女孩身體的性天堂，那些嘉義啦、台中啦、新竹啦，那些要供弟弟妹妹念書的農村女孩、或花蓮台東哪個部落的快跑少女。我遇過她們後來在西門町紅包場，衰老如核廢料的模樣，比年輕一輩會說英語，叼菸或喝威士忌更懂洋人的派頭。」

他說：

「我年輕時讀的幾本小說，包括井上靖的《冰壁》，裡頭那個美豔讓年輕登山家在寂靜、神聖的登雪峰中途，殉身於那腦額中有一極限光焰在燃燒的執念。或是讀夏目漱石的《從此之後》、川端的《千羽鶴》，都是不倫的、像肺結核病一樣，將廢材主人翁困在那說不出的煩悶、氣息虛弱、口乾舌燥，但又似乎投射在那個美的對象，一種隔空（他也想像不出，在那美的單薄幻影之外，可以有怎樣的大自由）抓取他被詛咒，永遠無比抓握住的那個『什麼』。或是三島的《金閣寺》，那個口吃的年輕和尚，一個美軍在雪地命令他用穿鞋的腳，去踩一個本國妓女懷孕的肚腹。那都給年輕的我極大的震撼，甚至幾次那對少年來說聖潔、豐饒、美豔的夢幻，某幾次竟有不同美人兒（在那戰敗前夕的絕望時刻），主動褪去衣物，以女體供他一解壓抑的慾望，卻都在重要時刻，他眼前浮現金閣的幻景，而以不舉，招致女人的鄙棄收場……。

「這都給年輕的我很大的衝擊，乃至太宰治。乃至大江（至少是《聽雨樹的女人們》裡）。這些女人，像是杜斯妥也夫斯基筆下的娜塔莎，降生到日本戰後，某種心靈廢墟劇場，她的女人後裔。這些女人，第一、美得讓你願『一怒衝冠為紅顏』，但她們就像被蜘蛛精巢洞裡，四面八方繁錯的透明蛛絲縛綁、形成一種謎般的『不可解』。第二、她們常是痛苦的、受辱的，在某個戲劇性時刻，那綁住她們的絲線會崩斷，她們會露出讓你心碎的瘋狂，照三島的寫法，就是美軍的B-29飛機群，會投下無數燃燒彈，將金閣葬送於火海。這種『女人被吊懸在美的燒女巫之火焰上』、那麼脆弱，你要將那纏縛咒之絲帛、和服那樣繁複的花瓣層層剝開。那於是是一種極幽微、盤桓感悟的『情感教育』。這些絕美的靈幻生物，可能是父親的情婦、煙花女子、隔鄰的人妻、旅館中如夢遊症的熟睡少女、某位陰沉老教授的美麗年輕妻子……，她們的美（以及病態、不幸）像對這種第一批、從東亞男性秩序中、沒有前例可循的精神孱弱男子，在靈魂上『面對原子彈』，其實是和一種可能從西洋繪畫、現代派詩歌、小說而來的『基督精神』。即使是將被新時代火燒盡的『我的美麗與哀愁』，被建築特有的光影藏遮、這在張愛玲那裡必須是《雷峰塔》——從舊箱櫃中壓藏了千百年的老妖怪，終於要被現代的強光照耀，於是怪物手足無措拼組自己散架的骨骸，那奇異的灰塵，被吸進年輕少女的新時代之肺——夏目的《心》、川端的《千羽鶴》、井上靖的《冰壁》、三島的《金閣寺》其實都有一種年輕男子（然後必然有個父兄般的啟蒙師者）面對這種新時代的『強光光源』，如何在自己病態的『東亞病夫』精神性，也許是反串，也許變成口吃的形態、也許需要葬送、犧牲掉自己勤勤懇懇搭建好的一座樓閣，以回應那個「基督之愛」。說實話，這幾個小說中的『被遮蔽的美人兒』，都絕不是後來我又在譬如納博科夫《蘿莉塔》中的少女、昆德拉筆下在共黨鐵幕下的莎賓娜、特麗莎、『豎琴演奏者』那些漂亮的女人、甚至不是『憂鬱貝蒂』、不是莒哈絲、不是『法國中尉的女人』。當然你可以說，哪有「這些、那些女人」？全都是上列那些小說家腦中的投影，一種奇異稜切、紊亂光源的，內在耽美、失落之物，個人鬱壘因此如蜂鳥顫翅、如蕨草之翳影，然後那如柳條縷縷、潺潺流動的光的不同盈透、穿隙、同時暈染的複雜感覺。所以它當然會形成一種非常難、但不休止的塌陷、病感、蜷縮（作為讀者的）：『父，祢為何棄我而去？』因為祖先全藏身於那個女人後面。那個強光（基督之愛）照出了那黑影（你年紀愈大、愈孺慕而為背棄她而自責），它曾想成為完整的成人、確定的人我分界、對加入現代意識或世界史的憧憬、於是有一種可能要劇場才得以展開的『人類感』：高貴。」

再多一點：恐怖與哀憫。

再多一點：無法無視窮人的痛苦。

再多一點：每一種感覺的科學意義之投影：凶殺案那具屍體的感覺。童妓的感覺。工廠流水線被剝奪人類較多種情感的女工的感覺。瘋子的感覺。冤屈永不得伸的損壞者（譬如祥林嫂）的感覺。

他說：「但後來你發覺不是這樣。沒有辦法有個『完整的愛的學習』，因為這個系統只花了一百年，簡直像紙摺的、漿糊黏的、竹筷牙籤支起的金絲銀線木偶。但這一百年，只是一波又一波的暴力之浪的衝擊、拆毀那可憐的，鐵絲亂綁的臨時戲棚。醜怪的、黑暗洞穴裡的（無感性無同情心的父親。然後兒子殺了老子。然後是群體對落單個體的瘋狂施暴。）堆穿旗袍的婆娘，湊在一起霸凌某一家『帶著恥辱』的人。然後這種羞辱、仇恨，群體的敲鑼打鼓，『揪出那個毒草』被那個砸毀全部（那個皮影世界、瓷器上人物畫上的將相、仕女、仙佛、高士、戲台上的斑斕臉譜、彩衣翎冠、捏尖了嗓門的嚎叫那些戲文）卻又兜籠著一種說不出灰暗、醜陋的，二維地表無限延伸，瘋狂膜拜的沸騰小人兒。他發明了，下個標題，人們就全瘋了撲向那『最壞最邪惡的滲透者』、『妖怪』、『病源』。其實快篩試劑在這個民族這一百年來，就是他們敏感帶的激爽和創造。

「然後，你作為藏身在那千百萬浪潮中的菌藻，當然就是舉起拳頭跟著喊『打死他』、『打死他』，更多的時候，其實是一種陰暗的、蜷縮的偽裝、將無數觸手縮緊包覆著那顆頭，那顆頭裡想的，只是危機本能的如何活下去。這是地平線上望之不盡、長了癩痢、膿瘡發臭、眼歪嘴斜的整片羊群，竟可以用那麼簡單的方式，讓牠們乖馴服從。描述出一種邪惡、牠們驚慌恐懼，然後哪一區咩咩咩想鬧事，就一整梯隊一整梯隊穿制服的士兵，去把牠們棍棒齊揮、打得腦漿迸流、肝膽破裂、眼珠掉出來。

「這到底是什麼東西呢？這能長出什麼故事呢？我剛剛說的，林昭被切除掉之後的這個巨大身體、它會繼續長出什麼？也許有某個小孩，天賦極高，極早就進入微觀的分子生物學、免疫學、甚至病毒的基因轉印的祕境。然後一路通關，到美國最專業的這領域讀博士，畢業後跟著全世界最頂尖實驗室作研究。其實同一個年代，這樣的天才數以萬計：搞土木工程的、搞機械的、搞程式的、搞金融的、搞火箭科學的、搞遺傳工程的、搞機器人的，那有一天，這個小孩走進一人類現有科技最頂尖的實驗室，即使那無人知曉的難度門檻，一道一道跨過之後，是恐怖的空難……」

他突然說不下去了，因為白天鵝將她小巧漂亮的嘴，銜住他的嘴唇，那個動作輕盈又迅速，他感到她幽香甜軟的小舌頭，像某種小吸盤輕輕吮著、攪動他唇乾舌燥的口腔。年輕女孩的髮絲紊亂拂過他的臉頰，那種感官的細微混合讓他竟然像沒經驗的少年，感覺快呼吸不過來。

他說：「妳這個……」

她嫣然笑著離開他。小壞蛋？小惡魔？他想：在這田園詩一般的畫面裡，她竟然贈與他這麼純情、羞人答答的，少女的吻。她像調皮的小孩，旋轉的，然後從那天一路她就單肩揹著的帆布袋裡，拿出一件物器。

「啊，烏克麗麗！」

她靦腆地盤腿坐下，距他一段距離：「你聽喔，我昨天夜裡寫下的一首歌。你是第一個聽『開箱』的人。」

於是叮咚叮咚，她輕唱起來：

「愛是如此纏綿悱惻。愛是如此曲折迴繞。愛是那麼撲朔迷離。但愛又那麼盛大、那麼光采奕奕。愛可以選擇安靜、忍受痛苦、比一生還要長一點點的時光、什麼都不說都不告訴你。愛也可以像一支管弦樂隊，獨自練習每一種樂器的技藝，只為了等著有一天能夠在某處讓它們合鳴。

「（啊，愛是暴風雨！暴風雨！）

「（啊，愛是抵達之謎！）

「他說我愛得那麼淫賤，但確實他點亮了我整個屋子燈火通明。愛讓我即使盛裝、隨從簇擁，在你面前卻彷彿衣不蔽體。

「愛讓我即使那麼聰明，卻相信他那些渾話蠢話，吾充吾愛汝之心，助天下人愛其所愛。愛是顛倒恐怖魂牽夢縈。愛讓我們成為一台朝無垠宇宙發射疑問的聲波機器。愛是朝聖與返俗。愛是溶蝕那些纏繞受難頎們肉體靈魂之鐵蒺藜，分剝那痛與哭喊的酸劑。

「愛讓我一直等待、一直優雅微笑，因為相信他會某日喊我名字、揮手，而他這些日子都藏身於灰撲撲的人群。他會對我說傻女孩我一直一直在找妳。他會對我說吾愛今夕何夕兮。他會對我說妳看今夜星光燦爛，我們的苦難比起全人類那根本不值一提。

「（啊，愛是此恨綿綿無絕期！）

「（啊，愛是哭泣與耳語！）

……」

那一天稍晚的茶席上，溪谷主人對眾人說：「今天給各位品嚐的這兩款茶，是我個人每遇霧嵐降下，籠罩整個山谷，那種濕冷、幻美、但又畏敬造化、幽幽緲緲的時候，一定會接續著泡這兩道：其一名為『夢裡不知身是客』，其二名為『夢裡花落知多少』。兩款茶其實天南地北，但不知為何，在這窗外山景，大霧似仙佛、似鬼怪，分不出濃疏、淺深、上下四方湧動、變化、騰旋、像波瀾又像美人輕紗，我就一定煮泡這兩道茶，啊，那氣味說不出的對。」

溪谷主人替眾人斟了第一道，男男女女都低頭聞嗅著長窄瓷杯，然後就口啜淺盞。入這溪谷以來，最初被這茶痴那近乎薩滿儀式的肅穆鎮懾之感，已成了這「文明化外」之境，他們說不出依戀、安慰，一天中最期待的時刻。他們喝過溪谷主人不知花多少年搜羅、珍藏的好茶，但此刻這滾燙苔青色茶湯入喉，各自還是被那茶如一縷精魂的靈氣，難以言喻，像忽見白鶴飛來，震盪了一下。

老和尚忘情輕呼：「好茶！」

溪谷主人邊操演著沖茶、分杯，邊一臉笑意說：

「其實很熟悉的味道吧？這就是當年讓英國維多利亞女王讚嘆暱稱『東方美人』的，被小綠葉蟬幼蟲啃過、『著喙』。然後說不出蜜香果香的台灣白毫烏龍啦。但這一批是我一個新竹山裡客家老友親自玩出來的冠軍茶，他們客家啊叫這『椪風茶』，那個真的嫩尖、茶湯如『漱金』，不，應該說『漱琥珀』。一種閉上眼奇妙的金色光輝。我有段時間被拉去喝高山茶、梨山茶、雲霧茶，但反而變老頭子後，這種大霧降臨。」

溪谷主人取出一老藤蓋盆，裡頭疊放著十來只未施釉的茶碗，應該也是他自己窯燒的作品。每一只碗放進一朵大如曇花，但金黃色的，一團發光體。

「這個啊，不是一般中藥店或香港茶樓菊普茶的小朵菊花乾，這是一朵一杯，所謂『金絲黃菊』，一朵一杯，也就是傳說中的『貢菊』，這是江西婺源的特級皇菊，剛剛說『東方美人』是維多利亞女王，這款滾水下注像絨球、像不像活著的某種水母啦、章魚啦、海膽啦、海葵，好像每一瓣觸鬚都在擺？那個清香，這據說是光緒皇帝把自己花園中的皇菊品種，賞給一個告老還鄉的江西籍朝官，沒想到這菊一進那多霧濕潤的山裡，整個抖擻，像得了仙氣，變成了『採菊東籬下、悠然見南山』，變成了〈富春山居圖〉的皴染變化、淡遠氣韻。」

「有沒有？那個香。」

「很妙的是，從台灣烏龍、包種、到雲南老樹普洱、到福建人的岩茶、廣西桂林的銀針白茶、安徽猴魁茶、洞庭碧螺春，有耐泡的、有取二、三泡之鮮醇的，有老僧的器品、有年輕少女的鮮爽，但喝茶人的鼻子最靈，最後最昂貴的，絕對是無一絲農藥的，你在品其熱煙瀰漫時，它水土的純淨、靈性、就會鑽進你的腦門，像聽舒伯特、聽蕭邦、聽古琴，它就是會在你裡面，重新活第二次。」

「所以這是『夢裡花落知多少』？」

老和尚另一次又跟他講「濡潤」。這次的大瘟疫或許也正是我們人類這三十年附著在其上，建立起來的網路新世界。超快速流動的龐大人數、金流、欲望、故事、短敘事，好像本就在搭建一個讓人類自我簡化，以合乎傳輸規格的龐大風月寶鑑的鏡像投影。這很像菌藻類短基因段的演化邏輯，朝生暮死，快速變異。這之前不是很流行各種型態的喪屍片，似乎是一種集體潛意識，單一個體內在那個，傻乎乎也許從文學，也許是領略有限認識的一些人，緩慢像豆腐乳在長時間中，表面覆上一層白毛、綠黴，發出一種腥臭又鮮美，難以描述的氣味，那種足夠時間把「情」這玩意放在裡頭的機型、但又厚道、能夠感知周圍每個人的感覺、會擔心哪個人在哪一瞬陷入難堪、或是會在哪個人遇見巨大哀慟時，不用話語，一種溫柔沉默的，也許煮碗棗泥湯圓、溫壺酒，或煮個茶愜意地幫他一杯一杯斟。原本那個網路世界，自動將自己規格化的人類，有天確實分不出ＡＩ寫的小說和人類寫的小說有何區別了。鶯飛草長，小樓昨夜又東風、無處春來不酒家。因為他人如己，都共感著那春泥濕潤、充滿氣味、生機短暫的哀感。所以尖銳、刻薄、過於單一的情感指控、超逸的演出，都被擁有較長時間想像的人，判定為浪費有限良辰美景，浪費這下一刻就被無常吞噬的短暫心靈爽颯的光。他自然就濡潤。愛惜每一個人他所能是的模樣。

濡潤是什麼？他們這些「後來」在溪谷裡的這些人，不能裝作自己的前半生，什麼都沒發生過。譬如 Andy 哥，黝黑小個子、頭髮鬈毛、兩眼如銅鈴，沒有溪谷主人、老和尚、甚至電影導演這些高士、俊逸、風雅（即使是老頭了還是如此）。也就是 Andy 正如老和尚愛說的「市井」，他的小屋堆滿那種後腦勺碰一個大窟窿的泰國鐵佛像、頭帶法王冠；或是虎爺（粗糙的工藝、油漆）；一些說不出來處的玉、花東石頭、瑪瑙、老硯台（但又不是收藏品級的老端硯或歙石）、銅香爐、不同時期小紫砂壺、或七、八〇年代的瓷壺、布袋戲偶、原住民的木雕人俑、西藏的木匣打開像玩具的隨身佛、台灣老青瓷碗、大大小小的關公神像、甚至一些很適合放到鬼電影布景的娃娃公仔。那些瑣碎物件似乎各自帶著薄薄一層翳影、亂堆塞擠在一起、很像赫拉巴爾那城市地底篩漏的揀破爛場。但這很不可思議。在當時這些人倉皇進入這溪谷之際，各自眼瞳印下的，應都是城市街道、地鐵、醫院、騎樓、大批仆倒的死屍。能夠進入這溪谷，那像是鐵達尼號將沉，極僥倖之人能狼狽跳上救生艇，大部分人可能就拉個隨身行李。但這 Andy 老哥，他是將自己原本開在昭和町那破爛市集一隅，一坪大小洞窟裡的亂七八糟貨品，全拉一車進溪谷的嗎？

但老和尚、溪谷主人、導演，他們似乎很喜歡繞去Andy的「破爛堆積小屋」，喝點他泡的「高粱浸青竹絲」、「高粱浸一窩虎頭蜂加中藥材」、「人蔘葡萄酒」、什麼「地黃酒」、「木瓜酒」……或是聚在那喝——當然遠沒有溪谷主人變魔術在茶桌拿出的昂貴高級茶葉——他自己熬煮的青草茶，或是放了三、四年的「天仁茗茶」老茶包泡的茶。Andy小屋裡掛著五、六幅他自己的畫，都是一些眼睛如少女漫畫、但身軀破爛、黑、紫、墨綠、暗紅油彩錯覆的流浪狗。孤伶伶在月下、遠山淡景、河灘汙地，那些狗有一種「喫盡人世滄桑，但仍有純愛」的人臉感，都是這些油畫的主體、一種短短四腳茫然站著的、啊，如果是人，也是窮人、苦力、迌迌仔，但色彩說不出在稠黑、濃紫，就以狗的眼睛，澄黃明亮的光源、或月亮、或狗背上薄薄一層反光。Andy說他幾年前有一次靈機一動，拿女人的指甲油當顏料作畫，好像一種時代的螢光、極限、孤寂的「手機殼用色」就跑出來了。但他著迷畫的，是他年輕時每騎機車回五股，在河邊野地，看到一隻一隻那樣的野狗。牠們就和他一樣。

Andy幾年前在大陸廈門，做小生意，娶了一個大陸女孩，後來這妻子騎機車被砂石車撞死，他深受打擊，退回台灣，一直陷在喪妻之痛走不出來。他一身台味，但老爸是當年有「戰功褒揚令」的老兵，但是入贅他母親家。

老和尚說，Andy就是個濡潤的人。

在這些人進到這溪谷之前，Andy和老和尚之緣，就是在城市偏南，那座原本是殺雞、鐵籠裡臭氣熏天的活雞、案頭剁豬頭、豬大腿、豬背脊、鐵勾掛著豬心、白色豬大腸，或是蔬果攤、五穀雜糧小鋪、醃菜乾罐裝豆腐乳、破布子、辣椒小魚、鹹冬瓜、各種辣醬、或是鱗光閃閃綠色塑膠布上灑著冰塊和大小死魚的攤位……不知二十年前吧，這個傳統市場慢慢被Andy他們這樣的「非典型古典雜貨人」給慢慢佔據。來路頗雜，有原本是鄰近這一區收破爛的，但因當年為了建那座佔地頗大的「城市綠肺」森林公園，拆掉了兩條街區內，整大片的眷村違建，當時是鐵腕用工程隊幾十輛挖土機、推土機進村夷平。於是許多老伯伯流散攜帶的國府高官、文士的真假字畫，說來也四、五十年歷史的化學料粉彩或青花瓷壺或盤或花盆、一些老木箱、老藤椅、老總統酒、木雕神明像、老電視老收音機老黑膠唱片大同寶寶老腳踏車老雜貨鋪菸酒木招牌、「保密防諜」標語、老手錶老鋼筆老硯台老壽山石章……像土石流淹進了這些「菜市場舊貨鋪」黑黝黝、窄仄的小店裡。

當然也有真正在進普洱茶餅、或買賣宜興紫砂壺、或真正實力派的古董佛像商（都是再往前二十年，大陸各省、偏鄉、山上、洞窟、郊野，被那些農民砍頭，然後往南走私的老木雕、老泥塑、那些落魄遺殃的佛或道教神尊）、還有三十年之前有一陣極瘋狂的超高仿製作舊工藝的汝、官、哥、鈞、定、曜州、建窯、龍泉，明青花、清三代，這個蟻穴舊寨窟也鼎立了三、四家箇中可稱為大咖的。

也有不在市場建築，但鄰近一旁小巷，譬如那間「火金姑」燈具的楊哥，七十幾歲、長髮牛仔褲、瘦削高個、女人緣不斷。他就是個燈的藝術家，類似教堂薔薇花窗彩色鑲嵌玻璃的燈罩、像水母邊沿有著優雅裙褶的玻璃燈罩、或是將類似布拉格進口的玻璃花瓶鋸成一個美麗弧形、或是將壞棄的法國號、伸縮喇叭、黑管，當作燈身，用那些金屬螺絲、花邊圈，將之鎖、焊、鑲、組，或是從前老日式庭院入門玄關處的乳突狀吸頂燈，那種說不出夢境邊境的白霧，奇特不透明玻璃或是那種糖果色雕的綠玻璃、粉紅玻璃，當然一定少不掉一座不知從哪破敗大戶豪宅大廳拆回的水晶垂墜成靜止雨陣的豪華大吊燈……。夜晚從他小店走過、那裡頭一片像水澤邊憩魚的火金姑，一整片光之森林、冷寂的靜止煙花，即使是寫《陶庵夢憶》的張岱，站在這一片說不出璀璨還是寂寞的小店前，應該也會著迷。但幾年前楊哥得了腦瘤，化療三個月過世了。因為年輕時風流、將妻兒遺棄，所以已經三十多歲的兒子似乎很幹他。老和尚曾帶我去探望奄奄一息的楊哥，他兒子似乎對和老爸相關的一切非常厭惡（那些敲敲打打組成的妖幻玻璃彩燈，或他老爸認識的這些朋友、或那窄仄屋子走道，一架架鐵架，堆放著各種尺寸的銅、錫、銀、各種小配件、鈎釘、螺絲、小玻璃栓頭、似乎全散放著金屬屯積的毒。）楊哥縮躺在最內間一張木板床，空氣渾濁，常人不可能待，牆上貼滿舊昔從雜誌剪下的，各式金髮性感裸女海報。沒多久他就過去了。

另一位也是老和尚帶進這溪谷的詹哥，一開始他以為是導演那一掛的人。（他們常常幾輛皮卡載著扛著各式攝影器材、無人機、那幾個年輕女演員，就呼嘯出去了。）有次他也被拉去這溪谷，下到底，就是一整段風景壯麗的海岸公路。

那時他才知道，這詹哥也是那破爛市集裡的一咖。

那片狹隘的礫石海灘，像是銀河機器尾端的破口，包圍著他們的是整片德軍藍但又調入濃鬱灰色的大海，發出轟轟轟籠罩成一個讓小小人類暈眩耳聾的音爆場。這時才理解所有前人的詠海浪詩為何總那麼詞窮：千軍萬馬。確實那不斷朝岸礁發動衝擊、從後方五、六層高、到推擠至前方如馬群跪下摔進陷阱，那飄逸翻飛在那濁綠灰藍不同股力量上，鑲的那一層白色浪花，真的是照眼的潔白，像馬群奔騰、一眼望去的白鬃毛，激烈挨擠衝撞、炸開。

像這顆星球的海洋，正從這個破口，像瀑布垂瀉流向無垠的太空。

那個詹哥像小孩子撿了好幾顆，以他們這種玩石專家，判定為「一百分」的石頭！有像男子性具的、有凹皺處如女人陰部的、有如達摩獨自打坐的、有合於「怪、瘦、透、漏、皺、丑」的奇石美學的、大部分是火成岩，不同深淺層次的灰色，但像難以言的身世、傷痕累累、凹陷細處嵌著金沙、玻璃體、暗紅色甚至薔薇色的胎斑，像哈伯望遠鏡拍下的木星、像Jackson Pollock畫的潑灑顏料……，但它們都被這大海幾百萬年的嚴酷拍打，在海床滾動撞擊，不論多崎嶇的形狀，邊緣都被磨得極圓潤、用手撫摸像「嬰兒的屁股」。

這個海灘堆滿了石頭之外，被大海沖上的各種垃圾：輪胎、藍白拖、單隻的女人紅高跟鞋或單隻的男人皮鞋（這都讓人怵目）、女人的洋裝、漁網、塑膠筒、大塊保麗龍、無數的紙便當盒、飲料瓶、酒瓶、當然最多的是漂流木……這整片風景，其實非常醜陋、讓人說不出的陰鬱。

詹哥似乎又與其它避難至這溪谷的各路人不一樣，他可能比溪谷主人還要熟這一帶山谷、海邊，他是當地人。

這個「玩石達人」似乎是個過動兒，或像一群山裡長大，猴群靈活攀藤越樹其中的一隻，那如機槍射速的夾雜俚俗與崇敬（對石頭）的話語，彷彿影片不快轉無法交待的這一帶山巒陡降入海，百年來金礦、銅礦、煤礦、不同苦力、聚落、繁華如夢，又歸於荒墟，那些小鐵道、小山洞、礦坑、永遠籠罩的霪雨、更古早年代械鬥而死的無名鬼魂之小廟……這些山城小孩覺得外頭世界的故事，沒有能和山裡任何一個故事，那種忽上忽下、滾石的疙瘩裡必然有金沙、湍溪被蔥鬱的群山壓藏遮蔽著、突然就是一片空曠的大海，那些遠嫁出去的女人變成極遠的另一端某個小火車站的那裡人，沒有濃度、褶縮層次、那種蜿蜒打轉，能和他所說出的故事相比的故事了。

所以總像機槍亂點，這裡一串彈幕，那裡一串彈幕。兩腮像彈塗魚翹鼓，大眼睛眨巴眨巴。我辦婚禮那天、我媽太興奮了，男女兩家的親友都在場喔，她就啪一下倒地，緊急送醫途中就走了。喜事變喪事，親家母要女兒退掉這門親事，那女孩命在空宮，居然真的來和我談。我那時只覺眼前一片黑，人情薄如紙原來是這麼回事。把他阿公給他這個長孫，在瑞芳火車站對面一個房子給了對方，留下一個兒子歸我（她婚禮前就被我弄大了肚子）。我現在三個孩子，他們的媽媽是三個不同的女人。第二任妻子非常美，像年輕時蕭淑慎那麼美，但後來很恨他。現在變成修行人，跟幾個老師姐住在山裡面。

說起山，這一帶真是群山。他和他的這幫野溪撿石兄弟們，開著皮卡車，在紊亂掌紋的穿梭：大武崙山、槓子寮山、深澳山、紅淡山、七分寮山、十四坑山、鹿寮山、姜子寮山、拔西猴山……他們愛無意識摻雜的粗俗女體或性器官順口溜，使得那在群山間冒險尋奇的追憶，很像從某個衣不蔽體、鬢髮零亂、眼如水波的女人的大木床離開，又鑽入山徑兜轉著，到另一個女人那薄紗衣襟等著被揭開的爽遭遇。

有一個阿公，自己一個住在山上，兒女都在美國喔，但他啊就是像痟仔，也沒學過，就是老來，像被雷公鎚了，發狂地在一間山上鐵皮屋刻木雕，雕什麼？全是男人的陰莖。噢他雕的真是世界級的（尺寸和美感都是），那都是很好的木頭耶，不知道他去哪拖來的，也許像我們有卡車，是海邊拖漂流木？檜木的、紅豆杉的、肖楠的、烏心石、雞油……後來一些亂七八糟的木頭，他也雕，可能阿公後來身體不好了，走不遠，無法挑木材，後期也雕一批竹根的。喔那真是藝術，活靈活現，但他根本就是一個躲在山裡像神靈起乩，只為了想這樣雕木頭的瘋老頭。一開始是我發現，後來我表哥（就是那個知名的諧星，也是他們這票長不大的玩石哥們的頭，或保護人）也感興趣開始收藏。我們都要勾心鬥角捏，瞞著其他人自己開車上山，阿公對錢沒概念，但愛抽「新樂園」。我每次上山，就帶幾條「新樂園」，他說拍謝啦這件你表哥上次來，說之後十件他都訂下來了。我把「新樂園」塞給他，再加一瓶高粱泡虎頭蜂藥酒，馬上橫刀奪愛。我收有一套阿公雕的呂洞賓、張果老、漢鍾離，就三仙，台灣櫸木，喔那真是神品，藏在我床底下，阿公後來也雕不出來了，我表哥恨死了，開六十萬要我讓，我說我頭剁下來都不會讓，我潘仔啊？

後來阿公有點老糊塗了，還是鄉公所還是林管局的開單警告他，後來他也沒力氣去動那些木材了。他最後幾年，是去撿人家扔在垃圾場的大保麗龍來雕，還是雕陽具喔，還是充滿一種神祕的靈性喔，但就是材料變保麗龍。我們也不知道怎麼辦？該收不該收？怎麼算錢？他究竟不是那種美術館會鳥的藝術家，他的東西是寶，是我們這種民藝藏家間的傳奇，但保麗龍雕的老二，又白色的，連我都迷惑了。有一次我好像好久沒上山找阿公了，開我的皮卡上去，看他鐵皮屋外靠著一排排，那種人家葬禮致奠的罐頭塔，五、六架很大的，我心裡一沉，欸老人家真的走了，怎麼剛好趕上人家做喪事。結果阿公神清氣爽從屋裡出來，幹，那些罐頭塔，他是要那嵌在後面的一大片保麗龍。不知道去哪給人家扛回來，我說阿公你媽的，我被汝嚇死了。

又一跳，好像講起他和第一個老婆離婚（婚禮上他母親倒下），到第二個老婆（那個像蕭淑慎一樣美的），之間的十年，他跟著台灣一個作古董生意的老闆，專門跑大陸北京的拍賣行，那時候，每次要離境了，不管是在深圳啊、廣州啊、廈門啊，老闆帶他們去和那些大陸官員喝啊，他們的年輕肝就是喝那些什麼酒鬼、五糧液、茅台，喝出大陸人的敬意，然後，最後一天，老闆會每人發個二十萬、三十萬人民幣，真的他後來也沒那麼隨便一個包包就塞那麼多錢，要他們去買名牌錶、鑽石、翡翠，不是給他們的，是過海關回台灣再轉回錢。那是九〇年代的事啊。

這個話題和上個故事有什麼關連？但他又像在這群山山巒間盤桓，又跳去另一段。

當然還有一些品鑑眼界的高人，聽老和尚說，這一切猝不及防降臨的全球病毒之前，其實在那小小的昭和町古董舊物市集小宇宙，已傳出有人在收周夢蝶的字，這只是起步，臺靜農的字早就流散各處，價位是另一境界，但也開始這些看上去市井羅漢腳、破爛小店面，已經有人在有計畫收了。更別講余承堯的字，（他的畫當然是都在收藏家手上了）。你可不能小看這些臉半隱半沒在小店暗淡燈光，朝天花板亂亂堆雜貨的，臉孔像捏麵人，不然就像油炸鬼那樣，根本分不出虛實、臥虎藏龍，或女人跑掉，錢也被朋友騙光的老衰鬼。某一個嘎嘰踩著要散架的那小店鋪裡竟還有小梯，爬上閣樓，竟會見到某個店盡賣什麼海撈瓷、損毀嚴重的建盞、鋸了瓶頸的龍泉殘瓶底腹、越南青花、一些不靠譜的沉香木、品次極差的民間囍罐、一些老銀簪，但他卻親眼見這嘴上無毛、在整個昭和町各店家老長輩眼中「新人類」的年輕店主，在昏暗，光隙懸浮著灰塵的閣樓，一盒一盒無比珍貴打開，幾年前他去拍賣場拍回來的，北宋官定盤，或一只磁州窯梅瓶、一只唐三彩碗，他記得他心底尖叫：這是真的！是博物館等級的珍品！那些被虔誠收藏的宋瓷，一匣一匣打開，都流動著一種靈性的光輝。絕非這一整條街巷，黃昏後像鮟鱇魚一盞一盞暈黃燈亮起，各店鋪櫥櫃裡全是次貨、假貨。

但老和尚說的「濡潤」是什麼意思呢？《紅樓夢》裡，有一章是賈母帶著寶玉、諸女眷、隨從婢僕，大隊車轎人馬，「一片錦繡香煙，遮天壓地」，到清虛觀打醮。這觀裡一個老道士，當年是「榮國公的替身」，曾經先皇御口親呼為「大幻仙人」，總之，是賈珍這些第三代的都不敢怠慢的「老一輩祖公祖嬤的交情」。果然老太太和老道士相見了，雖然階級、陣仗（賈母這邊可是簇擁著諸仙女般、華麗服飾的寶釵、黛玉、迎春、探春、惜春，還有李紈、鳳姐、薛姨媽，另有各自女眷的丫頭；而張道士那邊不就是一些髒兮兮、窮人家拾來的小道士了）如天上星辰和地下爛汙對峙著，但老道士和賈母，立刻切換進像音軌般的共同情誼，「追憶逝水年華」，那個話語間的暗道機括何其隱密？老道士完全不被這豪門花團錦簇、天仙下凡的陣仗震住，看著寶玉，對老太太說：「我看見哥兒的這個形容身段，言談舉動，怎麼就和當日國公爺一個稿子！」兩眼還要眨巴眨巴，像枯旱沙塵裡倖活的青蛙，這自然碰到了賈母的傷懷、悽慘：「正是呢。我們養了這些兒子孫子，也沒一個像他爺爺的，就只這玉兒還像他爺爺。」

啊這是多妙的一場戲！你能想像普魯斯特那印象畫派裡的貴族女孩、伯爵夫人、綾羅絲緞的上層人物，直面闖進左拉筆下的《娜娜》那樣的窮人、市井、臭氣熏天、偷拐搶騙、吃喝嫖賭都挨擠在一區的某個破爛聖母院嗎？但那「曾經是你爺爺的替身」（可嘆爺爺早死了，這當年同命時辰的替身小孩，卻躲過閻王鬼使的鐐鋤，進入一相對於人世時間的空無、繼續活著，成了個邋遢老道士），那麼自在，就向老太太請命，把寶玉戴著的那塊玉請下，拿出去給那些下等人「開開眼界」，等再將那靈玉用盤子捧回來時，整盤堆著三、五十件那些市井人家戲上的金璜、玉塊（當然還要笑眯眯說這些東西有髒氣味）。

老和尚說，《紅樓夢》裡，這富貴人家，如賈母和一眾女眷，到了清虛觀，神佛之地，同時是話本小說裡最容易出現男盜女娼、良家婦女喫了迷藥被玷汙的置換、顛倒、是非之陰陽界。賈母她們該怎麼過渡呢，怎麼華麗轉身，大隊人馬全身而退呢？那麼精緻、高貴、粉妝玉砌、不沾髒汙的貴族結界，如何進入窮人湊擠、就銅錢或窮人家女孩胯下腥臭又不值幾手交換、或那些穿門過戶哪家和哪家隔鄰沒陳年爛帳、你婊過我二姑丈、我倒過你舅媽的會、你兄弟和我姪女有過一段破事？要如何從這修羅之境全身而退？那可是，賈母著賈珍（這個廢柴紈絝孫輩）點三齣戲：第一本漢高祖斬白蛇的《白蛇記》，第二本《滿床笏》，第三本《南柯夢》，而這三本戲，是在神前抽籤「拈戲」，似乎是殿上神佛隔著香煙繚繞、法器雜響，對這老太太的默語。他們還要在這道觀裡，寫禱祝之申表、焚錢糧（就是大規格的燒金紙、鬼錢、經文啦）、然後開戲。

那個「神前拈了的三齣戲」，是否像他們進到這溪谷，恰好莫名其妙的導演，搞什麼白天鵝、黑天鵝、仲夏夜之夢、控制場面生硬的「拍電影」？

老和尚說：「不要無視Andy，他可能是這溪谷所有人裡，心裡最雪亮的那個。」

設想，這麼想好了，人類經過的千百萬年的演化、殺戮、摸索萬物的原理、研究各種滅絕其他生命的技術，終於站在這顆星球的階梯之顛。然後建立了城市，鋼骨超級大樓，用工廠流水線宰殺被當成食物的牛豬雞羊，然後又有冷凍技術、有運輸、有大型發電和光的掌控力。有繁殖幻影的神奇力量，虛構已發生過的事和不曾發生過的事的合理推算。說實話，人類找到竅門，拆毀這星球任何其他物件的存在性，但發明了讓自己「舒服」的奇妙狀態。有短暫的、有長時間的，端看其耗能及啟動這所耗之能的複雜運算、掠奪、累積。

這是一個大故事，但我們置身其中，可感且任意享用，不過近百多年之事，但可能這個故事到頭了。原本不該像燃放仙女棒那樣瘋狂璀璨的超榨取、超提領。但反正一兩百年前、四五百年前，人類就這麼幹了。

好，現在我們想像一個畫面，人類，在這場大瘟疫、大滅絕。其實想成一座被圍、將被屠殺殆盡，知道不久之後命運的、悲慘的這支老弱殘兵。對方，不管你是《魔戒》這電影的3D動畫場景來想像，總之，我們想著，將我們與天地邊界隔斷，包圍得水洩不通的圍城大軍，派來勸降的一支小隊，他們是一列穿盔戴甲的病毒。是的，你別笑出來。這正是我們現在正經歷發生的。其實和賈母帶著那如花美眷們、香車華服的進入清虛觀，殿上牆邊全是泥塑的菩薩，冷眼看著他們。賈母知道自己這一族，等在不遠處的滅絕命運。她知道這只是個「說情」、「投降」，虛空中比手劃腳的儀式。髒兮兮、滿嘴無牙、鬍髭雜白的張道士，如果就是今天出現在我們眼前，新冠病毒那遍野大軍的勸降軍官。我問你，你要怎麼表現得比賈母更得體，更有尊嚴？

「什麼意思？也許可以和對方討論，我方極繁複的基因繪圖、以及複雜的身體構造、大腦功能，也許可以為你們病毒作為一種古典圖書館？」

「所以，譬如賈寶玉的『情不情』，是指某一隻變種病毒，可以附著、完全允和對方的密碼鎖之檢查，然後進入對方的裡面。寄生到對方剪接身世的控制中心，但最後又可以全身而退，作為其他諸多物種生死輪迴的大遊歷？而黛玉的『情情』，就是一隻作死的病毒，好不容易進入宿主了，卻分不出戲與夢，完全痴情相信自己就是那投影在牆屏上的影中人，而那影中人就是自己。纏綿繾綣，被那個自己是病毒而造成的高燒、咯血、器官傷毀所吞噬。依此類推，所謂寶釵的『情冷』、晴雯的『情勇』、襲人的『情賢』、史湘雲的『情憨』、妙玉的『情隱』……啊啊我們都可以找到不同株病毒，在自己被拋擲進演化、變異、隨幻境體悟、作出反應的進退伸縮、自己生命周期與宿主承受反應的投資、一種數學演算的欺蔽或裸真，是更理性於『病毒的倫理』、或是『你所寄生、進入其內的這個人類的感覺』？」

第十五章

每一個故事開始的時候，都特寫著一張「等著剝開蛋殼的水煮熟雞蛋」的臉，影影幢幢、故弄玄虛，但圍坐這一桌聽故事的人，也確實給予那個「將要說出的故事」，在貯藏它的大腦中電流竄動，一種等著垂死之人吐出最後一口氣，就掀翅圍下分食屍骸的兀鷹的眼珠、嘴喙。但這樣的描述是錯的，其實是像一群食薯者，故事對所有人都太珍貴、一種難以言喻的幸福熱氣，氤氲之感。

這個提議當然來自薄伽丘的《十日談》，背景同樣是整座城市之人在瘟疫中死去的末日景觀。不過不同於《十日談》中那些避禍貴族，只是為了打發無聊時光。我們則更像是已經沒有「時光」這回事的，抬頭一片黑，我們連蜉蝣都不是，真的，在這個滅絕的大故事裡，我們算是什麼呢？然後，或許在一種「相濡以沫」的，剩下那麼一點點的「我們」，只好輪流每個人吐出一坨酸餿，僥倖沒消化掉的「昔日」，湯圓皮、雞肉渣、糜粥、乾黑豆……，大家再分食之。

這就是我們不變成野蠻人的方式。我們曾經，各自殘破目睹了那讓人淚流滿面的燦爛文明，我們要對抗那之後無邊際將我們吞噬的黑暗：沒有意義的時間流動。這些故事，在溪谷主人這幢大建築的原木長桌，每將要開口說出時，一旁的炭爐火光照著每一張臉有一半隱沒在暗影，但可看見每一雙黑白分明、專注聆聽的眸子。我總會想到我年輕時看的柏格曼電影，芬妮與亞歷山大，哭泣與耳語，野草莓，故事的時光更像老人對深埋心底多年的懺悔，或離異多年的男女說出那麼絕望的「我是那樣被傷害」，恨意的形狀。我記得我年紀漸大後，曾經這麼想：我為什麼要像吹玻璃，在我靈魂的形廓，吹出那麼陰沉、冷鬱、那種北歐才有的永夜之感、厚硬的頭顱和下顎、我們不熟悉的木窗和厚牆、那種光源極稀罕的對信仰不堅定的恐懼。

當第一個人提議，我們在這溪谷中，不如來輪流說故事吧，那時其實正宣告著，我們正在建一座由這幾個倖存者共同作為展示物、觀賞者、保全警衛的「人類博物館」。有一天，我們之中的哪個人死去，這座博物館的其中那個展廳的燈就熄滅，一直到最後一展廳黯滅為止。

這個滅絕的故事，其實人類真正被打趴，毫無還手之力，是在於「變異」。我記得在關鍵翻轉時，最初冒出一則新聞，說一個俄羅斯女人身上帶十八種變異病毒。人類已經茫然恐慌和那陌生病毒，疲憊對抗一年了。這時超級霸王級寒流將北極的酷凍，像打開冰箱冷凍庫往北半球狂送「真正的凜冬」。俄羅斯可能是第二階段變異病毒真正迅速爆漲的「冷酷異境」。未必如我們記得的英國，雖然那段時日，人們已開始感到，一年前我們像在「怪異馬戲團」窺孔窗，看著武漢醫院裡那些喪屍般瘋狂推擠，要攻打裡面有醫護人員的隔離病房，這個情景經過一年，在印度、巴西、義大利、西班牙、法國……對，最主要是美國，不可思議地輪番上演。堆疊在病房的屍體，醫療體系崩潰後，那穿著一級防護衣對鏡頭哭泣的女護士：「人們像蒼蠅一樣死去。」救護車放棄運送那些「比較沒機會搶救回來的重症患者」。這時美國的白人民粹、黑人運動、各州計票總統大選的攻防仍讓人心惶惶。香港開始靜默大搜捕。印度的最底層窮人可能得病死前先餓死。緬甸的軍隊任意開槍擊殺躲進屋寨的平民。以色列派出F-35如入無人之境轟炸了敘利亞。希臘邊境的難民面臨超不人道的處境。東亞的軍備競賽、每天的政論節目那些名嘴說「代誌大條了」、老共的055飛彈驅逐艦、056反潛型驅逐艦、別講他們的遼寧號、山東號、每天繞西南防空視別區的殲11-B、殲-16、蘇-30、蘇-35、殲-20、……然後我們沒在怕的，我們的F-16V、我們的增程雄2E、我們的天弓三、劍二、雷霆2000、然後他們東風-16、東風-26、東風-31、什麼長劍100……但這時他們說是對老美的。然後這時其實世界各大藥廠的疫苗出現，這時人類可能還並沒意識到「這次的病毒該命名為『末日』」。日本信誓旦旦一定舉行東奧，但事實上他們疫情整個崩潰。極權國家仍是封鎖真實疫情，但似乎死亡數量之慘酷，遠超外人想像。普丁發射極音速飛彈「鋯石」、俄方不斷加強北極佈署。但美國這地球第一霸權，因染疫死亡人數快速超過二戰死亡士兵，接著超越西班牙流感死亡人數，很快又超過南北戰爭死亡人數。（後來那一切的全體死亡，就像超現實夢境一樣了。）河北石家莊農村爆出多人感染，乃在於中國將俄國、歐洲航線飛機改為石家莊，但機場周邊防疫旅館的用剩醫療物資、垃圾，竟被當地居民撿拾，乃造成擴散（且這次是英國變種病株）。於是一年前武漢封城、生化兵軍車開進，如戰時狀態的封街、封小區又上演，當然我們人類也全在變異，但沒想到這隻病毒是用這麼慘烈但似乎僅在幾處刺突蛋白稍變化一下，它就徹底癱瘓我們這一切像酷暑天，鋪滾燙柏油，那上方五公分處，扭曲的、薄膜般空氣，那麼不真實的存在。

其實說到那變異，最後的細菌形態狂歡，我的感覺是：「像她這樣一個美人兒，你們何忍如此糟踐、毀滅、砸爛？」

老和尚有一次則是唏噓說：

「早知如此，何必當初。」

我們那個年代，有一部純情經典電影，叫《編織的女孩》。我不記得細節，但大約就是一個所有年輕男孩心中的夢幻美女，她可能是個紡織廠女工，或小咖啡館女侍之類的，貞靜良善，然後被男主角把上了，那男的像所有的詩人、藝術家、知識份子，一開始被那女孩自帶「美之小宇宙」的融光，目眩神迷、幸福地包裹其中，但後來，他（一定會的）感到煩悶，女孩的世界太靜美樸素了，他們之間的知識差距太大了。於是這男孩將女孩拋棄，投入他大學那些菁英的朋友，畢業後當時也丟掉那些詩歌啊、玩樂團啊、純腦力激盪的哲學啊，成為職場的金童。很多年後，他想起當年這女孩，想她應該也嫁人了，有自己的生活了，但輾轉尋故人給的線索，最後在一瘋人院，隔著玻璃牆，看著女孩坐在裡面，她的臉美麗像完全沒有時光一絲侵襲，但已徹底瘋了，她坐在一張椅子裡，靜靜地編織著毛線。

我覺得那很像是二十世紀末，交給我們這一代人手中的那海中打撈起的，濕淋淋、柔軟豐腴、神祕脆弱的一隻海牛般的人類文明。但後來在網路世界，人類同時把那麼龐大的「過去」貯放在那網路海洋，但同時找出各種短基因段跳躍出「比現在還要更剛剛、立即發生的一瞬」的，所有人的解放。於是變異每天都劈哩啪啦發生著，但是，像羅馬人在元老院被眾人刺殺，近距離的噴血、刀刺、抵抗、陰鬱的臉，但之後又反而是屋大維的獨裁、稱帝。這一切是怎麼發生的？短兵相接，但其實是大清洗。這很難言說，因為我們全包裹在其中，目瞪口呆、牽一髮動全身，聽著那以億為單位的變異，在遠方的遠方，每日每夜的發生。

「如此一個大美人，汝輩何忍而殺之？」

但它正像是格列佛小人國的預言，細細瑣瑣的微小局部，細細的繩索，細小如螞蟻牙尖的矛槍。先是一種虛無的哄笑，一種隱匿於草叢中的「群體的壯膽」、一種刻薄，然後是巨大數量的單一情感——單一的正義感、單一的恨意、單一的狂喊吊死他，或單一如浪潮的對某個美男歐巴的狂愛，是的、最可怕的是，是終於演化成海面上百萬數量的極短基因段之菌藻，本身就形成海嘯——這種單一性完全受到這世界以國家為板塊的獨裁者所愛，只在於你是屬於哪個部落的。剩下的，就是在自己之中搜捕「背叛者」，然後超大數量的，「吊死他！吊死他！」一開始，你以為那只是一些資本主義其中一部分的電玩開發遊戲，或你以為只是某些惡趣味的低智商綜藝節目，某些政客們在爭奪大小選舉戰役的割喉戰，某些機機歪歪的富二代炫富的醜陋名牌包啦、豪屋啦、超跑啦、昂貴美食啦……其實這個「變異」仍持續跳躍地發生著。

那些款款搖曳的瞬間，無人知曉的時刻，女人從少女時代，就看不下他人掉在一孤立、難堪的狀況。班上的男孩們沒有任何理由地霸凌一個最後一名的女生，她記得她叫王永迪。也許是醜，但或是物資匱乏年代她戴的那副廉價的阿婆厚黑框眼鏡，或許再加上戒嚴年代所有國中女生都剪的鴨屁股髮形、瘦小如老鼠。那是一個資優班，男孩們用絕對優勢的智力，像一支德國國家足球隊的三角短傳、個人花式盤球，在那挨擠在一起的課堂桌椅間，從容且本身就是樂趣地耍玩那個話語能力完全不成對比的醜女生。而女孩們（那些已經懂得在那以醜為美、全民皆兵的年代，在嚴厲的校規邊緣動點小手腳，讓自己還是有種女孩兒味的）不會加入那些剃刀般、或鯊魚尖鰭在水面游動，你一句我一句對那落單王永迪的霸凌。但她們都吃吃笑。其實很多年後，這個王永迪和他們完全活在不同的階級和生活現實中。那些高智商男孩，後來都是跨國電子公司的老闆、大銀行的總經理、或台大醫院什麼什麼科的主任，女孩貼在臉書上和兒子或女兒的合照，都是在洛杉磯或聖塔芭芭拉的獨幢豪宅……他們的世界跟後來的王永迪的人生，一點關係都沒有。甚至他們開會時的屬下、祕書、輕聲細語的護士、學校長廊跟在身後走充滿崇拜之情問問題的女研究生，沒有任何運動場中滾動彈珠的機率，此生會再遇見那個窮人家醜八怪的王永迪。

只有這女人（當時也還是個少女）站起身，說：「夠了。」

許多年後的同學會，這些仗托時代好運，當年一路念建中、台大電機清大電子的男孩們，後來到了矽谷，被人類上世紀末最大的一次產業革命，推上了資產佔人類前百分之一的電子新貴。他們沒浪費生命任何一階段的時間，然後也如此自如地打高爾夫、請家教來家中一對一教他們德文、義大利文，有幾個混得更好的還玩上了收藏藝術品。他們回憶起許多年前，像男孩傳足球、這個傳那個、在王永迪的座位四周，笑著丟傳她有一條不可思議的「阿婆碎花大手帕」，那實在是突兀的存在，現在的世界，其實可以張開成一條帕什米納的大披肩，而王永迪每被這些高智商（也許其實都有躁鬱症而不自知）男孩的話語羞辱，一刀來一刀去割傷，會非常醜陋地把那顆枯草稻桿老鼠臉的頭，埋在那張阿婆超大手帕中，擤鼻涕在上面。所以那天男孩們以三角短傳，不，六角，或更多方位，扔來抛去，間雜著王永迪那老太婆黑框眼鏡下，想不起來想不起來了她究竟長什麼模樣？她尖叫著：「還給我！還給我！」

然後就是坐在教室後排的她（即使只是少女，當時也是班上許多男孩暗戀的那個美人兒），站起身，說：「夠了！」向詫異的其中一男孩搶來那方大手帕，牽著泣不成聲的王永迪走出教室。

那個年代，話語如此貧乏，但她還是在女廁的洗手檯前，對那同齡女孩說：「沒有人可以這樣對妳！」

如果我們真的要用這「上帝視角」，那她真的做了許多好事，大學剛畢業那年，她到一家高四重考班打工上英文課，那隱藏於某棟大樓內窗子全用木板封死，上百個座位的教室，一些充滿挫敗者怨念的大孩子。她有一堂課，興之所至，和他們講了梵谷的故事，西奧的故事，然後用一台錄音機放卡帶，把歌詞寫在黑板，教他們唱那首〈Vincent〉。那時，有一天，滂沱大雨，一個高瘦的那個班的男孩、渾身淋濕，像痛苦地說不出自己靈魂內部的火焰，在補習班樓下騎樓攔住她，對她說自己聽了她那堂課，去找了余光中翻譯的那本《梵谷傳》。然後他又讀了太宰治的《人間失格》。他非常痛苦，但又確定自己要走的路，這男孩對她說：祝福妳。老師。謝謝妳。

後來倒是很多年，那個騎樓那個位置，恰有一台「土地銀行」的提款機（那間重考班早就倒了）。會有一個腦性麻痺的阿姨，整個人像一種折疊水管玩具，一團扭絞坐在輪椅上賣彩券。她每回去，一定給那阿姨，買一千元的刮刮樂。

她和初戀男友租住在山上大學附近一個老屋，分租的一位離了婚的女畫家，大他們五、六歲（但在那個年代，似乎就已是人生地平線看不見的另一端之境了），帶著一個三歲的小女孩，叫安安。她曾和男友去過這女畫家前夫，五、六個同是當年美術系哥們合租的、在更往山裡面走的一幢閩式四合院，完全是古早時，前院是碾穀場，橫長形瓦屋分一廳四廂房、兩側再另建灶腳和柴房，反正這些看去全長得像什麼睡獅羅漢、長眉羅漢、挖耳羅漢、沉思羅漢，長相奇峻的男畫家們，分到哪個空間就作為自己的畫室。女畫家的前夫叫阿郎，據說是這一群像苦修僧立志「畫出最屌的畫」的怪咖裡，天分最高的。女畫家大眼睛且皮膚白，早些年應是個大美女，但好像兩個都畫畫的情侶，生了那孩子後，才貼近感受到沒有收入，寸步難行。兩人整天吵，後來分了，但這女畫家自己帶著小女孩，也是魂不守舍，左支右絀，常把這安安丟給她幫忙「帶兩小時」，但一消失就是一整天。很奇怪地也並不是去打工賺錢，也並非在瘋狂畫畫，而是跑去社交一些她那年紀都是聽所未聞的人，譬如去參加一個山上的打坐班，說那帶頭的師父可以盤腿，然後離地飄浮在半空中，另認識一個貴婦，據說原本是個小說家，後嫁給一位美國外交官，所以常找些不俗的朋友去那山中別墅喝下午茶，或是去某個燒陶大師的工作室。她總覺得女畫家似乎同時混亂著幾種浮躁：一是不願接受自己當母親的角色，眼看未來十幾年青春就要被這小女孩綁死的浮躁；一是和那阿郎共同生活且爭吵不斷的傷害，有一部分是她的女性畫家的自我被那男人的縱橫才氣壓抑著，但所有看過他夫妻倆之畫的人，都說像是同一個人畫的。確實阿郎是她的啟蒙者，但割斷了和那人的關係，要重新找到自己的「畫面」、自己的風格、自己的力量，這一切（而且油畫顏料和畫布那麼貴）竟像比完全不會畫的人習畫還困難；另外是她很多年後，較有人世閱歷才理解，這些畫家，非常需要認識、攀結社會上各種人，才可能伏下將來買你畫的潛在收藏者。這完全是運氣，有的人就像中彩券頭獎，但也非常需要一種藝術家的作派和扮演。那時她太年輕，而女畫家其實也年輕，所以像學戲的和身邊的姐妹淘，所謂「故鄉不出聖人」，總會看見一些虛浮不切實的腳步。

於是很多時候，是其實還在少女延遲末期的二十多歲的她，陪著那小女孩安安，編各種故事給她聽。她和男友去過那群怪咖畫家像人民公社的四合院，每一個斷宇頹垣的古厝破房間，都掛著不同的那個作者自己的畫。她感覺到他們的畫都有種共同性，後來才知道上世紀八〇年代末的這些台灣美術系的學生，全受到梵谷、高更的精神引導著，他們的畫都是某個人、或兩個人、近距的臉部特寫（幾乎老厝每個破窗洞破屋頂的小畫室，牆上一定有一幅個人的自畫像），但那油彩、顏料的細部羽狀或波漣的黑、紅、黃、藍、綠，極奢侈細微地交錯覆蓋，你會覺得那些畫面像要燃燒起來，有一種精神病患的亢奮、或宗教性，似乎那畫中臉正在自燃，扯個後話，很悲傷的是，上世紀九〇年代末，所有畫廊或美術館根本不再收這種後期印象派的油畫，而全是比他們這些原始人更懂怎麼賣弄布希亞或德勒茲的裝置藝術家了。這非常悲哀。

她男友認識這四合院的怪咖羅漢畫家，反而是另一個叫大嘴的，人非常安靜。好像是男友和她在一起之前，就曾被別的朋友找去，和這一群瘋子喝高粱喝到全在那前埕空地上吐。但和這大他們十來歲的大嘴，引為知己。因為兩人都是杜斯妥也夫斯基的狂粉。事實上她回想，她男友狂追她那一年，一天寫一封厚鼓鼓的情書，那些她看不懂的瘋狂又陰鬱的長句，全是「杜斯妥也夫斯基體」啊。

很多年後，她輾轉聽說這大嘴後來割腕自殺了。主要是太不得志了。但她那個年代，真的身邊遇見許多這種兩眼發光的年輕藝術家，後來都自殺。像某種空軍傳說的「機瘟」，某一個梯次的飛行員，很奇怪的，一整批就特容易遇到失事墜機。事實上，當時有個短髮女孩，常跑上山來，找她男友和另外幾個寫作的朋友，大發議論。幾年後在巴黎自殺，她的遺書成為一整代文青的經典。她細讀過不止一次，發覺書中她狂熱又肅穆提到的那些電影，真的是她和她男友，還有那些朋友，大家會擠其中一輛誰誰的破車，下山到南京東路一家叫「影廬」的MTV，在小房間裡用那時的影碟加字幕匣，就是那些電影啊、小津、柏格曼、楚浮、高達、塔克夫斯基、黑澤明、大島渚、費里尼、安哲羅普洛斯、溫德斯、侯麥……啊就像是遠房親戚的各落點遠近的親人的名字啊。

她曾帶著那小女孩安安，在山上某個綠琉璃瓦中國式建築邊的魚池，投幣買魚飼料灑餵池中的錦鯉。那些錦鯉，每一條巨大得驚人，女孩安安驚呼：「姨，這些魚像狗那麼大！」真的，當時二十七、八歲的她也非常驚異。完全不能想像這些真的至少比一隻貓還要大、還要肥、還要長的美麗近乎假的魚，當初是怎麼運到這山裡的池子？有金紅的、有橘紅的、銀白帶一抹嫣紅的、有像黃金盔甲的、有黑、橘、紅三色的、有純黑的……數百尾那麼大身體，全擠在小小同一個區域，那圓形唇像某種女孩束髮用的螢光小圓圈，開闔搶食浮在水面的飼料，光影繚亂、燦爛，卻又讓她說不出的害怕。

有一些人心的暗黑或完全不必要的去羞辱、攻擊他人，她還是得去穿行那死蔭之地，但很像後來某些網路上的療癒文章標題（僅僅標題就夠了）：「妳沒有任何錯」、「完全不需要為他人的惡，去責備自己」，有一些人是「馬基維利者」：利用、剝削、操弄、說謊、不惜傷害別人……真的如此。後來她在山上那所大學教書，系裡面除了她是個三十多歲的菜鳥，全是五十多歲的一群「距退休尚十年，但失去教書熱情」的老女人，因為系主任被一位當初創系的老人（他是個絕頂聰明、深受學校董事長信任之肱股老臣）作為萬年缺，所以這些大學姐級的老女人們，充滿著一種懸吊、虛無、權力頂端的花苞早被拔掉的，負能量嗎？恰巧她作為系上學生眼中最年輕漂亮的新風景，開的每門課都二百人大教室爆滿，後來她才知道，那些前輩開的課，竟都只有十幾個人修。一開始是一些小話，說她會討好學生，期末成績全部給 pass，學生傳說中的「又涼又補」；也有一些風評是，她知不知道自己是個大學教師？每次上課都打扮得像金庸小說裡的小龍女？

但後來這不是耳語或孤立了，她們開始寄黑函給那位見過大場面的老頭系主任，老頭把她找去，把黑函給她，像跟自己人交心，妳要小心自己在系上的處境，這已經是第七封第八封了。黑函還寄去校長、董事會。完全是老國民黨宮廷內鬥那一套。恰好這堆老女人中，有個眾人皆巴結的，是那位國民黨中常委（後來因為土地貪瀆案被判刑）的妻子，據說連董事長都對她頗巴結。因此那幾年兩岸關係特好，台灣的私校因少子化人口結構的波谷將至，許多家幾十年老招牌大學應聲而倒，他們這所大學恰應招收大批轉校生，反而逆勢成為這董事長他父親當年把學校交給他，虧損赤字幾十年，第一次賺錢的資產。不過這都與她的世界無關，她確實在系辦公室裡成為像小龍女那樣絕少出現的人（後來人們問她：妳為何都不去系上開會。她說：我怕那些老女人）。這很難復現，張愛玲小說裡遍拾皆是，笑著對妳說話，說的話卻是兩刃三刀，只有妳知她知的，羞辱妳、低貶妳，討論的是，她開的課，那些陸生還是全爆滿，而那些老女人的小班教室，修課學生還是小貓兩三隻。

但她覺得這是非常無聊的，人類在歷史每一時期都會創造的無意義黑影。她發現在不同教室，台灣學生坐滿中後排全部座位，陸生則都坐第一排。有一種靜默的空間霸凌在發生。台生對陸生基本非常冷漠，但那些陸生，卻又是上課最全神專注、勇於提問，甚至有點太積極了。下課圍一圈和她討論她開給他們的書單（真的回去都讀了）。

反倒是有個小T，台灣小孩，特別黏著她，甚至喊她「媽咪」，她也不以為忤。那孩子從小是單親媽媽帶大，家境非常窘困，好像國中畢業後基本就是自己打工養活自己。這背後有個她年輕時不太能實體感受的「階級」。她內心感嘆，以這孩子的上進、聰慧，若是出生在一稍中等的家庭，絕對是台大政大的資質，不至於掉到這所掛車尾的私立大學（畢業後還得揹學貸，簡直就是階級貧富不斷重複循環）。事實上，那些課室裡，後四分之三的台灣孩子，因為家境普遍在一中下線之下，無法明確舉證的，從小就和刻意栽培的家庭，有一看不見的「文化資本」的落差。所以他們更容易掛在手機社交媒體，更容易被電玩吞噬，因為下課後忙著打工，同時還有一樣的那向未來籌措的學貸，自然上課時一片死氣沉沉，不如那些陸生（其實也是挑選過的，從對岸各自省市，有能力栽培小學來港台念書的家庭）有意識的「每一堂課的學習都是未來的投資」。

但後來她發現這小T，有一種「倒過來的控制慾」。譬如如果課程中要投影器材，她是託其他學生幫忙歸還器物組，這小T會生氣（而且透過其他同學的耳語，讓她知道）。或幾乎每天中午都跑去研究室找她（會帶一些小女生的可愛零食或轉蛋玩具給她）。她手機沒事就收到她的簡訊（那時還沒有Facebook這種社群軟體），噓寒問暖，有時一天竟十幾則。她不喜歡人和人之間，這種言不及義的親密，但小T也講過自己有憂鬱症史，曾割腕送醫急救幾次。她把自己的內在捋了一次，是否我也有什麼脆弱點，在享受這種說母女不是母女，說姐妹淘她們年紀和位置並不對等，說情人曖昧，她真的確定自己並沒有。

直到後來她聽說，這小T在系上，除了她，其實和另幾個女教授（就是那些寄她黑函的老女人），也是這樣母女相稱，也是每班上下課她都如此殷勤能幹。這踩了她的線，便刻意疏遠。她要來搭她便車下山，她便拒絕。難怪她總有一種霧中風景的感覺，這小T給所有人一種非常優，認真好學，確實各科成績也都是系上最高，也拿獎學金，但她一直有一個階梯像沒踩上，就是她很納悶，其實她對她的幾門課，包括期中期末的報告，總是比預期中平庸敷衍，缺乏哪怕一個點的更深入些的熱情。她總體諒她可能是打工排太滿而沒時間精力，仍是給她最高分群組。

後來更扯，小T的下一屆，來了一個陸生女孩，非常美，簡直像打造的瓷娃娃，說實話新生報到時全系驚動，都說完全不輸Angelababy的精緻。結果證實其實她在大陸那已是個小明星，有簽經紀公司，有拍過幾齣古裝電視劇的小配角。小T不知怎樣地用盡心思，成為這嬌嬌女在學校的護花使者。中間甚至有一次不知怎麼起鬨作局，讓她這個做老師的，請三個陸生女孩（包括那小Angelababy）加上小T，一車上竹子湖吃放山雞加炒野菜。她觀察了那小美女，真的像成化鬥彩一般絕美、蛋殼般透明晶瑩。但似乎靈魂還沒降入腔體，太意識到自己的美，像被一個玻璃罩給擱擋住了。

她在一旁看著小T對那小明星，百般呵護、取悅，甚至她偶爾以老師身分問那女孩幾個問題，小T也跳出回覆。那次之後，她對小T的一切來訊，皆已讀不回。

她很難理解那種奇妙的，並非惡的，但侵犯到她內心潔癖的，有一種「之前對那孩子的真心，我收回了，她也不會知道，對這世界一點一分毫都沒影響。但我自己知道那是一份很珍貴的、人類高貴的情感」。很多年後，在YouTube看到一個講「宋美齡與孔二小姐的奇異緣分」，這個年輕時風華一代，甚至曾在美國政壇、媒體，引起近乎後來的黛安娜旋風；西安事變隻身搭機赴虎穴救夫（當時南京，蔣的下屬軍頭已經要對西安進行空軍轟炸，並重兵討伐，那就是廢了蔣，要接收他的黨政軍力量了）；以及後來退居台灣，她陪伴蔣的暮年，但始終和蔣經國之間，如最殘忍的對手無聲的對弈。蔣最後身體已進入「維生醫療團隊不能讓他死去」的權力幻影消失、最官闈充滿戲劇性的角色，就是硬不讓蔣倒下、消失的這個有著一座玫瑰園的女人。蔣死後果然沒多久，她便離開台灣、長居紐約、孤獨活到一百零六歲。這個和我們在這島上每個人命運或都有關聯的老皇后，身邊那個謎一樣的、始終男裝，傳聞中性格乖戾，卻在一次宋美齡的車隊被日軍飛機轟炸，因出發前福至心靈，讓她的女主臨時從第二輛車換至最後一輛，整個車隊被日機掃射爆炸，但宋美齡僅得輕傷。她成為宋美齡一生最信任的、女扮男裝貼身侍衛，在士林官邸時的內務總管，後來到圓山飯店（根本是宋美齡的）當總經理。有謠傳說這孔二小姐是宋美齡的私生女，在蔣宋退到台灣、反攻無望、蔣的猜疑、乖戾，被一干人背叛的嚴峻個性被放大，更衰弱成一個輸了全盤棋的老人，更像個迷宮中的獨裁者，且更縱許蔣經國鋪設進每一領域的特務班子。宋美齡於是更預知未來命運：「被放逐的母后」，所有小輩文武大臣都不歡迎她回來的老太太，孔令偉的怪物傳說，更添神祕色彩。她想著宋美齡對孔令偉那種「被豢養的女帝的、內心最脆弱，但終於一定要找令偉」，這個說起來極女性的，但卻又是最接近母女的依戀、真情。

連這樣外擴出去，權力鬥爭，當獨裁者身旁那個優美的皇后，晚年成為人們負面的形象，但還是有這樣極私密的，和這一生女扮男裝且忠心貼身的甥女的難掩唏噓、哀感的什麼。

她常想，我們這一代的人（在這個第三世界的小島），真的太奢侈幸福了。有一段時間她會獨自從山上搭車，到故宮，就站在那一排汝窯水仙盆、汝窯奉華紙槌瓶、汝窯蓮花式溫碗、汝窯青瓷圓洗……，靜靜站一下午，有幾次莫名淚流滿面。其實她很像她那個活到九十三歲的阿嬤，據說全市場的人都喜歡她，老人家清晨提菜籃走進市場，這攤求她一下，那攤哄她一下、賴皮一下，她就買了「幾乎所有賣菜阿婆的菜」。她在陽明山時，深冬颾寒有時氣溫掉到三、四度，她會在學校後門遇見一隻全身爛瘡的狗，她偷偷每回在車裡藏一些狗糧、狗零食，經過便丟給牠。後來那狗見到她，便穿過街迎向她，但她又害怕這種「妳無法真的養牠、保護牠，但讓牠起了盼想的依戀關係」，有一次沒再看見那隻狗了，後來幾天還是沒出現，她心裡難受極了。

她這一輩人，之所以幸運，乃在於許多文明的碎片、光焰，並不知其來時路，那些人的夢想，好像就交到他們手上。她小時候在澎湖，曾跟著阿嬤去戲院，看了十七遍的《梁山伯與祝英台》。她女子高中的一位女老師，據說是空軍遺孀，帶她們讀《紅樓夢》。然後大學時，她可以讀到夏宇的詩，到師大附近一家「法國工廠」買莫內的〈睡蓮〉複製畫、夏卡爾的複製畫、雷諾瓦的複製畫、莫迪里亞尼的複製畫，她且會走進士林小巷裡一家小古董店，僅憑當時她那麼少的零用錢加獎學金，收了幾片清代和闐白玉的蝴蝶帽花、甚至兩張酸枝的上海工民國年代華洋混合風古董椅。後來才知道那是九〇年代初，大陸經濟才剛起，大批文革抄落的古董，用貨櫃運來台灣，和三十年後他們有錢了，那些老東西的價格完全不可同日而語，很年輕時，她跟著博士班學姐組的團，每年夏天，去過雲南、新疆（且看了敦煌石窟）、寧夏、內蒙、東北——還好是二十多歲那年代去的。她非常愛李渝的小說、愛王安憶的小說、周作人的散文，後來拉長時光到四十多歲，她去了好幾趟紐約（每次都去看博物館）、幾次巴黎、倫敦、甚至奧地利、捷克、東德，都是獨自去。後來她也愛上去京都。她不止一次朝聖去靜嘉堂美術館、藤田美術館、大德寺龍光院，看那三只像星空奧祕的曜變天目茶碗。有人幫她算西洋大星盤（她完全聽不懂），說她是九宮人，那是什麼，就是這一生以旅行為靈魂最深沉的顫動。但她和她經歷的同時代的一些瘋瘋顛顛的女孩不同，她們或去西班牙、法國、英國，然後瘋狂談場戀愛，然後燒乾青春的一切柴火，鎩羽而歸，變成專業的旅行文學作家。或是年輕時投入社會運動，但老來傷痕累累，或至少有三、四個不同時期認識的女孩，入戲地扮演起張愛玲，但總之後來也不是那麼回事。她發覺人非常寂寞，尤其女人年輕時，特別容易被自己編出來的一個劇本所騙，然後糊里糊塗就老了。

她父親是個老黨外，說不出的一生憎恨國民黨，據說是年輕時原本要選馬公的議員，卻被國民黨派十幾輛軍車把他們家團團圍住，幾個青商會的朋友，原本意氣風發，那次全被穿野戰服持步槍的年輕士兵，各自拘在自己家裡。那之後似乎便知道力量的差距、什麼是「蜉蝣撼木」。她父親受過幾年日本小學教育，台灣就光復了，但到老還是露幾句日本話，自我想像的男子漢形象，還是三船敏郎那種老一輩日本大男人的陽剛精神。但很奇怪的是，她父親又曾跟類似私塾老先生，讀了幾年「漢學」，那是連她都聽不懂的古閩南語，她父親會用那咬舌和氣音明顯變得繁複莊重的語言（其實是死去的語言），背頌《論語》、《孟子》、《大學》、《中庸》。她母親據說是當年馬公第一美女，可惜那個年代沒念什麼書，說不只一次，在她還是少女時，俺大江南北跑遍，沒見過個女孩，雙眼皮像妳那麼深，眼睛像妳那麼美。當然在她父母，乃至阿嬤那一代，完全還是重男輕女，婆婆虐待媳婦的故事。她父親在馬公市開了間文具店，當時也是澎湖區愛迪達運動服的總經銷，所以她母親帶著個十七、八歲的女孩當店員（她和哥哥姐姐喊她們阿燕阿姨、阿涼阿姨），儼然有老闆娘的範。她父親則是所有那年代故事中的黑狗兄，野狼一二五載著別的女人就從店門馬路呼嘯而過。她是到很大，才知道澎湖曾發生的「山東流亡學校慘案」，把大批學生裝麻布袋扔進海中，或槍決校長，海灘上且發生慘絕人寰讓女學生脫光衣服在壺藤礁石上曬到脫水，直至承認自己是匪諜。但她小時候，來她家文具店（同時也是制服店、獎杯店、刻印店）的客戶，全是澎防部的那些軍官，似乎講人情味又和善有禮。

而她後來的公公，就是一九四九年隨蔣介石及百萬潰敗大軍，逃來台灣的其中之一外省人。一生耿介正直，因為逃難中弄丟自己的大學證書，所以當了高中公民老師二十年，然後自學苦讀，寫論文從講師升等，一路升到副教授、教授。兩家第一次餐聚（等於男女雙方家長見面）時，她父親炫學用那清峻雅麗古漢語連篇背頌了《孟子》、《大學》、《中庸》，完全不懂台語的公公，竟像擊筑而歌，用國語複誦起來。兩個看對方不對頭的，竟像其他人完全看不懂其劍術高妙處的宮木武藏和佐佐木小次郎，持長刀慨然互笑。

她家是在她國三那年搬到台北，她父親的店成了當時中華商場專做獎盃、獎牌、徽章的專門店（還是以軍方為最大客戶）。她的記憶是，有很多年，他們一家睡在地下室，一排一排鐵架全收納分類不同標籤（其實全是她那個超勤奮的母親在幹粗活）：各種鋁、錫、銅、鍍金片、各種大小形狀的獎盃主體、體座、玻璃框、小零件。暗影層疊，空氣中全是金屬粉塵和膠水味。但確實她每月的零用錢，和身邊女孩相比，是頗優渥的，她這才意識到她是「做生意人家的女兒」。

那是一個，連想像都無法想像，有一天這世界會細密銜咬，被無數台電腦纏縛共生的時代。她回想她那一代人，都有一種「純情」。像是認知自己是世界二等公民的好脾氣、沒關係，說起美國人的發明就像天方夜譚。少棒隊打贏了日本某一群小學生，竟然是整座城市擠滿人潮、夾道歡迎歸國的小英雄。不像後來的台灣人，有一種嬌貴和精緻易碎。她覺得他們那一代人特別幸運，是因為有許多事情的真相，也許再往前跨一步，就是尖銳的對決，一道油膜互相隔開是怪物的對方，或是你可能看透了所有一切不過都是資本主義的毒品邏輯，或是超強帝國控制貨幣、石油、文化、資本，讓許多第三世界國家的人們，三輩子也翻不了身。或許如她父母這一輩，一生腦袋和心靈都是空白，只能讓身體像機械超荷運轉、營營於苟利，或幸運有買個兩戶房子，可能在下一代才遞送到上一梯的階級（但在她家，這種一代的財富累積，又因重男輕女，只能完全轉交給她哥哥）。但那個「純情」的年代，所有人真的像莫內或秀拉畫中的一枚小光點，和其他顏色的光點，懵懵懂懂並置。

不過有一些暴力，這她或她的同代人都是小孩，或甚至還沒出生，就像鐵達尼號載著上千人沉入冰洋裡，或是機槍、炸彈、榴彈把一堆人的身體弄得一個個窟窿噴血。譬如她母親在馬公遇見那些外省老兵；譬如有一陣子美軍打越戰，時不時殺樹叢裡的越兵殺紅眼的大兵，來台北中山北路享受性產業。這好像都跟才出生的她無關，但很多年後，她隨母親去高雄找當年的阿燕阿姨。她竟然變成一個煙嗓子風塵味的酒吧老闆娘，英文非常溜，也就是她離開澎湖後，其實到高雄，就是在港邊接那些殺戮戰場中暫時休假的凱子美軍；譬如她大一時，班上幾個特別漂亮的（當然包括她），其中有個很會「玩」的女孩W，據說爸爸是個老將軍，媽媽是年輕許多「外面的小的」。這女孩可能被老老爸寵壞了，打扮時髦的前沿遠超過同班女孩，好像很恨她爸，也很恨她媽（好像總不安於室，有外頭的情人），但那年代，這種叛逆，她展現的方式就是「玩很兇」。好像包括系上幾個學長、比較年輕的老師、甚至學弟裡幾個籃球隊的，她都上過了。一些很糟的爛男生給她取個綽號「媽祖香爐」。但其實她頗喜歡這個W，她有一種她們這種本省女孩沒有的「驃」，好像有一次她走在公館，有個人從後搶了她的包，這女孩竟一路追著那搶匪跑了兩三百米，狂踢狂揍他，把包搶回來。有一個外省美女，則是交了一個愛爾蘭男友，英文立刻突飛猛進，也會帶一些對老外很哈的女孩們，去她男友常去的，羅斯福路的那一帶pub。那幾年，這外省女孩特愛講性解放，後來因那愛爾蘭男友，特別愛講北愛獨立，問題是這女生的老爸也是當初將軍級的人物，那個年代，從小被那些屬下老兵當小公主疼著捧著啊。據說有一回，她老爸不在，她帶男友和一票朋友去家裡，他們把老爸酒櫃上珍藏的XO全喝光，她那年紀時，覺得這些外省女孩有一種向陽性，她們很容易被「外國世界」流行的「很屌」的東西吸引。在某一個時間換日線前後，這些外省女生（也許家裡大人祕密的對話）骨子裡有一種對本省女生的瞧不起。但其實大約九〇年代初，那種從女孩身上難以言說的驕氣，就慢慢隨外省人的政經優勢不再，常倒過來，顯得這些「公主病」背後並沒有能撐起排場的優越了。典範在轉移，電視台、電影、九〇年代後東區的興起、女性雜誌（所有女孩全部比那些十年前的外省將軍愛玩的女兒更懂流行時尚了）、日系超級百貨公司像天神降臨、簡直像十七世紀巴黎的咖啡屋出現了、誠品出現了，當然電影、網路、Nokia手機、再到iPhone手機的「另一個世紀」來臨了。朋友裡開始有這種去巴黎待了七年拿到學位，回來後完全變成法國人，在家人親自煮湯、煮法國菜、法國式的擺盤、喝不同階段的紅酒，最後還有自己做的法國甜點。

說她是個乖女孩，或是個「端莊」的女人，其實在她二十八歲和初戀男友熱戀時，那男孩會像著魔的那些遙遠歐洲畫裡的半獸半神人，開著車在近乎無另一輛車的陽投公路，那金黃枯葉漫天灑下的山間彎道，手從駕駛座探過來，撥開她內褲窄小覆蓋私處的絲綢處，直探她濕漉漉的窄小晶瑩花心，一路揉搓戳探，把她弄到在行駛的車內（讓自己詫異）淫叫呻吟然然高潮。也有她隻身去高雄新兵訓練中心探視他，剃了小平頭穿著一身軍服的男友，出了營區就招計程車帶她到火車站附近的小旅館，兩人思念過深，瘋了似連做了五、六次，她還幫他口交。臨別時男友還把她的小內褲沒收，藏在自己軍褲口袋帶回營內。她在營區大門哭成淚人兒（不習慣兩人分別），然後新奇的，裙子下光溜溜、沒著內褲，外人看去一靜美女孩搭著小飛機飛回台北。

她年輕時，好奇那個宣揚性解放的外省女孩，像現在的所謂「腦殘粉」，說自己多愛瑪格麗特．莒哈絲，所以也去買了一本《情人》、一本《如歌的中板》，說不出的迷惑、喜歡。但那都只是「讀者的鑑賞」，譬如她也非常喜歡吉本芭娜娜的每一本小說，但她不會有那種戲劇性，高聲宣稱「我就是莒哈絲」。很多年後，她也因友人狂推薦，看了韋勒貝克幾本小說，她也覺得是心靈受到像交響樂的震憾，但不會因此覺得那是「性愛進階指南」。

說到底，她如果內在有一天平的秤砣，那就是「人不該無意義地羞辱他人」。

她的感想是，人非常軟弱，比一般想像的要恐懼群體的霸凌。

譬如說，她的孩子念幼稚園的那幾年，她也是完全不知水深，只是像跑不同賣場挑選一件喜歡的羽絨衣，跑了台北大街小巷許多家不同幼稚園，最後排上一家，她覺得空間最寬敞、穿著木匠圍裙的年輕女老師談吐最溫和靈性、遊戲區的設計好像也是饒富深意（給孩子更大的創造可能），當然學費頗貴，但她和先生勉強吃得下來。不想那是全台數一數二的「貴族幼稚園」，看上去那麼低調！真正的噩夢是每天下課後，接小孩的那段十五分鐘左右時光。幼稚園外停著各種名車，還有司機，最可怕的是那些母親，她們全是你在報刊雜誌看到什麼企業家幾房第二代，誰誰娶了哪個名媛或主播，有的或是某個第一代企業梟雄的年輕小老婆。主要是這像熱帶雨林中群鳥偶聚啁啾的等待區時光，她們露出的貴氣，讓明明是正常人的她，覺得自己是下人。從臉、到身材（她們不諱言，怕老公被更年輕的狐狸精勾走，所以每天可是上五、六小時健身房）、到名牌衣裝、腕上提的包、戴的玻璃種翡翠全綠手鐲，珠光寶氣、擠眉弄眼、咭咭呱呱。她就是從那時，也像生了什麼疫病去買包，但一個月薪水買到的 LV，根本只是像陽春基本款。有一次她提了一只像是給自己好大聖誕禮物的 LOEWE 白皮但帶有典雅的繡花編織感的包，竟然和裡頭一個媽媽「撞包」了。她完全沒想到對方會毫不遮攔，咬牙切齒對她低語：「就憑妳，妳憑什麼拿這個包？」

這個夢魘持續了三年，直到她孩子上了一般公立小學。但那真是走路會搖晃，沒做見不得人之事卻莫名總活在一種羞恥感的時光。

她覺得自己活在一個非常幸運的時代（而自己沒辦法說清楚），或在於，可以參照的不同模型的數據變得複雜多樣了。沒有任何一個小圈子裡的自我設定尊卑，可以將那陰慘擴張到更大範圍的外邊。她認識了一、兩個以保護動物為職志的年輕女孩，她們告訴她，沒有一件事，是不需妳用一生去努力才做得好。有一次她帶孩子去參加同志大遊行，竟遇到了當年在山上，那個小女孩安安（是對方主動來喊她），已經是個十七、八歲的帥女孩了，燙了一頭黑人的辮子髮型，說自己現在和一群朋友玩一個樂團，她是電吉他手，非常厲害噢。

有一天她遇見那個初戀男友（就是那個用「杜斯妥也夫斯基體」寫情書給她的男孩）。她告訴他她的丈夫已經過世了，而且她都有買他的書喔（他確實如年輕時的夢想，已是個小有名氣的小說家了）。兩人其實都有一定年紀了（初戀男友且變成個地中海禿頭，並且是個胖子），但他們坐在那星巴克戶外座，用高紙杯喝著熱拿鐵，似乎仍共有著同一個年代一起過來的「純真」。不過她感到這個年輕時她就覺得智商比她高一大截，且意志驚人的男人，似乎被某件事困住了。

她問他說你遇到了什麼困境嗎？他非常驚訝她竟不知之前他遭到的網路霸凌事件。她說真的假的？對不起我真的沒看到這件事。他說噯噯妳沒看到也是好的，跟所有網路霸凌的蝗蟲亂飛景觀一樣，只有一種集體的，且中邪似的惡意和暴力，然後你會掉進去那種「簡化的墮落」，竟會著魔地想像，他們早已操作多年，嫻熟將一個原該是謎霧森林、抵達之謎的人心樣貌、畫圖、作出關係線，操作流程，小隊分工，他掉進他們設定的爛局，每個失眠夜，想著他們像一只玩具鐘裡的小人兒，他必須按圖逆推，才交待出這事件的推理。

她忘情地伸出手壓在他手指交纏（應該說左右手互相掰折某幾根手指）的手上：別理那些啊，我從沒改變過相信，你是最真實的人、最能完全同感他人苦痛的人、最仁慈的人、你怎麼會被那個虛妄如浪潮泡沫（一堆空格的圓形、三角、拇指、愛心、笑臉、哭臉、數字）的幻影給侵入了？

這時她才發現他臉色發白，即使在室外日照光線，他的臉竟然像，唔，記憶中晚期那個變得有點像木乃伊或蠟像館和真人唯肖唯妙的蠟臉，那個麥可傑克遜。他說，這很煩，他們像打電動一樣極細緻局部一個房間一個房間的遊戲式SOP，但其實是一個刻度一個刻度的「概念移動」。曖昧、模糊，但把差異極大的兩端，進行這種「地道遊戲式引導」。

她幾乎覺得他要哭起來了，她頗不安，因為她其實還聽不懂他在說什麼？他到底遇到了什麼？但他（似乎又像當年那個杜斯妥也夫斯基上身的，後來她終於離開的那個男人）顫抖地說，照他們這種演劇，忘情所以的「描述人類存在形態」的退化，波拉尼奧、納博科夫、赫拉巴爾、瑞蒙・卡佛，他們全都要被關進監牢裡啊。有一天這一代的人要為自己的文學時期是如此，感到羞恥。

羞辱的感覺在哪？他目光灼灼看著她，痛苦地說，因為我是那麼不重要的人，所以這件事需要搭建臨時棚屋戲台，那麼粗陋，然後事後也無需這社會為之消耗成本，為我辯析，但我這個個人的內在，已深深被核爆炸毀。因為每天發生的大事那麼多。川普搧動暴民攻進國會山莊、英國的超級變種病毒讓他們一天四萬人起跳的數目感染，法國、俄國、德國、西班牙、日本、印度，每天都那麼多人死去。香港無人注意時發生了一場大逮捕。日本在決定到底要不要硬辦東奧。美國已四十萬人死於新冠，快超過二戰陣亡士兵總人數。中國河北石家莊似乎又爆發大疫情，各處封城。全世界在找馬雲，他消失了，或是哈登竟終於離開火箭，到籃網和杜蘭特、厄文組成超級三巨頭，勒布朗說他不關心這件新聞，人們開始在製作回顧，二〇二〇年死了哪些重要的人。

「怎麼會墮落到這樣的地步呢？」

這是一件無比悲哀的事。你身在其中，你無法啟蒙，無法達到純潔之境，無法深刻感受，再恐怖的惡行也瞬間變成日常，億萬分之一，所有人都知道。所有人從無名中掙擠出來，也只要求那五分鐘，所有超過這個閃光配額的，一定有造神，或國家資本在後面，任何美麗、讓人流淚之事，都像流水線上億顆從各孔洞滾出的蛋，脫殼、流出蛋清與蛋黃，然後被其它的蛋堆輾而過。永遠不會孵出真的羽毛顫抖的小雞。佛經裡說的，「一切有為法，如夢幻泡影」，原來活在這其中，是真實的感覺。

那天晚上，她在自己的公寓，上網查了他的關鍵字，竟塞滿五、六頁全是那極負面的新聞。她非常詫異，如果是個不認識他的人，在這網路搜尋功能，一定覺得他是個很糟的傢伙。但那些新聞的內容如此單一，像拷貝、轉貼同樣一份原始文案。她想這是怎麼了？即使以她當年和他分手，也深知他那不忍拒絕人、看不下別人受苦的性格。如果這是一個物體在未知時間繼續飛行的拋物線紀錄，何以最後（她當時下定決心離開他的最核心一句話便是：「你的至愛是小說，不是我。」）是這樣一個慘不忍睹的，「破罐子」？她想：他們不知道他一直在燃燒給小說嗎？她想到他甚至咕噥了一句，沒有一個在文學上夠份量的大創作者，就這件事的荒謬本質，為他說一個真正嚴肅的「小說本質」的判理。他以前不會這麼衰弱、氣弱。

但抽離出她曾經如此親近的這個男人，如夢似幻捲入這個其實和她的生命頗無關的，黑洞？冤？網路霸凌？像一堂演示芥川〈竹藪中〉以及昆德拉〈誤解的詞〉的小說課真人秀，除此之外，她有一種很難以描述，物傷其類，「這個世界的某條縫被撐開，塞進來一個薄如銀箔，沒有體積的幻影，但後來它長成另一個全新的世界」的感嘆。

那天夜裡她作了個怪夢，夢中她背著一個人頭大小的瓷罈，在一條街上走著，那街道像是她小時候記憶中的馬公偏郊，屋簷全是清朝時期的交趾陶，屋壁全是咕咾石，但各戶全在辦喪事，院埕全停著讓人心裡發怵的大木頭鋸板釘成的棺木，每一家各有孝棚、哭泣的家人（但感覺都頗伶仃）。一些插了香的祭拜飯菜，或不同的道士在唸渡亡咒之類，不同的火爐、火盆燒著紙錢。她快步走過，覺得整條街陰陰慘慘，火光如飛蛾，然後夢中起一念：「不會是起了大瘟疫吧？」但像從小女孩時期，每一次夢中的痛苦，便在於為何不得不隻身、穿過這讓她害怕的晦暗小街道，或人家的後巷，甚至穿堂入室經過別人的屋子，然後她意識到，她後腰繫著的那只罈子，裡頭裝的是她前夫——也就是白天遇到的那小說家——的骨灰。原來他也不能避過，也死了。心中百感交集，到頭來竟還是她得背著他的骨灰，但要趕到哪去呢？夢中又想會有這個情景，是否受到這一陣，兒子推薦她看的一部據說破票房紀錄的日本動畫片《鬼滅之刃》，那裡頭的男主角就是背著一個木箱，裡頭裝的他那已變成鬼的妹妹，好像是要千里跋涉，找到讓妹妹變回人類的方法。她看一看並不受到吸引，但或不自覺把那意象移入了。但為何此刻夢中貼身背著（有一種母親在保護柔弱嬰孩的心情）的，是這個多年前她下定決心離開的男人呢？而不是她後來的丈夫（幾年前過世了，是個非常平和的好人），或她的父母？但其實她心底，好像隔著許多面牆的最遠處，由遠而近，她其實知道謎底是什麼，但因為太恐懼而夢中自我保護機制把它延遲著，不斷扭曲空間以屏蔽著，像有人擊鼓傳信，她終於要心頭雪亮知道「超過她能想像的悲哀和恐怖發生了」。但她這樣背著前夫（初戀男人，那個小說家）的骨灰，像掩人耳目的朝前走，經過的兩側，像鬼電影裡你闖入的發生過悲慘之事的小鎮，那種紙燈籠次第點亮的，擴延、可以聽到對方追在身後的呼吸聲，沒想到最後一個活著的人是這麼柔弱的自己啊。這麼一想，似乎那牆壁如千層派隔擋住的預言、或神諭，或她完全知道夢外之悲是什麼，發生了什麼。

像最後她喘著氣，腰脊冰涼感到那罈子裡的粉塵不會有任何讓她顛倒恐怖的，什麼「鬼魂」之類的，只剩她一個人，站在那絕對安靜的空曠之境，所有從人類千萬鼻腔、肺囊、吞吐呼息哪怕最輕微的一點聲音，全消失了。

那天之後，她便沒再有過那男人的音訊，本來他們這麼多年來也沒有聯繫了。有一次她去參加了高中（她念的是私立女中）同學會，都是一些老太太模樣，胖瘦皆不好看的外形，但一屋子吵鬧嬉笑還是像大女孩。她們都讚美她怎麼還是那麼美。簡直跟林青霞一樣。她發現自己人生後來的這幾十年，竟然和這其中的任何一位都沒有連絡，甚至喊不出她們的名字，有一個落單的個子非常高，戴著玳瑁鏡框、灰雜短髮的，怯生生問她記得她嗎？她竟然想起這人的名字，「金美齡。」那女人露出非常感動的模樣，說妳竟然記得我！她說，當然啊，妳是當時全班最高的，是籃球隊的，身高一米八，我後來老公和兒子都還沒妳高，她算是班上第二高的，但也才一六七，站在一起根本差一個頭。似乎她們倆在這空間的辨識系統，形成一道光膜，可能只有她們倆是「一般人」，其他那些老女孩們，似乎都是「非典型人生」，在當年便移民美國，或父親是什麼台糖董事長或夫家是什麼南港輪胎或竹科哪家大廠的。有一度她有些像體內有個平衡儀，保持一種警戒，會否有人問起她的婚姻，或許她們會資訊錯誤搭訕說「唉妳先生可是個大作家啊」，還好沒有任何人提及。她們包下一幢豪華飯店頂層中央的一間花廳，那些侍者穿梭著這些老女孩各據的區塊，幫大家加咖啡、添茶、熱水、或換上放了小蛋糕或起士的小塔，優雅靈動。

第十六章

那時，他開著那輛紅色「飛羚一〇一」，在那十五樓高的 Shopping Mall 從頂樓停車區，沿著螺旋形的陡彎車道往下疾衝。其實他已一再努力警告自己，但仍朦朧進入深沉睡眠的狀態。手還是把著方向盤、右腳鞋尖隔著球鞋底膠，輕點剎車和油門踏板。車窗外非常刺耳，輪胎和那塗上綠漆的坡道，抓地並急速旋彎的嘰拐聲。他的腦中很像一幢房，從最外頭的穿廊燈、門燈、客廳大吊燈、走廊壁燈、餐桌燈、各房間的燈，一層層關熄，只剩最裡面，小小一盞佛龕上的小燈亮著。那麼微弱的光暈，開太快啦，開太快啦，這樣會出事的……。

這個百貨大樓的設計也非常怪，這中央像螺旋體從最高樓層，下降到地面的車道，一旁就是不同樓的商品區，所以你的車窗外景觀，有點像遊樂場的「雲霄飛車」、「海盜船」、「星際大戰」……，只是那穿越隧道兩側並不是機括齒輪控制的砍人頭的海盜、吸血鬼、外星敵艦的攻擊，而是你正活在其中，資本主義的峽谷。那些什麼 Lottusse、Edward、Green、Base London、John Lobb 這些高級品牌男鞋；什麼 Aubade、Lise Charmel、Myla、Victoria's Secret 世界最頂級奢華的女人內衣；就別講那些大櫥窗裡美人的臉部攝影，似乎在北非某處沙灘，那個眼瞳折光圈像藍寶石、祖母綠、黑鑽、紅寶石的鑲切，你在這近乎雲霄飛車、賽車跑道的匆匆一瞥，分不清是 LV、香奈兒、Hermès、Coach、Gucci、Dior、Burberry……是包還是小禮服、帽子、行李箱、高跟鞋、或首飾……那像托普卡帕皇宮、泰姬瑪哈陵、楓丹白露宮的懸在半空之魔術方塊，可以深凹進去的祕道，旋轉、調換、排列重組、整片光和顏色變幻不同投射法。你既是在這巨大現代拜物祭壇中加速逃離的忒修斯，也是將這一切繁華混淌入夢的「迷離顛倒者」。

他只記得，在很久很久以前，丹紅口中那個「小姐」，就在某一處光漸漸暗斂，一張等待的歐式餐桌，或一張《海上花》那種十八世紀上海妓院的酸枝麒麟足貴妃床，用一身單薄、哀愁、斜簽著腰身的姿勢，等待著他。所以他總是這樣拚了命，狂催油門，然後猛踩剎車，像F1賽車手在每一彎道的「漂浮」特技，那窗外流逝的風景，他只想像後來用手指滑手機螢幕，嘩嘩嘩把它們略過。

但他真的整個被那巨大的睏意侵襲（他腦中甚至出現一個詞：「瞌睡病」，那似乎是一種源自非洲的錐蟲，侵入中樞神經後便控制神經不斷傳出疲倦之訊號），那不是喝醉，是一種像傾倒一杯濃墨到一清水魚缸，那個黑不斷懸浮、擴散，將原本生意盎然的金魚、水草、白沙、螺螄，全部遮住。中間他的車快速穿過一處收費閘門（大約在五、六樓吧），他感覺車體擦撞了那兩側的水泥台，但車子（應說是崁在駕駛座的身體）仍持續高速沿著彎道下衝。

這時腦後有一隻手拍了他一下，這讓他驚醒。不可能，車內這小小空間，不可能有人進到這失控下衝的車體，坐到他後座。那又像真就貼在他耳後大喊：喂！停下！你他媽想死啊。他幾乎是緊急踩煞車，把那輛紅色「飛羚一〇一」，硬生生側停到那陡降彎道一側的空間。安全帶像狠狠鞭打勒緊他的胸和肋骨，幾乎感到搏跳的心臟像要被一口嘔吐出來。

這一層樓的車道邊，似乎是大百貨公司的美食名店樓層，一間就裝著一幢剖面微式建築、粉牆黛麗、雕花窗櫺。似乎是江浙菜飯館，門口站著幾個老頭，說不出是擔心還是幸災樂禍看著他。他狼狽推車門走下，真的是逃過一死劫哪。但發現那其中一人，就是他年輕時，有許多年，總在四下無人處霸凌他的一個老師。後來應有二十多年避不見面。他對這老師的人品，真是深惡痛絕，但這時想起，剛剛那不可能之境，那個（如果真有武俠小說中寫的那些神神鬼鬼，那真是移形大法）瞬現在他高速將撞毀的車內，後座，拍了他後腦勺一下，並呵叱出聲的，還真是這個，他實在厭惡到骨子裡的老師。

這是怎麼回事呢？他非常不情願，像年輕時遇到這些長輩的打躬作揖，「你這小子還不好好謝謝我們，差點就一堆廢鐵插著你這身倒楣血肉啦。」

老頭們告訴他，其實他的紅色飛羚從十幾樓彎道那樣狂衝下來，這幢大樓裡所有人都惶惶相告啊。但怎麼辦呢？沒有人能在這像F1賽車高速旋轉在螺旋車道的疾駛中，用肉體攔阻吧？這時，老頭們指著其中一個，也是他年輕剛涉入社會，另一位長輩，他長著一張「微笑暹羅貓的臉」，是個詩人，但同時是個執業的精神醫師，他和他沒打過什麼交道。據說是這人，告訴大家他正配合政府開發的一種AI高科技的行車安全功能，其實有點敏感，因為那和老共使用密布各處監視攝像頭，搭配AI大數據運算，「老大哥無所不在」，所有人個體性的隱私，蕩然無存，是類似的倫理邊界。

但當時顧慮不了那麼多了，也就是他開啟了，所有我們這些買車人不知道的，裝在儀表盤冷氣出風口內側一只「超腦連結VR」功能，也就是我會在那明明只有我一人的孤寂空間（即使是高速撞向死亡），他們可以投放（當時是我那個雞巴老師用他手機SIRI）進我的操控內部……。

所以曾經的傷害，到後來，如果時光進入到另一種螺旋體，那就完全沒「我記得你做的」的負欠意義了？他曾認識一些弱者，年輕的女孩，在她們完全不知自己身上有非常珍貴（即使渺小）的東西之時，被這些擁有強大資產（權力、經濟狀態、言語的輾壓優勢）的老人（其實那時他們或也只有三、四十歲）給撬開小小的貝殼，吮去了她們最悲哀柔弱的那一點點自我。然後當然是一整盤吸吮過即棄的空枯螺殼，一整盤不在乎地倒進垃圾桶。他只是一旁看見這些那些女孩懷揣那羞辱、自貶、恨意，持續變老。她們後來都過得不好，也就是說在那大實驗場，掉進去了「窮人」的處境。而那個把弱小者當採摘的燕窩、魚翅，享受某一瞬鮮爽的傢伙（後來當然真的變成個社交場合得體、吃得開的老人），很多年後又遇見了，這些當年的小蝴蝶、小雀鳥，全變成愁苦於孩子離家去嗑藥、飆車、掛網的衰頹婦人。他認識一個女孩後來和一個同齡的博士生結婚，結果生下一個先天染色體缺陷的女孩，那脫離了人類照顧小孩的恐怖消耗時間與體力，徹底擊潰了這一對年輕小夫妻。或甚至有譬如當年被他那老師玩過，但犯傻的一個女孩，後來進了瘋人院。她們在遇見當初摘去她們柔弱之物的那老頭，竟然充滿懷念、自愧（自己現在的模樣）、甚至斯德哥爾摩症的，願意為這老人作任何事（如果他需要）。譬如她們掉入那窮人世界，在河床翻滾，得來的民間祕方，那些陋巷市場裡的針灸師父、整脊療法、某種不用錢整把摘來曬乾的草藥，某些公園裡上百人拍打自己腿部的像她們一樣，看上去就灰撲撲的老人、老婦……。

這些原本在人類行為中，被遠古教訓清晰判決為「惡」（自私、貪婪、姦淫、偷竊、掠奪他人），甚至不像「殺人」或「搶劫」被釘上刑牆，而僅是湍流中你知我知的感覺，但——發生了什麼事？是因為網路的發明，人們後來活在一個，每天為單位，數百倍於古人的經驗的，萬花筒、繁殖簇放，所有情境訊息全爆炸，兜攬進「你」這個感受者的大腦——那些不可能被原諒的壞事，竟然被原諒了，不，「原諒」已不是這個新演化物種所在乎的事，也非「遺忘」，而是一種所站立的地平線，對星空的觀測，時間的描述，重新像一張紙揉成團，重新定義、改寫了。

他記得丹紅說，（啊，她說什麼，那像二維箔傳來的話語，難以理解，你會以為還需二次剪輯的話語）：

「小姐說，二先生當時的『夜半無人私語時』，就是在她耳邊說：『我們的戀情就把它放在時間之外。』她一直不能領會這話的意思。二先生明明一直在她身邊（噫，那些讓人臉紅耳燙的），但二先生又一直不在。小姐說丹紅妳說是怎麼回事呢？二先生難道只是我的一個春夢？夢中雲雨的情郎？因為我們的世界沒有時間，而二先生是活在時間裡的人，所以二先生每次在和小姐耳鬢廝磨，都像是歷經風霜，從一個非常遙遠的地方，歷經非常長時間的冒險，才回到小姐枕邊，他身上帶有一種喫盡人世最恐怖絕望之苦的氣味，並且充滿遺棄者的愧疚，低語許多不能承受之重的，類似『天長地久有時盡，此恨綿綿無絕期』這樣的話語。但小姐是帶著我，在花園裡，百無聊賴用小團扇撲粉蝶、賞荼蘼、芍藥、薔薇、奼紫嫣紅、良辰美景……」

丹紅說：「有一天小姐對我說，丹紅我懂了，二先生在他的那個世界，是個非常好的人，所以呢，像一尾雄魚在淺海灘迴游，那個銀光充滿，隨時會被掠食者吞食，和一尾雌魚，穿梭進水草森林，非常短暫地交尾，然後就被水波沖散。但二先生在他的世界裡，這樣的時間後延成了他大腦最重要的運算：那被遺棄的雌魚，在漫漫時光長河中，累聚起來的『被辜負』、『被騙走了的原本該有的幸福美好』、『毀了』……或我們這樣的人最能靠近的感覺：『等待』。小姐說，難道二先生覺得他對不起我？小姐說二先生在那些兩人纏綿旖旎時光，會跟她說許多他那個世界的『爛人』，小姐說二先生說『我絕不會和他們一樣』，但後來二先生又說『我終於變成和他們一樣的人了。』」

丹紅說：「小姐說，二先生那個病，她聽老人家說過，是治不好的，比肺癆或骨疽還纏綿、起落的病，就是把別人家的悲歡離合，全發痴了往自己腦袋裡印記。那麼多人被七七八八殺死，那麼多的女孩兒被男人白玩了，但他們後來都會老去，懷抱著多年前曾被騙去最珍貴事物的恨意，但她們變難看的老太婆時，沒有人在意她們曾經水靈靈、含苞待放時，有沒有『被騙』。或許很多年後，回想若沒有那尾雄魚，她的花樣年華也會在另一個故事裡盛放？或好吧她安安穩穩跟了好男人，快快樂樂變成一個大媽？小姐說，二先生腦中的時間，像億萬條非常細的光纖，形成時光瀑布，他那是個痴病，分不出他人的痛苦和自己能承受的極限。就像在深海拿著手電筒的光束，對著整座沉沒千年的廢墟、迴廊、浮雕、諸多骨骸被鎖死在其中一舷窗的房間裡，一壘壘的瓷器、白銀、那些擠壓凹陷如同書頁的，原本也是個花園或藻井廳堂，那些互相泌色壓進對方形骸地戴著金冕、眼耳鼻舌屄皆塞著和闐白玉蟬的公主嗎，和其他那些苦力、殉葬者的碳骨。那些石廓、木材、布帛、金銀、人體的結構都塌癟壓在一起。他的光筆在那考古之壁上巡梭，其實無須推理出他們『活著的時光』，那怎麼能被計量的，『怎麼會有那麼黑暗的暴力』，『怎麼可能忍心作那個決定』、『怎麼可以那麼卑鄙』、『怎麼按得下去那個扳機？那個毒氣室的按鈕』……」

這件事讓他內心非常痛苦，實則他也只是和億萬芸芸眾生一般，像飄浮在重機燃燒爐外邊的飛灰、粉屑，永遠不知道那爐心內扭曲、高溫，所有人體形態崩塌，變成焦炭的感覺。他連任何較實體的想像力，都無法穿透進去。譬如那幾個韓國演藝圈美少女相繼上吊。我記得（其實我不記得了）當時新聞在炒時，他只是像耳邊風、局外人，每天、每週、世界各式各樣駭人聽聞的新聞，那就像「過於喧囂的孤獨」、替恐怖片作背景音樂的，改編成ＲＡＰ版的〈安魂曲〉。但那個「黑幕」的誘惑力實在太大了：美如清晨百合的年輕女孩，遺書哭訴著幾年間，她被經紀公司老闆爆打，摑巴掌、灌毒品，強迫她去陪酒、陪睡那些重量級大人物，每天甚至陪睡十人，中間還玩過４Ｐ、５Ｐ，還被要求在酒席桌上跳豔舞。這種性奴般，恍惚、羞辱，分不清自己是螢幕上的美人兒，還是權力密室裡的充氣娃娃，她長期憂鬱症，終於崩潰自殺。但更扯的是，她的遺書因為家人怕玷汙名譽，要求拿出這份親筆手寫紙張的另一經紀人（據說是和那虐待她的經紀人為奪取她的經紀約才拿出威脅）燒掉，但幾天後媒體在那人公司外燒金紙的鐵桶找到未燒盡的這份爆炸性自白。其中牽涉韓國官、商、媒、財閥各路大咖，但檢警悶聲查了多年，最後不了了之。其中還有一位追查此案的刑警，被發現溺斃於一不到一公尺深的水池。之後又查出這份「遺書」根本是一位大咖女星為了恐嚇那虐待她的經紀公司社長，騙誘她寫出（以為之後可以從地獄脫身）的文件。這些迴旋、層層人心暗黑之階梯、盤根錯節、陰謀與江湖默契、謊言、恫嚇、一招套著一招的「誰先出手，全部人會被炸成粉碎」骨牌、懸絲機關，讓我這個電腦螢幕外的螻蟻、灰塵、小人物，看得昏頭脹腦。

這件事讓他非常痛苦，形象一點說，那像是東電宣布要將福島核災至今，那數百萬噸他們已無能為力建造大型貯存槽的核汙廢水，排放到海洋，讓大海本身去稀釋這些含毒輻射物的「人類排泄之劇毒」。然後海洋生物學家提出警告，那些海魚受到這些核汙廢水影響，已產生基因變異。然後我們又是無數在日本料理店吃到這些「核汙魚」，在傳統市場喝著「核汙魚」煮的魚湯，做的魚丸。韓國女星張紫妍這個讓人瞠目結舌的現代「性奴」，施暴、毆打、輪姦、羞辱，但最後你會覺得自己也是吃下那遠超出你能計較之規模的，其中一小部分海魚的人類之一。以前你就在吃牠們了，只是現在有劇毒侵入大海裡的每一條鯊魚、龍蝦、海蟹、鮪魚、烏賊、貝類、鮈仔魚、紅鮋、旗魚、七星斑、海膽、石斑、鮭魚、鱈魚、大白鯧、赤鯮、馬頭魚、鮟鱇魚、紅目鰱、秋刀魚……然後那些劇毒全跑進你內臟，你掏舌頭乾嘔也吐不出來。然後你知道你不可能一直記掛這件事，因為人類大腦有一種自我保護機制，對於難以承受的痛苦，會像剪輯軟體將之記憶封印，快速遺忘。「同為人類」，你不可能一直背著你和使用毒氣室殺了幾百萬猶太人的，或東京地鐵沙林毒氣案，或南京大屠殺、赤寮的大屠殺、俄國人對那些中亞、東歐的種族滅絕……，但這些罪，就像那些被排放核汙水變得畸形扭曲的各種怪魚，你也（而且繼續）分食牠們。

這一切都已如夢幻泡影，跟現在的我們一點關係也沒了。那些什麼權閥、高層、黯影累聚的「紙牌屋」，他們在那其內幹什麼，他一點都不感興趣！人類的大滅絕，他們用金錢帝國和可以奴隸同為人類的那許多人痛苦、灰黯、羞辱、榨擠所有能吐出的渺小靈魂，這些什麼都不存在了。連個有點美感的遺跡啊、神廟啊都不曾留下。

但這幾天他一直想這件事，內心非常痛苦。他甚至這麼想：如果我的靈魂，是錯放進那個時空，那個張紫妍的身體裡。我擁有一身美麗、柔弱的女孩肉體，然後在那封罩的系統，每晚陪睡，被那些大人物強姦。不聽話還被暴打。他們還在我陰部裡塞了電動跳蛋，然後讓她上台演唱歌舞（只為了好玩）看她承受忍耐性強暴正在胯下發生，而能面不改色，載歌載舞。他會不會也自殺。他很認真想這件事，他覺得自己不會像張紫妍們去上吊結束自己的生命。我會好死不如賴活，但會這麼想是因為他真實的還是個男人的身體。也許我們可以說是儒教文化圈，東亞，包括中國、日本、韓國、台灣，所有這些恰又在這晚近四百年，被西方文明衝擊、拆毀，但戰後的冷戰、恐嚇、監視、警察、國家暴力、脫離貧窮……韓國跟台灣太像了。他的身體，深深有父權的烙印。

不，他父親是個正直的好人。但他少年時凡是說謊、偷錢、做人讓他覺得「這孩子將來是國家社會的敗類」，他父親就會要他跪在祖先牌位前用木頭武士刀痛打他。他在小學、中學，分別遇見不同的兩位老師，不止對他，他們可以對那教室桌椅的每一個孩子，只要你英文、數學少考幾分，或是上課講話被風紀股長記名，就用和你身高一樣長的藤條，狠狠抽打他。那種抓狂抽打他時，他們的臉孔近於瘋狂，但仔細想來，所謂他犯的「錯」，是那麼無聊，於世無害的事。

這些東西不知不覺形塑著身體，有段時間他和一些迌迌仔混在一起，但在街頭遇上「敵對」的另一幫人，他的臉孔也是像從地獄召喚的惡魔，猙獰地用手中的木棍，要致對方於死地（否則就會被對方打死）那樣惡狠狠地痛擊另一個少年的身體。

然後呢？他進入「社會」，一些老大哥，他自然而然就會對權力遠高於他的人，擺出畏首畏尾的樣子。事實上他遇見的老大哥，也並沒有自覺這樣的「高人一等」是有問題的，他們非常舒服地享用他獻上的全然柔軟和臣服。一些調笑、惡戲、或非常小的事突然就翻臉。恩威莫測，那是什麼意思呢？他還是個男的，看不見的一些同齡女孩，可能是在另一種光景，像比較自由參數的張紫妍，上了確實也遠不及那些韓國權閥、高官、檢警高層、黑社會，但是「我們這個圈子的大佬」的床。這些影影幢幢的事，「潛規則」，像他這樣的男性晚輩，其實裝聾作啞，趨吉避凶。你根本分不出高於你的權力密室，女孩們是被強暴，還是提著裙裾甘作交換，確實也升官加級遠快過你們這些繫在外面廄槽的騾馬。

幾年後，大哥找他到燈泡燒灼如白晝的啤酒屋、快炒店。像父親對兒子說話，用他千杯不醉的酒量灌酒。有一些體己的話、器重的話，講一些他不為人知的哀愁，曾受過的打擊創傷。這時他體內那「父權印痕」的一切從小到大的規訓，像敲擊著大小玻璃瓶、管子、磬、木魚、鐵琴……的樂團，快樂的大重奏。他有一種騾子被撫摸頭頸的鬃毛，那說不出的舒服。他們也會帶他到那些包廂裡有穿著小禮服女孩的酒店，不同代的大哥們，以及他身旁都配一個那些「廉價、貧困、條件差十倍的張紫妍」，大哥們豪邁灌著酒，拿麥克風唱一些他們那年代「男性的悲哀」的老歌，同時不在意用手摸著那些女孩的身體。於是他也照作。

他走在那溪谷中，涼意沁透心脾肺囊，另一層覺知是支撐著他這個人，不同部位，長短粗細的骨頭，都被寒氣凍得發疼，眼珠也像隱形鏡片，表面結了一層薄冰，「夜短竟無寢，困瞳劇塵磣。」如此朝下的迴旋山路，像是那個夢境的慢速回放。月明星稀，貓頭鷹哀慘哭叫著，「人類呵。嗚嗚。人類呵。」

人類滅絕了，但很奇妙的，臭氧層的破洞不可思議地補起來了。北極熊、海豹，從消失之境重新被撈回來了，海洋裡的藍鯨、鯨鯊、海牛、海龜，慢慢像從一個空無一物的夢境、怯生生又游現了；藍金剛鸚鵡、加州禿鷹、紅鷺、燕鷗、黑面琵鷺、白鶴、丹頂鶴……那麼美地翩翩拍翅，似乎人類曾篡奪地球這具超級大腦的中心處理器，但把它靈動神祕的某些投影光屏搞砸了，全炸掉了，現在必須要關機重開。

比較奇幻地說，這世界像一幢大房子，從最遠的客廳啦、開放式的廚房流理台啦、溫室花園區啦，次第熄燈，許多許多有它自己的擺放風格、曾經租客在其中生活了許多年的時光累堆感、難以言喻的獨特的氣味、然後這些走道邊的房間、像迷宮被屏蔽在裡面的房間、許多是人們從未進去過的房間……都像蠟燭被吹熄，成為一個黑區，然後慢慢的，他想起一百年前那位小說家，像死前譫囈大喊：「救救孩子！」說來我們算是他當時眼中那些孩子的孩子的孩子。他想著，這些孩子幹了多少壞事，有足夠長的時間，讓他們長大，將那暴戾擴散、膨脹，胡作非為，然後又成為老人，但學會了比他們之前一萬年這種物種的老人們更黑暗複雜，封印無數可憐人，以保護他們的權力、舒爽，在最高水位不會下降哪怕一公分。我們作為孩子的孩子的後來排隊的孩子，根本見不到那小說家悲慟之眼所見的，他像吐血急切狂呼要救的孩子，這些孩子裡高智商的低智商的，是怎麼形成後來那種群盲、狂歡蝸牛、沒有美感的整片大地上單方移動的犛牛，細細索索低頭啃食地表的草莖，然後集體形成一種嗡嗡持續的巨大合唱。然後呢，在這後來被暱稱「橡皮擦病毒」，無聲無息擦去地圖上百萬起跳的極細密畫，畫家用鉛筆細細畫上每個個體、臉孔、表情不一的人們。於是我們這些「孩子的未來孩子」，略微懂得那狂人小說家喊那句傻話時，眼中的恐懼，與美感無關，與道德無關，而是真真切切的肉身滅絕，整批如一眼望去至地平線的麥田得了炭疽症，灰白死去。那時我們或感覺到這一百年來（或兩百年？三百年？管它呢？）的這一批孩子，像狂歡節的場地布置，他們做了多少奇妙的事？瘋狂的事？我們都曾經在他們燦爛如煙花中活著，卑微但又尊貴，以為世世代代還會這樣下去。但當「橡皮擦病毒」擦出了絕大多數的人之後，我們這些剩餘的小人兒，不知怎麼使用那高擎在半空的高速公路，或偌大的機場裡停著巨鯨般鏽壞的大客機，那些摩天大樓、核電廠、高鐵、巨大雷達站、停泊在港口的巨大油輪和軍艦，或是佔地超大的雞隻豬隻養殖場（但牠們全被擠在那鐵皮屋，然後集體悶死），甚至巨大的醫院、電視大樓、大銀行、科學園區裡不同的製造手機裡任一部件的代工廠……我們全部不知道怎麼使用。我們作為最後一代人，充滿恐怖和懺悔，曾在我們活在那電力無所不在的最後幾十年，僅為了娛樂、舒爽、刺激，一大堆人擠在電影院看人類各種「末日」的情節：譬如小行星撞地球、氣候異常大海嘯大洪水淹沒全部陸地、毀滅性的核戰、太陽閃爆，或是人工智慧決定掌控這顆星球，或是所有城市滿街亂跑的喪屍、外星人入侵，當然許多人玩過「滅絕性的病毒大擴散」。但當這麼安靜的一間一間熄燈，噢不，一整巨大數量人口的死去、消失，我們難以言喻那接收了這空蕩蕩，但已被過去一百多年的「瘋狂孩子」們建構成的遊樂場？恐怖旅店？異形入侵太空船？醜陋一萬倍但哀感幾乎等值的「天空之城」？這他媽的我們就像是被棄置在作夢的人已經死去，但那個夢境莫名其妙、空曠，但無法收拾的夢中其中一角落，毫不重要的一個石臼盛水裡的幾尾蝌蚪。

「絕對不要這樣說話。」那個之前，在那封閉大樓迴圈朝下衝的車子，後座拍他腦門一下的聲音，又出現在他耳邊。他說噢，好。但他該怎麼說呢？他的意思是，在這一切之前，我們逃不掉這種「自我被投影出來的方法論困境」，像發霉的乳酪融化在（原本該比較好，比較新鮮的？）自己裡面、上面。你必須用極大的畫素，非常局部地填充出你最親近之人的實體，透過他們的驚恐（孟克的〈吶喊〉）、低聲威脅說話、精神科用藥史、隱藏多年的祕密、傷害或道歉的話語、不同視窗的性愛場面……側寫嗎，或是不在場的存在、交織錯幻的投影燈，像哈姆雷特那個鬼魂父王的出現。於是我們必然要有廢五金、第三世界、倒賣的垃圾電影、遊戲機、臭氣熏天的舊大樓窗戶都被看板釘死的美語補習班……這些油畫顏料開封前就發霉、汙染、有一定汙漬，然後開講「我們的故事」的自覺。這形成一種工業風＋媽祖遶境＋檳榔西施＋說不出來是三小的公路電影＋曾經歷過白色恐怖（受害者、加害者、漠不關心的共犯）的後裔＋ＫＴＶ（不行不行，這是開外掛、開平方次方，會爆漲四散長出太多廉價的、歪線條的、薄板釘槍裝潢的，但就是我們每一代眼眶濕熱的恍惚如夢的時光）。

「請千萬不要這樣說話了。」那個「後座之聲音」又說了一次。

這故事是這樣的，培斯提安是個小胖子，很多年前，他還是二十多歲青年時，他和幾個美麗女孩，每週一次，不，好像每週兩、三個晚上，會和他們一位當時已暴得大名的老師去中山北路、雙城街巷子裡一間全是老外的 pub 裡喝酒。女孩們非常美，拿著海尼根酒瓶踩在舞池上跳舞，當然有許多老外會像西洋棋盤上的城堡啊、騎士啊、主教啊，影影幢幢在她們四周，穿梭、移動，吃掉棋子。他那個天才老師當時也才三十六、七歲，感覺也就是那個時代像一扇之後會破掉的窗，可遇不可求的名聲，在前網路時代，不，甚至前第四台頻道暴長出那麼多綜藝咖、星光大道歌手之前，那麼幸運的一閃光耀，這個土氣洋派換日線所有人迷迷糊糊，把他當搖滾巨星或很後來的脫口秀名嘴的純真時代，他老師非常混亂，來來去去一些和這些女學生不同氣質的，年紀大一些的不同女朋友，那是他們陌生的「瓶口之外的充滿懸浮物、被細菌吃掉眼珠的魚，或是雄魚射精一篷漂在水中的渾濁白霧」，跑進培斯提安和他的女同學的這個小瓶子裡了。

他看到一些，pub 如同熱帶雨林遮蔽錯落的射鏢靶區、吧檯、桌球區，老師的手摸在哪個或另一個美麗女孩的臀部，或是再另一個女孩，臉部超齡的滄桑羞豔，和老師相偎跳著慢舞，抬頭如泣如訴盯著這大他們十幾歲的男人看，那變換的表情已遠離他的智能。

當然，小胖子培斯提安在一種混亂的「倫理或階級」的腦中迴路竄跳，他獨自走出 pub，坐在一個賭香腸小販的攤車邊的台階抽菸。當然女孩中有一個是他暗戀的對象。但他像學習第一盤棋，笨拙地理解每一手的前因後果，「她們在爭寵」。後來她們的其中一個會成為師母，或師母的情敵。這其實一點都不特殊，如果他們的肢體手腳不是在這電光霓染、音樂如嗑藥女人在說英文，沒有大家像給陽台幾十盆小盆栽澆水，狂喝那些琴酒、威士忌、伏特加、各種基底的酸甜調酒、像演戲在演電影裡的外國人，其實後來的幾十年，這些女孩紛紛嵌回正常不過的人妻人母。

但培斯提安內心作了一個對自己的承諾：

「我以後絕不變成那種人。」

這應該是某一次基因遺傳的細若游絲的跳躍。如那部美劇男主角，在頹頹老矣之年，對那個當年為了她毀掉自己婚姻，然後亂七八糟的遭遇，這個情婦後來跳海自殺，當時留下的一個小女孩已長成三十多歲的女人，他對她說：

「那個創痛的修復要花很長的時間，有時超過人的一輩子。我們常只是啟動那個旅程，然後要靠我們的孩子繼續跋涉找到答案。」

小胖子培斯提安，以為他啟動了一個祕境，不剝削比你弱小的人，不以你較多的時光資產，去上那些像卵殼剛孵出來的雛鳥。不過這個童話比他之前讀過的童話故事，都要艱難百倍。因為他持續變成中年人的這段時光，遇見了一些同行，他（她）們也是因為在那個被空洞、虛無、和失去創造力吞噬的死灰世界，因為有命名的能力，可以創造出不同大小、顏色、人物命運在其中活著的創作者。但是把現實世界的一件記憶遺忘，去交換幻想世界的一次「無上造物主之權」這個規則，讓他們像成天爛醉或不知自己吃了過量斯蒂諾斯的夢遊者，然後呢，他們的這些「被瘟疫吃成乳酪狀，然後又被某人把歪斜、灰色的田野，稍微救回來」的故事，又僅僅成為讓他們半死不活，在飢餓邊緣的窮作家。有人大批收購了這些「刺青孩童女王、嗑藥孩童女王、網路成癮症孩童女王，被有婦之夫玩弄感情的孩童女王、瞎拚名牌包然後以一折價抵給那些名牌包墳場的孩童女王、援交孩童女王、不斷重播少女時期被母親傷害的孩童女王」她們增殖出來的補丁星球，「瑞克和莫蒂」？他們創造了，他們給無限複製的商品假世界命名了，但難掩桀桀尖笑和刻薄、憤恨，有更複雜的參數從陶瓷故事引擎的裂縫跑進來了。他們成了創傷史如鐵蒺藜刺纏住腳踝、手腕，所以跑不遠的孤兒兄妹。小胖子培斯提安變成大人的那第一天，就發現要不剝削、不榨取那些窮人家出身年輕女孩美麗的身體，交換故事，是多難的一件事。

重點是，這個「傷害史」生成器還開外掛：四百年前的西班牙人、荷蘭人、一百多年前的日本人、七十年前的大陸外省人，然後無所不在的美國人。小胖子培斯提安提醒自己不要像同行，亂生成隨之揉成團的潦草宇宙，一些臉妝都花糊的哭泣小丑。

小胖子培斯提安曾有個朋友，是個絕頂天才，怎麼說呢，是「會讓確定自己是直男的身邊哥們，某些時刻產生神迷目眩的愛情幻覺」，純然的上帝手指親捏出的發光體。他倆曾同寢室一年，那個校園整個是山坡上的荒原，剛設立兩年，獨幢的各學院似乎許多面的紅磚都還沒抹上水泥。路兩側挖了一個個坑，植下的樹都光禿禿尚未發出枝葉，沒有商店，學生餐廳像軍營，用餐時一排鋁製長桌，一些戴著白帽子的阿婆端出十來盤不同冒煙菜餚，自助餐難吃無比，有機車的人騎下山坡，是一段截斷世界的砂石車疾駛的公路，要再騎頗一段路，才會到一處沒落的老社區。說來這校園簡直就像修道院，或瘋人院。

培斯提安的這個朋友我們暫稱他奧特里歐。總之是這所藝術學院，各自獨立的戲劇系、美術系、音樂系、舞蹈系，所有女孩的夢中王子。不過他們同寢室的時光，這個神選之人並沒有什麼「偶像在私處時刻的怪癖」，那年代世界上還沒有網路、智慧型手機，所以培斯提安的回憶裡，這哥們就像投光在牆上的影像，有點稀薄，反而培斯提安像所有那年代的廢宅住宿生，去別的寢室打麻將，賭大老二輸了，所以被起鬨租來女裝參加「瑪丹娜模仿大賽」，或某次夜裡被另外幾個同學糊里糊塗找去，撬開系辦，偷了裡頭不知哪幾位助教抽屜裡的錢，桌上的電腦和主機。但沒有警察，也沒有人追查，總之和那年代的記憶一樣，漫天廢氣，沒有人理會你擠在上千輛那樣篤篤轟轟停在紅燈前，其中之一的機車排氣管，沒有人會理會你被哥們叫去，五六人在一小巷堵一個你不認識，找你去的哥們也不認識的男子，大家拳打腳踢。沒有人理會你，似乎所有人都安靜溫柔地承受某些意外加諸己身的，忍一忍就過去的暴力。

但那個奧特里歐，系上公演，什麼契科夫《海鷗》的男主角、《亨利四世》的王子、《慾望街車》的史丹利、《桃花扇》選摘的侯方域……總之，許多年小胖子培斯提安回想這哥們，找不到精準描述，就是「他是個有教養的人」。否則無法用在他們半世紀以前的長輩，那麼不奇怪，在舞台上的那些身段和台詞腔口，進入那些莫名其妙、和他們當時的真實世界完全無關的演劇。

不過這位奧特里歐卻搞出一件讓所有師生張大嘴，下巴收不回去的，「大攤的」。

就是前面提到的那家百貨公司，那幢十五層大樓在那年代也算創舉，像一座高矗的大煙囪，中央懸通空天井，建築體圍在四周，地下一樓到地上四樓是百貨公司，五樓以上就是那不斷迴旋上昇的車道和停車場。對了這座空中超大型停車場，就是為了因應一旁的一個小巨蛋棒球場的觀眾車潮。某一個嚴寒的小年夜，奧特里歐獨自帶了一綑麻繩（後來證實他是從戲劇系道具間偷出的，劇本原本給一場戲，弗斯塔夫半空垂降，和亨利王對話的特製繩梯），潛入那間百貨公司。他可能在正常營業時間躲在六樓停車層的樓梯間男廁，等晚上十點全棟百貨公司上班的人員都離開，啟動了保全系統之後，從六樓的防火逃生架綁好那繩梯，從天井（那個大煙囪）懸掛下，然後想攀爬到四樓，利用擺盪躍進夜晚無人的百貨公司內部，但可能懸空需要握抓的臂力、指力超出他預算，也有可能是天冷繩梯遇水又結凍太滑，他失足摔下，掉在地下一樓的一座整面牆的巨型水族箱前。據說其實他摔落時可能還沒斷氣，但在無人知曉，隔著大玻璃牆裡面迴游著大型珊瑚魚、小丑魚、蝶魚、小型鯊、海龜、海星的美麗世界，非常痛苦地癱了幾小時才死去。他的屍體是百貨公司管理人員第二天早上八點進來才發現。這事上了當時的報紙社會版，人們才知道奧特里歐的父親是極有名的一位癌症醫生。因此警方判斷他「家中富裕應沒有潛入偷竊之動機」，記者採訪家人和學校老師同學，他平日與人親切，應也不太有自殺傾向（而且費這麼大勁去自殺頗難讓人理解），他母親還向百貨公司提出質疑，是否她兒子在夜闖那幢塔狀高樓時，被警衛追逐，才不慎摔落。百貨公司方面非常緊張（因此可知其家族勢力頗大），調出當夜各樓層監視錄影帶，記錄下來奧特里安從頭到尾——從六樓垂下繩梯，探身朝下攀蹬，然後懸擺中失手落下——都只有他自己一個人。

小胖子培斯提安拚命在想「命名」這件事，一個消亡中的世界，它如此衰弱、恓惶，遍野的子民們全絕望而溫順，不知自己未來的命運。就等著久遠以前傳說中「戴長帽子，有長鬚、拿著像蕨草蜷縮迴旋幼芽的手杖」之救世主，浸浴金光從天而降，解封了大家的「無連續時光想像力」詛咒。故事像春草、像雨林中斑斕怪花植物、窸窣竄長著。「謝謝你拯救了我」結果說這話的，不，以身軀不可思議的婀娜、柔若無骨、愛經裡寫的各種真諦，無聲傳遞給他的，是很多年後，他在無預期的，一家牆上掛著大象繡毯，空氣中陌生植物或動物排泄物薰香，一個布簾隔出的小房間按摩床，一個來台打黑工的泰國女子。

她的性情如此溫馴，連騎在他胖肚子上交歡時，也像愛情一樣，像舞姬搖擺她比例和他印象中台灣女孩不太一樣的，手臂、肘、手指、腰肢，披垂的髮瀑。沒有音樂，但她真的像自帶節拍，只有他一個觀眾，不，舞伴，那樣電力十足的舞動著。他每會偷多塞兩千元小費給她（那是他能力的極限了），之後他每週去，也會在背包偷藏一瓶超市買的，他根本不懂那些牌子的波本威士忌，或純釀威士忌，在小房間像取悅情人的男子，掏出來拿給她。她簡直像小女孩收到芭比娃娃那樣興奮。好像是之前的某次，她告訴他自己有酗酒的毛病，她們幾個按摩店的泰國姐妹，在景美合租一間公寓，有時招待其中誰的家人來台灣探親，有時是哪個姐妹有情傷，大家會買許多許多的酒開喝。她說出的那些酒水的量，確實讓他吃驚，但後來好像只有她染上酒癮。她會自己一個人在她們那邊的小公園喝（當然都是便宜劣酒，所以他偷帶給她的那些威雀、約翰走路、仕高利達、日本的、蘇格蘭的、愛爾蘭的、甚至台灣的，對她都像禮物啊），但她有時喝茫睡一天，又會去河濱公園跑步。

所以因為同是一無所有的「掉下去的人」，培斯提安和泰國女人，像海床珊瑚礁裡章魚纏抱著蚌貝，他們各自斷離著背後的龐大機械谷碾碎、黑油意象，那像卓別林默片一樣的純真與愛。培斯提安想過，在其他日子、其他時光，她或許也是以這樣只有親臨者才知那絕世之美，同樣搖擺美麗的身軀，撫慰其他的男人。也許換來其它的烈酒。但他自己又算什麼呢？他感覺到除非她是女瘋子，否則怎麼可能無限制，打破自己的薄膜，將愛傾灑給「這個培斯提安乘以十，或乘以二十」呢？除非那是超過他腦額葉的另一種生物，否則培斯提安所有觸感，接受到的愛撫、親暱、奢侈任他抓握揉玩的美麗胴體，那是真的飽滿在此器皿內的真愛。他有時孤獨、幸福至極地想大喊：「九號（她的按摩師號碼），嫁給我吧！」但這種截斷的，因此他倆本來在外面流動時間裡，給不起也買不起的愛，他只能那麼瘸腳的，每次帶瓶「微縮成世界繁華意象」的威士忌，價位在一千二至二千之間（不要再喝那種二百五十塊的劣質米酒頭了），然後，三個月後，四個月後，他發現她酒精中毒更嚴重了。那些玻璃瓶裝裡的黃金色、琥珀色、水銀、紅寶石般的液體，像是窮鬼稍微踮一下腳尖就碰觸到的奢侈：異國的機場、高級大飯店眺望的城市夜景、一整個穿白西裝的爵士樂隊、那些手機廣告裡的超時空美少女美少年，電影裡（從我們小時候開始，到我們這麼老了，都還是）美國人的豪宅，或是、或是（超出了他們的想像力），大遊輪上賭場某個貴婦胸口的巨大藍寶石墜子……。

當然女人酗酒的狀況，在那些他不在場的時日，似乎愈來愈嚴重，斷片。她在兩人相處的小房間裡笑著說過去一個禮拜，自己喝茫的糗態。但她真是樂觀，且是真心愛那些威士忌（像他們說某個「石痴」：「他是真心愛那些石頭。」）。她那麼溫柔，不會憤世嫉俗，不會說「就是你們台灣人剝削我們」，不覺得她在小房間為他作這些事，他多給她一千或兩千小費，再加一瓶「好牌子的」威士忌，其實加加抵抵並不比去外頭找一個專業妓女費用的一半。她都那麼謙卑、像受寵若驚、感恩、端莊合十鞠躬：「摳本咖。」

有一次她說，她和幾個姐妹深夜去一間快炒店喝啤酒，結果鄰桌有幾個人吵起來，後來拿酒瓶和桌子椅子互摔，然後警車也來包圍店門口。她和姐妹們嚇得往外跑，但那一帶很荒涼，她又喝得很茫，跑著跑著發現和姐妹們跑散了，她說她那個醉，有點搞不清楚路邊花壇、路燈、邊坡上人家裡的狗叫，她自己的方位，連摸手機都不太能清楚想要打給誰。「後來你知道多丟臉，我跑了好幾條街，跑進一個警察局，他們的警員都出動了，就是去處理剛剛那家快炒店打架的事。然後我就在警察局裡睡著了。睡好熟，睡到第二天中午，才請我們店裡妹妹去把我保出來……」

有一次，小胖子培斯提安，突然就不去那間按摩店了。原因無他，他的工作被炒了，一週一次兩小時按全身一千六，加一千元小費，加一瓶一千二左右的威雀威士忌，他付不起了。竟然掉落到連這樣廉價的溫柔情人都演不起了。

很多年後，他去做了熊貓外送，一單六十元，在大街小巷狂奔可能一小時五單。前輩將台北市分區地圖，在群組上貼了「好送」和「鬼區」，可厭的是信義區那些一〇一、信義誠品、新光三越、微風，難停車，取餐必須到地下室，而送去的豪宅區，常大門森嚴如城堡，機車也非常難臨停。但這時的人都不出門了。出門的就是他們這種刀上舔血，不，馬路賭兩輪拚速度，還時不時被指控一定有半路偷吃。確實他媽的那些有錢人原來吃的餐食那麼五花八門：地中海餐、韓式辣鍋、頂級日式鰻魚飯、豪華生魚片、美式餐廳平民吃不到的正宗牛排漢堡、整副豬肋排、不可思議好吃的湘菜料理、江浙菜（醃篤鮮、獅子頭、蘿蔔牛筋肉、蔥燒鯽魚）、台南擔仔麵、雲南米線、印度烤餅和一小盒一小盒的咖哩菜泥……真他媽的這些人類料理技藝的精緻作品，在馬路上飛來奔去，你不覺得很奇怪嗎？不是很像某個智障暴君想出來的點子？他躺在床上，許多管子接在他面前，只要選擇其中哪個管子，就會流出他想吃的哪種美食？

小胖子培斯提安想：這不是某個「超級命名者」，「這些奔來竄去無頭蒼蠅的機車快送員，頭頂上的某個救世主」，想出來的願夢吧？

小胖子培斯提安很難捋清自己內心的感覺：就像後來那許多 YouTuber 說的，「人類其實活在一個虛擬遊戲中」，這個遊戲的細節、複雜性會隨遇晚近的人類史。想到要去觀測的處所，很奇妙的就會被清晰地打開，而且顯影技術層層累式疊加，譬如外太空的觀測、或是原子內部微觀世界的觀測，它們就像一翻開破爛抽屜，原本就密密麻麻在裡頭爬動的白蟻，永遠在人類觀測到原本一無所知的虛無之前，就及時趕赴，等在那兒。

譬如他是三十幾歲到五十多歲間，才讀到「影分身術」，乃至很後來的「瑞克和莫蒂」：其中有一集，天才爺爺給孫子一種類似芝諾「飛矢辨」，不，波赫士魔術的遙控器，他可以在自己活生生的流動時光，某一瞬按下暫停，然後像電玩的儲存功能，你可以選擇某一個之後命運還沒決定性展開的暫停檔，從那裡開始嘗試不同選擇，乃至有不同結局的命運。但卡通的最後，爺爺告訴孫兒，沒有時空任意門這回事，他每按下自以為的暫停鍵，其實是跳到另一個大運算最接近的其中一個多元宇宙，也就是像那部《頂尖對決》的魔術師，他在那一瞬必然殺死原本那個可能性宇宙的自己，所以當這玩家亂按遙控器，以為自己像神一樣自由跳躍可能演繹出不好情節的瞬刻，一直暫停、重來，其實他殺了海量的，原本在許多可能平行宇宙的自己。

回到「影分身」，而這裡任意分數，又棄之不顧的「自己們」，他們在各自情節裡幹過的那些姦淫擄掠、殺人放火，最後都會像「影分身術」收回本體，那無數的感覺（業障、痛苦、罪惡）全加疊在這個最後唯一的「我」的身上。

培斯提安想，在他二十幾，乃至三十幾活過的歲月，「感覺」好像沒有那麼線路布滿、事件流如此湍激，好像這十年來，每天世界上發生的事，是從前時光的幾十倍、上百倍？但是這些不斷湧冒出來發生的大事，比起他年輕時，好像一發生很容易便被排擠的「昔日」，印象非常模糊。譬如九一一、美伊大戰、SARS、日本大地震海嘯並核電廠爆炸。說真話，這對他都很像上輩子的事了。那麼快地像後來發明的「滑手機」，滑滑滑，記憶模糊。但當年黛安娜王妃的死，他記得他和許多人站在一台電視機下（對了，他想起來，那是他曾經短暫工作的一家獎盃獎牌店，店裡各層貨架堆滿各種尺寸、方形圓形、鋁製銅製木頭製、水晶壓克力的獎牌樣品、空氣充滿金屬粉塵），所有人張大嘴巴，「啊？」畫面上好像拍攝隧道裡撞爛的座車，凹癟的車門碎玻璃可見王妃那像被巨石砸死的金毛波斯貓，血跡狼藉的蕾絲華服和隱約可見她那遇害的臉。立刻就有一人大聲說：「幹，這一定是英國情報局幹的嘛。」「對叭，他媽一定是謀殺。」

那時，「事件」是那麼飽滿充盈在他體內，他感到清楚、完整的驚詫和難受。黛安娜王妃這麼戲劇性的死，像他內裡某個宇宙的暖壺玻璃膽被砸破了。

有一天，培斯提安為了趕單（那間快炒店出菜的時候就慢了十分鐘），他看到自己像電玩裡的移動小人，在公司、客戶、他都可見的手機地圖定位路線上移動、手握油門催到時速七十，在金華街青田街的轉角，被一輛計程車撞了。整個人像飛鼠滑翔，摔飛到五、六公尺外落下，四肢成大字型仰躺在柏油路面上。計程車司機下車，看著他坐地摘下全罩式安全帽，笑了：「同學，你還記得我嗎？」

是他的國中同學阿健，其實他們當時並不熟，國三時學校作了一次大地震的重新拆班（那聯考拚升學率年代），原本全班一半的人（包括阿健）被刷至B段班，又從原本令幾個A段班各挑出前幾名者，像NBA某一支球團組成超級強隊，培斯提安就是那一年開始，像小叮噹尾巴開關被拔，進入關機狀態，成為那超強班的永遠最後一名。

但這阿健和他還有另一層因緣。阿健的母親是小胖子培斯提安小學一、二的導師，黃美玲老師，那像《霧中風景》的模糊回憶，小學二年級時，小胖子培斯提安不知腦中出現怎樣的幻想，說服了他的一個「手下」謝至道，和他一起「逃亡」到合歡山。他籌劃多日，在校園一處樓梯間下的死角，又被一大棄置雪櫃遮蔽的隱蔽空間——他們稱之為「祕密洞」，兩人每堂下課都鑽進去，地上鋪著許多壓扁的紙箱——有天他偷了父母的一百元，書包裡的課本全抽掉，塞了兩隻布偶熊玩具，還有一塊家裡「台灣拼圖遊戲」的「台中」，上面只簡單寫了「合歡山」。第二堂下課時間他們便鑽進那「祕密洞」，捱著等上課鈴聲響了，還不回教室。原本的構想，等整個校園空蕩蕩時，他倆跑出這小學校門，雖然才九歲的他，根本對如何搭公車到台北火車站，然後買火車票，搭到台中，再從台中搭公路局往合歡山走，完全沒有一絲真實的想像力。其實他們根本躲在「祕密洞」裡，這個逃亡計畫就流產了。他們聽見黃美玲老師帶著全班小朋友，在遠近不同校園各處，喊著他倆的名字。小朋友奔跑的腳步聲雜遝，那簡直像幾十年後HBO看的美國影集《越獄風雲》，所有獄警、狼狗、士兵，全面包圍抄捕一樣刺激。他本還想負隅頑抗，無奈他的「手下」太弱了，謝至道在他身旁哭泣，並且烙賽在褲子上。

他嘆口氣，非戰之罪，那傢伙一直在旁嗚咽：「我要回去上課，我不要去合歡山。」總之，兩人灰頭土臉棄械投降，不，舉手乖乖走出匿藏處，被其他那些歡快蹦跳的小朋友，押回教室。

黃美玲老師氣極，讓他一人站在講台上公審（褲子稀屎的謝至道被家人接回家了），小朋友們你一言我一語舉手，用簡單的斷句，說出小胖子培斯提安平日另外做的哪些壞事。他記得他孤伶伶站在台上，內心詫異極了，他根本沒做過他們說的那些事啊。純粹只是一整班的小朋友，想舉手發言。黃美玲老師可能也氣瘋了，時不時就拿藤條往他屁股抽一下。他記憶裡，怎麼老師，和下面的小朋友們都在一種驚詫，但像玩遊戲或慶祝節目的騷動、歡樂。他真的記得黃美玲老師一邊抽他，但側臉是氣極，又忍住笑的。

「老師氣瘋了。」小時候的培斯提安想。

但很多年後，開無線電車隊計程車的阿健告訴他：「我媽一直念著你。她現在老了，在山上種菜，找一天我載你去看她。」培斯提安的熊貓外送機車摔壞了，後座裝餐的塑膠保溫箱摔裂了，那些餐盒自然全砸了。但他奇蹟毫髮無傷。阿健堅持載他去附近一小醫院急診作個檢查。於是他搭著他的計程車（非常簇新、寬敞，駕駛座前儀錶區裝了許多電子儀器），聽他興奮地說自己這些年的人生。幾年前他離了婚，和前妻的三個孩子跟他，後來和現在這個太太結婚，她之前婚姻也帶著兩個孩子。所以他們組成一個有五個小孩的新家庭。小胖子培斯提安想，我的天啊，這他媽要怎麼謀生呢？像那些老紐約前輩講的笑話，他們有人曾在紐約某高級餐廳，聽見一個女人尖著嗓子對一個很有名的男人吼：「顧維鈞！你的兒子，和我的兒子，聯手一起在欺負我們的兒子！」

然後，阿健又說起，他的大兒子（是他和前妻生的，不是他現在這老婆和前夫生的），今年六月驗出鼻咽癌第四期。那孩子念軍校，當初為了替家裡省錢，畢業要成為正式軍官前體檢，驗出了這玩意。當時只覺天崩地裂。作了化療、標靶治療，奇蹟似地，今年十一月，醫生宣布竟然治好了。

「蛤？」培斯提安真誠地說：「太好了，真為你開心。」

然後阿健把車停在路邊，從前座滑了一會手機，遞給他，那是YouTube上某個網路電視台嗎，對他兒子這「抗癌鬥士」作的一個專訪。「哇，好帥。」培斯提安說，感覺他兒子滿能侃侃而談，也採訪女友（差點要分，但女孩決定陪他走下去）、阿健也出現在鏡頭前，講了一些家人的愛，或是一個父親那段時光的心路歷程，也講了他們這個「新組合家庭」，後媽和兒子的感情，一些他在兒子化療後會帶他去吃任何想吃的，主要就是怕沒胃口不想吃，營養不夠。「任何他以前想吃的，太貴的，現在只要他說，再貴我也帶他去吃。」

小胖子培斯提安沒想到這是一個一小時的特別節目，當然整個感人，所有受訪者說出可能這種經歷之人在面對這種節目製作，會說出的感人的話。但他確實沒想到要在這輛計程車後座，看這部手機影片看了一個小時。

有一種愛情是這樣的，培斯提安想，無性戀。是的，他曾經在一家巷弄咖啡屋打工，可能斷斷續續了三、四年。那段時間，那咖啡屋老闆娘剛和前夫經歷一場兇惡的官司，最後的財產切割便是這個嬌小但胸部非常大的女人，得到了這間店。其實說是咖啡屋，到了晚間它更是一間酒館。很像年代換日線，某個高空纜車的小接駁月台，一些聚在這喝酒、打屁、胡鬧、把妹的男子，都像是上個年代的亡魂，恰好在這間影影幢幢的上個世紀風格（牆上貼滿電影海報，而且全是上世紀七、八〇年代的歐洲藝術電影經典。另還有賣非常專業的美式餐廳的漢堡、炸薯條、義大利麵、比利時黑啤酒），這些老浪子作為離開這盤據街區最後的逗留和憑弔。真的，培斯提安一過四十歲，就再沒在這城市任何地方，遇過那種酗酒成癮、眼神頹喪、抽三五牌或駱駝牌香菸，超愛調戲女孩的「那種風格」的老浪子了。

老闆娘叫咪咪，大他十歲，正在一種女人荷爾蒙對生存處境不安，或是青春將要崩垮前的大噴發。店裡每晚那些老男人都是垂涎的大公貓，幾乎兩、三週就換一個伴，而且全是店裡熟客。說是表兄弟也不是，因為咪咪那放浪形骸，每晚狂鬧、喝到濫醉。那細皮膩白，笑起來眼角魚尾紋富有挑逗性地拉起，那有種悲劇性，並不是年輕女孩性冒險搞一夜情，他們都知道她要一個愛情，要一個拴住她的男人。

大約十年後，培斯提安有次經過那一帶，遇見前老闆娘咪咪，她已經徹頭徹尾變成一個老婦了，其實在那時她穿著細肩帶藍碎花洋裝，胸部飽滿蓬出，年輕的培斯提安就已經有那預感，她會像亂充氣的氣球偶，沒有約束線的膨脹、變形、然後癟掉。

當時店裡另一個工讀生，是個叫安安的女孩。削短髮、胖胖沒有女人味，但和沒有男子氣慨的培斯提安，怎麼說呢，像同一隻流浪母貓同一胎生的姐弟。小胖子培斯提安認為她是個拉子，因為深夜收拾混亂的各桌杯盤狼藉，然後拉上鐵門，他遇過多次另一個長髮女孩騎機車來載她。

但她和培斯提安，就像老闆娘和她那群發情的公貓每晚鬧到不成的歌舞劇，一旁的兩盆小盆栽。他倆都是安靜但並非溫厚溫暖的人。都有種厭煩，這些資源過剩的大人，好像他們過了

三十、四十、五十，還是可以即使外形枯朽，還不斷上演青春喜劇。

在那三、四年中，小胖子培斯提安，若有對人類其中之一，有最接近「愛」的感覺，或就是對每日一起在吧檯、或廚房，挨身一起洗那些永遠洗不完的白瓷餐盤、番茄醬、黃芥末醬、義大利麵的廚餘、高矮玻璃杯子裡的餘酒、老男人擤鼻涕的衛生紙，那個和他一道清理的安安。有時客人吐在地上的嘔吐物，培斯提安會去刷洗。當然廁所的刷洗馬桶、尿斗的尿漬、清理擦屎衛生紙，也是培斯提安。女孩安安會帶培斯提安去漫畫王，介紹他三套他後來始終難忘的漫畫：《JoJo 冒險野郎》和《傀儡馬戲團》和《烙印勇士》，真是讓他天眼大開，有這樣的想像力？那個年代，好像是有一群原本天才洋溢的職棒選手，捲入簽賭打假球案，後來有的淪落成修馬路工人，有的在花蓮賣便當，或是開始有人瘋狂買《哈利波特》，人們還在用 Nokia 按鍵式手機，城市的上空，一個雪白肌膚、臂腿美不可言的全裸女神，躺在一堆蘋果上，拿起一顆，睡眼惺忪，無比柔媚地啃一口。不可能再出現那樣完美的女體了。但世界好像還沒完全被裹進那網絡的世界裡。幾乎還可以說他們那時還在一個將要消失的田園牧歌時光。更大的敗壞，或縛纏進所有人全成為「拿著小合金方塊在眼前盯著」，松果體裡的靈性之波全被那小金屬薄方塊抽乾，那樣的時代，還沒有來，很快就要來了。

培斯提安對女孩安安，沒有產生過一次男性荷爾蒙的騷動。他知道她智力遠高於他。事實上，後來這女孩幾年後成為一個不太有人氣的旅行文學部落格作家，她去過的國家，完全超過他這輩子到老，想像能去過的那些地方：義大利、愛琴海的小島、薩丁尼亞島、亞得里亞海的小島、土耳其、印度、不丹、尼泊爾、西班牙、阿根廷……他感覺應該是更漂亮一些的女孩，會這樣瘋狂的旅行（並且享受旅途中的一段異國戀），但安安比較像是這世界已經並不需要了的，那種地圖繪製師，或探險家、動植物學家。這種年輕時期的「無性」狀態，也許會在他人的城市陷入更深的寂寞。到比較後來才學會在旅行中交朋友，不過很怪都是亞洲人：香港女孩、菲律賓女孩、日本女孩、韓國女孩，都是孤島的自助旅行者。幾年後再相聚，「升級」後的女孩，並沒有卸去那「沒有發生過瘋狂戀情」的，對他人的善意並冷淡。她也許變成素食者、印度教徒，但總之那旅行一結束，她就像退潮沙灘的無數河豚中的一隻，和這個和世界、文明、無有關連的島國，其他那些沒有出過國的、長相普通的女人，沒有差別，像水滴跌回水池。

不過她會跟培斯提安說，譬如某個夜晚住在印度哪個城市的哪條河上的一條船上，夜裡突然大停電，不是他們那艘船，是岸上整座城市都大停電。那真是未曾經歷過，奇妙的黑，四周全在非常深（難免恐懼）的黑裡。或是她跟著一群台灣歐巴桑去土耳其爬山，她完全不知道那行程為何是來到那爬山，而且是難度滿高的攀登，真是莫名其妙。

那時的培斯提安，已不是當年那個和她一起躲在小閣樓裡的《芬妮與亞歷山大》，他至少經歷過一些人世（至少他不是處男了），他問安安：

「但妳去過的那麼多國家、城市，都是在一個『模型式』的靜止狀態，咖啡屋、運河、寺廟、當地人小吃或市集、或教士或僧侶……但是，好像它們就是一格一格等著背包客進去體驗的『抒壓艙』，似乎，並沒有所謂的難民潮、難民營，沒有不同宗教團體間、或不同派系軍閥間的戰鬥，沒有譬如亞美尼亞和亞塞拜然間、天主教和伊斯蘭教的衝突，沒有激進伊斯蘭教徒把那個在課堂開穆罕默德猥褻玩笑的高中教師，當街砍頭。也沒有烏克蘭革命後，俄羅斯軍隊吞併了克里米亞。或是，或是，『大突厥主義』，或是我們讀了那些小說，才知道的墨西哥的『托雷翁大屠殺』、『毒梟屠殺學生』、或是『Tlatelolco 大屠殺』，或是，智利被美國ＣＩＡ支持的軍頭皮諾契將軍，那恐怖的大搜捕、虐殺、失蹤。印度的童妓、巴西的賣淫兒童、祕魯的男童變性賣淫、菲律賓的戀童癖者天堂……」

但安安覺得小胖子培斯提安說這些很煩，她說：「小胖，省省吧。我們很快就都老了。現在是我們倆坐在這裡聊天。並不是在網路社群媒體上說話。也不是在直播脫口秀。為什麼我不能在某個遠處的炊煙的田野，安靜坐著，沒有我力不能逮的那些哭泣與耳語、聲音與憤怒呢？」

他倆一致同意，一個比較寬鬆、渺小個人或被剝削，但不至於全部腦力和激情，全上繳一個雲端似乎上億隻金屬小蟲細細啃咬你的良知不安、恐怖、深幽的憤怒，結果也只是幾個巨人在天頂摔跤的幻影，似乎那個「比較廢」的幸福年代不再了。但他們可能是最後一代，這種把單一個人從舊的關係網路剝除，然後丟進一個超大離心筒、超大粒子塵飄浮世界，他們是最後一代的被實驗者。只是當時渾然不知，他們身上一些舊時代殘餘的翅鞘，突起，都被作最後的摘除。所以回想他們這一代人，和上一代人，或下一代人，那個獨特性，很像某種演化指令的詐欺：他們變得更透明、更內向、更不要讓自己成為生態的負擔，更抑制由自己發動、擴大的戲劇性，更會在自己或對方「多了喔」的情緒溢氾時，不是譴責，但嘲謔地笑一下。但這個眼神或嘴角微微上揚，無法帶到網路世界上。所以他們只是一種測試——人類可否如微粒或如波頻、光滑無阻礙進入一架巨大懸浮機器——某種過渡期的實驗品。

小胖子培斯提安曾經認真想，不是他的錯，但若他恰在這味同嚼蠟，可能是為了人類往演化概念一階超劇烈的跳躍，所以包括虔誠、正義感、愛的顛狂、奮鬥想出人頭地光宗耀祖……所有舊人類的幻夢都可能變形暴長成恐怖噩夢，所以那麼如「灰燼之眼」的這一代，如果曾經發生過最接近「愛」的人，那就是安安。但他們確實是「無性戀」。

那天，有人來急摁培斯提安租住處（那是在一棟四樓舊公寓上，房東另搭蓋的違建鐵皮屋）電鈴，他開了門，上來的是安安。她竟變成了豬頭。培斯提安想：這是什麼爛情節啦。他問她：「妳怎麼回事變這樣？」安安只是一直哭。培斯提安弄了一杯熱牛奶，拿了一條乾浴巾讓她把那豬頭淋濕的鬃毛擦乾。還拿了一顆止痛藥和抗憂鬱藥和水杯給她。培斯提安注意到，她那從下顎處朝上突長的兩根像刀刃的長獠牙，讓她講話口齒不清，並且上唇和獠牙的牙齦處，都發炎潰爛了。

「怎麼可能真的發生這樣的事？」

女孩抽泣地說，有個男的，小她三歲，總之，糊里糊塗，她就喜歡上了。原來喜歡上一個人，是這種感覺。培斯提安問：什麼感覺。安安說，好難受、好難受。你以為對方對你也有意時，好幸福、好幸福，自己變得非常弱小，願意為對方做任何事，然後她又開始暴哭，說，但是發現對方對你根本一點感覺都沒有時，好羞恥，好羞恥啊。

培斯提安想：啊，原來是這種感覺。他內心頗心疼安安。她本來就是外貌並不吸引男人的那種，他想對她說，但妳很珍貴啊，妳那麼聰明，知道所有事情，怎麼會受此劫難呢？

主要是，那男的是個渣男，不，經驗非常豐富的人，像開過上百床大手術的外科權威醫生，其實在她腦子開始發燒時，他就應該知道了，但或許是自戀吧，還是影影綽綽讓她以為有可能⋯⋯。

然後，培斯提安沒有再問然後呢？應該就是，沒有過愛之瘋狂經驗的她，被非常冷酷的方式拒絕了。遠超過她半生修為，小心翼翼像堆骨牌，或上萬根火柴棒疊高搭塔，在內在很年輕時就隱密建構的「我是不好看，但很特別的女孩」，一夕之間崩塌了。巨大的羞恥吞噬了她，然後她就變成這副模樣了。

但怎麼辦呢？培斯提安內心有點責備的想，這就是所謂的「臨老入花叢」？「老師父一時走心痰，一個疏忽，走火入魔」？問題是她和他本像雙生子，他們如此相似，現在他獨自被留在「不知那些是什麼感覺」的蛋殼內了。

接下來幾天，安安一直高燒、昏睡、囈語。那個裝在女人身體上的豬頭，發出惡臭，小胖子培斯提安想：會不會這是一個幻覺？她並不是變成一顆豬頭，而是，他想起前些日子被那國中同學阿健開的計程車撞倒，他說的他的兒子得了鼻咽癌末期，後來用化療加上什麼標靶治療，把它治好了。會不會他其實該去找阿健問一問呢？

培斯提安和阿健約在一他不熟悉街區的「丹堤咖啡」，也許是事後回想，他覺得路上人車異常稀少，像農曆年時期的台北，空蕩蕩的。阿健進來時的模樣就頗怪，他戴著那種生化兵的，嘴吻突出、下半臉全被黑色塑膠物遮住的防毒面罩，只差沒戴護目鏡。但比較讓培斯提安有感的，是他上半臉露出的眉眼，和一年前（吧？）在計程車駕駛座開心回頭敘舊的神情，完全不同的陰沉甚至憤怒。

培斯提安跟他簡單說明，自己一個朋友可能得了鼻咽癌，因為（他支支吾吾的說）上次聽你說起你大兒子抗癌成功的過程，想要問問那個療程大約是怎樣的情況……。

沒想到阿健怒氣沖沖地說：「我大兒子已經死了。」

「啊？」

「其實是，那五個孩子先後都死了。我太太，上禮拜終於也捱不過，也走了。」

說罷，阿健摘下那防毒面罩，怵目驚心的是他從鼻頭、上顎、唇，都潰爛了，除了沒有長出兩根豬獠牙和豬形鼻，竟和安安症狀有些類似。

培斯提安說：「我很抱歉……但這是怎麼回事？」

阿健說：「你是不是跟外面的世界完全沒接觸？還是你有病啊？你是從來不看新聞的嗎？什麼鼻咽癌？全地球每天幾百萬人死去。你他媽不知道嗎？」

然後阿健哭了起來。

培斯提安說：「是啊？原來是瘟疫嗎？」

他記得很多年前，他從一個山隘口步行下來，遇到一個滿頭白髮、渾身臭味的女瘋子，衝著他大喊：

「這些人都是你發明出來的。」

「這些人都是你。」

有了這個陰影念頭之後，小胖子培斯提安日後每認識一個人，都不忘追問他們，他的父親是作什麼職業的？那祖父呢？母親這邊呢？他念小學時是在哪個城市哪個小鎮？周邊的景色是什麼樣子（譬如有鐵軌？或一座宮廟？或一個很大的市場？或是一個工業區？或一個泊滿漁船的港邊？）

這些大腦中有龐大回憶畫面，有如一整片夜海中螢光藻的閃爍之思維；這些可以發明出物質層疊交錯的金火水土風形態擬造的「城市」；仿夢境卻確實放著自己的族類在其中，游動、飛行，看大螢幕自己族類的故事而流淚、歡笑、恐懼；在某些框格中把交配裝飾成無比昂貴、成本龐大，幾乎可以用上萬其他同族一生勞動與時光，等價兌換；創造不同的神，並興建壯觀建築以膜拜，並以之解釋自己被創造的祕密；大規模殺戮自己的同類，然後用更大規模的視角、符號之海，記錄上那些恐怖、哀嚎、死滅、仇恨的時間標定……。

這些人，在自己周邊，輻射至極大的範圍，整批的死去，躺平、僵硬，培斯提安覺得說不出的不合理，那遠超出他抽象再抽象的「在之外的想像」。很像是，幾乎同一年初，他從哪個視頻上看到東非的蝗災。人類不能理解的是，這種翠綠色的小蟲，落單時就是蚱蜢，食物鏈的中下端，脆弱又輕盈，無害地在小範圍的草地蹦跳。但一旦繁殖超過一條隱密的限制線，牠們以倍數、平方的方式擴增，然後單元範圍內聚擠了太大量的同類，這三代蝗蟲，便擴充成八百萬，四代成十六億數量的蝗蟲，便開始變態，個頭變大、顏色變深褐、翅翼強壯，然後瘋狂吃光所有植物。最後這個「變態瘋狂」的巨量群體，會突然因天氣變熱、雨季，或吃光了大範域地區的植被，遷移再遷移，終於無食物可吃，而如夢似幻整批消失。

那段時光，小胖子培斯提安照顧變成豬頭的安安，她持續高燒、昏睡、夢囈，被子、床單和枕頭巾濕了又換，換了旋即又濕。培斯提安去街道已變得人跡荒涼、陰暗的某間藥局，無人顧店，他便抓了一塑袋的安素罐頭。在床邊用湯匙灌進安安那長獠牙周邊都潰爛的豬嘴。他自言自語，但又像對安安說話，說，妳可不能死啊，否則我不能確定這是我活在其中的世界，或是我幻想出來的世界啊。

他對昏迷高燒的豬頭安安說，我很喜歡妳啊。從很久以前就是啊。雖然我也不覺得妳是個美女，或者說我對妳確實也沒有性慾。但要是妳恰巧喜歡的是我，而不是那個男的，如果妳是對我告白的話，我不會讓妳陷入那麼大的羞恥和痛苦啊。妳或許不會變成這個樣子啊。我還想跟妳分享呢，我覺得也許這叫做「無性戀」哪。

第十七章

「這些暴力、扭曲的平原地帶，擁塞的人體，湧向那伏趴在枯黃田地、土坳、水圩、枯木林、起伏小丘，同樣密密麻麻的人體，只是他們是以迫擊砲、美式機槍、各自的步槍，在一種不斷累加的恐懼，把那些冒火的高速飛行小彈錐、煙霧、爆炸，灑向那些源源不絕朝他們湧來，且意外火砲比他們兇猛，爆炸的震懾力更大，把他們的腦袋炸飛、胸腔戳穿、血手臂血腿殘肢如落雹，作為掩體的土磚房崩裂飛散，他媽的他們竟然還有坦克。你沒經歷過現場，不知道那種每一吋地面都在噴火的怪異極刑地。空中密密麻麻，咻咻交錯的鋼刃殺器真的如暴風臨襲，或者像一種超現實的百萬飛蝗但全部加速迅飛。你每一個瞬間都看到自己在下一瞬間，被打成篩子，卜卜卜卜，每一棵楊樹的樹幹、樹葉、每一面矮牆、門板、風中招展的旗幟，甚至飛過去的鳥、蜜蜂，全部都出現突然透光的窟窿，那全是那些瘋狂的子彈把那一片空間，變成即使天河灌入也會漏光，更別說有任何生命能在那『無限穿洞的結界』裡僥倖留存。」

「那其實跟美國人在廣島丟顆原子彈，或東京上空投下數萬噸燃燒彈，是一樣的殘虐。就是將那在軍事地圖上圈出的小圓點，整個從人間消失。只是他們形容那是人類史上最後一次，那種死亡數量的『古代戰爭』。你不知道是用什麼力量意志，讓那麼大數量的人體，自身也在撲向要殲滅的對方同時，著火燃燒。前後左右，甚至更擴延大範圍的，和你一樣的人體，全在慘叫、爆漿、斷碎，作為單一的意識，不會感到恐懼嗎？問題是他們（並不是後來那些白痴喪屍電影裡的『非人類』）全那樣以流體力學，像決堤的洪水，啊啊嗚嗚地以自己這個疊加巨大數量的『群』，以捏死螞蟻的死亡效率，撲向、圍向、黏上，對方一樣是疊加巨大數量的『不願死亡』，這種暴力不斷加壓、削面剜目洞穿胸腹血漿亂噴，把那些鋼珠、炸藥、火焰、地獄的痛和恐懼，拚命往碾莊裡那近十萬人身體藏躲的各處狂砸。最後是，整個把對方『吃掉』、『全殲』。」

「我不知道曾經經歷過這樣比屠宰場更暴力、狂砸亂轟，把人體成批送進那漫天大火、整個空間都在蒸溶的殺戮狂歡，經歷過那樣的上萬串的人體爆竹齊燃的陣仗。他的餘生如何能正常、平靜地活著？這些人後來一定嚇死了，成為遊魂，恍恍惚惚星夜逃竄，如夢中泅河，糊里糊塗又和其他和自己一樣淒慘地像鬼的倖存者，全塞擠在一個港口，所有屬於人類形態或一絲尊嚴的，全踩到最髒最低的地面，全不如那些直立翻食餿水桶的野狗，他們那麼羞辱，但他們全帶著虛無的笑臉。早知如此，何必當初？他們像牲口擠上軍艦、貨輪，被送到一個陌生的島上。」

「他們聽不懂那裡人說的話，那裡全部的人也聽不懂他們說的話。然後他們這一百萬人最上頭的那個人也逃過來了。他們原是該被全體消滅，降格再混進那原本滅殺他們的那個群體。但沒想到啊，突然那追襲的死亡之狂風驟雨，突然靜止了。那個滅絕的超巨大恐懼，當然帶過來了，成為千滋百味的後怕。」

「你說的是那老梗的一九四九年國民黨潰敗部隊的大撤退嗎？天啊，你是要講『一個老兵如何消失在一段多出來時光的故事』嗎？」

「不是，我說的是一隻原始病毒的生成時刻，而後續追蹤的隱匿、變異、長出讓我們目瞪口呆的RNA段，後來造成超級病毒的T2228，溯源起來，可能都和這隻不可思議的病毒有關連。」

「好吧你繼續說。」

「是的，很奇特的是，他們這樣的大批潰敗者，後來的餘生（可能長達四、五十年）都在學習潛伏與察言觀色。沒錯，上面上來一個指令，那確實三言兩語描述了他和上百萬和他一樣的行過死蔭之徑的，眼珠變渾濁，本能變得像條野狗（畏縮、觀測某個空間可有危險或食物的敏銳、垂著尾巴、隨時可能會有穿制服的、從不預知的轉角衝出，將你帶走或打死），他們從胸腔想哭泣的衝動，但似乎又並不是那麼回事，他們有的在公家機關開交通車，有的在某個小學當工友，有的甚至當年讀過幾年私塾，於是透過某個貴人提拔，竟在某個中學教國文，或者許多尋唯一會的通道，又被某部隊歸建，意外發現他比所有所謂正科班訓練的軍官，更懂得如何操作火器殺人。但許多面孔如那些什麼石窟壁洞裡的，壞毀剝落的木雕羅漢殘件，自以為隱匿但臉孔實在怪異，躲在城市騎樓樓梯下用推車賣甘蔗汁，或許在某一整區根本是難民營的違建之寨，賣烙餅、賣饅頭、炸臭豆腐，或挑一桶手一轟飛起密密麻麻蒼蠅的茶葉蛋。有一些人輾轉走告，被找去用炸藥、鐵鍬在堅硬岩壁的懸崖開山路。如果以十年為單位，他會感覺到那跟著這批劫後餘生、倉皇擠滿船艦渡海的，密密麻麻的失魂落魄者，同樣跑來這個島的，最上頭的那個『中樞』，開始在咔咔重新運轉，他的內心會覺得安慰嗎？或至少終於不會被整群殲滅？被隔斷在海那一頭的恐怖、地獄、暴力、無數人越過起伏地表撲向自己這邊的人，那個所有人體全在崩解炸裂的噩夢，好像被阻斷在暫時過不來的那端。但他相信那個『新的指令』（RNA蛋白密碼）透過不同小紙張、報紙、收音機、機關公告欄貼的毛筆大字，告訴他們一定會『反攻回去』、『解救同胞』，他相信嗎？他只是如他一樣，無數浮游的渺小單細胞草履蟲，被一個複雜巨大的立克次體吞食，變成它運轉的其中一部分。」

「但請不要搞混了，『他是經歷過慘絕人寰的暴力』，和『他就是暴力』這兩者。」

「但事實是如此啊，我們也還在那持續也許一百年以上，那個暴力不可能憑空消失，只是不同傳遞者，也許像避震器以一種形式吸收了，也許是轉換成另一種形式，再轉給下一手。」

「在死亡不會再那樣如暴雨驟臨地打下，他也許應許有一種活著的，哪怕膿瘡發臭的，生命小芽的窸窣感覺。但其實他花了這個生命史非常長的時間，在感受、抽象體會，一種新形態的恐懼：告密。」

「那幾乎是迷迷糊糊遇到一個老鄉，或依稀記得的當年戰友，非常開心竟在這茫茫人海，西門町、或台中火車站、或永和的某條迂迴巷弄，意外重逢。拉著他去某一間破屋寮，同樣破破爛爛像他這樣一臉嘿笑的五、六個傢伙，大夥煮了一鍋肉片熱湯麵、剝著花生，喝了些烈酒。那個暢快。但又其實不認識其中哪個。然後過些天，會有個穿黑西裝的，找到他，說不出的溫和、引導，問他前幾天那些人是怎麼認識的，哪個長相如何的說了什麼，為什麼會找上他。那極陌生的，像一隻手輕輕銜住一隻蒼蠅，用食指和拇指輕捋這蒼蠅的薄翅，那種說不出的暈眩、乖乖聽話的，甚至有些接近親人（對他這絕對異鄉人）的柔情。他照著他鉅細靡遺（但許多像是沒發生過的）的逐條提問回答。然後被那眼神口氣突然嚴峻的切換驚嚇，灰溜溜地被放走。但就是知道，那一些哥們之後『慘了』。」

「這樣的情境不斷重複出現。但為何會長出這個『告密』的怪異引力圈呢？那些偵探、跟蹤者是哪邊的，哪些人的創想，製造出來的呢？然後那些像屋角靜靜長著的蕈菇，不知哪天就被清掉了，那些人又是為什麼，惹到什麼事了？」

「這個變種病毒，在島的這一邊，發展出一種潛藏、小心謹慎，因為最上面頭也處於憂懼、喪氣，雖然猜疑但還是驚弓之鳥，相信自己隨時會被地球第一強權給賣了（後來確實也賣了），所以說實話，有幾年時光，他們這些『被暴力之火三級灼傷、皮焦骨爛』的，其實你若用電子顯微鏡觀看，基本上已經是一種進入超級嚴酷環境時的休眠、假死，只剩下類似化石拓本的基因排序。老實說這個封閉島嶼實驗室在所謂『冷戰』的幾十年裡，和那個他們逃出的大陸上發生的病毒基因猛暴竄長，火山噴發式的變異，非常幸運地切斷了關係。所謂『那邊發生的失控變異』是什麼呢？老實說我們缺乏持續專業的觀測，只能有一印象派的描述：一種被煮沸的油液態群眾，幾次由對岸那邊的頂頭，刻意引發的群體『吞噬自己』的瘋狂。曾經在碾莊，那地平線上源源不絕撲向他和身邊大部分後來都死去的弟兄，那完全不理會機槍和迫砲往他們集體駁火，或潑灑而去的彈幕，那種數十萬人、數百萬人身體乃至靈魂的暴力，轉向了他們自己的內部，像麥浪一樣啊啊遍野傳遞。他們的搜捕、偵緝，比島這邊的『隱藏於暗處的特務』更要攤在光天化日、全體群眾眼下，他是一種群體的舞龍舞獅，但頭被切掉，所有人嗡嗡嗡在一種『革命』的狂譫熱病，提早了半世紀演練『抓出致命的病毒』。那不是鬧劇，而是悲慘的，死去人數竟是他這樣的人，當時在平原上扭纏、火炮殺戮、圍困餓死、窒息式地獄死去人數的十倍！他真的很難想像。然後這裡的，那些穿黑衣或灰色中山裝的人，便告訴他們，看看，你們是幸運的，那邊整個是阿修羅地獄啊。我們這樣的人，落在那任一個城市、小鎮、村莊，全部都像慘厲哀鳴之鬼，在烈日下被蒸發啊。簡單地說，病毒基因段遇到的困境，在於『這邊的暗夜行路，可怕的是告密』；『那邊的沸騰、群體的瘋狂，可怕的是糾舉，向全部人揪出某個個體的包藏禍心，有毒的傳染力，然後用群體之暴將之撕碎』。」

他有一次被一個朋友找去開貨卡，跑蘇花公路，運去台東，一列十幾輛像鐵殼蟲，運載的鋼板堆得非常沉，車隊在雲霧繚繞的凶險山道緩慢爬行，可見遠處另幾個彎外，是他們這車隊的前頭幾輛車。後來過了花蓮，在一處海濱公路上，他的貨卡拋錨了。當時天已黑，他把車停在山壁邊，那兒竟有間寺廟，他遂在那停宿。是夜在禪房遇到一位小和尚，和一個年紀略小他幾歲，但口音同樣是「外省人」，兩人皆氣宇不凡，聽說話就都是極有學問之人，似乎在談佛法，並邀他一起坐下喝茶。那個小老弟的相貌非常好，聽他說似乎想仿效一個美國的隱士，跑去一個湖邊獨自生活。他打算來這一帶海邊，自己蓋木寮，試著開墾一小塊用地種種菜，小和尚勸了他幾句，不外乎這裡入冬後，酷寒荒涼，雖然大海讓人心胸開闊，但很多時候會把人拖到恐懼、顛倒之境。他不記得這兩個秀逸之人，那夜聊了些什麼，但那小老弟在某個話題輾轉地說了一段話，那是他第一次聽人用如此溫柔的話語，說了（他不會重現那話的原意）那似乎在他心頭一個破洞，至少放上一塊塞住那什麼都漏光的一塊布。

「我們現在所憎惡的、痛苦的，所有人怎麼仁慈就是超脫不了的那個，暴力的輪迴。其實可能是三、四百年前，我們所有人什麼都不知道的時候，也就是一些搭著船艦來的，人數很少的歐洲人，他們未必基於很大的惡，但卻在那麼早以前，把這一整片東亞大陸、南亞、東南亞，或美洲的印地安人，把這些還安睡在自己古代夢境的這全部的人，他們未來可能本來的文明或美好的願想。都預先提領光了。」

他後來的人生，目睹了許多次，「人不需要去害人，但卻真的那麼去做了」。譬如說他後來經人介紹，去新莊一個中學當訓育組長，其實就是抓那些校園裡的小太保，用他體內那「最頂級鋼琴演奏家的暴力」，震懾他們那批業餘的暴力。他也可以拿木劍追出校門，把那些圍聚著想來找校內學生尋仇的幫派份子，一個撂一個抓去少年隊。他因為不是讀書人，對教師辦公室那些師範畢業的年輕老師十分恭敬。不過有一次他們校長不知打哪聽到他們是老鄉，某個晚上提了瓶高粱、帶了些滷蛋、豆干、海帶、豬頭皮、滷雞爪來他的宿舍找他，兩人各自懷念十幾年前那個逃難的心酸。他那時是劉汝明部的參謀，總之他們兵敗廈門乘船逃到台灣時，這邊港口上的憲兵強制他們全體繳械，否則將船擊沉，「我們的老長官命都不好啊。」灼燙的烈酒在舌尖揮發，他非常感動這校長不把他當粗人、外人。他也不敢多問，實則他也搞不懂最上頭的人的恩怨，有的據說更早前跟了汪精衛，算是當了漢奸；有的則是在那上百萬人的絞肉機互相滅殺的地獄時刻，最後被俘，投了共。輪得到他們這些小卒能好奇什麼？那時的月餉實在不夠，常月中就得向同事借錢，肚子長期處在餓得發慌的狀況。有一夜他趁黑，把校園池塘裡養的一隻烏龜鈎起來，偷抱回宿舍，殺得滿地血，用鐵鍋清煮了。不料校長又拎著瓶高粱來了，他驚恐不已，但校長只是哈哈大笑，和他一起配酒撕那烏龜附在胃板或腿部的肉，蘸醬油去腥，兩人吃得皺眉擠眉，「真他媽難吃。」

有次校長淡淡提醒他，提防「人二」那個江浙人，還有教務主任，那個姓金的，他囁嚅說他們不會和我這種粗人打什麼交道。但校長只是又淡淡說一句：「小心些，就是這兩個人。」大約那年年底，這校長就消失了，有說是某一晚被四、五個黑衣人，登門拜訪，然後一輛車載走了。沒有人敢多問或討論。果然那個教務主任接了校長的缺。但他擔心了幾天，並沒有來找他問話。可見老校長真的當他是可真心一起喝兩杯的同事，不，朋友啊。

又一年，換那姓金的被調走了，據說是公款帳務問題，學校裡牽涉的老師有四、五個。後來幾年，他又在不同友人介紹下，換了三所學校，最偏僻是在一個山區煤礦附近的小學，奇怪的是，他那回是當體育組長，但那樣發生在他永遠搞不懂的上層，那樣的人事大搬風總在進行著主要幾個鐵律：一、將學校某筆預算款中飽私囊。二、和學校裡的女老師發生男女關係。三、這是最可怕的，但一定會出現，校舍搜出包括馬克思主義或其他禁書。或有散布為匪宣傳言論，甚至就是潛伏的匪諜。不過其實他太清楚，那就是像他用小玻璃缸養的、溪裡或池溝撈來的大肚魚，最後整缸一定密密麻麻布滿的黑毛藻。就是他們這一大批逃難者超脫不了的詛咒：「告密」。

他遇過許多像他一樣，眼中的瞳仁因為目睹過地獄之景，而被摘掉的人。但意外的是，他們並非是暴力的記憶體，可能像神的分格抽屜掉出來的，忘了給他們收納之所的，隨便揉揉的紙團，剪紙小人剪壞了亂扔在地上被踩滿鞋印的「士」字形，他們大字不識一個，講的鄉音沒人聽懂，卻是這世界最底層、最溫柔的人。有一些娶了（甚或入贅）排灣族的少女，有一些娶了那個年代沒有精神科門診沒有專業精神病診療的精障女人，模糊的回憶，他們是超寵愛這些也被那個社會欺負、羞辱的少女妻。他們甚至慈愛地養著那些少女妻，在不穩定的婚後仍自由消失，一段時光回來後，帶著別的男人搞大肚子，那些不是他親生的小孩。他們還是默默地照養那些小孩。他非常迷惑，這些人沒有信宗教，國家對他們只有辜負和欺騙，讓他們成為異鄉人，詐騙數十萬的士兵（有一天一定帶你們打回去）。

但他們是怎麼自體消解那些灼燒、潑灑火焰硫磺在他們身上的暴力？如果真有一個垂眼哀憫俯瞰人世的菩薩，這些「老兵」，可能是考驗那菩薩彈奏人類作為樂器的指法，最讓祂沉默許久，不知怎麼撥彈第一個音的，「哪個王八蛋把這琴拗扭成這麼慘，無從彈奏？」

他們開墾荒地，養一條狗（狗是世上最疼愛他們、忠實他們的靈魂）。這個社會不准他們說出他們的故事（當然是他們一開口，那不知是哪來的濃厚、奇怪語言，沒有人聽得懂）。後來又罵他們是中國豬滾回去，臨老他們真的回去故鄉（所有人都變成墳、變成墓碑了）。然後透過人口仲介，娶個小他們三十歲的大陸新娘。在這個土地，所有人都在欺負、霸凌那些和國共戰爭一點關係都沒有的四川的、東北的、湖南的、甚至福州的異鄉女人，但只有這些老兵，會被那些大陸新娘欺負，騙光他們一生積蓄、或一棟破房子、或退休金。他們像是人類欺凌食物鏈，最下層的那個承受者。

所以是，「所有的暴力，到我這裡為止」的意思嗎？「滄海月明珠有淚，藍田日暖玉生煙。」是這個意思嗎？

一桌聽故事的人，都說不出這故事哪裡怪？和這些日子，所有人其他的故事，格格不入，為什麼這時會插進這個故事呢？另外，他們也會小聲耳語，說這個故事的人，是何時出現在我們之間？是何時出現在這個溪谷裡？不止一個人發現了，這溪谷裡的人，好像隔段時日會多冒出個人，但你遍視所有人的臉，好像每個人從一開始就在了的。但確實人影又不著痕跡出來啊。原本溪谷主人的妻子擔心，這種倖存者，輪流說著故事，像《十日談》那樣，但總有故事說完之日吧？等所有故事說完後，大家該幹什麼呢？但後來這樣（不能戳破的祕密）像酵母菌，隔著幾天會噗多冒出個人在原本的「我們」裡面，而且你完全分辨不出誰是那個「新冒出來的」，也許他們是從前一個人的故事裡，那麼自然而然，走下階梯，打開門，就坐在我們之中了？

但他說的這個故事，和這些日子裡來，在這間「末日之屋」裡，我們其他人的故事，說不出的不搭軋，說不出的怪。很像一群扭動從一洞口湧出的黑鼠，其中突兀出現唯一一隻白子。雖然同樣是竄擠互踩，和所有同伴一樣躁動，但就是讓人有一種「斑變」或「那是僵屍」的錯幻。這在說故事時光，由一個嘴洞裡娓娓說出，也無所謂謊言或逾越聽者能承受之道德邊界。但就是燈光下一張張湊近的臉，眉頭到鼻頭都皺著，一種揉混了哀憫、不潔、困惑、不以為然，但又對這種莫名的不以為然感到抱歉的窸窣輕騷動。但我們這可是都處在對任何故事皆無比焦慮的狀態啊。他的故事是哪一部分造成聽故事的我們無法專注，或甚至「被冒犯」呢？

怎麼說呢？那像是棲伏在我們其實已一無所有，因此這溪谷裡之人互相無所設防，但發現那麼一片枯葉蝶。仔細推想，啊，那就是「這個故事中人物身上發生的事，不可能是這個說故事者親身遭遇」。那應是發生在譬如我父親那輩人（如果他還活著，已經九十六歲了），在某個年代，像整片海灘遍拾即是的小貝殼，感覺在我童年、少年、穿越青春期到二十多歲的時光，身邊到處是超愛講這種逃難個人經歷的外省老北杯。但某一個時光區間帶，把他們那一大批嘈嘈切切、嗡嗡轟轟的「劫後餘生者」全清空了。他們像你的太空船穿過小行星帶，突然之間一片空無、安靜，而他們那上百萬人各自攜帶的痛苦經歷（大量出現在那個年代的報紙副刊、收音電台廣播、巷頭巷尾、校園裡的缺手老校工或課堂上離題狂講自己經歷的老國文老師，或依稀某一年你開車到台東省道旁，黃昏時刻，一片曠野上像白鷺鷥站立著數百個那樣孤獨氣味的老榮民），被二十年，或三十年的時代淘洗，被截斷，漂流、如同放水燈，不，發射航海家一號，永遠遠離我們站立的這顆星球。但它怎麼又像鬼魅，出現在我們這些，經歷過我們的時代的大滅絕，我們這些濕淋淋撈起的劫後餘生者，我們依偎取暖的故事中呢？「那不是我們這輛幽靈公車上的乘客！」

應該是這樣的不安。

屬於他這一隻靈長動物的生命史，如果我們能用任何技術翻拍、拓印、點狀掃描，他的大腦所記錄、然後刪剪整合之上兆張照片，他混在那大批逃亡群體，投放到這個島上，像百萬隻病毒攻進一個生物體，他被作了螢光標記，所以我們能持續觀測他（而他並不知道自己被觀測著），如何降低這個個體引人注目之處，如何學習融入細胞核，不，環境，而不被敵視，不被偵搜巡弋的組織判定為有害或該清除之汙染贅物？他的生存智慧告訴他，離那種有系統、有認同感的小團體盡量遠一點，因為不止一次，不，甚至可能十次以上，他都置身於一群善良、溫暖、彼此遞菸抽、遞搪瓷牙缸就口飲白酒，那麼瘦骨嶙峋但湊近的腿、膝蓋、看到對方破鞋綻口露出的大拇哥腳趾，每次他都有一種昏瞬想睡著，夢裡不知身是客的，終於，身體關節都鬆弛，後腦也沒留個心，彷彿有電波預放著、警惕著，那種燒煤爐膛終於可以熄一下的安心。但，一定就會有人出賣，一定就是一個局，一個陷阱，甕中捉鱉，空手套狼，就是這一群人被更大圈的，拿槍的、用短棍的，嗚嗚慘叫地被圍捕。

恰好他每次都意外成那漏網之魚。

這讓我們好奇、迷惑，因為他的記憶體，被這種「大環境中的小礁岩洞」反覆沖激、生死存亡的烙印恐懼、以及從抓獵者指握間滑溜逃脫的「內向進化」，如果最後他沒有變成自我流放荒島的魯賓遜，他該怎麼，怎麼說呢，「有時間差，或動靜差異極大，但如百萬海葵的手指款款承受著國家等級的海嘯，老人、小孩、年輕人，噤聲吸納著那一波一波變幻的戰敗和戰勝，然後大批大批垂頭喪氣的軍隊被一船一船在港口卸下」，他怎麼迂迴靠近、若即若離？許多遠超過他能知道、理解的「上頭的事」（譬如張學良、孫立人、白崇禧；譬如比較年輕些時的蔣經國；譬如他和其他那幾十萬人如墜五里霧在那場平原上的地獄之戰，全部被吞掉；譬如共匪為什麼像惡性腫瘤，嘩嘩轟轟感覺一夕之間就暴漲，全部都是，從地平線那翻騰過來；譬如為何我們的國母，和他們的國母，竟然是姐妹？譬如老頭子恨透了俄國人，但他兒媳婦就是個俄國人？日本人殺了那麼多中國人，但這個島的許多機關、學校、房舍、醫學、銀行……其實都是日本人留下的？然後撲朔迷離、隱晦傳遞的，老頭子恨透了美國人，美國人在他最需被撈一把之際，落井下石、背棄了他，但傳說中這個島最神祕護衛老頭子的，就是一支『美軍顧問團』），這許多對後來的我們，都是common sense，觸手可及的維基百科。但對於他，那可是緩緩滴漏、滲透，相隔非常多年每遇一不同的人，私下悄悄說一點，那小小的拼圖碎片啊。我們不知他是如何心領神會？這絕對是一非常奇怪的，「站在尖針上的二千萬隻天使」其中之一，非常不正常的人類處境。但他要如何「無人知曉」的，在內心發展出「原諒」、「認了」、「得饒人處且饒人」、「被討厭也不憤怒」，最重要的，「不相信那些激越的正義話語」？他如何長出這些的？簡單地說，這對我們的觀測，完全是「一隻病毒的變異」，充滿了可控因素、計算、龐大數字機率，皆難以複製的，「難尋來時路」之謎。也就是，想像一整桌的撞球，第一個持杆者擊打第一顆白球，將上萬、上百萬、上千萬的紅球衝撞得四散迸跳，那個力勁如果是一百年前最初始的暴力，之後次第傳遞、變形成不同形態的暴力，各自朝周邊的球傳遞那個暴力。從上方俯瞰，如果這個球檯如一片東亞地圖，你只會隨時間推進，驚恐地看到全部的紅球都瘋了，它們吸納了那不知第幾手，從哪個球撞擊傳來的暴力，於是也沸騰、狂躁，一種再加乘的群鬼打篩子的亂顫亂響，這個力與能量的加乘愈來愈大……對不起，不是梵天與濕婆神在打撞球，這個比喻不好……也不是像扔在廣島上方那顆原子彈「小男孩」在短短零點零零秒內的鈾-235核分裂……不，那比較像「神之怒」的末日場景，極短暫瞬間同時清空被畫上詛咒圈框的一整座城。如果要準確描述「他的逃逸」，沒錯，就是大瘟疫。

有一年，他又透過一個從前的長官介紹（其實有點像下條子、命令單兵前往一陌生地駐點），到嘉義一中學當校門警衛。

他曾經幫那個長官夫人——長期被「富貴手」的裂口、流血、疼痛困擾，後來一位神醫給了一種聽來邪之又邪的祕方——深夜到亂葬坊，刨開那些野墳頭，找到和屍骸一起腐爛、碎裂的衣服破片，回來燒成灰，和一種貂油和神醫給的藥丸，然後讓夫人塗抹雙手。深夜那挖開人家土墳，翻開吸飽水沉重的棺材板，分不清沾黏在哪一部分，是爛肉或脆骨，上頭似有若無的織布，大批的黑螞蟻爬上他的手指手掌。這樣的次數非常多，持續了大半年。於是他腦海裡似乎產生了某種幻燈投影的效果：似乎影影幢幢間，真的有幾次扯斷那屍骸上方，骷髏和肩胛連接處的細細頸骨，那個眼窟窿和嘴齒張開的大洞……。

那是在一片鳳梨田中的一幢老四合院，那鳳梨田棘扎如厚唇或如刀戟之陣的葉片，從膝下的高度，延伸到一望無際的地平線，心智再強壯的人，站在這鳳梨田中，也會產生極大的恐慌和憂鬱。他租宿那四合院屋主的一邊間，那是他第一次感到「光無比飽和，充滿整個空間」，因為那是在北迴歸線略南之處，他的前任住客似乎是附近那所職校的老師，是個讀書人。據說是肺結核，來這光照溫暖的南部養病，但後來還是惡化，就被家人接回去了。房間裡書架上還排放著沒搬走的一些書，主要是那刷了白粉的牆面，說不出孤伶地掛著一幅字：

「我見青山多嫵媚，
料青山見我亦如是。」

他自個在這「他人之屋」，細細看著這幅字，莫名其妙淚流滿面。這裡哪有青山啊，一片讓人絕望的鳳梨田野啊。但他又想起很多年前，在花蓮，貨車拋錨之夜，似夢非夢投宿的那間海邊峭巖上之廟，遇見那個小和尚和氣宇非凡的大哥，他們當時有勸他一定要多讀書。於是，那一年，或許兩年，他當學校警衛之餘，回到這農家邊間，就是一本一本拿起那個得肺癆的前住客，留下的一本一本書，配著一本《國語字典》，不知道那算是讀書嗎？讀起《基度山恩仇記》、《金銀島》、《簡愛》、《戰爭與和平》、《泰戈爾詩集》、《汪洋中的一條船》、《約翰・克里斯多夫》、《黑奴籲天錄》，當然還有一些精裝本的《隋唐演義》、《水滸傳》、《西遊記》、《七俠五義》、《封神演義》……，還有角落一大疊的《讀者文摘》，有一本一個叫司馬中原寫的《狂風沙》，一本瓊瑤寫的《窗外》。當然有一些文言文的書，他就看不懂了。在警衛室他也會讀《中央日報》、《聯合報》的副刊，其實是非常飢渴地記下那些字句。後來他會騎著那輛鐵腳踏車，騎老遠到火車站旁一家書店，買幾本「自己的書」回來讀，亂七八糟，好像都沒有前住客留下的書，那種結實牆磚砌的長廊，通往一個似乎確實存在的「另個國度」。

他養過一隻狗，是隻短腿黑嘴黃，是從學校警衛室跟上他，他會拿一些骨頭、雞頭扔給牠，慢慢那黑嘴黃就賴上他了，每天黃昏跟在他那台老鐵架腳踏車後，穿過鳳梨田回他的租處。很難以描述狗這玩意，牠一認定你是牠主人，那個人類品格根本比不上的，信任、忠、一種靈魂深井極深極深的「愛」。幾乎他到哪去，那狗都跟著，彷彿自己封了這個人類的副官，夜裡風吹草動，牠也會用盡胸腔之力狂吠不已。

當然他會在這狗身上看到自己的某些品德。他們算是「相濡以沫」嗎？學校的一些老師會開玩笑說，老潘其實是讀書人啊，深不可測啊，我看到他在讀《茶花女》啊。但其實他讀那肺癆死去的前屋主留下的書，並沒有產生某種學問或境界的提升。他只是飢渴地對一些和他所處的世界，非常遙遠的字句，極其迷戀。譬如我們後來在他鋁書桌大抽屜找到一張紙，上頭密密麻麻記著：胡椒鳳螺、菜脯蛋、金瓜米粉、紅蟳米糕、蚵仔酥、烤大蝦、三杯雞、冷筍沙拉、鯊魚煙、紹興醉雞腿、白菜滷蝦米。他絕對沒有廚藝的靈感，這應該是某次長官帶他和幾個男老師，到嘉義市區的酒家，擺一桌開眼界，那些唱歌、陪酒、據說還和美軍都交情不錯的歌女，灌他們紹興，但他就是對那一本油漬的菜單上的那些名稱，非常著迷。

他的房東，也就是這座鳳梨田中央四合院的屋主，也以為他是個讀書人，沒事任他一個約十歲的小女孩，跑進他這單身漢空蕩蕩的邊間，似乎覺得小孩到處野，不如到這「老師」的房裡，拿幾本書看。小女孩每次推門進來，他就覺得頗焦慮，他找了幾本孩童書給她，她會靜靜坐在門階前文靜讀著，有時她則自說自話哄那隻黑嘴黃狗。他會準備兩顆森永牛奶糖給這小姑娘，她會非常慷慨地分一半給那安心趴伏睡著的狗兒。那屋裡的飽和強光總給他一種「這是在外國，譬如書上寫的教堂，或閣樓上的畫室」的幻覺。沒東西給女孩當獎品時，他會拿一罐胃散，掏一小勺給她當新奇世界的什麼時髦玩意。女孩總穿著小洋裝（廉價的童裝），但在那種光曝下會隱約看見她纖細的身體骨架。女孩在那爬上爬下找書，翻他屋內東西時，那個微微透光但靈活似貓的身軀，他有時會分神注意她小細頸上金色的絨毛。對他來說是另一種生物。女孩那麼小，且出身這些荒瘠的鄉下，但似乎本能地知道一種很神祕的「撩」，和女性化索要關愛的童腔（甜甜的）：「我不理你嘍。」她會像個微型女人講她表姐（也是個小女孩）的壞話，甚至像黏皮糖自己擠上他坐在書桌前的大腿上。他有沒有聞到不是荷爾蒙，但一種性的意味？但在這個光箇直像原子彈爆炸後，那臉龐、耳朵、嘴唇都浸在一種光的漣漪的，「這是死後的天堂嗎？」他感覺到最接近「幸福」這個詞的靜謐的，沒有外面的威脅侵入的時光。

但過了一陣子，先是島上突然流行「狂犬病」——他根本搞不清楚狀況，也許只是謠言——靠山區的一些鼬獾、飛鼠、白鼻心，全部被毒殺，走在田埂常見被亂棍打死的犬屍，兩眼突出、腦漿花糊停滿蒼蠅，他即使很小心，但那隻黑嘴黃果然某天就不見了。後來他聽說是一個頗熟的隔壁鳳梨田地主，滷了一鍋香得要命的雞脖子，加了農藥，這一帶毒死十幾隻狗，大馬路或市區是縣政府的捕狗隊，田裡老農民則是自己來毒殺。人類面對威脅恐懼，那個政府與百姓的聯手何其嚴酷。

但更糟的打擊大約一個月後來臨，有一天一隊制服警察到學校警衛室把他帶走。在刑事局問了一些關於那小女孩和他的一些事，他馴順地一一回答，然後問，警察先生那小女孩發生了什麼事嗎？才知道那天早晨，小女孩被發現全裸陳屍在某一區鳳梨田和水圳處，確定受到強姦，兇手用一截電線把她勒殺了。「但她才不到十歲啊。」他們似乎確定他並不是嫌疑人，所以作了筆錄、蓋了手印，就讓他離開了。

很奇怪的，他作為嫌疑人之一，但回到住處，屋主一家和附近鄰戶對他的態度並沒有任何彆扭古怪的變化。他們只是非常哀傷、弱小的受害人。學校也就某天中午，人事室主任把他叫去，問了那天他被那大陣仗警察帶走是怎麼回事。其實在那個媒體被黨國嚴格管控的年代，許多流言在民間以奇異的效率傳播著：譬如在他們嘉義，有間郵局的一位科長吧，每天騎腳踏車上班，會經過一處鐵路平交道，某次大約是快遲到了心急，平交道柵欄已降下，他還硬闖，結果活生生被火車撞死了。但那之後，頗長的時間，一個月？兩個月？甚至三個月？當地人在早晨那時間，在平交道等候火車通過時，不同人都看見那位郵局科長，跨著自行車，和常人無異一臉平靜地也在等著。所以是不知道自己已經死了，仍每天忠於職守，一股意念，仍那樣騎車重複幾十年來相同的上班動線？當然有人說看上去比活人似乎要透明些，像薄膜但仍可見他確實就在你身旁一起耐心等那噹噹噹噹的平交道響鈴……。

這是一傳十、十傳百，後來好像弄到由那間郵局局長，和一些道士，到那平交道邊，據說是「局長對著那一抹灰冥認真等平交道的，仍蹬在自行車上的固執部屬影子說：可以了，今天開始你不用上班了，我命令你退休」，然後道士們作一番法儀，這個「等平交道的鬼」才不再光天化日出現。

有許多事蹟，說給他聽的人，都是歷歷如繪，發誓親眼所見。譬如他的房東（那小女孩的阿公）某次跟他說，有一次在嘉義大街，媽祖正出陣，鞭炮亂炸，人頭鑽動，那些乩童扛的神輦，架在兩根非常長的木杆，然後說在小巷有一家人有個兒子，似乎得了白血病，中西醫都救不起來，一家人淚漣漣跪著攔轎。然後，在數百人、上千人目睹下，扛轎的四人像進入一種魔術，那巷弄之窄，然後那家人的屋子也極窄，那兩根長木杆，無論如何也摺塞不進那死空間裡。但似乎媽祖下了神喻，幾個扛轎人忽前忽後、腳步顛醉彷彿打陀螺，鞭炮聲也變成像鑼鈸鼓點的節奏，他們像是踩著磚壁窄巷，半騰空半欠腰身，扛著那神輦，跳著舞就鑽進那窄小的貧家屋戶，穿繞一圈，還經過那奄奄將死青年的病床，然後再從門口這樣抖顫著長木杆四人扛神轎，像從一個「另外打開的時空」跳回原來的大街。

後來那年輕人的病就好了啊。

這該怎麼說呢？也有說住在城隍廟旁的居民，每入夜都聽到鐵鍊拖地刮磨聲，還有感覺一戶三、四十口男女的哭泣求饒聲。影影綽綽可見鬼卒、牛頭馬面，像牽一串粽子，拉著一列進殿。說都是那些屯米倉抬價害死窮人的當地大戶啊。

這都是真的啊。善惡須有報，莫欺神明啊。（小聲地說）即使那個隨身帶槍，看誰不順眼就擊殺，然後玩女人無數的蔣孝文，後來不是被梅毒侵入大腦，變成白痴？

有一天，他在火車站附近的舊書店逛，有個男人叫他，「你不記得我了嗎？」那張臉似曾相識，但他又想不起是在哪曾認識這樣的人？男人說：「好幾年前你曾卡車拋錨，夜宿花蓮鹽寮海邊一座廟，記得否？當時我是個出家人啊。」啊，原來是當年那個小和尚！看來是還俗了，頭髮留起了一般人的西裝頭，也穿著西裝褲和襯衫，難怪一時間認不出來。小和尚說自己已娶妻生子（現在五歲的小男生），中間去過美國待了幾年，現在在一間報社當副刊主編啊。

啊，那時他就知道，小和尚和另外那個老大哥，都不是一般人啊。

故人相逢，他和小和尚都非常開心，他問明對方現已沒在吃素，帶他去市場邊一間最好的牛肉麵攤，痛快各吃了一大碗清真牛肉麵，還切了些牛腱、牛肺，兩人喝了點酒。

這可是他在茫茫人海，第一次有遇見故人的激動、快樂啊。小和尚這次是來嘉義出公差，他要他把旅館退了，到自己的租處湊合住一晚，太開心了，一定要聊個痛快。帶了一隻鹽水雞回去，一些生餛飩，再買兩盒燒臘飯，兩瓶高粱酒。多年前在花蓮那荒山之夜，那個談吐非凡的老哥和這小和尚，應該可以說改變了他內心的軌跡，但那是什麼，他也說不上什麼來。

小和尚（如今應該說大主編，或稱某某老師，小和尚笑著說，你還是叫我小和尚吧。我太太也叫我小和尚。）進屋就巡了一遍他書架上的書（其實不是他的，是前任那個肺癆死去的住客的），抽出幾本翻了翻，嗯嗯唔唔也不知是讚賞或覺得這些書境界不高。他像個學生抓耳撓腮，說是胡亂看的啦。小和尚說，不，不，這些書有些是很有意義的，你現在算是讀書人了。他說，我？我就是個學校警衛，這是之前租屋一位老師留下的書，我就亂抓著當故事書讀啊。小和尚說對了，他從背包拿出一本書送給他，說是當年那個老大哥翻譯的，叫《齊克果日記》，他是個了不起的人。後來真的自己在那海邊蓋了一座木寮。

那晚他們就著那些酒菜，對酌到深夜。小和尚跟他講著《心經》裡，什麼是「照見五蘊皆空，度一切苦厄」，什麼是「舍利子」啊，是怎樣從「色不異空，空不異色」，到「不生不滅」、「不垢不淨」、「不增不減」、「空中無色。無受想行識。無眼耳鼻舌身意……乃至無意識界。無無明。亦無無明盡。乃至無老死。亦無老死盡。」他聽得目眩神迷，從來不知道有這麼好聽、這麼美的道理，似乎他鼻根深處有一枚像魚油膠囊大小的淚腺嗎？埋得非常深，卻被虛空中兩根纖纖手指捏破了。於是他曾經經歷過那麼巨大的恐怖、委屈、那個噩夢曠野上腸開肚綻、斷肢殘骸、臉孔被穿過焦臭的窟窿、火焰在空中亂飛、數萬人的慘叫聲哀嚎聲，他和那些經歷過人類形態徹底喪失、毀滅的驚嚇之鬼，沒有任何收煞儀式，沒有任何人為他們唱一首安魂曲，就帶著這樣的屈辱、損壞、和暴戾之氣，又被硬握成一個群體，分批用船艦運來這陌生之島。但確實他們是倖存下來之人，他們逃離的那塊大陸，似乎是陷落進「赤焰滔天」，像無數座火山爆發，滾燙岩漿吞沒大地的魔域。所以他（或他猜想那許多像他這樣的人）只有在一種無盡的疲憊之中。他問小和尚，歷史上有比他這一代人遇見更慘的時代嗎？小和尚沉思著說，一定有的，東漢末年，或是唐末，或是明末，甚至太平天國，或是日本侵華，應該都是慘不忍睹，末日之景吧？好像都是作為中心的，一個鐘塔建築，發生腐敗、故障、銜接支撐局部斷掉了，然後崩塌，所有外邊畫出去的農民，就像變異的蝗蟲，就像煮沸的骨頭湯裡翻滾的末屑，就像枉死城裡諸鬼，其實更像整片大地的瘟疫啊……。

但在那樣看不到盡頭的，人類那螻蟻般、蚜蟲般，攀抓著彼此整坨整坨往裂開的地表、往那深淵零碎的、落葉般的、整串整串摔落的場面，是怎樣的心靈，推演思辨出「色不異空，空不異色」然後「空中無色」呢？

小和尚說，很容易，很容易啊，一些梟雄、殘酷的人、比一般人有魅力的人，會把這種零散的恐懼、痛苦、人性的失滅，再兜聚起來，再榨取一次集體的力量，再撲向那死亡的白色火焰，那個暴力如經咒嗡嗡塞滿他們的骷髏，那驚恐的眼洞，張大的嘴，然後他們一樣拿著刀刃、火藥，撲向那些柔軟的，原本該是在「活著的時光之中」的人體……。

小和尚說，其實也就是一種覺悟，「昨日種種，譬如昨日死」，或說蜉蝣與千百神木之譬喻，所以呢，「夢幻泡影，如露亦如電」的感慨，其實也需耗盡這人的一生，然後在那一刻慨嘆，「真是一場繁華夢呵」。但站在菩薩的感覺，每一個可憐見的人們，都像一隻蜉蝣那麼脆弱、短暫。但那個個體的那一生不可能真的是不存在的，所以在一種祂所站立的時間裡，千千萬萬的男女，都像你曾目睹的那個戰場，那麼隨便就撲滅了，但卻每一枚又都收藏他自己的一生時光。你想，那是否像打開一瓶鹽，灑下無數的鹽粒，它們彈跳著、合奏著，也許倒進水溝裡，它們全融化了。但要形成那樣微小的一顆鹽的晶體，是否也是無限的緣法？

小和尚說，他略知因果之法，譬如他自己，在這個輪迴大夢，原本是不存在的。但他這一世之前是什麼呢？是一幢老宅子，靠在牆角的一把竹掃帚，老宅子荒廢了數百年，它就倚在那兒數百年，慢慢的，影子的移動，灰塵的積累，時光最不為人感知的輕微重量，它有了靈魂，虛無縹緲，就投生成這一世的他小和尚嘍。

那我呢？他問小和尚。

小和尚把桌前一杯酒仰喉飲了。不可說，不可說。但今天這酒意至酣，我說了，只必不信，也不解，但我據實相告：兄其實從頭到尾，是一枚病毒。啊？即使他再怎麼自絕於人世，想或是原該為騾為牛為豬為狗，投胎出錯成為人，才如此說不出惶然。結果竟是病毒？但那是什麼玩意？

這很難解釋。小和尚說，我也無法僭越胡說，但可能是一組更為純淨的心靈，也許是更高的神佛，要觀測人世，畫出的一種刻度尺。

但要量什麼呢？

小和尚說，這只是亂世之始，卻是也超越了我的知識能理解的範圍。但我們未來還有一段因緣，到那時或許會真相大白。今天真的是借酒說夢話，盼兄勿介意。

第二天早晨，他醒來後，小和尚背著身睡屋角，他臨時替他鋪的一塊木板加被褥。他燒了壺熱茶，自己坐在那張麻將桌，昏昏沉沉想著昨夜兩人對酌，小和尚說的那些不可思議的話。不知過了多久，窗外的光照似乎比他記憶中任何一天都燦亮，而且是一種動態的愈來愈亮。然後他突然發現有一隻蒼蠅繞著小和尚的後腦勺飛降，他感覺到不對，湊近推他膀子，沒有反應，將他翻過身，小和尚竟然口吐白沫，嘴洞張開，臉孔彷彿結著一層薄冰，眼皮半闔半張，死了。

那一切意識壓塌在極短極短的一秒之內，他用幾道程序，確認這人已經完全無生命跡象，立即盤算著如何處理這具屍體。這半生他遇見的太多無法向人辯解的絕望之境，房東家那小女孩的死，這些那些監視和懷疑，他腦海裡倒帶著昨日帶小和尚回家，有沒有人看見。也連最寂靜的一絲憤怒都沒有，當然不是我殺的，但小和尚與他侃侃而談時，那份知己、看重，像唯一一根火柴棍燒的火苗，徹底滅了。捱到深夜，他用那條爛棉被裹著綑著小和尚的屍體，跨在腳踏車後座，騎至黑暗中最黑暗的鳳梨田中，挖坑埋了。

那樣的雨夜，他爬著那幢老公寓窄陡的木梯，到最頂他租的小閣樓。有一扇小窗，可以下眺街燈照出銀色紛飛的雨絲，以及油漆畫在那柏油路面的大交叉格。他可以聽見唰唰的雨聲，然後那個面容瘦削，戴著厚鏡片眼鏡的男子，如約爬上這隱藏在並不高的城市半空違建，敲他的門。他有一很強烈的印象是，那男子進來後，脫下一件極厚的防水油布雨衣。

男子叫湯米，和他是活在完全不同世界的人。湯米跟他講了一些發生在一個叫敘利亞的國家，非常悲慘、恐怖的內戰，種族屠殺，數千男人被拖去山裡槍決，女人和女童被留下當性奴，或是有價格的轉手交易。那些戰火是一座城市一座城市的進行，這一群瘋狂但純淨的宗教信仰者，拿著西方人走私給他們的ＡＫ４７、M16衝鋒槍、榴彈炮、迫擊砲、悍馬車，一攻陷一座城市便大肆屠殺。那場景對他像是多年前他自己親身經歷的，同樣臉孔膚色的人的互相殺戮，但我們一聽都知道這是很後來才發生的「伊斯蘭國」。很難以描述，當時我們看著網路新聞，感覺像是地獄打通了與這世界的破口，那些對著攝影機砍頭，砍西方記者的頭，或是一個像牲口屠宰場，吊掛著上百個大學生的絞刑屍體……所以當美軍的F-22空襲這個邪惡組織的軍隊，俄國也出動蘇-34轟炸，我們全拍手叫好。他們簡直就像突然暴竄的癌細胞，或是病毒啊，莫名其妙的人類被當成魚市場整塑膠箱倒棄的死魚混著掙跳的活魚，怎麼可能人體被任意截斷、破壞、侮辱，而當成享樂？然之後又是幾百萬的難民，困在某個無水無電的荒谷（我們知道那是歐洲地圖上，拒絕這些難民越境湧入的邊陲國境：土耳其、希臘、波士尼亞……等等），他們靜默地染病、凍死、餓死、或燒塑膠袋輪胎取暖而中毒……。

湯米跟他講著這些，然後很抱歉地告訴他，自己申請的一筆經費沒下來，接下來的一年怕沒法支援他了。他連說沒問題沒問題，他可以自己設法找一些臨時工什麼的，然後湯米跟他說了一些很奇怪的話，是超過他所在的時代能理解的一些計劃。湯米說，這半世紀以來，人類大批製造的這些金屬製造物，包括數以百萬計的汽車、天上飛的大型客機、甚至那些戰鬥機，還有海上的那些船艦、油輪啊、貨櫃輪啊……這些之後統統都沒用了。他有一個計畫，就是把那些散碎分佈在人類曾經鍛鍊進他們無用又龐大的金屬怪物裡的，某種純質貴金屬，用一種質能倒轉的公式，重新提取出來，那是一筆非常龐大的生意啊。

他當然完全雲裡霧裡，只能善意且絕對不忤逆的聆聽。只有我們意識到這湯米絕對不是普通人物，他似乎在對著他進行某種「夢境的截段取出」，那只是個隱喻，他可能就是湯米口中那龐大「二十世紀人類文明過渡期廢棄品垃圾場」，那一望無際悲哀的劇毒、畸形、汙染的心靈纏繞線團，有一個非常技術前沿的團隊，正對他進行某種測試，也許這些測試正不知不覺，滲透到我們這些聽故事之人的腦中濾篩層、阻尼器、圖像辨識程式，一種或多種以前沒有的維度嘗試、透光或傳導過程就潰裂的介質。這當然要有足夠的耐性，像傳說中北宋人燒鈞瓷釉，那無法控制任何變數的爐中魔鬼，幻麗妖豔的窯變。只有在火星大氣層才能看見的紫色、藍焰色、或酒紅斑。動態的、旋轉的，如果我們的手指末端又長出長短不一的分叉，如果它們確實如朝露，伸進一未知領域，體驗並記下的瞬刻便蒸發，他們究竟在他的「少年Pi的神祕旅程」，想探索什麼？定序或描圖什麼？「粒子雙縫實驗」什麼？甚至大強子對撞出什麼？一種菩薩層次的「夢境陀螺」？

沒有人精確測繪，他在後來的十年，在這個島嶼南北移動，換了哪些小城鎮，職位都是某個老長官引薦，公家機關或中小學的警衛、司機。他像個隨風飄移的蒲公英籽，寄生或依附的不同段生命史，直到某一年娶了說故事這人的阿姨，那個高倞壯的辛普森家族的媽媽（而且之前被騙過一次婚）。

他說，我提供給你們這個男人的故事，我的姨丈。其實真正的困擾我那高壯阿姨（一個老婦）和表妹們（也都是中年婦人了），說不出的困惑、陰鬱、羞恥、怪異，是在他過世後，某日她們在他的書桌抽屜（撬開那個鎖）找到一本黑色人造膠皮的小筆記簿，是民國四十年那年的行事曆，當然印刷色墨皆褪若昏影，但上頭極小的鋼筆字，記下一些人名、代號、潦草手繪的某個屋子、溝圳、田壟的地形圖，旁邊標記的備忘。仔細翻看下來，我們確定那是一本「死亡筆記本」，不開玩笑的，應該最少有四十三個死者，行兇過程、手法、簡單扼要的記錄、埋屍地點，甚至像漫畫草草畫上死者的人形。有成年人、老人、當然還有那個小女孩。他是否是人格分裂者？隱藏於正常人世，始終沒被周邊人一絲懷疑的連續殺人狂？重點是那犯案時間跨度有二十年以上，而似乎他娶了我阿姨後，這件祕密行動就停止了。我翻看那筆記本，確定那是有一個「上級」神祕的下命令給他。他就是這個「上級」（也許是一個單位，許多個人）隱藏在民間的一把，意義大於個人生命感知的鏽刀。而那些被他莫名其妙「處決」的人們，在他費了一番勁到央圖檢索調出當年、某月份的報紙，耐心找到社會版哪怕再小條的新聞，都沒有留下任何記錄。也有可能是像掐熄某一盞知道不該知道之事的小燈，也有可能是恫嚇某一地方人士、某個你知我知的不老實傢伙，形成他的恐懼月暈……。

第十八章

我們都喊他「他」，其實是「ㄊㄚ」，並不是第三人稱代名詞，而就像「大雄」、「阿嘎」、或「Andy」，只是他叫做「ㄊㄚ」。

我們會當面說：

「他，今天輪你去撿漂流木回來當柴火了。」

「他，老大說拜託你下午載他跑一趟山下，說是胰島素又沒了。」

剛來的時候，他或許是叫「泰」或是「攤」（讀ㄊㄨㄚ），不知為何後來大家的發音，因缺乏複雜的實用演練，變平聲又缺一個小唇音了（其實詞彙也大量流失、變貧乏，不過這是另一個話題了），不知不覺他就變成了「他」。

不同批的倖存者倉皇進溪谷的那段時日，其實所有人都沒有一絲幽默感。發生在各自眼前的死亡場面，巨大到包括我，每個人都失去了「這麼渺小的我會活下去」的想像力。

時間的先後順序在這難免會有些錯亂。如果幾百年後，那時還有人類，還有歷史學者，耗竭心力、窮徒所有可能的證據，記錄我們這一些在「大滅絕」後僥倖存活於這溪谷中的人，也許幾十年的生活時光，我想他們其中最頂尖的天才，必然會提出一個超越所有其他觀測系統的「第一義」：首先，在這溪谷裡的每一個人，老人、年輕人、男人、女人，都是心靈受到極大創傷的人，幾乎都是譬如一個埋掉上萬人大地震後，從瓦礫中挖出；或是一場類似九一一恐怖攻擊；一場譬如南京大屠殺那種規模的屠城；德軍部隊遭到游擊隊狙擊，報復性將一座波蘭人村莊用重機槍掃射，一個不留；或是被史達林下令流放到西伯利亞，沿途凍死、餓死、病死的上百萬烏克蘭人、愛沙尼亞人、立陶宛人、拉脫維亞人、車臣人、克里米亞希臘人……，其實至少是殘酷悲慘程度不輸的，這第一批既是倖存者，又是後來之人的祖先，這段時期的「創傷症候群」。然後，也許會有一個詞條，記錄當時這溪谷倖存時期的某一事件：「黑天鵝破處事件」。

這牽涉到當時溪谷中之人，沒有人認真談論，但確實像懸浮微粒，幽靈般出現在我們這些大叔級或阿北級的老男人之間，不正經的哈啦，但可以視為一種對於「如果是在大滅絕之前的那個世界，這裡頭較年輕的男孩女孩，可都是我們的子姪輩」啊，但現今，所有人模模糊糊共同綁在一個，「性」的浮想聯翩、焦慮、小圈子裡的互相監視、好像什麼可能性都會萌芽的暗示裡。第一種是以溪谷主人為代表（但其實他並沒有哪一次公開、認真地說），「種族存續論」：我們現在剩餘的這些人，是否必須嚴肅思考，我們可能是「未來的祖先」，那就不需惺惺作態，這裡頭共有九個女人，扣除掉已經過了排卵能力的五個，等於還有四個年輕的子宮。以一年生一胎的速度，以及她們的年華，可能平均一個婦女還可以生十個寶寶。也就是我們現有的這些人全老死後，還會留下最多四十個新人類。但他（她）們會是極大比例的兄弟姐妹，也就是繁衍後代容易有基因問題。所以，第一是，我們現有的這七個男性，不論老少，都是提供精子的嚴肅考慮者。而且，照遠古的部落智慧，不能亂。就是呢，各自分配給這四個年輕母親其中之一確定的卵子的男性，不能再和另三個女性發生有效（就是會懷孕）的性關係。而這事愈早面對，愈早安排愈好。譬如說，難道要把那四個年輕女孩，變成年復一年的生孩子機器嗎？所以四十個嬰孩，只是最上限的預測。可能最後「新人類」只有二十個，甚或十來個。另外，還要考慮到這些男性為了爭奪妻子而產生的戰爭、仇恨，需要把最早那套「婚禮」之類的儀式找回來嗎？

第二種是以老和尚為代表的，「殘餘在我們身上的文明，都是一種至福的禮物」，也就是，「性」在我們這些文明之火的星點餘燼身上，都已經是高度進化的，脫離出生殖的，甚至是能讓我們這些，還能活下去的，倖存者，其中一種極珍貴的「情的滋潤」。它是一種「完整的成人生活」的教養、經歷、關係的梳爬、樂器演奏般的藝術感。就讓這溪谷裡的這些苦命又幸運的，大地的孩子，順著山林溪澗、四季變化，自然而然地發生吧。

但這於是就出現了「黑天鵝悖論」。

黑天鵝是個不折不扣的小美女。但她是個把自己內在性感可能，蜷縮起來的「精神信徒」，我們這個時代才非常奢侈長出的高智商小孩。她的身軀小小的，但或許是她總駝背，把自己像甲蟲那樣斂縮著，才給人那種「與性無涉的小孩印象」，她的眼睛和額頭很漂亮（有一種演化上，朝著更高智能形態的立體感），但卻戴著一副老學究的厚黑框眼鏡。我很難描述，其實若非這場毀天滅地的超級瘟疫，她這樣的女孩兒，就是在台北巷弄咖啡屋裡，你偶會瞥見，像雲雀一般的文青少女。

她還是處女。而且她以一種精靈系的，並沒有攻擊性、沒有防衛性、沒有冷酷異境出來的怪咖氣，以一種溫柔、抒情的態度，宣示她「不要愛情」（因為她有個太大的目標，太忙了）。那也不是蕾絲邊的氣質。我沒辦法再多作描述，事實上誰能理解，到了她這一代，原本，那龐大如神廟、如羅賽塔石碑上刻的神祕文字、如夢想中的巴洛克之城、萬殿之城、馬雅人的觀星天文台及不可思議的曆法，那些以寬頻傳輸的龐大數量電影、圖檔、音樂、小說，如電子顯微鏡下的ＤＮＡ螺旋結構，壓縮貯存到其中幾個天才孩子的大腦中，那是怎樣維度的一個景觀？

但很悲哀，我們這個物種終究是沒蓋成那文明巨塔，就崩塌粉裂，剩下我們這幾隻彈出那死滅黑洞的小小個體。而我們身上殘破的、僅存的、用以反推反證曾經我們棲藏其中的那城市、那圖書館、那網路海洋、心靈星空、一格格迷宮中的紊亂訊息波、大歌劇院、奧運、世界盃足球、最昂貴的酒、妓女、毒品、說起來其實也頗高階的科技……看看在這溪谷中，一開始為倖存而感動，但隨著時日遷移，這些維生的基本消耗品，每日為掩埋屎糞挖的小土坑，技術其實退回原始人時期，但又奢侈的隨性回憶，好像隔扇門，打開又是那靠電力支撐、紅男綠女、夢中鏡廊的繁華大都會。

回到前面說的，如果黑天鵝也被放進這隻手可數的「年輕子宮」之一，突然就變成我們這些叔伯阿公級老男人們，說不出訕訕的，自覺猥瑣、好髒的跨不過的難題。當然最美好的是這溪谷中之人，像《仲夏夜之夢》，大亂套、絲巾遮眼的亂抓遊戲，反正我們的文明都滅絕了，大家就丟開羞恥，來個荒野淫亂趴不是也挺好？但一想到「由誰去把黑天鵝破處」？那就卡住了。

黑天鵝啊，黑天鵝啊，卿本佳人，為何在這滅絕之境，妳卻還是處女呢？這叫北杯們怎麼辦呢？

如我所說，我們是「文明的殘骸，不，一些粉塵的餘存者」，譬如說，我二十多歲時，非常沉迷於川端康成的《睡美人》或《山之音》，那種衰頹老人對一些被下了安眠藥，無能力反抗的少女的耽美，我知道那是極高的藝境，才能找到那怪異、寂寞、罕酮素極稀薄，所以更傾近於月光、薄紗、遙遠的童年記憶母親、對花這奇妙造物的細品、一種「物之哀」但像百葉窗的光影覆在熟睡中的少女胴體上。但我那時根本不是老人啊，甚至那之後過了長久，我三十幾歲、四十幾歲，但五十幾歲了，都還不是老人啊！但我卻很早把這小說中，像蠶繭包裹住的最晶瑩柔弱的「變態之美」，當作自己對文明的膜拜，那種高度的不可直視。甚至後來讀到的納博科夫的《蘿莉塔》，事實上我並不是「戀女童癖」，但那似乎像一個極高造詣的禪僧，你跪在他蒲團下的地板，那非關色境，而是一種「對美瘋魔，推到極致，停在那火柴棒之火苗將熄未熄之瞬」。

我在某些夜晚，和溪谷主人、老和尚，三人圍坐白天那茶席，煮一爐茶，我聽他倆說起一些三十年前在紐約的當代藝術；或是說說一些佛法，就每有這種，就算我打盹睡去，再醒來，想起我們這是在人類全被瘟疫毀滅之境，其實我也有某種安心。

但確實當我們仨，討論到「黑天鵝這孩子該怎麼給她破處」？那真是像佛菩薩都耷眉發愁的畫像。我們三個其實都是可能的人選，但那後續的人心安撫，或我們本來在這溪谷歲月中，比較抽離，常能當仲裁者或大家莫名掉入心智崩潰之境，可以說一番有啟發性的話。這會搞得很麻煩。別忘了溪谷主人的妻子還是這群人像母系部落的精神領袖啊。而且黑天鵝對我們三個，真的就是像女兒一樣的存在啊。

「或是算了，別把她列入那對未來傳宗接代的幾個子宮之一了？」我說。

「唔唔。」溪谷主人和老和尚似乎都很困擾。但又似乎因只是胡想，腦中難免浮現了自己衰老身體和可作女兒，不，孫女的小姑娘，在一不存在的畫面，一絲不掛躺在一塊，也非春色無邊，只是覺得荒唐，所以臉上都在油燈搖晃的影綽中，露出一種嚮往或心疼的畫面。

我們把溪谷中所有男性都想了一遍。

「還是讓『他』，來幫黑天鵝破處呢？」

我們說的「他」，就是他。因為他確實有一種陰鬱又認真的心性。說來和黑天鵝的年紀差，或許十歲上下，感覺兩人都有些瘋瘋癲癲的。「也許這件事不是那麼糟呢？」

「要我說呢，他身上還是帶有很濃的直男，或說父權烙印，也許這反而會讓他對黑天鵝弄假成真，出現一種保護妻兒的本能，他們真正形成一個也許我們未來二十年、三十年，需要的第一代小家庭父母。」

這次的深夜談話後，也許溪谷主人把這想法告訴溪谷女主人，總之，女人之間像染色試紙，有一種跨越年紀的，對這種事的流動慾望。那種氛圍很難言明，像有小飛蟲在各處嗡嗡騷動著，特別是黃昏時，女人們聚在廚房外空地準備晚餐時，時不時聽見她們笑著、追打著。

我想最後，他，以及黑天鵝應該也感覺到這些長輩們，不，已經是群體裡，除了他倆，其他人全共謀的竊笑。但這要怎麼設計呢？晚餐時他倆於是總被安排坐在一塊兒，或黑天鵝有一次在沖澡時，發覺衣物全被人拿走，然後導演的太太在竹林那端，請本來在獨坐抽菸的他，可否拿他的衣褲，去沖浴間那「借她老公穿一下」。這些簡直像中學生惡作劇等級的創意，當然沒多久就讓男女主角發覺那怪異，兩個人反而臭著臉，鬧彆扭，餐桌上坐一起紅著臉不說話了。

就是在那時，我從這像〈食薯者〉的畫面，那種光裡揉著翳影，那許多張「後來的活著」，所以沒有太戲劇性的臉孔，從大滅絕後進入這溪谷，沒有那麼歡樂，黑影中老男人、老女人的臉都像魚苗在水池中游動，我看到一雙目光，混在這些言不及義，遞盛飯菜的眾人之臉中，饒富深意的，睭了他一眼。

是那個很久以前，被醜聞、全社會集體霸凌的女人。

我這才想起，這段時光，他和女人，似乎躲著彼此，不太在同一個區域（這在這個溪谷中，很容易被確定、辨識）出現了。是否兩人之間有了什麼爭執？他那個偏執的個性……。但確實我忽略了，較早些時候，他對於女人，會不會有種姐弟戀的情愫呢？但是以溪谷主人的理論，女人確實並不在那「可以懷下未來的孩子的子宮」之列。

在我們的時代，有一個關於（也許從日本色情動漫而來）一個女體的，怎麼說，很像印象派雷諾瓦那些人的畫面，初次進入歐洲人，乃至全世界人的眼睛。你可能會覺得我比喻不倫，但我說的是電影已經歷了二十世紀，人們的眼睛，已經受過成千上萬關於男人女人在情節中、各種構圖、光影中的姿態、詩意、神性與世俗的攪拌。還是一個重點，那還是沒有網路、沒有３Ｄ繪圖軟體的上世紀末。一個觀看視覺，對著一個年輕女人的腿，大腿張開的肌肉感，但同時埋藏在大腿內側白皙的腴滑的凝脂下方，然後是小腿、足脛、連著女人的腳掌。這時會有一個極不可思議輕薄如蟬翼、且小如揉起或就像一坨短絲襪那麼不應分類為衣物的褻褲，恰好包裹住那女人最優美的腰肢到雙臂，當然還有大腿中央那若隱若現的毛叢陰影。這個視覺讓體格嬌小的東方女人，在一種奇異的資本主義萬花筒光色繚亂的鏡頭，意外地形成一種可能中國古代肚兜，或埃及豔后的金色絲綢睡袍、甚至法國女人煙視媚行穿著吊帶襪，都無法那麼輕盈地抓到這些小骨架台灣女孩的，那一點點多出來的「性的威脅」，沒錯，就像隱形眼鏡的發明、某些膠囊頂級咖啡的發明、某些酒瓶的頸弧設計，或鼻煙壺這種東西，它就是恰好把即使女人全裸，也有不同的讓她們斤斤計較的哪裡比例最微小的不完美，其實這種你說不出是蝴蝶翅翼、或薔薇花瓣，改變了女人身體在那一刻，像螢光體，一種對我們那其實還是街上摩托車烏煙瘴氣、第四台頻道剛開播還有許多空台，或墊檔的芭樂港片、台北到高雄的野雞車是六小時的豬哥亮的歌廳秀，那樣一個島國各處還有加工出口區，粗礪沒有美感的年代，有一天，這個女人的性愛光碟被大量流出。這當然連續轟炸了至少兩週各電視台新聞的頭條。然後你認識的所有人遇見，都一臉神祕，都看過了。女人當時算年輕漂亮的政治未來明星，好像之前是主播出身。應該是她和一位有婦之夫在男方家中的性愛場面，被對方妻子預裝的針孔攝影機拍下。這或許是這島國之人，第一次集體窺淫，竟還像瘋蛋塔或後來的寶可夢一樣的狂歡。女人的事業生涯當然是完蛋。那時好像最專業的狗仔雜誌還沒從香港過來。當時他甚至聽一些女性友人嘰咕說，那男的好強，而她的身體竟看不出來那麼漂亮。

當時他拒看了（朋友有給他一張盜版光碟），他說：這不是在集體吃人嗎？她有那麼大的罪嗎？全國的人都可以一覽無遺她正在交歡、迷醉、淫慾的模樣，而還品頭論足。他周邊認識的女生，劈腿的、婚外情的、偷吃的，還少嗎？很多年後，香港演藝界爆出那個渣男流出的性愛檔案，毀了一票（其中有幾位美得讓人心痛）清純女星、美豔人妻，一整串螃蟹全紅赤赤拎出來。那時他也拒看那哥們間流傳的轉寄檔。他有一種說不出的，「你們瘋了嗎？」她們像所有這種電訊竄跳、愛冒險刺激的女孩兒，只是恰好圈子小，被這白痴拍了下來，你們就可以像付錢的大爺，整條街上哪個不男盜女娼，然後全嘖嘖觀賞，然後口臉還要動一動，發表一下看不出來那個騷樣，那個淫蕩恍惚的表情……。

他的不舒服並非道德，而是一種「龐大數量的人群，突然變異成蝗群，單一反應模式」，但其實搞不清楚自己只是躲在龐大的群體裡，猥褻的窺淫者。這種集團性理直氣壯的「妳已經是破鞋了，我們誰都可以狎玩妳」的下意識，不知道每個那刻如單細胞的旁觀者，正集結一個超巨大的，對一個根本沒幹到什麼傷風害俗之事的女子，無限重力的羞辱。

這個羞辱單一跌跤者的集體暴力，讓他極憂鬱。似乎某個久遠年代的小說，一個小鎮上，一個良家婦女被歹人姦淫了，但似乎全鎮的曖昧空氣，就等著那女人上吊，或做出更劇烈的戲劇性的事。但女人和她的文弱老公如常的生活。但似乎就是這個期待的失望，讓這女人成了被孤立的怪物，似乎她走過街道，就像全身沒穿衣服似的……。

後來那個性愛光碟女主角出來開了一次記者會，在各電視台記者鎂光燈曝閃下，哭泣鞠躬道歉。她道什麼歉？他覺得非常詫異。應該是這幾百萬人毫不羞恥觀看她裸體的人們跟她道歉吧？當然時日久遠，好像幾年後，這女人又復出，但似乎內在的某根琴弦斷了，調不回去了。她慢慢被淹沒進一些負面的，或各版面不重要的下方角落。某個部分，他想：她的內在一定有個部分瘋了。

所以在最初幾天，溪谷主人的品茶宴，他見到那個中年女人也在座，心中忽有感，一時不敢確定，但幾天後其他人小聲告訴他，是的，那是她。別說你當年沒看過喔。

所以當我們有人提議「用說故事來打發這漫漫長日」時，他特別注意那女人的表情，有否不自在或「又來了」那種熟悉的，成為別人那些平凡故事推拱、誘引的，作為人類曾掉下去，最不幸的「人間失格」，然後在一個告解、懺悔小團體說說自己如何把那碎成片片的自己撿拾回來，她可否無奈地翻一下白眼？他媽的，她可是故事的「沙皇核彈」吧？他不相信這裡所有人還有沒認出她的。即使不說當年「那件事」——那個男的，他那個裝了偷拍攝像頭，然後把性愛光碟散布出去的，那個妻子，當時她原本算是上流社會的男友，或是這事發生當下，背後捅刀的姐妹淘，對她本來超殷勤但立刻告知她被解雇的老闆——帶著那樣的，由集體窺淫的悲慘，慢慢因她性格中的缺陷，討好人的個性，想演乖女孩的個性，整件事在後來的延伸，變成她似乎是個滑稽、搞笑的，而且確實隔個五年、十年，媒體想起她，跟拍一下「當年情色光碟女主角，現今崩壞成大媽」的照片。

他說，他光想像，如果其中一個晚上，她像一千零一夜，開啟她的故事，我們這些其他人，聽完之後，要怎樣帶著那聽完後的自己離開？

我對他說，我好像記得最初溪谷主人的品茶席，有見過這個女人的印象，似乎，似乎模模糊糊，她也自覺散發著一種，「她是個名女人」的氣氛（譬如你眼神瞄向她，她會立刻察覺，然後眼神深深對你，優雅地微笑，即使她根本不知道你是誰），但最初那幾天，不，那一、兩個月，實在太混亂了，所有人都經歷了自己親人痛苦的死亡，目睹街道、捷運，像地獄場景大批人群的屍體，所有人都跑進了一個超現實主義的噩夢裡。我記得當時，劫後餘生來到這溪谷裡的，是分好幾批啊（不知各自是透過和溪谷主人怎樣的交情），大部分人都還拚命講手機，想連絡到希望還倖存的親友，但很快手機就全不能用了。

「但我記得，你是很後來才進到這裡的啊。」我對他說。

被他這麼一說，我確實有這樣的印象：他剛到溪谷那陣，很常和那位氣質優雅的中年女人，在溪畔、或溪谷主人燒陶那座作坊旁的枯葉小徑，兩人一起散步。那時我還以為他倆是一對姐弟，或她是他的昔日中學老師之類的。很明顯的，他和她常脫離困在溪谷的這一群人之外。其實那畫面非常好看（以我當時同樣作為浩劫餘生、如鬼魂一樣惶然的心智），有點像是雷諾瓦的畫作裡的某個光搖影晃，或油畫顏料造出的光斑，一種經歷過一百多年的「歐洲」，才造作出來的光的分佈，或一種有意識的將步伐變慢，散步，是的，那種曾在大城市建築、時尚衣裝、劇院、交響樂演奏，或頂級餐廳穿梭，殘留在其倩影的「昂貴感」。

我覺得他很煩，一開始他宣稱「我是平埔族」。我說噢，我覺得ＯＫ啊，然後他（隔了幾天吧）

說台灣人有百分之八十都是平埔族的後代，後來又改成說是百分之九十八。說真話我的想法是我們都太無知了，像一群人數浩大的乞丐，擠在一座非常大而空曠的穀倉，我們從小長大的記憶，就是父母為了食物而愁容滿面，然後隔鄰的一家人的小孩，某夜發燒就死了，或再隔遠一點的一家，三兄妹都得了小兒麻痺，或是遠遠近近，某一家某天就消失了，或是有段時間，這整座穀倉裡所有人都染上了跳蚤，我的父母常恐嚇我們小孩不要亂說話，他們偶爾會提及一些我們來到這之前，那似乎更恐怖的景觀：大批逃難的人擠上輪船，然後像小螞蟻從人踩人的「人梯」上摔下、跳進海裡，碼頭上也是如此，擠滿了老太太、老人、背小孩又牽小孩的婦人、扛著大棉被捆的男人、兩眼茫然的潰敗士兵，或是整座村莊餓餒屍骸……這些那些。大人從沒告訴我們，但我們慢慢也知道了，這座所謂的「大穀倉」，從前根本是另一群人的教堂或他們祭祀神靈、聚會的神聖場所。那些人後來到哪去了呢？當初發生過什麼事？或者是我父母那輩人，當初為何在這一群惶惶不可終日的整大群乞丐裡？他們是怎麼認識、加入彼此的？這我都覺得，隨著年紀變大，隱藏在記憶嵌片之外那怪異不合理處，必然會有一個「個人史」之外的「大歷史」找到解釋。

譬如說，前些年我得了心肌梗塞，我的門診醫生是個非常慈祥的老阿北，後來我才知道，他是個非常有名的血液專家，他很愛跟我聊許多對我來說非常不可思議的話題，譬如他透過遺傳病的比例，發現鼻咽癌是台灣人的特有好發疾病，但其他亞洲人，如印度人、阿拉伯人、日本、韓國人，都極少見。但這是百越人特有的白血球中的一個半套體，那和鼻咽癌極有關，這代表台灣人中有百越人種之血緣。又譬如僵直性脊椎炎，這是只有西歐或北歐才會出現的遺傳病，而台灣人中的福佬漢人卻不少見這種病，他推測可能我們的祖先基因庫摻有十七世紀時的荷蘭人哪。另外，包括中南半島高地海洋性貧血，這又稱為地中海貧血，最早是那地方的人為了對抗瘧疾而產生血紅素基因突變，造成輕度貧血，但台灣人中卻有頗高比例有這種病……。

好啦、好啦，我的意思是，我相信這一切，在我之前一百年、兩百年、三百年、四百年，這些那些曾發生過的遷徙的無聲電影。我有兩個老哥們，整天在只有我們三個的群組上，特愛聊這個。峰哥是嘉義人，父親祖上是泉州安溪，母親是潮州饒平。賢哥是板橋人，祖上福建蓮塘泉州人，但說他中學時，他老爸都拜開漳聖王。但他倆著迷於那一陣流行的「祖先基因測定」時，峰哥放了一張十九世紀哥薩克騎兵的黑白照，確實和他的臉相似度百分之九十九點九哪。但我們討論不出，他的遠古祖先，是在哪個年代、哪個戰爭、哪場超大型遷移，是陸路呢還是海路？從哥薩克跑到中國南方的泉州？至於賢哥的深眸高鼻且皮膚較白，這沒什麼懸念，祖上一定有阿拉伯人血統，宋代泉州據說阿拉伯人口佔全城五分之一啊。我妻子娘家是澎湖人，她年輕時就是個美人（高個、膚白、眼大而深，且眼瞳在某些光線變化下呈綠寶石狀，同樣的鼻梁高挺），有次一位對人種顱相學頗有研究，內力深不可測的大陸老作家在一飯局見了她，立刻說：「妳祖先是阿拉伯人。」見了我，說他某年去甘肅一山村，坐一巴士，全車的乘客全是我這樣的臉，開車的司機也是這張臉，然後半路衝出搶匪攔車打劫，那一夥強盜也全是我那樣的臉。後來公安來了，持槍把那夥搶匪全壓制逮捕了，那些公安也全是我一樣的臉。

他說：「老弟的祖先，就是突厥人，再混了一點西亞那邊，更早遠年代從北非遷去的黑人。」

這種「祖先遊戲」，其實也許五十年後，人們離這個二十世紀這艘巨船將沉入黑暗深海，不再有鄉愁，不再有「中間態」時的傳遞完整昔時的身體觸感、垂墜重量感，或是喪禮的強烈音樂和氣味、肉身被火吞噬、或挖開泥土（於是有青草味、有竄爬的蚯蚓、螞蟻、或甲蟲的蠕蟲）將之埋下，於是便不再有那種刺激感了。

但「變成你根本不是的人」，甚至，這個你宣稱你發現你就是這種早已消失的人種，當初就是被你們這族的先祖，吃掉了。這對我真是說不出的不舒服，拿著一個椰殼，或一只陶壺，裡面裝滿清水，說那是你的「阿立祖」的靈魂。

一開始我也確實被他弄得疑神疑鬼。我的母親是養女，我的外婆是個身材非常小的女人，可以說小到不太正常，可能只有一米三幾，她完全不會說國語，也不識字。我很小的時候，還曾經住過她在大龍峒保安宮後面巷子裡，那簡直就是貧民窟的破爛小屋。她是民國元年出生的。按說經歷過日本人統治過台灣時期，但她似乎身上完全沒有一絲曾經歷過日本人統治的痕跡或記憶。我想因為她從小（她也是養女）到年輕，嫁給我外公（他是個逐水草而生，跟著中元普渡拜拜，一年做那一個月的總鋪師），到我母親形成自己的少女時光，可以回憶這個凶惡苛刻的養母，外婆一直是社會底層的邊緣人。她沒有任何文化資本，依附的群體是靠近大龍峒、圓山、松山（我小時候曾和她去那一帶的農村找她的親戚），這種本省泉州人群體的最底層。我記得小時候，她和我父親、母親最大的爭執，就是要我外省人的父親入贅，我老爸當然不肯，但最後折衷是要他們第一個兒子（也就是我哥）姓我阿公的姓。但後來我父親登記我哥戶口時，耍了婊還是登記我們父系這邊的姓。但另一件奇怪的是，我家要拜的祖先牌位，母系這邊並不是姓張，而是我們根本不認識的一個「周姓阿祖」（我外公、外婆都姓張）。而我外婆在我從小有記憶，一直到我四十歲她過世（九十七歲），她似乎就是一個活在各種祭祀、各種頗隱晦、和一般社會主流節日並不很一致的節日，小小一個老太婆在陰暗小房間，用一板凳放米、米糕、一些菜餚，插香，拜床母、拜好兄弟。我小時候，她曾在行天宮，穿著藍灰色綴袍，跟其他那些阿婆，持香幫人們「收驚」嗎，嘴中唸唸有詞。後來她又去北投一間廟住了近十年，和一堆阿婆，當廟裡和尚們的廚房煮菜婆。但那廟似乎一、二樓是供佛教的佛祖和觀音，三樓卻是道教的三清大帝、玉皇大帝。認真地說來，我懷疑我阿嬤或她的不詳之父母、那奇怪的「周姓祖先」牌位，可能是平埔族。在閩南人社群邊緣，一種支離破碎，以最底層邊緣的生存本能，探頭探腦尋找依附。因為她固執在她小小的世界守護的那些祭祀、禁忌，我回憶起來都帶有一種光線穿不透的，密室黑暗、神祕的氣氛。

而且她即使後來九十幾歲了，非常老了，還是非常會在山裡、或人家屋前盆栽，拔一些草葉，她似乎非常懂那些不同草葉可以治什麼病的古老知識。

但因為她是我母親的養母，所以我們並沒有真正血緣關係。也就是說，發生在她身上，曾經跨度九十年，可能一個已破碎的平埔女人，隱蔽移轉身分，溶入漢人世界，但這無法在我的基因檢測找出。

我說他很煩，乃在於他剛提這個話題時，恰好也正吵了一陣「鄭成功是否為屠殺原住民的劊子手」？我當時略有印象，整個是「跨時空之戰」，因為鄭氏一族後來是被大清擊敗，是挖墳連骨骸都要帶回泉州，包括鄭克塽所有子孫近臣全遷至北京，改其姓氏、或斬殺抄滅。以清朝的立場，是拔除所有鄭氏餘留在台灣的任何一絲影響、傳奇，隱藏進民間祭祀的「反清復明」，結果後來的政客，想要鞭屍「延平郡王」，各方論戰突然湧出混戰，持平些說鄭氏政權要與強大滿清對抗，且面臨海上物資封鎖，自然需要屯兵墾田，這與當時的大肚社族人大肚邦聯，發生了戰爭，而且那時國姓爺早就過世了好嗎。「那是戰爭行為，水沙連部落先伏殺了明鄭的將領和所有部隊」；有說那是「台灣第一次解殖」，鄭氏政權毀掉荷蘭人統治下，接受羅馬拼音書寫「新港文字」的西拉雅人，最早的新港教堂學校，以及蕭壠神學院。所謂「去尼德蘭化」，或有說「大肚王國就是聽命於荷蘭人那一邊的，之前一六五〇年的『郭懷一農民赴義事件』，荷蘭人對那些招募來台開墾的漢人，酷虐斂榨，乃至無武裝的五六萬人暴動，荷蘭長官，便是調度新港社、蕭壠社、麻豆社、大目降社、目加溜灣社的西拉雅族戰士，以及鳳山的馬卡道族一千人，承諾這些武裝原住民戰士，每斬殺一人，便換一匹花棉布，配合荷蘭火槍兵，總之當時應誅殺漢人兩千人。」

但因為那一陣子（其實應該是有幾年的時間，但感覺一切像影片快轉，或控制地球上人類大事件的某個處理器被病毒感染嗎？突然猛爆噴湧各種會引發劇烈變化之參數）世界局勢極動盪，不斷發生重大事件，像每晚夜空都有人放射人類滅亡前，最後恐懼與狂歡光焰的煙火。最後當然是這瘟疫的爆發，以及第二次、第三次的變異、失控、超級擴散……。

我先試著回想在這一切之前，我們還不知道我們全部的人都會毀滅之前，他告訴我「他是平埔族人」這件事時，我那時的心情。當然我知道那是一種「孫悟空的七十二變」。我們這些承接了「台灣」這個時空符籤的後來之人，像剝洋蔥，短短幾百年，其實哪有平埔的故事（只有西班牙人、荷蘭人、清朝人、日本人不同人類學者、航海測圖者、間諜的紀錄式描寫），或許有遺物。每一個像檔案抽屜拉出的，想如同光之膜一樣純淨的記錄，背後全是這數百年來同時發生在地球各處的，更高技術者對他民族的滅絕、屠殺、榨擠他們的勞動力，且是幫殖民者取光他們土地上他們自己都不知道其價值的資源：金礦、銅礦、煤礦、整片山林巨大的檜木、整片原始生態全部破壞後輸出的樟腦、糖、茶葉。每一層剝開的洋蔥全是讓人最後只能絕望上吊，讓眼珠和舌頭可以舒展掉出框格的暴力。

我父親那種外省人所經歷過的暴力，我父親至死不原諒「日本人」，因為他小時候在南京，確實經歷過日本侵華戰爭。我奶奶帶著年幼的他和姪兒逃回安徽鄉下避禍，但他十來歲回到南京，真的聽到的上下四方各遠親近鄰，全有人被日本軍殺戮或女人被姦辱。然後我父親那種外省人上百萬人跑到台灣，很多很多年後，我才理解他依附的那個群體、政權，弄了很長時光的白色恐怖。那個抽屜拉開時，你腳底站立之船板全抽空，怎麼會有人那麼的惡？為何會發展出那種變態取樂的遊戲？或理性地摧毀、消滅無力抵抗者的一切心理學地下室窄梯？好的然後呢，當我又拉開另一格抽屜，當時把我父親這樣的一批人打爆，擠來這島上的，「共產黨」，它其實又是另一種變異的，從列寧、史達林那邊暴竄、滲進整片中國的「整個精神性的暴力」。然後呢，我們家鄭成功，那麼海角一縷孤忠，要匡復的大明，我抽開另一格抽屜，他媽的，全是扭纏變態的漢人統治文化的小兒痲痺病體，那些精神官能症的皇帝、和他們的錦衣衛、和一片黯黑絕望的官僚、地主、裙帶、師生關係的糾纏網絡。然後呢，後來又冒出一批人說「東亞窪地論」，比起漢人這種文明的廚餘場，好像滿人是比較高級的文明，好像嘉定三屠、揚州屠城，都是網路電玩的片首動畫，好像滿人沒有弄出過兩百年比白色恐怖更恐怖十百倍的威懾與思想控制。然後把我們乾隆大帝蓋的圓明園燒了，把裡頭那些後來要不放在大英博物館、要不在吉美博物館、大阪的東洋陶瓷美術館、靜嘉堂美術館，在拍賣會一件上億港幣的琺瑯彩瓷器、官窯粉彩、汝窯、青花，全搶光。那些英、法、俄、德、日、美、澳、義……哪個不是這幾百年來，滿手血腥，簡直是用割麥機一樣的速率在砍其他民族的頭。那個暴力，以一種「局之局、謎中謎、祕中祕」的方式輸出。

對不起，當我也將像爆炸的記憶體主機要噴出那些詞彙（軍火、貨幣、石油、意識型態輸出、扶植獨裁軍政府、汽車、化工汙染、電影、最後是手機），在這之前，我只想說出，當時我對於他宣稱「他是平埔族」這件事的，內心的極深沉的哀傷：你可以玩自己吞食蛇，吞食遠超出你的時光列車，吞食你不認識的那些祖先的祖先他們遇到的人類其實不該承受的那些時刻，那每一瓣剝開即腥嗆讓你一生的眼淚都流盡的恐怖、暴力，你或必須花很長的時間去體會、咀嚼。

但是，但是，絕對不應讓自己假扮成那個，最透明、最無法說話的那個受害者。

但那確實是一個清晰的夢境啊。像那些隱形眼鏡的廣告，在一薄薄的透明弧、輕輕用手指一觸、漣漪泛開、有極靜時刻才能聽見的水聲。我們，就和現在這樣很像，裸著身在溪裡游泳，女孩們也是如此。有一天，有幾個人划著舢舨船從下游過來，他們在沙洲靠岸。其中幾個像是軍官穿著制服，還有帶一個不是我們的人卻會講我們的語言，還有一個船夫，他應該是我們的人，但我沒見過他。其中一個年紀極輕但氣宇軒昂的軍官，請那翻譯向我們致意。並拿出一截豬後腿臘肉、一壺酒，還有幾枚銀元作為禮物。我們全圍上去，分食他拿出刺刀削下一條一條的肉。這時我確定我們說的語言，已經是夢中的語言了。我們沒穿衣服，這幾個據說從遙遠北方來的軍官，在交錯翻譯和他們之間的對話，我知道他把我們當作土著。他請我們其中一個同伴，把他的鳥槍借他一瞧，端詳了一會，轉頭跟同伴說：「這是很差的工藝水平啊。」但我們那同伴之前，才用這槍，射殺了五隻白鷺鷥。我其實聽得懂他們說的是日語，我也知道他們不知道的，之後一百年會發生的事。但我在這山丘倒影在清澈溪水的畫面裡，只能說出我那樣懵懂狀態嘰哩咕嚕說的話。這個日本軍官一直透過翻譯，問我們「山上那些人」的動靜、人數。似乎他們將我們稱為熟番，而山上那些人稱為生番。這時夢境的滴水隱形眼鏡，似乎隨著這樣的交談，投影愈來愈清楚。確實我們和山上那些人，處於戰爭狀況。我們身邊一個鋪草和竹葉的台子上，還放著一個頭顱白骨，那是幾個月前我們的人砍殺，而拿來祭祀並威懾小孩婦人不要靠山太近。我們有一些人被他們獵殺。但我不太喜歡他們邊問我們，然後煞有其事互相討論的那種口吻。

所以我當然是個平埔。我說的是馬賽語。現在的這一切，只是很久以前的一個平埔，他夢見的。我們其中的一個人，拿了菸草和自己釀的、蒸餾的燒酒，回贈他們。女人們也毫不以自己的裸乳和臉上刺青羞慚，嘰嘰喳喳跟這幾個覺得自己是來自未來的人，報告她們所知道的。後來還有老人拿出熟番薯和橘子來招待他們。我們確實困擾於山上那些人的，神出鬼沒的攻擊。

當晚我隨我們的人，和他們在小舟停泊的岸邊，升火，飲酒，分食他們帶來的醃肉。他們不知道這其中一個平埔，聽得懂他們的話，而且知道遠超出他們知道的許多事。他們擦著自己的軍靴，說起之前在基隆港登岸時，參觀的那些煤礦。那都是一些極髒、生存條件極差的清國人。他們也對我們這些平埔女人，已經受到清國萎靡之氣息影響，有綁小腳的習慣，非常不以為然。但其實我們的人，並無法知道這條河，蜿蜒更遠一點之處，有哪些人？他們是怎樣的人？

這裡原不是人類能居住的地方。

山羌、野豬、鼬鼠、穿山甲、獼猴、雲豹、白鼻心、黑熊、雉、竹雞、灰林鴞、大冠鷲、赤煉蛇、金絲蛇、龜殼花，這是牠們穿梭其中的變幻森林、水澤、鋒利如劍的草叢、生死獵殺隨時在發生的，非常濃稠的夢。

然後那某一個潔淨的杏仁核嗎，奇異的發光體，不，很像你投往過去時光的某個奈米級攝影頭，倉倉皇皇的一群人類中的一個少年，「原初」、「原始」，河流沿岸，蚊群如密網，天頂雲層驟然變厚變灰、濃灰、然後黑，雷鳴閃電，暴雨傾瀉如萬物都沉入海底，有時劇烈地震，山丘滾下巨石，銀色的魚群像湖泊被煮沸那樣翻騰至半空。他的眼珠每一瞬都警覺地上下四方轉動，每一個極小處竄出的不可測，都帶著死亡的邀請。對不起，如果有一個所謂「宇宙神」的話，這個狀態何其接近。沒有抽象的修辭庫，沒有精密的計算，每一種感覺都不再會重現。

然後，這個視覺裡，沿著河流，每社男女老少不過數十人，臉面刺青、喜抽菸草、燒酒、射魚、善編竹筏、有禮數、重尊嚴，種唐芋、女人善織花布、燒琉璃，嘰哩咕嚕……這仔細想來，就是日本人的像幻燈片的印象。那些骯髒的、低等的清國人，不也是日本這些軍人眼中的感覺。康熙年間中國一億五千萬人口，到了道光年間已遽增為四億三千萬人。這其中淹漫出「國境之南」的，其中一部分冒著九死一生渡過風浪如地獄的黑水溝，那個數量化在不同河口、海岸、港澳、小型商港登陸，那些屯墾者，建立分靈媽祖天后宮、慢慢形成市街，所有挨擠在一起的汗臭胳膊，講著泉州話、或漳州話、或客家話、米商、茶商、木材商、鹿皮商、南管，或是北管，養豬、養雞、養鴨。然後是他們的官府、冷兵器時期的刀、矛、弓箭、槍。女人、戲文、脂粉、鴉片膏。石雕工藝師、木雕工藝師。土地、城隍、保生大帝、關帝君、孔廟、水仙尊王、觀音菩薩、三官大帝。這是不是非常擠，像晶圓半導體從十二吋到八吋到五吋，愈微縮疊塞在那個知覺的時空裡。認真地說，你投放到幾百年前的「平埔」夢中之夢，那個奈米攝影捕捉器，是不是一種膨脹宇宙中，極薄而瞬滅的默片。他們確實被後來的這個大體量族類「吃掉」了。

有一些品質，像琴弦撥動時，它就是較不協調的變奏，譬如，海盜、乃至後來的清人，來到這北部，找尋硫磺、鹿皮、藤類、薯榔，然後交換鳥槍給他們；譬如西班牙人、荷蘭人要深入那河域，他們當嚮導、買辦。他們那麼愛菸草，並且也經過這些你不知道其中哪個族人遇到西班牙人、荷蘭人、清國人、日本人，換得了瑪瑙珠、玻璃珠、錢幣、還有貿易陶瓷，作為墓葬最珍貴的物品。但後來的幾百年，他們這種幽靈般的狡猾靈活性，就全被大批漢人移民，以及密集的商船、運貨，給消滅沖洗掉了。

在這個故事裡，他們主演的，似乎就是「消失」。他們是怎麼消失的？語言是怎麼被混亂了、取代了，然後死去了？他們的漁獵場和曬鹽地當然就被那三百年愈來愈多的清國移民佔去了。很多時候，殺戮或互相爭戰的，似乎是山裡出沒的泰雅。他們好像作為漢人田地和那些山裡飄忽不定的高地戰士，作為剎車皮嗎？作為緩衝劑嗎？反正他們就慢慢消失了。也許就是混於那些漢人的宮廟，拿香跟著拜那些媽祖、關公、土地公土地婆、觀音佛祖。他們被我們吃了嗎？那這時我們自己是平埔族，是否像獅子說自己有斑馬的基因、食蟻獸說自己是螞蟻的後代，一樣讓人哭笑不得？

這個邊境地帶確實是我僅用一代人的記憶掃描，難以看清。被壓迫、被佔地、被驅趕。然後呢？然後就是口音變成閩南人的口音嗎？他們是怎麼躲進這個界碑、地契、河流周邊沖積平原所謂「生番」、「熟番」的朦朧、冥晦、微光中打懸著飄浮的塵粒？譬如說，那些金光閃閃的藻井，綠琉璃瓦上兇猛的龍、麒麟、虎、象，那些怒目圓睜的天王，漢人皇帝親筆御賜的匾額，香煙繚繞。

那些單眼皮，眼睛只有一條縫，黑眼珠卻似乎帶著滅絕宇宙一切奧義的威怒，那金臉的女神，那都像他們玲瓏寶塔、繁複礦彩迴紋的一杆長鐵杖、一柄寶劍，插在地界，漢人以外的全是該打散魂魄的一縷煙。「地險番猛」，究竟誰侵入誰的界面。

「這真他媽的，什麼是生？什麼是熟？『生米煮成熟飯』嗎？『半生不熟』嗎？一百年後，我們這種，就是『熟透了』嗎？」

光是看那篇曾獻緯、洪麗完兩位先生的論文〈清乾隆年間霧里薛溪與秀朗溪上游土地關係暨『山稅銀』性質商榷〉的論文，我熟悉的秀朗溪（也就是新店溪）中游地帶，也就是中永和，在十八世紀末，清廷的熟番守隘政策、漢人拓墾活動，土牛界外，當移民侵入生番生活領域，生、熟番及漢三者間的互動情形為何？這篇論文實在太好看了，從荷治時期至清同、光年間「秀朗」、「雷里」一直是各自存在的部落，後來他們變成了「雷朗四社」，其實活動範圍，除了我小時候非常熟的中正橋至福和橋一段新店溪畔，「霧里薛社」即那年代的中永和啊。後來動物園那帶的，景美溪上游的深坑，我在那住了七年哪。南勢角社那一帶我也熟啊。原來那一片新店溪、景美溪的不同沿岸，是清朝用地契、漢人鑿圳墾田，不間斷和生番發生衝突，並以民壯民勇組織，以哨亭看守田地，射殺入侵之生番。我突然想，我小時候搭那些慢悠悠的公車，在那些田野間行駛，那時應該還有許多「正在消失中的平埔」吧？我以為我父親這樣的外省人，舉家搬到永和，那似乎和我小學住市場那頭的本省小孩隔斷了。

我有一個小學同學，擅於爬樹，體育課跑步永遠第一，有一次我遇見他蹲在學校附近戲院（那時很雜遝）外面，用鋁桶裝滿一桶田螺，用醬油辣椒蔥蒜拌過。他教我把桶裡這些鮮美的生螺肉先吸食掉，空殼扔進去，另他在一旁一輪胎凹窪積了彩色斑斕的黑油，養了他的「寵物」：幾隻翅膀被他拔掉的蒼蠅。我的少年玩伴中，會不會我以為是本省人，其實是還在輪廓融蝕中的平埔？

我小六時暗戀一個女生，她非常黝黑，是躲避球隊，也是合唱團指揮，性格和其他女孩不同，極開朗活潑，仔細想來，以小學六年級女生的體態，她非常健美勻稱。如今我想，是否她也是混在那已漢化的中永和的平埔後裔？因為她唯一一個神祕的點，是絕不讓同學去她家。我突然想到我少年的在那迷宮狀的小巷弄裡打轉，有的會衝出某個「長瓢子」，輟學的、年紀大我幾歲的小流氓，恐嚇我、勒索我，他們為何像遊魂在那遊蕩？那時老蔣總統過世，台灣退出聯合國，永和那迷宮狀的巷弄裡，大批的日式黑魚鱗瓦小屋都被挖土機拆掉，我後來才知有大批外省人非常恐懼、拚死命移民美國。但我每每放學時光，翻進那些挖得一片狼藉的工地探索，發覺滿地紅露酒瓶、檳榔渣，那些睡熟在水泥袋上的，臉上腿上胸膛上全是灰粉的工人，他們是平埔的嗎？我母親請來家中幫忙打掃的一位「蔡阿姨」，膚色非常黑，老公是抽水肥的，有一年夏天，她的兩個兒子，到新店溪邊玩水，因那好常有盜挖河床砂石的挖土機，溪水下有許多暗潮急漩的大窟窿，兩個孩子全溺水了。很多年後蔡阿姨領養了一個兒子（年紀頗大），幫他辦婚事，在一四層公寓的工地毛胚屋辦桌。我父母有事，派我代表去吃喜酒。那一桌的菜，雞睪丸、炸青蛙、或是龍蝦頭觸鬚還在擺動，但身體已一盤爛泥加美乃滋盛一起，還有烤小鳥、殺死的鱉作成的湯……然後一點像〈食薑者〉那樣氛圍，我小時候不知道那些戴著斗笠綁花布巾的女人，那些戴著某某宮廉價棒球帽的老男人，他們靜默吃著，拚命灌酒，他們是「被生命剝奪、壓垮的底層人」。但我突然懷疑，那棟工地水泥才糊乾，一層擺一桌的喜宴，那空間裡其中是否有正在混進後來的漢人社會的平埔？

在這個意識與無意識的世界，任何事物都有最開始。你幻想自己和那個「最開始」的連接，因為你已接受了那些日本人賤蔑髒汙的、低等的清國人。然後有一些非常可恥的海戰，然後來了那些氣宇軒昂的帝國建築，戶口普查（是的，你可以查到有「熟」字的，才代表你真的是平埔）、公學校、有模有樣的現代警察、海那邊的大陸，像病毒爆發，各部分的人群攻打另一部分的人群。然後是日本像動漫裡的航空機轟炸、機械化裝甲車、炮車沿鐵路前進，大型的屠殺。其實這一切你在這戒嚴之島也都模糊知道，許多人被派去南洋當殺戮的部隊。許多女孩被送去當慰安婦。我外婆說她小女孩時，美軍的轟炸機飛到台北上空，像「ㄑㄧㄚ畚箕」灑下一堆炸彈，所有人躲到淡水河裡。但很多人仍變成浮屍，眼球被魚吃掉。

這很煩。吞食平埔，讓平埔在較長時間，像胡蘿蔔蹲胡蘿蔔蹲的遊戲，不引人注意地隱沒進漢人的世界。「是誰吞了平埔族？」「漢人。」「他媽的那說的就是你！」「我是平埔的後代。」

那些時光，我們腦中的鐘乳岩洞，經歷的川端的《雪國》、《睡美人》、三島的《金閣寺》、夏目的《心》、太宰治的《人間失格》、《斜陽》。我們吃進去那種薄翳的、病態的、耽美的感覺。我們喜歡潔淨的，不像照片裡那些留豬辮子、一臉黑忽忽的、鼻涕抹在袖口的，妓女也綁小腳的……清國人。但他媽你們不就是那些被滿人掏空國力的，未來的幸福與文明預先被那些日本軍部大臣，先預支了，抽空了，所以渾渾噩噩的漢人嗎？

有一天晚餐後，老和尚經過我身邊時，低聲說：你明天睡醒到我那兒一下。我心領神會，知道是要談「黑天鵝破處」之事。但那一夜我恰失眠，有一種錯覺是否將要大地震了？全山谷裡的貓頭鷹像一支管弦樂團在演奏、嘈嘈沸沸。待睡醒已近午，我漫步到老和尚的書齋，門口他養的大鵝和一隻極美的黑貓，像母子依偎而睡，可能也是被昨夜整座山的貓頭鷹「鬧房」「搖牢」吵得一夜不成眠。意外的是老和尚不在。我便自在坐在他書桌前，桌上有一幅可能他出門前才抄寫（墨跡將乾未乾）柳公權體娟秀小楷，我想不是《心經》，就是《南華經》。不料那段文字的開頭，他寫著：

「抄錄自赫爾曼・布洛赫之《夢遊人》」。

「對他來說，約阿希姆和盧澤娜似乎只有一小部分生命活在他們所屬的時代，活在他們的歲月所標識的時代；而更大的部分卻在別處，也許在另一個星球或另一個世紀，或者只是在他們的童年。貝特蘭德突然意識到，這個世界上到處都是屬於不同世紀的人，可他們卻不得不生活在一起，甚至是同時代人；這或許可以解釋他們為何那麼不穩定，難以合理地理解彼此；異乎尋常的是，儘管如此，還是存在著一種人與人的團結一致，一種橫跨歲月的理解。」

老和尚房裡的書不多也不少，說實話從進這溪谷後，我不太有印象人們還讀書了。即使溪谷主人在這一切之前，似乎也不是個愛買書讀書之人。老和尚的房間，說實話和我年輕時，曾在陽明山的「蔣介石草山行館」廢墟，隔窗看老先生的臥室，出乎意外地空無長物。像個軍人的營房或修道僧的小房間。老和尚靠牆兩矮櫃的書，已經是不知我們這時光裡，包括幾輛皮卡車出動，去山下大賣場搬日用所需，或是導演拉大家也是幾輛車去海邊「拍（那莫名其妙的）電影」，在這間隙，他可能拜託哪個開車傢伙，繞進市區（其實必然是恐怖地獄之景）某家書店，急匆匆抓的。

不過看著老和尚用毛筆字抄寫（因此有一種異質感）這一段沒頭沒尾的文字，我倒是覺得對溪谷裡這段日子，這些倖存者們，還頗貼切的，也許老和尚也是有所感於近來發生的事，可惜桌上沒看見他抄寫的那本什麼《夢遊人》，可能他順手抓出去、在溪畔或林邊翻讀吧？

不過確實在一夜輾轉、胡思亂想中，我突然冒出一個新的「大猩猩理論」（一夫多妻妾制），而非黑猩猩的多夫多妻濫交。確實在我身後那個已滅絕的人類社會（天啊我竟然像是一轉身就完全忘了那個由繁華之城、酒吧、電影院、高級飯店、超級大樓、藍寶堅尼，噢不，特斯拉，堆疊而成的萬神殿。根本我也只是進不去那泳池辣妹趴的，國境之外的窮人）。我好像多年前看過一集 Discovery，大意是人類在幾百萬年前形成一夫一妻制，乃是一種演化成功的重要機制，幫助人類演化出較大的腦，省下不確定的雄性為爭奪雌性交配權的鬥毆體能，如此可以轉而找尋食物。諸如此類（我不太記得了）。但事實上，就我曾經置身其中的短短幾十年，後來整個意外消失的這個人類文明，我覺得「黑猩猩法則」還是隱密不宣，但真實存在於「一切有為法」之上的鐵律，即擁有超強大資源（或權力）的公猩猩，不，男人，不論他年紀多老，他就是可以多妻妾的法老王。這不需要討論吧？那些富豪，光是他的某房的哪個年老珠黃的老妾，超寵愛的她的智力人品皆低下的小兒子，這個小兒子在某一晚為了要哪個超美名模和他尬一下，送給她的一張白金卡，尼馬的就是我這種奴隸，拚死幹活一輩子也攢不到的錢。

冷靜下來，我腦中無比清澈，像無雨夜空突然一道閃電，照亮了整片黑暗森林的每一片葉子。在這個「劫後餘生」的溪谷，誰是那個最大的 Boss？他媽的不就是像地藏王菩薩，把我們每個從死境撈出的，溪谷主人嗎？

認真地說，白日你不會感覺，但到了每天晚餐時光，如果有一個延時攝影的紀錄片，這些倖存者裡的女性（當然還是年紀比較大的），確實像佛經中畫面有一地位尊卑的重心，眾星拱月朝茶席長桌，溪谷主人坐的那一側聚攏。當然因為他確實有一種僧團領袖（很像迦葉），或是「我們就像湍流中一片枯葉上的十來隻小螞蟻，一瞬也就滅絕了」的嚴肅性，所以我從未想到那個方面（哪方面？就是大猩猩的交配權那方面）。

說實話，失眠之夜，我細思極恐、不寒而慄。真的對我們在大滅絕後，這倖存暫棲的溪谷，而主導者的人品如此淡泊、高貴（只能說有點迂闊、孩子氣的虛榮），感激不已。

老和尚對我說，死亡，是那麼大的謎。它且還不是一個靜置在那的迷宮、古怪的外星人遺跡，或譬如用磚寫在一面曠野之牆上，曾經不同旅人在此畫上各種圖形和符號、算式、嘗試解出的「黎曼猜想」。死亡發生的同時，立刻產生巨大的恐怖、痛苦、不甘，而且你有沒有想過，它是將現有的總數中抽掉一部分，而且是持續地發生，但「撤去」這件事，為何死亡所展演的，是那麼快速的那個死去之人，立即就腐爛、發臭、發黑、流成液態屍水。如果有最初的設計者，為何要讓一具被拔掉插頭、失去「生命」的機器人，現出那麼劇烈，讓同類作嘔、必須立即設法將之消滅（用火燒、埋入土中）的欺騙儀式？然後，從幾萬年前，其實人類的最高智慧者，一直在想「死亡」這個命題。其實那是一個像太空中，太空站和一艘小小太空飛行器的對接，「我」和「死亡」之連結在一起的想像。這太難了，因為這對接一旦成功，所有思維的電力立即停止、消失。所以那到底是什麼？而思考一件你根本不知道那是什麼感覺的事，那需要多大的抽象能力？

我們這些人，都經歷太可怕的創痛了。其實我這一陣子在想：我們這些人，包括那些在不敢相信的冰塊上，瞬間沉沒海底，那無數死去的人類。是否最初最初的設計者，已經安排了整個二十世紀這一百年，讓我們學習、搭建那個能夠盛裝「噢原來它是這個形態」湧入的死亡，的那只難以言喻的大樂器、大教堂、大墳塚、大玻璃容器？它讓我們花了一百年，去學習擴大對那麼大規模的想像力，一種全景幻燈的各地區發生了什麼事的疊加統合。這一百年，各種像要用高空飛行器攝影機才能拍攝的，曠野上那樣數量的士兵、戰車、火炮、爆炸……這似乎不夠，於是上演了幾百萬人被列車送進集中營，那樣安靜、紀律的殺光。或是竄高至空中的蘑菇雲，將下方十萬人的城市瞬間融化、蒸發、變成熱粉塵。這一百年人類基本上把地球上，不是為了他們食用的野生動物，消滅到不存或瀕危的狀態。然後都是在這一百年啊，對我們這一代的人何其見怪不怪、理所當然。地表上到處都是高速公路、高速鐵路，你看我這樣的老頭，駕了一台車，一上那怪異的鋼筋混凝土的跑道，那麼悠然自如地在時速兩百公里的雷霆電馳中。然後也見怪不怪了？一開始把數百人聚集到一幢挑高的大建築，所有人抬頭一齊看著牆上那大螢幕上，虛幻的光影。這可能還說是延續之前幾百年，各種挑高大教堂的空間儀式性。但後來那極大的資金、創造力、慾望、誇耀，全遠超古代某個暴君腦中任何奇想：羅馬假期、埃及豔后、泰山、荒野大鏢客，然後開始出現教父、然後各種戰爭片，終於有了最長的一日，然後有太空漫遊、然後終於有去拍攝當年集中營大屠殺的故事，然後像一整個蜂巢全快轉了，各種奇之不足為奇的，恐怖份子核彈搶救、國際特工和他背後黑影幢幢出賣又出賣的ＣＩＡ和ＫＧＢ，然後是女特工去偷羅浮宮不可能有人侵入的名畫或哪個國際最大咖黑道皇帝用幾十道高科技裝置鎖在摩天大樓頂層的一顆超巨大紅寶石，然後是鐵達尼號的沉沒、外星人入侵、各種形態的世界末日、外太空的某艘太空船被一直繁殖的異形佔據了，然後是各種不合物理現象的變種人，並且他們組團守護地球⋯⋯。

二十世紀末期，跨到這之後又新一個世紀的，我們這一整代人，全越界了，心靈全墮入深淵了，但我們根本不認識這麼做的那些人，好像把蛇髮女妖美杜莎的陰蒂，當一個用我們這些小人兒的手指，來回揉搓、把玩，不同角度拉扯，好奇看她會怎樣銷魂地呻吟、求饒。

這好像就是一座小鎮的嘉年華擺攤，不，一所小學的園遊會，沸沸揚揚、摩拳擦掌，對天上的那個一直沒動靜的大 Boss 喊話：來吧，來吧，我們做好準備了，我們知道那是怎麼一回事了，我們已經解開了基因圖譜，我們其實也可以製造微形黑洞了，我們的AI可能再五十年，可以破解所有現今不可解的數學難題，事實上我們在上世紀四、五〇年代發展起來的量子物理學，我們有可能找到那進入不同宇宙的旋轉門。

老和尚說，我知道你和我是同一類人。我們想當說情者，但我們是哪根蔥？

稍晚一些時，我走回我住處的途中，見到那幾個年輕的女孩們在劈一整個青竹的枝葉，我不知道她們劈出那些光溜的竹竿，要做什麼。我的感覺是，這溪谷裡年輕的這一群人，好像每次人數都會變化，增多一、兩個，或許是我心不在焉（或一種大叔對年輕女孩的靦腆或自慚），我總不確定她們總共是哪幾個？當然白天鵝和黑天鵝都在裡頭，她們真是即使放到大滅絕之前，任一座繁華之城的任一條大街上走，都美麗非凡。而且是完全不同的典型。另一個印象是，這些年輕女孩，愈來愈像那種部落的女人，她們的衣裝，漸漸趨同那種昏黃燈光下蛾的翅翼顏色，一種重複在溪邊搓洗，似乎都變成棉紗材質（也許只是視覺上的錯幻）。當然和所有人初入溪谷避難時，那種都會尖銳色差、銀紅、螢光、雪紡紗，或蘇格蘭格子絨，甚至麂皮材質、或流蘇、或桃紅柳綠、或綴軟的灰色薄翼……。但慢慢的，我猜連出車隊去山下死滅世界捎回日用品，女孩們或也不好意思開口要那些櫥窗、專櫃的時尚衣裳吧。沒有很刻意的，她們就形成一種我原先想像的「母系社會在她們年輕時的模樣」。

老和尚說過我，我看去隨和容易相處，但骨子裡非常古板，缺乏真正的「喜劇境界」。事實上，我確乎從進這溪谷第一天，左眼與右眼似乎就分裂著兩種想像的視界，兩種「惘惘的威脅」。其中一隻眼，我莫名其妙就是覺得眼前這一切，也太像威廉・高汀那部經典小說《蒼蠅王》了吧？似乎一種害怕、擔心、預感，我總覺得（噢，千萬不要）進溪谷的這群年輕人，其中只要一個具備那種天生革命領袖的搧動氣質，那麼會不會終也發生搶奪這溪谷裡「想像出來的權力指揮高塔」，瘋狂的原始戰鬥。但另一隻眼，我又極深地恐懼，會否變成一個封閉劇場的「大觀園」？老人嫻熟、掌握資源分配及各個擊破的控制技術，忘了這已經是「最後的一批人」，卻還以他們的舒服、安全考量，壓抑了年輕人（別忘了他們是最後的後裔，也是未來的祖先）可以自由舒展的群體建立。

但其實事情並沒有朝我左眼、右眼分裂的兩端發展。有點像張愛玲說的「不是黑、不是白、也不是灰，而是胡椒混雜」，或許人類比我們以為的要柔弱許多，戰爭可能要更大的體量，或文明金字塔更變態的堆高，才會引發。或許這些零餘者、倖存之人，各自裡面，除了攜帶這個時代的冷酷異境、惡之華、暴力和傲慢；但同時也碎花百衲被般，各自餘留一些微弱如棉絮、如螢光水母、如風中微塵那樣的，美好善良的記憶吧？但也可能（我提醒自己），我所置身的每一天，都是「真正發生之前」的混沌態，一切靜蟄隱藏，款款笑意。每一天都是那存活之秤盤被掀翻前的，僥倖的，並不真的該如此的。

但那時黑天鵝從那群女人中跑出來，喊我，大哥，大哥，我有話跟您說，您有空嗎？似乎完全不理會那些姐姐或阿姨有什麼想法，拉著我，邀我到她住處，她有件東西要給我看。

她打開那五本「書」，其實其中有一、兩本，甚至只能算是像披薩盒那樣的破爛瓦楞紙的上下盒蓋，比較具頁數規模的，至多也是翻開四、五次。但那些「紙頁」上不是填寫著文字，而是一頁大約三排，每排三個左右的小屋子，我其實一直到她闔上每一本「書」，都沒弄清那些小屋子是黏土捏塑然後風乾的呢？或一種精密的硬卡紙摺疊法，書頁翻開時它們會像河豚鼓勃脹起，書頁闔上時它們又成為內部橫直交疊的長紙條，類似編籃那樣。但因為時日久遠，且沒有很好的保存，它們都有種霉斑、模糊，像過期蛋糕，顏色晦暗、形態輪廓中也許本來預期的細節（譬如不同屋子的屋簷、陽台、門窗）都軟軟塌塌的。我想起來了，那是一種什麼感覺：那是這些房子的創作者，可能在一個視覺對世界投影聚焦還沒發展完善的朦朧夢境中，用一種半想像半記憶的固執，創作出來的。但那確實有一種「舊物的祕密」的時光哀感，我覺得這哀感是發自這女孩對這些，可能從前牯嶺街那些破爛舊書攤，每一個框格中塞滿的發黃、淡淡腥臭的舊雜誌、舊文庫書、不知名的哪個老人的日記本、書信札，一定會塞著這樣一本莫名其妙的「個人的美勞冊」嗎？但她那麼小心翼翼、像把自己最珍藏的，從不示人的一只抽屜拉開，分享我看了。

我發覺我在流眼淚。因為這種純真的、美好的情感。

黑天鵝告訴我，她有一個初戀情人，某種意義上她「已不是處女」了，雖然她和那男孩在一起的兩年一直保持著只有接吻的親密關係。他們會花一整個下午在他房間裡，像小鳥啄理每一根羽毛那樣，非常仔細、精緻地接吻。不過那男孩有白血病，後來死了。其實如果他沒因那麼早夭，他絕對會成為不世出的藝術天才。我說，絕對的。但其實我有點懵。我聽她的描述，就像那幾本翻開的「書」，有點斷肢殘骸、夢幻飄浮。感覺那個造成她將自己封閉在一蚌殼內的，那個男子，有點像一個臨床意義自閉症的，性情像天使的孱弱男孩；又有些像卡夫卡那樣的肺癆患者，眼睛突出、面容削瘦、四肢細而蒼白，但充滿一種對創作的狂熱；但有個邊界我不敢越過，但確實是這個大滅絕之前，好幾年前，我偶遇過像她這樣的年輕小說家，她們描述的某個極重要的初戀情人，怎麼都有種不是本國人，然後好像是吸血鬼伯爵的氛圍？

但我想對黑天鵝說，妳是個非常美麗的女孩，就算妳一直這樣在這溪谷中生活著，有一天我們這些老人陸續死去，也許終於只剩下妳一個人了，而妳始終還是保持處子之身。這都是那麼美好的事。以叔親身的經歷，或那兩個阿北的經歷，在我們曾經很幸運經歷過較長的幾十年，而終於消滅的時光裡，性當然是一件美不可言的事。或說如電擊穿腦直透腳底的激爽。或許和另一個人的親密關係，使你們和所有其他人隔了開來。這都神祕難以言喻，但確實最後也並不真的那麼永恆芬芳。它確實會長出太多怨念、苦惱、羞辱或憤怒的翳影，最後老去時回想，啊佔去了太多珍貴可以感受學習更多事物的時間。但從那些爛泥漿似的哭泣、說謊、被背叛遺棄，以一缸泥撈出一顆拇指大小的金子，有些老人收藏著被悔恨之泥掩埋的就那幾枚小碎金，似乎又也覺值得。「大阪往事，如夢裡尋夢。」

那之後，又有個三、四次（我很小心），黑天鵝又會在我經過那溪谷裡一群正在工作的女性時，離開其他人，喊我，嗨，大哥，然後天真無邪地拉著我到她住處，或另個僻靜處，和我說她的「史前史」。這以我在我的「史前史」的人情世故，其實頗擔心、為難，怕作為忘年交兄弟的他，對我起了不舒服的心思。畢竟有一看不見的氛圍，是把他和黑天鵝的「破處」綁在一起。雖然這兩個相較年輕的男孩女孩，都因此變得尷尬、彆扭、負氣，但對我而言，黑天鵝確實在某種懸浮態的意義，算是「弟妹」，我兄弟尚未過門的媳婦。但黑天鵝對我說那像夢境中的「初戀男友」時，那個純淨如白瓷的少女虔誠神情，（甚至我不該這麼說，但卻是真實存在的，我意識到她竟如那些古代言情小說，「口吐芬芳，氣如芝蘭」，那是一種人體內臟尚在極年輕時，還沒沉櫐敗壞，那種清澈的氣味），那對於我就是個小丫頭、小美女、小天才。她的「去除自己的性荷爾蒙」，這件事讓我們這些老人擔心，但我又覺得若非這整個是一場死滅悲劇，她不正是文明以繁複、長時間挑揀豆子的耐性、一些奇怪的藤蔓推進，細微地塑造，跨過一百年以上的審美，資本主義滲透到這個移民社會、第三世界，各種文學運動、羅曼史、美術系的油畫裸女、某些漫畫、翻譯小說、西洋歌曲、慢慢到網路世代，全球躲在龐大數量人類的某處天才群組的上千首音樂天才的創作、流行時尚那些華服下非常殘酷的高眺纖瘦、少女乳房身體，走T台的金髮白人女孩、黑人女孩、華人丹鳳眼女孩……，像掐絲藍鳥羽毛作成的纏繞、在極小空間內無數迴旋的女人髮簪，那形成了她這樣奇異的孩子，那麼合適像一幅畫中的「溪谷中的精靈」，這種演化，長出這種「絕對絕對不會去傷害別人的靈魂」，但很奇妙的，她的內在，卻又拒絕再將這種品質的自己，繁衍後代。老實說，我也很好奇（當然那時我也已經不在了）黑天鵝和他，真的成功破處，懷孕生下的孩子，長到二十多歲的，是怎樣一種品質的孩子呢？我心緒紛飛，也會想黑天鵝一旦跨過那個坎，成為年輕的母親，然後中年（或許漸變豐潤垂墜）的母親，那種我們習慣描述的，母性的流光。像精緻白瓷表層的火光漸褪，成為一種象牙色或更暈黃些的，光被收斂而去的「成熟女體」。

我會和他的女人搞曖昧？不會的。但我需要去跟他解釋些什麼？不需要。兄弟，是弟妹她自己來找我，談一些女孩兒的困境。在我心中，她就像女兒一樣啦。但他一旦會賭氣地說，黑天鵝？那女孩不錯，不過不是我喜歡的那型。那真的就搞僵了。

老和尚曾對我說：女人比我們男人聰明太多了。主要是，從前那個蜂巢般的昭和町，那些看去像塞滿拾荒破爛物的小民俗物攤，那有多少悲歡離合、啼泣姻緣。漂撇的老黑狗兄，幾十年的黑狗嫂，結果老來是跟一個小他二十歲的女生在一起，或者是，哪個皮哥，和二十多歲的兒子一直處非常差，後來和一個幫人們弄電針灸療法，還會通靈的「仙姑」湊合在一起。還有一個傢伙，住陽明山上，老爸老媽留給他們兄弟各一塊山坡地，他在那弄了個小鐵皮屋畫室，泡了許多野蜂酒、毒蛇酒，臭屁說他要把山坳附近的「寡婦」們全上遍；還有一位發哥，那可是奇人，三十年前手中經手的北魏佛像，那可是後來都收到林百里這些人的地窖裡。他女兒燒一手好菜，所以黃昏時這些老痞子、老混混（但你看不出他們可能手中有幾幅余承堯的真跡、臺靜農或周夢蝶、甚至汪曾祺的字），他們便聚在老發哥的店裡，喝酒吃飯、擊筑而歌。常常座間會有一些略有年紀的美婦，氣質高雅，但不知為何也像追星族，都聚來發哥這聽那些葷笑話。或像老簡，退休公務員，擠在靠街這邊的外鋪，他的臉就像民俗畫上的壽星翁，紅潤且發白長眉，總是呵呵笑著。店裡有一張六、七十年前的「牙醫椅」，他總坐那上頭打盹，但他店裡的台灣老樹茶，那可能沒有人能跟他搶第一。還有這整個昭和町（以前是個殺雞、案頭剁豬頭的傳統市場）最角落攤位的Andy哥，小店玻璃櫃塞滿破爛泰國佛、西藏隨身佛、三、四十年的大同瓷器、虎爺木雕、關公神像、三太子、土地公、老電影海報、原住民的木雕、民俗印花碗、日本鐵壺……什麼都有，但Andy哥有一段傷心往事，他曾娶了一個極美的福州女孩，兩人曾想在福州闖個事業，結果幾年前那女孩被車撞死了。Andy哥說不清楚、撲朔迷離，反正一輩子積蓄，或是給了娘家那邊，或是又借了一大筆給自己哥哥嫂嫂。從此變「隱於市」的流浪羅漢相，在這荒棄古玩市場邊角，自顧自畫油畫。他的畫中都是鬱藍深黑底色，甚至山影荒野有些鬼悚的背景，一隻或兩隻的狗，但那狗的眼睛，像初戀的少年，如此純真、萌、淚眼汪汪。他說那些狗就是他自己。

老和尚說，這些人都是些厲害人物，台灣這七十年來的時代鐘錶，都被他們拆開，玩遍了。有個老頭，不太和這些吵吵嚷嚷的傢伙混，但他店裡的每一件都是博物館等級的，他專收原住民的刀、刀鞘、竹篾、陶甕、玉珮、琉璃、甚至有皮盔甲、有鳥槍。這些老人，有一種玄鐵般的性格，他們的青春時光，比你們這些窩在都市咖啡屋裡的死文青，都豐富多了，生命力勃跳多了。雖然他們老狀都萎靡，那是因為狂喝縱飲。譬如那個開一家叫「火金姑」小燈鋪的楊哥，唉那真是漂亮、一股桀驁氣，不用撩妹，妹就自醉，一屋子比《陶庵夢憶》寫的還夢幻，全是收集日本時期人家裡的，洛可可風金錯銀的藤花燈座，或那種馬賽克的彩繪玻璃燈罩，那時候的玻璃就有種夢境不完全的尾焰迤灑出各種顏色光暈的氣氛。還有那些宮廟走廊屋頂的乳突狀白玻璃罩燈，走進他的店鋪真是一個火金姑棲息的夜間森林。那時多少妹啊主動要獻身，因為太像童話世界了，但都不長久，因為跟他一陣子後，就發現他根本是拾荒老人、囤積狂，小小屋裡全是那些長鏽的金屬燈架或各種配件。

但這些 man 貨，他們聚居在這一區，時日久遠，你就會發現欸不同的女人像蝶蛾翩翩飛過，你也沒法真記下這些女人的臉，老中青都有，平均每個老傢伙都換過幾個女朋友。但最後你會發現，女人就是那滴水穿石，切開我們現在所見溪谷的綿綿不絕力量。女人更懂天地，更實際，但又更和資本主義那一套依附得不亦樂乎。幾乎你在看那些輪換的女人們，欸，其中哪一個照顧這其中一個老傢伙，比較懂那些煲湯啊、食補啊，啊那就是有福氣了，修得正果了。大部分的故事，女人和其他不同的女人戰爭，等戰爭結束、清理戰場，通常她們就是這三個：包（或其他如茶道、瑜珈、貴婦下午茶）、小孩、然後是房子，大約最後她們會得到這三個。然後就不理你這個老男人了，聽你在人群前唬爛得天花亂墜，女人根本就把你看透了。

當然他和黑天鵝如果繼續發展，不可能是這些珊瑚礁孔洞岩生態的形貌。城市沒有了，街道商店有一天若會重現，恐怕也是他們孫子輩了（而且要非常幸運的，如溪谷主人計算的，那些屈指可數的「年輕子宮」，各自真的繁衍足夠的子裔，且不會發生基因上的近親配對），貨幣沒有了，慢慢年輕一輩曾經從網路上看來，龐大稠密的對世界的記憶，也終會逐漸消散、褪色，男人也失去了所謂能讓年輕女孩甘願委屈柔美以交換的巨大資產。說實話，我想所有人對我們的未來，會走向黑猩猩的性愛社交（如韋勒貝克寫的那些雜交的團體），或是大猩猩那樣的一夫多妻妾制（如《紅樓夢》嗎），都缺乏想像力。我們都挾帶著從那個毀滅文明殘存記憶的，某種性感、權力幻覺帶來的布爾喬亞小尊貴感，某些身分或技藝（譬如小說家、譬如電影導演、譬如頂尖的燒陶藝術家）必須放置在以千萬人為背景的精密運作社會，才會如漫金浮現的，受人尊敬的，如清晨蒸發的絲縷霧氣。

女人們會用重新摸索的方式，建立她們的姐妹情，而男人呢？恰好我們不是尼安德塔人，不是最初向世界散開走，獵食所有動物和其他人種的現代智人，我們只是，原先依附的那艘母艦爆炸了。但我們記得文明的某些線索，譬如仁慈、有些界線不得越過、不要製造恐怖，或者，最微弱的，至少有可信任的情感，譬如勾鍊的小小金鎖片……。

所以我和他，或說我非常小心，我和他可能連結在一起的黑天鵝，那真的像之前有部電影，說「太極楊露禪有鳥不飛的絕技，麻雀在他的手裡飛不起來就是因為無處借力」，別看什麼都沒發生，或說別看我們這些人每天就剩下吃喝拉撒活著（對了，還有講故事），黑天鵝在我眼前，露出那髮髻後細細金絨毛的優雅頸子，像一只純淨的影青白瓷小瓶，說著那對我而言根本不是人世苦難，而只是一種純真的回憶，連故事都還沒張開，但我內心可如武功高手夜裡輕功走官家屋瓦，每一片瓦踩下都不敢散漫啊。

我略略跟黑天鵝說了一下，我昨夜做的夢，沒有什麼邏輯：我和我的妻子、小孩，急匆匆要出門，但我一直掛心，家裡一只鉛水桶裡，繁殖的三隻巨大蟑螂，那大小像一隻陸龜，或龍蝦，不知為何三隻皆奄奄一息、浸在牠們自己排出的汙水裡。我跟著妻兒走下公寓，在我們門前，那是一條熱鬧得類似夜市的商圈，燈火像深海鮟鱇魚一盞一盞飄忽地亮著。然後我把那桶巨大蟑螂倒進下水道的孔洞，但牠們太大了，於是攤放著那肚子露出的黑色、淺褐透明薄膜，還有許多節肢上的刺棘，嘴器部像旋轉監視器，兩根長鬚濕淋淋搖曳著。我的妻兒都因為我在大庭廣眾前，怎麼傾倒出這樣一桶噁心到極致的東西，都陷入憂鬱、羞恥，責備地看我一眼就跑開。

然後是，我妻兒們走進一幢像是微風廣場那樣的百貨公司，我被一種「他們習慣性以我為恥」的傷心感充滿，甚至夢中非常憤怒。但我獨自搭上一台電梯，非常怪異，這種電梯在我以前的夢中出現不只一次了，它不是上下垂直於不同樓層，它是譬如下降個四層，然後像遊樂場的雲霄飛車，但確實是一封閉吊箱，沿著那百貨公司建築的外壁，橫向移動，移動速度很慢，我在裡面會聽見纜繩，或這電梯結構本身搖晃，吱吱嘎嘎，機器軌道的聲響。然後雲梯在一類似黃昏的環河道路旁打開，上萬輛噴吐廢氣的摩托車在那等紅燈，間或一、兩輛大砂石車。非常蠻荒、烏煙瘴氣，所有人戴著安全帽、但身形卻悲哀疲憊。

然後我就醒來了。

黑天鵝說，大哥你為什麼做這個夢呢？

我說，我的妻兒應該都死於這場瘟疫了。其實這溪谷裡的每一個人，如果有繼續的知覺，應該是感受到徹底離開了整個仍活著的群體，他們是落單的，也許他們會在一大片走不出去的箭竹林裡相遇。但怎麼走一路就是他們三個人。不過現在反過來了，我們這幾個人是孤立，被放逐在「集體的死亡」之外，也許一些很差的電影劇本就會來個翻轉：其實人類根本沒有那場大瘟疫大滅絕，我們這幾個自以為劫後餘生，困在山谷裡的，才是自己忘掉了「發生了什麼事」，各自不同的自殺者。

黑天鵝說：但你知道不是那麼回事對不對？

我說，是的，如果是那樣就好了，但很不幸，我捋過了所有發生過畫面、事件的銜接，我們是活下來的。

黑天鵝把雙手抱著膝蓋，然後把頭埋在那之間。我深知女孩即使在小女孩的時候，都知道自己怎樣看起來是最美麗迷人的。奇怪是她和白天鵝，或那個肚皮舞超級正妹放在一塊，你不會覺得她什麼「幻美絕倫」，但她（或許自己也知道）在這靜謐時刻，就是有一種沒有任何破綻的精緻。

大哥，你覺得他是怎麼樣的一個人呢？

他啊，我說，我認真的說噢，只說一次。我覺得他，是妳拿給我看的那幾本，妳收藏的，妳初戀男友的，那幾本「書」，嚴格意義上我覺得它們什麼都還沒長出，就像雞蛋敲開，裡頭一隻不成形的小雞。請你原諒我這麼說。

黑天鵝說，我很生氣你這麼說，但我原諒你了。

我說，他，是這個溪谷裡，我們這些人，唯一會在很久以後的將來，把我們這些人，這些時光，發生了哪些事，寫成一本小說的人。他可能是唯一一個，會把「小說」當一回事的那個人。

我和他能獨處、深談，反而都是在晚餐後（在溪谷裡，每一天晚餐的準備、到晚餐的整個過程，到最後收拾廚餘餐盤，這需用去的時間，超出我生命之前任何時光能想像得長），晚餐後通常還有一段其中某個人說故事的兩小時吧（我們稱為「十日談」的夜場，區別於整個下午到黃昏的日場）。然後大家會意興闌珊，星空下漫步，各自走回自己的住處。這時我和他各自盥浴後，會兩人相約在那像廢棄煤礦小火車車廂墳場的空地，喝點啤酒，抽抽菸。

這段日子，他和另四、五個人，被導演拉去「補拍」那部莫名其妙電影的一些場景，所以其實白天他並不在那「聽故事」的圈子裡。我感覺他的臉因白天日曬、或是他們的皮卡車在無人的山區彎道倡議疾駛，你不知道他眼裡看了哪些群鳥飛過整個基隆河遠景，或水鹿、狒狒又成群出現在無人的市區圓環，或他們也許就在我也被抓去拍過某些橋段的海邊，看到稍遠處真的出現一對母子座頭鯨……。他的雙眼神采奕奕，似乎完全沒受到這陣子，溪谷裡關於「黑天鵝的破處」，這像微風波漣，帶著笑謔、低語，然後，似乎那通俗劇的期待，遲遲沒有下一步發展，反而變成一種看不見的等待、人群的浮躁，他完全沒受到這事影響，甚至我作為這溪谷裡，和他最無話不談的老大哥，這幾天也因為黑天鵝單獨找我說她的往事，難免捲入一種人心、猜疑、八卦紛擾的煩惱。但他和我在夜色中，那一切如此空蕩。我知道他完全信任我，甚至我還擔心他體內某種「父權殘餘的所謂高貴」，他把黑天鵝視為我的抒情領地，當成不言明說的「嫂子」，自動地清空一切對這女孩的雜念。那可真是麻煩了。

我們抽著菸，聊起「他心通」、「他感」（這當然是拿他的名稱來開玩笑），他說，說來殘忍，但這很像一個從花樣年華的少女，疲憊的一生，一直持續地生孩子，然後她孩子裡較早的那些，也都當了父母，或有的在不同年紀死去，但她仍在生，那個分娩的痛苦、照顧嬰孩的耗神，不可思議持續了四十年。終於，我們像是這個老婦，終於排出最後的卵，那乾癟皺結的枯黃珍珠，生下最後的嬰孩，是個死胎。但同時那個大自由無比清爽的降臨啊。他說，你想想，我們若活在一百年前，要嘛也會去參加孫中山的興中會吧，去身綁炸彈去炸總督府吧？或許我們會跟著日本軍隊，開墾入山棧道，剿滅那些獵人頭的生番？或許我會受到某位先生的啟發，痛哭流涕，加入共產黨？或許我會恨透了自己這個百病纏身的文明，發憤苦讀，搭輪船到那個有著自由女神舉火炬大雕像的美利堅，或許我恨透了蔣介石這群江浙官僚加特務，我搭香蕉船出亡日本，發誓永不回台灣？這就是「他感」，「同情理解他人的痛苦」啊。

他苦惱地告訴我，他和「那個女人」——我問哪個女人？他說就是當年光碟事件受辱的那個女人——有一段時間，可能是，他以為他們是情侶，但她或許是慈悲，或非常有經驗的露水姻緣，或她只是習慣性地希望別人喜歡她。他說他們當然都是避開溪谷眾人耳目。他非常沒有經驗，那女人給了他一些關於「女性」可以溫柔到怎樣地步的經驗。他說，其實我也在享用當年所有人羞辱她，把她打成破罐子，然後她自己餐風露宿收集起的自己，絕不傷害別人，那種溫柔的、啜泣的，渴求你不要也羞辱她，告訴她她是個漂漂亮亮的女孩（不是母狗，不是AV女優），他說他沒有經驗，能給的很少很少，他只是一直喃喃說，妳好美！妳好美！她似乎就恩賜給他像最濃郁的起司，那種他無法想像此生能再在其他女人身上得到的軟玉溫香。

我心中只是想著：那這個女人，還有排卵嗎？她也包括在溪谷主人數算的，能懷孩子的那幾個子宮之內嗎？

我說，但她後來終究是靠過去湊近茶席那邊，以溪谷主人為中心的「見過世面的人」的泡茶圈是吧？

他嘆口氣，說是啊，那是她的天賦，不，年紀帶來的時光資產，她和他們有共同認識的人、共同記得的事啊，我能聊的，都是哪一年流行的遊戲啊。她那些經紀人、律師、助理陪著開會，和大陸的電視台高層吃飯、姐妹淘（後來一定有出賣者）在蘭桂坊、在東區 lounge bar 喝酒、一百次去到京都、一百次去到金澤、六星飯店城市高空的墨西哥人彈吉他演奏、她也會去看蔡依林的演唱會、專程買賣飛東京看羽生結弦的單人花式冰刀長曲（那次破世界紀錄）、城市高空五、六十樓鳥瞰下方夜景如天上繁星，Penthouse 有最頂級日本師傅割的生魚片，她這個「被全部人羞辱、看成賤貨」的女人，卻在日後二十年、三十年吧，過著資本主義愜意的生活，而且沒有發展出一絲絲傷害他人的品行。還好這個大毀滅也毀滅了「網路酸民」這種生物。那真是長在化糞池汙水道裡的蕈菇或藤壺，真是靠糞水裡的蛆或消化不止的柳丁籽、哈密瓜籽、沒融解的魚頭骨、空心菜纖維但都臭不可聞，牠們靠著那種意象繁殖。

我問他，那你拿黑天鵝怎麼辦？他大大噴口煙，天啊，她還是個小孩子吧？你們這些老變態！

我知道他是帶著親愛的情感這樣說的。

我說，他，她那樣的女人經歷過的浮華世界，關我們這種人屁事啊。

他說，大哥，那黑天鵝人家不想破處，這關我們什麼事啊？

我記得有一次我恰好和溪谷主人站在山坡上一棵落葉松（那是他沾沾自得，當年找挖土機在這溪畔挖了十幾二十個大窟窿、把一株株偌大的松種下去的，再纏綁它們的形態、意境）下野尿，遠遠看到他和女人，坐在較遠處的蓮花池畔說話，一旁的薄霧彷彿有神明在趕路，卷繞翻滾，從他倆一旁一陣一陣掠過。溪谷主人突然對我說：「我們不知道這地球上其他地方，還有沒有像我們一樣倖存的人類，不過接下來的二、三十年，現有的這溪谷裡的男人女人，有機會就要交配生子，這可能還趕不上我們這些人最後滅絕的速度。這可不是開玩笑的。」

這段話說得荒謬，卻又真實、悲哀。不過後來，也許過了兩、三個月後，我和他變成我們在這溪谷中，最常混在一起的哥們。也就是說，他並沒有如我和溪谷主人遠遠眺望時，像期待草原上的一頭公牛和母牛，交配繁衍，反倒是和我這個廢材中年，整天混在一起，大講特講那個「我們都是平埔的後代」。我最初會和他激辯，當然沒有辦法用電腦或手機上網，真的太不方便了。但有一天我想：我在和他認真什麼？我們這些人，基本上就像一只破罐子裡僥倖裝著水，在裡頭惶然游著的幾尾孔雀魚吧？我們身上曾經發生過的，三、四百年前的強暴、基因之謎，我們的祖先是施暴者或受難者，誰管他是怎麼回事呢？也許他真的在這片溪流清澈、溪石詭異的巨大且像久遠之前有人用鐵器，鑿了大大小小許多孔洞，或那包圍我們的翠綠山峰做了什麼，但若我們順著坡道上至山路，再順著下山，可以看到一整片大海。這個擴大的地貌像有生命一樣，高低起伏，但人類似乎真的消失了。我想最開始受到溪谷主人保護的，我們這些人，多少內心有一部分都崩潰、瘋狂了。但似乎仍靠著文明的記憶，維持一種說不出是公社、還是貴族渡假莊園的，每一天無所事事地活著。物質暫時非常充足（只要有汽油，那幾輛RV車、卡車，可以下山去任何一間無人的大賣場補充米、油、鹽、泡麵、罐頭，它們的發電機自動保持無人運轉，冰櫃裡的水餃、冷凍調理包），這裡的菜圃也提供每一餐的各種菜蔬。

我想也許這一帶的地貌，給了他某種拓樸學式的靈光乍現？我們拿著溪谷主人的獵槍去山裡射殺那些野雉、白鷺鷥回來加菜，是否讓他侵入了某種三、四百年前，在這一帶出沒的馬賽族什麼什麼社，那些平埔番生活的時光重現？

那個中年女人後來比較少出來和他講話了。我不知道他和她之間發生了什麼細微的，也許就像一場一時昏頭的熱病，無人知曉的戀情來了，又消失了。我是這麼想啦。女人融洽地加入溪谷主人和那些年紀較大且較見過世面的幾個人的「品茶席」，那個瘋狂的導演，還在拍著奇怪的「電影」，但我發現最開始進入到這溪谷祕境的，其中幾個年輕人，不知何時都跑掉了，也許他們去找尋、建立更符合他們想望的「魯賓遜漂流記」。

我記得有一次我和他提到，很多年前我讀過一個說法「在軸心文明以前的社會，文明是不可能延續的」；他反問我：是誰說的？我說我想不起來。也有點懷疑這個說法，當初我看來，他是在談「孔孟之前的所謂中國，是你根本無法進入的」；還是在談「我們現在所置身其中、使用的西方現代文明」，但好像是說，必須放在「軸心文明」之內，這個所謂的文明，才是活的。

他說：所以你是想說，在西班牙人、荷蘭人、日本人、或清國人，他們不同的觀測、描述之外，「平埔」是不存在的。我說我不是這個意思，但我又確實好像是這個意思。

所以我們終於又在一個「不存在」的狀態了。他說。

主要是，因為這場噩夢，或說這遠超出我們年輕時讀的小說、電影，更超現實的大滅絕，我們曾經身後那六、七十億人的背景厚牆，全不存在了。就剩每日眼前可見的這幾個人。「最後的人類」。

每一個人竟都可以成為極大的抽樣、代表。這感覺非常怪，好像我們被放在一個懸空的玻璃盒裡，有高於我們的心靈在這玻璃外觀察著這十來個小玩意的「柏格曼劇場」。原來，我們各自，一定是從一塊密密麻麻無數小點點的畫板，抽離出來的，也許你是個電影圈的、你是個藝術掛的、你是退休的中學老師、或你是個賣酒的、你是個林務局的科長、或甚至是在美國長大的ABC，這事之前是個網紅、或你的姨丈是那個每天在政論節目上講51區外星人的老唬爛、你的小學同學曾經是那位前一年殞命的大美女舞者……，每個人必然被他的密密麻麻，「活著」的社會網絡、像懸絲傀偶的控繩，層層纍聚，疲憊不堪，但若有人願意聽你說，那運作、銜接、設局、無傷大雅的謊言，所有A男和B女、B女和C女又和D男，D男又和E男、F女、G女所有絕不可能是單插座的男女八卦，或誰沒那麼一本風流桃花爛帳，那你可是可以說得眉飛色舞。這真是一種奇怪的生物，在個體和個體之外，長出那麼錯綜複雜的細玻璃管，這些細玻璃管許多時候又各自是那孤獨個人的一生時間刻度。如今全被撤掉了，似乎這些突然落單的個體，這樣在溪谷裡其實也活得好好的。於是我們大腦裡原本對應那個繁複、細膩、間不容瞬在旋轉、對接、交換，以及對這一切像一百根互相顫動清理對方每一根鬚毛的電動牙刷，更多出一千倍所需要的心理學猜臆，進一步退兩步的試探、合宜的你知我知但不得不如此的社交辭令……在這個「剩下的」，溪谷裡，或這一小撮人，完全沒有使用的必要。

有一次他問我：你覺得我們現在需要準備的心智，比較接近於，一、整層建築全是中風癱瘓者的養老院（但會有外籍看護推著輪椅帶你去放風）；二、瘋人院；三、集中營？

我說，喂，要學會感恩，七十幾億人的生命景窗被關掉了。我們是比中大樂透還小無數倍機率，莫名其妙存活的那幸運者。如果一萬年後，人類這個物種，在地球上並未消失，那我們這幾個人，可是那時候人類神話裡的原初始祖啊。

不過這時較遠處的山裡，響了一聲像摔破一個玻璃瓶的清脆聲響。我們互看一眼，應該又是這溪谷裡，某個人受不了，偷了溪谷主人的獵槍，跑到哪個密林裡對自己腦袋扣板機的回音吧。

我和他，其實二十幾年前就認識，但其實並沒有相處，我們是同一所大學研究所差了一屆的學長學弟。事實上我們的指導教授是同一位女老師（她是當年我們那個所裡的傳奇人物）。話說回來，才提一下這往事，當初我們那小小的學校、小小的系所，就像積體電路板，超複雜地像河谷侵蝕地層的人際鬥爭，系上老師之間的鬥爭、不同男老師門下的女學生們的爭風吃醋，或暗影幢幢的師生戀、系辦公室裡不同助教間的恩怨、系上學生不同年級的男女朋友的分合大戲，或前男友、前女友、又捲入學長、學弟、學妹，甚至前女友後來和一位男教授在一起，變成「小師母」（因為男教授已婚）……總之亂七八糟，如培養皿數百隻不同品種的病毒實驗。

有一天黃昏時，女人和溪谷主人的妻子似乎發生爭吵，她們身邊圍著其他的婦人。不知何時起，譬如晚餐這樣對溪谷所有倖存者，皆變為一天中盛大之事，且奇妙的，聚集在那大屋子廚房外的一角，被菜圃包圍起來的一個玻璃纖維屋篷下的小空地，成了女人們聚集在那，燒灶、淘米、升炭火烤肉（有時非常奢侈會有烤全羊，或烤白天男人們用獵槍打回的野豬）、清理內臟、剁蔥、切青椒、剝綠竹筍、那些我分不出的、菜葉邊沿像女人蕾絲襯裙皺紋的各種野菜，或是宰殺老和尚、溪谷主人或他人騎充電摩托車去海邊釣回的海魚、剝鱗灑開的碎光，所有女人身體的形態，都被天色漸暗的蒸騰白煙籠住。年輕女孩們也幫著從女主人指揮的哪處地窖，搬出醬缸醃的什麼豆腐乳、泡菜、豆豉蘿蔔之類的。

不知從何時起，這個場景被溪谷裡的女性接管了。我有時想轉身對他說：這就是你夢想中的，「平埔人的生活」嗎？

但那天發生在那黃昏、廚竈旁白煙中，女人和溪谷女主人的爭吵（我是從遠處看，沒有覺得很大的騷動），好像是女人自告奮勇（她算是那種高級職場女性、或一部分混法式貴婦咖啡屋、對歐洲頂級名牌瓷器、時尚資訊、高級精油、米其林三星地圖，遠比各種穀、薯、小米、蔥蒜的知識，要清晰許多的名媛吧），抓了放養在溪畔林地間的一隻白羽長尾雞，親手割斷那雞的脖子（當然場面弄得頗可怕，但她在溪谷這段日子，和那群年紀較大，「茶席上位者」之間，有一種自負的、傻乎乎逗樂大家的模式）。沒想到溪谷女主人哀號大喊：

「那不是吃的！那是我的娟娟啊！」

也就是那白毛雞其實是家人般的寵物，其他人其實也都知道，但確實那似乎也是這片溪谷祕境，剩下唯一一隻雞了（之前女主人放養的十幾、二十隻，早就被她親手燉中菜、麻油、鳳梨苦瓜，療癒這些倖存者惶然的心和肚子啊。）

晚餐的時候，女人們還是達成了和解，溪谷女主人本就是個易感、慷慨、真誠的人，後來那一大鍋香菇雞湯（其實是「香菇娟娟湯」）還是她親手擼袖子烹成。女人們在烹飪區似乎又哭又笑，確實這也是持續死寂的歲月中，極少貼身闖進的「事件」啊。

餐桌上，溪谷主人和老和尚，以他們洞悉一切，卻又是老直男特有的謹慎迂迴方式，說幾句屁笑話，緩和著大家比較脆弱的神經。後來，女人突然說起一個她學生時代的故事。她說那時她念研究所，最好的一個姐妹，是個鳥痴，她養了一隻文鳥，聰明到，不，應該說，那人那鳥相愛到什麼地步呢？

就是那隻鳥，停在她朋友肩上，會去叼牠的鳥飼料，可能是玉米粒或堅果，去餵食這個主人，似乎在那鳥的腦袋裡，一切倒過來了，這個主人成了牠要保護的幼鳥。

但有一天，她這朋友到後面陽台，發現鳥籠的門被打開了，她的文鳥飛走了。她們那時都是學生，分租公寓，她朋友就懷疑是室友裡一個宅男博生，可能清晨某一段時間，覺得那鳥太吵，就把鳥放了。

餐桌上女人們的臉都隨這故事變化著。人心怎麼會這麼壞呢？只是覺得吵到你了，明知道那是另一人的摯愛，竟就毫不費勁作出傷害的事。

好，女人說，大約過了兩個禮拜，有一天，我那姐妹，在她房間打報告，聽到一陣啁啾鳥叫，她立刻認出那是她的文鳥，只有她一聽就知道那是牠在呼喚她。她衝到後陽台，我們那時那公寓是在四樓，但那隻文鳥大約是受了傷，在一樓的人行道朝上叫著。你們都可以想像我朋友那個驚喜，轉身衝下樓。但是，就在她打開一樓公寓鐵門，跑向她的文鳥，距離大約十公尺時——我發誓我說的都是真的——一隻野貓，咚一下迅捷跑過來，把那小鳥叼走了。也就是，那文鳥不知經歷怎樣的辛苦，飛回來，竟然只是和她見了最後一面。

那天夜裡，我和他都失眠，一起坐在燒陶窯屋外堆棧並蓋上油布（像廢棄停放在黑影中的七、八節貨運火車之車廂）一旁，喝啤酒並漫興亂聊。內容其實頗混亂且龐大，有點像，我們在「追憶逝水年華」，但其實我們回憶的，並非曾經真實置身其中的，某個場景、某一些我們認識的人，而是，已經被隔斷、沉入深海，無法伸手抓取的，在這莫名其妙的大滅絕之前，彷彿就在昨日，那麼奢侈、任意的，我們還記得的一些YouTube的荒誕情節。當時講那些天方夜譚，驚悚駭人短故事的YouTuber，如今也跟著那巨大數目的死滅，不存在了。但我和他，像兩個背棋譜的老頭，各自缺漏許多細節和重要關鍵，我們抽著菸，回憶一則一則、他媽的和現在的我們一點屁關係都沒有，而且每一則故事的每一個人物，都是死滅、被黑暗襲捲而去的虛無。但我們好像在波光幻影上，煞有其事拿著長柄杓子打撈。

譬如說（這都是他說給我聽的），在大陸，某個小城的火車站，有個年輕女人，她也是從他省來此打工，遇見一位長相清秀、能說善道的年輕人來搭訕，兩人總之聊了聊，年輕人就邀這女人去住他那兒。女人跟著去了，兩人當然也做了一對孤男寡女會做的事，但沒想到才纏綿完，那男的就使勁把這女的勒死（其實她只是昏迷，但他以為她死了），然後這男子剝光女人身上所有的財物（可想而知少得可憐），把她拖到地窖扔棄。過了不知多久，女人醒了，發覺自己躺在超多屍體之中，有爬蛆的、有已是白骨的。都是像她一樣的女性。女人奮力爬出來，那男的一看也傻了，正要抄起鐵鏟掄下，女人虛弱地求他，別殺我，我可以幫你殺人。之後這兩人就在一起了，之前這男人下手的對象，都是火車站周邊，神色悽惶的單身女子。女人加入後，他們開始會以女人為餌，誘騙一些男子回來，男人再出其不意將他們擊殺。總之這樣好像滿多年，他們的地窖塞滿這些枉死者的屍體。後來塞爆了，他倆還換去另一個省城，繼續這簡單、明快、殘忍，而且其實每次殺人所獲都極少的錢財的極原始謀生方式。男子最初那住處，距當地警察局只有一百公尺，但小地方警方把這種不斷發生的人口失蹤報案，不當回事。或許更多的消失者根本也沒人報案，那就是水滴消失在一大片海洋的概念。

後來是很意外，一位警察到他們住處作人口普查，那對男女神色詭異（他不記得當時那 YouTube 上怎麼說的？是否因為剛宰殺了一個獵物），言語交代不清，這老警察掏槍鎮住他們，然後當然一開倉，嚇死人的屍骸數量，這個怪異，但其實手法極低層次的大案才爆開……。

又譬如說，另外在中國的哪個小城，好像是一個少女，才出門，家人後幾分鐘出來，少女已不見了，地上剩一隻小白鞋。當然後來在一處樹林找到棄屍，已經被姦殺。之後二十年吧，這一區隔個一兩年，就會有個女孩被姦殺。但當地警察一樣沒將之視為連續殺人犯，每年也都有那麼幾件人口失蹤案。感覺就是在一個天空被霧霾遮蔽、人人各自惶然求生的曠野，大人、老人都被更大更抽象的鬱苦層層包著。二十年過去了，突然有了DNA犯罪資料庫這玩意。警方先是發現一位青年，很小的一些什麼詐騙案之類的，他的DNA比對和那些女孩姦殺案採集到的DNA，有很高的相合百分比，但不是他。於是警方從他的家族親戚開始查，不記得怎麼查的過程。是一個五十多歲的隔幾房叔叔，完全看不出來，平凡得不得了，人在一間小學裡的販賣部（類似我們說的合作社）當店主。後來認了罪。學校老師、小朋友的印象都是，他是個安靜溫和的北杯。但這樣每一、兩年，就殺一個無人處落單的少女，他持續了二十多年，好像說有一個憤世的動機，只是當初報考空軍被刷掉。有兩個兒子，都算有出息，都在政府機關工作了。他被抓時，一直問警方，這不會影響我兒子吧……。

他又講了幾個。我們感嘆，當時YouTube挺多這種講一些，讓人說不出內心灰慘的大案的影片。有一些是講51區的、地底小灰人，或是來自未來的人的。很奇怪，當時有幾個不同的YouTuber，他們講的都是重複同一件怪事或懸案，是否是有個故事農場之類的。

他又想起一個比較有意思的，好像是二次大戰的，波蘭不是被德國亡了嗎？有一支波蘭炮兵連吧，好像被收編到盟軍底下，不知道是在伊朗還是土耳其的火車站，遇見一個小男孩來乞討，他同時抱著一隻小熊。這些波蘭士兵就用一些軍用罐頭啦、然後大家湊一些錢，買下這隻小熊。然後小熊就和這群（其實也是可憐的、家破人亡的大男孩）一起生活，他們讓牠學會喝伏特加、抽菸（據說牠煙癮很大）。小熊漸長大，每天還會和士兵們玩相撲，還會自己去淋浴。後來戰事吃緊，他們被調派去前線和德軍作最後的殲滅戰。有一次要登船時，英國軍隊說不能帶寵物上船，這船只運士兵的，於是波蘭這邊的指揮官，立刻授那隻熊二等兵軍階，也就是他們部隊的一員。那些英軍自然傻眼。但這熊跟這支波蘭部隊到前線，炮擊機槍掃射最激烈的壕溝戰，那熊完全不怕炮火爆炸，幫他們扛送彈炮，而且非常幸運，牠從來沒有中彈、受傷。二戰結束了，波蘭士兵們要回家了，他們把熊放養在英國一處很適合牠生存的農莊。一九六八年，熊過世了，當年殘餘的老兵，還各自趕到英國，為那熊舉辦了一個盛大紀念儀式……。

當我們討論這一切時，我們多像當年的樺山少佐，充滿嫌惡地討論「清國人」。但更大的恐怖與哀慖，在於「那是否少了一些極重要的文明的細微電線內芯，卻長成了一個巨怪」。不，不，我說，造成那一切恐怖後果的，並非那個時間切面的「落後者」，而是「想把他的現代、進步推廣出去的那些變異的新型態優勢物種」嗎？那些將別人整個古老夢境、千萬人口的文明，全被滅絕，不正是最開始的天花病毒嗎？

那最初開啟了核力量的惡魔神燈禁錮的，不是那架搖搖擺擺但以巨人視角想像下方的黃種人（對於清晰的亞里斯多德、基督的子女，他們分不出那些人的臉孔），投下了那個一瞬之激爽？那些稱為「橙」的除草劑，漫天雲雨灑在整片山林和田野，有上百萬的畸形兒活在那持續的、但世界不鳥他們的時光？我們曾經活著的那些街道，咖啡屋裡一定有的切．格拉瓦海報，但他的未竟之夢，其實更早在烏克蘭，進行了「飢荒種族清洗」；誰會記得更早的，屠殺了一千五百萬剛果人的那個比利時國王利奧波德二世？他砍那些黑人的右手、左手、右腳、左腳，只因為橡膠的收集量不到規定，說實話是我們的先人運氣好，他曾想「租下台灣島」，他可是「把黑人當猴子一樣開槍」啊。我們覺得那整大團暴脹的，被注入史達林怪異次元，然後再被毛澤東注入那大地往來復去大屠殺（像一種高超剝筋術，手指撥一撥，這地形山川複雜、漫長痛苦歷史壓擠堆疊在一起的人種，特別容易被激動，殺「自己人裡的藏匿敵人」），還是那麼讓人覺得不潔的、缺乏抒情詩，然後蠢透了把自己人當醬菜醃在床下的罈子裡，或是把人當飛來飛去的麻雀捏死，只是搜刮一下他們身上十元到二十元人民幣不等的現金？然後穿著乾淨整齊，有歐洲那樣的建築師、國會議員、歌劇廳、收藏梵谷真跡或宋代曜變天目建盞的大銀行家，那些日本人又出現了。那些感人的水圳、火車站、登山道，不是當初大批的高山紅檜、抽乾地靈的樟腦、糖、米，全往帝國一艘一艘貨輪運去？這該怎麼說呢？棲止於人類暴虐、殘酷、肺腔噴灑出的血花，那極珍罕一瞬的一隻小雲雀。

他向著夜空吐了一坨像煙圈但又糊塌成整團的白煙，說：你怎麼好像在對著一個演講廳的人群演說呢？不是那樣的。那到底是怎樣呢？他說，就很像一鍋「基因濃湯」，我怎麼不知道盛裝在我裡面的，什麼醜陋、屈辱、低級攻擊性、奴性、貪財、怕死，像太白粉懸浮著那無數的「我的可能」。然後，我和你一樣，年輕時聽蕭邦會真誠地落淚；讀了《梵谷傳》會如遭天頂雷擊；我走到媽祖廟前一定合十禱告，或是任何土地公廟、萬應公小祠，我根本不知的哪裡哪個「北極殿」、「玉皇宮」、觀音、關聖帝君、城隍，無廟不拜；然後我又覺得麥可喬丹是神，我年輕時看A片覺得波多野結衣是女神。

我安慰他，別哭啊，我在很早很早以前，就意識到「自己是個混球」這件悲慘但又稀鬆平常的事。現在所有人都不在了，我們這裡這麼幾隻，不，幾個人，代表不了哪一支民族，或哪一個時光截面裡幹過哪些壞事的祖先。我起身擁抱他，但他仍以一種我沒聽過的哭聲啜泣著。我說，唉，唉，你想，這個溪谷裡的每個人，其實都是被撕破的個體啦，除了超出數字概念的「人類」，每個人都有好幾根連接摯愛之人的共價鍵斷掉啦。我們早已不是一個物種，而是零餘的，不需要名稱的個體啦。

但那時，我像是蒼蠅長出複眼，不，像是我的後腦杓每一莖頭髮都變成視神經，都可以獨立地以不同鏡頭攝影，所以我看見，像萬花筒中無限映照再後製的，趴在我肩後的他的臉，鼻洞中伸出一條，或許是在鏡像的裂紋和水銀幻覺中，變得若隱若現的，啊，像是手機充電線那樣的細長陰影，那是我的時代曾經無比熟悉的一個細節，那根USB輕柔插進我後腦杓某一處凹洞。沒有那一瞬之前以為的疼痛或侵入感，而是一種百感交集、難以言喻，「如果是這樣，那我就沒話可說了」，上億位元的記憶和感覺原來還可能傳遞，太好了，「よかった」，真是太好了呢。你知道的，要背著一整部滅亡史，在曠野行走，那是多麼累多麼累的事。這在所有事件發生之前，或應說是在發生的外部，因為我們是以夢境的量態在進行交媾，不，傳輸。你知道，如果這是好萊塢那些科幻片拍攝的效果，應該是宇宙銀河的膨脹、無數光粉如牛奶潑灑、時空漩渦狀擠壓，遠近各處星球的爆炸，就像焚化爐烈焰裡最小的、角落一片最弱餘燼的飄飛。但其實夜涼如水，此刻比一部《奧德賽》或《摩訶婆羅多》還要龐巨數十百倍的史詩的傳遞，就只發出像一隻蝗蟲在嚙食另一隻蝗蟲，嚼碎頭部細小結構那樣微弱的窸窣聲。他（或許應該說是「祂」）解密、同時閱讀了我藏在螺旋梯大廈各層樓不同形狀房間裡的夢境，那一切像地球的磁場破了個洞，全部的海洋呈柱狀流向太空。婆娑之洋，美麗之島，我先王先民嘰哩咕嚕嘰哩咕嚕……但中間某個時刻，他突然像被其中某個夢境的什麼內容，詫愣了一下，我聽見他說：

「怎麼可能？怎麼會出現西班牙人？然後又說廣東話的女人？」

他走出那間位於這整棟P4實驗室最中心的那間負壓的「最後的房間」、經過殺毒淋浴、真空室、紫外線光室，並且穿著獨立供氧的正壓防護衣。但我們所有人還是非常緊張。他待在裡頭的時間已經太長了。全罩式頭盔護目鏡下，你一時無法分辨，他是正淚流滿面或是大汗如浸水中。但那很像教皇在專屬他的祈禱室裡靈啟。那裡頭關禁著，比所謂伊波拉病毒、馬爾堡病毒、阿根廷出血熱與剛果出血熱、天花、克里米亞變種剛果出血熱，總之迄今尚未有任何已知疫苗或治療法的「地獄級病毒」，不，末日病毒，還要更讓所有科學家顫慄的，最後十六株武漢病毒（COVID-19）的變種型。

第十九章

「天啊，我終於聯繫上外面的人了！請問你們那邊還有多少人？」

「什麼意思？」

「抱歉，可能我太激動了。我們這邊有十幾個人，但也許有三、四十個，我們在一個溪谷中，貯糧和醫藥相對足夠。但發生了許多事，你們的方位在哪裡？」

對方沒有回答，他等了兩天，那種類似《魯賓遜漂流記》，看見遠方有大船影子，但這邊拚命燃燒樹枝生煙，希望被看見，但大船又消失的恐懼痛擊著他。兩天後，螢幕又出現了一行字：

「這只是個遊戲。這是一場腦力實驗。我們只是活在矩陣之中？」

「什麼意思？我這邊十幾個人都是活生生的人嗎？噢賣尬，我不是一個惡意軟體程式。我們是倖存者。我們必須串連起來，我不知道現在地球上還有多少個，像我們這樣孤立的倖存者啊。」

「你能拍下你說的『你們』、『那個溪谷』的一些攝影畫面，寄給我嗎？證實你不是一段數碼？」

「瀉特！當然能啊！我們這裡還拍了一部電影呢！我們的人像《十日談》一樣，發了瘋在比賽講故事。我這裡有超大的關於那些故事的紀錄檔。你那邊能接收大一點的檔案嗎？我這就給你寄過去。」

沒想到對方又消失了。這次隔了三天，螢幕上打出這樣的句子：

「千萬不要！我們完全不要你那邊寄來的任何影片或故事檔案。這是個非常危險的動作。警告。警告。」

然後是一串類似亂碼、沒有分段和標點的大串文字：

「你認為他們該受懲罰嗎是的你覺得末日審判到了嗎是的你害怕殺人嗎不怕你能接受施虐嗎不論是別人加諸你身上或你加諸另一個人是的你會保密嗎是的你可以接受死亡嗎是的……」

在他意識到這是從對方那兒丟過來的病毒之前，他的電腦整個黑屏，整個滅掉了。

這是怎麼回事呢？我意識到自己在一個會議室裡，橢圓形長桌，桌上隨意置放著咖啡壺、各人不同的咖啡杯。各自面前有幾人有筆電，有的則是幾本書、一疊弄散的文件，或塑膠文件夾、筆，所有人的臉像溶於強光中的一朵一朵向日葵，五官都在過於飽和的光裡，若隱若現，像水缸裡靈敏、神經質游竄的小魚群。這有種既視感：沒錯，空間和溪谷主人的茶桌何其相似？事實上座中除了我，還有白天鵝、黑天鵝、導演、兩個拍片時的助理……但又穿插坐著三個穿美軍軍服的，（兩男一女）陌生人。但似乎大家像開著這樣的會議已頗長時間，之間說話及神情都頗隨意，像只有我從這場會議打了個盹然後回神。

但這是怎麼回事呢？那個溪谷……人類滅絕後的極少數倖存者……我那麼身體殘存感，歷歷如繪在那溪畔、林間發生的一切，溪谷主人每一次慎重從小茶罐倒進小陶壺裡的不同茶葉，每一次不同的氤氳和散開的「茶的靈魂」……然後每個晚上，每個人所說的「故事」。

但此刻這會議室的空調，可調式百葉窗外的天空，可知我們是在一幢大樓的高空某一層的某一個房間。這是我過去無比熟悉的，「彷彿無菌」的氣味、柚木會議桌板、原木地板、硬塑膠靠背椅下的小輪隨坐者臀部小範圍滾動、咖啡機的豆子、吸音防火材料牆板、上方的、圓球玻璃缸裡的不同品種仙人掌和細砂、LED吸頂燈那冷霧的氣味、印表機或潔白紙張的氣味……。這是讓我想流淚的，人類滅絕之前，那麼不經意穿梭的，「星巴克空氣」嗎？但到底是從哪一個夢，進入到另一個夢？那三個很像CIA的是什麼人？但似乎在我「醒來」之前的某一段我的發言引起他們的興趣，其中一男一女（很明顯男的是高階長官，而他稱呼那女的，海倫博士），起身圍在我座位兩側，跟我討論某種「看似脫口秀的語速，插科打諢，但可以把不同長短段的密碼，像甲殼蟲將牠的薄翅摺藏於外殼之下」，似乎我是他們尋求的某種「假裝是正常語言，但可以夾帶龐大的另一套系統語言，躲過檢查」的天才。他們讓我試說一些不同段子的屁話，然後像昆蟲振翅嗡嗡嗡嗡低頻音，「等一下，等一下」那女的說，然後我像一排餛飩等著她加入一些蝦米或芹菜，她拿著稿子，要我在剛剛那段話中，加入她給的一段看不出任何關連的長句子，「好，你再試試。」我照作了，他們倆互看一眼，「說不定他媽的真的可行。」那男上司說，然後他對著袖扣部位一個可能是小對講機說：「邁可，邁可，你帶D-23、D-29，到八一五室等我，我想我們也許找到那個『莫札特』了。」

我轉頭看了看白天鵝、黑天鵝這對美麗的少女，還有那導演。我們曾經有那一段溪谷裡的交情，妳們不記得了嗎？他們的表情像是重刑監獄裡，有某一個人因為這些底層人不知道的才能，被獄方高層以直達電梯的方式帶離開。那種赤裸的茫然、嫉妒的表情，妳們不記得我們曾在那「閑坐含香咀翠、靜看碗裡浮沉」的時光，那些極親密隱私的對話嗎？「危石才通鳥道」、「空林有雪相待」、「澗水浮來落花」……，甚至，我們那些親密的，四下無人時刻的肢體碰觸，但現在怎麼好像我背叛了大家？溪谷主人呢？老和尚呢？他們在這幢大樓的另一個會議室接受測試嗎？

我跟著那高階軍官進電梯，但他按樓層數時，像是輸了一組帳號和密碼，而不是單一的數字鍵，是了，是了，我心中暗想：所以這是「未來」，而非溪谷之前，大瘟疫滅絕之前。然後我們走進另一樓層，他和另一些專家（吧）約的那個房間。這房間則比較像一醫院的「核磁共振」室，裡頭幾個人都穿戴防塵衣和內部供氧的隔離面罩。看得出來那男軍官的位階極高，確實有種從前我看電影裡，

ＦＢＩ最高層主管的Fu。但很怪，在這種解離、流動、似夢非夢的狀態，我竟然沒有分辨感覺，他們是美國人？中國人？俄羅斯人或日本人？我還沒有提問，那位布魯斯威利（是的，某一瞬他就像流動的液晶，突然凝固，確定是這熟悉的臉）對我說了兩句話：

「首先你要完全拋棄『時間』的幻念。」他嘟噥加了一句：「它們全不存在。」

他又說：「人類和病毒的戰爭已經曠日廢時，好幾萬年了。」

說實話，他這兩句話，跟什麼佛經上說「空即是色、色即是空」，或老子《道德經》，或耶和華《聖經》裡那些言簡意賅的句子一樣，因為太簡潔，所以無從提供我對所有超乎想像的處境的判斷、假猜之依據。

我問：「我和你們，是同一種存在嗎？」我的意思是說，此刻的我，是否是一組數碼，被他們打撈、拼湊、修復？像我腦袋記得的那部電影《啟動原始碼》一樣。我只是一組「並不存在的我」？到底是他們在玩（實驗）我？或是目前這一切包括他們，都只是我的虛擬創造？但如果是這樣，我創造出這樣一個機構，這些似乎反劫持了「我」的科學家模樣、軍情處模樣、實驗室工程師模樣的人物，是為了什麼？是在哪一個層次的覺知？為什麼會提到「人類和病毒的戰爭」？人類不是已被這一隻病毒（及其變種）滅絕了嗎？難道是溪谷裡的我們那一群最後倖存者，後來男女媾和、繁衍後代，僥倖的又一次略略形成「物種」。現在這個「我」只是萬年後的子孫，無數次提取某一段古老記憶檔的再現，其中的某一次？他們也許覺得「我」（也就是「上帝」？）的資訊量太巨大了，他們必須切分成數億段格式化的貯存。

或者是，在那「多出來的時光」的溪谷，最後還是出了什麼問題？最後沒能來得及繁衍生物學上的後代，最後的幾個人，又像博物館的珍罕瓷器，一只一只摔碎了。只剩下「我」，而「我」又孤自活了幾十年的餘生。在那絕望的時日，「我」上窮碧落下黃泉，想出了這個「祖先遊戲」，其實是將「意識」編碼，下載以奈米光雕侵入某幾隻病毒的RNA密室，但病毒終究不是AI，不是超級電腦，牠的基因段太短，寄宿到鳥、蝙蝠、昆蟲、菸草、甘藍菜、大象……極短時間就變異。所以這個「我」，可能在無人知曉的「延續人類」之幻念，想出了某種恍恍惚惚、神遊太虛、出沒花間兮、徘徊池上兮，隨病毒而生，隨病毒消逝，各種記憶碎片如剉骨揚灰，在造化、光塵中翩飛……。

這時，我像某個被寵壞的搖滾歌手、或重要的喜劇演員、相撲橫綱、F1賽車手，或總之擁有某種極特殊、單一奇特構造從千萬頂級競逐者之中拔尖而出的天才——其實心智根本只是小孩，或智障——享受著那種浮跳圍繞的光暈，被身旁這些感覺是哈佛大學教授、或中情局、或華爾街高階經理人、甚至是太空總署的核心團隊，我也弄不清他們是什麼人，但似乎捧著我像某種稀土，可以造成工業革命8.0的全面翻跳的「那個關鍵」。他們時不時要我再說個段子，我隨意說了某個夢境的局部場景，他們就一臉目睹有十顆頭的蛇髮女妖（且全是辣翻人的五官、胸部、妖豔絕美的身軀），那種眼瞳被強光燒灼，變成兩枚銀色硬幣的模樣，然後他們又激動的，嘰哩咕嚕討論著。我有一種又被奉承，但又想討大家開心的舒愜之感。雖然我完全聽不懂他們在說什麼（並非是外國語，或感覺很像昆蟲交談之類，而是他們討論的每一個函數、計算公式、名詞，我全部聞所未聞），且我還是迷惘於「是莊周夢蝶，抑或蝶夢莊周」，這一切是怎麼回事？也許這還是在那溪谷中，只是溪谷主人在某一巡泡茶之後，拿出大麻給眾人分享？現在只是我在嗨的一種幻覺？或是，某個如常的其中一清晨，我在那湍溪中游泳，突然中風、溺水，被捲進岩石間的某個漩渦，他們把我撈起來，正在對我作那些老式的人工呼吸、心肺復甦，「天啊，他瞳孔已經放大了。」「唉，救不回來了。」在另一個房間，換成一些穿著實驗袍的女醫師（或工程師？），我又表演反手繞過後背摸肚臍（假的）、旋轉耳朵讓茂密頭髮捲窗簾那樣降下變落腮鬍（假的），或模仿某個討人厭的老女人名嘴說話，逗得她們全花枝亂顫。我想：她們是人類啊。之前那個布魯斯威利說啥「人類和病毒的戰爭已數萬年了」那煞有其事的話，讓我還在一種「會不會我其實是一隻病毒」的懸念中忐忑著，我輕輕鬆鬆、老狗變把戲，就能逗一群看上去嚴守紀律的年輕女孩笑，這又讓我想起白天鵝。

天啊，她那像百合花清純的身體，在那樣親密時刻被我佔有、享用、玷汙，輕盈如掬一捧流動的溪水，嚶嚶唔唔，那麼甜的聲音：你好壞。我的手掌覆蓋著那絲緞般、發光體般，年輕漂亮的細腰弧線到豐翹的屁股，那個觸感如此清晰、強烈，啊啊我真的是個壞老頭。我真的越界，把我的髒屌插進那麼清純、芬芳的少女胯下了嗎？

這時，腦中突然「像斧頭劈在眉心」，清楚的一個念頭：白天鵝，就是那尋找死亡丈夫亡魂所去之境，那個跑去西班牙的甜美傻香港女孩啊。

我腦中浮現的她倆的臉孔，一模一樣。

原來如此。但為何在溪谷中，不論在人群中，在獨處散步時，我始終沒意識到呢，像眼睛被手帕蒙起來，一二三木頭人的小胖子？此刻我應該在這些穿著白色實驗袍的女孩面前，蹲下，雙手掩臉乾嚎。但我只像在人世經歷許多痛苦，荒謬命運的父輩（像溪谷主人或老和尚那樣？），某一瞬眼角或唇邊，一抹理解又畏敬的微笑。

有一個房間，中間一個玻璃展櫃，兩個蠟像人物隔著一張小几在對飲茶，對我當然是熟悉不能再熟悉的，溪谷主人和老和尚。這非常蠢，很像去參觀什麼「國軍英雄館」，然後櫥窗被有栩栩如生的「何應欽將軍接受日本陸軍中國派遣軍總司令岡村寧次大將呈遞降書」蠟像。但仔細看似乎不是蠟像，他倆的表情仍像水面漣漪，細細流動著，所以應該是一種 3D 投影，但身旁的高階女軍官意味深長對我說：「你回不去他們所在的那個維度了。」

「所以他們此刻還在那溪谷？」

永遠在。這是我害怕聽到的答案。但我也非常怕聽到另一個答案，不在了。他們只支撐在眼前投影的這些光子薄膜。

女軍官說：「你不要有那種錯誤的假猜，好像你打個盹，醒來又在圍坐一桌泡茶的他們之中。」

我記得，在意識像一被用高溫焰槍噴灼，而嗤嗤冒著白煙終於融軟拗折的鐵板，每天都有些慘不忍睹的新聞：緬甸的軍警，對著街上手無寸鐵的青年、女孩，實彈掃射，把他們從後腦勺，或正面臉孔爆頭。有跑進路邊房舍裡的，他們放火，將逃躲者逼出，再在大街上射殺，有為死者哭泣進行葬禮的，軍警對這些人掃射。美國發生大規模排華暴動，很怪是一些也在歧視鏈底層的黑人，公然在地鐵將華人在座位痛毆，但車廂內沒有人出面相救。也有兇手持槍衝進華人超市，開槍濫射，造成不分教育程度社會地位的華人無差別被射殺。也去按摩中心對那些華裔女性開槍、屍體橫陳。這是怎麼回事？好像一百年前、兩百年前、三百年前，各種對異於我的，不、不，同於我的，都超乎人類情感的屠殺，又開始蠢蠢欲動了。

我幾乎聽見有個聲音，說：「人類這個物種，沒希望了。」一個老修女，當街跪在那些軍人隊伍前，哭泣伏拜，「不要殺人了。」這件事已經跟文明進化無關了，那抽象、轉了好幾手、隱藏於系統後的「讓你成為永劫輪迴的地獄」：不久以前的敘利亞，整村的滅族。哭泣的亞美尼亞人。一列列火車將那些照片中臉孔憂悒無能反抗的猶太男人女人，送往焚化爐。這些持續發生的，我年輕時聽過那些老伯伯講起日軍在南京的屠殺、在菲律賓的屠殺、在馬來半島對華人的屠村，但然後 B-29的傾盆大雨般的燒夷彈又屠殺他們數以十萬計的東京平民，原子彈將「人間」摧毀成粉末狀、蒸發影子，連哭泣都邊掉頭髮皮膚邊潰爛。然後那個被毛佔領指揮中心的中國，像蝗蟲變態、集體狂暴。不過他們殺的全是自己人，但不是殺人，而是數千萬人餓死，然後又是數十萬數十萬的農村女孩，跑到深圳、東莞、珠海，在工廠流水線貧乏重複的「人類」形態被廉價、屈辱地剝奪。那些暴力一直像在焚化爐裡悶燒著，沒有人覺得該被索償。沒有一件事合於那後來憑空創造出來了，通關機場的長長名牌包名模美麗臉孔的海報、那電動步道，一架一架不同國飛機上的像少女機器人的空姐。於是又有電流竄跑的對未來的幻想、廣告、好萊塢電影、麥當勞、星巴克、莫名其妙一生被綁死的房貸。沒有一個單一的個體，有能力翻過那終於人手一台蘋果電腦，那些韓國女團成員像增殖菌菇不斷冒出來，一種快速潦亂的打手印但似乎是性感的爆米花……。

過去的苦難、罪惡，從那些無言抗議者剝奪來的，窸窸窣窣長成的新世界，啊就像一輛載滿哀戚老人的破巴士，把它推下山谷。

沒有一個個體，能再去說情，聲索、追問公理正義。沒有一個個體，能在這幾十億人的一層又一層系統之外，說：「這整個的不對勁。」

他看著櫥窗裡，對坐飲茶的溪谷主人和老和尚，他們的模樣，就像柏格曼《第七封印》裡，和死神下西洋棋，以拖延時間，不讓祂舉起鐮刀和沙漏，以瘟疫、戰禍，取走全城之人性命的那個武士。那段時光，他們教導了他什麼？

如果，那時，帶著那行過死蔭之地的女孩，那個親手將至愛之人從吊掛的繩索解下，斷掉的喉骨、恐怖的長舌、腫脹發黑如豬頭的臉。我記得她到台北，在咖啡座坐在我面前，兩眼圓睜，眼淚已失去戲劇性的滂沱流著，她說這兩個月，她努力去找了不同佛經、不同的量子力學科普書、各種不同宗教談到靈魂永生（包括古印度的「梵」、「吠陀」）、大爆炸理論、那些寫瀕死經驗者臨病報告的資料、大腦的演化……她不停地說著，像自問自答，阿達是完全死滅了呢？還是他的意識，其實仍是一種訊息波，在我們不能感知的另個維度躍遷、飛行。我交給她一串一百零八顆的佛珠，告訴她，我是羅漢轉世，我一跺地、元神出竅，斥喝一聲：「著！」阿達的魂魄，就不會在陰慘、徬徨的無間地獄。那像音義的定音。他此刻必然在一個明亮溫暖的所在。女孩問：但他還記得我嗎？我說：意識的全景，並非我們在疲憊人世經驗的十年、二十年、三十年，我知道，彷彿清晰看見那畫面。他的這個靈，跳出了輪迴的刀砧、絞肉、痛苦哀鳴，而一直停留在他三十五歲時的這個靈。然後，妳要在人世，持續老去，妳會流浪去很多地方，認識很多不同的人，知道很多新的事物，有一天，也許妳八十多歲了，死了，妳的靈魂又和他的靈魂相遇。可能只像是妳出房門，到飯廳喝杯水，再回去他身邊。他說：怎麼去那麼久？然後妳依偎在他身邊，告訴他，他不在之後的這三十年、四十年，妳看見了哪些事？他像弟弟，或兒子，聽得兩眼發直。

女孩一直哭，說，大哥，謝謝你，我相信你說的。我相信你說的。

如果那時就停止在那個畫面、薄膜、或壓克力介面，那就好了。她那麼脆弱，根本是被生命的起重機吊一顆巨大鐵球打得支離破碎。人類發明了「寡婦」這個名詞，「未亡人」這個名詞，你眼前一個純淨美麗的靈魂，被死亡的黑夜，不，是像一萬噸的黑墨，沖刷她原有畫像的輪廓。我一直想解釋：那不是性慾，不是見楚楚可憐弱女子而起的暴力。我想解釋：那萬花筒寫輪眼的無數蒙太奇，有一個背景音樂是如此悲愴、不只是至愛之人的死亡對女孩的重擊、啟悟；同時是眼前這樣一個其實愛的能力如花園一般繁盛的好女孩，被人類千古所承受的恐怖、哀傷攫奪，那給他一種近乎神性的全新體驗：單一的人類個體，如此渺小，即使你腦中有多龐大的智識、通曉萬物的原理，事實上，柏格曼《第七封印》裡那個和死神對弈，妄圖修改人類滅絕場面的武士，最後內心一定會徹底崩潰。單一的人類個體，即使你超凡入聖，頂著這宇宙最奇妙的大腦這超級量子電腦，你還是無法和超脫出時間的造化，放對單挑。你是什麼？在死神的眼中，就是一隻螻蟻、一隻實驗室老鼠、一隻病毒。

你勇者無懼，但你拿眼前，哪怕一個（更別說成千上萬個）無辜之人的痛苦（那麼深不見底），束手無策。然後我帶著女孩，走進那間古老的廟宇，那間保安宮，用最古老的儀式，帶著她，把一束香用火焰點著，白煙騰漫，用另一隻手將那火焰搧熄，剩下一整束，每一根細長的黑籤頂端，小小一點熒熒紅光。我領著她，在每一間神殿前膜拜。這是保生大帝。這是媽祖娘娘。這是觀音。這是神農大帝。這是文昌帝君。這是武聖關公。這是水仙尊王。

那些神明的臉，或黑、或金、或如人類的膚色清秀之臉。祂們躲在那氤氳煙霧，和彩繪繁麗的藻井、繡彩、金漆鸞座，諸護法侍衛小神偶的後面。那或是宇宙寂滅的所在，身旁女孩（之前從沒進過寺廟，或許香港並沒有台灣人把寺廟鏤建得像「神靈的電影院」，那種藝術的神聖性吧？）跟著我的引導，對每一尊神明默禱，似乎說著許多話，同時沒停止過，人類啊那麼多種行為，但最純淨的其中一種讓諸神心折的形態：啜泣。

我回想著：如此就停止在那一刻就好了。仁慈、友愛，不，比這些都更拉高了一階的：愛。我那時正在做的，之於那女孩的，陪伴她，俯瞰她腳前一公分的死亡萬丈深淵……。

如果沒有後來那一場就好了（哪一場？在她的旅館房間將她摁倒，用我的前臂比她有力多的穩定抓握，介於安慰、慈愛但後來是強暴、或不是強暴、男女相悅地剝去她的衣裙、乳罩、褻褲，那裡像溪水氾濫，然後進入她。）

我看著眼前，櫥窗裡的溪谷主人和老和尚的蠟像，不，投影，想：因為有了後來這一段，於是我判定我是一隻病毒，而非人類。

死亡是一種感覺。想要讓眼前原本活躍亂跳的人體，不要死，那是另一種感覺，譬如每一次巨大災禍：疾駛中的火車遭邊坡摔落的工程卡車擊中，剩餘的高速把八節車廂塞進前方的墜落、脫軌，鐵皮車殼遭隧道硬岩壁撞擊擠壓，整個扭曲稀爛，像有人用手使力握爆一條活魚的頭部，眼球爆出，細微精巧繁複的頭骨薄片全碎、腦漿溢出。許多乘客倒仆在地板、上面壓著折斷的座椅、行李箱，然後再壓下另一層摔擠的人們。他們在黑暗的隧道、扭曲的車體裡等待救援，許多支手機的手電微弱亮了起來，像深海下的鮟鱇魚。很多生還者回憶，最開始幾小時，他們聽見壓在下方的人（有婦人、年輕女人、大學生、小孩）微弱的呻吟，慢慢都安靜下來。「他們都睡著了。」不同新聞記者群趕赴災難現場，拍攝著救難人員從隧道裡，那火車頂，用擔架將重創的人，或是死者抬出，那似乎一種「把那些塞擠在扭曲鐵殼裡半死不死的人體，從死亡的深礦挖出來」，新聞不斷換上即時畫面，就是這種「搶救」的激情。背後有一種沒說出的原始人恐懼，「只要死了，那就不是人類了」。每一次的大型災難：空難、大地震、超級大樓火災，人們在集體、即時的傳播，背後的情感，常非常奇怪地移轉，每個記者都說「令人鼻酸」、「哀慟」、「現場宛如人間地獄」，但其實通常第二十四小時後，一種無聲的奏鳴曲，他們會散亂地找尋這樣「死亡與事故」相連、屬於救難人員的英雄詩，或是死亡人數已大致底定。但有那一、兩個仍困在那扭纏、封印、「薛丁格的貓」，還無法搶救（其實通常已死了）的那幾個，形成一種莫名其妙的懸疑、挖掘、等待真相。另一部分，電視台會重複播放，繪成動畫的「災難當時的瞬刻」。死亡當然是一種恐怖、怪異、「一死就沒話好說了」，但非自然的、大數量的，集體驟然的死——形成「災難」這個大型劇場——人類即使掌握了虛擬影像、剪輯故事、科技重現的技術，你感覺到那種情感的機動，還是站在活人這邊的山洞口。

譬如那香港女孩，像漂流出太陽系之外，失去訊號的「冒險家」飛行器，她斷斷續續，乃至不再回信給他。其實她當時正乖乖躺在西班牙馬德里某一間醫院，某一層癌症病房接受電療。突然有一天，醫院湧進了大量痛苦的人，像喪屍電影裡那些「不再是同類」的，絕望、躁狂，只剩下朝建築物裡擠的運動模式。他們狂咳、或發著高燒、兩眼迷亂，喃喃喊著：救我，救我。這是她在那死滅之境看著的場景。像一個垂死之人，躺在一個小珊瑚礁上，突然水裡湧出數百隻、上千隻痛苦哀鳴的海豹。她完全不知道牠們需要怎樣的救援，然後隔不久就全成了浮屍。

這就是瘟疫剛蔓延，第一年，全世界各國新聞打出的關鍵字：「醫療體系崩潰」。當層層圍繞她的所有人都死去了，而不是只有一個「在愛之中棄握而去」，她的先生阿達，他們在很短暫的時間，變成整間建築裡、走廊、樓梯、各診間，發白、臉孔崩解的屍體。那個意義變成上億的病毒數量的疊加。這時抒情詩完全退去，她會意識到這是戰爭：病毒對人類發動的種族滅絕。

我們那幾個僥倖活下來的人，躲進那個溪谷，似乎又微弱地展開某種人類「活在活著的時光中」的故事，但這要很小心，迂迴、如暗夜行路，太容易就被那巨景攫奪，即使這剩餘不多的幾個人類，還想點起所謂最微弱的，故事，生離死別。悲歡離合、思慕微微、「我曾經發生過那樣的事」……唇乾舌燥，相濡以沫，但真相是：滅絕的物種，是沒資格擁有故事的。

這是遠古先民，站在無月的激浪峽角陡巖上，望著整片黑暗大海，同樣的心情。

我也慢慢能明瞭，那個布魯斯威利對我說的，「不管此刻溪谷主人和老和尚，是否仍在他們感知的那薄薄一片時間膜之中，說著話、仍在品那茶的芬芳，那都是太小的、可以忽略不計的雜訊。」「你無法回去那個溪谷裡的界面了。」「那太不重要了。」「這個觀測計畫要關閉了，事實上它已經關閉了。」

眼前兩尊宛如靜止狀態的溪谷主人蠟像、老和尚蠟像，不是，不是和當時我領著那女孩，持著整束香，在保安宮的琉璃瓦和交趾陶燒古代人偶簷下的窄道走道，那不同廂房內的，保生大帝、媽祖娘娘、觀音、關聖帝君、三宮大帝、神農大帝……一樣嗎？

我幾乎聽見老和尚啜飲下一杯溪谷主人口中的「7572」熟普洱，讚曰：

「淺水戲魚如可拾，密林藏鳥只聞聲。」

然後溪谷主人說：「前些天哪，攀去後山，還真的密林間藏著幾張捕鳥大網啊，上頭掛著幾隻不知死去多久，羽毛發爛的小白鶴、藍鵲，甚至還有一隻賽鴿，真是討債……」

身旁的女軍官說：「走了？」

眼前幾乎可以猶如真實觸碰，那小小一段山徑石階，雜生錯覆著其實品類不同的大花咸豐草、鬼針草、兔耳草、酢漿草、魚錢草、艾草、車前草、馬唐草，即使人類只剩這幾個，球鞋大腳印踩上去，仍可將其中不知哪一小叢的草莖踩爆，它們的物種差異，顏色在淺綠、粉綠之間細分上百種色差，顯得那麼徒然、隨便。但若你有一整下午、或無數下午的素描時光，靜靜用不同調色，將不同號的綠水彩顏料變化，然後將那種紊亂細微的變化，畫在圖紙上，像莫內的蓮澤。那在大腦、視神經、眼球玻璃體之間，傳遞、調換的感覺，自然和畫一只桌上的玻璃杯，完全不同。

我想起許多次獨處機會，我好像默劇演員，在內心打開許多道「房間裡面還有房間」的門，非常困難的，深井打水將非常遠端的水桶，在一種想像的岩壁輕撞磨刮，朝上提繩，那種沉甸感，我想和老和尚談談，我帶著那喪夫之慟的香港女孩，在保安宮裡擎香參拜眾神，但後來發生的「多出來的那段」，那確實是我內心的困擾。

但老和尚總會打斷我，似乎是傳授「寂靜」的心法。

有一次我問老和尚：「我們這一整代人，是否被那些現代文學、藝術，騙了？人與人之間，是否最古老的，對善的規訓，才能走得更長久？（但什麼是那個『古老』的狀態呢？）我認識的一些所謂厲害的人，頭腦不可思議聰明的人，也許是花了一、二代人，一百年的時光，從海洋、攀上岩礁、鰓與鱗鰭蛻變成肺和皮膚，很痛苦的變形，骨骼、器官歪歧移位，然後演化成能說出複雜理論的人，能把世界談成一幅經濟學、資源競爭、貨幣戰爭，乃至量子力學、哲學，或懂演奏一些樂器的人、懂得國際古董拍賣的收藏家，這樣『進步的人』，但後來在我自己的經歷中，發覺他們未必能在品格上臻於善美。很多時候仍是算計、勢利、薄情，不，當他們籌算的對象、數量更擴大時，常常冷酷、殘忍到讓我顫慄。這種體會，在我以為有一種『持續往人心更深的深井下探』時，會覺得非常孤獨，原來從前那些和尚講的並不是空話。當時間一直流一直經歷，三十歲，四十歲，五十歲，就一個個人來說。所有過往的恩義、真情相待、絕美時光、誓盟、眼淚與友情，其實在更長的旅程後，它還是會散去、趨淡。如果放在這一百年來看，像我們這麼大數量的，蛆蟲般被用槳弄波浪沖來沖去，恰好就在一凶險、浪濤隨時翻船的狀態，於是從我們的祖父母、父母、到我們，感悟的一定是一種人情涼薄。許多召喚你腔體、靈魂最深處的感動，那些幻美的詩句、那些激動人心的高貴宣言，那些擴音喇叭放出的音樂，但最後一定像符咒一樣，都是虛空中放焰火，將這一整代人化為灰燼的謊言。許多和我一樣，靠嚼食著那些美麗作品，如穀糠而長大的人們，可以說他們浸潤在現代文學、哲學、藝術濃郁的空氣，他們也能寫出美麗的作品，但在一種時間既拉長，又像湍溪一樣不斷衝撞、痛擊的狀態，他們並沒有表現出安慰人心、伸手撈一把不幸之人的，哪怕是最古老的『情』與『義』。這於是讓我產生深深的懷疑，講極端點那就像是，你終於發現自己是一個燈光照亮極佳、空氣極通暢、食物極充裕的巨大養殖場，上百萬隻小雞裡的其中一隻。那也就罷了。後來你才知道，你們這全部的小雞被孵養，就不是為了讓其中任何一隻長成大雞，而是在一個巨大輸送帶的洞口，你們全被倒進去、絞碎，混著你們吃的那些穀糠飼料，壓成更大的飼料餅。

但我之所以會有這種痛苦、冷颼颼的顫慄，被摯愛的文學、藝術、更高級心智創造所欺騙的『小雞終會被倒進大攪拌機裡絞碎』，乃因我被拉高到那樣的視覺位置。我不該看見那些的！我不該看見那超出我這個個體想像力之外好幾倍、幾百倍、幾萬倍的時間流動，然後遠超出我這個人的心靈能承受的，幾萬倍、幾十萬倍，『人類』，一種蛆蟲態的擠在一起流動，那每一個胞體內的哭泣與耳語、聲音與憤怒。」

老和尚說：「你眼前所見的，這一片青翠山谷，就像在一層非常薄非常薄的光之膜，或光之殼上雕刻。就是全部的死亡和幽黑，最後上方還盤桓不忍散去的一縷薄霧。也許……」他臉上露出一種預感的、越界的不安，欲言又止，聲音壓低像嘟噥自語。

「也許這就是病毒，超越漫長億萬年，卻沒有生命、身體可依恃的存在奧祕？」

「倒並不是死滅本身，死滅是這宇宙中最寂靜、無足輕重，甚至本來的『全部』就是死滅。但對我們這活在這麼短的一百年裡的『人類』而言，那讓你豎起耳朵，驚惶恐懼、神魂顛倒的，很像高速列車撞上一堵厚實水泥壁面時，那金屬潰縮、玻璃粉碎、橡膠輪胎短距煞車摩擦的燒焦臭味、鋼梁結構全拗折擠壓在一起……那種痛苦的尖叫、哀嚎。譬如絞殺時發出的痛苦喊聲、淹溺時發出的嘆嚕掙扎聲、火焰吞噬時的悲傷慘呼、磔刑時那種輕微的嘆息、切腹腸子流出時那呼嗤呼嗤的喘氣……這些噪音在『人類』的歷史，並不是新鮮事，」老和尚接著說出一段非常美的話：「整個歐洲，他們到文藝復興時，說出『上帝已遠，諸神返回』；到莎士比亞這個天才，他說『上帝已遠，人生如戲』；到了浪漫主義，他們說『上帝已遠，天使何在』？最後，尼采終於喊出『上帝已死』，那個痛苦、嚎叫、恐懼，然後勉力不瘋狂地建築著、演奏著，在歐洲人的心靈，已經如大吊燈燃燒了四、五百年啊，人類在燒自己的身體，想照亮那無法穿透的濃稠黯黑啊。這是多恐懼的、瘋人院集體搖床的四、五百年啊，神已棄我們遠去，然後根本沒有神哪，想要哭泣陳說這人世之苦、之不義、之邪惡該死，都無一處『隔著牆，知道你們幹了些什麼』的那老頭，可以向祂陳冤啊。」

「所以我們只是自傷自憐在這，『列車撞擊向無比堅硬之牆』，那一系列擠壓、扭曲、潰裂、腔體被捏爆，那最後階段的這一百年，我們原地打轉，像沒頭蒼蠅，想無中生有、夢裡撈出活著的時光，其實是小白痴啊！那個幾乎與死滅要完全貼吮的『四、五百年撞擊上去的嘈嘈哀嚎、轟隆巨響』已近尾聲，就像一層漆刷在死滅之牆上。」

有一天，女軍官又帶我到一個全部打通、空曠的樓層，環景落地窗可看見外面的天空（可見我們這棟建築是一高空中的摩天大樓），眼睛確實因許久沒被這樣亮且寬闊的天光淹沒，有點如夢似幻，甚至不受控制流著眼淚。但靠離我們最遠那一側，被厚玻璃牆隔出一個區塊，似乎是一間「風洞實驗室」，十來個穿著螢光橙飛行裝且戴著奇怪頭盔的人，在裡頭像噴風嘴吹棉絮，那樣上上下下，任意旋圈翻滾，說不出在那也許是一座仿 F-22矢量引擎噴嘴造出來的強大氣旋裡，是開心還是痛苦、是輕盈還是超重的G力、是飛翔還是不斷模擬從高空墜落？

這段時光，我感覺我在各部門轉悠，人緣非常好，不論是布魯斯威利帶著一群工程師帶上我，比較正式的到這幢大樓不同單位，介紹我；或就是女軍官一人陪著，像「微服出巡」四處走走看看，我都感覺所有不同的人，似乎都知道我，像是我是個知名的喜劇演員，或是這整個計畫的吉祥物。我順口就能說些屁笑話，逗得那些穿著全套防護衣、原本非常嚴肅在進行某一項工作的不論男女，都咧著嘴笑（許多時候是在防護頭盔後面）。但是這時，在這一層空曠之樓，我感覺好像有不同立場的人發生了紛爭。因為那「風洞實驗室」裡的矢量引擎暴風的聲響太大，所以我聽不見人們在爭吵些什麼？但我發現女軍官的臉色也非常嚴肅、甚至慘白，她對著袖口的小麥一直在作報告，然後不斷有就是像電影裡美軍特戰隊那樣的軍人，從樓梯間或電梯，跑來支援。但好像在玻璃牆裡的那些「飛行特技小組」和外邊愈圍愈多的穿西裝的工程師、層層圍聚一身迷彩裝束、頭盔、夜視鏡、拿著突擊槍、腰臀掛滿各種彈匣、手槍、小型炸彈、信號彈，不知是什麼無人機或機械獸的遙控器，還有和裡面那些「飛來飛去」之人穿著同樣螢光橙飛行裝的一些人。女軍官應該是在通報布魯斯威利。他們似乎大吼大叫爭吵著，拍打著那極厚的（可想而知）玻璃牆。我聽見人們大喊：

「這是不可能的！」

「但他們一直狂喊讓他們衝出去、流出去。」

「不可能！美國人不可能讓這發生！」

「這是層層封阻，絕對不可能！基本上我們這裡所有的設計，不可能讓這個界面裡的任何事物，跑到隔斷的另一個界面啊。」

然後我突然在嘈嘈切切，嗚嗚哇哇各種大喊、斷碎的句子，聽到一個恍如隔世、無比古典的名詞：

「負壓隔離」。

我順著女軍官那美麗的側臉，像某種骨瓷茶杯極精緻手把的鼻子弧形，她那淡藍玻璃珠一樣的眼，她張開了嘴，我看過去，玻璃厚牆裡那些像飛鼠飛上飛下的人，原來並沒有打開什麼一架「矢量引擎噴嘴」，而是，在角落的下方，有一個我不理解是怎樣的因果，打開了一個門洞，風吹獵獵，不，可以想像從那個洞，外面灌進來的強風，然後，這十來個的「橙色飛行特技人」，像是傘兵要從高空的運輸機機腹開始往下跳，因為他們戴著頭盔、護目鏡，看起來每張臉都一樣，然後他們一一對我們裡頭這些人，比一個不知算手語或是藏密手印的手勢，就像下餃子、咚咚咚咚，跟著前一個，一躍而出了。

根本如電亦如露，來不及出現什麼這邊的特戰隊員拿出衝鋒槍射擊那面阻隔的玻璃牆，噔噔噔火光亂竄的防彈係數的展示，所有人只能訝然、愣立在原地，只剩下女軍官哀嚎著：

「不能讓他們流出去啊……」

病毒史萊姆說

那幅當光閃爍、人臉藏於不同摺條、灑金、明暗變化的圖從那龍蝦宴開始。龍蝦的螯肢，如機甲武士的長戟，女侍捧著兩只大盤，上頭各一隻活龍蝦，那塊頭像一隻貓的大小了。龍蝦的凸眼似乎可以三百六十度旋轉，離開自己的臉，很怪異地像是頭部有一細手臂將眼球舉起，緩慢地、君臨地轉一圈，看著這些圍著牠的，愚騃笑著的人類。

五分鐘之後，送上的已是那龍蝦剛才還是藏青色，現在整個赤紅如蠟燭的，整副軀殼。內裡的肉體已被剁碎拌成沙拉，拿來兩壺「龍蝦血」，一樣盛在小酒杯，無色之透明帶些濁白，眾人擠眉弄眼說著一些老男人的性暗示屁話，搶著一飲而盡。

還煮了龍蝦稀飯，暖胃滋脾，瓷湯匙勺著這稀飯是真好。座中一個「賣菜郎」，上電視當過「普洱茶達人」，拿來一餅茶泡給眾人，說一餅六萬，其中一人滑著手機，跟大家宣布：韓被罷免了。然後議長從二十七樓自家跳樓死了。

後來的三點蟹、帝王蟹又比龍蝦個頭更大。

從下面那整間養殖屋裡，其中一個打氣換水的大水缸現抓的，是從智利空運來台的。現殺的活跳跳的極品哪。

同時傳遞著一位石雕師傅的「石猴」作品。

卵囊上的皺紋、縮進包皮裡的龜頭和上面的龜眼。

「人家說畫龍點睛。你這石猴一雕上這一ㄆㄨ懶趴，牠就活了，好像一翻就跑掉咧。」

問起價，一隻四、五萬到十萬不等。老男人們抽著菸，端詳著，有的戴上老花眼鏡，「不便宜……

不過也不貴啦……」

說是曾經跟一個汕頭師傅學習雕寺廟的龍柱，原本也在山上當過打石工，那時候幫人訂墓碑，那可賺飽了。天生手指就不滿足這些太單調、容易的，於是二十多歲時就開始雕石猴子，主要是那毛髮栩栩如生、千絲萬縷，其實全是耐性，這樣一雕就五十年啦……。

下了樓，夜色如渠水、燈影如流金，他知道這是在夢中，卻又充滿了對眼前一切的溫情。他推門走進街對面一家咖啡屋。他的老父親和老母親都坐在裡頭，角落一張桌位。他倆在那說不出的影翳中，憂心忡忡他的姐姐作的一個決定：似乎是她考上了某所排名極前面的大學外文系，卻不打算去念了。之所以放棄的原因，是其實到了他這年紀才知道的真相，一切無非是階級，像他們這樣的小公務員家庭，根本沒有足夠的後勤，支撐那之後必須投資十年（包括到美國繼續深造）的貯蓄，一時虛榮進去了這所謂一等的外文系，姐姐預知自己會像灰姑娘，在那些家世漂亮培養出來，甚至從小就有外國家教、或每年就在美國的別墅參與社交，那些已經可以用英文寫詩、寫小說的「洋馬」中，像矮騾子抬不起頭來。

當然他的父親（其實早在這場瘟疫前十七年就過世了）、母親只敢在姐姐不在場時，絮絮叨叨，像疊木塊積木，交替疊上他們的痛惜和疑惑。

他敷衍地安慰幾句，推門走出，他的哥哥，在路邊，用一種省汽油的方式，將一台破車，放空檔不打手煞車，往前推一點，輕輕撞到前一輛車的車尾保險桿；從車窗外伸手進去打方向盤，再往後推一點，輕輕撞上後一輛車的車頭保險桿。如此將那輛三十年以上車齡的老 HONDA 車，塞進那停車位靠裡邊一些。

奇怪的是，他哥哥就和此刻的他一樣，已是五十好幾奔六十的半老之人，確實也如現實中，一生都蕪廢，滑稽哀傷的那個形象。但為何在這個情境裡，他姐姐還只是十八、九歲，年輕漂亮的女孩呢？

他站在此刻的心境，無比透徹知道，他姐姐將會對年輕時，作的這個快意的決定，在往後的時光，不斷地怨懟後悔。

但這時，姐姐從街道較繁華那頭走過來，車流的光如磷火還沾在她肩上、髮梢的印象，她燙著捲髮，確實還是年輕時的清麗模樣（那時許多人說他姐長得像中森明菜）。像是從遠方駝負著看不見的沉重水袋，終於走到他和哥哥面前，一種鬆一口氣，身軀、關節，連眼神、嘴角都細微如彈簧輕輕鬆開的變化。她還是那二十多歲的容貌、聲音（比之前十七、八歲又大了一點），但確是他的姐姐。說起她這一天，是去和父親當年的那個同事談判，一個叫余伯伯的長輩。似乎他們父親三十多歲時，和這余伯伯是單身教職員的室友。後來學校配發了一個單位房，極便宜可以由教員購下，但很怪異的是兩人共有。他們父親當時單身，余伯伯正要和一個小姐成婚，父親慷慨的個性便自己搬出。不想五十年過去，那個當初的公家配房，變成城市極繁華地段，父親晚前時，還開玩笑說我們家在南京東路那可是有半套房喔。但其實兩個老友，幾十年前先後離開那中學，人生飄萍輾轉，早失去聯絡。父親的葬禮後，姐姐翻檢老人一鐵盒收藏的各種證件、文書，竟然發現那「不存在的房子」兩個人名字皆在其上的土地所有權狀，當然已是發黃脆裂、可能早失效的廢紙。

父親的葬禮？但剛剛他還在叨唸擔心妳的事啊。

但其實他完全不感到怪異，訪舊半為鬼。這真真實實是訪舊全為鬼啊。

臉部在這和她兄弟陳述的五分鐘內，像油鍋裡的炸餅從二十歲的靚女、三十歲、四十歲、逐漸變成近六十歲的半老婦人，憂悒說著這一下午，找到那余伯伯的家，當然已經改建了，老人幾十年前就過世了，應門的似乎是其中一個兒子（也是個老人了）和孫子、孫媳。自然是非常不愉快、防衛、圍著她的一家人的臉，沒在暗影。比她更現代化的交涉話語、法條的引述。

他又走回之前那大樓裡的「龍蝦宴」包廂，封閉空間裡的酒精濃度簡直像瓦斯管破漏，這些大哥們的鼻頭、雙頰都紅灩灩的，其實原本是一些拘謹、沉悶的好人，但此時口噴酒氣、大著舌頭，擊掌大聲跟著其中一位老大哥，用手機播放他和另一掛友人在酒館唱日本三味線演歌，屏牆之隔的外人或服務生，應該認定這一包廂內，全是那種粗魯好色的大叔吧？

每個人桌前或手中，都有至少三、四隻，剛剛離席前，那石雕師拿出傳閱的石猴子。想來是酒後意興風發，各人認購。他才坐下，隔鄰老大哥遞過來三隻，「看看，真的雕得好，」笑著看進對方的微醺之眼，這石猴子的鑿痕、尾毛的開絲，都是持雕刀匠人對人世的情意啊。仔細端詳，不全是猴子。竟有一只石雕，是一裸身（也垂著陰囊）的人類。這不是我嗎？他喃喃唸著。覺得好像說了個逗大家一陣顛顫的笑話，但真的是他的模樣，如此傳神、栩栩如生。一種裸身竟就被定型成石雕的，手不知該遮臉還是該遮私處的動勢，但停在那滑稽、尷尬之瞬。令人發噱的胖肚子、內八屈彎的腿，以男子來說真的頗難堪的垂乳，還有比一般印象顯得略小的陽具。

「我買下這隻了。」他說。

全桌大笑。是否這雕刻師的神祕背包，之前拿出，除了那些幾萬元一件的石雕猴子，還有這在座每一位，量身打造的裸體造型石雕？大家全都得乖乖買下？

一種上蒼要將祂也被驚怒、也被噁心到了的人世，打穿成篩子、無差別摧毀的絕情，千萬銀錐、千萬刺利的玻璃管，幾乎無縫隙、不給活路，漫天擊打下雨。

那一片的銀光哪。

他全身濕透，頭皮、肩背、後頸，皆感到那暴雨擊鼓之力，雨水如瀑從他眉骨、鼻翼、兩顴、耳朵流淌著。除了這天地之怒——像隔著極厚的玻璃牆，有人（或一支軍團）拿著大石鎚猛力在另一側敲擊——除此之外，那是一種全然的失聰。多麼像那些情感誇張的韓國電影啊。他在這片不斷碎裂、又不斷垂掛黏合的玻璃帷幕中，手持利刃，艱難舉步，嘴像瀕死吳郭魚無聲張闔著。走到約十公尺的距離，將那金屬刀刃戳進另一個男人的腹部。

為什麼終於還是被放進這樣瘋魔的情境？

（他感覺到自己在很早之前，就不斷滑溜著，像脫逃大師，施展所有技藝，就為了不要被這一切後面的那個爛劇作家，把他扯進這個臉部肌肉扭曲，鬼哭神嚎的處境。但看不見的那位、命運操繩者嗎？實在太愛這種重口味了。「因為我們終究是亞洲第三世界，這種卑屈、廢五金、流水線牲畜、低俗趣味的時光經歷者。一定要有大卡車的輪胎紋輾過軀體的，黑油啊、死魚蝦臭味啊、雞毛啊、夜市廉價豔紅胸罩啊……這些Fu啊。」）

那孩子問他，這棟站立橋頭屋，背後是怎樣的？

怎樣的？他頓一會，才意識到孩子問的是，這一排廢舊的沿馬路接上橋邊的舊公寓，那後面穿巷入弄，巷子鑽進去又如迷宮再度開岔向不同方向的巷子，那是怎樣的一個世界？

其實那就是他從小生長在其中的小鎮啊。他像孩子這麼大的時候，就在其中穿繞啊。那在那個時代，是一個充滿生機、黑色魚鱗瓦日式平房，一小戶一小戶圍牆隔著，但牆沿會探出小紫花九重葛、芒果樹、棕櫚、桂花，甚至鐵砲百合、椰子樹，牆頭有野貓，或不同人家流出周璇啦、劉文正啦、謝雷啦、鄧麗君啦……這些讓時光永遠原地打轉，如果這世界有某些城鎮，專門在生產聖誕樹的小碎燈泡，或是上千個作坊全用磨石機在打磨銷往世界各國，那種粗工的花園石雕，那麼這個他童年就在其中兜繞的、巷弄和矯情人家湊聚的迷宮，似乎就是生產「懷念」這東西啊。

但似乎現下追殺他的，或他的老父親、老母親、老兄姐，全掩面擔憂的那種濃郁、憂悒、影翳、黏附周身揮之不去的，那種貧窮、失言之感，不也是他慌不擇路、從那頭的某端，這樣像受傷的獵豹，在掌紋般紊亂的巷陣中奔跑，且還是在傾盆大雨中。

這時，姐姐扶著母親，顫巍巍地走進這酒氣衝天的包廂。他又出現那種從小到大，母親出現在他的友朋人群裡，想把母親藏起來，但終不可能，於是自己變成一只機件故障的鐘，內部的陀螺儀奇怪地搖擺著。

那些喝茫、臉紅紅的老大哥們，倒是很喜歡母親，這個八十幾歲的小老太太。另外也虧他：原來你有個這麼漂亮的姐姐啊？都不帶來跟我們一起聚會。

母親和姐姐湊近到我座椅的後側，似乎沒有和一桌人打招呼的打算，那使他更覺得她們顯得小家子氣。似乎這是他這個浪子，從青少年時期開始，在外結識的江湖人們，都和他們那個小家庭拘謹、教養的家風不搭軋。姐姐小聲在我耳邊說，有個叫阿勳的男子，到家裡自稱是你四十年前的結拜兄弟、賴坐在客廳不走，還逗你兩個小孩玩，整個人說不出的邪氣。我們委婉地告訴他我們要出門，他也不走，說沒問題，小孩就讓他顧著。

母親則像小孩，好奇拿起他剛買下的一只石猴雕、一只和他很像的裸體人像雕，還有一只不太寫實的石駱駝。意外的，母親對那只石駱駝雕非常喜歡，她低聲問這些石雕的價錢，他囁嚅說那只石駱駝要十萬元啊（事實上這三只石雕，他根本昧於自己戶頭裡的存款，硬撐面子喊買下，那正是他發愁的黑洞啊），母親反覆端詳那只石駱駝，竟然激動地說：買下來！一定要買下來！拿我那還存了原本要留給孫子的十萬元，這只石駱駝你父親在的時候，不知會多喜歡。這要當駱家後代子孫的傳家之寶。她這一番激切地對這件石雕的珍視，使得一桌醉茫茫的老大哥們又各自拿起，原本和蟹殼蝦殼堆放一道，他們半鬧半人情，每人買的三、四只石猴子，仔細地翻看。連那原本他說不出覺得猥瑣，從包包裡拿出這些石雕作品的那位雕刻師，都一臉遇到知己、感動欲哭的傻相。

他站起身，說：伯母，我敬您一杯，這只石駱駝，是我雕得最用心、最痛苦的一件作品。其他的猴子，我雕它一禮拜有時五天就雕出來了，就這只駱駝，我雕了整整三個月啊。送給您，不要錢！

老大哥們全鼓譟、舉杯、拍手說好，母親說怎麼可以！不行不拿錢！連他姐也（這時認定這桌老傢伙是好人）苦笑著說不行不給錢（但也知道她對十萬這筆數目，母親和他竟這樣胡鬧揮霍，內心非常恐懼）。但老大哥們幫那石雕師撐場面，「我們付，伯母您拿回去就好，難得這兄弟雕了一輩子石頭，真的遇到知音！真的，您拿回去，您不知道他這有多開心！」

於是，恍然若夢，他和母親、姐姐離開那包廂，走進電梯，他手上還攥著一只石雕猴子，和一只裸體的和他很像的石雕人類，不知是否這三只的錢都一筆勾銷？剛剛的意思像只有那母親手上捧著的石雕駱駝免費？但好像也沒留下轉帳給那雕刻師的帳號或連絡方式？

那個大橋頭的違建群，已經存在半世紀以上了。那一間四樓舊公寓裡隔出的宿舍房，恰好有一對外窗，平視著橋面從斜坡上到可跨河高度之車流。因為是一群廉價老妓的分租住處、竟有種古早年代，憑河搭起高腳樓的錯覺。時不時壓過那也是高齡的老水泥橋，那些超重的砂石車轟轟隆隆，總會讓這老房的骨架要散開一般，劇烈搖晃。

小房間裡有個小學生，目光炯炯盯著他。他挨牆坐在地，確實是無路可去了，才想到來賴這個被社會離心機甩到最邊緣、最底層，於是也最安全的、曾經被負棄者。但怎麼會有個孩子呢？這倒是出乎他的預算。但想到女人那軟爛的個性，沒有任何薄殼稍微保護自己，任人穿著雨鞋踩踏連嗚咽都不敢發出，有個孩子——完全缺乏「自己怎麼可能將他正常地帶大」之想像力——好像也只是她，被用任何方式，迴力鏢拋向那時的未來，最後必然的配置。

除了這個「妓女房間的小孩」，當然還有「妓女房間沿牆數十只空玻璃酒瓶」、「妓女房間塞滿黑、褐、黃菸蒂的菸灰缸」、「妓女房間亂七八糟堆疊的保麗龍泡麵碗和夜市各類快炒、滷味、蚵仔煎、臭豆腐的殘剩醬汁塑膠袋」、「妓女房間像被翻腸剝肚的烏賊，那褪下摺縮的縫上銀色米奇補釘的牛仔褲、黑色 bra、所有夜市二九九的俗麗恨天高」⋯⋯。

他在那小房間，對孩子說了一些，他曾在那些巷弄迷宮遇見的事。他曾在比他再大一點的年紀，在某一條巷弄裡撿到一隻小白狗，但他的父親不准他再帶狗回去了，他把那小白狗藏在一條死巷盡頭，一棟公寓和另一棟公寓間，極窄的排水溝防火巷。每天從學校同學午餐時，要來一些骨頭剩肉，放學時帶到那祕密藏匿點，那膽怯的小狗總會歡欣地從那一個人擠不進去的窄溝防火巷，搖尾跑出，和他親暱蹭偎。當然就是有一天他再去，這小白狗已不在那了。

或是，他在和他一樣年紀時，他家的小院裡，養了一隻像藏獒那麼大的大白狐狸狗，很怪的是，他日後再沒見過個頭那麼大的狐狸狗了。那真是隻神犬，個性剛烈，每跑出門，只挑比牠大的狗打架，絕不欺負比牠小的狗，我父親非常愛這隻狗，牠被惹到哪個我們不知道的梗，那烈性發起來，我小時候曾在屋內從紗窗，看我高大的父親拿一根木棍在院子裡和牠對決，我記憶中牠根本就是一隻熊，人立起來對我父親咆哮。但我父親就是打從心裡愛這隻狗，當時我家還養了一隻狼犬，似乎把這大白狐狸狗認作牠大哥，很服牠管。但後來那隻巴克（就是那隻狼狗的名字）誤吃了鄰人丟進院裡的老鼠藥，死了，牠是我父親叫計程車送去獸醫院，沒救回來，死在手術台。但這隻大狐狸狗，牠覺得牠的兄弟出門了怎麼沒回來？有天牠就趁我母親出門一個空隙，掙跑出去了。從此沒再回來了。我們都說牠去找巴克了。但我小時候，總覺得這隻跑起來像一團白色亮光的大狐狸狗，像古代盔甲戰士，被困在迷宮之陣，那些巷弄不斷連結著其它的巷弄，牠是英雄好漢，但在這不斷分岔選了其中一條巷子，然後又是無數分岔的巷子，牠根本一直在那迷宮裡打轉走不出來……。

牠叫什麼名字？孩子問。

那隻大白狗嗎？牠叫蘿蔔。

蘿蔔？孩子皺起鼻頭笑了起來。

雖然在這像炭筆畫的房間（窗外那個奇怪斜面上，有些車的前燈都亮起了），他和孩子，都背倚牆面，姿勢與一開始不變，講話的腔調也酷酷的，眼神始終沒交會，但似乎又從體內像小苗窸窣長出「說故事給另一個人聽」的興味。

他幾乎可以想見，幾天後他離開這裡（不論是被那些追他的人帶走，或再一次受不了女人的犧牲者戲劇化而趁夜跑掉，或他想到了下一個更安全的落腳處），那孩子會背著女人不知哪撿來的書包，裡頭裝著現在他腳邊的那隻破布熊，推開門出去，像他小時候一樣，鑽進那巷弄之陣的第一個入口。

奇怪的是，好像那一片黑魚鱗瓦矮屋，櫛次鱗比，在那些挨擠人家間如水渠、如掌紋、如十二指腸穿過的蜿蜒小巷，像削鉛筆機的螺旋刀刃組合，他就是從另一端鑽進去，再出來時則全身傷口、齒落骨折、兩個眼珠變成灰色。但那種累贅感、油畫顏料一層覆蓋上一層的，自己終於變社會的零餘廢品、汙水處理管末端打轉的黑油，其實那一大片的巷弄迷宮，並沒有讓他目擊過任何恐怖、殘酷、傷害的場面啊？

反倒是從另一邊，這窗外望出去，那座其上車子川流不息的大橋，橋通去的另一端河邊，在他很小的時候，遠遠的、清晨薄霧，小小的剪紙般的人影，幾個穿軍裝的（褲腳較緊束的）押著另一個小人兒，讓他跪在似乎芒草叢淹漫開的、不斷如波浪晃搖的淡金色的某個定點，隔一段距離，持槍的小人兒像玩某種拿香點爆竹的童戲，細長管子和頭、上肢連成似乎一體的構造，啪啪，聲音過了一會才傳過來，那個跪著的人影已經仆倒了。

女人回來時，孩子已經睡了，他抽著菸，那時那房間淹浸在一種不可思議、純淨的黑中，像僧侶的寂滅之瞬。橋上車燈像深海鮟鱇魚排列巡游。女人輕輕驚呼一聲，但立刻從點亮的小壁燈之光，認出闖入的男人是他。

輕手輕腳地脫下高跟涼鞋，把提進來的塑膠袋裝虱目魚湯放在他腿邊，黑影中那默片般的眼神唇形（「別吵醒孩子。」），似乎忍不住快速翻選後，不同感情，最後那波漣般的笑意。像是她闖進他的處所、而不是他闖進她的。同樣踮腳小心，從角落置物箱拿了衣物，抓了吹風機、浴巾，又推門出去。再進來後已換上棉T恤和牛仔短褲，卸了妝，鬈髮濕漉漉的。其實比起那些好命的、不疲於販售自己皮相的女孩，她這些可憐的「褪去職業氣味」之俐落，在男人眼中根本沒差。但他經歷了那命懸一線，暴雨中把尖刀插進那可恨的，不，可怕的人形意外堅韌的肚腹，他已是不容於天地之人。而她不論出自天性的良善，或半生以截斷鐘點服侍眾多男人最粗暴髒汙之面相，職業的慣習，但在這靜謐的黑影中（孩子仍熟睡著），這一切細微瑣碎、哀婉體貼（「被賣了都還幫賣她的人數錢哪。」）的，SOP嗎？此際卻讓他充滿感激。

她坐下在他身旁，也點起菸抽著，然後把濕漉漉的頭倚靠他手臂上。她若非命苦，那小小的身子多麼性感美麗啊。壓到他肋骨的傷口，他極輕微顫動一下，她立刻驚覺，熄了菸，雙手托住他那像獅子的頭，終於發現他的虛弱。

暴雨如傾。故事該從哪說起？

一開始，他想：這一切終歸都是階級。所有人以為的努力，耗轉著一生，忍屈受辱，到頭來還是翻跳不上去另一個階級哪。如他父親，童年時在他家那麼高大，不苟言笑。全家圍在那小客廳小桌晚餐，有時心情放鬆，會嘲笑、輕視，並告誡他們，談起某個鄰居，或相識的某某，沒水準、沒知識。其實也就是個小小的教師。等他長大了些，發覺只要譬如通過某個公務員考試，或某個爛大學的學位，其實就可以變成，這個國家數十萬和他父親一樣的人。他們也只能勉強維持那個小小的家的運轉。所以那家中擺設皆如此相似的貧乏、空洞。但為何他們像那座山上千萬個洞窟裡，其中每一個洞窟的主人，在自己巢穴顯得不可一世。

他有點搞混了。他以為他和她被關在一個箱子裡，或是一輛車的後行李箱。其實是她用一條床單，像帳篷把他倆罩在裡面。

他最後一點微弱的意識想著：這樣孩子便被隔在外面。其實他們三個根本還是在一個極小的空間裡。

女人說：你在發燒。天啊。

不知塞了什麼藥進他嘴裡，鑽進鑽出（那片被單），含著涼水對嘴灌進他嘴裡。聽到她好像對某個屬下或精靈下命令。原來是跟手機說話：「Siri，請幫我打開手電筒。」那電子女聲說：「已開啟。」

於是他們似乎在一個火把照亮的岩洞裡。她撫摸、檢視他肚脇、手臂、大腿那些或深或淺但口子都拉得極長的刀傷。天啊。她說。又鑽進鑽出，扯下他幾十小時前亂貼的封箱膠帶。幫他清創、擦藥、用紗布或棉花棒或繃帶，像修復被火箭彈炸過的吉普車、那些金屬扭花的破洞。那個過程中，他迷迷糊糊地勃起，因為她幫他清理傷口的過程，小小的女性身體像趴在一岩盤上，輕巧在他的臀部、腰際，那很像畢卡索畫的，支離破碎、各種視角、不同感覺的女人。輕輕劃過胸膛的垂髮，她像彈奏古典吉他的手指、女性腴軟的大腿、臀部，一種小巧、精緻的統合印象。她說，你乖，你快死了，知道不？還是寵縱地含住他熾硬的根器，囫圇溫暖舔吮安慰了一下，但還是專注在這Siri手電照亮的小小洞穴裡，翻找他身上任何的潰爛傷口。

他像電腦關機，陷入極深、全黑的熟睡之前，像是孩童的他曾夢見過的未來。或者是這床單帳幕之外，那孩子作的夢。

那時他賃租山裡，一段隱密青石台階登山步道中段，奇怪的房東老人貼山壁蓋了一鐵皮屋頂違建，隔成四間分租像他那樣的大學生。那一段算登山步道突然出現的平台窄地，被不同的五、六戶都是老人，亂七八糟都蓋了類似的違建。一樓的拉門貼在登山客每經過的小徑，但二樓的後陽台出去就順著山坡崖壁，又可以繞下來。各戶之間或也能踩著石綿波浪瓦屋頂的梁脊，或某一戶在水泥平房頂上又搭起輕鋼架違建，於是像船艙裡，或更窄仄的潛水艇內部，裝上那種順著一根不鏽鋼桿柱，迴旋而上的鑄鐵梯。

以他們那年代的時髦詞，就是這一批老人們蓋在這不上不下之處的違建屋，非常「後現代」。每一戶且在屋外，挖一地窖，有對外窗洞，裡頭砌一大浴池，因為這裡的管線可接來這山最著名的白溫泉。他們可就在那溫泉源頭不到幾百公尺的「近水樓台」啊。

他的女友，和其他一些女孩，合租住在其中一幢這樣老人在登山道中途祕境，那樣的「地堡式」建築。在她們屋頂上的陽台，老房東另加放一個貨櫃屋，不知當年是用什麼方式、機具吊上來？而這「石屋上之鐵皮屋」，租給一位神祕的謝小姐。以當時這山中租住大多二十出頭的大學生眼中，這位身材凹凸有緻、穿著清涼的熟女，看不出是三十歲到四十歲之間的哪個落點？但確實從打扮、舉手投足、生活裡「玩」的花樣、乃至出入的友人，皆和那些還穿著清純粉嫩洋裝、各自男友騎著機車、也是一臉稚嫩的大學生來載去約會，那些女大學生們，就像實驗室燒杯裡油與水，截然分開兩個完全不同的世界。

女孩們不知從誰耳語傳出，謝小姐從前是在林森北路做三溫暖的，「退休了」來山裡「過日子」。首先出現的困擾是，來找謝小姐的男性友人，全是開著破BMW、計程車，甚至警車，不同的「社會人士」，看去龍蛇雜處、江湖味極重。一撥一撥不同的「看去非善類」的男子們，踩著女孩們屋旁小鐵梯上頂樓。喧嘩飲酒、泡茶、唱卡拉OK……，比較尷尬的是，頻率太高的每夜，謝小姐的床戲哀鳴會毫不遮掩，在安靜的山谷裡迴響。這些大學生彼此竊笑，「謝小姐的小夜曲」，說實話，如今他回想，那時而悽厲、時而婉轉啁啾、時而顫抖顛浪的女聲獨唱，是年輕的耳朵裡，世界最美妙的樂曲。但女孩們立即出現一種傳染病聯想的群情激憤：謝小姐找上山的這些「友人們」（全是男性），之後便和謝小姐一道下至她們所有租客共用的那「地下溫泉浴池」——這也許是謝小姐在這山中私開豔幟的獨有服務——女孩們的年輕身體如出水芙蓉，但萬一莫名其妙因用那溫泉浴池而染了髒病？或是那些刺龍刺鳳、滿階梯吐檳榔渣的不三不四之人，萬一盯上這樓下一屋清純女大生，對她們人身也是極大威脅。於是女孩們向老房東抗議。可能老房東也警告約束了謝小姐。這在他年輕時的想像，是極尖銳、尷尬之「樓上樓下住戶的敵對」，但謝小姐在那山徑和他們巧遇，仍是親熱、貼己、笑咪咪打招呼。

「厚臉皮！」年輕時的女友說。

那許久以後的回憶，其實那是女人獨自靠一身皮肉，在社會底層打滾，吃盡委屈羞辱，人家哪跟妳們這些好命的小妹妹記恨計較呢？老房東太太駝著背爬上來收房租、跟女孩們閒聊，說謝小姐哪是個傻女人，之前有個開計程車的同居男友，總是打她，有次把她藏在保險箱裡的存摺印章偷走，錢全領光了，一些金鍊子也全拿走了，人就不見了。總是被男人騙，吃虧上當一遍又一遍還學不乖……。

似乎觀測方式和女孩們完全不同，那個從充滿威脅、髒汙、複雜、沉淪另一端界面跑出來的女人，以前就是「上班的」（特種行業），那一行淘汰得快，在那性之櫥窗成為殘花敗柳的，說不出的脂粉殘漬、眼角的縱慾紋、或一種酒鬼的恍神，然後躲進這山裡，把這櫻花幽靜、溫泉湯池、霧中風景「再利用」，成為她的情趣加碼。女孩之中有一個年紀較大的女畫家，是以前美術系輟學的學姐，離婚獨自帶一小女孩，租在那屋子的最邊角房，算是「樓下的」對「樓上的」最善意的。有次夏日黃昏，女孩們閒散站在屋前小花徑乘涼，謝小姐獨自走過，和每個人笑著打招呼，她正爬那船艙螺旋梯往上時，只聽那叫安安的小女孩，脆聲說：

「我馬麻說，謝小姐被人家強姦了，雞雞那邊很痛。」

女孩們尷尬的、掩嘴、蹲下的、溜回屋裡的，作出把身子藏進樹叢的，但當時恰也在場的他，回憶那些年輕美麗的臉，全是像佛經畫裡的天女，笑靨如花啊。

後來他和女友結婚，搬離那山中學生租處。那時其他那些女孩已先後搬走了，他們倆有點像某個要熄燈號的小火車站，最後的留守人員。所有的書一落落用塑膠繩綑紮，還有女友的衣箱、古董木頭提籃、大學女生的大布熊、各種時光舊物，堆在那鋪了醬褐色大地磚的玄關，拉開玻璃門，陽光像流金或某種池中錦鯉，輕輕潑刺翻跳波紋。

就是那打包、清出廢棄物、等待搬家公司（後來那肩背精實的搬家工人，果然牢騷這要爬一段近乎大樓七樓的山徑石階，還要難搬，所以他們不但加錢，後來像一台冰箱、一架大書櫃、一張當初也不知怎麼搬上來的大書桌，都留在那屋子，不搬了），這樣在寧靜山居也像節慶或有人辦婚喪事一般，老房東太太也來巡，附近的老頭老太也來看熱鬧，空氣中一種說不出浮躁、湊興、惋惜的情緒。因為他們這對年輕情侶一搬走，這一片登山步道中，奇幻搭出的貼山壁、有點像原住民石屋的違建小聚落，就只剩那些原本的老人，還有孤伶一個租住他們屋上的謝小姐。似乎有一個十年的時光框界，那些候鳥般一批批來此租屋的大學生們，幾年前就不再有新租客來了。

謝小姐也混在那些來參觀他們屋內的阿婆中（其實都只是站在玻璃門大開，堆滿一落落書、黑色大垃圾袋打包的雜物，那些大學生品味買的，當時捨不得丟，幾年後小孩出生，進入「成人時光」，還是整批丟棄的文青書櫃、歐洲復古立燈、導演椅、阿婆醃菜陶甕、一幅幅仿製莫內《睡蓮》、莫迪里亞尼的女人肖像、藝術家朋友的攝影……，她們嘰嘰喳喳，好奇瞄著其實已空蕩蕩的、曾經那些女大生分租的空間），之後在一種如種籽丟進盛油之罐的懸浮感，在這些老女人之中，謝小姐似乎和他與女友有一種「較年輕之人」的相認。她親愛的拉著他女友的手，邀他倆第一次踩著那螺旋鐵梯，到屋頂上她的租處泡茶。

（那個不過幾年前，從上方發出淫聲浪叫的「豔窟」？）

意外的是，謝小姐是個「石頭玩家」，三間像小火車拼起的居室（其實就是一個鐵皮貨櫃），一間是她的臥室加廁浴，一間是廚房飯桌，中間那間，放著大紅木根雕泡茶桌、小几，但驚人的是，環室的櫃子，各格全放著她和前男友（那個打她，最後把她多年攢下皮肉錢全偷走的計程車司機？），到台灣各海灘、河床、溪流，和另外一群玩石高人，不同時期撿的。那時他和妻子太年輕，懵懵懂懂，不解這些歪瓜劣棗、或火山岩或沉積岩、紅色黑色黃褐色、石面有凹洞、有紋圈、有的像手術從人體取出的肝臟……被那大他們十幾歲，充滿昔時風塵味，另一個世界活著，他們或覺得「亂」（不潔、卑屈、粗俗、肉體與金錢廉價交換、男性的原始暴力直接流瀉、拳頭與生殖器穢語任意揮向你）的這個謝小姐，此刻卻像小孩快樂向她的同伴介紹自己的珍愛之物。

看，這像不像達摩？

這個，這個是極品，這個是不是就是孫悟空提著金箍棒、騎著筋斗雲，在火焰山啊？

那些石頭，被她珍惜地抹上油，有的還作了木雕架台，但所有的「奇」，不外乎牽強比附那某顆石，像各種動物：大象、山豬、長頸鹿、熊、黑猩猩、天鵝、烏龜、鯨、鱷魚、恐龍、蜘蛛、蝴蝶……，或是達摩、達摩、達摩、壽翁、壽翁、觀音、觀音……。那民間的、憨稚的想像力，自然一點都沒打動這一對文藝青年。

下樓的時候，女友偷偷耳語：「一點都不像啊。」

那時天色已黃昏，應是父親的葬禮百日之後，母親作為哀戚的未亡人，卻像大家長終於不在家的女學生，把她相識交往，原本被父親厭煩鄙視的那些佛教師兄師姐，引進家門，他們穿著自認為端肅但可能在父親眼中嗤為「晦氣」的黑色道袍，嗡嗡轟轟唸著地藏咒、阿彌陀經，或有一長者閉目敲磬引導，但這些阿婆進進出出，七嘴八舌，各種低聲的意見或威嚇，喪家除了要每日備置齋飯，或許之前的規例，要包給偶爾降臨的小師父、或那位解經開示的在家修行中年導師（皆是這各路人馬，不同師姐請來的），各十萬的紅包。母親後來也像貪玩的小女孩，疲累了，對這老屋外不斷冒出的陌生人的交接，感到力不從心了。終於這一切結束，像所有剪紙小人、投影妖精，轟一下全消失無蹤。於是母親、他哥、他姐和他，四個似乎搭戲棚胡鬧一場，發覺其實這個破敗之家，是被搶劫了，被搶走的是地府閻羅敕命索拿的，他們那個故障大鐘一般的老父親。連讓人發怵，最後時光尿水滲濕床單的那具老人身軀，這時也像變魔術，燒成灰了，不見了。

於是這一家感覺受到什麼委屈，但似乎又因籠罩在自家多日的煩人生物（他們父親生前最厭煩的，「咕咕呱呱的阿婆」）突然像群鴉飛離一樹枯枝、那說不出的爽颯，他們用戶頭剩餘的錢，來到這城市近郊、那幢矗立山腰，中國宮殿「重檐廡殿」建築，黃金琉璃瓦朱紅大梁，超過半世紀，當年老夫人親自主導，這個天上宮闕般的所在，爽吃一場。

但他和他們走進那棟時光中，似乎他父親那樣的流亡者也忐忑不敢走進的「神的宴會之殿」，某種可能他腦中處理器受到宮崎駿卡通《神隱少女》那至關緊要的，空間變形、光影換渡、神或妖精不允許人類在場，那眨眼之瞬極微分之刻度，燭火四面八方矗亮，不知從哪挪移過來那許多，一眼看去，「古代的人」，影影綽綽，杯觥交錯，雙數列粗大的紅漆圓柱撐開的上下天地，提醒你這不是一處廣場。古代木柵欄（每一根木條都像女人頸至肩背，有一優雅的弧度）像河流蜿蜒，隔出不規則的區塊，有假山流泉、海棠竹叢，總之每處局部都要混淆那種直線的呆笨感。每區都再用屏風隔出八或十張雲石酸枝大方几，所有人圍聚著煙氣騰騰，往一桌中央銅爐火鍋涮各種豬肉、羊肉、牛肉、驢肉切片。他們全是席地塌而坐。感覺這些人，像是電影《新龍門客棧》的布景演員穿著蒙古袍、垂髻但腦門兩側剃光的肥壯力士，或襟前掛著豬牙項鍊、頭插雉尾的帶刀武官，或是布料顏色和他熟悉視覺有一定錯移的天青、奼紫、醬褐，髮髻身型如陶俑，而也真的在歡笑中吹奏短笛或露出玉膀彈奏琵琶的女子。

他們母子被服務生引領在這忽上一階忽下一階的桌位間穿梭，他突然覺得這好像許多年前一個深冬，他在北京一條叫「煙袋斜街」的胡同陣裡穿繞啊。

他們被帶進一邊間（這樣的邊間應有數十處），各用布幔隔著，他母親的眼睛像小孩子濕亮亮的，他哥低語：我們這個區，如果是古代的皇宮，應該是邊角拴那些旅人的騾馬廄槽之地吧？他母親說，別亂說，我倒是第一次進來，想不到這麼大。

她說，她少女時代，有一次全台北市舉行一個全民腳踏車大賽，好像就是從中山北路靠立法院這頭，騎到另一頭圓山動物園啊，那時候的腳踏車，全是那種又大又笨重，後面有貨架的大鐵牛啊。當時整條中山北路全擠滿騎著這種笨重腳踏車的男女老幼，據說那天警察還出來交通管制。母親那時體弱多病，騎到一半就犯暈眩，歪歪斜斜要倒，突然一個阿北超強的，自己騎，伸出一隻手抓著她腳踏車的龍頭，她不用騎，就任那阿北帶著超前許多其他人的車，簡直像御風而行。直到上坡的頂端，也就是終點圓山動物園，她才認出這英勇的阿北，是他們銀行（母親那時在臺灣銀行當工讀生）的一位襄理，非常大咖啊。

他們母親說，就是那時，看到那個山巖上，搭了好高的鷹架，他們說，那裡本來的日本人神宮，要拆掉，蓋後來這間皇宮一樣的大飯店哪。

那時，他的手機在褲袋大腿側閃著光，或許微微震動著，他掏出一瞥、並不在意，但發現來電的號碼，向母親和兄姐說：我出去回個電話。這裡收訊太差。穿過那些煙騰、汗臭、酒精、端著有煙囪的銅火鍋爐、小碎步迤邐的女侍，那放眼望出一圈一圈圍著的人，像中世紀某場攻城大戰前夕的曠野營寨。他感覺花了一刻鐘吧，才走到一處據高可鳥瞰下方之平台，一條河流恰一個迴彎的灰濛景緻，河邊的樓陣密密麻麻，這個高度的視覺，真是「江山如畫」，似乎那廣闊河道近在眼前。其實再看跨過河的那像象牙微雕的，夕照中與金色帶橙紅的水面，像一碗漂著油花的茄汁牛肉湯上擱的細筷。上面還小螞蟻流動著車河，如且可調校此刻他站的半山，和那河流真正的距離。

電話是香港來的。那位他擔心死於西班牙某間醫院，數不清的瘟疫死屍之中的女孩。

「大哥……大哥……」

電話那頭聲音縹緲飄忽，他動情地大喊：「是妳嗎？是妳嗎？」他差點喊出「我以為妳已經不在人世了」，但他一直吼著：「天啊！天啊！」他發覺自己竟哭起來了。

對方好像被某種屏蔽之牆或雜訊隔著，聽不太到他這邊的聲音。

「大哥……大哥……你聽到嗎？」

「我聽到！我聽得很清楚！妳在那邊都好嗎？妳現在人在香港還是西班牙？」

「大哥……我跟你說……我要打這個電話很不容易……這幾個月我遇到的一切，簡直就像你寫的小說哪。阿達都告訴我了，我們都很擔心你……你一定要放下，這都不是我們幾個人能改變的……」

「喂！妳聽到嗎？我說，妳現在人在哪？我他媽擔心死了！」

但電話那頭，那女孩似乎在對什麼只能發話但聽不到他這邊聲音的話筒，自言自語，他聽出她也在那頭哭著：

「大哥，我好想你。我想對你說，謝謝你給我最美的，我一直收藏著。別人笑我神經病我也不在乎。我不會忘記你留在我這邊的那顆飛行石。」

然後電話就斷了。

他發狂地重撥回話，那頭一個類似古久年代的總機女子錄音，「雷好……」嘰哩咕嚕說了一串廣東話。他再撥，再撥，再撥。一直是這個卡夫卡錄音。

然後他發現他進不去那棟「老夫人夢中所建的古代宮殿」了，原來急匆匆低頭撥著手機走出來這可鳥瞰山下迤邐河灣清晰之景的陽台，原來的那扇布滿金色乳釘的紅色巨門關上了。似乎在考驗著他從少年時，便嫻熟於「雞鳴狗盜」，或是在那他所從出的，小鎮裡住滿絕望、喪氣，和他父親同代的逃亡者們，挨住的巷弄迷宮陣，他少年時太容易翻他人之牆，貓著身子爬過人家屋簷，像翻槓體操選手，從這邊二樓窗台高度，飛躍到另一端那黑色魚鱗瓦屋脊。他可以繞著這倚山而建、峭壁之上的巨大清宮建築的外圍，攀爬巡找另一側的入口。究竟他的老母親和老哥哥老姐姐都還在裡頭啊。他們久和外面的世界隔絕，容易對突然臨襲的變化大驚小怪，哪怕只是那些濛暗古代場景裡，裝神弄鬼的服務生，用些古老生僻的名詞重塑了那些牛肚、豬腦或羊奶酪或不過就是些廉價黃酒的稱呼，他們可能都會自卑驚惶、又怕被瞧不起，然後鬧笑話點了一堆沒法吃的。

但他在攀爬那宮殿巨大紅漆梁柱嵌入山巖間的奇石雜樹，深深感到這建築的巨大，使得原本從這端眺看那端，一整排人影晃動的雕花大窗，評估距離並不那麼遠，但攀岩時感覺從指爪、手腕、肩頭、大腿、背肌、流失掉的力量，隨著這暮色蒼茫周遭漸漸融進一團團黑影，他感到自己的渺小和這幢建築的巨大。

被他的球鞋側邊踩崩的小土塊，發出雨簷落水的聲音，他低頭看才發現下面其實算萬丈深谷。如果這時有台空拍機，拍攝他這樣一個初老阿伯，徒手在這壁面亂抓小樹根鬚、芒草、突出的岩突，在這種炭筆素描的暗影中橫向移動，一定很感人吧？和隨時會失手墜足的恐懼，不成對照的，是他這個奇幻的懸空高度往下看，真是美不可言的一幅，就像什麼拍賣會破紀錄張大千的某張潑墨山水畫啊。下方那條快速道路的車流，形成一彎像觀音薄紗衣裾的光帶。他腦海中突然冒出這不知何時背誦的詩句：

「推鑾車，伐鼉鼓。
從帝子，迎天女。
天女喜，立龍旗。
馮小寶，光陸離。
雲斑斑，覆銅山。
新城鳴鴃如乳烏，飛來為爾棲青梧。
控鶴府令雲衣裾，僕射竄死令公誅。
婦懼兒無呼，兒呼驚索胡。
宜都內人立次且，手擊何物金唾壺。
請為大家畫長圖。徐公子，
嘩且止，卿無來。
明堂屢舞覆龍杯。覆杯之傍戲大鼠，卿欲投之粱公懼。」

這是什麼跟什麼？應該是他小時候，那個一臉陰鬱的父親，用木尺邊打手心、邊硬讓他背下的吧？

再往那車河如夢的街道走一些，魚骨狀的其中一條巷道，他如約和女孩約在那間馬偕醫院旁的丹堤咖啡。當時是可以在挨坐的人群之間抽菸。女孩穿著丹寧牛仔褲、小碎花公主袖白襯衫、綁馬尾，輕靈地就像個大學什麼財金系、廣告系的學生。其實他們是在松江路一間公主酒店相識，他第一次去那種地方，女孩坐他的檯偎靠在他身畔，說自己才做一個禮拜，之前在百貨公司做童裝部櫃姐的。兩眼骨碌骨碌好奇問和他一道來的是什麼人？因為偌大的包廂、L型沙發，一旁是他的老闆和另個矮胖的他朋友，似乎之前的恩怨，陌路了十年，兩人正在一杯來一杯去地灌烈酒。那矮胖哥們後來竟涕泗縱橫，跪下來抱著那老闆的腳嚎哭。弄得他們倆各自身旁身材姣好的酒店妹都不知如何是好。他坐這頭也被那場面弄慌了，只好和這童裝店女孩聊起來了。

他從心底認定這童裝店女孩還沒沾上那種歡場女人的無情（其實他又哪認識什麼歡場女人了）。於是兩人互留手機號碼，大約幾週後，他們便傳簡訊「像正常男女那樣約會」了。但事實上，他大那女孩二十歲不止啊。這樣曝現了光天化日，正常世界的人群裡，他竟說不出的矜持和慚愧。女孩很大方地說她和媽媽就住這附近，他突然發現他根本不知如何在這市井、所有人無心理會他人在作啥的尋常世界，要如何把妹？他拿了那咖啡桌上略沾濕的餐巾紙，用筆寫上：「我想抱抱妳。」

女孩甜笑了起來，說：「你好可愛。」這時的她不像在公主店穿著薄紗小禮服時那麼不解世事、像受驚的小鹿。說實話她的姿色在那酒店裡算平庸的。但這時這一廉價咖啡屋裡，各桌窩坐在沙發的，都是比他還像廢品的更老的人，女孩竟有種這可能是個老區裡，出水芙蓉的英氣呢。應該是瞬間判定這傢伙是個不懂規矩的二愣子。這種和店裡客人約出來，其實就是直接開陪宿價，或她終也嗅出其實他雖是中年人的形貌，但外裝、說話，根本還是個窮文人。就說要和媽媽去看電影，結束了這個約會。

話說回來，他和妻在談戀愛時，就懵懂隔空，知道有一位「總經理」，常在她家出現。似乎是她姐姐的前老闆，背景複雜，好像軍方、警方、調查局，乃至不同派系的黑道，都有人脈。生意也是包山包海，但影影幢幢。之前她姐姐待的那公司，是承包台電的工程。但後來又聽當時熱戀中，像林黛玉或瓊瑤小說女主角，那般不沾世情的年輕妻，說起這「總經理」欠她母親兩千萬。而且時不時冒出一個新案子，譬如光復南路那有一片土地，住戶有數百家，年代久遠產權極複雜，自然有幾個釘子戶，而建設商委託給這「總經理」，只要拿到所有老住戶的土地所有權狀，他會有一、二億的酬勞。然後欠她母親的錢就分紅能拿到三千萬。初始就是從借幾百萬，但前債沒還又冒出希望工程，那個金額愈漲愈大。比較超乎他想像力的，一是他未來的岳母，如何能以一家庭主婦，用標會養會，向不同親戚調頭寸的方式，瞞著他那大男人主義的未來岳父，借給這個來路不明的傢伙那麼大一筆錢。

問題是這「總經理」非常會排場，他和妻終於訂婚時，這位像是她家的土地公的「喬事情者」，送上了一公斤的黃金元寶。他記得當時在他準丈人家客廳，他美麗的妻子說了一句：「叫他先把那兩千萬還我媽。」那給他很深的印象。似乎那是從認識她，第一次看見她面露憎惡，且不是柔聲輕語說話。這老頭出入開車大賓士，且時而請岳母全家吃那種包廂裡，金筷 Wedgwood 餐盤的鮑魚宴。在他想討好岳家每一位成員時，這「總經理」拉著他在飯店樓下抽菸，像出考題，問他有沒有辦法，把一封已經密封的信拆開、讀完裡頭的內容、再把信封黏回、完全不被發現。他當時回答說，聽說軍中都會拆外面寄給阿兵哥的信，然後再黏回，用的好像是燒開水壺嘴噴出的蒸氣，讓黏膠融化。那老頭不作聲，兀自抽著菸，像是在思索，又像是探了他這小子的底，根本是個傻子。

那一桌圍坐著的盡是老弱殘病，桌檯上的原木大轉盤、他們坐的仿古官帽椅的扶手或屁股壓著的編藤、甚至腳下的紅絨地毯，都說不出的破爛、斑駁、油膩。他的左手邊坐著那位低頭持筷的老作家，身形非常小，像三、四歲小孩坐大人座，手腳頭頸似乎全搆不到支撐，搖晃且空蕩。再過去是老作家的妻子，非常慈祥、暖呼呼的一位女性。他非常尷尬，主要回到他年輕時，對這些神壇之人，自己如此渺小的緊張害羞，但亦有今夕是何夕，他不理解他們那一輩的故事水深，但卻又確實經歷了自己這半生的複雜所感。好像他在YouTube看那些「撥開歷史的真相」：唐太宗李世民命閻立本畫下的《凌煙閣二十四功臣圖》，作為二十四之首的長孫無忌，參與玄武門之變，功位國公，權傾一時，到高宗朝，也在頂尖權鬥中，誅殺吳王李恪、房遺愛、高陽公主。但之後又因反對高宗立武昭儀為后，被上忌誣指謀反，流放之後被逼自縊。房玄齡一族則如上，被長孫無忌抄盡。杜如晦四十六歲早死，反而算善終。秦瓊成了千古廟門的門神。戰神李勣因其孫反武后，全族被誅，他也被剖棺戮屍。魏徵也是死後被太宗猜忌，怒悔其子與衡山公主之婚，並仆倒原本親自書寫之墓碑。蕭瑀、侯君集……其實諸人下場都不好，隨皇室更迭之宮鬥、戰兢起伏，暴病早死者都算好，但只要時光一拉長，每個都是被砍頭的、被滅族的、悽悽惶惶的衰鬼。

隔著老作家夫婦再過去，是一位當年曾長任報紙副刊主編的老前輩，也是文學史的神級人物，拿出那一代的評論之神寫給他的親筆信，鋼筆墨漬像青花罐的鐵鏽斑，「吃胎」，翻找著當年私信中對老作家的讚美。但一桌衰老之人的回應稀稀落落。不知是否心理作用，他覺得一桌江浙菜，什麼肥雞、白菜獅子頭、小籠包、雞湯干絲、硝肉、炒鱔……全像供桌上的冷饌，說不出的昏糊和一種餿味。

但這時那滿頭銀髮、胖墩墩的老作家太太，越過老作家的座椅，到他身邊，說：你把褲管撩起來。他愣愣照作，老太太蹲下端詳他的小腿脛骨，然後抬頭笑瞇瞇地說：你這孩子，果然是我們老趙家的直系血親。邊歷歷證據向大家解釋，他的小腿，自膝蓋以下，比常人多了一條像牛腱的青筋，浮凸於皮骨之上。那是幾百年前，這一系祖先，舉族被誅滅，恐懼中逃亡的幾個族兄弟，各自改了姓氏，各自分頭流竄。這改的姓啊，全是動物之名哪。

他有一種想哭的衝動，當然一桌人，或整個昏黃陳舊之飯廳，皆雜沓嗡轟，無人注意他羞紅的雙臉。但確實脛骨上的那條筋，像鯰魚一樣在他覆蓋上的褲管裡掙扭著。原來如此。但下一幕，是老太太半蹲下，將那已萎縮像史蒂芬·霍金一般，小小身軀的老作家，駝在背上，然後蹣跚地離席。應該是任何這類公開活動中，像照顧最孱弱的孩子，帶他去上廁所吧？

但似乎眾人皆稀落起身，這個似乎回到他年輕時，父親癱瘓臥榻，他代父參加的老人同鄉會，在一種全是老去的禽鳥，各自掀翅離開水澤的，零伶或型態的殘缺，說不出的寂寥。在他失神間，就散席了。

他和他姐姐走在夜涼如水的街道，像是終於、快要想起，他遺忘幾十年，某次還是小孩的他和姐姐，同樣走在這條林蔭大道上，他們要趕去母親工作的銀行的交通車等候點。那些似乎比他們母親，年紀都要大上許多的北杯、老阿姨，穿著那個年代特有的硬線條的冬大衣或是灰色的毛呢西裝，笑呵呵逗著瘦小的、滿臉通紅的、台語口音，等不到兩小孩而內心擔憂的，他們的母親。

他和他姐姐說起剛剛的飯局，那老作家的妻子告訴他的，關於他脛骨上多出來、那條神祕筋腱所牽涉到的，他們真正的身世。他姐姐並沒有駁斥或是認真推理，畢竟和老作家這個名字，竟牽連到即使是謠傳，但久遠前的親族關係，那也是一種朦朧的虛榮啊。

他姐姐跟他講起，前些日她去參加一個紀念電影播放會，就在這條昔時大馬路另一端，另一幢有無數歷史魅影的建築。和他剛剛離開的餐宴相似，也是一屋子他們小時候印象中，他們父母親那個時代的人。那種穿著老式紅披風、或鳳穿牡丹旗袍、或那種黑地描金繡蠟梅小襖套、或是粉彩百花不落地長裙……總之是現在街上不會見到的顏色、畫面。他們還一起起立唱國歌哪。然後那播放中雜訊閃跳的黑白影片，老作家夫婦和他們美麗的女兒很多年前的照片，他姐姐說她四周許多觀眾都在拭淚啊。那確實很感人，片中講到她們收容養過的許多狗、貓，有一張照片是美如春花的女兒，在一小溪畔抱著一隻狗崽，竟和我們小時候永和家中那隻小花，長得一模一樣啊。那時連我都鼻酸，黑暗中眼睛模糊啊。

那時他突然一手扶著入夜後玻璃櫥窗，猶打著一盞投光燈，一件如夢似幻撐在人體鐵架模特上的婚紗，他在那騎樓的這店門口，伸手往嘴裡摳。

他姐姐好像也很習慣這弟弟，像是突然說想抽根菸，那樣站離一段距離等著他。

他意識到這是在作夢，因為這個情景過去以來出現過太多次了。一開始只是喉頭或上牙齦黏膜組織癢癢，像組合槍枝鐵管的紋槽卡了細砂，他伸手指進口腔抽掏，變魔術那樣掏出鐵絲線團、薄刀片、鐵釘、針頭，愈掏那物件之體積愈大，嵌藏在喉頭的肉裡愈深，甚至感到那物理震晃地從那坑道拔出生鏽的扁鑽、短柄武士刀、鐵蒺藜、鐵製海膽……一邊掏挖，一邊內心驚恐，這是埋藏了多少、多深的尖銳利刃哪？這樣徹底的清除真是太暢快了。但隨手將沾滿黏液的那些金屬條、金屬絲、金屬突刺球堆放在一旁，那愈堆愈高的，偶爾閃光的灰影，也讓他很不好意思。

好了嗎？他姐說。

好了。他說。

很多年後，他獨自走回那山上，大學時與女友賃租「石房子」的山壁窄徑，所有當時他們置身其中，就已在塌毀，但他們太年輕而不自知的，那些層次變化，濃鬱的綠、褐黃的綠、灰藍的綠、嫩粉的綠，帶著小光斑的綠，以粗扎老幹撐開的巨傘、或是簇亂挨擠像數百殉節上吊者的細株桑樹、樱、樟或槭，或是布滿青苔巨石砌牆上的爬藤……，這一切年輕時就讓他和畫面中那些同齡人暈眩、瘋魔的綠，更像漩渦，將那山壁邊的空屋，全包覆，像綠鬣蜥吞入口中的蝸牛，獵者和被獵者皆沉浸於一種化石的靜態，但融解持續進行著。

每一間石頭老屋並不是蝸牛，它們有玻璃窗、不鏽鋼門框、老時代暗紅或一種難以描述之暗金色釉，邊緣繪上細卷草紋或玫瑰瓣紋的大方塊瓷磚、之前哪個阿公種的小盆景松石、黃塑膠水管和像一隻死去小麻雀頭顱的水龍頭、那砌上後面整片糜爛妖香茶樹林的小石階、甚至在某一扇髒汙落地玻璃門後，不可思議垂著一架像一顆巨鳥蛋的藤編吊椅。

這一切都被那些綠葉、藤蔓、芝草、雜樹、蕨類……吞沒了，但你站在這幅祕境前，完全不感到那些代表自然之力的、野樹草葉的生機勃勃，而是感到一種疲憊。所有異質之物終於都被征服、絞殺、耗盡了那麼長時間之後的疲憊。

然後他在當年和妻，不，女友，以及那些「雷諾瓦畫中女孩」分租的石屋（如今已成為布滿綠色植物，類似防空掩體的一坨小丘），在那旋轉鐵梯上，看見了已變成老太太的謝小姐。那真是不可思議。他在心中推算著當年的謝小姐和當年的他們之年齡差。不可能啊？眼前是一痀僂、枯柴般的七旬老婦，滿臉皺紋，那其間流去的二十多年，不可能從那記憶中風流婀娜的女體，瀉流剩下這皮殼？難道當年他們二十五、六歲時，那個代表世界蛋殼另一邊界面（混亂的性、風塵女子和江湖兄弟，年輕的他和她們覺得那似乎連揉成團的鈔票都沾滿病菌、粗俗的酒後喧鬧，以及那讓所有男孩女孩都臉紅的，把這寧靜深山攪渾，其實只是那謝小姐，像一把小提琴在獨奏的嗚咽淫叫），那個女子只是保養得宜（凍齡？）的五十歲婦人？不可能，不可能。

「是你啊！」謝小姐歡喜地喊著，甚至喊出他的名字，「我剛剛看到就說不會是你吧？真的是你！」確實是一張老婦人的臉（小學作文就會寫的「風乾橘子皮」），在荒島、山難之雪峰、大海漂流的孤舟、迷失方向的叢林，甚至月球表面，見到另一個活著的人類時，那種安慰、歡呼、淚流滿面的狂喜。「你知道嗎？這個山頭，所有人都死了。」

這是他從她口中聽見，像難拗晦澀的哲學句子：所有人都死了。

她像是淚腺失控，布滿老人斑與摺皺的紅頰上閃著水光：「林媽（他們當年的房東）也死了；隔壁那阿婆和她兒子一家都死了；那邊那間那個阿公，你們搬走那年就死了；階梯上來那間那個阿公和阿嬤也死了。這裡只剩下我一個人了啊。」

他困惑地說：「但是，沒有新的大學生再搬來分租任何一幢？」

「跟誰租？所有人都死了啊。這裡是一片廢墟（他很詫異她會說出這個詩意的詞），就跟你說，只剩下我，只剩下我一個人了啊，我有時候會好害怕。」

在他的時代，有許多的電影或影集，布滿栩栩如真的細節，人物在其中歷歷如繪，遇到戀人、遭朋友背叛、在城市某個街區遭遇奇怪的陌生人、或是職場上人際關係的困境……。總之，和真實的人生如此貼近。但又會在某些情節的銜接處，產生讓人微微不安的，哪裡不對勁的斷裂。這種斷裂，在更早之前的電影，恰正是推理、或某個不為人知的祕密、長日將盡的懺悔、愧疚……，但後來流行的這某種「框框破了個小洞，其實它倒過來是另一個巨大無數倍的真實世界的排水孔」，影片的運轉，淅瀝瀝就是把那小栓子拔掉，原本所有以為是真實的、花極大功夫搭建玻璃瓶中模型、注膠凝固住的，彷彿所有人活在其中的時光，在一瞬間揭示：這一切只是死去的你，生前和某個科技公司簽的合約，眼前一切有為法，如夢幻泡影，皆是ＡＩ運算在自主跑程式虛構出的悲歡離合，你會看到一面非常巨闊布滿電路晶體的超電腦牆，紅燈閃閃，影片告訴你，那是數以百萬計死去之人，同你一樣簽了「生前契約」，他們現在都以為自己猶在光影錯落、人群擦身而過，無比真實的「仍活著的時光」裡，譬如湯姆克魯斯的《香草的天空》；有一部時間已到西元三九八四年的《怪松鎮》；太多了，光是《黑鏡》影集中就好多個短篇都是這種橋段。

他想，所以此刻他要跟身邊的姐姐說，我們現在拚命趕去和等候在這條大馬路盡頭的母親碰面，這是個充滿昔日感覺的冬夜；霧中那像鮟鱇魚游在深海底的圓頭公車車前燈；空氣中煤炭的氣味；行色匆匆的人們厚硬的大衣質料都是我們懷念的那種形態；這條大馬路對我們童年往事中是這座城市唯一燈光燦爛像「外國」的；待會在下一個小紅綠燈街口，妳會被莫名衝出的一個傢伙射殺，我會追著他，鑽進那些棋盤般的小巷弄裡，然後像我年輕時喜歡模仿那個阿根廷盲眼老人的小說：阿奇里斯追龜論。我快要追上他，將巷口隨手撿來的鐵條，插進他側轉過身的柔軟腹部，那麼窄的空間，賭香腸的攤車小販、站在小燈箱寫著日文墨筆「芙蓉」、「夕」、「雪鄉」……矮簷下戴著法式垂紗帽，罩著桃紅斗篷的女人，賣玉蘭花的阿婆，所有人都目光灼灼地盯著，快要發生的一刻。

姐姐說，問題是，那時我就弄丟了你。

姐姐說，那天，我自己在這條馬路來回走了怕有十趟了吧？在不同的街口，我抓著可能、願意把我的慌急當一回事的某個大人，他們大部分行色匆匆、口吐白煙、臉上表情像舞台劇的演員，那麼微妙變幻：怎麼會在偌大的大街上，把自己的弟弟弄丟了呢？狐疑地微笑著，也有幾個人加入了幫忙搜尋，某間我上氣不接下氣闖進的婚紗店的店員；一個騎著摩托車的郵差；一對情侶；他們跟著我奔跑，喊你的小名。慢慢天黑了，華燈初上。我一直回想著，弄丟前，我還攥著你的手，沒認真聽你在跟我說什麼。我應該在街角電話亭（那時還是投幣式的一種淺綠色公用電話），打電話回家，告訴爸媽我把你弄丟了。但我或因為害怕，或是固執，似乎相信我這樣來回在這已變成燈光閃閃，像墨水暈開，車流、人聲雜遝的馬路邊騎樓奔跑，一定能把丟掉的你找回來。

你小小的身影會站在某個街角，某一棵行道樹上，等著我。當然後來我還是回家了，你知道當我跟一臉慌急（因為我回家已非常晚了）開門的爸媽說，我弄丟你了。他們那像往黑暗的河水扔一顆很沉的鵝卵石，瞳仁整個變一丸黑水銀，我那時便知我這一生完了。爸爸立刻披衣出門（我注意到他還鎮定地穿上襪子，換上皮鞋）；媽媽則要我先在菩薩龕座下那小桌旁坐著，她煮了一碗糖心蛋要我先吃了，壓壓驚。但其實她自己講話一直顫抖，不斷問我是在哪弄丟你的。更晚一點有兩警察來，他們也是問我同樣重複的問題。但後來我就開始說謊了。我描述一個穿米白風衣、戴著帽子的大人，好像最後這人有跟我們說話。什麼樣的帽子？鴨舌帽？漁夫帽？棒球帽？西裝禮帽？或是軍官的帽子？大概是西裝禮帽吧。然後他們其中一個拿一素描用鉛筆畫了一個男人的肖像，他問我很多細節，眉毛、眼睛、鼻子、嘴唇，不斷用橡皮擦塗改。像這樣嗎？好像很接近，我說。其實從頭到尾根本沒有這個人。後來這麼多年，我還是會特別關注譬如「千田麻未失蹤事件」、「小女孩瑪德琳失蹤事件」、「英國女船員消失事件」、「春田三人消失事件」、「博蒙特姐弟失蹤案」、「松岡伸矢失蹤案」這一類的「人類離奇失蹤」案件。

姐姐說：網路上沒有任何一條訊息，提及發生在我身上，很多年前，我弟弟就從我手邊，就在這條大馬路上，被我弄丟了。

鏡小說
060

大疫

作　　者：駱以軍
責任編輯：黃深、林芳如
責任企劃：林宛萱
整合行銷：黃鐘獻
校　　對：施舜文、林芳如
封面設計：木木 Lin

副總編輯：林毓瑜、劉璞
總 編 輯：董成瑜
發 行 人：裴偉

出　　版：鏡文學股份有限公司
114066 台北市內湖區堤頂大道一段 365 號 7 樓
電　　話：02-6633-3500
傳　　真：02-6633-3544
讀者服務信箱：MF.Publication@mirrorfiction.com

總 經 銷：大和書報圖書股份有限公司
242 新北市新莊區五工五路 2 號
電　　話：02-8990-2588
傳　　真：02-2299-7900

內頁排版：宸遠彩藝
印　　刷：漾格科技股份有限公司
出版日期：2022 年 8 月
I S B N：978-626-7054-74-1
定　　價：540 元

國家圖書館出版品預行編目 (CIP) 資料

大疫 / 駱以軍著. -- 初版. -- 臺北市 : 鏡文學, 2022.08
面 ; 14.8×21 公分 . -- (鏡小說 ; 60)
ISBN978-626-7054-74-1(平裝)

863.57　　111010043